MURIEL SPARK

The Complete Short Stories

缪丽尔·斯帕克
短篇小说全集

〔英〕缪丽尔·斯帕克 著

王雨佳 译

著作权合同登记号 01-2022-4416

Muriel Spark
The Complete Short Stories

Copyright © Copyright Administration Ltd, 2001
Published by arrangement with Copyright Administration Ltd c/o David Higham Associates Limited in association with Andrew Nurnberg Associates International Limited.
Simplified Chinese edition copyright © 2023 Shanghai 99 Readers' Culture Co. Ltd.
All rights reserved.

图书在版编目(CIP)数据

缪丽尔·斯帕克短篇小说全集/(英)缪丽尔·斯帕克著;王雨佳译.—北京:人民文学出版社,2023
ISBN 978-7-02-017597-0

Ⅰ.①缪⋯ Ⅱ.①缪⋯②王⋯ Ⅲ.①短篇小说-小说集-英国-现代 Ⅳ.①I561.45

中国版本图书馆 CIP 数据核字(2022)第 218842 号

责任编辑　卜艳冰　骆玉龙
封面设计　钱　珺

出版发行　人民文学出版社
社　　址　北京市朝内大街 166 号
邮政编码　100705

印　　制　上海盛通时代印刷有限公司
经　　销　全国新华书店等

开　　本　890 毫米×1240 毫米　1/32
印　　张　16.75
字　　数　420 千字
版　　次　2023 年 1 月北京第 1 版
印　　次　2023 年 1 月第 1 次印刷

书　　号　978-7-02-017597-0
定　　价　100.00 元

如有印装质量问题,请与本社图书销售中心调换。电话:010-65233595

目录

离恨鸟 / 1
被风吹动的窗帘 / 59
枪响命殒 / 76
六翼天使与赞比西河 / 112
典当铺的老板娘 / 122
势利小人 / 137
家庭成员 / 146
预言家 / 162
两位名人父亲的女儿 / 175
开放参观 / 190
恶 龙 / 205
清扫落叶的人 / 217
哈普尔与威尔顿 / 225
遗稿保管人 / 233
帮 手 / 244
留在我身后的那位女孩 / 257
平克顿小姐启示录 / 262
散发珍珠光泽的影子 / 270
上上下下 / 278

别提有多脏了 / 284

关于"奢靡的鬼"的研究报告 / 291

参悟了人生奥秘的年轻人 / 297

黛西·奥弗伦 / 301

著名诗人的家 / 312

"卓越"大剧院 / 323

午夜钟鸣 / 337

女士们,先生们 / 344

跟我来,珍珠! / 355

龙凤胎 / 370

"悲剧最爱是冬季" / 381

圣诞赋格曲 / 389

我人生的头一年 / 398

一个异教徒犹太女人 / 406

爱丽丝·朗的腊肠犬 / 416

墨　镜 / 431

锌青钢古董钟 / 448

波多贝罗路 / 460

黑色圣母像 / 487

对警察局没好感 / 511

没有私人司机的一百一十一年 / 515

绞刑法官 / 522

说明 / 531

离恨鸟

1

整片殖民地的每条路上,都能时常听见灰凤头鹦鹉的鸣啼声,似近似远。这种鸟儿还有个更为人熟知的名字,叫作"离恨鸟",这是因为它的叫声很像在用英文说"离开——离开——"。人们常听见这鸟儿鸣唱,却很少有人真的去听,因为它的声音总被其他嘈杂的声音淹没,比如别的鸟叫声和野兽的嘶吼,比如普照大地的烈日下植被破土而出的声音,再比如当地土著排着一路纵队,光着脚丫子从一个部落向另一个部落前进时,那带着韵律的低低的脚步声。

能跟着舅舅和年轻朋友们一同出门狩猎,达芙妮·迪·图瓦很开心,她头上戴着宽大的遮阳帽,时不时凝神听一听离恨鸟的歌唱。有时候学校放假,她的舅舅、舅妈会邀请三十英里[①]外几座农庄里的"邻居"来家里做客。这时她便可以和朋友们一起蹭车去就近的小镇玩——或者叫"庄子"更合适,因为那里充其量就是山谷里一条黄沙铺的大路,周围散落着一些店铺和民居,雨季一来便很可能与世隔绝,因为河水会上涨,淹没通往外界的桥梁。

在引擎"突突"的轰鸣声中,大家乘着福特V8汽车从山丘顶上往山脚驶去。很快,前方便会陆续出现高低错落的波纹状铁皮屋顶;要不了多久,车子便会停在一个邮局门口,那里也是当地殖民

[①] 1英里约合1.6千米。

管理专员的总部办公室。这时大家便会纷纷跳下车,和周围的其他白人友好寒暄,或坦然接受旁人的打量;当地人也会忽然不知从哪里冒出来,聚集在离车几米远的地方,一脸好奇地咧着嘴张望。下车后,他们会慢悠悠地走过一家欧洲日用品综合商店、两三间当地人的店铺和十几栋排列得杂乱无章的房子,房子正面灰黑的门廊周围支着破碎的蚊帐,门后传来女人斥骂奴仆的声音。虽然是英属殖民地,在庄子里和附近生活的绝大多数还是非洲本地人,其中也有一些荷兰人——大家总简单地称呼他们为"荷兰佬"。达芙妮的父亲就是个荷兰佬,而她的母亲来自英格兰的帕特森家族。自从父母去世后,她一直跟着母亲家一位名叫扎卡塔·帕特森的亲戚生活。扎卡塔听得懂非洲话,却不喜欢说。他已经六十岁了,比达芙妮的母亲大很多,有自己的孩子,但他们已经全都结了婚,平时在别的殖民地农场里工作。多年的生活让扎卡塔对当地人产生了深厚的感情,他已经有三十多年不用"詹姆斯"这个名字了,而是喜欢当地人给他取的名字"扎卡塔"。他对当地人的喜爱和对荷兰佬的厌恶一样深刻。

达芙妮被送到扎卡塔家的时候刚满六岁,双亲皆已离世。正是那一年,扎卡塔因建设当地模范土著村落而荣获大英帝国勋章。达芙妮还清楚地记得当年那浩浩荡荡前来贺喜的队伍:有开着吱嘎作响的汽车来的,还有赶着四轮大篷马车或牛车来的,都是住在三十甚至五百英里外的邻居们。扎卡塔后院里的空酒瓶越堆越高,土著男孩们不停跑上跑下地服侍着客人。有的客人会在他们家里歇息,有的则直接睡在自己的大篷车里。这些人当中有一部分是荷兰人,他们从马车上下来后做的第一件事,是跪下感谢上帝保佑自己一路平安,然后起身,对跟来的奴仆发号施令,最后才迎上前去,热情问候从屋里专程出来迎接他们的雇工"老塔伊斯"。每逢此时,扎卡塔总会躲在老塔伊斯身后几步远的地方。反正礼貌又世故的老塔伊斯深谙迎客之道——他是扎卡塔农场的烟草经理,也是荷兰人,所以扎卡塔认为这些生活在非洲的荷兰人一定要希望先跟老塔伊斯寒暄,再用非洲话聊天叙旧。尽管扎卡塔差不多会说二十几种当地方言,却已不再热衷于用非洲话聊天,就像对法语一样兴趣寥寥。寒暄过后,这些荷兰人还是不免不了要努力用英式英语来恭贺扎卡塔荣获大英帝国勋章之喜,无论那腔调有多么蹩脚,毕竟他们想让扎卡塔觉得这些祝贺是发自真心。所有人都知道老塔伊斯让扎卡塔很头疼,因为他坚持用荷兰话跟扎卡塔交流,而后者则一直固执地用英语回答。

从总督府授勋回来后的几个星期里,扎卡塔家的访客总是络绎不绝,于是达芙妮总在农庄附近转悠,等着看那些随时可能抵达的汽车和篷车,并期待着有谁能带着小孩一块儿来,这样就可以和她一起玩耍了。平日里,她唯一的玩伴就是家里黑人厨子的儿子,名叫摩西,比达芙妮大一岁,可他常常玩着玩着就被叫去汲水、扫院子或者拿柴火。每当此时,摩西总会紧紧抱着一大撂木柴飞快地跑过院子,那些木柴垒得高高的,从胸口一直到眼下,被他用和柴火一样干瘦的手臂紧紧抱着。如果达芙妮跟着摩西去井边汲水或去柴堆边干活,便总会有一个年纪稍长的当地人过来干涉:"达芙妮小姐,您别这样,这不是您该做的事,快去玩吧。"于是她便只好光着脚,一个人跑到番石榴树丛外的农场或者橘子园的边上去玩。反正,不管去哪儿都好,就是不能到烟草棚那里去,因为很可能会遇见老塔伊斯。如果遇上了,他一定会停下手上的工作,直起身来,抄起双臂,扬起粗糙的面庞,用那双蓝色眼睛死死地盯着她,而达芙妮也会害怕地盯着他看一会儿,再飞快地跑开。

有一次,达芙妮正沿着一条横穿扎卡塔农场的干枯河道闲逛,一不留神差点儿踩到一条蛇,吓得她尖叫起来,像无头苍蝇一样朝着最近的农舍狂奔——那里正是烟草棚区。老塔伊斯正在其中一张棚子的角落旁忙活。看见有人，又惊又怕的达芙妮来不及多想便如遇救星般朝他冲了过去，一边叫着："有蛇！河道里有蛇！"然而老塔伊斯闻声只是直起身来，环抱着双手，一言不发地盯着达芙妮，直到她再次害怕地跑开为止。

老塔伊斯还不到六十岁，以前曾经被人叫作"小塔伊斯"，直到后来他的老婆被告发与人通奸，而且还不止一次。老婆死后，老塔伊斯继续留在扎卡塔的农场做工。刚开始这令大家很是惊讶，因为凭他那铁打的身体和深厚的烟草知识，去哪儿都能当上烟草经理，就算离开殖民地也不怕。不过后来关于塔伊斯为何选择留下逐渐有了些传言，这事便再没人公开提起，慢慢变成了父子母女相传的秘密，就像家谱、传说中"一击必中"的枪法和人生箴言那样，神秘而隐晦。

其实在达芙妮人生的前十二年，她对于离恨鸟都只是一知半解。在学校上自然历史课的时候老师讲过，那是她第一次意识到，原来自己一直都能听见这种鸟儿的叫声。自那以后，她便经常出门去听，有时呆呆地盯着干涸的河道，有时沿着橘子园的周围，一边伸手轻轻拂着树叶，一边转悠着屏气凝神地辨识着离恨鸟的歌声；还有的时候，她会在日落时分坐在门廊上，挤在扎卡塔和他妻子的中间，一边喝着柠檬汁一边说："听啊，那是离恨鸟的歌声。"

"不是吧，"有天傍晚扎卡塔这么回答道，"现在已经这么晚了，它们不会这么晚了还出来。"

"真的是它们。"达芙妮坚持道。仿佛这种坚定立刻拔高了这种鸟儿的特殊性，就像《圣经》里的白鸽或黄道十二宫的白羊座一样。

"乖啦，达芙妮，我的好姑娘，"扎卡塔夫人说着，大声地咂了一口兑了水的威士忌，"别管那什么鸟了。你那寄宿学校要是整天就知道教这些……"

"是自然历史课，"扎卡塔插嘴道，"她对这里的野生动物感兴趣是好事。"

扎卡塔夫人是在这片殖民地所在的大陆出生的，尽管是纯正的英格兰血统，说的英语却带着明显的非洲式荷兰口音。也有人说，扎卡塔夫人的身体里有一部分有色人种的血统，可惜这一点从她皱巴巴的棕色皮肤上也看不太出来：许多生活在这个殖民地的女人都有这样干枯的面容，即便她们总带着遮阳帽且很少在太阳下久待也无法改变。她们皮肤如此粗糙的一部分原因，当归咎于这里常年酷热且干燥的环境，另一部分则因为那常年不离手的威士忌。扎卡塔夫人每天的大部分时间都穿着一件和服样式的睡袍躺在床上，靠抽烟来抵御手脚莫名的疼痛。这病整整六年来不知看过了多少医生，却没人能诊断出缘由。

自记事起达芙妮就知道，扎卡塔夫人即便白天躺在床上休息，也总会在床边的桌子放一把左轮手枪。如果扎卡塔需要出远门，几日几夜不回家，达芙妮就会睡在扎卡塔夫人的房间里，而这时门外会临时安放一块垫子，给一个叫作提基·塔博特的满脸雀斑的英国男人休息用——他平时是负责为扎卡塔选练赛犬的，这种时候便负责守夜。提基休息时身边也会放一把枪，但他对此却并不十分紧张，仿佛这只是一个玩笑。

达芙妮曾询问过扎卡塔夫人，为何要这样谨慎。"可不敢对这些'黑莽子'① 掉以轻心。"扎卡塔夫人回答，用了当地话中一个对原住民不太礼貌的代称。达芙妮始终不明白这是为什么，因为扎卡塔手下的人是整个殖民地上最训练有素的，这一点毋庸置疑。她似懂非懂地认为，这或许是一种生存本能吧：自白人先辈们踏足这片土地那一天起，无论男女都经常在睡梦中冷不丁便被当地人杀死。

---

① 原文是"munt"，一个略带贬义的形容非洲土著黑人的词。

这段历史并不遥远，那一段段血腥屠杀和复仇的故事，至今仍为殖民地边远地区的人们口口相传。不过，传说中那些土著战士的首领们早已逝去，战团也解散了，一切的矛盾和冲突都被地方专员一一抚平。随着年龄的增长，达芙妮逐渐觉得扎卡塔夫人好蠢，那些像她一样思考的人也好蠢，竟会为了一些早已远去的事情如此紧张，还担心会有土著突然袭击农场。直到有一天，科提茨一家搬到距离他们三十五英里远的另一个农场后达芙妮才知道，原来扎卡塔夫人这种夸张的警惕心并非这片殖民地上所有成年女性的共识。科提茨一家搬来的时候达芙妮十二岁，他家有两个比她还小的女儿和两个稍大一些的儿子。学校刚放假，他们便邀请达芙妮去家里做客并留宿。科提茨先生出去巡猎了，只留下妻子和四个孩子在家；那片农场管理范围内还住着另外一名欧洲人——一位学习农业学的已婚年轻人，住在离科提茨家农场两英里远的一间农舍里。

科提茨夫人在自己的卧室里给达芙妮安排了一张折叠床。达芙妮注意到这位夫人的床边并没有放着左轮手枪，门口也没有特意安排人放哨。

"您不害怕'黑莽子'吗？"达芙妮问。

"这话说得，为什么要怕？我家的男佣可都是好孩子。"

"扎卡塔舅妈的床头边总会放一把手枪。"

"她这么做是害怕被侵犯吗？"科提茨夫人问。"侵犯"——这是住在这片殖民地上的所有孩子们都懂的词；性侵害在这里是死罪，这片土地上很少有人会敢于犯此重罪，无论白人还是黑人。

达芙妮之前倒是从未想过，扎卡塔夫人害怕的是被侵犯而非谋杀，她好奇地望着科提茨夫人。"不会有人真的去侵犯扎卡塔舅妈的吧？"科提茨夫人微笑着自言自语。

和科提茨家的孩子们一起出门玩耍的时候，达芙妮经常能听见离恨鸟的叫声。一天，当他们穿过玉米地时，科提茨家年长一些的那个男孩约翰问道:"你为什么突然停下来不走了?"

"我在听离恨鸟的叫声。"她回答。

她的脸淹没在宽大帽檐的荫蔽下,身边是高高的玉米秆,每一根都比她高。十六岁的约翰·科提茨抄起双手不解地看着她,像这样的小姑娘竟然会注意到离恨鸟,这可挺奇怪的。

"你在看什么?"达芙妮问。

约翰没有回答。玉米秆的高度刚好到他的肩膀。他踟蹰着不知该如何回答,于是继续抄着手盯着达芙妮,摆出一副自信满满的样子。

"别这样,"达芙妮说,"你这样子太像老塔伊斯了。"

约翰闻言立刻大笑起来。这是个好机会,于是他继续抄着手,这样既能让他看起来占据优势,又能减轻自己的尴尬感。"看来你很不喜欢老塔伊斯啊。"他说。

"老塔伊斯是这个国家最厉害的烟草师,"她挑衅地回答,"扎卡塔舅舅很喜欢老塔伊斯。"

"才不是,你舅舅不喜欢他。"约翰说。

"不对,他喜欢的,不然不会让他一直待在农场里。"

"我的小姐,"约翰说,"我知道扎卡塔为什么让老塔伊斯留下。你也知道。大家都知道。那并不是因为喜欢。"

说完他俩快步上前和别的孩子们会合。达芙妮心里很是好奇,因为她并不知道扎卡塔到底为什么留着老塔伊斯。

一行人蹭着科提茨夫人的车去了庄子上。他们一家对说非洲话没有任何抵触,语速飞快地发着喉音开怀畅聊,达芙妮站在一边,只能偶尔羞涩地对一些她能跟上的话题插一两句嘴。

他们五点钟必须返回车里,现在三点半。达芙妮找准机会偷偷溜走,穿过邮局后门进入后院,那里有不少当地人正蹲坐着,围在玉米锅旁。他们带着孩童般好奇的神情看着达芙妮穿过他们的小棚区和厕所,走到后院尽头那条供垃圾车、泔水车来往的卫生巷。

达芙妮快步穿过一块空地,爬上唐纳德·克洛伊忒山丘。之所以有这个名字,是因为那座山丘上只有唐纳德·克洛伊忒一个人居住,尽管他家周围还有好几个不起眼的小棚舍。

唐纳德·克洛伊忒上过剑桥。他家的墙上挂着两张照片,一张是唐纳德以前在板球队的合影,从照片上很难一眼认出他来,因为他的脸被厚厚的卷翘络腮胡子遮住了,而且其他队员也基本上都长那样;每个人都挺直了身子,抬着下巴,一副胜券在握的样子,和达芙妮见过的拓荒者先辈们的照片一模一样。这张照片的拍摄时间是一八九八年。另一张照片里,唐纳德穿着制服和皇家飞行队的同伴们站在一起,拍摄时间是一九一八年,可依旧一脸络腮胡子的唐纳德看起来并不比剑桥那张照片里老多少。

达芙妮往开着的大门里望了一圈,看见唐纳德正坐在那张破旧的藤椅上,白色的衬衫上溅着几滴红色的甜菜根汁液。

"你醉了吗,唐纳德?"她语气恭谨地问,"还是清醒的?"

唐纳德总是实话实说。"我清醒着呢,"他说,"进来吧。"

现年五十六岁的他,已经完全看不出当年剑桥板球队和皇家飞行员的风姿了。他曾做过无数份工作,也结过婚,但老婆后来跟着一个比他年轻力壮的家伙跑了。过去八年是他人生中最安稳的日子,因为他是这个小镇的镇书记员,这份工作既不需要准时高效,也不需要着装正规或全神贯注,这些恰好都是唐纳德缺乏的素质。有时镇议会开会唐纳德会迟到,当他醉眼惺忪地蹒跚而入时,议会主席便会不客气地请他离开,并在他走后向议会提议解雇唐纳德。有时大家会一致通过解雇决议,并准备会议结束后就把这个消息通知给唐纳德。不过第二天,唐纳德就会穿上整洁的衣裤去拜访一位做屠夫的议员,和他在院子里聊一聊皇家飞行队的往事;然后去看望兼任校长的议员,他也曾上过剑桥,只不过比唐纳德晚几年。在拜访完一轮议会成员后，他会马不停蹄地赶往镇上，骑着自行车绕着镇子好几英里认真巡视，看看各处的栅栏是否都好好地立着，路标有没有被雨淋湿掉在地上，要是有就亲手捡起来重新挂好。如此这般，不消一个星期大家便会忘记唐纳德的解雇令，那时他就可以放松了；不过要是那个星期恰好有婴儿出生或者什么人去世的事要处理，那这一周可真是忙碌而充实了。

"是谁把你从农场带来的？"唐纳德问。

"提基·塔博特。"达芙妮回答。

"看见你我很高兴。"唐纳德接着说，然后唤用人上茶。

"再过五年我就要去英格兰了。"达芙妮说，这是他们之间闲聊的常规话题，她不好意思一来就直接说出此行真正的目的。

"差不多是时候了，"唐纳德说，"你这时候去英格兰刚好。"然后他便会滔滔不绝地再跟她描述一遍剑桥的青草地、乡村酒吧，各种隐藏的小路、小巷子以及身着粉色衣衫的骑手。

唐纳德家的非佣穿着破破烂烂的衣服，一手拿着一只大茶杯走了进来，把其中一杯递给达芙妮，另一杯递给唐纳德。

真是涓涓细流啊，唐纳德感叹道，英格兰的小溪，细小却从不枯竭；田地也都小小一块的，不到一英亩大，但农场的女人们从不会聊那些家长里短的闲话，因为得操心家务事，没时间说闲话。当然，那些家境殷实的人家里会有长长的休息室，以供春日午后悠闲地用下午茶；温柔的阳光透过笔直的窗框落在舒适的旧温莎靠椅上，空气里弥漫着风信子的香气……

"噢，知道了。现在跟我讲讲伦敦吧，唐纳德。讲讲剧院和放映室。"

"在那儿不叫'放映室'，他们叫'电影院'或者'影院'。"

"我说，唐纳德，"达芙妮注意到时间已经是四点过二十了，"我想请你认真回答我一些事。"

"说吧。"唐纳德道。

"扎卡塔舅舅为什么要把老塔伊斯留在农场里?"

"你可别让我丢了这份工作。"他只说。

"我拿自己的名誉担保,"达芙妮发誓,"如果你告诉我关于老塔伊斯的真相,我绝不会告诉第二个人。"

"整个殖民地的人都知道那件事,"唐纳德说,"但无论谁第一个让你知道,那都是跟扎卡塔作对,他早晚会晓得的。"

"要是我向扎卡塔舅舅出卖你,"达芙妮再次发誓,"就让我立刻死掉。"

"你现在多大了?"唐纳德问。

"就快满十三岁了。"

"那是在你出生前两年的事——算算差不多是十五年前了,那时的老塔伊斯……"

那时的老塔伊斯已经结婚好几年了,妻子是出生在比勒陀利亚的一位荷兰姑娘。早在到扎卡塔手下干活之前,塔伊斯就知道妻子的不忠。那些出轨对象都有一个共同特点:英国男人。每到一个地方,那儿的年轻英国小伙儿都会被塔伊斯叱骂:"你胆敢和我老婆通奸,你这只肮脏的猪!"——无论他们是否真的做过。这样一来,打架自然是不可避免的,塔伊斯有时候还威胁要拿枪打死他们。最后,无论这些年轻人是否真的和他老婆偷了情,塔伊斯都会被解雇。

有传言说,他曾计划要开枪打死妻子再伪造成意外。但是由于这个计划已经广为人知,就算他真的那么想过也不可能实施了。但他的确常常殴打妻子。

塔伊斯的梦想是有一天能拥有自己的农场。扎卡塔知道塔伊斯的问题,却依然雇佣了他,让他学习打理烟草棚。于是塔伊斯便带着妻子搬进了扎卡塔农场上的一所小房子里。"要是你和妻子再闹矛盾，塔伊斯，"扎卡塔对他说，"就来跟我说。毕竟在这个新成立的国家里，白人男性和女性的比例是四比一，有问题很正常。"

刚去的第一个星期麻烦就找上了门——那是一名骑兵。

"听我说，塔伊斯，"扎卡塔说，"让我来跟她谈谈。"教训仆佣们有关性的知识、督促他们行为检点这些令人讨厌的任务本就是扎卡塔的职责，当初在英格兰的帕特森家也是如此。

哈蒂·塔伊斯并不美丽，相反，她是个黝黑又邋遢的女人。然而扎卡塔却没能成功改造她，反倒是被她说服了。她哭泣着，诉说自己有多恨塔伊斯。

唐纳德停下了讲述提醒达芙妮："我跟你说，这种事在英格兰可不会发生。"

"是吗？"达芙妮说。

"这个嘛，婚外情倒是会有，但通常需要很长的时间。男人们往往要花上一番功夫才能慢慢获得女人的芳心。在英国，像扎卡塔这种地位的男人或许会因为一个放荡女人的哭泣而心软，但绝不可能当场就跟她做爱。毕竟，你知道，那儿的气候要比这里凉爽得多，女人也比这里多。"

"原来如此，"达芙妮说，"那扎卡塔舅舅后来怎么办的呢？"

"这个嘛……和塔伊斯太太做完那种糊涂事以后，他觉得很愧疚。他说自己当时只是一时意乱情迷，以后再也不会发生了。然而事实却并非如此。"

"塔伊斯发现了吗？"

"发现了。于是他冲去找扎卡塔夫人，想要侵犯她。"

"他没真的成功吧？"

"没有，他没成功。"

"一定是因为舅妈嘴里老是一股威士忌的酒臭味，让他犯恶心了。"达芙妮说。

"要是在英格兰，"唐纳德评价道，"你这个年龄的女孩子可不懂这些。"

"这样啊。"达芙妮应了一声。

"但在这里，一切都不同了。嘿，扎卡塔夫人向扎卡塔告了状，要他开枪打死塔伊斯，但扎卡塔拒绝了。这也是情有可原。不过他紧接着还给塔伊斯加薪、升职，让他当了经理。从那天起，扎卡塔便再也不见塔伊斯太太了，连看上一眼都不肯；每次在农场上瞥见她，都会立刻把头转开。最后塔伊斯太太写了一封信给扎卡塔，说自己已经疯狂地爱上了他，如果得不到回应就要开枪自尽。这封信的每个字母都是大写，用的是非洲语。"

"但扎卡塔绝不会回复的，是吧？"达芙妮问。

"你说的没错，"唐纳德答道，"所以塔伊斯太太真的开枪自杀了。而老塔伊斯则发誓，总有一天要找扎卡塔报此血仇。所以扎卡塔夫人才会日夜把枪放在床头。她曾恳求过扎卡塔让老塔伊斯离开。这请求是合理的，他应该答应的。"

"可是他办不到，对吧——想也知道。"达芙妮说。

"因为心里过不去吧，"唐纳德说，"还有他血液里流淌的英国人的骄傲。老塔伊斯要是个英国人，达芙妮，肯定早就打包走人，离开农场了。可是没有，他留了下来，并且指着《圣经》起誓一定会报仇。"

"我跟他的气场很不合，"达芙妮说，"我一直不喜欢老塔伊斯看着我的样子。"

"这是一片蛮荒之地，"唐纳德说，一面起身给自己倒了一杯威士忌，"但我向你保证，"他说，"我们已经收服了这里的原住民，也可以控制住那些猎豹——"

"噢，还记得摩西吗？"达芙妮插嘴说。摩西，她曾经的玩伴，两年前被一头猎豹咬死了。

"那是个例外。我们连疟疾也基本上能够良好防控,却可惜没能控制好自己内心的野蛮,而这片土地恰好把这种野蛮释放了出来。"他仰头喝完杯中的威士忌,紧接着又倒了一杯。"要是你有机会去英格兰,"他说,"就别再回来了。"

"这样啊,我知道了。"达芙妮说。

回到车里时,已经比约定的时间迟了十分钟。整车人都着急得不得了。

"你去哪儿了?走着走着就不见了……我们到处问人……"

约翰·科提茨捏着嗓子故意学着女孩的声音说:"哎哟,她寻着离恨鸟的叫声一个人跑到荒凉的大草原上去了呢。"

"再过五年我就要去英格兰了。再过四年……三年……"

在等待去往英国的时间里,殖民地的生活却似乎一年比一年精彩。其实日子本身并没有如何改变,只是随着达芙妮进入青春期,她寻找刺激和乐趣的本事也逐年渐长。

她先是跑到肯尼亚去,在一位结了婚的表亲姐妹家住了一段时间,又跟着科提茨夫人去了约翰内斯堡买衣服。

"达芙妮越发出落成一个标致的英国美人了。"扎卡塔舅舅说。事实上,达芙妮的金发相较于典型的英格兰美人而言,颜色过于浅了;她遗传了父亲家族的基因——开普敦的杜·托伊特家族,因此有着荷兰与胡格诺派的混合血统。

十六岁时她通过入学考试,进入了殖民地首都一所师范学院学习。学校放假时,她会回来逗逗约翰·科提茨,和他打情骂俏,而约翰则会开着父亲买给他的一辆小型德国大众汽车,载着达芙妮去郊外兜风。他们会在周日的下午一起去商业大街上的威廉姆斯酒店喝下午茶;那里每周都会有从别的农场或乡镇赶来过周末的人们,他们和大家一样,在酒店游泳池里嬉戏。

"在英格兰,"达芙妮会这么对约翰说,"人们可以在河里游泳。

没有水蛭,也没有鳄鱼。"

"欧洲很快会有一场战争。"约翰说。

达芙妮会穿着新买的尼龙休闲裤,坐在酒店外的门廊上,小口啜饮着青柠杜松子酒,为自己的成熟以及来自农场邻居们的问候而兴奋雀跃。

"哟,达芙妮,家里的伙食还好吗?"

"还不赖,你呢?"

"哈啰,达芙妮,家里的烟草咋样啦?"

"烂得没眼看呢,老塔伊斯这么说的。"

"我听说扎卡塔把他的法国跑车卖了?"

"嘿,确实有人出价。"

她曾在威廉姆斯酒店参加过两场舞会。一个在开普敦学医的年轻人,比利·威廉姆斯,在其中一场舞会上当众向她求婚;可大家都知道她要去首都上学,然后便要去英格兰,和母家帕特森一家住上两年,之后才能考虑终身大事。

进入师范学院的第一学期,战争爆发了。很快,无论是和达芙妮相识多年的朋友,还是最近刚结识的年轻男人们都纷纷穿上军装、离家远行;他们只在军队短暂的休假或探亲期才能见上一面。于是乎,男人们的地位忽然变得举足轻重起来,也更加迷人了。

她开始学习打高尔夫球;有时候挥完杆,其他人纷纷往下个发球区走的时候,她却故意慢吞吞地走在后面,甚至驻足不前。

"你还好吗,达芙妮?"

"噢,我没事,只是在听离恨鸟的叫声而已。"

"你对鸟类学感兴趣吗?"

"啊……是的,你知道,还行。"

第一学期的课程结束回到农场时,扎卡塔送了一把左轮手枪给她。

"睡觉的时候放在床头边上。"他说。

达芙妮默默收下了枪。

第二天，舅舅问："昨天下午你去哪儿了？"

"哦，去草原上走了一圈。"

"有到什么特别的地方去吗？"

"去了一趟马卡塔的部落，他决心死守那片土地，绝不让给贝尔斯福特那帮人。他还给儿子娶了个老婆，花了一大笔钱呢。"马卡塔是当地部落的酋长，达芙妮很喜欢去他家玩，和他一起坐在很棒的土坯屋的阴凉处，喝一杯为她特别泡的茶水。尽管殖民地上的其他人都对这种行为颇不以为然，扎卡塔和他的孩子们却毫不在意且坚持如故，自然也没人敢向他提出质疑。扎卡塔可不是一般人。

"我相信，"扎卡塔对达芙妮说，"你总是随身带着枪的吧？"

"呃，其实……"达芙妮回答，"我昨天没带。"

"务必随时带着，"扎卡塔强调，"去草原的时候必须枪不离身。这是黄金法则。要是眼睁睁看着野鹿在灌木丛里左跳右蹿却没带枪，只能像个傻子一样干瞪眼，那可不得气死了。"

自从达芙妮八岁首次学习射击以来，扎卡塔一直强调这个黄金法则。可是有很多次，当她带着沉重的手枪独自出门时，即便真的遇见十几来头野鹿，却也并没有兴趣射杀它们。反正她本来也不喜欢鹿肉，三文鱼罐头才是她的最爱。

扎卡塔似乎能看穿她的想法。"我们用来喂狗的鹿肉总是不够，而且别忘了，现在是战时。千万记得，"扎卡塔再三强调，"把枪随时带在身上。我听收音机里说了，"他又补充道，"特姆维峡谷里来了一只猎豹，这家伙还带着小崽子，已经吃掉两个人了。"

"扎卡塔舅舅，那里离这儿远着呢。"达芙妮突然反驳道。

"猎豹会到处跑。"扎卡塔说，看起来非常生气。

"哦，知道了。"达芙妮说。

"还有，你应该多骑马，"他又说，"那可比走路更能锻炼身体。"

达芙妮看得出，舅舅不是真的担心她遇到猎豹，也不是真的缺少狗粮；她想起来昨天下午去当地部落玩耍时，老塔伊斯悄悄地跟了一路。他一直躲在周围的灌木丛里，似乎并不知道被她发现了。达芙妮很高兴一路上遇到了好几波赶路的当地人。之后要离开马卡塔部落时，酋长提议让自己的侄子护送她回家。原本这只是一种礼节性提议，而她通常都会选择婉拒，可是这一次达芙妮同意了。酋长的侄子一路跟在身后，直到她踏上农场的土地方才离去。这件事达芙妮并没有告诉扎卡塔。

那天下午去教会参加茶会时，她带上了手枪。

第二天，扎卡塔把那辆旧奔驰车送给了达芙妮。"你走太多路了。"他说。

现在再数去英格兰的日子已经没有意义了。达芙妮爬上唐纳德·克洛伊忒山丘说："你清醒着吗，唐纳德，还是……"

"我喝醉了，你走吧。"

师范学院的课程快结束时，达芙妮回了家过圣诞。她骑着马沿着宽阔的马路去了庄子上买东西，途中跑去那家给地方供应军用短裤的塞浦路斯人开的裁缝店，和店主聊了会儿天，又去当地最大的"卡菲尔"黑人商店，找它的塞法迪犹太人老板说了会儿话。

扎卡塔曾说："自己活也得让别人活。"可惜这些人从没来过舅舅的农场，所以达芙妮只能寻这种机会才能跟他们分享各自的生活见闻。

她给那家印度人开的洗衣店打了电话，说要带一瓶发油去，这是扎卡塔答应要给他们的，原因深不可考。

和药店老板的太太喝过茶后，她终于回到了庄子的警局门口，她的马就拴在那里。她又在警局这里停留了大约一个小时，和两名骑着马跟在后面。老塔伊斯则回到货车上,朝反方向驶去。

"具体细节我不想多说,"第二天扎卡塔对达芙妮说,"但我不能解雇塔伊斯。这件事和多年前的一场意外有关,那时你还没出生。是我亏欠他的。这是男人间的事,事关荣耀和尊严。"

"这样啊,我知道了。"达芙妮回答。

老塔伊斯那天清晨回到了农场。达芙妮知道扎卡塔一直等着他,也远远听见了两人爆发的激烈争吵。

她从床上坐起身来,脚上还打着木板。

"我们随时都有可能被侵犯甚至杀掉,"扎卡塔夫人说,"扎卡塔却死活不愿把那混蛋赶走。他要还是个男人,就应该一脚把那家伙踢出去。"

"舅舅说是他亏欠了老塔伊斯,事关男人的荣耀和尊严。"达芙妮说。

"扎卡塔就知道说这个。你将来无论如何,"扎卡塔夫人说,"都千万别嫁给英国男人。他们根本不关心妻子和孩子,只晓得自己那该死的荣耀和尊严。"

原本大家都以为达芙妮会在一九四〇年年满十八岁的时候去英格兰,可惜现在只能等到战争结束才有可能重提出国的事了。她曾特地去找过一位上校、一名法官和大主教,表示希望能去英国加入那里的女性服务机构。可他们回答说,此刻谁都不可能给普通公民签署去英国的出关文件,更何况她还未成年:扎卡塔会同意吗?——他们问她。

二十岁时,达芙妮依没有选择加入当地的任何女性服务机构,而是接受了一份在殖民地首都教书的工作,因为在她看来,殖民地的这些机构都只是小打小闹而已,上不得台面。

她对新开设的英国皇家空军训练营非常感兴趣,而其中一个营地就在首都郊外,于是她把大部分的业余时间都花在了参加军队食堂傍晚的酒会和舞会上,或者去边远农场参加周末网球聚会,并在那里结识了一大帮在不列颠空战①中获得"杰出飞行十字勋章"的年轻战斗机飞行员。她爱着他们,因为他们代表着英格兰。她的童年邻居约翰·科提茨也是一名飞行员,被英国征召入伍,却在乘船出海途经好望角附近时,不幸遭遇水雷,和所在轮船及护卫舰一起统统葬生海底。约翰的死讯传来时,达芙妮刚过完二十岁生日。

她和刚认识的英国朋友们开着车,去皇家空军的小教堂参加约翰的葬礼。回程的路上汽车爆了胎,伴随着车轮摩擦地面的刺耳噪音,车子偏离马路足足滑了五码远才险险停下。同行的年轻男人下车更换轮胎,达芙妮则站在一旁等待。

当男人第三次对她说"好了,都搞定了,达芙妮"时,她正心不在焉地伸着脖子张望。

"哦,"她说,注意力重新回到男人身上,"我刚在听离恨鸟的叫声。"

"什么鸟?"

"灰凤头鹦鹉。它们的叫声在这片殖民地上到处都能听见,却很少有人见过它们。它们的叫声很像在说'离开——!'。"

男人站着听了一会儿说:"我什么也没听见。"

"现在不叫了。"她说。

"这里有黄鹂吗?"男人问。

"我想是没有的。"

"它们的叫声是'一点儿面包不要奶酪'。"他说。

"这种鸟在英格兰到处都有吗?"

"我想是的。反正在赫特福德郡有很多。"

---

① 指"二战"期间法西斯德国对英国本土发动的一系列空战。

她和一位空军上尉订了婚，然而第二个星期，未婚夫就因一场飞行事故去世了。他曾向达芙妮形容过自己在亨利镇附近的家乡，说："那是一个啥也没有的地方。村里的河流穿过了我家花园，加重了父亲的风湿病，可他死活就是不愿搬家。"不知为何，这些话却令她十分神往。"河流穿过了我家花园"——她知道他说的是泰晤士河，并且花园里长满了各种英国灌木，一年四季都是碧绿的，可在他的葬礼上，达芙妮只觉得那片花园正缓慢没入深深的海底。他的家人住的地方离达芙妮母亲的帕特森家族不远，然而他们却告诉她："不，我想我们并不认识他们。"相隔仅仅十五英里的邻居居然互不相识，这让达芙妮觉得很不可思议。帕特森家在信里写道："不，我们不认识这家人。他们是因为战争从伦敦搬过来的吗？我们这有很多从伦敦搬来的人……"

过完二十一岁生日的那个圣诞节假期，达芙妮对扎卡塔说："再过一个学期我就要离开这里了。我要去开普敦。"

"塔伊斯又找你麻烦了吗？"舅舅问。

"没有。我只是想改变一下我的生活。我想去看大海。"

"要是塔伊斯找过你麻烦，我会训他的。"

"你就从来没想过让他离开吗？"达芙妮问。

"没有。"舅舅回答。

舅舅想要说服她去德班而不是开普敦："德班更像英国一点儿。"他不希望达芙妮去开普敦和她父亲那边的人待在一起——"那帮杜·托伊特家的"。

开普敦的生活让达芙妮更加向往英格兰。这里有恰到好处的欧洲氛围——温馨恬静的老式荷兰房屋；乡村小屋的可爱花园；碧绿的青草地，还有交响乐团和一间现代艺术博物馆——这些令人喜悦的事物更加坚定了达芙妮心中对亲自前往英国、体验真实生活和风景的期盼与热情。不仅如此，开普敦人家里的用人肤色都比殖民地那的要浅，还带有欧洲人的五官特征，这也让她更觉与英格兰亲近了许多，毕竟那里的仆佣都是白人。"我们家只剩下一个用人了，"帕特森家在信里说，"就是克拉拉，并且大部分时间倒是我们照顾她更多。她的记性也不好了，一直把你当成你的母亲，把托德当作'普巴舅舅'。而莎拉婶婶是个令人头疼的讨厌鬼，她老以为我们偷拿了她的甜品优惠券。"

达芙妮等不及想要和他们一同照顾克拉拉，甚至期待也被莎拉婶婶指责偷了甜品券，以及和从未谋面的表姐妹或兄弟们一起做家务或翻墙上树地淘气。她的亲戚中有一些用童书《柳林风声》里的角色给自己取了昵称，比如"拉特（老鼠）""莫尔（鼹鼠）""托德（蛤蟆）"，等等，而其他人的昵称则更是稀奇古怪——比如"普巴舅舅"和"咕咚"。达芙妮朗读英格兰的来信时，杜·托伊特家的人总是不太听得明白，而她自己也时常被信中如诗歌般跳脱的思绪深深迷住。"'老鼠'，"她会跟父亲家的亲戚们解释，"就是亨利·米德尔顿，莫莉的丈夫。他是一名海军……"

"他是不是对莫莉不够好啊？"

"没有，他很爱她。"达芙妮说，不自觉地模仿着信中的标准英式措辞。

"那为什么会被叫作'老鼠'？"

扎卡塔说得对，达芙妮心想，英式幽默真的很难用言语解释得清。

她也会兴致勃勃地去开普敦的夜总会玩，但心中却始终笃定，这些都不过是对伦敦正牌夜总会娱乐方式的俗气模仿而已。

杜·托伊特家族在非洲属于社会精英阶层，他们对来自英国的人文风俗表示欢迎，却并不意提倡。父亲家族里有一位堂兄毕业于牛津大学，那时正在参加北非战争的军队里服役。他在休假时回家向达芙妮求婚，而那时的达芙妮却爱上了一位海军军官。两周前，军官乘坐的军舰在战斗中遭受重创，停留在开普敦维修补给。"雷纳尔德真是我见过最典型的英国男人，"达芙妮心想，"也是为人最真诚的。""我们的船，"军官压低声音悄悄地说，"这事可不能让别人知道——会在港口停留六个星期。"然后问达芙妮，离港前的这段时间里，他们可不可以把对方当作彼此的伴侣？达芙妮的回答是：哦，真的吗？那行吧。不管杜·托伊特家的人怎么想，她还是义无反顾地和军官在海滨酒店里共度了一晚。雷纳尔德漫不经心地提起，战争爆发前他曾是家乡村板球队的队长——"乡绅家的人通常都是队长"。达芙妮的脑海中便忍不住浮现出了一个画面：年轻的男人们穿着白绒布球裤的健壮长腿，阳光明媚，宽阔的榆树下有大片的阴凉；草地上或坐或站着一群穿着飘逸长裙的漂亮姑娘，还有身着老式碎花图案的母亲们和带着平顶硬草帽的父亲们……大家躲在湖边帐篷的阴凉下愉悦地享受着仆人端来的柠檬汁；仆人们面容白皙，身着黑色长裙、外罩白色围裙，手里端着盛放柠檬汁的托盘。达芙妮忽然想到扎卡塔农场上的热浪和烈日白光，还有当地人身上的气味，内心一阵反胃。

几天后的一个下午，在酒店的海滨舞会上，达芙妮正和雷纳尔德耳鬓厮磨地跳着舞，当歌曲唱到——"随时光流逝，爱情真谛永不变"这一句时——年轻的让·杜·托伊特正在家里召集家人，对他们宣布达芙妮的未婚夫其实是个已婚男人。松济姊姊第二天一大早便来找达芙妮谈话。

达芙妮说："他是他们家乡板球队的队长。"

"但那依旧改变不了他可能已经结婚的事实。"松济姊姊说。

午餐时，这个传言得到了证实，而傍晚时分军舰便起航离开了。

达芙妮任性地觉得，都是因为和杜·托伊特家住在一起才会发生这种事，于是一个人搬去了德班市，并对来自英国的船只和人产生了极大的警惕心。对于愈加频繁地出现在港口的美国海军,她更是能避则避。

在她执教的德班市中学里有一位同事,年近中年,是一名艺术老师,几年前因战争的缘故从英国的布里斯托移民来此。在他口中,英格兰简直就是一个野蛮之国,它判他当了艺术老师而非艺术家。他经常跟达芙妮抱怨,说英国有多么令人沮丧,可后者根本不往心里去;或者说,她只留心去听他故事里偶尔出现的那些以前没听过的事。"就拿时尚人物肖像画家来说吧,"艺术老师说,"他们总不遗余力地讨好客人——通常是女客人,特意把她们画得比本人更美,这样就能得到一大笔钱,在肯辛顿、切尔西或者汉普斯特这种高级地段买下一栋巴洛克式豪宅,把阁楼改造成画室,再安上一面硕大的落地窗。我在学院读书时的一个男同学现在就成了这么一位肖像画家,买了一栋可以俯瞰摄政运河的小公寓,常常举办派对和宴会,想去哪里去哪里,什么亨利镇啦,阿斯科特皇家马场啦,平日里接触的也都是些有头脸的名流贵族,还有服装设计师啦,电影圈的人物什么的。在当今的英格兰,像那样的人就是所谓的成功艺术家啦。"

达芙妮的思绪就像一盏不时亮起的信号灯,照耀着"巴洛克式豪宅""肯辛顿""切尔西""小公寓""摄政运河""亨利镇"这些词汇,除此之外她什么也听不进去。

"再说另外一个家伙吧,"教艺术课的同事接着说,"也是我在学院读书时认识的。没什么才华,挺超现代主义的一个人,却打定主意一定要成为艺术家,除此之外什么也不考虑。那他怎么样了呢?上一次见面,他还连买一管颜料的钱都没有,和另一个搞艺术的人一起,在伦敦苏豪区租了一间阁楼——但人家如今已摇身一变成了知名剧场艺术设计师了——叫作 G.T. 马维尔的,你听说过吗?"

"没有。"达芙妮回答。

"反正,他现在也是名人了。"

"这样啊。"

"不过那个当初和他一起租房子的人却依旧一事无成。他们以前穷的时候,不得不拿毯子把阁楼房间隔成两半,一人住一半,在房间中间拉一根绳子晾衣服。这种事在苏豪区屡见不鲜。在英格兰当艺术家的,有些活得还不如在这边灌木丛里生活的土著。"

达芙妮对这些令人丧气的言论照单全收,然后回家快乐地琢磨"苏豪区""诗歌""阁楼"和"艺术家"等等信息。

一九四六年,达芙妮终于得到了登船的机会,她特地回到农场和扎卡塔告别。她和这个逐渐衰老的男人一起坐在门廊上。

"你为什么从来没回过英格兰呢?"她问。

"农场里的事太多了,"他回答,"根本脱不开身啊。"可是脑袋却不自觉地朝后偏了偏——门廊后面是扎卡塔夫人的卧室,她正躺在床上,床头放着一杯威士忌和一把左轮手枪。达芙妮明白,扎卡塔在婚姻中犯了错,不可能有脸再带着夫人回去探望英国的家人了,但又无法把她留在殖民地自己回国,就算拜托这里的朋友代为照顾也不行,因为他是一个在乎荣耀和尊严的男人。

"我觉得,"达芙妮说,"帕特森家的亲戚们一定很期待了解我们这里的生活。"

扎卡塔看起来有些忧虑。"你别忘了,"他说,"扎卡塔舅妈的身子不好,需要人长期照顾。再说,国内的人并不了解热带的生存环境,而且——"

"哦,我跟他们介绍扎卡塔舅妈的时候会好好说的。"达芙妮说,意思是绝口不提身体状况这件事。

"我知道你会的。"舅舅肯定地说。

达芙妮步行到马卡塔部落去告别。这个部落有了新的马卡塔，以前的老酋长去世了。新酋长在当地英国人的教会学校里读过书，穿着海军蓝的短裤和白衬衫。以前的马卡塔称呼自己部落的人为"族人"，而新的马卡塔却称呼他们是"我部落的人民"。以前达芙妮会和老马卡塔一起蹲坐在酋长的宽大圆形茅屋外聊天，而现在那里铺上了一张灰色的军毯，上面摆着两张厨房椅，一张给酋长坐，另一张给酋长的客人。达芙妮坐在椅子上，想起以前老酋长身上浓浓的味道，那是当地土著们常年不洗澡产生的典型体味；而年轻的马卡塔身上却能闻到清新的肥皂味。"我部落的人民会为你祈祷平安。"他说。回程的时候他并没有像老马卡塔那样，提出要派人送达芙妮回家。

她知道老塔伊斯一直跟着她到了部落，也知道他现在还等在外面，可她还是轻松地甩开双臂走着，只是短裤口袋里早就装好了一把小型左轮手枪。

离农场还有一英里远时，老塔伊斯毫不避讳地从路边原野上向她走来。手里拿着一把枪。达芙妮尽可能看似不经意地加快了脚步，往一旁的灌木丛中走去。这个时节的灌木还很稀疏，她的身影也清晰可见。她挑着灌木比较低矮的地方快步往农场走去。老塔伊斯同样踩踏着干枯的灌木跟在身后。

"站住，"她听见他说，"否则我就开枪了。"

她的手就抚在口袋里的左轮手枪上，心里盘算着要赶在老塔伊斯瞄准之前，先转身开枪。可是就在转身时，她听见老塔伊斯身后传来一声枪响，塔伊斯则直直地倒了下去。达芙妮听见袭击者踩着灌木丛离去的声响，不久后荒原旁的小路上传来了自行车远去的声音。

躺在地上的老塔伊斯还没有失去意识。中枪的地方在脖子根部。达芙妮从上往下俯视着他。

"我去找人过来。"她说。

接下来的一个星期，当地警察漫不经心地对土著居住区进行了一次所谓的排查，但没有发现任何枪械。尽管如此，达芙妮还是给警局的老朋友乔尼·费雷拉打了一通电话，说如果有任何人——无论黑人还是白人——因枪击老塔伊斯而被捕，审判的时候她都愿意作为证人出庭为袭击者辩护。

"这么说是老塔伊斯打算袭击你在先的？"

"是的。我也带着一把左轮枪，本打算自己开枪的。结果另外一个人先开了枪。"

"你确定真的没看到袭击者是谁吗？"

"没有。怎么了？"

"因为你刚说'无论黑人还是白人'。而我们更倾向于认为是当地人干的，因为你说此人骑着自行车。"

"无论黑人还是白人，"达芙妮回答，"都没有区别。他只是路见不平，出手相救而已。"

"嗨，我知道。"乔尼说，"但我们需要事实。即便抓到了人，对他的指控也很有可能被撤销；等老塔伊斯出院了，我们会再对他进行审判。也是时候让扎卡塔摆脱掉这个讨厌鬼了。"

"唉，可你们没有抓到人，"达芙妮说，"对吧？"

"没有。"朋友答道，"但如果你有任何线索，请告诉我们。好好想想吧。"

达芙妮把车停在唐纳德·克洛伊忒山丘脚下，慢步爬上小山，一路上不断停下来看看山下的土地、小小的庄子、蜿蜒曲折的公路和远处隐隐约约的农场房顶。她像一台摄影机一样仔细地分辨和记忆着每一个细节，仿佛是第一次浏览这些风景，因为很快她就要离开，去英格兰了。

她在一块石头上坐了下来，一只蜥蜴矫捷地从她双足之间溜走，消失在草丛中。

"离开。离开。"

忽然一声鸟鸣传来又随着风儿消散。她曾见过离恨鸟几次，那是一种没什么华丽色彩、看起来普普通通的鸟儿。她站起身来，带着有些沉重的步伐继续往前走。

"醉了还是醒着啊，唐纳德？"

"还凑合。进来吧。"

"乔尼·费雷拉想起诉老塔伊斯，"她说，"告他那天企图对我做的事。"

"我知道，"唐纳德说，"乔尼的手下来过这儿了。"

"你怎么说的？"

"我让他们上别处查去。"

这片殖民地上只有少数几个白人平时会骑自行车出入，而达芙妮所在的区域更是只有一人。大多数骑自行车的都是当地人或者学生，而事发当时孩子们都还在学校。因此，那个救了达芙妮的神秘人要么是刚好路过的当地人，要么就是正在巡逻的唐纳德。除此之外，还有枪的问题。即便当地人偷偷藏着枪，也几乎没有人会轻易使用，因为是非法持枪，害怕被人发现；更是几乎没有当地人敢于承担枪杀白人的后果，无论他们有多么英勇。

"不如就让他们起诉老塔伊斯呗？"达芙妮问。

"我并不反对，"唐纳德说，"他们想干就干吧。"

"可他们需要一个目击证人。"她说，"否则就变成了我和他各执一词。老塔伊斯会提起上诉，然后很可能被无罪释放。"

"我可不管，"唐纳德说，"我不喜欢听这些法律啊、法庭的事。"

"好吧，不过你人真的很好，唐纳德，"达芙妮说，"我很感激你。"

"那就别跟我提法律审讯的事啦。"

"好吧,我不提了。"

"你也知道庭审会是怎样的。"唐纳德却接着说,"扎卡塔最讨厌丑闻了。一旦上法庭,以前的事很可能被翻出来。谁知道提审老塔伊斯的时候他会说出些什么呢,老扎卡塔绝不想听。"

"我觉得他知道你为我做了什么,唐纳德。他也非常感激你。"

"要是老塔伊斯真死了他会更感激的。"

"你是一直盯着老塔伊斯所以才能及时出手,还是那天只是恰好经过?"达芙妮认真地问。

"我不懂你的意思。那天我正在村里张贴小心口蹄疫的告示,忙着呢,哪有时间一直盯着老塔伊斯。"

"我下个星期就要离开了,"达芙妮说,"要走两年呢。"

"我听说了。你可不知道那儿的草地有多么青翠。那边经常下雨……记得要去看看伦敦塔……别回来。"

2

琳达·帕特森,二十八岁,总是满腹牢骚。这让达芙妮很不明白。她倒是很喜欢因为风湿病而总是披着长羊毛毯的普巴舅舅,虽然后者总是威胁要卖掉这栋潮湿老旧的房子,去找个酒店住着,这一点虽然让达芙妮略微担心,却给了表姐琳达一线希望。琳达的丈夫死于一场交通事故,她早就盼着能有机会去伦敦找工作了。

"你怎么会想到离开非洲那么好的天气,跑来这个让人郁闷的国家?"琳达会问。

"可是,"达芙妮开心地说,"这里是英格兰啊。"

在她抵达英国后不久,时年八十二岁的婶婶莎拉就拉着达芙妮说:"亲爱的,还没完呢。"

"什么还没完？"

莎拉婶婶叹了口气说："你知道我在说什么。我的晚礼服，亲爱的，那几条人造丝的晚礼服。我的衣橱里有三条，一条绿的、一条桃粉色的、一条粉色的。我今早才发现它们都不见了。现在家里除了你不可能有别人会拿。克拉拉是个无可挑剔的人，不可能是她，再说了，她也没法爬楼梯呀，不是吗？琳达的嫁妆里有很多条晚礼服，可怜的姑娘——"

"您在说什么呀？"达芙妮问，"您到底在说什么？"

莎拉婶婶从针线盒里拿出一根针，扎在达芙妮的手臂上。"这是偷我晚礼服的惩罚。"她说。

"得把她送到疗养院去，"琳达说，"我们连每天来打扫的帮佣都不敢请，就因为莎拉婶婶总指责别人偷东西。"

普巴舅舅说："你可别说，除了这件事之外她其实挺正常的。真的。以她这个年纪来说已经很了不起了。要是我们能想办法让她清醒点儿，明白自己的想法有多傻就好了——"

"她必须去疗养院。"

普巴岔开话题说要出门去查看气压计，然后再也没回来。

"说实话，我真的不介意。"达芙妮说。

"你看看因为她我们多了多少事做，"琳达说，"看看这些麻烦！"

第二天，达芙妮正蹲在地上抹地的时候，莎拉婶婶跑来站在她面前的一摊水迹中。"我的复方安息香酊呢？"她说，"我放了一整瓶在浴室里，但现在不见了。"

"我知道。"达芙妮说，一边继续抹地，"我一时鬼迷心窍把它拿走了，但是现在已经放回去了。"

"行吧，"莎拉婶婶说着气冲冲地转身走了，留下一连串湿漉漉的脚印，"下次别再犯了。你母亲就有偷窃的坏毛病，我还记得。"

冬季的寒冷一直延续到四月。为了抽烟，琳达和达芙妮不得不一起挤在书房内一台只有一根加热棒的电暖器前；普巴有哮喘，受不得烟气。

琳达正利用周末的时间和一位伦敦的辩护律师谈事情。有达芙妮在家，她终于可以整个周末都不回来了，后来甚至有时一整个星期都不在家。"达芙妮，"她会打电话回来，"你不介意再坚持一会儿吧，可以吗？这边的事对我来说太重要了。"

达芙妮会陪普巴舅舅去散步，虽然不得不迈着小步子，因为舅舅走得慢。他们会沿着平整的道路走到河边，达芙妮固执地把它称为"泰晤士河"，尽管那确实算得上是泰晤士河的一个小支流。

"我们一直走到了泰晤士河边。"琳达回来的时候达芙妮就这么跟她说。她俩散步时通常只走到小路尽头有锁的栅栏处，周围是青翠的草地和洁白的羊群。

殖民地的一些朋友在伦敦也有亲戚，他们邀请达芙妮去玩，达芙妮答应了，然后去找琳达，告诉她自己什么时候要走。

"可是，"琳达说，"下周我需要去伦敦啊。是很重要的事，你知道的，得有人留在家里照顾普巴和莎拉婶婶。"

"哦，这样啊。"达芙妮说。

看她没有立刻反驳，琳达立时高兴了起来："要不你再下周去？"

"不，是下周，"达芙妮耐心地回答，"我下周去。"

"可总得有人照顾普巴和莎拉婶婶吧。"

"哦，这样啊。"

见说不通，琳达开始哭泣，达芙妮只好说："我会给我的朋友们写信解释的。"

琳达擦干眼泪说："你根本无法想象，和两个自私的老家伙长年累月地住在一栋糟糕的房子里有多么令人崩溃，更别提还有一个没救了的克拉拉。"

第二周，好几个帕特森家的亲戚登门拜访，他们分别是莫莉、拉特、莫尔和一个叫"扁豆"的小婴儿。莫尔是表兄，尚未结婚。达芙妮说想去剑桥看看，表兄说他来安排；她又说自己可能很快会去一趟伦敦，表兄说希望能在那里见到她。莎拉婶婶用针扎了一下小婴儿的胳膊，于是莫莉和拉特把达芙妮拉到一边，嘱咐她赶紧早点搬出去："住在这里太不利于健康了！"

"哦，"达芙妮说，"可这不就是典型的英式生活么。"

"我的老大爷！"拉特惊呼。

达芙妮终于到了伦敦，和殖民地朋友的亲戚们见了面。她之前听说这些亲戚都是有钱人，所以当计程车驶离主路，把她载到一条破败的羊肠巷子里，最后在一栋狭小的房屋前停下时，她很是诧异。巷子里除了那栋房子以外全是车库。

"你确定是这里吗？"她问司机。

"冠军马厩街二十五号。"司机说。

"对的，"达芙妮说，"看来就是这里了。"

启程前琳达曾说过："住在冠军马厩街？噢，那这家人可真是有钱人啊。我可太想住在马厩改建的房子里了！"达芙妮认真地记住了这番话。

房子的内部装潢很不错，这让达芙妮修正了自己的看法，在晚餐时坦然地对女主人说："这栋马厩改建的房子真是温馨舒适。"

"可不是！我们真的很走运——当时好多人都在抢呢。"

普利德汉姆太太是一位睿智的中年女性，普利德汉姆先生是一名整形医师。

"以我的愚见，"他对达芙妮说，"在贫苦的非洲生活，难免时常遭遇危险吧。"

达芙妮笑了起来。

"想必你也会参加社交季吧,"普利德汉姆太太说,"有安排什么活动吗?"

"我会在英国生活两年。"达芙妮说着忽然反应过来,她指的是每年初夏伦敦上流社会的社交活动,于是答道:"不,我还没有安排。不过我舅舅已经给很多朋友写过介绍信了。"

"今年的伦敦社交季会推迟一些。"普利德汉姆太太说。

"其实,"达芙妮说,"我就想亲眼看看英格兰而已。看看伦敦、伦敦塔,还有扎卡塔舅舅的朋友们。"

"那我明天下午就带你去伦敦塔。"普利德汉姆先生说。

于是第二天,普利德汉姆先生如言带着达芙妮去了伦敦塔,之后又载她绕着里奇蒙德区和肯辛顿区兜风。他选了一个风景不错的地方停了车。"达芙妮,"他说,"我爱你。"然后用历经风霜的嘴唇紧紧贴住达芙妮的嘴。

好不容易分开后,达芙妮拿出手绢随意地——看似随意地抹了抹嘴唇,因为她不想伤他的面子。不过,她郑重告诉他,自己已经在殖民地订了婚。

"噢,天呐,我犯了一个大错。我是不是犯了大错?"

"达芙妮已经和某个幸运的非洲小伙订婚了。"晚餐时他说。当时莫尔也在,闻言看向达芙妮,后者只能无助地回望他。普利德汉姆太太看了看自己的丈夫,然后转头对达芙妮说:"不管怎样,你都一定要参加伦敦社交季。务必在我家住上六个星期。我以前也带年轻姑娘们参加过社交,虽然现在一切为时已晚,但——"

"请一定留下来多住一段时间。"普利德汉姆先生也说。

后来,达芙妮向莫尔解释了她"早已订婚"的故事,后者说:"你不能再住在普利德汉姆家了。我认识一个人,你可以去她那儿,是我朋友的母亲。"

达芙妮说自己没法继续留宿时，普利德汉姆太太看起来很难过；剩下的一个星期中，她不遗余力地创造机会把达芙妮往自己丈夫身边送，经常让他们独处，或者安排车子来接自己出门，这样达芙妮就只能和普利德汉姆先生单独用餐了。

达芙妮告诉莫尔："她对自己的丈夫完全没有半点儿疑心，甚至竟像是故意把他推给我似的。"

"她想利用你让他提起兴趣，"莫尔说，"这世上有很多像她那样的女人，把年轻姑娘招来家里，好给老男人一些刺激，然后再赶走她们。"

"哦，这样啊。"

于是达芙妮去了莫尔的朋友迈克尔的母亲家暂住，并支付房租。这些都是通过信件沟通安排的。

迈克尔·卡瑟又高又瘦，长了一副朝天鼻，被安排跟着自己的一位舅舅做股票经纪的工作，但并不怎么成功。他时常发出"咯咯"的傻笑。住在一起的母亲对这个儿子的愚蠢有着一种异样的骄傲。"迈克尔冒的那些个傻气唷，"她对达芙妮说，"真是……"她说战争期间他们住在英格兰南部的巴克夏郡，有一次迈克尔从军队休假回来，某天吃过午餐，她递给迈克尔一本配给供应簿，让他去买一包茶，结果他第二天早上才回来。迈克尔把茶递给母亲，解释说自己是被交通给耽搁了。

"什么交通？"母亲问。

"噢，就是火车，去伦敦，你知道的。"

原来迈克尔一路从巴克夏郡乘火车去伦敦的福南梅森百货公司买的茶，从没想过其实他们住的村子里就有茶店，也没想过其实除了福南梅森，哪里都可以买到茶叶。但达芙妮觉得，这种行为真是太有英国范儿了。

如今，迈克尔和母亲一起生活在伦敦摄政公园附近的公寓里。格蕾塔·卡瑟和儿子一样又高又瘦，体态却很和谐，一米七八的瘦削身形总是动静相宜、行为得体，因此即使有着溜肩膀、凹陷的胸腔和瘦骨嶙峋的弯曲手臂，她的样子看起来也是令人愉悦的。她说话时带着长长的鼻音，日常收入来源是前夫的赡养费和家里租客的租金。

她收了达芙妮一大笔房租，后者很是疑心这笔钱的合理性，不过很快便又自行推测格蕾塔·卡瑟一定和自己的儿子一样愚蠢，活在一个不知钱为何物的虚幻世界里，所以一不小心就多收了房租。饿得前胸贴后背的时候，达芙妮经常溜到那家叫"莱昂"的店里去吃三明治。她之前以为上流社会的女士都是不食人间烟火的，直到有一天看见格蕾塔·卡瑟用餐时那狼吞虎咽的模样才改变了想法，转而认定格蕾塔对租客的吝啬全是出于她自己对物质虚荣的追求。格蕾塔许多方面的行为都不断强化着达芙妮对她的印象，比如总是忘记找给达芙妮零钱，或者一句话也不说就离家一整天，不留任何午餐等等。

尽管如此，她还是一位上流社会的女士，尤其是和达芙妮的亲戚们相比。对比莫莉和琳达的样子，格蕾塔的确很上流。达芙妮曾见过自己母亲和莎拉婶婶年轻时衣着光鲜时的照片，那时的人们对着装十分在意和认真，可即便如此，她们再怎么打扮也不是上流社会的女士。达芙妮常默默思索格蕾塔·卡瑟的过人之长：她有一个当大主教的舅舅和做伯爵的表兄。某个周末，达芙妮回乡下看望普巴舅舅，和来家里做客的巴萝小姐喝茶时聊起了格蕾塔·卡瑟。巴萝小姐是当地有名的大龄未婚女士。达芙妮惊讶地发现，这个穿着老派男装巴宝莉衣裤的女人，尽管双手因常年打理花园而布满老茧，面颊也因风霜雨雪的冲刷而干燥粗糙，却竟然跟格蕾塔同属一个社交圈子。她们曾一起上学，初入上流社交圈时也在一起，并且是同一年。

"真是不可思议！"后来达芙妮跟普巴舅舅说，"卡瑟太太和巴萝小姐两个人是那么不同，然而成长背景却是一样的。"

　　普巴嘴上应承着："还真是呢，可不是。"可他显然并不明白达芙妮所说的"不可思议"是指什么。

　　回到伦敦后达芙妮去了摄政花园。格蕾塔·卡瑟在伦敦西区的一家餐厅为达芙妮举办了一次晚宴派对，之后又在夜总会举行了一场通宵达旦的舞会。大约有二十一名年轻人受邀前来，绝大多数都是刚步入青春期的孩子，这让达芙妮顿感岁月催人；另外还有几位和格蕾塔一个年代的大人，这对达芙妮并没有什么吸引力。当然，迈克尔也来了，虽然是英国男人，达芙妮却对他没什么兴趣。

　　这次派对之后还举行了几场别的派对，一个接一个，让人应接不暇。"我们能不能邀请莫尔来参加？"达芙妮问。

　　"这个嘛，"格蕾塔答道，"举办派对的主要目的是让你有机会结识新人。但是，当然了，你要是想邀请……"

　　这一场场派对的花销几乎用尽了达芙妮半年的生活费；而为了认识格蕾塔的众多女性朋友而举办的午餐会则用尽了另一半。达芙妮很想跟卡瑟夫人解释，自己此前并不清楚成为她的房客会有这么多事，她并不想要娱乐活动，因为到目前为止她连一个称得上令人愉悦的居所都没找到。可她不敢同格蕾塔摊牌，后者是那么让人难以捉摸、世故圆滑又冷漠疏离。于是她只能给扎卡塔写信，问他要钱。"请放心，"她写道，"等我玩够了会去找工作的。"

　　"我希望你能尽情体验真正的英格兰，"扎卡塔回了信，并附上一张支票，"我的建议是，你可以去参加一次巴士旅行，听说非常不错，比我年轻那会先进多了。我当年可没这么好的事。"达芙妮对扎卡塔的建议并不怎么上心，因为大部分都难以实现。"务必去拜访、结识一下在银行工作的梅里维尔，"信里写道，"他会在会客室招待你喝雪莉酒，就像当年招待我那样。"可当达芙妮去银行询问梅里维尔先生是否在时却发现并无此人。"你们认识一个叫梅里维尔的员工吗?"银行出纳们彼此询问着。"你确定是这间支行吗?"他们又问达芙妮。

"哦,是的。他之前是这儿的经理。"

"很抱歉,女士,我们这里没人听过这个名字。肯定是很久以前的事了吧。"

"哦,这样啊。"

自此,达芙妮逐渐养成了无视扎卡塔建议的习惯:"你去过汉普顿科特宫了吗?""你去银行找过梅里维尔了吗?他会请你喝雪莉酒……""你定了环游英格兰和威尔士的旅行了吗?想必你会计划去游览英国的乡村风光吧?"

"我找不到你说的那个在圣保罗大教堂庭院里工作的靴匠,"达芙妮回复道,"因为那里已经被炸掉了。如果要买鞋,还是去我们常去的那家约翰内斯堡的鞋店比较好。再说了,我也不一定能买到合适的靴子。"

很快,她便不再一一回应扎卡塔的每一个询问和建议了,只是简单地写一写自己最近参加的派对活动。可扎卡塔却似乎不怎么认真读她写的东西,因为他的回信中对达芙妮说的那些派对只字未提。

某天下午,格蕾塔带着一只玩具贵宾犬回到公寓。"这是给你的。"她对达芙妮说。

"真是太精致啦!"达芙妮开心地说,以为这是送她的礼物,于是努力寻找地道的表达方式来表达感激之情。

"我一看见就知道必须得买回来给你。"格蕾塔说,紧接着便开口索要一百五十几尼[①]。达芙妮装作喜欢的样子把脸藏在穿着小衣服

[①] 英制货币单位,1几尼等于1.05英镑。

的玩具狗身后,藏起了自己的失望和沮丧。

"能买到这只小狗可真是运气好,"格蕾塔接着说,"你看,它可不只是个精致小巧的摆设,比摆设可大了不少——还可以当作玩具呢。"

达芙妮给了她一张支票,然后写信给扎卡塔说伦敦的东西真是太贵了。她决定等到秋天就去找工作,并且取消之前和莫莉、拉特和莫尔计划的为期十四天的北方之旅。

扎卡塔又给她寄了一笔钱,算作下一个季度生活费的预支款。"抱歉钱不多,今年苍蝇特别多,马匹生意不好做。另外,你应该也看到关于烟草作物的新闻了吧。"达芙妮并不看报纸,所以也不知道非洲农业遭遇枯萎病打击的新闻,但偶尔收成不好并不是什么罕见的大事,她只是对扎卡塔的态度感到惊讶,因为印象中她一直认为他很富有。但那之后很快便从殖民地的朋友那传来了消息,说扎卡塔的女儿和女婿在肯尼亚农场被矛矛党人①杀害了。"扎卡塔千叮万嘱让我们别告诉你,"她的朋友写信说,"但我们觉得你应该知道。他们留下了两个儿子,现在由扎卡塔照顾。"

那时是五月中旬,达芙妮的房屋租约要到六月底才结束。然而她还是打电话给琳达,通知她自己要回乡下来了。那时格蕾塔不在家,于是达芙妮收拾好行李,鼓足勇气坐在椅子上等她回来,膝盖上还放着"爆米花"(那只玩具贵宾犬)。她打算跟她说明现在的财务困境。

迈克尔先回了家。他手里提着一只空鸟笼,另一只手抱着一个有洞的硬纸盒。盒子刚一打开,一只惊恐的小鸟便冲了出来。

"这是虎皮鹦鹉,"迈克尔说,"我猜它们在你的家乡一定活得自由自在吧。它们会学人说话,你知道吗。它这会儿还有些害怕,

---

① 肯尼亚反对英国殖民统治、争取民族独立的爱国武装组织,出现于 20 世纪 40 年代末年。

等熟悉了地方和人，就会开始说话了。"说完他"咯咯"笑了起来。

那只鹦鹉落在一盏灯罩上。达芙妮捉住它放回了笼子。鸟儿胸脯上的羽毛有着薰衣草的颜色。

"是给你的，"迈克尔说，"妈妈让我回家拿给你，是她给你买的。它会说'快过来，亲爱的'和'下地狱吧'之类的话。"

"我真的并不想要。"达芙妮绝望地说。

"啾、啾、啾，"迈克尔学着鸟儿叫唤，"说'你好'，说'你好'。说'快过来，亲爱的'。"

鸟儿立在笼子的底部，一声不响，只别着头左看右看。

"真的，"达芙妮说，"我没有钱了。手头很紧，买不起这只鸟了。我现在只是在等你妈妈回来，好跟她告别。"

"不会吧。"迈克尔说。

"真的。"达芙妮回答。

"听我说，"迈克尔开口道，"照我说的做：现在就收拾好行李赶紧离开，别等到她回来。你要是当面跟她说这些，她肯定不会罢休的。"说着他轻声笑了笑，从母亲加过水的白兰地酒瓶里给自己倒了一杯，接着道："要不要我现在就帮你叫计程车？再过半小时她就回来了。"

"不，我要等她。"达芙妮说，有些紧张地用手抚摸着玩具贵宾犬身上的绒毛。

"上次差点儿闹到法院去-——"见她不听，迈克尔又说，"和另一个女孩儿。妈妈本应为她举办两场舞会，结果好像是没有办成还是怎么的，那女孩儿的家人就闹了起来。我想妈妈可能是把钱花在别的什么地方了……之类的吧。"说完他又"咯咯"笑起来。

"哦，这样啊。"达芙妮走到电话旁，打给了莫尔，请他下班后来接自己。

格蕾塔回来了。当她问清楚状况后，立刻让迈克尔离开房间。

"我必须跟你讲清楚，"格蕾塔对达芙妮说，"你刚才的提议是违法的，你知道吗？"

"我可以多付给你一个星期的费用，代替事前通知，"达芙妮说，"还可以比一个月的实际费用再高一点儿。"

"你当初同意一直住到六月底的，亲爱的，这都白纸黑字写着呢。"这话是没错——达芙妮意识到，自己来之前在乡下给她写的那封确认函此刻正被当作牵制她的证据。

"我舅舅需要一大笔钱来处理一些意外事件。我的表姐和表姐夫被矛矛党人杀害了，他们的儿子——"

"我很遗憾，亲爱的，可我不能感情用事。你并不是普通的房客，现在正是伦敦社交季期间，这可不是件小事。都到这个时候了，我也没办法再找别的房客。你想想我为你花了多少功夫？派对、赛马、和身份高贵的人会面……不行，对不起，我不能让你解除合约。我已经为你安排了下周在克拉里奇五星级酒店的鸡尾酒会。本来我做这些又不是为了赚钱——你知道那个梅西·斯莱特可是要收女孩们一千五百英镑才肯带她们去参加社交的呢！"

这番话打破了达芙妮的平静，激得她不得不驳斥："可斯莱特女士会认真为她的房客举办社交舞会。"

格蕾塔立刻反驳："以你的身份，不会以为自己真能得到引荐进入上流社会吧？"

"莫尔会来接我的。"达芙妮说。

"我也不是要逼你留下来，达芙妮，但你若想走，就必须按规矩全额赔偿我。到那时你要是想离开，没人会拦着。"

"离开，离开，下地狱吧！"那只虎皮鹦鹉此时忽然叫了起来，它已经飞到笼子里的栏杆上站着了。

"还有这只小鸟，"格蕾塔接着说，"这是今天下午我专门为你买的。还以为你会高兴。"说完竟抽泣了起来。

"我并不想要。"达芙妮说。

"所有来我这儿住的女孩们都很喜欢养宠物。"格蕾塔说。

"快过来,亲爱的!"鸟儿继续鸣叫着,"离开,下地狱吧!"

抽泣了一会儿后,格蕾塔开始算账:"这只鸟花了二十几尼。再算上我为你预订的新衣服——"

"离开,离开——"鸟儿继续叫着。

莫尔终于来了。达芙妮把一张二十英镑的支票放在大厅的置物桌上,然后飞快地蹿进莫尔的车里,让他替自己扛行李。"我会让律师找你的!"格蕾塔在她身后喊。

迈克尔在大厅里转悠,平静地看着这一切。他朝达芙妮咯咯笑了笑,然后去帮莫尔抬行李。

两人开车行驶了十分钟才停下,前方是红绿灯。当引擎声停下后,达芙妮听见那只虎皮鹦鹉正在后座上啾啾地唱着。

"你把这只鸟也带上了!"她惊呼。

"是啊,这不是你的吗?迈克尔跟我说是你的鸟呀。"

"我要给宠物店打电话,"达芙妮说,"请他们收回去。你觉得格蕾塔真的会去告我吗?"

"根本不可能,"莫尔说,"别往心里去。"

第二天一早,达芙妮从乡下给宠物店打了电话。

"我是卡瑟夫人,"她故意拖着鼻音讲话,"昨天我在你这儿买了一只虎皮鹦鹉。请恕我愚钝,竟忘记付了多少钱,可以请你告诉我吗,这样我心里好有个数。"

"您是格蕾塔·卡瑟夫人?"

"是的。"

"我们昨天应该没有卖出过虎皮鹦鹉,卡瑟夫人。请稍等,我问问。"

电话那头短暂地安静了一会儿,接着一个听起来更有权威的声音接过电话:"您是询问关于虎皮鹦鹉的事吗,卡瑟夫人?"

"是的,我昨天在店里买的。"达芙妮继续带着鼻音说。

"那应该不是在我们店买的,卡瑟夫人——哦,对了,夫人……"

"怎么了?"达芙妮声音略颤了颤。

"既然您正好来电,我想谈谈您赊账的事。"

"没问题。差您多少?我写支票过去。"

"八十几尼——这里边当然包括那只玩具贵宾犬。"

"啊,是了。那只小狗到底多少钱来着?我对这些事总是记不住。"

"那只贵宾犬玩具是六十几尼。除此之外还有去年十月份的欠账——"

"谢谢。我相信您的账没问题。我会寄支票来的。"

"那鸟是你偷来的,别人不知道,我可清楚得很。"那天下午莎拉姊姊对达芙妮说,还伸手推了一下鸟笼。

"不是,"达芙妮回答,"是我买来的。"

一九四七年的春天,琳达因某种血液疾病去世了。葬礼上有个四十五岁左右、个头矮小的男人向达芙妮做了自我介绍。他叫马汀·格林迪,是已故琳达的那位辩护律师恋人。

他给达芙妮递了一张名片:"有时间你愿意来找我,一起聊聊琳达的事吗?"

"好啊,没问题。"

"那就下周?"

"呃……下周我有课。等学校放假的时候吧,我写信给你。"

复活节假期的时候,她给律师写了信,两人约定几天后见面一起吃午餐。

律师说："我很想念琳达。"

"是啊，怎么会不想呢。"

"可麻烦的是，你看，我是有妇之夫。"

达芙妮认同面前这个男人是个有魅力的人，也理解琳达过去为什么如此迫切地想跟他见面。

那年夏天，达芙妮取代了琳达的位置，成为马汀的情人。他们不仅周末在伦敦幽会，暑假里见面的次数也越来越频繁。

达芙妮在亨利镇的一所私立中学教书。如今只剩下她和普巴舅舅以及一名中年管家住在一起，那是他们花了好大一番功夫才找来的，以前的用人克拉拉已经离世，而莎拉婶婶则被送去了疗养院。

莫尔结婚了，不再经常来家里看他们，也不再经常开着车和她到遥远的地方去兜风。达芙妮很想念曾经的日子。认识马汀·格林迪之前，只有当同一所学校任职的美术老师登门拜访时，她的生活才仿佛稍微有了些鲜活的色彩，而这样鲜活的日子一周有两次。

马汀的妻子比他大几岁，住在萨里郡，总是病恹恹的，神经紧张，还总爱抱怨。

"我倒是不介意离婚，"马汀说，"但我妻子的宗教信仰不允许离婚，虽然我个人并不信这些，但心里还是觉得对她有一份责任。"

"哦，这样啊。"

他们在律师位于肯辛顿区的公寓里共度二人时光。那年夏天热浪侵袭，两人便跑去海德公园的九曲湖里游泳消暑。

有时如果太太的病情加重，便会打电话把马汀召回乡下。每逢此时达芙妮便一个人住在公寓里，没事出去逛逛街。

"今年，"马汀说，"她的病情似乎比以往更严重。但如果明年她能好些的话，我想带你去澳大利亚游玩。"

"明年，"达芙妮说，"我怕是该回非洲去了。"

前段时间扎卡塔写信来说："老塔伊斯中风了。虽然现在已经恢复到能够起床活动了，但内心还很脆弱。"可是，就在收到那封信之后，达芙妮逐渐发觉舅舅似乎越来越少关心她何时回去这件事了。这让她感到很奇怪，因为以前扎卡塔总是常常写信跟她分享一些农场的近况，比如"等你回来的时候恐怕会发现好多地方都变样了"，或者会提到庄子上发生的事——"来了一个新的医生。你会喜欢他的。"可是上次收到的信里却只简单地提了一句："当地的教育系统做了些调整，等你回来会发现很多不同。"有时达芙妮会想，或许是扎卡塔舅舅年纪大健忘了。"我想要充分体验英格兰的风情，"她回信说，"但是交通费实在太贵，我很怀疑回来前是否还有机会去欧洲看一看。"然而扎卡塔的回信里却没有提及这件事，只说："老塔伊斯现在整天就知道在门廊前坐着。他对别人已经没有威胁了，看起来怪可怜的。"

　　夏天就快结束的时候，达芙妮的情人带着妻子去了英格兰西南部的托基市疗养。她在肯辛顿区漫无目的地散了几天步，动身回到了乡下普巴舅舅家。她带着普巴舅舅去散步，问他可不可以借给自己一些钱，好去巴黎住一个星期。后者回答说想不出有什么必要特地去巴黎。第二天管家跟达芙妮说，村里有个男人愿意出三十英镑买下她的贵宾犬玩具。可那时达芙妮已经爱上这只毛绒玩具狗了，于是拒绝了这个提议，然后给远在托基的律师情人写了封信，问他是否能借自己一些钱，她想去巴黎看看。马汀给她寄了一张明信片来，对这个请求只字未提，只写道："十月的第一个星期会回伦敦。"

　　十月初，学校开学了，然而就在第一周，马汀的妻子忽然找上门来，态度强硬地要求普巴舅舅告知达芙妮在哪儿。普巴说达芙妮在学校，于是妻子便气势汹汹地杀到学校，找达芙妮大闹了一场。

　　不久后，女校长来找达芙妮谈话，言语间极尽羞辱。达芙妮决定立刻辞职。此话一出，校长的态度立刻软了下来，因为学校正缺人手。"我只是为学校的孩子们担心而已。"她解释说。修，就是那个常来家里做客的美术老师，建议达芙妮去伦敦，说不定能找到一份更好的工作。当晚达芙妮便离开了小镇。普巴舅舅出离愤怒："你要是走了，维西太太请假的时候家里的事儿谁管？"达芙妮这才明白当初他为什么不让自己去巴黎。

"不如你跟她结婚吧，"达芙妮建议，"那样她就可以全天候当值了。"

没想到普巴舅舅还真这么干了，前后就花了一个月时间。达芙妮在伦敦的贝斯沃特区租了一个装饰简陋的房间，不过，至少房东太太愿意收下那只玩具贵宾犬以抵消一部分租金。

马汀·格林迪查到她的住所，找上门来。

"我不喜欢你的妻子。"达芙妮说。

"恐怕是你写来的那封信被她看见了。你需要些什么？我能为你做些什么呢？我应该说些什么才能让你好过一点儿？"

***

除了在中小学教美术课，修·富勒也会在业余时间作画。他带达芙妮去参观自己位于伦敦伯爵宫区的画室。达芙妮坐在有些残破的扶手椅上，手指下意识地把露出洞口的棉花又抠出来几许。

她语气坚定地告诉他，自己不会搬来和他同居，但希望两人永远都是朋友。

修认为自己提议失败的根本原因在于没有先同她做爱，于是起身向她走去，打算弥补这个过错。

达芙妮尖叫起来，这让修很惊讶。

"你难道看不出来，"达芙妮说，"我现在很紧张、很害怕吗！"

修时常带达芙妮出入伦敦苏豪区，参加那里的派对。她第一次发现，原来之前以为不可能存在的世界竟然是真实的。这里的诗人真的留着长发，画家们真的留着大胡子，更重要的是，其中还有两人戴着手镯和耳环。在苏豪区，你可以看见四名年轻女子带着一个身材肥硕的黑女人挤住在两个房间里。修的社交圈子里，有的人对他美术老师的身份嗤之以鼻，有的则认为他虽没什么天赋，但教小孩子们画画倒是无碍，还有的对他的职业和慷慨表示敬佩。

达芙妮觉得有他陪伴很是舒心。

在这里，从没人追问她那些关于非洲的、曾被问过无数遍的问题；更令她惊讶的是，也没人刻意对她大献殷勤，就连修也不会这样。达芙妮换了工作，到伦敦的一所公立学校教书。放春假时，她会和修还有他的朋友们见面，毫无顾忌地在大街上嬉闹，无视周围人的目光，再搭乘巴士去看当时正受欢迎的艺术展览或表演。但时间久了，达芙妮也逐渐意识到，她无论怎样努力也永远无法真正融入修和他朋友们的世界，不过，至少她开始学习并懂得了更多关于绘画和艺术的知识。或许修天生就有当老师的才能吧，就像他的一位朋友所说，他很喜欢给达芙妮讲解关于绘画结构、线条、光影、质感和色彩的知识。

一天，表兄莫尔来看她，说住在摄政公园的那个格蕾塔·卡瑟的傻儿子迈克尔娶了一个比自己大十岁的女人，正准备移民去英属非洲殖民地生活。这个消息仿佛一记重锤，让达芙妮猛然生出一股浓浓的思乡之情。明明之前从未思念过那片土地，此刻她却觉得这种情绪如此浓烈，几乎难以抑制。

"我应该很快就要回去了，"她对莫尔说，"我存的钱已经够买船票了——想走就能随时走这种感觉真令人愉快。"

某天晚上，达芙妮、修和他的朋友们正在苏豪区的一间酒吧喝酒聊天的时候，有那么一瞬间，酒吧里的喧嚣猛地沉寂了下来。达芙妮环视四周，惊奇地发现每个人的目光都集中在一个刚走进酒吧的男人身上,此人四十出头,皮肤黝黑。然而很快,人们又纷纷恢复了先前的闲聊,有的人窃笑着,一直盯着那个刚进门的男人看。

"那是拉夫·莫瑟尔。"修的一个朋友悄声对达芙妮说。

"谁?"

"拉夫·莫瑟尔,小说家。我要是没记错的话,他和修是同学。很受欢迎的作家。"

"哦,这样啊,"达芙妮说,"他看起来就是很受欢迎的那种人。"

修正在吧台处收集各人点的酒饮。小说家注意到了他,两人交谈了一会儿,很快修便领着他走了过来,向大家介绍。小说家在达芙妮身边坐下。"你让我想起以前在非洲认识的一个人。"他说。

"我就是从非洲来的。"达芙妮说。

修问作家:"你常来这儿喝酒吗?"

"不常来,你知道的,就今天碰巧路过……"

其中一个女孩轻笑了一声,听起来声音深沉,倒像是男性嗓音——"一时心血来潮啊。"她说。

作家离开后修评价说:"真是平易近人,对吧,明明这么有名……"

"你听见他怎么说的吗?"一个有些年纪的男人打断他,"他说'以一位艺术家的身份来说……',听着挺搞笑的,我觉得。"

"嗨,他确实是个艺术家嘛,"修说,"那——"可他的话还没说完就被其余人的嘲笑声打断了。

几天之后修告诉达芙妮:"拉夫·莫瑟尔联系我了。"

"谁?"

"就是那天我们在酒吧里遇见的作家。他写信来问我你的住址。"

"他为什么这么问,你怎么想?"

"我猜他应该是喜欢你。"

"他结婚了吗?"

"没有。他和母亲一起生活。我擅自作主,把你的住址告诉他了。你会介意吗?"

"是的,我介意。我的名字和住址并不是可以任由别人随便传来传去的东西。我恐怕从今往后都不想再见到你了。"

"你知道吗,"修说,"其实我挺庆幸你我之间并无情愫。如你所见,达芙妮,我并不是一个特别会讨女人欢心的人。"

"我没什么好说的。"她回答。

"我希望你会喜欢拉夫·莫瑟尔。他很富有,人也很有趣。"

***

达芙妮和拉夫·莫瑟尔的关系持续了两年左右。那段时间里,她对他的痴迷程度和她作为他的情人,在其他作家及无数影视界人士中的知名度一样,不断高涨。她在汉普斯特德有了一间铺着灰色地毯的公寓,家里的陈设都是最上等、最流行的瑞典家私。拉夫的男性朋友们对她可谓趋之若鹜,整天来电话,还手捧鲜花和电影票到公寓前等她。

刚在一起的前三个月,拉夫几乎每天都和她形影不离。她和他讲述自己的童年、扎卡塔舅舅、农场、庄子、唐纳德·克洛伊忒、老塔伊斯和那件婚外情的故事。拉夫痴迷地听着,不断要求她讲更多。"我需要知道你的整个过往和所有细节。爱情是一场远征,是对未知领土的探索和发现。"这句话在达芙妮耳中是如此新鲜又充满激情,连带着让她的回忆也变得清晰起来。她其至想起了整整十五年来从未曾记起的各种事情。她能觉察出什么样的故事能让他喜欢,比如世仇,就像老塔伊斯和扎卡塔之间的那种血海深仇,还有复仇与荣耀。某天,她又收到了扎卡塔的来信,看完信后,她终于能够补完有关唐纳德·克洛伊式的故事结局了:他死了,死于饮酒过量。当她把这个微不足道的消息告诉他时,心中充满了自豪感,因为她觉得,这证明了自己虽然并非小说家,却也拥有对故事角色和命运的理解与执着。"每一次,"她说,"我都会先问他是醉着还是醒着,而他也总是直言不讳。"那天,当她说完这些以后过了好一会儿,唐纳德去世的消息才渐渐在她心中有了实感,等完全意识到发生了什么的时候,达芙妮痛哭起来,一直哭了很久。

很快又有消息传来,扎卡塔太太也步上了唐纳德的后尘,死于同样的原因。达芙妮把这个消息像最高祭礼般献给了小说家,可是和之前的故事相比,他却显得并不怎么在意。"老塔伊斯终于完成了他的复仇。"见状,达芙妮又补充道,虽然她心里清楚,老塔伊斯自从上次中风以来整个人就一直有些痴傻,人也日益老朽了。她在殖民地的一个朋友写信来说,扎卡塔夫人早就不把手枪放在床头了:"老塔伊斯根本没精神打她的主意,他早就把一切都忘了。"

"死亡欺骗了老塔伊斯。"达芙妮说。

"非常具有传奇色彩。"他评价道。

逐渐地,开始三天两头找不见拉夫人了,有时甚至会消失长达一个星期。惶恐的达芙妮给他的母亲打了电话。"我也不知道他在哪儿,"莫瑟尔太太总这么回答,"真的,他就是这个样子,很令人头疼。"

到了后来,莫瑟尔太太不得不对达芙妮说:"我爱我的儿子,但说实话并不喜欢他这种人。"莫瑟尔太太是一个十分虔诚的宗教信徒,拉夫爱自己的母亲,却也同样不喜欢她。他经常强迫性地精神紧张,或偏执地迷信一些东西。

"我必须不停地写作,"拉夫说,"我需要独自一个人才能写出东西来。这是我不得不经常消失的原因。"

"哦，这样啊。"达芙妮说。

"你要是再敢这么跟我说话，小心我揍你。"然后，尽管达芙妮并没有再说话，他还是动手打了她。

事后她说："要是你能在离开前跟我说一声，我也不会如此介意。我会难过是因为一切太突然了。"

"那行。我今晚会离开。"

"你要去哪儿？什么地方？"

"干吗？"他回答，"你不是要回非洲了吗？"

"我不想回去。"对拉夫的迷恋让非洲看起来像一个遥远的、早已尘封的往事。

拉夫的新小说大获成功，比之前的任何一本都要受欢迎，相关电影也已在筹备中。他告诉达芙妮自己真的喜欢她，却也明白她因为自己受了许多委屈，过得并不开心——但这，他说，恐怕就是和艺术家扯上关系的代价。

"我觉得值得，"达芙妮说，"我觉得我也能帮到你。"

那一刹那，作家反常地认同了她的话，因为他忽然意识到，自己之所以能写出这本畅销小说，都和达芙妮有关。"我想我们应该结婚。"他说。

第二天作家便离开了公寓，说是出国了。即便在一起已经两年了，达芙妮对他的爱意却不曾消减，但痛苦与悲伤也同样不曾消减过。

三周后，他从母亲家给达芙妮写了一封信来，要求她搬出公寓，说想做个了结。

达芙妮打给他母亲。"他不愿意跟你讲话，"他的母亲说，"说实话，我真为他感到羞耻。"

达芙妮叫了一辆计程车直奔他母亲家而去。

"他在楼上写东西，"他的母亲说，"说是明天又要出门去别的地方。说实话，我希望他永远别回来了。"

"我必须见到他。"达芙妮说。

他母亲说："他做的事实在是让我恶心。我年纪大了，可经不起这样的折腾，亲爱的。愿上帝保佑你。"

达芙妮径直冲着楼上喊道："拉夫，请你下来，就一小会儿。"她一直等着，直到听见他的脚步声在楼梯上响起，可这并不能让她多留哪怕一小会儿——

"走开，"拉夫冷漠地对达芙妮说，"离开这里，别再来烦我。"

雨季来临时达芙妮回到了殖民地。雨水会让扎卡塔舅舅的风湿病变严重。他时常提起自己的风湿病，然后兴奋地追问达芙妮关于英格兰的事，却又没耐心听她回答。

"伦敦西区被炸毁得很严重。"她说。

"每次上床的时候，风湿病都让我大腿根疼。"他回答。

许多邻居纷纷登门看望达芙妮。曾经一起玩耍的年轻人现在都已结婚，有的客人则是新面孔。

"有一个从英格兰来务农的小伙子住在南边的农场里，说他认识你，"扎卡塔说，"我记得好像是叫卡西。"

"卡瑟吧，"达芙妮说，"迈克尔·卡瑟。是这个名字吗？"

"医生开的这些药一点儿用都没有，反而让我的病更糟了。"

原来给老塔伊斯住的房间现在换了一名新的烟草经理。老塔伊斯清醒的时候常和扎卡塔一起待在农场别墅里，他会在门廊上找个角落坐着，自言自语一些别人听不懂的话，又或者在农场里四处晃悠。看到老塔伊斯到处走来走去扎卡塔很不开心，因为他自己的腿脚已经很不方便了。"真是件令人悲伤的事，"看着老塔伊斯四处漫步的时候他会说，"他的手脚都还灵活着呢，可脑子却不好使了。我的脑子至少还算正常。"他更喜欢看到老塔伊斯坐在门廊处的椅子上。那时扎卡塔就会说："你知道吗，这么多年了，我对老塔伊斯总有些不忍心。"

老塔伊斯吃东西声音很大，扎卡塔却似乎不怎么在意。达芙妮忽然意识到，现在的她对于扎卡塔而言已经没用了，因为老塔伊斯不会总来烦她了。于是她决定只在农场住最多一个月，然后就去首都找份工作。

回到农场的第三天，雨终于停了。整个早上达芙妮都沐浴着晴空艳阳在农场漫步，吃过午饭后又往北去拜访马卡塔的部落。新的烟草经理开心地答应说晚些会开车去接她。

如今的达芙妮已经不习惯徒步走远路了，刚走了一英里就累得不行。忽然，一大团蝗虫吸引了她的注意，达芙妮本能地驻足紧张地望着，看那些蝗虫是否会跑到扎卡塔的玉米地去。还好蝗虫大军并没有逗留。于是她找到路边的一块石头，坐着歇了一会儿，吓得一只小蜥蜴惊惶逃窜。"离开！离开！"她听见离恨鸟的叫声。

达芙妮忍不住大喊："神啊，帮帮我吧！这日子太难熬了。"

家里的一名小男佣急急忙忙朝扎卡塔跑去，后者正在用两条杆子搭成的烟草棚后面忙活。

"塔伊斯先生出去打野鹿了！有个黑人小孩说，看见他拿着枪出去打野鹿了！"

"谁？你说什么？"

"塔伊斯先生，拿着枪。"

"在哪儿？哪个方向？"

"往北边去了。那个黑人小孩看见了。说是吃过午饭后去的，他说他要去打野鹿。"

说话间又有几名当地人围了上来。

"快去！快！你们所有人。把枪从老塔伊斯手上夺下来。把他给我带回来！"

当地人迟疑地看着扎卡塔,他们可不是每天都能听到从白人手里夺枪的指令。

"快去呀,你们这些笨蛋!跑啊!"

半小时后,这些人慢吞吞、充满惶恐地回来了。扎卡塔一瘸一拐地走到牧场边去见他们。

"塔伊斯呢?你们找到他了吗?"

仆人们一时没有答话。过了一会儿,其中一人指着玉米地中间的小路,老塔伊斯正从那里跟跟跄跄地往回走,看起来精疲力竭的样子,身后好像还拖着什么东西。

"快把她抬回来。"扎卡塔命令道。

"我打到了一头野鹿,"老塔伊斯冲大伙儿说,一脸骄傲的样子,"好家伙,我这老东西还能干啊!我给咱打了一头野鹿回来。"

他凑近看着扎卡塔,不明白为什么后者看起来并不惊喜的样子。

"我们晚餐有鹿肉吃了,扎卡塔老伙计。"他又说。

殖民地上的死亡通常很快便会迎来葬礼,因为天气太热,容不得拖延。尸检后的第二天,达芙妮便下了葬。葬礼在庄子外的墓园里举行,迈克尔·卡瑟专程过来悼念。

"你知道吗,我和她很熟的。之前她曾在我母亲家住过,"他对扎卡塔说,"我母亲送了她一只鸟还是什么的。"他咯咯笑了笑。扎卡塔不解地看向他,却发现这个男人脸上并无笑意。

扎卡塔在别人的搀扶下上了车。"我必须去看专科医生。"他说。

听到达芙妮的死讯时,拉夫·莫瑟尔颇为动容,仿佛某件早知会发生的事终于发生了。初遇达芙妮的时候,她才刚刚迎来真正的人生,而离开英国时,某种意义上已经死去。他试图向母亲解释这种感觉。

"就像花朵,你明白吗,花园里的花朵。只有被人注视的时候,它们才真的存在。或者说——"

"花朵、花园……可你所说的曾是一个活生生的人呐。"

***

一年后,拉夫的事业遭遇了一次危机。他的作品虽然销量很好,却难登大雅之堂,因为他所有故事的结局都是幸福欢乐的。于是他决定写悲剧。

他苦苦思索着自己的过去,想要找出一丝悲剧的线索。他想到了自己曾经和现在的朋友们,以及他们的家庭闹剧,但很快就否决了这些题材,因为太常见和乏味了;他也否决了自己母亲的人生故事:年纪轻轻便守寡,生个儿子却令她十分失望,可日子还得一天天地过——否决的原因是,太过隐私了。然后他想到了达芙妮,这个故事恐怕不止是悲剧,还充满了异域风情。他回想起她讲的关于老塔伊斯和扎卡塔的故事,纠缠了一生的仇怨。于是他立刻买了机票飞往非洲,想要搜集一些最原汁原味的背景资料。

几乎刚踏上殖民地的土地,他便被众多崇拜者包围了。这样的尊荣和受欢迎的程度可谓平生仅有。他受邀访问当地政府;人们为他举办盛大的晚宴接风洗尘,乘着船,穿过湍急的河流,从边远的地区专程前来捧场。邀请函太多,他不得不只从中挑选出一些来应酬。但凡白皮肤的人没有谁没听说过拉夫·莫瑟尔的,即便他们并未读过他的书。更棒的是,和这些人一起坐在露台上聊天时,不用担心周围会冷不丁冒出一个冷眼打量他的评论家,这些令人胆寒的家伙或许并不为大众所熟知,在国内却一直享受着如他此刻这般在殖民地的优厚待遇,并且总是找拉夫的麻烦。他开始觉得,以前自己或许严重低估了他的读者的聪明程度。

"我最近打算改变写作风格。想写一部悲剧。"

"我的好上帝啊！"与他攀谈的陆军准将惊呼道，"您可千万别那么干。"

其余人也都纷纷附和。

他们还说："您何不考虑在这里定居呢？"或者"您为什么不考虑在这买栋房子，每年都来住一段时间呢？这可是合理避开国内高税收的好办法。"

在俱乐部里，他见到了专程前来首都的迈克尔·卡瑟，后者是来找土地银行商量贷款之事的。

"我太太非常喜欢您的书。"迈克尔说，然后咯咯笑了笑。拉夫顿了顿，判断着迈克尔是不是文学评论家。

"我们有一位共同的朋友，"迈克尔说，"或者应该说'曾经有过'——达芙妮·杜·托伊特。我参加了她的葬礼。"他又咯咯笑了一下。

"我来这儿就是为了去悼念她的，"拉夫为自己辩解，"还想去看望她的舅舅。"

"有车吗？"迈克尔问，"要是没有，我可以载你去，我住的地方离他们很近。"拉夫终于意识到，迈克尔的笑只是紧张时的一种神经反应。

"我或许会考虑来殖民地定居——每年住上七个月这样。"他说。

"我们家附近就有一个不错的地方，"迈克尔说，"很快就要挂牌出售了。"

拉夫在殖民地住了两个月，把整个国家几乎都环游了一遍，不管去哪儿都被人带着四处去看那些知名景点、会见体面又有趣的人，最后才接受了迈克尔的邀请，去他家农场做客。

"你现在在写新书吗?"迈克尔的妻子问。

"没有,不过我正在搜集素材。"

"哦,是关于非洲殖民地的故事吗?"

"现在还很难说。"

现在,他不确定达芙妮的故事是否真的会和他之前想的一样受欢迎了。因为他无法想象自己的读者,尤其是最近过往甚密的这些读者,会欣赏这样的题材。

迈克尔带着他去查看附近准备售卖的农场。拉夫说自己几乎已经确定会买下这里了。

他们又一起去看了扎卡塔。拉夫追忆达芙妮的时候,扎卡塔说:"她怎么不在英格兰定居下来呢?她为什么要回来?"

"我猜她是想回来吧。"迈克尔说着,咯咯笑起来。

扎卡塔说起了他的风湿病,然后一瘸一拐地挪到门廊上,呼唤仆人拿饮料来。跟着主人一同来到门廊上的拉夫瞥见角落里坐着一个瘦高的老男人,正低声自言自语。

他问扎卡塔:"那位是塔伊斯先生吗?达芙妮跟我讲过他的故事。"

扎卡塔说:"今年玉米收成不好。我恐怕活不长了。"

迈克尔开车送拉夫来到墓园。他的妻子建议:"让他一个人在墓园里静静地待一会儿吧,我觉得他爱过那个姑娘。"迈克尔很佩服妻子的观察入微。他咯咯笑着,把拉夫带到墓碑前便离开,称村里有些事情要做,晚些时候会再来接他。

"你不会走太久的,"拉夫问,"对吧?"

"哦,不会的。"迈克尔回答。

"这里看起来蚊子好多。会有传染病吗?"

"哦,不会的。"迈克尔继续咯咯笑着回答,然后便离开了。

拉夫看着墓上的碑文:"达芙妮·杜·托伊特,1922—1950。"

他在墓园里来回踱步,漫无目的地扫视着一块块墓碑,忽然注意到其中一块上写着"唐纳德·克洛伊兹"。这个名字挺熟的,可他却想不起来在哪里听过,或许是达芙妮讲过的故事里的某个人吧。

"离开——离开——"

那只鸟儿此刻正在达芙妮的墓碑后面。她曾多次提起过这种鸟。

"它会说'离开、离开'。"

"呵,那又如何?"他当时不耐烦地回道——有时候她在他眼里简直就是"愚蠢"的代名词。

而她则会告诉他说:"是一种鸟,它们的叫声像是在说'离开、离开'。"仅此而已,她只是想告诉他这件事,并没有其他含义;她期待着他会感兴趣,像个鸟类学家那样,而不是作家。

"离开——离开——!"那鸟儿在达芙妮的墓碑后继续叫着。

在余下六个星期的乡村之旅中,他每天都能听见这种鸟儿的鸣叫。回到首都时他很开心,因为终于可以不再听它的声音了,放松地坐在俱乐部里的拉夫甚至觉得,那只鸟似乎从来不曾存在过。

然而当他和殖民地管理专员一起打高尔夫球时,那声音再次远远传来:

"离开、离开……"

第二周他便买好了回英国的机票。在威廉姆斯酒店,他又遇上了迈克尔。

"那座农场——"迈克尔说,"有人出价了。您最好赶紧决定。"

"我不想买了,"拉夫说,"我不想住在这里。"

两人坐在门廊上喝兑水威士忌。蚊帐外,远远传来那只鸟儿的鸣叫。

"你能听见离恨鸟的叫声吗?"拉夫说。

迈克尔认真地竖起耳朵听着。

"不，我想我听不见。"他咯咯笑着，拉夫很想揍他。

"我不管去到哪儿总能听见。"拉夫说，"我不喜欢它，所以要走了。"

"我的上帝啊，你就这么讨厌鸟吗？"

"是啊，不怎么喜欢。"

"拉夫·莫瑟尔不打算买下农场了。"当晚迈克尔对妻子说。

"我还以为是板上钉钉的事。"

"不，他要回去了，再也不会来了。他说他不喜欢这里的鸟。"

"我真希望你能治好那咯咯笑的毛病，迈克尔。你刚说他不喜欢什么？"

"鸟。"

"鸟？难道他是鸟类学家吗？"

"不，我想他是天主教[①]。"

"我说的是职业，亲爱的，研究鸟类的那种。"

"哦！呃，不是的，他说他不是，他不怎么喜欢鸟。"

"那可真是奇怪了。"妻子回答。

---

① 这里迈克尔误把妻子说的"ornithologist（鸟类学家）"听成了"orthodox（东正教）"，所以有此回答。

被风吹动的窗帘

每当微风拂起窗帘，我总会想起凡·德·梅尔维太太卧室里，那片遮蔽了一整排窗户的轻薄的白色细纱窗帘。我不知道那间屋子以前的窗帘什么样，只知道它们总是漫不经心地悬挂着，中间留着一条缝隙；三年前的一个夜晚，一个十二岁的黑人小孩透过窗户偷窥着屋内的情况，而那时凡·德·梅尔维太太正在卧室里喂孩子吃奶。这一幕恰好被她丈夫贾尼撞见，后者不由分说开枪打死了那个男孩。于是原来的窗帘被换成了现在这种更加精致的面料，而她的丈夫被判五年牢狱。在丈夫服刑期间，梅尔维太太的性格逐渐发生了变化。

她不再整天垂头丧气，原来作为小农场主妻子时那种耷拉着脸、表情阴郁的模样也不复存在。她把院子里积攒的旧汽油桶全部清理出来扔掉，而这仅仅是一个开始——她仿佛变成了一座灯塔，不断向外释放着某种友好而非警示的光芒，至少在某些人看来如此。她用起了最好的瓷具，也不再把钞票藏在袜子里，还把自己的名字从松济改成了索尼娅，并且开始出入社交场合。

***

在这片土地上，就算去水流轻缓的小溪里戏水也可能被细菌感染，继而造成肾衰竭，失去生命；若在傍晚六点之前出去散步，回来时必然被烈日晒成焦炭。在非洲大陆上的这个偏远之处，聚居着大量贫穷的白人和旺盛生长的当地土著，年轻的单身女孩们养的宠物猫，总逃不过被当地白人小伙们捉住、剃光毛、当笑话的命运。在这里，高高的野草丛中有蛇，尘土飞扬的地上有蝎子；哪怕最微不足道的一言一行，就像自然界的风吹草动一样，也能在这里的白人群体中掀起轩然大波。从英国来的护士们很快便发现，晚餐时一旦对身边的男人稍假辞色——比如为了打破沉闷气氛，请他们给大家讲讲自己的生活经历之类的——都会被对方当成释放明确的调情信号，第二天清晨早餐后，那个男人便会突然出现在家门外，期待着同她们尽鱼水之欢。这片土地上除了暴雨季，全年几乎没有一丝微风；若非暴雨将至，家里的窗帘根本不会挪动哪怕一下。

人们时常劝那些英国来的护士，最好申请调到别的地方去。

"北边的日子要好很多。大小城镇都有热闹的生活；更发达、有更多商店，而且气温也没这么高——想想看，北边的一切都更高级些，还有赛马会呢。"

"你应该会喜欢东边的生活——那里有橘子园，绿色草木也更多，还有一片大峡谷。可以打猎。"

"他们为什么会把你们派到生活条件和健康状况这样差的地方来？你们应该去条件更好的地方。"

听得多了，有的护士真的如言离开了贝特堡，但像我们这样照料热带疾病病患的护士却只能留下，因为这家医院是全殖民地规模最大的，同时也是研究热带疾病的医学中心。不能离开的护士们很是费了一番功夫来彼此安慰："这里不是挺好的吗？用不完的仆役、便宜的酒水，还有奇珍异兽和绚烂的鲜花。"

这里不是没有令人惊叹的壮阔景象。但平日里那仿佛旅游影片中才有的鲜艳色彩总让我觉得难以适应，只有旱季尘沙飞扬的时候，一切看起来才更真实。医院后的宽阔院坝里堆着厚厚的尘土，当地人或蹲或站地散布着，高声喧哗或者大笑——无非是关于煮什么、吃什么，为了打发时间等着接受医院的治疗，或者拿X光的检查结果，又或者帮某个住在远方的亲戚来拿检查结果。他们身上散发着刺鼻的气味，走路时脚步扬起地上的尘土；他们的幼孩困倦的双眼周围总飞舞着不少蝇虫，但孩子们还是趴在母亲背上照睡不误，等睡醒开始哭闹，母亲便会抱着他们旁若无人地喂奶。

在贝特堡及其周边地带生活的贫穷白人在医院大楼里有单独的休息室，他们会带自己的食物去那里吃，然后沉默着东走走、西看看，有时候也可能因一言不合，跟别人在角落里打起来。除了这些人，贝特堡的其他居民从不会来这家医院。

所谓的其他居民指的是药商、牧师、兽医、警察以及他们的家人。这些人有自己的小圈子，过着远离周遭社会的日子，只有在需要和小农场主等贫穷白人谈生意的时候才会去找他们。不过，这些人却迫切盼望能够结识和讨好医院的员工，尽管后者通常会去别的地方打发时间——比如离这里很远必须周末开着车去的首都、北方的城市或者某座宏伟的水坝等，因为那些地方才有机会和健硕的水手们约会。不过，有时候护士和医师们也会心血来潮，愿意出席当地药商家组织的晚宴，或者牧师、兽医或警察局办的派对。

在丈夫服刑的第三年，梅尔维太太涉足的就是这样一个社交圈。关于她丈夫判刑的事，周遭多有些负面传言，毕竟大家都觉得，他在盛怒之下所做的事确实有些过头，正是这类事情影响了殖民地在英国白厅政府官员心中的地位。不过，人们并没有拿这件事来针对索尼娅。对她而言，跻身由兽医、药商和牧师等人构成的小社交圈最大的难处在于：她根本没机会接触到他们。

凡·德·梅尔维农场位于贝特堡镇外几英里的地方，是这个区域为数不多的几个农场之一。这里最初是为采矿而建的，但矿厂最近都已陆续关闭。梅尔维一家从南非联邦一路辗转来此，从事的多是临时工性质、卖体力的辛苦活。我觉得索尼娅以前大概从未想过，她的人生还可以活成别的样子：不是每天起床只能用屋外的水龙头洗脸,然后回家烤面包,再手忙脚乱地给孩子喂奶,对非洲人仆佣大喊大叫,夜里再和贾尼一起爬上羽绒床睡觉。以前她唯一外出社交的机会,就只有每年复活节参加荷兰归正会①举办的庆祝活动;届时,几乎所有在南非生活的白人都会乘着牛或马拉的大篷车,沿着大路浩浩荡荡来到这里,整整住上一个星期。

有一天,律师忽然登门造访,说要同她商议农场和土地银行之间的事情,直到那时她才知道,原来自己有权支配父亲留给她的财产,而过去她一直以为只有藏在袜子里的钞票才有真正的价值。她父亲活着的时候从未花钱买过有形的商品,而是统统用来投资。索尼娅一直认为,把钱存进银行是为了养活银行的工作人员,因为像他父亲那样重男轻女的农民,在荷兰归正会的严格教条指导下,有义务供养他们。但现在,她终于明白了自己的身家价值几许,并对丈夫过去竟然从未向她说明过这一点感到无比激愤。尽管十分吃力,她还是坚持给他写了一封信。我读过那封信的最终版本——她为了写好这封信,几乎叫上了全医院的护士一起讨论。出于看好戏的心态,我们鼓励她遵从自己的想法寄出去,可实际上并没有怎么用心看。我还记得,当时护士们为了讨论索尼娅未来究竟能过上怎样奢华的生活而聊至深夜——她新建的网球场、两个卫生间、黑白色调的卧室——这些都不过是九牛之一毛罢了。不过话虽如此,我们其实都觉得,并没有人能真的阻止她寄出那封信。最终,这封信不仅寄出,还登上了当地的报纸,占用了一块几英寸见方的版面,成为贾尼人品的证明。信的内容如下:

亲爱的贾尼我的生活将要改变我发现我爸给我留了可以花的钱只要我<u>千字</u>就行你觉得我日子过得开心吗每天就是干活干活干活数地里的玉米包靠天过活像个贫穷的白人我什么时候给

---

① 荷兰最大的基督教新教教派。

自己买过像样的裙子你竟然什么都没说真不要脸而且你的坏脾气现在还让你进了<u>尖宇</u>你当时应该<u>苗</u>准他的腿。里特先生来过了带来了要<u>千字</u>的文件他说你在<u>尖宇</u>里吃得挺好孩子们很好但汉娜被咬了但我会带他们离开那里花钱送到修道院去。爱你的妻子，S.凡·德·梅尔维[①]

之前住在伍斯特郡时，有许多个夏日午后我都赖在床上不起来，因为那时正好在休假——学校的课程终于结束，而作为放疗师的培训要等到秋天才开始。

我已数不清有多少个下午躺在床上、听着屋外我的两个兄弟打网球的声音消磨时光。他们打球的地方就在我窗户右下方的庭院里。有时候为了叫我起床，哥哥理查德会故意把球从开着的窗户打进来，网纱的窗帘随着网球飞来的气流震动着，然后猛然被掀开，紧接着房间里便会传来网球落地的声响，以及咕噜咕噜滚动的声音。我觉得我的窗户迟早有天会被他打碎，或者球会直接砸到我脸上，又或者砸烂房间里的某个陈设，但这些并未发生。大概是记忆夸大了事情发生的次数吧，或许这样的事他只做过一两次而已。

可是我确定的是，那些无忧无虑的日子里，每当下午时分屋外的微风拂过，房间的窗帘都会随之微微颤动，而我悠闲地躺在床上打着电话，听着屋外网球乒乒乓乓的声音。在我的想象中，那场景是令人愉悦的。如果窗帘轻轻拂动，那必定是因为夏日的清风，这在我看来是近乎真理的事；于我而言，真理是轻盈而飘逸的，充满了诗情画意——如果某件如微风拂过般的小事能引起轩然大波，在我看来，必定是这个世界哪里出了问题。

我虽确信房间的窗帘曾被夏日微风拂起，却并不确切记得看过

[①] 梅尔维太太受教育程度较低，因此信中多有错别字，且没有标点。有下划线的词语都是梅尔维太太写的错别字。

那样的场景；每当我打算认真回味那些夏日午后的心情，那感觉却总是咻然而逝。于是，就像吞下智慧之树果实的人一样，那些场景的记忆便如同被强行灌输了智慧般——逐渐被凡·德·梅尔维太太家的窗户所取代，变成了雨季被微风轻轻拂动窗帘。然而和过去记忆不同的是，那意味着一场暴雨即将来临。

有时我也会在那些悠闲的午后感到焦虑。由于之前学业不顺，培训机构对于是否录取我参加放疗师培训课程曾有所顾虑。终于有一天，录取通知书姗姗而来，我读着信，既欣慰又开心，却当场决定放弃这个机会——知道自己能够被录取就够了。我早已习惯如此。要问我为什么会毫无志气地打退堂鼓，原因就是我原本就没有那样的壮志雄心；我决定当护士，随后又决定跟随当时还是医学生的兄长理查德去往非洲，学着他的样子选了"热带疾病护理"这个专门领域。

认识松济·凡·德·梅尔维是在我抵达贝特堡大约一年后，那时我和其他护士一起，看了她写给远在四百英里之外殖民地监狱服刑的丈夫的信。第二天下午她便庄而重之地把信寄了出去，还专门戴上了参加教会活动时才戴的手套。她并不期待丈夫的回信，她丈夫也确实没有回信。三周后，她便为自己改了名，叫"索尼娅"。

我们原本常在傍晚去兽医或者药师、牧师家聚会，但后来这些活动都逐渐被索尼娅在农场举行的派对所取代，她现在大有希望进入前者的小社交圈。每次登门拜访，我们都能发现农场的新变化。索尼娅知道——或者说不知从哪儿的小道消息得知了——组织或参与这种社交活动的方法。尽管她还不懂得如何搭乘火车，也不敢离开这片区域去远方旅行，却通过和不同的护士聊天，获得了南非联邦产的家具、商品目录以及关于室内装修的书籍和时尚杂志。在我们的怂恿下，她一次又一次地拍下商品，运送家具的货车也一辆接着一辆风尘仆仆地抵达农场。然而，她第一个真正的大动作是加入英国国教会，彻底抛弃了先辈们忠守的荷兰归正会。必须一提的是，这个大胆的举动完全是她自己的决定，和我们无关。

我们日复一日地在各种事上怂恿着她。跟她说不能在酒水一事上吝啬，因为我们知道她下单了一批外国好酒。最初她还会把酒锁在储藏室里，有需要的时候才拿出来，倒进厨房的玻璃杯里兑上水，再叫家里的小男仆端出来招待客人。我们让她把这一切习惯都改了。房子的扩建事宜已经找合同工商定好了，每个房间的翻修和装饰也都按部就班地进行着。是我跟她说要建两个厕所、不能只有一个的，她花了好一番功夫才习惯在家里就能上厕所这件事，而我们则需要不断提醒她记得拉闸冲水。其中一名护士从殖民地的首都带回一本关于社交礼仪的书，尽管已是二十八年前的出版物，她却依旧拿手指一行行指着书页上的字，专心致志地阅读。我想大概也是我建议她把卧室装修成黑白风格的吧，不过说这话的时候我已有些微醺，事后却惊讶地发现她真的照我的话开始改建卧室。不消一个月新卧室就装修好了——尽管之前殖民地的人连墙纸这种东西都没听说过，而且大家都劝她放弃，因为一定贴不上墙，可是她却不知从哪儿硬是找来了许多黑色的墙纸，规规整整贴满了墙壁。这间新翻修的卧室铺着白色地毯，还置了一张黑白条纹缎面的躺椅；第二年，卧室里又添了几幅比亚兹莱[①]的黑白名画复制品——那时索尼娅已经成功跻身当地的上流社交圈，这些装饰品就是兽医推荐她买的，前者年轻时曾在伦敦生活过，眼界不俗。

有一天，她跟我们讲了那个黑人小男孩的故事。彼时她正靠在躺椅上，长长的头发高高地挽起，身上穿着一条雪纺薄纱的礼服长裙，看起来很是富贵妖娆——但其实那个故事我们早已从别处听说

[①] 奥伯利·比亚兹莱（Aubrey Beardsley，1872—1898），十九世纪末英国插画艺术家，受到过日本艺术的影响，是唯美主义运动的先驱。

过了：

"他当时就站在那扇窗户外往里看，我当时就坐在这边床上给孩子喂奶，无意间抬头——我的上帝啊！只看见一个模糊的人影站在窗外，还是个黑人，脸贴着窗户往里看。你们是没听见我当时的惨叫！贾尼拿起枪出去抓那个男孩，我只听见'嘭'的一声巨响——他当时气上了头，做得是有些过了，可那又有什么办法呢？如今我再也不用担心被那些男孩骚扰了。你们看，就是那扇窗户。也怪我太不小心了，没把窗帘拉好。不过我们也算好好给这些土著上了一课，之后重新找了一批小男仆，因为之前那些全都逃跑了。"

言罢窗外忽然吹来一阵阵带着暖意的微风。"我们最好早点儿回去，"其中一名护士姑娘说，"暴风雨就要来了。"

在暴风雨即将来临时，这片非洲殖民地上的万物都会有所反应，仿佛裸露在外的神经，能看见一阵阵规律的抽搐；直到风暴结束，一切才又缓缓归回正位，仿佛一个头晕眼花的人努力找回平衡。风暴来时，先会吹来几缕微风，紧接着天上劈下一道雪白的闪电，再然后空气中便会氤氲起泥土潮湿的气味；鸟儿们纷纷发出惊叫，然后突然集体沉默，昆虫们也都不见了踪影。暴雨结束后，成群的飞蚁会像疯了一般从墙体的裂缝中拥出，张开翅膀四处横冲直撞；天上原本阴沉可怖的浓云将如溃败般散去，屋里的家具摸起来湿漉漉的，仿佛刚历经了浩劫的船只。有一次暴雨来时我没来得及离开，被困在了索尼娅家。那时的她已完全适应了自己新的身份和生活，家里的扩建已经完成，所有的家具都已完备。当风暴结束、黑夜降临时，我和她坐在充满浓郁欧洲风情的客厅里小口啜着粉色的杜松子酒——她让人拆掉了原来的门廊改建成欧式。酒水由一名非洲用人盛在托盘上端来，在雷电的光影明灭中，我看见他如猿猴爪般宽大厚实的手掌和袖口白绿相间的制服，那是最近时兴的样式。索尼娅一直喋喋不休地说着话:"这栋房子翻修好以后,我感觉自己似乎把整个人类文明的缩影搬回家了呢!"这话原是牧师来家里做客时的顺口恭维,却被她奉为真理,逢人便讲。"我觉得自己必须努力配得上这样的房子才行啊,老兄。"她说——我总为她迅速掌握新词汇和流行说辞的本事感到惊讶。

屋外,夜晚独有的声音重新响起。每当索尼娅住嘴,我都能听见动物们为了寻找同伴而发出的啼鸣,以及从更远处传来的当地人的鼓声,那是他们传递信息的方式,大概是彼此通知哪个部落在风暴中受了损,当然也可能并非如此,毕竟我对此也知之甚少。这时窗外传来"吧唧、吧唧"的脚步声,那是赤脚走在石子路上发出的——索尼娅嘱人用石子铺的车道。她起身走到窗前,调整了一下薄纱窗帘的位置,又"刷"地拉上了另一层更厚实的窗帘,脸色看起来比刚刚好了些。风雨来临时,她和当地人一样耸着肩蹲在地毯上,默默承受着风雨雷电在头顶炸开的震撼。人们普遍认为她有一部分黑人血统,可如今她既充分展现出丰厚的财力和迷人的性格,血统这一点便不再阻碍她进入由兽医、药师和牧师主导的上流社交圈。我们医院的很多医生都来过她家,并被她那有些古怪的、与众不同的高贵感所折服。相比于兽医那皮肤黝黑的妻子,药师那一头耀眼金发的太太,和牧师那沉迷音乐的夫人,他们更喜欢雨季闷热阳光下的索尼娅。我的哥哥理查德便是其中一员,他也为索尼娅深深着迷。

护士们对此感到吃惊不已,没想到这些男人竟会被索尼娅迷得神魂颠倒。现在的她可谓我们一手打造出来的,就像一种装饰好的玩物、一只供逗趣的金丝雀。我们利用她迫切的求知欲,放纵着自己的想象,我们设计出一条条用来参加"下午茶聚会"的飘逸的薄纱长裙,游说她一定要修建一条通往河边的小路,在那条狭窄的河流上泊一艘平底船，船上还要有一把粉色的遮阳伞。这片大陆的空气里似乎萦绕着某种元素，足以影响这些男人的心，便是那些刚从英格兰过来的人也很快被同化，纷纷追捧当地女人。比如医院里的一位研究员，娶了来自约翰内斯堡的一位古铜色皮肤的酒吧女招待；另一名研究员则和出生于开普敦的一个女裁缝结了婚，她是个神经质的女人，身材瘦骨嶙峋，还经常夸张地晃动那骨节突出的瘦长手臂。其实我们也同样深受影响，只是当时未曾察觉，因为我们全部的注意力都集中在这个古怪的"索尼娅教养计划"中，每天费尽心思地思考如何打扮她，让她足够花枝招展、吸引男人的目光。那时候，我们只盯着那些为索尼娅痴迷的男人，看见他们对我们的杰作趋之若鹜的样子，我们便会彼此会心一笑，别开头去。

贾尼·凡·德·梅尔维刑满释放的前一年，只要有时间，我几乎都会和哥哥理查德一起待在索尼娅家里。她的家已经跃升为当地最受欢迎的社交场所，傍晚时分的沙龙派对也让她办得有声有色。那时我已经订婚了，即将嫁给医院的一位研究员。

我不知道理查德和索尼娅是否有肌肤之亲，但他的确深深迷恋着她，不允许任何人取笑索尼娅。

某天，索尼娅问我："你为什么想嫁给那个叫弗兰克的人？老兄，他和你哥哥长得真像，你应该选个和家里人长得不像的男人。我认识更合适的，可以介绍给你。"

这话让我很不满，于是尽量避免让弗兰克见到她，然而根本没用，除了医院的工作时间，几乎所有人都围着索尼娅转。当弗兰克开始轻松地调侃和取笑索尼娅的时候，我便知道他也被她迷住了，尽管他不敢承认。

索尼娅能操着一口南非白人特有的口音，叽叽喳喳聊上一整天。我不得不佩服她迅速领会和把握状况的能力——截至目前，她已经对我们医院的内部人事关系了解地一清二楚；不仅如此，在政府官员来做客时，只要她找准时机、恰到好处地提那么一两句，便能左右许多事情的发展，因为前者常常想当然地以为，以她如此广博的人脉和受追捧的程度，再看她满身绫罗、纵情恣意的模样，索尼娅一定才是这个地区背后真正的操控者。

我曾听见她和医疗委员会的一位重要成员谈论一位讨人厌的首席放疗师，她说："我跟你说兄弟，他那精神头可真是好得很，我跟你说，老兄——每天早上他都会骑马经过我家，每次我都看见他用马刺猛踢马肚子。想想那精神头，真是不得了，每天都骑呢！但话说回来，他的工作能力是真的强。"没过多久，这位坏脾气却基本很少骑马的放疗师就被调到外地医院去了。后来我在偶然间听说，那位医疗委员会的成员是一位资深爱马人士，那一刻我才终于意识到索尼娅究竟有多厉害。

"神啊，我们到底干了什么？"我向最好的朋友倾诉。

可她却毫不在意。"管那么多干吗。她为医院争取到了新建一整栋附楼的机会呢。"

索尼娅盘算了很久，打算帮助理查德争取去北方担任首席医疗官。我觉得哥哥如果真的在北边站住了脚，索尼娅定是要跟过去的，因为有一天她忽然跟我们说，自己得做好将来经常出远门的准备。对她而言这一定不是件难事——她说："老兄，大家不都这样吗：一杯干，回头见！"

弗兰克也申请了那份工作。他跟我说话的时候，近视的双眼出神地望着远方，仿佛对所说的话兴致不高的样子。他说："这份工作我比理查德更适合。"——这点我承认；"理查德在医学研究方面更厉害。"弗兰克说——这话也是真的；"理查德应该留在这里，我才应该去北边。"弗兰克说；"你会喜欢北方的生活的。"他说。他说的这一切都是无可否认的。

很快，这番抱怨的真实原因便明了了起来：弗兰克在和理查德争夺索尼娅的青睐。这一点连他自己都没意识到，仿佛他做的那些都不过是医院里的例行公事，而他在乎的是结果，不是手段。我简直不敢相信，这两个男人竟对这场荒谬的游戏如此乐此不疲。

"他们真的认为索尼娅能左右那份工作最后给谁吗？"

"是的，"我的闺中密友回答，"并且她的确能。"

医疗委员会的那位重要人物、资深爱马人士——又来了。他是来钓鱼度周末的——简直是疯了，整个贝特堡明明根本没什么可以钓鱼的地方。

渐渐地，我开始期盼能让理查德得到那份工作。这件让弗兰克时刻忧心的事，在我心里已逐渐失去意义——他并未察觉，但我确实不再关心了，倒是理查德变得非常紧张，一有时间便立刻驱车赶去索尼娅家。然而，由于对私人时间和工作时间没什么概念，弗兰克通常早早就等在索尼娅家里了。

当那位上了年纪、嘴巴有些松弛、眼神却充满期待的医疗委员会大人物抵达茶话会时，我恰好也在——理查德和弗兰克分坐在沙发两端。理查德看起来很局促，我知道他是记挂着那份工作的事，却又不想别人觉得他为此故意讨好索尼娅。我坐在他们附近。索尼娅背诵着礼仪书里的文案模版，措辞烦琐地向我们介绍着这位大人物。就在她奋力咬文嚼字的时候，一个念头忽然从我的脑海中冒出：或许对某些人而言，这种介绍方式正是对当下这个慵懒且懈怠的时代最生动演绎。索尼娅安排大人物坐在理查德和弗兰克两人之间，很显然是要他们聊正事。

她站在他们身边，体态优雅——这并不是我们这些护士能够塑造的，我们只是把她掩盖在粗野农妇表象下的真实自我召唤出来了而已。她对老男人说："巴索尔，理查德想跟您聊聊，拜托了。"然后碰了碰理查德的肩膀。弗兰克出神地盯着远处。我忽然发觉，其实弗兰克的性格很适合做管理，因为我认识的研究人员都是脆弱又紧张的，从没有谁能如此冷静沉着。

比如理查德就很紧张。他不敢看那个老男人，而是盯着索尼娅，后者今晚化了伦敦西区最时兴的妆容。

"你申请了北边的那份工作？"委员会的巴索尔问理查德。

"是的。"理查德回答，露出一抹略微放松的微笑。

"想要吗？"男人问，身份贵重，语气随意。

"哦，挺想的。"理查德答。

"行啊，那就给你吧。"男人说着，轻轻抬了抬手指，仿佛把一个轻若鸿羽的乒乓球弹走那样，三言两语便把这份令人期待的工作安排好了。

"呃，"理查德说，"还是不了，谢谢您的好意。"

"你说什么？"男人十分吃惊。

"你说什么？"索尼娅也问。

我和我的哥哥在许多方面都不一样，但某些原则问题上却十分一致。这一定就是所谓的血缘吧。

"不用了，谢谢您，"理查德重复了一遍，"我觉得自己还是应该继续研究热带疾病。"

索尼娅的愤怒只在脸上一闪而过。很快她便意识到，此刻最重要的是安抚那个老男人——毕竟人家刚一番热情却被当头浇了一盆冷水。"巴索尔，老兄，"她说，弯下腰，胸口凑近男人的耳朵，"你搞错人了。我跟你说的是那位叫作弗兰克的小伙子。弗兰克，请让我荣幸地介绍你认识尊贵的……"

"是的，我们见过。"男人说着转头看向弗兰克。

弗兰克此时已经回过神来。"我也申请了这个职位。"他说，"并且认为我的资历和能力……"

"结婚了吗？"

"还没有，不过希望能有机会。"他适时地转头看向我，而我则回应了一个极刻薄的笑容。

"想要这份工作？"

"哦，挺想的。"

"你确定？"

"是的，非常确定。"

可这回老男人害怕再上当。"我希望你是真心想要这份工作。毕竟申请的优秀人才很多，而我们需要一位真正……"

"是的，我想要这份工作。"

索尼娅突然插嘴道："好啊，那就去做吧。"我想，直到那一刻她才总算把整件事摆平，并且此事已触及她能力的极限甚至有些逾越了。

可那个老男人却冲索尼娅露出了愉快的笑容，顺势把她那双保养得当、柔若无骨的手拢进了自己手中，我几乎能看见他嘴里就要滴下的口水。

茶话会上的其他客人逐渐聚拢来，都想和这位医疗委员会的代表说上几句话。索尼娅极其张扬地无视了理查德，而弗兰克此刻正斜靠在墙边和她聊着天。我忽然生出了争竞之心，不愿失去弗兰克；我环视周围的人群，有些恍惚，不明白自己究竟为何要来这里，于是对他说："我们走吧。"

理查德正望着索尼娅的背影。"你为什么要现在走？"理查德问，"时间还早呢，这是为何？"

敞开的窗户前垂挂的窗帘忽然动了动，把外面蛮荒之地的气味送进了这个荒唐的客厅。人们情绪高涨，以至于令我担心他们很快要开始尖叫，就像外面的鸟儿，猛地高声叫那么一两下，然后复归沉寂；我甚至还觉得，理查德或许会改变主意，告诉索尼娅他还是想要那份工作，然后求她帮忙处理剩下的事。刚才的拒绝或许只是一种迟疑，因为索尼娅太过热切了。可惜此时的索尼娅正在为弗兰克整理领带，叮嘱他好好照顾自己，那语气和神态如此自然，仿佛她打从出生起便是这么被教养的。下次我们必须告诉她——我想：以后别在公众场合那样做。我其实不介意继续留在这里，等到傍晚喝日落酒时找个机会把弗兰克抢回来，让他知道我的厉害；只可惜风暴就要来了，冒着风暴开车回家可不是件愉快的事。

理查德比我意志更坚定。这次茶话会后他便不再靠近索尼娅，一心投入在工作上，而我取消了婚约。我不知道这对弗兰克而言是否是种解脱。距离他正式去往北方工作还有三个月，这期间的大部分时间他都和索尼娅在一起。我也不清楚他俩现在是什么关系。我偶尔还是会开车去索尼娅家，每次都会在那遇见弗兰克。虽然心里很不满，可我还是忍不住对他们的关系感到好奇。旱季时，他俩经常一起去农场附近的小河里划船；如果我刚好也在，便会坐在河边，等着那顶粉红色的小洋伞随着平底船摇摇晃晃地回来，当它出现在视野中时我会很开心。有两次我在医院里遇见弗兰克，他用理所当然的语气跟我说："我们还是可以结婚的。"还有一次他说："我跟小索尼娅不是认真的，你知道吧。"可我认为他其实很怕我把他的话当真，至少不希望我太早当真。

索尼娅又聊起了旅行的事，她开始学习如何查看地图、计划出行路线。她对一名护士说："等弗兰克在北边安定下来，我会过去帮他把一切都打理得井井有条。"又对另一名护士说："我那个丈夫应该是这个月或者下个月就要从牢里出来了，谁知道呢，老天啊！等他回来会发现，很多东西都变了，而他要习惯。"

一天下午我开车去农场见她。当时由于孩子们从学校放假回家，我已经六个多星期没见过索尼娅了，因为我很讨厌她的孩子。但我挺想念她的，因为有她在绝不会无聊。小男佣说，她和弗兰克医生去了河边，于是我便沿着通往河边的小径散着步，却没看到两人。在河边等了大约八分钟，我决定往回走。除了那个小男佣，其他的用人那时都回自己的小棚子休息去了，可回到农场后，我等了一小会才看见他，而他的脸上满是惊恐。

我走到那座已经荒废的旧牛棚外——索尼娅早就放弃了农耕，她宁愿买台拖拉机回来也不会再养牛。就在那时小男佣悄悄出现，并轻声对我说："凡·德·梅尔维先生回来了，正从窗外往里看。"

我轻手轻脚地绕过牛棚，直到能瞥见农庄别墅为止，看见一个大约五十岁上下的男人，面黄肌瘦，穿着衬衫和卡其布的短裤。他正站在客厅窗户下的一个箱子上，手抚着窗帘、轻轻分开，一动不动地盯着里面宽敞的房间。

"快去河边通知他们。"我对小男佣说。

他立刻转身就走，然而还是迟了一步。"小子！"那个男人忽然叫道。穿着白绿色制服的小男佣闻言只得朝他快步走去。

我赶到河边时他们两人刚好上岸。索尼娅穿着灰蓝色的长裙，小船上的新遮阳伞也是蓝色的。今天的她看上去格外美丽：雪白的牙齿、圆圆的棕色眼眸，仿佛小说插画中的姑娘般的体态；她精心打扮、仪态万方地站在非洲大陆的烈日之下，被脚边的厚叶植被簇拥着。弗兰克则穿着热带花纹的西装，看起来也很俊美，此刻他正在河边系着小船的缆绳。"你丈夫回来了。"说完我便害怕地跑回了车里。我发动引擎、踩下油门、准备离开。沿着石子路经过农场别墅时，我看见贾尼·凡·德·梅尔维正要推门进去，后面还跟着那个小男佣。他转头看着我的车，跟一名黑人男佣说了句什么，像是在质问我是谁。

最后贾尼遣退了男佣，独自走进屋内，查看家里的各种变化和新买的家具。他试用了新建的室内厕所，拉下马桶链子冲了水，又打开两间浴室的水龙头看了看，然后把索尼娅乱扔在卧室地上的鞋子摆正了位置，再满屋子地走着，检查所有家具的表面——用右手中指拂过，再举到眼前，看看上面有无灰尘。小男佣一直跟在他身后。当他来到其中一间儿童房，检查闲置在角落里的一个老旧荷兰木箱子时，终于在上面发现了一点儿灰尘——索尼娅不喜欢父亲留下的老家具，只留了这个箱子搁在儿童房里。之后，贾尼继续着他的巡视：检查完家具上的灰尘，他又出门沿着那条小路往河边去了。走到牛棚附近时，遇见了索尼娅和弗兰克，两人正为究竟应该怎么办、应该去哪里争执。他掏出口袋里的左轮手枪，毫不犹豫地朝两人开了枪。索尼娅当场死亡，弗兰克则残喘着撑了十个小时才死去。这是一场性质极为严重的犯罪，贾尼因此被判绞刑。

等了好几个星期，我终于等来了理查德的决定，他说，不如我们搬走吧。这话我不敢自己说，免得他以后每每想起此事都怨我。可是还得再等一年才能请长假，年假也还要等几个月。最后还是他自己说："我受不了这里了。"

我想回英格兰去，这个想法已经在心里盘桓很久了。

"我们不能继续留在这里。"我说，像在照剧本念台词。

"那就收拾行李走吧？"他回应，我心里长舒了一口气。

"别呀。"我嘴里却答。

他说："我们好不容易在热带疾病研究方面取得了不少进展，现在打包离开是挺遗憾的。"

话虽如此，我第二周便离开了。从那以后，理查德在热带疾病领域的研究进展突飞猛进。"真遗憾，"在我离开前他说，"让这样一件事影响了我们之间的感情。"

趁着旱季还未完全结束，趁着暴雨季来临之前，趁着生活尚未回到那一眼便能望到头的正轨——我收拾好行李，离开殖民地逃命去了。

枪响命殒

那个年代,许多男人都把自己打扮得像鲁伯特·布鲁克[①],这位翩翩才子的形象仿如白月光般烙印在每个人的心目中。他干净利落的面部线条犹如雕塑,被认为是"典型英国男人"的样子,在非洲殖民地上风靡一时——其实这样俊美的容颜即使在英国本土也不常见。

"不得不说,"茜碧尔寄宿那家的女主人说,"这男人真是迷人。"

男人们一开始看起来都很迷人,当时茜碧尔心想,等你了解他们以后就不了。她坐在昏暗的室内,看着幕布上放映的十八年前的影片,那些遥远的记忆在投影仪的高温炙烤下,仿佛从虚幻变为了现实。她对自己说:我还年轻,应该拥有一切最完美的东西;但很快又想,或许世事并非如此。但不管怎样,一切的结果终归还是一样,对我而言,男人的魅力并不能长久。

第一卷影片放映完毕。有人打开了房间的灯。男主人从一个热带风格图案装饰的袋子里拿出了另一卷胶卷。

"这种感觉一定很特别吧?"女主人说,"时隔多年再看见自己当初的模样。"

"茜碧尔之前看过这些影片吗?"后来加入的一位客人问。

"从来没看过——对吧,茜碧尔?"

"是的,从来没看过。"

[①] 鲁伯特·布鲁克(Rupert Brooke,1887—1915),英国诗人,因其翩翩风度,被叶芝称为"英格兰最英俊的男人"。

"这要是我，"女主人说，"一定会好奇得不得了，哪里能等十八年呢！"

这些柯达单色电影胶卷之前一直静静地躺在盒子里，躲在茜碧尔旅行箱的阴影中——有什么好看的，如果自己的记忆依旧清晰？

"茜碧尔以前不认识有放映机的人，"女主人说，"直到认识了我们。"

"真令人开心啊，"客人说，那是一位上了年纪的女士，"能看到过去的影像。其他的影片也都这么有趣吗？"

茜碧尔想了一下。"或许摄影技术还不赖，"她说，"拍影片的是一个厨子。"

"一个厨子？虽然不清楚你的意思，但这也太难得了吧！"女主人说。

"是一个作厨房工的男孩拍的，"茜碧尔答道，"以前接受过摄影摄像的培训。"

"那他技术不错。"男主人赞道，一边安放着新的影片胶卷。

"影片颜色很好看，"女主人又说，"啊，你能把它们给翻出来真是太好了。影片里的每个人看起来都好健康的样子，小麦色的肌肤，自由地敞露着领口。还有那些无处不在的、黝黑发亮的非洲人。"

年老的女士说："我很喜欢看你穿着短裤、手里拿着枪从阳台上出现的片段。"

"准备好了吗？"男主人问。新的影片终于安装完毕——"把灯关上。"他说。

画面上还是和刚才一样的门廊。一个肤色黝黑的小姑娘从一扇法式落地窗后走了出来，穿着短裤，后面跟着一只活泼的阿尔萨斯小狼犬。

"小狗真可爱，"茜碧尔的女主人评价，"它好像想和茜碧尔玩游戏呢。"

"那不是我。"茜碧尔飞快地补了一句。

"那边那个女孩,旁边有条狗的那个不是吗?"

"对,那不是我。你没看见我正在那边树荫下的草坪上走着吗?"

"哦,真的呢,还真是!她真的和你长得好像,茜碧尔,就是那个带着狗的小女孩。你们说是不是?我觉得,尤其是她刚从阳台出来的那一瞬,太像了!"

"是啊,有那么一瞬间我也以为她是茜碧尔,直到我发现真的茜碧尔其实在远处。不过现在能看出区别来了。你看,她转过来了——那姑娘其实和茜碧尔也没那么像,主要是因为你俩都穿着短裤吧。"

"我和她还是有一些相似的。"茜碧尔插了一句。

投影仪继续嗡嗡地运行。

"看啊,茜碧尔,那儿有个小姑娘和你挺像的。"茜碧尔走在父母中间,一只手牵着父亲、一只手牵着母亲,闻言扭过头顺着他们指的方向看去。另外那个女孩也和她一样被人牵着,这时也看了过来。

那孩子戴着一顶黑色绒帽,整个帽檐都是翻上去的,身上穿着一件黄褐色的外套,脖子上系着一条白色的貂皮围脖,手上戴着白色丝质手套。茜碧尔的穿着打扮和她一模一样。着装相同这点本身并不值得惊讶,因为在一九二三年的英国,稍大一些的城镇里很多小女孩都穿着类似的服装,在父母亲人的陪同下从公共花园里经过或者去那玩耍——然而她们俩却连五官长相、身高体形、步伐体态方面也极为相似。茜碧尔恍惚觉得似乎正看着镜子中自己的身影:同样粉嘟嘟的脸颊、帽子下黑漆漆的卷发、几乎快要遮住眉毛的刘海。她们的双眼间距都比较宽,鼻子小巧玲珑仿佛猫咪一般。"别盯着人家看,茜碧尔。"母亲悄声说。回头前,茜碧尔瞥见了那姑娘脚上白色的袜子和黑色漆皮纽扣鞋。她也穿着白色的袜子,只不过鞋子是棕色的、带着蕾丝花边。一开始她还对这唯一的差别感觉有些别扭,仿佛整齐的人行道地砖上有了一条裂缝,但后来她又觉得,有区别才是正确的。

"那是科尔曼家的姑娘,"茜碧尔的母亲对父亲说,"他家在希尔恩德那边经营酒店。那孩子肯定和茜碧尔差不多大。真的很像,对不对?而且我猜,"她说着话风忽然一转,对着茜碧尔道,"她也一定像茜碧尔一样,是个好孩子。"聪慧的茜碧尔对母亲最后这句话中隐含的敲打之意十分不以为然。

不只那天,周日出门散步时他们也时常在别的场合遇见科尔曼家的小姑娘。夏天到了,小朋友们都带上了巴拿马草帽,穿上有精致挑花的柞蚕丝连衣裙。有时候科尔曼家的女儿身边会跟着一名年轻的女佣,穿着灰色连衣裙和黑色长筒袜。茜碧尔注意到了那姑娘身边的随从。"别专门盯着人家看。"母亲悄声嘱咐。

直到上学后她才发现,黛西丽·科尔曼比她大一岁。当所有班级都聚集到操场或者体育馆时,茜碧尔常常会被人认错成高她一个年级的黛西丽。晚春时节,孩子们按着各自的班级坐在梧桐树下,这时老师们便会统一宣布休息,于是原本各自为政的班级队形便会散开。此时经常会听见某位老师喊:"茜碧尔,亲爱的,你的鞋带——"然而当茜碧尔低头去看时,发现自己的鞋带明明系得整整齐齐,于是老师便会说:"哦,错了,不是茜碧尔,我说的是黛西丽。"参加打击乐团的演奏练习时,老师表扬道:"比昨天进步多了,茜碧尔。"茜碧尔开心地击打着手里的三脚铁以示回应,可老师随后纠正道:"哦,我说的是黛西丽。"

只有成年人才会在一些奇怪的时刻把两个孩子搞混,茜碧尔周围的小伙伴们就从来不会犯这样的错误。学校音乐会结束后，茜碧尔的母亲说："刚才有那么一瞬间，我差点儿把合唱团的黛西丽当成是你呢。你俩居然长得这么像，可真稀奇！明明我和科尔曼太太长得一点儿也不像，你爸爸和她的爸爸也完全不像。"

茜碧尔并不认为黛西丽是一个好玩伴。茜碧尔比较早熟，脑子清醒得像一把利刃。她发现，脑子不大好使的孩子们往往更容易心怀怨恨。参加派对时，黛西丽会假装一脸无辜地交叉双腿坐在旁边，无言地望着周围的人群，然后冷不丁地、毫无理由地突然用手肘狠狠戳你么一下。

等到茜碧尔八岁、黛西丽九岁的时候，很少有人会再把她俩认错了，就算是陌生人或者新来的老师也不会。茜碧尔的鼻子愈加挺拔，而黛西丽的鼻子却仿佛陷入了胖嘟嘟的脸颊，像是画上去的一样。只有极少数的情况，比如昏暗的冬日午后三点，或太阳即将落山而学校的灯火尚未亮起时，才会有人把她们搞错。

茜碧尔九年级、黛西丽十年级的时候，黛西丽一家搬到了茜碧尔所在的小区。住在同一区的孩子们放学后会被家长或女佣带到住宅附近的广场上玩耍，并被嘱咐要和别的小朋友好好相处。茜碧尔对于黛西丽的入侵感到闷闷不乐，于是说自己更想要一个人看书。不过她的心情在几周后又变好了，因为有两个男孩子的多贝尔一家搬进了小区。多贝尔家的两个男孩有着胡桃褐色的皮肤和亮晶晶的深色眼珠，他们的父亲看起来像是有一半印度裔血统。

茜碧尔真是太喜欢多贝尔兄弟俩了！他们是她从未见过的玩伴类型：活力四射、动作敏捷，却又十分温柔、彬彬有礼。他们的皮肤颜色虽然深，却并不脏，反而总是打理得干干净净的，这是茜碧尔默默观察得出的结论。有了他们，她终于不再介意黛西丽也加入游戏。多贝尔兄弟是抵挡绝望的良药，因为他们对愚蠢并不感兴趣，所以根本注意不到黛西丽。

那姑娘不太能长时间集中注意力，所以对于需要想象力的游戏总没办法坚持太久，并且很容易情绪激动，毫无征兆或者偷偷摸摸地踢打别的玩伴；多贝尔兄弟对此采取了回避的应对方式。或许正因从未遭到过反击，黛西丽一直肆无忌惮地攻击茜碧尔，根本不管游戏规则，只要她乐意。

茜碧尔极其痛恨这一点，因为自己在游戏中每天都要不断被追杀，就算乔·多贝尔怎么解释也没用——"还没到你呢，黛西丽。等等、等一下，黛西丽！暂时先不要朝她'开枪'，她还没有过桥呢，再说你也不能从这里开枪——你俩中间隔着块大石头呢！你得悄悄绕过去才行。修先朝你开了一枪，他以为打中了你，但其实只打到了你的帽子。还有……"

所有这些指示都没有用。每天游戏开始前，他们四人都会坐在修剪过的干燥草坪上开会，等大家都同意了游戏流程，游戏便正式开始。"都明白了吗，黛西丽？""明白了。"——每一天她总是这样回答。黛西丽大声喊叫着，自顾自地兴奋；她喜欢发出一些很蠢的叫声，就算是本该"在森林中静悄悄跟踪土匪"的时候也不管不顾。通常她会先尖叫几声，然后大喊："砰砰——！"手指正对着茜碧尔，说："你死了。"茜碧尔配合地倒地滚开，然后抗议说游戏才刚开始呢，多贝尔兄弟则叹着气说："唉，我说黛西丽啊！"

茜碧尔每天晚上都发誓：下次我也要这样对她！下次（通常就是第二天，如果不下雨的话），我要在她有机会把草帽挂在树枝上打掩护之前，就先"砰砰"了她；我要在轮到她之前先对她说"砰砰"，不等轮到她就把她干掉！

然而没有哪个"第二天"茜碧尔能真正实现这些誓言。在多贝尔兄弟面前，她的自尊可比赢得游戏重要多了；于是茜碧尔退而求其次，利用自己聪明的头脑，想方设法尽可能躲到黛西丽的射程之外。她会躲到月桂树后面，像照顾有智力问题的人一样进行现场解说，比如——"我穿上了迷彩服，全身都是绿色的，没有人能看见躲在树丛中的我。"可黛西丽还是看得见她，她坚持说自己的眼睛可以穿过山壁看见另一边的东西。"可我离你们足足有半英里远呐！"看见黛西丽举"枪"直直地瞄准她时，茜碧尔无奈地大喊。

我才不要死，茜碧尔暗自发誓——我不要按规则来。她都可以不守规则，凭什么我要遵守？下次她再对我说"砰，你死了"的时候我才不要倒地滚开。下一次，如果明天不下雨的话……

可每次茜碧尔还是乖乖地倒地滚开了。当乔和修·多贝尔冲她喊，说黛西丽的"砰砰"不算的时候，她以为自己可以复活，结果立刻听见黛西丽尖叫着抗议——"怎么不算？就算！这是游戏规则！"于是茜碧尔只好再次躺下，仰面朝天，接受自己没机会复活的事实。

就这样，那姑娘总是在游戏里提前解决掉茜碧尔，像个疯子一样，却很少拿那两兄弟当目标。不知为何，茜碧尔以前从没注意到这点，多年以后才意识到，黛西丽喜欢"追杀"的似乎只有她。

有一天，黛西丽迟迟未到，茜碧尔便对男孩们提议说，以后都不许黛西丽参加游戏了："她根本不遵守规则。"

"可是，"乔说，"这游戏要四个人才能玩。"

"得要四个人。"修也说。

"不用，三个人也能玩。"说这句话的同时，茜碧尔已经在脑子里构思起新的游戏规则。她把自己想象中的游戏描述给男孩们听，可两兄弟都无法理解，因为他们已经习惯了两个土匪、两个骑兵的游戏规则。"我可以是孤独的骑兵啊，你说是吧。"茜碧尔说，"或者，"她像哄孩子一样，"把那棵樱桃树当成另一个骑兵。"但这完全是对牛弹琴，虽然并没有说对方蠢的意思，但男孩们确实一头雾水。那一瞬间她忽然明白了，她的智商比他们都高。她并没有说出来，却为此感到了孤独。

"要不我们玩击球游戏吧?"乔试着提议。

从那以后,茜碧尔每天都会带上一本书,坐在母亲身边阅读。母亲自然很开心,因为她觉得茜碧尔终于长大了,不再喜欢打打杀杀的游戏。

"他们正在做准备,"茜碧尔说,"狩猎前的准备。"

趁大家等待寄宿家庭的男主人更换电影胶卷时,茜碧尔说。

"我现在算是对茜碧尔有了全新的认识,"女主人说,"竟会参与这么……这样非凡的社交场合。他们都是文人吗,茜碧尔?"

"不是,但的确有不少诗人。"

"哦,真的假的?他们都会写诗吗?"

"很多都会,"茜碧尔说,"至少在生前会。"

"那他们生前都是做什么的呀?和你一起站在面包车旁的金发男子是谁?"

"他是那片土地的产权管理经理。他们在那里种植百香果,然后榨汁贩售。"

"百香果——真有趣。他也会写诗吗?"

"嗯,会的。"

"那……那个女孩呢,就是我把她错当成你的那个?"

"哦,我和她从小就认识了,在殖民地又再次相遇。那个矮个子的男人是她丈夫。"

"所以那天早上你和他们一起去狩猎了吗?我可想象不出你开枪射杀任何动物的样子,茜碧尔——不知道为什么。"

"那一次的活动……"茜碧尔答道,"我没有去。我只是拿着枪做做样子而已。"

其余人听见她的话都"哈哈"笑了起来。

"你和这些人还有联系吗?我听说殖民者都很擅长写信,方便联系——"

"没有了，"茜碧尔回答，并且补充道，"其中有三个人已经死了。那个女孩和她的丈夫，还有那个金发的男人。"

"不会吧？发生了什么事？你可别告诉我那三人在狩猎的时候被误杀了。"

"他们在狩猎的时候被误杀了。"茜碧尔一字不改地回答。

"哎呀呀，这些殖民者啊！"那位上了年纪的女士感叹道，"好端端搞什么狩猎啊！"

"第三卷，"男主人终于开口了，"准备好了吗？请关灯。"

"小心别被狮子吃掉啊。我说茜碧尔啊，你可要小心别被当成猎物误杀了。"车站内，一大帮人叽叽喳喳的成为了喧哗的中心，却并未意识到自己有多吵闹。随着出发时间越来越近，唐纳德的亲戚们逐渐按照自己的小团体聚拢起来，茜碧尔则和另外一对夫妇凑在一起。

"两年——这对他们来说将是一段有趣的经历。"

"小心别被枪误伤了。别让唐纳德碰枪啊。"

最近的报纸头条经常出现殖民地枪击事件的新闻，每一个都有着吸引眼球的震撼标题。为了吸引读者，记者们大肆宣扬着殖民地的气候和酗酒成性的民风，议论着白人女性的缺乏对刚移民过去的年轻人的影响。似乎在这片殖民地上，要么情人们联手枪杀丈夫，要么双双饮弹殉情，而做丈夫的，会枪杀趴在自家卧室窗口偷窥的当地土著。殖民者中的有识之士写信给《泰晤士报》，用清晰的数据对那些不实报道一一驳斥，但总是晚一步。近期发生的事件——他们分辩说，并不足以代表殖民地上热爱和平的绝大多数人。殖民地专员也发表声明说，报道把所有的事情都极力夸大了。等到茜碧尔和唐纳德前往那片土地时，殖民地的那些枪击事件已经被国内歌舞杂耍厅改编成各种喜剧，消费了个底朝天。

"别养蛇或鳄鱼这样的宠物啊。小心狮子。别忘记写信回来。"

后来他们发现，杂耍厅的喜剧表演讲述的枪击事件竟然并非凭空捏造，这让两人很是惊讶了一阵。这些事件总是如潮汐般一波一波地发生，每一次差不多会持续三个月，这段时间内，几乎每周都有枪击事件的报道。蓝眼睛的老殖民者们靠坐在椅子上，手边放着一杯威士忌，讲述着哪个不成器的家伙又开枪自杀了。这段时间过后便迎来了雨季，雨水会让一切尘埃暂时落定很长一阵子。

结婚十八个月后，唐纳德在一次野外巡猎时被一头母狮子袭击，经不住漫长跋涉，死在了送往休息站的担架上。和他一同去的有八个人，没人说得清意外是如何发生的，只知道一切都太快了，电光火石间人便被扑倒了；随行的当地人吓傻了，甚至忘记朝那头野兽开枪，只会指着出事的方向"啊——啊——"地惊叫。唐纳德的同伴们闻声赶来，用肩膀拨开一人高的杂草后终于看见了那头母狮，它正蹲在唐纳德的身边撕咬着他的身体。

唐纳德考古队的朋友们嘱咐茜碧尔在殖民地再坚持六个月，等项目结束后便可跟他们一起回英格兰。尚拿不定主意的茜碧尔干脆选择去观光旅游，调整心情。可惜还未等到考古任务结束便爆发了战争，考古学家们悉数被召回国，而普通民众不被允许离开殖民地。茜碧尔觉得此刻的自己就像唐纳德一样，被凶猛的母狮压在身下动弹不得。

她祈祷丈夫生前的日子是快乐恣意的，就像她希望自己能过的那样。对她来说，就算丈夫没死，最终他们也必然分手。虽然丈夫生前两人并未产生过矛盾，但谁知道再过两年会如何呢，茜碧尔想，那时肯定就会有了。唐纳德生前已经有了向无趣男人转变的迹象——去年，唐纳德二十七岁，但他内心对未知的好奇心却已逐渐枯竭。考古——这个原本令人无比兴奋的专业，也只变成他用来谋生糊口的工具。从获得学位的那一天起，他的言谈中便不断透露出一种信号，仿佛那些考古方法和理论都是静止的、不会再进步或发展了，而他的工作就是在一段有限的时间里，把之前学来的知识放在实际工作中去印证罢了。英格兰考古学界不断有新的论文发表，被复写机印在标准的大尺寸纸页上，跟着他们的步伐从一个地址辗转邮寄到下一个。"唐纳德，你都不看看吗？"茜碧尔问，家里的考古期刊和论文都已经堆成塔了。"不看，说真的，我觉得没有看的必要。"——之所以没有必要，是因为他的未来已经确定了：只要实地考察满两年，回国就能获得一份大学讲师的工作。我要是学考古的，茜碧尔想，一定非常重视这些论文，就算是那些看起来很艰深的文章，只要方法得当，我也一定会有所收益。

早上醒来，茜碧尔会躺在床上阅读丹麦哲学家克尔凯郭尔的《日记》，那是刚在英国出版的首版英译本。她如饥似渴地阅读，感觉自己就像一片沙漠，对自己的干涸一无所知，直到某天雨水落下。日子就这样一天天过去，到后来，唐纳德每天下午回家时，她已经越来越没有话跟他说了。

"今天又发生了一起枪击事件，"唐纳德说，"就在峡谷对面。一个男人突然回家，发现妻子竟和另一个男人搞在一起，于是开枪把两人都杀了。"

"这片土地上，没有人能真正远离那片蛮荒的丛林。"茜碧尔回应。

"你在说什么啊？我们离丛林有八百英里远呢。"

唐纳德首次踏上巡猎之旅，前往远在八百英里开外的丛林那天，茜碧尔认真地反思了一下，认为丈夫的思想已经失去了生气，就像一条搁浅的鱼，不再蹦跶。可是她又想：换成别的女人肯定根本不会注意到这点；别的女人也不会想要嫁给某种"思想"，可是我想——她想着：我就是一个怪人，根本就不应该结婚。其实我本来就不适合婚姻，或许这也能解释为什么他从不曾对我的性格产生过兴趣，也不曾想要多了解我一点儿，就像他不想阅读那些寄来的期刊一样，因为那会让他不得不开始思考，而思考是痛苦的。

丈夫死后，茜碧尔真心希望他生前的日子是快乐、恣意的，无论那对他而言指的是什么。她在女校找了份教职，又结交了三五好友来转移注意力、等待战争结束——酒肉朋友不需要深刻的思想。

船只马达声隆隆，回荡在赞比西河上。茜碧尔靠在船舷边上，向外探出身子，朝河面上一个划着独木舟的非洲土著说了些什么，后者的表情忽然变得惊恐。茜碧尔回过身来，伸手指向河对面。

"我刚是想问他，"茜碧尔对躲在船舱阴影里的朋友们解释，"关于河马的事。那边稍远一点儿的地方有一群河马，我想让大家看得更清楚些。可是那个当地人让我们不要太靠近——所以他的表情才有些惊恐——说因为河马可以把船掀翻，然后岸边的鳄鱼就会成群结队地游过来。就在那边，你们看！虽然有点儿远，但还是可以看见它们的——水里露出来的那些小圆拱就是，像潜水艇一样的，是河马的鼻子。"

电影画面也随着船只晃动着，在河面上缓缓前行，然后屏幕忽然一片雪白。

"出问题了。"寄宿家庭的女主人说。

"把灯打开。"男主人摆弄着投影机说。寄宿在他家楼上的一个年轻的男房客走过去帮忙。

"我好喜欢那座岛上的迷你小猴子。"女主人说，"快点儿修好啊，泰德。是哪里出了问题？"

"麻烦你把嘴闭上一会儿。"他回复。

"茜碧尔，你和小时候比根本没怎么变呢。"

"谢谢你，艾拉。"——我是一点儿也没变，因为我依然认为酒肉朋友是不需要深刻思想的，茜碧尔心想。

"这些影片一定让你重温了过去的时光吧，茜碧尔？我是说那些细节。人的记忆哪能那么清楚。"

"嗯，是啊。"茜碧尔说，又立刻补充道，"不过，其实我能记得很多细节的。"

"真的假的，茜碧尔？"

但愿，她想，他们不会对我的只言片语追根究底。

年轻的男房客转过身来，张开的双手间悬绕着大约几英尺长的电影胶片。"那位金发的男士是您的丈夫吗，格里弗斯夫人？"他问的是茜碧尔。

"茜碧尔的丈夫在那之前就过世了。"女主人压低了声音，用一种近乎神圣的口气告诉他。

"噢，我非常抱歉。"

女主人为三位客人重新添上了饮料。站在投影仪旁的男主人转身拿起杯子一饮而尽，然后把杯子递给女人示意再加点，整个过程一气呵成。他们的所言所行看起来都如此煞有介事，茜碧尔心想，不能让事情照这样发展，我们只不过是看些旧影片罢了。

正想着，她忽然听见有人踌躇道："她……她是……"循声辨认，原来是那位年老的女士——"她到底是谁？"她问。

"茜碧尔·格里弗斯，"女主人再次压低声音答道，"她是泰德的远房表妹。"

"哦？"问的人听起来依然很迷惑。

"总之是个名人。"

"噢，原来如此，我之前不知道。"

"没几个人知道。"女主人说，声音里带着一丝骄傲。

"好了，"泰德说，"关灯。"

"不得不说，"他太太再次强调，"电影里的颜色真鲜艳。"

在殖民地居住的那段时间，茜碧尔一直无比思念故乡英格兰那朦胧柔和的色彩。殖民地的凤凰木花红得太过喧嚣，还有颜色绚丽的鸟类，头上裹着刺眼粉色头巾的非洲女人，当地人黑得发亮的皮肤和白得耀眼的牙齿，头顶上的篮子里也总是些颜色鲜亮、样貌粗犷的花朵或果子……这样的风景人人赞叹（他们说："真希望能把这缤纷的色彩画下来！"），却让茜碧尔很是难受。她觉得很无趣。

她租了一栋房子，和另一个女孩合租，那姑娘的丈夫在北方前线打仗。那一年茜碧尔二十二岁。为了保证自己的绝对隐私，她把客厅中间用胶合板隔断分成了两半，那时的她还没有十年后的本事，可以面不改色地人前一套背后一套，带着模棱两可的态度听别人倾诉——这种交际的艺术能让人在融入人群的同时又不失去自我，听着别人的滔滔不绝却不感到无聊。

合租的姑娘阿莲德涅·路易斯举止得体，经常招待朋友们来家里聚会。她的朋友大多是从前线回来休假的士兵。茜碧尔也偶尔参加了几次这些聚会，在强迫的自律感驱使下，她拼命让自己表现出对那些男人充满向往的样子。为了做到这一点，她不得不努力隐藏自己真正的优点，只留下最能凸显或配合低沉男性嗓音和男性气质的部分。每次参加完聚会，第二天的宿醉总让人生不如死。

殖民地上白人女性的稀缺使她俩不费吹灰之力就能吸引一大帮男人围在身边，无事献殷勤。阿莲德涅有很多男朋友，却从未与任何人有过肌肤之亲；茜碧尔在两年里交往过三个男人，只是为了测试自己的魅力。他们的关系往往始于私人舞会，有时是在开满玉兰花的园子里，周围花香袭人，仿如置身熏香铺；有时是在黑夜里、银河下，那条光辉灿烂的天河仿佛摆满了珠宝的橱窗。每次患上要命的热带流感，她都会立刻结束和男人的关系。半梦半醒间，她躺在仆人们为她在石砌门廊上搭起的小床上，四周包裹着白色蚊帐，看起来竟像是新娘的婚纱；这时她会用汗津津、颤抖的手给男人写下一封诀别信，交给家里的混血女佣寄出去。第二天一早男人准会打电话来，而家里的小男佣会故意说些难听的话把对方气走。那个小男佣很聪明。

有好几年，她都模糊地感觉自己对床笫之事似乎并没有渴望。在第三段关系结束后，这个感受终于如醍醐灌顶般在心中彻底明确起来。过去她曾对自己说"我不是一个特别看重肉欲的人"，或者"我想我大概是个性冷淡的怪人"，等等，但那就像是无知的人或外行人的评价，并不准确，也并非理智思考得出的结论；如今在第三段桃色关系结束后，那个念头却无比清晰乃至迫切地出现在她心里，仿佛一种全新的认知，这让她有些震惊。躺在阴影覆盖的门廊上，流感带来的高热正在逐渐散去，她开始仔细反思自己和男性的关系。她想：要不我再结一次婚怎么样？这个想法让她在温暖的被单下打了个冷颤。难不成，她又想，我心里一直压抑着对女人的欲望？她静静地躺着，让这个念头随着想象自由翻飞。她在脑海中把至今为止认识的每个女性都回忆了一遍，并冷漠地一一检视：穿着连衣裙，像小飞侠彼得·潘那样有奶油色衣领的朴素女学者；体形壮硕的强势女性；好几位美人；像阿莲德涅那样脑袋空空的传统女性……然而并不是，真的，她心想，我对男人女人都没感觉。这只是一种对性行为单纯的毫无兴趣——不只是因为缺乏性的愉悦感，更是对这种兴奋和刺激的不喜。不，还不只是不喜欢这么简单，比那更严重——是认为它十分无趣。

一阵近乎愧疚的孤独感瞬间裹挟住了她。之前的三段关系此刻忽然在她心中升起某种英勇感——那是她在努力去做所谓正常的事，茜碧尔默默地想，或许我还会再次尝试，或许，要是我能遇到那个对的人……可就算只是想到"对的人"这个词也让她产生了一种难以忍受的荒芜感，以至于身体开始不停颤抖。她撩开蚊帐，伸手去拿装柠檬汁的瓶子,动作生涩地倒进玻璃杯里,举起杯子抿了一口。果汁已经不凉了,而且糖加得太多,但她还是勉强喝下,好滋润干燥的喉咙。她透过蚊帐看向远处一排房屋的后墙,还有更远处黄棕色的大草原。

一天早晨阿莲德涅说:"昨晚我遇见了一个姑娘,真有趣,一开始我以为那是你,所以冲她打了个招呼。结果凑近一看才发现并不是,和你也并不是很像,可不知为何感觉上却挺像的。你猜怎么着,她竟然认识你!所以我邀请她有空来家里喝茶。我不记得她的名字了。"

"我记得。"茜碧尔说。

当黛西丽真的登门拜访时,两人十分夸张地对彼此热情问候,那情景简直和久别重逢的姐妹、他乡遇故知的老熟人没两样。上一次见到黛西丽还是在伦敦汉普斯特德的一场舞会上,那时两人连最基本的"嗨,你好啊"都没说过。

"我俩打从上学起就在一块儿了。"黛西丽对阿莲德涅解释道,她的手还紧紧握着茜碧尔的手。

茜碧尔等不及想把手抽回来。"真是奇怪,"她感叹道,"在这片殖民地,人们或早或晚总能遇上之前在国内的熟人,或者父母认识的人。"

黛西丽和她的丈夫巴瑞·威斯顿在殖民地的一个边远地区定居。茜碧尔听人提过威斯顿,只是没想到黛西丽竟是他的妻子。人们提到他时总会感叹,说他是一个颇有创业头脑和魄力的种植场主。几年前他忽然想到一个主意,要把百香果榨成果汁贩卖,于是便风风火火地搞起了果园,还开设了工厂。如今,这份生意早已发展得如火如荼,规模也不断扩张。除了做生意,巴瑞·威斯顿还喜欢写诗,其中一卷名为《乡思》的诗集被刊印成册,在殖民地上广受欢迎。他的第一任妻子因感染恶性疟疾"黑水热"去世，在一次回英格兰探亲的途中，他遇见了小自己十二岁的黛西丽，不久后两人便结了婚。

"你一定要来我家做客，"黛西丽对茜碧尔说，然后又向阿莲德涅解释，"我们从小上私立学校时就在一块儿了。"接着又问："哎，茜碧尔，你还记得特罗斯基吗？还记得'小老鼠'吗，我们当时可真没少欺负她？我永远不会忘记那一天……"

茜碧尔任教的学校很快就要放假了，到那时，阿莲德涅也要启程去开罗看望自己的丈夫。于是茜碧尔答应一定会去威斯顿家造访。身穿美丽亚麻裙的黛西丽离开后，阿莲德涅对茜碧尔说："我很高兴听你答应去她家住一段时间。我可不希望接下来的几个星期，你只能一个人留着这里。"

"你知道吗，"茜碧尔回答，"我觉得我还是不去她家做客的好。我会找个借口推掉的。"

"咦，为什么呀？茜碧尔，那是多好的一个地方啊，你一定会开心的。她家还有位诗人呢。"茜碧尔能嗅到对方语气中那一丝恼怒的味道，她甚至能想象阿莲德涅会怎么和自己朋友说："茜碧尔这个人绝对有哪里不对劲！真是不住在一起不知道啊，这个茜碧尔前一秒还答应得好好的，后一秒就变卦了……搞不好她在性生活方面有什么问题……真古怪……"

要是换了在国内，茜碧尔心想，人们才不会这样嚼舌根子呢。她上一次回英格兰的申请刚刚被拒，这里的环境啃噬着她的脆弱。"我感觉自己恐怕是感冒了。"她说，一边打着冷颤。

"那赶紧回床上躺着去，亲爱的。"阿莲德涅叫来黑人伊利亚，吩咐他准备些柠檬汁。但茜碧尔的感觉并没有成为现实。

不过，第一次去威斯顿家做客回来时，茜碧尔倒确实染上了流感。那辆一九三六年的福特V8在路边抛锚，导致她在寒风中足足等了三个小时才等到另一辆车经过。

"你得买辆好点儿的车，"药店老板的妻子来探望她时说，"那些老古董可经不起这种路折腾。"

茜碧尔继续打着冷颤静养。尽管如此，到了学校期中假时，她又去了威斯顿家。

黛西丽的邀请情真意切、甚至不遗余力，于是茜碧尔也一次次顺从地接受邀请。威斯顿家似乎有着一种难以抗拒的吸引力。

每次去做客，茜碧尔都会受到不变的热情招待。门廊上同样的位置总是为她准备着那只造型优雅的藤椅，上面摆放着和之前一样的靠枕，摆放的位置也似乎每次都一样。

"你想喝点儿什么，茜碧尔？你在这住得可还舒心，茜碧尔？我们希望你在这里的时光非常愉快，茜碧尔。"他们大概把我当成自己收养的小流浪儿一样了吧，茜碧坐着，透过深色墨镜凝视着这对夫妻，沉思着。"我们都计划好了——对吧，巴瑞？我们为你准备了一个惊喜，茜碧尔。""我们早想好了——对吧，黛西丽？一场绝妙的旅行……去狩猎鳄鱼……去看河马……"

茜碧尔小口啜饮着加了青柠的杜松子酒，黛西丽和她的丈夫则并排坐在一张藤沙发上，一起望着她。他们看着茜碧尔的神情十分恳切："把你的墨镜摘下来吧，茜碧尔，太阳都快落山了。"茜碧尔依言摘掉墨镜。夫妻俩握着彼此的手，时不时在对方脸上轻啄一下。更可恶的是，他俩紧接着便旁若无人地拥抱起来，充满欲望的身体紧紧交缠，巴瑞的眼角余光还瞄了朝茜碧尔一两次。之后，巴瑞松开黛西丽重新坐下，却又伸出臂膀拥住妻子的肩；黛西丽则扭着身体，亲密地依偎过去。为什么呢？茜碧尔想，为什么要大费周章地演这么一场戏？"茜碧尔被我们吓到了。"巴瑞说。茜碧尔啜着饮料想，旁若无人地公开夫妻间的私密行为，确实要比在公园里或大门口求欢的情侣更令人震惊。"我们只是太爱彼此了。"巴瑞解释道，顺手捏了捏妻子的手臂；而茜碧尔却在思考，这两人的婚姻到底出了什么问题？他们显然是有问题的。对面的夫妻俩又吻了起来——我怕不是在做梦吧？茜碧尔腹诽道。

打从第一次登门茜碧尔就看出，两人的婚姻绝对出了问题。一开始她把自己当成事不关己的看客，对他们自导自演的这场自我救赎的戏码忍俊不禁。她注意到，有几次有别的客人在场时，那些爱意浓浓的场面并没有上演，相反，夫妻俩倒是联手在朋友们面前贬低起茜碧尔来。"可怜的茜碧尔，孤零零一个人生活，在学校当老师，也没有什么朋友，所以我们尽量多请她来家里住一住。"听的人会感叹着，满怀同情地转头看向茜碧尔，对她报以怜悯的微笑。"你们一定朋友遍天下吧！"他们会礼貌地恭维夫妻俩。茜碧尔终于意识到，威斯顿两口子其实在心里暗暗地嫉恨着她，而她也因此成为夫妻俩不可或缺的存在。

阿莲德涅从开罗回来了。"每次从威斯顿家回来，你都一副精疲力尽的样子，"有一天她终于忍不住对茜碧尔说，"是不是因为派对开太晚，酒喝太多了？"

"或许吧。"

黛西丽不断地写信——"请务必前来，巴瑞需要你。他需要你品读他的十四行诗，给他一些好的建议。"每次收到这样的信茜碧尔总是一把撕掉，但最后还是会乖乖前往。相比于黛西丽夫妻俩需要看到她难受才能好过，反倒是茜碧尔自己莫名地渴望这种感受，因此去他们家做客能够减轻她心中的负罪感。

我相信他们一定也已经发现了我的不正常，她想。可他们是怎么猜到的呢？每次询问有关她私生活的事时，她的回答都十分谨慎。不过，一个人心底最深处的秘密总会以一种微妙的方式，向那些与之性格不合、心怀怨恨且虎视眈眈的人显露出来。我真的相信人心是能相互感应的，她想，一个深渊必将召唤另一个深渊，只是没有具体的语言而已。然而他们误会了一点：他们以为在我面前展示激荡的情欲会让我冰冷的灵魂感到痛苦——虽然此刻的确如此，可那并非出于嫉妒——真的，而是因为无聊。

她的福特 V8 轿车轰鸣着穿过乡野。真的好无聊啊！她想着：又要去旁观他们的婚姻生活秀了！他们不知该有多开心、多幸灾乐祸呢！然而这样的想法反倒给了她安慰，就像献给神的祭品。

"你坐得还舒服吗，茜碧尔？"

她抿了一口加了青柠的杜松子酒说："舒服，谢谢。"

巴瑞喜欢亲昵地唤黛西丽为"黛瑞"。"吻我，黛瑞。"他说。

"好的，巴迪。"他太太回应道，娇俏地凑了过去，并冲茜碧尔眨了眨眼。

"我说，茜碧尔，"巴瑞一边捋着头发一边说，"你应该再婚，不然就错过太多了。"

"是啊，茜碧尔，"黛西丽也说，"你要么结婚，要么就去修道院出家，只能选一个。"

"这我就不明白了，"茜碧尔回答，"我自己一个人也能过得很好。"

"唉，你现在这样不上不下的算怎么回事啊——对不对，亲亲老公？"

这话倒是没错，茜碧尔心想，要不我怎么会跑来这里躺在你们无聊的祭坛上呢。

"要不找个男朋友吧，"黛西丽接着说，"对你会有好处的。"

"你现在这样是在浪费自己最好的青春年华。"

"你坐那儿还舒服吗，茜碧尔？……我们希望你能在这里住得开心。要是哪天你想带着男朋友一起来，我们可是很开放的——对不对，巴迪？"

"吻我，黛瑞。"她丈夫应道。

黛西丽从丈夫口袋里掏出一张手绢，为他擦去脸上的口红印，可他却猛地别开头，对茜碧尔说："把你的杯子递给我。"

黛西丽看着自己倒映在法式落地玻璃窗上的影子，说："茜碧尔学识丰富，但这正是她的问题所在。"她抚了抚头发，转头看着茜碧尔，脸上挂着那令人熟悉的、孩童般的敌意。

晚餐后巴瑞会朗读自己新作的诗。他会说："我还是别自吹自擂了吧，今晚就不念自己写的诗了。"此时黛西丽必会哀叹："噢，念吧！巴瑞，念吧！"而最后他总是勉为其难地遵命照做。"太精彩了！"诗念完后，黛西丽会这样评价，"你太棒了！"到了留宿的第三天晚上，这场原本滑稽的表演早已不再好笑，茜碧尔能够察觉，那种百无聊赖的难受感即将在心中升至顶峰，就像不断往气球里充氢气那样。为了缓解这种压力，她会时不时深叹一口气。巴瑞正全神贯注地念着自己的诗，根本无暇顾及她，但黛西丽却一直留心看着。一开始，茜碧尔还小心翼翼地寻找措辞——"我觉得你可以多花些时间来推敲诗句，"她说，然后看着他困惑的表情，又补充道，"既然要写诗，就应该慢慢琢磨如何遣词造句。"

"胡说什么呢，"听到这里，黛西丽忽然插嘴道，"他经常早上起床，胡子都还来不及刮，就能写出一篇精彩的十四行诗。"

"或许茜碧尔说得对的。"巴瑞道，"写诗就是应该慢慢斟酌，我愿意奉献自己的时间。"

"你是不是累了，茜碧尔？"黛西丽问，"怎么一直唉声叹气的，你还好吗？"

到后来茜碧尔已经彻底放弃了。每听完一首诗，她只虚弱地应道"非常好"或者"韵脚不错"，而对于黛西丽一口一个的"太精彩了……真了不起"的吹捧更是听之任之；这种放任不管所产生的内疚感，和她对自己内心深处的不合群所产生的愧疚感相比，根本是小巫见大巫。那时的她还不明白，对错误和虚情假意的纵容，将导致自己丧失正确思考和真诚表达的能力。

虽不至于日日如此，但每次茜碧尔去黛西尔家小住，总有那么一两天早晨是在两人的争吵声中醒来。为她端来早茶的保姆圆睁着双眼、蹑手蹑脚地走着，大气也不敢出。每当此时茜碧尔就会去泡澡，并故意大声溅起水花，好掩盖掉争吵的声音。楼下的激烈争执声笼罩着家里的每一个房间和走廊；遇到最坏的情况是，争吵声中忽然出现玻璃碎裂的脆响，茜碧尔便知巴瑞一定又砸了黛西丽的梳妆台。她好奇地想，黛西丽怎么能每次都那么快找到替换的水晶碗——毕竟这样的商品现在很稀有，也不理解她为何能如此不厌其烦地寻找；茜碧尔还看见巴瑞前妻的两个女儿并肩站在庭院的草坪上，毫不掩饰地望着楼上战火纷飞的卧室窗户；此时保姆会推着黛西丽的孩子出门，绕个远路散步，茜碧尔也便有样学样地整个早上都不见人。

第一次听见夫妻俩的争吵后，冷静下来的黛西丽对她说："我得说，是你令巴瑞不安了。"

"什么意思？"茜碧尔问。

黛西丽用手绢擦了擦湿漉漉的眼睛，又擤了一下鼻子："这个嘛……当然了，任何事情的发生都是有原因的，茜碧尔，你撩拨到巴瑞的心了。他毕竟只是个正常的男人啊——虽然我知道你不是故意的，但……"

"这种事我可受不起，我想我应该马上离开。"茜碧尔说。

"别啊，茜碧尔，你别走。别为这事小题大做。巴瑞需要你，你是全殖民地唯一一个能认真和他讨论诗歌的人。"

"我明白，"这事第一次发生时，茜碧尔这么回答，"我对你丈夫一点儿兴趣也没有。他虽称得上多才多艺，但样样都只触及皮毛而已。这是我的看法。"

一听这话，黛西丽的态度突然变得凶狠起来。"巴瑞只花了八年时间，"她怒吼道，"就凭百香果汁的生意赚了一大笔钱！他自费出版的诗集《乡思》整整卖了四千多本呢！"

原来这本该是一场三人游戏——按照游戏规则，她应该要不由自主地爱上巴瑞，然后因不忍破坏黛西丽的幸福婚姻而备受折磨。就在那一瞬，茜碧尔忽觉自己像个年事已高的老妇，早已没兴趣参加这种游戏。

收拾行李准备离开的时候，巴瑞来到她的房间。"别走，"他说，"我们需要你。说到底我们只是普通人罢了，吵架有什么可怕的？只有感情好的夫妻才吵架呢，我现在已经完全记不得这架是怎么吵起来的了。"

"多美的房子啊！多迷人的土地啊！"寄宿家庭的女主人感叹。

"是啊，"茜碧尔应道，"那是殖民地上最大的房子。"

"房子的主人是不是也富得流油？"

"呃，他们是很有钱，没错。"

"一看就知道。多漂亮的室内陈设啊！我好喜欢那些老式的油灯，真可爱——那边是不是还没通电？"

"通电了，每个房间都有电灯，只是我那个朋友更喜欢在餐厅里用旧式油灯照明。你看，整栋房子也都是参照旧式荷兰别墅建造的。"

"简直太美了。"

这卷底片终于放映结束，房间里的灯亮起，每个人都活动着身体，调整坐姿。

"那些大朵的红花叫什么？"年老的女士问。

"凤凰花。"

"真艳丽啊！"女主人说，"你一定很怀念那种明艳的色彩吧，茜碧尔？"

"不，说实在的，我并不怀念。它们对我来说过于浓烈了。"

"你不喜欢明丽的色彩？"年轻的男房客问，身体向她倾斜过去，一脸好奇。

茜碧尔只冲他笑了笑。

"我喜欢看那些小蜥蜴在石缝间嬉戏的样子，能捕捉到那个画面正是太棒了。"男主人说，他正在安放最后一卷电影胶片。

"但我更喜欢那位英俊的金发男子，"女主人说，仿佛这是一场辩论，"他就是那位百香果汁企业家吗？"

"他只是工厂的经理。"茜碧尔回答。

"噢，对，你说过。刚才你是不是说他被卷入了枪击事件？"

"是的，非常不幸。"

"可怜的年轻人。那边听上去很不安全啊，又是烈日炎炎，又是各种可怕的事……"

"对某些人来说是很危险。但要看人。"

"那些黑人看上去倒是一派喜乐。你住在那的时候跟他们产生过矛盾吗？"

"没有，"茜碧尔说，"只和白人产生过矛盾。"

闻言，大家哄堂大笑。

"好了，"男主人说，"请关灯。"

很快茜碧尔就发现了威斯顿夫妇争吵的真正原因，和他们对外的说辞完全不同：他们说自己深爱着对方，所以都很容易对另一半的任何异性友人感到嫉妒。

"巴瑞很生气，"有一天黛西丽说，"是不是，巴瑞？就因为一个微笑，我对卡尔特的一个浅浅的微笑。"

"我早晚会好好教训教训卡尔特，"巴瑞愤愤地咕哝着，"一天到晚总缠着黛西丽。"

大卫·卡尔特是公司的经理。茜碧尔当时十分不明智地说了一句:"唉,大卫肯定不会——"

"哦?他不会吗?"黛西丽立刻反问。

"喔?他不会吗?"巴瑞也异口同声。

或许他们自己也不清楚吵架的真正原因吧。大清早的争执往往起源于巴瑞决定躺在床上继续写诗,而黛西丽则记挂着百香果汁工厂的业务扩张。她希望巴瑞能像殖民地上所有其他有干劲、有追求的男人一样,每天早上八点就到工厂上班;可巴瑞却越来越常提出自己想要退休、专心写诗。所以,每当他握着笔躺在床上,为一首十四行诗冥思苦想时,黛西丽便会愠怒地故意把门摔得砰砰响。这么一来,整栋房子里的所有人都知道他们又吵架了。"安静点!你没看见我正在思考吗?"这时巴瑞会冲她大吼,而她则会回应:"要我说,你那么想写诗就去图书馆啊!"很显然,女人的贪婪和男人的虚荣都让他们对彼此充满了反感,而咆哮和争吵更令彼此的缺点变得愈发难以面对。因此作为替代,他们便时不时把矛盾牵扯到大卫·卡尔特和茜碧尔头上,成为他们自我安慰、相互刺激的武器,以便演绎那种对彼此所谓极致爱恋的戏码。

"你在果园里对卡尔特眉来眼去呢,别以为我没注意到!"

"卡尔特?真好笑!我根本没把他放在眼里。既然你要提这话,那么你和茜碧尔又是怎么回事?昨天晚上我回房睡觉以后,你还和她一起待到很晚不是么?"

有时候巴瑞不仅砸了梳妆台上的水晶碗,还把所有东西从窗户一股脑全扔出去。

等到下午,疲惫不堪的巴瑞又会解释:"黛西丽早上有些小郁闷——对吧,黛西丽?原因和你有关,茜碧尔。但我可以理解:我们不该在黛西丽回房睡觉以后,还在一起聊那么久。从某种意义上来说，茜碧尔，你也挺不让人省心的。"

"哦，这样啊，"这时茜碧尔总会顺从地说，"可不是吗。"

渐渐地，她开始厌倦这种游戏。当夜晚降临，巴瑞再次像谈论某种神圣话题般字字铿锵地发表意见时，她开始觉得自己已经无法再作完全客观的旁观者了。她会感到厌烦是因为，自己已不再能置身事外地配合威斯顿夫妻俩了——好整以暇地作壁上观，并在心底默默嘲笑他们愚蠢无聊的日子已成为过去，取而代之的是一种深深的厌恶。

"我不明白的是，"巴瑞又开始了，"我的诗为什么在英格兰无人问津？明明在这边如此畅销，卖了四千多册，还有各种报纸争相为我作专题报道——待会儿记得提醒我把这些文章拿给你看哦——可在伦敦却根本没人在意！我把我的诗寄给那些杂志社了，可他们甚至连个回复都没有。"

"他们现在正忙着打仗的事呢。"茜碧尔说。

"可那并没影响他们继续出版别的诗集啊。他们出的那些所谓的诗集，根本全是垃圾，没一个能看的！根本看不懂在胡说八道些什么。"

"是你文笔太好了，他们理解不了。"茜碧尔回答。若对方是个敏感的人，她说这话时的语气可能已经像细针扎进蜡像般令人刺痛了。

"谁说不是呢！可这话就咱俩私下说说就好，"可巴瑞却说，"虽然不想自卖自夸，但你说的也的确是事实。"

巴瑞是个体形肥硕、肩宽体胖的男人，皮肤晒得黝黑；他脸上有不少皱纹，看起来像是那种因焦虑或胃病而常年愁眉苦脸的人。因此，当面貌神清气爽的大卫·卡尔特出现在家里时，整个气氛都为之一振。

"英格兰真是完蛋了，"巴瑞抱怨着，"居然堕落成这样！"

"我在想,"茜碧尔说,"你有没有兴趣,写一些关于英格兰城市和乡村风光的那种轻松愉快的诗作呢?"好了,好了,茜碧尔,她心想,还是公事公办吧。告诉他对于生活在殖民地的英国人来说,令人怀念的故乡风景才是他们真正感兴趣的。但这次的造访必须是最后一次了——我再也不要来了。

"啊,那些啊,"巴瑞说,"确实是我记忆中的英格兰:令人怀旧的美好乡村风景,可如今怕是已经破败不堪了吧。等到战争结束,它们更只会变得……"

每天早晨,黛西丽都会把用人们叫来客厅,分派一天的任务。"我认为维护家规非常重要。"黛西丽说,她的父母以前是酒店经理。茜碧尔不知道黛西丽是从哪儿学来的这些规矩,每天早晨都要把仆人召集起来听她训话——或许是她幼时参加家族祈祷会的记忆,也可能是作为酒店经理子女的习惯,让她相信必须"培养仆人遵守纪律、认真工作的精神",因此总给他们下达一些根本做不到的命令。这些用人们有些是半家生的贫苦农民,有些是曾经的小农场主,他们纷纷光着脚丫子,穿着羊毛衫,姿态笨拙地站在客厅里厚厚的地毯上,听黛西丽操着那一口方言和正统英语混杂的口音,煞有介事地给每一个人布置一天的任务。只有茜碧尔和大卫·卡尔特两个人知道,这些仆役们私下里用当地方言给黛西丽起了个绰号,意思是"坏母鸡"。黛西丽时常抱怨仆役们愚蠢,可每天清晨,当巴瑞津津有味地琢磨自己写的诗时,她却十分享受这场毫无意义的训话。

"卡尔特也写诗呢。"某天,巴瑞忽然像说笑话似的说了一句。

黛西丽立刻惊呼:"诗!喔,巴瑞,你怎么能把他写的那玩意儿叫作'诗'呢!"

"是写得挺差劲的,"巴瑞顺着她的话说,"但那个可怜的家伙并不知道。"

"我倒想看看。"茜碧尔说。

"你不会是对卡尔特有兴趣吧,茜碧尔?"黛西丽问。

"你的意思是?"

"我是说,对他这个人。"

"哦,我觉得他人还行吧。"

"说实话,茜碧尔。"巴瑞说——这让茜碧尔感觉相当火大:他总是一副居高临下的样子要别人坦率,明明自己才是最不坦率的那个——"说实话,茜碧尔。你是想追大卫·卡尔特吧?"

"他是长得很英俊。"茜碧尔说。

"那你没机会了,"巴瑞说,"他对黛西丽可是着迷得很呢。再说了,茜碧尔,你也别找没经验的男人。"

"你需要的是事业有成的成熟男人,"黛西丽也附和,并接着说,"你现在的生活对于单身女子来说是不正常的。我早就注意到了,你和卡尔特在农场上举止很亲密呢。"

那次去黛西丽家小住快接近尾声时,茜碧尔终于读到了大卫·卡尔特写的诗。她真心觉得内容还挺有意思的,只是文笔尚显生涩、还需磨炼。她把自己的想法如实告诉了卡尔特,却失望地发现对方并不能心平气和地接受意见,反而非常生气。"当然,"她赶紧说,"你的诗比巴瑞写的要好太多了。"然而这也没能让大卫开心起来。那次之后,茜碧尔在自己居住的镇子上再遇见他时,便专挑赞美的话来评价他的作品,并努力说服自己:他其实蛮有才华的。

只要大卫有时间,茜碧尔就会去找他,并开始找借口回绝黛西丽的恳切邀约。她和大卫都小心翼翼地避免让威斯顿夫妻俩知道他们见面的事,不过原因有所不同:茜碧尔不希望他们的关系被人加油添醋地到处嚼舌根,而大卫十分看重自己在蓬勃发展的百香果榨汁厂的工作。他曾向茜碧尔透露过自己的梦想,即最终自己能掌握工厂的全部业务,甚至从巴瑞手里把整个工厂给买下来。"我对工厂业务可比他清楚多了。他现在的心思已经越来越沉溺于写诗，对工厂的事几乎不闻不问。我只需等待一个好机会。"听完这话，茜碧尔默默地想，他可真是一个天生的诗人啊。

大卫告诉她，黛西丽和巴瑞之间的争吵越来越激烈了。巴瑞似乎想要放弃果汁生意、全心投入诗文创作，而黛西丽为此十分焦虑。"你怎么不来家里、和巴瑞聊诗词了？"黛西丽写信来问，"为什么你都不来看我们了？是我们做错了什么吗？可怜的茜碧尔，你一个人孤零零的，真应该结婚的。大卫·卡尔特一天到晚总缠着我，真让人尴尬，你也知道巴瑞肯定会很生气的。唉，这恐怕就是太受丈夫宠爱的妻子所要付出的代价吧。"茜碧尔心想，她这么说或许是因为察觉了大卫和我的关系。

有一天，茜碧尔染上流感病倒了，可大卫却突然登门求婚。他用粗糙宽大的手掌紧抓着茜碧尔，倾诉说只有她能明白他的志向和艺术追求，只有她能理解自己——只需再给他一两年时间，他们就能一起接管百香果园的生意了。

"嘘——小声点儿！阿莲德涅会听见的。"茜碧尔说，但其实阿莲德涅早就出门了。大卫看着她，眼神中充满某种莫名的狂热——"我们应该结婚！"他说。

她和大卫之间的关系只能到此为止了，其实在茜碧尔看来，他们之间从来未曾真正开始过。她不过是为了暂时缓解内心因对情欲毫无兴趣而产生的自责，才故意按照世俗规则去找个男人罢了。

"我在等你的回答。"从语气判断，大卫似乎对她的答案不太有信心。

"噢，大卫，我正打算给你写信呢，我们应该做个了结了。至于结婚，唉，我真的不是那块材料。"

大卫在床边弯着腰，双手紧紧握住她的臂膀。"你这样会被我传染的，"她说，"让我再想想吧。"为了让他离开，她只好这么说。

等大卫走后，茜碧尔一边喝柠檬汁滋润干燥的喉咙，一边给他写信。她发现大卫给自己带了礼物，就放在门廊上，是威斯顿工厂出产的六瓶百香果汁。他很快就会忘记我的，她想，他还要执着地追求百香果汁的生意呢。

然而大卫收到信后却一路狂飙赶了来，不管不顾地冲进房内。茜碧尔有些紧张：之前的情人可从来没有过这种反应。

"你有义务嫁给我。"

"是吗，然后呢？"

"这是你欠我这个男人和诗人的。"茜碧尔不喜欢大卫说这话时的眼神。

"在我看来，"她说，"你充其量只算个三流水平的诗人。"亲口说出这话的茜碧尔只觉得，心中仿佛放下了一块大石头。

听到这话大卫整个人都僵硬了，仿佛一尊滑稽剧演员塑像，穿着热带花纹的西装、留着金发、整洁得体却行为可笑。

"大卫·卡尔特现在整日酗酒，"黛西丽写信来说，"我觉得他疯了，而这一切只因为我不理睬他。是不是很傻？要是巴瑞再不让他走，果汁厂的生意就要毁了。巴瑞已经让他临时休一个月的假，但如果他回来时还是没有长进，我们就不得不做决断了。你什么时候再来家里？巴瑞想和你谈谈。"

心中充满自我厌恶的茜碧尔，在收到信的第二周就去了黛西丽家。她开着福特V8，迎着撩人的清风飞驰，内心却无法摆脱那种诡异的心情：她需要目睹威斯顿夫妻俩做作的情色与缠绵，才能为自己的不正常赎罪。但同时她也知道，即便怀抱着这样的心情，她还是会倍感无趣。

刚抵达威斯顿家不到一个小时，夫妻俩便开始往伤口上撒盐。

"你还没有找到可以结婚的男人吗？"巴瑞问。

"你应该尝试找人约会，"黛西丽说，"我们一直在想——对吧，巴瑞——你应该那么做，茜碧尔，这对你是有好处的，不然你现在的生活方式实在太不健康了，所以才这么容易得流感。都是心理因素导致的。"

"咱们去院子里吧，"刚到时巴瑞就提议，"我俩把摄影机找了出来。来跟我们一起拍影片吧。"

黛西丽又说："卡尔特今天早上回来了。"

"哦？他也在这儿？我还以为他要离开一个月呢。"

"我们也这么以为。可他今早忽然回来了。"

"他心情非常低落，"巴瑞说，"都是因为黛西丽。她太冷落他了。"

"这也是心理因素造成的。"

"我很喜欢那个条纹遮阳篷，"茜碧尔寄宿家庭的女主人说，"有它在，整个画面都显得更和谐了。你们看起来真是无忧无虑——对吧，泰德？"

"但那个年轻人看上去好像一副愁云惨雾的样子。"泰德观察道，指着缓缓迈入镜头的大卫·卡尔特。

大家闻言笑了起来，因为大卫确实一脸苦大仇深的样子。

"心情不好的时候恰好被人拍下来了。"女主人说，"噢，看呐，茜碧尔来了。我怎么感觉刚才那一瞬间你看着有些难过的样子，茜碧尔？另外那个姑娘也在，还有那只可爱的狗。"

"殖民地的人们每天下午都是这样的生活状态吗？"年轻的房客问。

"可以说是，也可以说不是。"茜碧尔答。

每次摄影机被搬出来，威斯顿家的气氛立刻就不一样了。所有的人——包括孩子们，都必须摆出一副十分开心的样子。家里的仆佣会被要求穿上他们最好的白色制服,在背景中出现。有时巴瑞还会让大家围成一圈跳舞,并要求仆佣们在一旁拍手助兴。

又或者他会刻意营造出一种高级的生活氛围,就像上一支影片里呈现的那样。这种时候,那个拥有相当摄影技术的年轻厨师长就会被唤来,由他进行拍摄。

"准备——"巴瑞对厨师说,"开拍!"

听到指示,黛西丽立刻袅娜地走出来,后面跟着她的宠物狗。

"活泼点儿啊,巴尔克。"巴瑞说,于是那只小狗便摇头晃脑,显得十分活泼的样子。

那天下午傍晚时分,巴瑞在镜头前伸出一只手环住黛西丽的肩,另一只手则挽着茜碧尔,踱着步从摄影机前慢慢走过,一边走还一边用和蔼的态度貌似随意地聊着天,或像演员一样稍稍抬起头;他会刻意地放声大笑,高高扬起头颅。这要是有声影片,就能听见那时他说的是:"微笑,茜碧尔。走慢点,看起来开心些。过几年你再看,还能回味自己此刻的美好生活。"

茜碧尔咯咯笑了起来。

就在那时,他们看见了大卫,后者正在树荫间绑定用来泛舟的小船。"他一定刚去湖上划船了,"巴瑞说,"不知道是不是又喝多了?"

不过大卫的步伐看着倒是很稳当。他不知道自己被拍进了影片,正迈着大步穿过庭院走来。走到近处时,他停下脚步盯着茜碧尔看了好一会儿,后者跟他打招呼:"噢,你好呀,大卫。"而他转过头,魂不守舍地朝着摄影机走了过来。

"暂停一下。"巴瑞对厨师喊道。

男孩听话照做。那时大卫才意识到他们在拍影片,并且还拍到了自己。

"好了,"等大卫离开镜头的范围巴瑞又喊,"接着拍吧。"

就是在那个时候，巴瑞问了茜碧尔那些问题："你还没找到可以结婚的男人吗……？"然后黛西丽加入道："你应该尝试找人约会……"

"我们让茜碧尔不开心了。"黛西丽说。

"噢，并没有，我很开心。"

"嗨，拍着影片呢，在镜头前开心点。"巴瑞说。

很快太阳便落山了，摄影机也被收了起来，大家各自回房间换衣服。整理停当后，茜碧尔下了楼，坐在餐厅那扇法式落地窗外的门廊上，而此时黛西丽正在身后的客厅里调整灯罩的角度，家里的小男佣把它们弄得太高了。黛西丽扭过头伸出窗外，冲茜碧尔说："本杰明那个小家伙真是个笨蛋，明天早上我得好好教训他。连这些灯都不知该如何整理，再这样下去迟早会起火的。"

茜碧尔说："哦，我想他们都已经习惯了用电灯……"

"这就是问题所在。"黛西丽说完，转身回到屋内。

大卫的出现让茜碧尔感觉受到了打扰。她琢磨着大卫会不会一起吃晚餐，想起先前在院子里他看她的忧郁眼神，担心他会大闹一场。这时，身后的餐厅里忽然传来一声惊呼。

她扭头看去——一切就在那电光石火的一瞬间发生了。手枪震耳欲聋的爆裂声中，黛西丽的身体蜷成了一团倒在地上；餐厅内侧的门边人影闪动，大卫举起手枪对准了自己的太阳穴；茜碧尔尖叫起来，楼上传来急迫的脚步声。枪声再次响起，大卫的身体向一边倒去。

她和巴瑞以及仆佣们一同跑进餐厅：黛西丽死了，而大卫只剩最后一口气。他转动眼睛看向茜碧尔的方向，后者刚蹲下查看黛西丽的尸体，此刻正缓缓起身。他知道自己杀错人了——茜碧尔看着他，心中了如明镜。

"我真不明白,"几周后巴瑞来拜访茜碧尔时说,"他为什么要那么做。"

"他疯了。"茜碧尔说。

"不完全是吧,"巴瑞回答,"而且大家都想当然地认为他俩之间有私情。这是我最不能忍受的。"

"确实,"茜碧尔说,"但他不是真的很喜欢黛西丽吗,你之前总那么说。你们之间每次吵架……你总说自己吃大卫的醋。"

"你知道吗?"巴瑞说,"我其实并没有真的吃醋。我只是……只是……"

"假装的。"茜碧尔替他把话说完。

"差不多吧。我是说,他们之间并没有私情,"他说,"而且说实话,卡尔特对黛西丽也没兴趣。但这就是问题所在:他为什么会那样做?我不能忍受人们认为……"

茜碧尔能清楚看见,自尊心所受的伤害,超越了巴瑞的丧妻之痛。太阳已经落山,她起身去门廊上开灯。

"站住!"巴瑞忽然惊呼,"你回过头来——我的神啊!刚才有一瞬,你看起来真像黛西丽。"

"是你太紧张了。"茜碧尔说着,伸手打开了电灯。

"从某些角度上看,你确实和黛西丽有点像,"他说,然后又条件反射般地补充,"在特定的灯光下。"

我得赶紧说点什么,茜碧尔想,好让他把这个念头从脑海中抹去;我必须让他觉得这件事不堪回忆,令人厌恶。

于是她说:"不管怎样,至少你能继续写诗了。"

"这倒的确是件好事,"他说,"我还能继续写诗。诗就是我的一切,是我最好的安慰。我打算卖掉果园和工厂,去参军。孩子们会送去修道院,而我要去北方前线。我们需要一些描写战争的优秀诗歌——到目前为止还没人写过呢。"

"你当兵会比写诗取得更大的成就。"茜碧尔说。

"你说什么？"

茜碧尔依言缓缓地、一字一句地重复了刚才的话，带着一种如释重负的感觉，语气不容置疑。虚伪的言辞已经结痂，很快就会整块脱落。诚实，她想，才是对我来说最健康的生活方式。

巴瑞茫然地问："可你不是一直……认为我的诗写得很不错吗。"

"我是那么说过，"茜碧尔回答，"但那不过是我装的。就我个人观点来看，你的诗顶多算是三流水平。"

"看来你心情不好，亲爱的。"巴瑞说。

从开罗把四卷电影胶片寄给茜碧尔的一个月后，巴瑞便在战斗中牺牲了。他在信中写道："多年后当你看着它们，就会想起我们以前的美好时光，那该多美好啊！"

"真开心！"女主人说，"你看上去真是一点儿也没变。你自己觉得和以前有哪里不一样了吗？"

"嗯……有的，我对事物的感受不一样了。"——一个人总得学会接纳自己。

"短短一百英尺的胶卷，竟能记录一个人这么多年的人生！"年轻男房客感叹道，"这要是拍的我，我一定会崩溃的，会大喊'开灯！开灯！'，就像哈姆雷特的叔叔那样。"

茜碧尔冲他微笑。他回头看见茜碧尔的表情，忽然肃然起敬。

"真悲惨啊，他们竟然被卷进枪击事件死掉了。"年老的女士说。

"最后一卷影片是最棒的，"女主人说，"那个花园真是美不胜收，有机会我想再看一遍。你呢，泰德？"

"是啊,我也喜欢那种探究大自然的镜头。我觉得自己平时忽略了许多这样的美景。"她丈夫同意。

"听听他说的——'探究大自然的镜头'!"

"呃,就是拍摄热带植物时用的近景镜头。"

大家都一致认为应该再放一遍最后一卷影片。

"你觉得呢,茜碧尔?"

茜碧尔冷静地思考着:我究竟是一个女人,还是一只有学识的怪物?这个问题早已在她心里盘桓过千百次,以至于不再需要答案。于是她回答:"是的,我也想再看一遍。那是很棒的一段经历。"

六翼天使与赞比西河

你或许听说过塞缪尔·克莱默这个名字,他是诗人,也是一名记者,曾和一位叫作"芳法罗"的舞蹈演员有过一些感情纠葛。不过很快你就会发现,就算没听说过他也不要紧。据说十九世纪早期他在巴黎活跃过一阵子,可到一九四六年我遇见他时,发现他活跃如初,只是方式不同了而已。人还是那个人,但和之前相比有了些变化,举例来说——在当初那段几乎算是前尘往事的岁月里,有好几十年,克莱默都轻松保持着二十五岁般的精力和容貌,而当我和他结识的时候,却能一眼看出他四十二岁,正当盛年。

那时候,他在赞比西河以南大约四英里的地方管理一个汽油泵。河水滚滚而流,一路奔向不远处的维多利亚悬崖瀑布。克莱默家里有些空房间,附近酒店满员时,他便帮忙收留一些想去观赏瀑布风姿的旅客。当时由于正逢圣诞,酒店没有多余的客房,我便被送到他家借宿。

第一次看见他时,他正在一座波纹铁皮仓库外,试着发动一辆巨大又笨重的奔驰车。我对他的第一印象是:一个来自刚果的比利时人——他的面容综合了生活在南非的南、北方白人的典型特征,发色浅,皮肤颜色像油画布一样白。不过他后来告诉我,其实他父亲是德国人,母亲是智利人。正是这些信息触动了我,让我恍惚记得自己似乎听说过他,而不是仓库门上大大的"S. 克莱默"的标志。

这年的十二月雨水稀少,天气极其炎热。圣诞节前的第三天晚上,我正坐在房间外的门廊上,透过残破的蚊帐望着远方天际的一道道闪电。当酷热的气温持续了一段较长的时间,生活中原本正常的各种声音便似乎会发生变化，不止音量，连锐度也不一样了，变得闷闷的，朦胧而黏腻。就连平常总会四脚朝天、"咔哒"一声清脆地落在门廊上的圣诞甲虫，那天晚上也像是加了消音器一般，听不见声响。我亲眼看到一只甲虫落到地上，但却隔了很久才传来一声微弱且模糊的响声；灌木丛中原本窸窸窣窣的小动物们也都忽然安静起来——说实话，要不是因为灌木中的响声忽然同一时间全部消失，就像在猎豹那样凶猛的捕食者经过时一样，我都根本意识不到它们之前的鸣叫。

在这片模糊的低吟声中，涌动着一阵阵清晰的喧闹，那是来自门廊另一端克莱默举办的日落派对。热浪让人们嘴里说出的每个字都变了音；酒杯轻叩时，发出的竟不是玻璃的脆响，而像是裹了餐巾纸的瓶子相互碰撞时的声音。有时——虽然只有短短的一瞬——派对上会传来一声短促的尖叫或忽然的哄堂大笑，仿佛来自空旷的远方，又像是从遥远的乡野飘来，软绵绵的，听不太真切，就像伦敦雾霾中朦胧的手电筒光。

克莱默朝我这边走来，邀请我一起加入派对。我说很乐意，心里也确实这么想，虽然也很享受刚才那样的一人时光。如此漫长又极端炎热的天气，足以把任何意志烤干。

派对的五张柳条扶手椅上都坐着人，他们喝着兑水威士忌饮料，嚼着盐焗花生米。我认出了其中那位红发的，是来自利文斯通的士兵，刚离开英格兰；还有克莱默的另外两位房客：来自布拉瓦约的烟草种植商和他妻子——在他们那儿，自我介绍时都只说名字，不说姓；一个叫曼尼的男人，个子矮小，皮肤黝黑，方脸，身材粗短，我估摸着应该是东海岸的葡萄牙人；另一个女人名叫梵妮，正把柳条椅上磨出的碎屑拣出来扔掉。她举起酒杯时手臂微微有些颤抖，引得手腕上的链子发出"叮铃铃"的轻响。梵妮看起来五十岁上下，衣着整洁，妆容得体，整个人显得很精致。满头的灰发微微染成蓝色,一排刘海覆盖住额头,露出一张因疟疾的折磨而布满皱纹的脸。

按照这个村和陌生人打交道的默认方式,我和烟草商夫妇俩交换了彼此在方圆六百英里范围内认识的所有人的名字,最后把名单缩小到双方都认识的那一小撮人。英格兰来的士兵则分享着他所知的关于赞比亚首都卢萨卡和利文斯通市两地的新闻。与此同时,克莱默、梵妮和曼尼之间在为某事争论,并且似乎梵妮占了上风,听那意思,圣诞前夜这里将有一场表演或者音乐会,而这三个人都会参加。我好几次听见诸如"天使军团""牧羊人""荒谬的价格"和"我的姑娘们"这些话,似乎正是这次争论的焦点。突然,士兵提到了一个名字,而梵妮在听见这个名字后立刻停下争执,转头看向我们。

"她是我们团的姑娘,"她说,"我整整教了她三年呢。"

曼尼起身打算离开。跟上去之前,梵妮从手提包里拿出一张卡片,用指间夹着递到我面前。

"要是你有任何朋友感兴趣……"她匆匆道。

她和丈夫开车离开,而我审视着这张卡片。上面印着一个地址,就在沿河往上走大约四英里的地方,除此之外还写着:

芳法罗小姐(巴黎、伦敦)
舞蹈教练·芭蕾·舞会
提前商议可提供交通接送

第二天见到克莱默时,他还在拼命检查那辆奔驰车故障的原因。

"波德莱尔笔下描述的那个人就是你吗?"[①]我问。

[①] 塞缪尔·克莱默、芳法罗均为波德莱尔中篇小说《芳法罗》(La Fanfarlo)中的人物,两人系情侣关系,"我"因此有此联想。

闻言，他的目光越过我看向远处的荒野，眼中闪过一抹努力克制的神情。

"是的，"他回答，"你是怎么发现的？"

"梵妮名片上那个叫'芳法罗'的名字，"我说，"你们不是在巴黎就认识了吗？"

"噢，是的，"克莱默说，"但那已经是过去的事了。她嫁给了'蒙特维多的曼努埃拉'——就是曼尼。大约二十年前，他们来这里定居，男的开了一家黑人用品商店。"

我忽然想到，在浪漫主义盛行的时期，克莱默对韵文和美文这两种文体都爱不释手，并游刃有余地创作了不少经典作品。

我问他："你彻底放弃文学事业了吗？"

"如果把它当作事业的话——是的，"他回答，"我很高兴能摆脱那种执念。"

他抚着奔驰车锈迹斑斑的引擎盖补充道："最伟大的文学作品是不经意间的福至心灵，是可遇而不可求的。"

他再一次眺望着荒野的尽头，在那里，在某个看不见的地方，有一只灰凤头鹦鹉正啾啾地鸣叫着"离开，离开——"

"真正重要的，"克莱默接着说，"是人生。"

"那你现在还会写那种可遇而不可求的诗吗？"我问。

"如果有灵感的话，会的，"他说，"实际上我才刚写了一部《圣诞假面剧①》，并且我们计划在圣诞前夜表演，就在这里。"他指着自己的仓库道，几个非洲仆佣正在搬运汽油桶和轮胎，要把它们挪开。他们既不能参加表演也不能当观众，因此行动并不积极。一大摞折叠椅已经被搬了来，扔在一旁。

圣诞前一天早上，接近中午的时候，我刚去观赏完瀑布回来，

---

① 一种演员戴面具表演的戏剧形式，中间多穿插哑剧或闹剧。

却发现一大群当地人正围在仓库外争吵，而克莱默就站在人群中央，情绪激动地大声咒骂着什么。他正一手揪着一个男人的衬衫袖子，另一只手在滚滚热浪中激动挥舞、表达着愤怒；那个被他揪住的男人也是一脸愤懑。原来当地传教团的一些非洲人被派来帮忙搭建舞台，他们的英语能力已达到英国中学三年级的水平，脸也洗得干净透亮，还穿着整洁的白色运动短裤，而这令克莱默手下衣衫褴褛的非洲仆佣们感觉尊严和地位受到了侵犯，十分不满，双方因此产生了矛盾。最终，克莱默威胁说要找"警察"，显然这个办法是奏效的，大家很快便各归各位，继续乖乖工作了，尽管嘴里还是发出犹如鼓点般的喉音，用当地话对对方骂骂咧咧。

舞台是好几个包装箱搭的，相邻的箱子用木板和铁钉牢牢地钉住连在一起。舞台在仓库的后方，那里还有一扇门，通往内院、厕所和当地人住的小棚子。这道门和舞台之间拉着一道绳索，挂了一溜黑色大毯子隔开，作为更衣室。我答应晚上过来帮忙，管理照明、化妆和帮演员们戴天使翅膀的工作。芳法罗的舞蹈学生今晚要扮演天使歌舞团的角色，献上圣歌演唱和舞蹈表演；而她自己，作为圣母马利亚的扮演者，则会表演一支招牌的芭蕾舞。她的丈夫由于英文实在太糟糕，只被分配到一个没有台词的牧羊人角色，和另外三个扮牧羊人的演员一样。克莱默的角色最为重要，饰演首席炽天使，要说长长的台词，因为大家一致认为，既然这部假面剧是他写的，那他肯定能演好其中最重要的角色。但据我了解，彩排的时候他们就因演出成本起了争执。究其原因，是芳法罗想要为舞团的女孩们搭建更广阔的舞台背景。

演出预定在晚上八点正式开始，我七点十五分便抵达了后台，却发现扮演天使的姑娘们早已穿好了芭蕾舞裙，还背上了用皱巴巴的纸板做成的颜色各异的翅膀；芳法罗穿着一条长长的透明白裙，外罩一件缀满闪片的小坎肩。帮扮演智者的演员们贴假胡子时，我瞥见了克莱默，他穿着用好几层蚊帐做成的古罗马托加袍，下摆却不够长，露出了白色的短裤。他早早便化好了妆，妆容此刻却因上升的气温而有些融化。

"每到这种时候我就会紧张，"他说，"得再练练开场白。"

我听见他登上舞台开始背稿。在孩子们嬉闹声的掩盖下，他的声音只剩下模糊的韵律。我打算帮芳法罗舞蹈团的小姑娘们化妆，但这似乎很困难，刚举起油彩棒，它们便纷纷融化成了液体。仓库里的温度实在高得有些离谱。

"把那扇门打开！"芳法罗叫道。后门打开了，外面站了一圈好奇张望的非洲土著。我把呵斥他们的工作留给了芳法罗，因为我实在等不及要到仓库正门外去透口气。我登上舞台朝着门口走去，突然感觉右侧涌来一阵强烈的热浪。转过头，我看见克莱默正冲着某人呼喝，态度和早上训斥当地人一样。然而滚滚热浪令他无法上前，也因这热浪，我看不太清站在他对面的是谁，那是一种热到让人眼睛都睁不开的温度。当我接近舞台前方时，终于看清了站在那里的东西。

那是一个活物。首先令人注目的是它那不动如山的姿态，不受空间透视法则的约束，无论接近还是远离，大小似乎都没有变化。可是，尽管和其他的生命形式都不相同，它却有着完整的形象；它没有任何动作，也没有平常生物因呼吸或脉搏而自然产生的轻微起伏，但这正是它轮廓绝美的原因。它的双眼几乎占据了整张脸，在颧骨上方向两侧舒展；头部后方伸展出两只有力的翅膀，时不时向前围起遮挡住眼睛，扇起一阵热浪；它几乎没有脖子，另一双翅膀从肩部下方的位置长出，既坚韧又灵活；第三双翅膀则长在它的小腿肚上，用以稳定上半身。那双脚看起来是那样娇嫩脆弱，让人怀疑是否能撑得起如此惊人的身体。

来非洲定居的欧洲人在看到异乎寻常的事物时，通常会下意识地用土洋结合的非洲式英语发出感叹。

"Hamba!"克莱默大叫道，意思是"走开"。

"从舞台上下来。别再说话。"活物平和地对他说。

"血腥地狱啊——你到底是个什么东西？"克莱默透过热浪惊呼。

"无论天堂还是地狱，"那活物回答，"用你们的话说，我是六翼天使。"

"有本事你跟大家也这么说啊！"克莱默喘着粗气道，"你当我傻是不是？"

"我会的。你不傻，但也不是真的六翼天使。"天使说。

整个仓库都被炽天使的热量充满。克莱默脸上的油彩化作五颜六色的泥水不停往下淌，淌进了眼睛，他用袍子抹了一把，后退到一个稍微凉快些的位置继续叫道："话我只说一次——"

"没错。"六翼天使说。

"——这是我的演出！"克拉默接着道。

"什么时候变成你的了？"天使问。

"从一开始就是。"克莱默怒气冲冲。

"呵，应该说，从一开始就是我的才对，"六翼天使道，"创世之初原是一切的开端。"

克莱默从炙热的舞台上下来时，袍子勾到了一颗钉子，扯坏了。"听着！"他说，"我没有办法承认，像你这么诡异的东西居然是六翼天使。"

"是啊。"六翼天使回应。

这时我已在热浪的裹挟下退到了仓库正门口。克莱默也走了过来；一大群非洲土著围聚在一起。此时，观众们陆续驱车抵达，剩下的表演团队也从仓库后门出来，纷纷聚了过来。由于炽天使掀起的热浪，人们看不清仓库里面的状况，也无法重新进入。

克莱默还在门口大声斥责着六翼天使，刚来的人则纷纷开始猜测究竟发生了什么。他们的观点无非集中在以下三个类别：和当地人的冲突；来自英国政府的麻烦；猎豹入侵。

"这是我的地盘！"克莱默大叫，"这些人都是给了钱来看我们表演的。他们是来看假面剧的！"

"既然如此，"六翼天使说，"那我会降低热度，让他们可以进来观看表演。"

"是我的假面剧表演。"克莱默寸步不让。

"不对，是我的，"天使说，"可不是你的。"

"要么你立刻离开，要么我就要叫警察了。"克莱默下了最后通牒。

"我不会妥协。"六翼天使态度比他更坚决。

仓库外众人的猜测逐渐往一个结论靠拢，即有猎豹闯进了仓库。人们纷纷退回到车里，开到更远的地方停下来观望；烟草商人回屋去拿枪；几个年轻的士兵想到了一个主意，要用燃烧的汽油阻挡发疯的猎豹，于是招呼了一帮非洲人去把汽油桶装满，一个一个往仓库这边传送。

"看它还能猖狂几时！"一个士兵说。

"说得没错，让它好好尝尝汽油的滋味。"站在门边的克莱默表示赞同。

"我不建议你这么做，"六翼天使说，"会造成火灾的。"

第一批泼向仓库的汽油还在空中就被炙热的温度点燃。观众席的座椅立刻着火，随后金属建筑内的空气也开始燃烧，直到整个仓库内部都被熊熊烈火吞噬。就在此时，又一批士兵乘着汽车赶到，麻利地指挥当地人往汽油桶里装水。慢慢地，火势被控制住了。芳法罗早已带着她的天使们转移到路的另一头，她正一边安抚女孩们的父母，一边张望仓库的情况，并对丧失了表演机会大为光火。她狠狠地戳着一个女孩的背部表达愤怒，那姑娘的父母皆留在英格兰。

过了好几个小时，这场大火才被完全扑灭。波纹状的金属仓库墙壁还因炙热而闪着红光，扭曲变形，根本看不见六翼天使如何。等到烧红的金属逐渐冷却，一切都已变成一片焦黑，残留的余热让人无法看清已烧成废墟的仓库内部状况。

"你买保险了吗？"克莱默的一个朋友问。

"哦，买了，"克莱默回答，"我买的保险理赔范围包括所有意外，除了'天意'这种不可抗力——比如闪电或者洪水。"

"他有保障的。"克莱默的朋友对另一个朋友说。

很多人都回了家，剩下的也正准备离开。士兵们高唱着颂歌《好国王温彻拉斯》开着车离去，传教团的男孩们也唱着《基督信徒们当欢欣》的歌谣，沿着马路开心地跑开了。

时间临近午夜，周围还是十分炎热。烟草商人建议大家开车去瀑布那边，那里凉快。克莱默、芳法罗和我也加入他们，开车一路颠簸地从克莱默住的地方驶向大马路。马路上只有来回两个车道铺了沥青供车辆行驶。距离瀑布还有两英里，却已能听见它的轰鸣。

"我花了那么多精力写的假面剧还有排练就这么毁了！"克莱默愤恨地说。

"喔，你闭嘴吧！"芳法罗说。

就在那时，在我们头顶照明灯的光晕中，我又看见了那只六翼天使。它正以每小时七十英里的速度在长长的道路上方飞翔，六只翅膀中有一对灵活地扇动着，另外一对向前环绕遮住了它的脸，剩下的一对则遮盖着它的脚。

"就是它！"克莱默说，"我早晚会干掉它的。"

把车停在离酒店不远的地方，我们顺着小路走进植被茂密的热带雨林。瀑布的水汽时时刻刻萦绕在身边。在经历过刚才的酷热炙烤后，这样仿若微雨般的水汽简直就像高烧复原时的抚慰。六翼天使远远地飞在我们前头，透过树枝，能看见它的热量把水汽蒸腾成雾气。

我们来到悬崖边上，对面与我们齐高的地方是奔腾的赞比西河，它带着千军万马般的气势，沿着两侧峡谷间的空隙轰鸣而下。六翼天使已不见踪迹——是跑到下方怪石嶙峋的深渊里去了，还是别的什么地方？

就在此时，我注意到：在宽阔的瀑布最凸出的地方，那儿的水汽似乎比平日里飞舞得更高。我认为这一定是拜六翼天使的热力所致，而我的猜测是正确的，因为当时，在盛夏无声的闪电白光照耀下，我们亲眼看见那只六翼天使乘着赞比西河，穿过那些形似鳄鱼的岩石和形似岩石的鳄鱼，离开我们向远处飞去。

典当铺的老板娘

一九四二年，位于好望角海岸线上的海点①，到处是一片欢腾热闹的景象。而每一天总会有那么一两具尸体被海浪冲上岸——通常是穿着各类制服的军人。开普敦附近的海域里密密麻麻地埋了无数水雷，人们总成群结队地把幸存者救上岸。女孩们则两两一双站在岸边或者港口，等待上岸休假的士兵从好不容易安全入港的军舰上下来。

我在等待一艘可以载我去英格兰的船。为此，我租了扬·克鲁特夫人海边别墅里的一间房子。她的丈夫是典当铺的老板。凉爽的夜里，扬·克鲁特夫人常坐在靠海的窗边织一双卡其色袜子，将岸边的一切尽收眼底。每次我回来或出门时，她都会把自己的房门拉开一条小缝，然后站在那条狭窄的光晕中，把最新的见闻说给我听。

她个子娇小，年约四十三岁，是萨默塞特本地人。她的丈夫扬·克鲁特很早以前去了德兰士瓦，之后便再也没有回来。据说是在那边找了一个当地女人，双宿双栖去了。他把三个女儿、海边的别墅以及别墅后面朝穷街陋巷的典当铺统统留给了妻子。

可以说，是扬·克鲁特夫人力挽狂澜，将丈夫留下的半吊子事业和生活拨回正轨并发扬光大的。这栋别墅现在的状态比之前要好不知多少倍，而且绝大多数房间也都租出去了，典当铺的生意也好得不得了，以至于夫人还有闲钱盘下隔壁的店面，开了间二手用品

---

① 海点（Sea Point），地名，位于南非最大城市开普敦的郊区。

店，销售典当铺里没人赎回的东西。三个女儿也在她的操持下过着不必担心金钱的生活。人人都说，以前她们父亲还在家里的时候，女儿们穷得连鞋都穿不起，只能光着脚去上学，因为赚来的所有钱都被父亲挥霍在自己的两大奢侈爱好上了——黄蛋黄酒和黑女人。以我目前对三个女儿的观察，从她们身上真的很难看见过去的不幸所留下的阴影。最小的女儿叫伊莎，还在上中学，长长的黄发梳成辫子，举手投足间却已满是娇俏挑逗的风情；另外两个女儿都快要成年，长得更像她们的母亲：娇小、羞涩、安静、淑女气，行事谨慎，一板一眼——她们的名字是格蕾塔和玛伊达。

扬·克鲁特夫人每次打开自己房门时都很谨慎，几乎不会开到足以让旁人看见屋内状况的宽度。这家的所有人都有这个习惯。可她们其实并没有什么值得隐藏或不能被人看见的东西。扬·克鲁特夫人会像个楔子一样在走廊上露出半个身子，房间的门开了不到十二英寸，其中一个女儿有时会从她背后昂起头张望。走廊十分昏暗，作为一个节俭的女人，她并没有给走廊的电灯安装灯泡，因此黑漆漆的。

有一天回到别墅时，我正巧看见她纤细的身影，那瘦削的躯体和圆润结实的臀部在背后房间灯光的映衬下愈加明显。

"嘘、嘘——"她对我说。

"今晚你能来我房间，和大家一起喝一小杯茶吗？"她压低声音问。我的理解是——并且也不介意——她之所以要压低声音，是为了对这个提议显出谦虚的姿态，毕竟她说的是"一小杯"。

吃过晚餐，我敲响了她的房门。开门的是玛伊达，只留出了足够我一人挤身而入的空间，然后又飞快地把门关上。别墅里其他的一些租客也在：一位在码头办公室上班的年轻男人，还有一位退休的保险公司职员和他的太太。

还在上中学的伊莎不久后也来了。我很惊讶地发现，她的嘴唇和眼睛都化了浓浓的妆。

"又有一艘军舰沉没了。"伊莎说。

"别说了，亲爱的，"她的母亲回应道，"我们不应该谈论有关军舰的事。"

说这话时，扬·克鲁特夫人冲我眨了眨眼。我忽然意识到，她其实很为伊莎感到骄傲。

"有一艘阿根廷的船最近新入港。"伊莎继续说。

"真的吗？"扬·克鲁特夫人应道，"有不错的小伙子吗？"

那对老夫妇彼此对视了一眼。那个年轻男人显然对许多事物都还很陌生，闻言一脸迷惑的表情，但什么也没说。玛伊达和格蕾塔则和她们的母亲一样，都表现出一副十分期待的样子，等待着下文。

"肯定有不少好小伙吧，唉？"玛伊达问。她说话时像当地人一样，习惯在句子末尾加上一个"唉"字，不管是疑问句还是陈述句都一样。

"我看是的，老兄。"伊莎说。她也学着流行的说法，一口一个"老兄"，无论对方是男是女。

"那看来你该去'星尘'玩玩了！"扬·克鲁特夫人说，"要不现在就去，伊莎？"

"'星尘'？"保险推销员的妻子马瑞思太太说，"你说的该不会是那家夜总会吧，老兄？"

"是啊，怎么了？"扬·克鲁特夫人的声音很干脆。她是一家人里唯一一个说话不加当地口头禅的人，而且言辞水平比原来住在萨默塞特的时候提高了不少。"是啊，怎么了？"她说，"她每次去都玩得很开心，有何不可？"

"人这辈子只年轻一次嘛，唉？"年轻男人说着把烟灰抖在茶碟中，扬·克鲁特夫人见状冲他皱起了眉头。

她吩咐玛伊达上楼去拿些伊莎收到的礼物来,都是男人们送她的:有晚上出去玩用的小挎包、胸针、丝袜,等等。这其实很令人尴尬,可谁又能说什么呢?

"真是不错的礼物。"我说。

"这些可都是小意思,不算什么,"扬·克鲁特夫人得意地说,"跟她真正应该得到的相比根本不值什么。她只跟优秀的男人出去。"

"你也喜欢跳舞吗?"我问格蕾塔。

"不,老兄,"她回答,"伊莎替我们跳就够了,唉——伊莎跳舞很好看的。"

"说得对,老兄。"玛伊达附和道。

"唉,是啊,"扬·克鲁特夫人叹了口气,"我们都生性喜静,要不是有伊莎在,这日子可就要无聊死了。"

"你们应该好好关照那孩子。"马瑞思太太说。

"伊莎!"扬·克鲁特夫人闻言立刻道,"你听见马瑞思太太的话了吧?她刚刚怎么说的?"

"听见了,老兄,"伊莎说,"我都听见了,唉。"

我住的那间屋子就在典当铺的正上方,想要听不见店里的声音也难。

"希望不会打搅到你。"扬·克鲁特夫人对我说,并斜眼瞄了瞄两个年龄较大的女儿。

"没有,"我想了想觉得还是这样说比较好,"我什么也没听见。"

"我总跟孩子们说,"扬·克鲁特夫人说,"当 PB 没什么好羞耻的。"

"PB?"当会计的年轻男人疑惑道。他有个朋友在警察乐团当鼓手,而乐团名的英文缩写就是"PB"。

扬·克鲁特夫人压低了声音:"就是'典当铺老板'①。"她语速飞快地回答。

"原来如此。"年轻人恍然大悟。

"这没什么好羞耻的,"扬·克鲁特夫人接着说,"当然了,我只是 PB 的夫人,并不是 PB。"

"我们把店打理得很漂亮。"玛伊达说。

"你去看过吗?"扬·克鲁特夫人问我。

"没有。"我老实回答。

"嗨,其实里面也没什么好东西,"她说,"不过总比有些当铺好。等你有机会真该去看看英国本土的那些当铺,那灰尘积得哟!"

"我也是听人说的。"说完她又补充。

"英国的典当铺确实挺脏乱的。"我承认。

"是吧!"扬·克鲁特夫人说,"你去过?"

"噢,是的,去过好几家呢,"我回答,然后顿了顿,试着回想当时的情况,"……一次是在伦敦,当然,还有一次是在曼彻斯特,还有——"

"你怎么会去当铺呢,老兄?"格蕾塔问。

"去典当东西,"我回答,很高兴我对典当行的了解能够吸引她们的注意——"我有一个指南针,"我说,"典当之后再也没能赎回来。虽然我也从来不用。"

扬·克鲁特夫人放下茶杯,环视着房里的人,确认着他们有没有听清我后来说的那句话。她不希望他们听见。

"感谢上帝,"她说,"但愿我永远不需要做那样的事。"

"我倒是从没典当过什么东西。"马瑞思太太说。

"我可怜的母亲以前经常会拿东西去当铺。"马瑞思先生说。

---

① 此处"典当行老板"英文为 pawnbroker,因此扬·克鲁特夫人将其简称为 PB。

"我想也是。"马瑞思太太应道。

"我们总会收到不少没用的东西。"老板娘说。

"我要去参加 PB 的晚宴舞会,"伊莎说,"应该'出'什么去?"她的意思是应该"穿"什么。这儿的姑娘们在说某些词的时候总会吞掉最后的音节。

"你可以'出'你那条午夜蓝的裙子。"格蕾塔说。

"不,"她们的母亲说,"不,不,不!她应该买条新裙子。"

"我要去剪个短发。"伊莎宣布,指了指黄色的马尾辫。

她的母亲闻言发出一声兴奋的尖叫,表示支持。格蕾塔和玛伊达的脸也变得红扑扑的,浮现出了一种奇怪的贪婪的表情。

终于,房间门再次被打开了一条缝,我们一个接一个侧着身子从门缝里挤了出去。

第二天一早,我照常听见扬·克鲁特夫人打开典当铺的大门,像往常一样轻车熟路地接待了几名早已等候多时的顾客。处理完第一波客人,店里就没那么忙碌了,可就是最开头那半个小时,店铺门上的铃铛总"叮叮当当"响个不停:水手和各路士兵络绎不绝,迫切地等着典当照相机、香烟匣、手表、衣服和其他物品,比如我的指南针;而一旦典当,这些东西将不再被赎回。尽管看不见,我却可以通过楼下的话语声清晰地想象出她的动作和神态——我猜,扬·克鲁特夫人会先花个三分钟,仔仔细细地检查送上门来的物品(这段时间楼下是安静的,直到她终于做出决定,开口说"好嘞!");这番检查会十分苛刻,细致到她的长鼻子几乎都要贴到典当物上了,仿佛上面长着某种敏感的查验器官(之前她查看伊莎收到的礼物时,我便见识过这样子)。她倒不是要去嗅这些东西,只是那种凑近了细看的样子像极了在用鼻子检查并做出最终判决。接着她便会干脆利落地说一个价格,如果客人反对,她便会立刻口若悬河地展开辩论。到目前为止,一切还算合理。她会像个自动收报机一样一条条指出典当品的各种瑕疵，一本正经地数落着东西如今在市场上有多不值钱：这套衣服根本没有别的女人能穿得上啦；那只戒指根本没什么价值、不值得回炉重造啦……通常等她说完，典当者便会接受她的报价；如若不然，这位典当铺的老板娘就会立刻转身去接待下一位客人，一句废话也不多说。"好嘞——"她会用这样的开场白跟下一位客人打招呼。要是之前那位客人还在店内逗留，犹豫不决，扬·克鲁特夫人便会在此时换上一副不近人情的嘴脸，咄咄逼人地问："你还没决定好吗？""你还在等什么啊？还在等什么？"面对这种突如其来的刻薄，客人要么立刻逃走，要么只能被迫答应她的报价。

和那条街上的大多数建筑一样，扬·克鲁特夫人的典当铺内也分隔出了不同的区域，就像某些传统酒吧那样，有供客人买酒的地方、公共饮酒区、雅间或者包厢。这些间隔开的区域也能把白人和黑人以及其他被称为"有色人种"的客人分隔开来——比如印度人、马来人和混血儿。

每次有皮肤颜色较深的人从白人的入口进来，扬·克鲁特夫人总会尽量劝自己宽宏大度，但又会在忙碌的间隙冲玛伊达和格蕾塔疲惫地抱怨。

"看到刚才出去的那个深色皮肤的女孩了吗？"她会说，"从白人入口进来的。哦，有色皮肤。她绝对是有色人种，可我们哪儿敢吭声啊，不小心说点啥就会遭到诽谤和恶言攻击。"

这天早晨典当铺的生意很是忙碌。一个士兵从门口进来。

"好嘛，这回这个绝对是有色人种，"扬·克鲁特夫人在门铃响动时，见缝插针地说，"从白人入口进来的。"

"这要是我，铁定踢他屁股。"伊莎说。

"听听伊莎说的话，唉！"玛伊达笑着说。

"伊莎最棒！"母亲说完听见门铃响，忽然急急忙忙跑开了。

这一次，声音从典当铺的另一个区域传来。那是和店铺其他部分都分隔开的位置，之前我从外面经过时看了一眼，发现上面写着"办公室—私用"的标识。

"噢，是你呀？"扬·克鲁特夫人的声音传来。

"我来拿那幅画，"来人说，"这是当票。"

"都过一个月了。"扬·克鲁特夫人说，"没法赎了。"

"这是十五玻利维亚诺①。"男人说。

"不行，不行，"扬·克鲁特夫人拒绝，"太迟了。该付的利息也没有付，东西已经没了。"

"我现在就可以付利息，"男人说——"拜托了！咱们是老朋友了，你答应过会替我保管好那幅画的。"

"那是我祖母亲手画的，"男人又说——"你答应过会帮我留着的。"

"我可没答应帮你留一个月。"扬·克鲁特夫人终于找到机会说话，"整整一个月可不行。那幅画唯一值钱的只有画框。"

"那幅画挺好的。"男人说。

"画得糟透了，"扬·克鲁特夫人说，"谁会想买那样一幅画啊？搞不好还会带来厄运呢。我早就扔了。"

"听我说，我亲爱的老——"男人还想说些什么。

"出去！"扬·克鲁特夫人突然怒吼，"滚出去！"

"我不走！"男人坚持，"除非你把那幅画还给我。"

"玛伊达！格蕾塔！"扬·克鲁特夫人大喊。

"好吧，好吧，"男人妥协了，声音绝望而无助，"我这就走。"

一个星期后，我又在别墅走廊里被扬·克鲁特夫人捉住了。"就喝一小杯茶。"她悄声说，"进来聊会儿天，就我们和小佛莱明先生

---

① 玻利维亚的货币单位。

在。今晚。"

参加这种定期召开的茶话会十分重要。凡是拒绝过扬·克鲁特夫人的租客此后统统会遭不少罪，比如房间没人打扫啦、床铺没人整理啦；早餐的茶水端上来是冷的，新闻报纸则压根儿没有。而那时候房源挺紧俏的，不好租。"谢谢邀请。"我说。

那天晚上我如约去参加茶话会。马瑞思夫妻俩已经走了，但年轻的男会计还在。伊莎进屋来，脸上还是一如既往地化着浓妆。

房间里多了一件物品——那是墙上的一幅画。画技堪称糟糕，但却因其内容所代表的特殊年代而散发出一种神奇的魅力。从内容上看，时间应该是十九世纪九十年代中期：一个女孩被绑在铁轨上，腰间的蓝色腰带在身前飘扬；她的双手痛苦地伸向头部，一头黄色的、茂密的秀发铺散在铁轨上。二十码开外，铁轨有一个弯道，一列火车正冒着白烟全力驶来；火车司机根本看不见铁轨上的女孩。如画所示，那是个令人绝望的景象。只需一瞬，女孩就会被压成肉泥。可是……等等！有一辆汽车——某品牌当年的第一批型号——正从与铁路平行的公路交叉路口驶来。高大闪亮的汽车上有一队年轻男人正在兜风，其中一个人注意到了挣扎的女孩；这个小伙子站在座位上，高高举起手上的驾驶帽使劲挥舞着，另一只手指着铁轨上的女孩。他的同伴们正准备顺着他手指的方向看去——他们来得及救她吗？来得及阻止飞驰的列车吗？当然不可能。画面的构图清晰地说明了这一点：那女孩没有半点儿生存的机会。不过，我心想，只要这幅画还在，她就会一直躺在那里，而火车永远只是即将驶来，而那帮年轻人也会永远坐在崭新的汽车里，刚发现一个被绑在铁轨上的女孩——她的头发披散在周围，腰带在身前疯狂地飞舞，双手举起在头部两侧。

总体而言，我喜欢这幅画。可以说它是许多其他类似画作的原型，而这个原型、这样的主题是我平常很少看见的。

"你一直在看伊莎的画像呢。"扬·克鲁特夫人说。

"这幅画相当不错,"她宣布,"一个非常有名的英国画家专门乘坐四驱引擎侦察机来给伊莎画的。为了让他来,英国皇家空军专门给他配备了飞机和机组人员。伦敦皇家空军总部看过伊莎的照片后,便立刻让大画家乘坐侦察机飞过来的。"

"也是他让伊莎摆出那个姿势的——好像整理头发的样子。"扬·克鲁特夫人像开连珠炮似的说,对那幅画露出十分欣赏的神情。

我什么也没说。那位年轻的男会计也一样。我试着偏着头去看那幅画,终于发现,那姑娘确实大概或许是有那么一点点像伊莎;她举在头两边的双手确实也像是在整理头发。当然了,要想如此解释画面的氛围,必须忽略铁轨转角处飞驰的火车、公路上行驶的汽车,以及画中的许多其他细节。我认为这幅画至少已有五十年之久,绝不是最近新画的,这一点毫无疑问。

"你觉得如何?"扬·克鲁特夫人问。

"非常棒。"我回答。

年轻的男会计没有说话。

"你今晚怎么这么安静,佛莱明先生?"玛伊达说。

佛莱明尴尬地笑了一声,差点儿撞翻茶杯。

"今天我遇见马瑞思太太了。"他尝试换个话题。

"哦,她啊,"扬·克鲁特夫人说,"你们说话了吗?"

"当然没有,"他说,"我径直从她身边经过了。"

"这就对了。"扬·克鲁特夫人说。

"我给他们下了逐客令,"她对我解释说,"那位先生倒是没那么坏,可他太太简直是我见过的最糟糕的租客。"

"想想她说的那些话!"格蕾塔附和道。

"我对她照顾有加,"典当铺的老板娘说,"却只换来了羞辱。"

"羞辱。"佛莱明先生重复了一遍这个词。

"佛莱明先生当时也在场。"扬·克鲁特夫人说。

"我们给她看了伊莎的画像,"她接着说,"结果你敢相信吗,她居然说那根本不是伊莎。还是当着我的面说的,这不是骂我是骗子吗?对不对,佛莱明先生?"

"确实是。"佛莱明先生说,眼睛却盯着茶勺上的一片茶叶。

"马瑞思先生当时的处境十分尴尬,"扬·克鲁特夫人说,"毕竟,他完全被老婆压制得死死的,根本不敢提出异议。他只说了一句,或许是哪里搞错了。但他老婆却立刻反驳道:'那画的根本就不是伊莎。'"

"可怜的马瑞思先生!"格蕾塔哀叹。

"我真为马瑞思先生感到抱歉。"玛伊达也说。

"他就是个老实人,老兄,好欺负。"伊莎说。

"伊莎说话总是那么精辟,"她们的母亲在发出一阵尖厉的大笑后说,"她说得很对,老马瑞思根本不是那女人的对手。"

"他说什么来着?"扬·克鲁特夫人问会计员,"他说什么来着——事后老马瑞思跟你说的,关于伊莎的画像?"

年轻的会计瞄了我一眼,又飞快地把目光挪开。

"马瑞思先生说了什么?"我也想知道。

"呃,"佛莱明先生说,"我不太记得了。"

"胡说,你分明记得很清楚,"扬·克鲁特夫人说,"说出来吧,让大家乐一乐。"

"哦,他只是说……"佛莱明先生鼓起勇气看向那幅画说,"他只是说画里还有铁轨和一列火车。"

"'只是'说!"扬·克鲁特夫人重复着他的用词。

"唉,可怜的家伙,"佛莱明先生立刻说,"我想他也是没办法。他大概疯了吧。"

"他不是还说画面里有一辆老式汽车吗，老兄？"格蕾塔说，"你是这么跟我们说的，老兄。"

"是的，"会计回答，咯咯笑了一声，"他是说了这话。"

"所以你看，"扬·克鲁特夫人说，"那个男人的脑子不正常，居然说伊莎的画里有一列火车！每次一想到这话我就想笑。"

"至于马瑞思太太，"她接着说，"至于嘛，我打从一开始就不相信这个女人——'马瑞思太太，'我说，'我给你一个星期的时间搬走。'结果他们第二天就离开了。"

"终于摆脱那个老贱人了。"伊莎说。

"她肯定是嫉妒有人给伊莎画像，唉。"格蕾塔呵呵笑着说。

"说起来，那位画家来给伊莎画像的时候，我们和他相处十分愉快呢。"扬·克鲁特夫人说。

"可不是嘛，老兄，"玛伊达说，"还有同行的机组人员。"

"我们这儿经常会有知名艺术家来访，"她的母亲说，"是不是？"

"是啊，老兄，"格蕾塔说，"他们人都很好。不过他的飞行员却耍了伊莎一把。"

"就是，那只蠢猪，"她们的母亲说，"不过不用担心，伊莎又不缺男人。她可是能拍大电影的姑娘。"

"伊莎要是演电影肯定很受欢迎。"格蕾塔附和。

"好多有名的演员都到这儿来过，"扬·克鲁特夫人又说，"我们总能遇到那些明星男演员。他们都特别想让伊莎跟他们搭戏，可我们不愿意让她去。"

"她完全有当明星的潜质。"格蕾塔说。

"但我们不愿意让她去演电影。"玛伊达也说。

"她想做什么都可以，"扬·克鲁特夫人说，"但要等到学校毕业。"

"说得太对了。"伊莎回应。

"你认识马克斯·梅维尔吗?"扬·克鲁特夫人问我。

"我听过他的名字……"我小心翼翼地回答。

"听过他的名字?天呐!马克斯·梅维尔可是当红大明星啊!那天他专程来找伊莎——是不是这样,格蕾塔?"

"没错。"格蕾塔说。

于是扬·克鲁特夫人便讲起了故事。"我跟他说,演电影对伊莎来说曝光度太高了——'我们都是喜好平静生活的人,马克斯。'我说——'马克斯',我就这么叫他,直呼其名。"

"马克斯是个难得的好男人。"玛伊达说。

"他送了一个特别的礼物给伊莎,"扬·克鲁特夫人说,"并不是东西本身有多值钱,而是因为那是他家人给的,有很深的感情羁绊。那么多人喜欢他都不愿给,却单单只给了伊莎。赶紧上楼去把东西拿过来,玛伊达。"

玛伊达有些迟疑——"是那个胸针吗……?"她问。

"不是,"她的母亲痛心疾首、一字一顿地说,"胸针是那个画家送给伊莎的。真令人吃惊,你居然忘了马克斯·梅维尔送给伊莎的礼物。"

"我这就去拿。"格蕾塔说着跳起身来。

她很快就回来了,手里拿着一只小小的指南针。

"东西本身并不值什么钱,"扬·克鲁特夫人一边说着一边把指南针传给大家看,"但马克斯的祖父是一位探险家,攀登喜马拉雅山的时候用的就是这只指南针。可惜他再没有活着回来,人们在他的尸体上发现了这个。所以对于小马克斯来说,这是非常非常珍贵的东西,可他却给了伊莎。"

我十四岁时,有人把这只指南针送给我当礼物,当时它还很新,刚传到手上时,我便将它认了出来。伴着扬·克鲁特夫人滔滔不绝的讲述，我越来越肯定这就是我的那只指南针：上面的刮痕和凹陷都是那么熟悉——我清楚记得自己什么时候在什么东西上造成了那些破损，它们就像我的个人签名一样……

"年代非常久远的古董指南针，"典当铺的老板娘还在说着，并赞许地用手在指南针上摩挲，"马克斯·梅维尔能把它送给伊莎固然令人感动，但他很想伊莎去演电影，这或许才是送礼的真正原因。"

"你觉得呢？"她问我。

"这倒是挺有意思的。"我说。

不知是谁远渡重洋把它带到了这里？从我去的典当铺到扬·克鲁特夫人的铺子，它究竟被转手了几次？我的心里不停思量着这些事，以及，为什么我竟然一点儿也不介意看到它被老板娘拿在手里摩挲——并被她当作讲故事的道具。我并不在乎这个指南针，而老板娘的鼻尖正直直地指着那只指南针，仿佛指着北极……

"我们一定要好好保存它，"扬·克鲁特夫人说着，"主要是它代表的情感意义太珍贵了，你知道，不然东西本身并不值钱。"

自从得到这块指南针，好几年里它总是被夹在一堆别的物品中，直到某天被我当掉。这也是为什么上面会有划痕和凹陷，因为我总会在抽屉里找东西时，把它扔来扔去。我从来没有使用过，从不曾用它来找过方向。或许，这东西一直也没怎么被人用过，因为那上面的痕迹还都是我之前留下的。不管是谁把它拿到扬·克鲁特夫人的店里当掉，都压根没想过要来赎回。典当铺的老板娘要是喜欢尽可以拿去，因为它现在已经属于她了。

"根本不值什么钱，"扬·克鲁特夫人说，"倒不是说我们在乎它值多少钱，重要的是它的意义。"

"它是伊莎的幸运吉祥物，"玛伊达说，"等你去好莱坞的时候一定要记得带上啊，伊莎，老兄。"

"好莱坞！"扬·克鲁特夫人说，"哦，不、不、不！伊莎要是真拍电影，也得去英国的电影公司，好莱坞的曝光度太高了。你觉得伊莎适合好莱坞吗，佛莱明先生？"

"不太适合吧。"年轻男人回答。

"我要是去好莱坞肯定大红大紫。"小伊莎说。

"唉，或许吧……"她母亲说。

"是啊，或许吧。"佛莱明先生说。

"但是好莱坞的电影太多了。"伊莎说。

"你看是不是？"扬·克鲁特夫人说着转头看我，"我们都是生性喜静的人，总是埋头做事——就像佛莱明先生那天说的：我们活在自己的世界里，对不对，佛莱明先生？"

她们把房门打开一条缝。我侧身通过，回到了漆黑的走廊上。

势利小人

> 势利小人（Snob）：过分在乎社会地位的人。一方面渴望与比自己地位高的人建立关系，一方面对比自己地位低的人充满傲慢与轻蔑。
>
> ——《钱伯斯英语词典》

我觉得我有必要首先引用以上来自标准字典上的定义，因为这简直就是对瑞杰-史密斯夫妇俩的精准描述。我和他们相识是在二十世纪五十年代，此后的人生中还曾遇见过许多和他们一模一样或类似的人——人数之多着实令我惊讶。势利小人实在是一群令人忍不住唏嘘感叹的家伙，因为无论他们如何费尽心思，那些他们渴望融入的，或者更准确来说，渴望成为的社会阶层的人却并不买账。他们生活的社会或许的确是民主的——但这于他们的目的而言却没有丝毫助益，一点儿也没有。

瑞杰-史密斯先生名叫杰克，比他太太还要势利，而女方骨子里至少还有些许天生的平和——她对自己的身份其实挺满意的。瑞杰-史密斯太太出生于一个小农场主家庭，家里拥有一小片土地，家庭成员中有人在政府做普通职员，而她玛丽恩却是一个超级大吝啬鬼。杰克家里也有人在政府工作，母家还是做水果进出口生意的，只可惜父母去世后，遗产都被家里的男性成员瓜分了，只留给她一星半点儿。杰克和玛丽恩可谓是天生一对。丈夫的个头稍矮一些，两个人都瘦瘦的，没有孩子。不过对于真正的势利小人来说，家族的黑历史根本不足为惧，反倒能激发出他们骨子里的傲慢——

杰克就是这样：家族里的一个兄弟某天干了件惊天动地的银行劫案，搞得家族名声一败涂地，甚至成为家家户户口中的反面典型，而这个原本仅国内知晓的家族丑闻后来却逐渐传到国外；被划分为不良分子的瑞杰-史密斯家族及相关人员纷纷撤离，跑去南美避风头，只把杰克和他年事已高的母亲留在国内，独自面对新闻媒体的口诛笔伐。原本人们并没有像对待大坏蛋一样看待他们，可他们却偏要用桀骜不驯的态度来面对所有人，包括警察、记者、审讯人员、执法人员和普罗大众，拿腔作势地拼命扮演着完美无瑕的"好人家"的模样，平日里行事也一副贵族作派，仿佛自己是什么伯爵或侯爵家庭，而非普通中产阶级。可惜现世里，没有哪个真正的伯爵或侯爵会做出如此遭人诟病的事，除非他们疯了或者药嗑多了，又或者不幸迷上了赌博，把家产败了个精光。

瑞杰-史密斯夫妇忽然出现时，我和一些朋友正在法国第戎附近的一座城堡酒庄小住，那是上世纪的九十年代——我差点儿没认出他们来。他俩并不是事先计划好来城堡的，而是被安妮带来的，当时他们站在村里一家小店的门口，神情迷茫地查看着地图，不知该往哪里走。热心肠的安妮总是乐于助人，看他们迷路便邀请这对英国夫妇来城堡里喝杯茶，顺便帮他们找要去的地方。

安妮和蒙迪也是英国人，已经在这座城堡里生活了八年。城堡原本属于蒙迪家族的一位远房亲戚，后来亲戚的唯一血脉去世，蒙迪便意外成为遗产继承人——不仅继承了城堡，还得了一笔钱。蒙迪刚迈过五十岁门槛时，地契和钱财统统转记在了他的名下，对他而言这简直是一笔飞来横财。那时他同时做着鞋店销售员和巴士司机的两份工作来养家，还要抽空去打零工，而太太安妮在给一位股票经纪人当秘书；他们有两个孩子，都是女孩，并且都已结婚，搬去了夫家。老两口意外继承丰厚遗产这件事一时间成为当代童话故事，被媒体争相报道，整整一天到处都是他们的新闻；当然，并非所有人都会去读报纸。

安妮把瑞杰-史密斯夫妇带回城堡时,蒙迪正好有事不在,而我在看电视——我已完全记不得那是什么电视节目了,因为看见这夫妇俩的震惊彻底覆盖了我对于其他事情的记忆。安妮个子高挑,金发碧眼,总是神情喜悦,虽已六十多岁却保养得当;她回来后径直去了厨房烧水。客厅里的陈设和装饰都尽可能贴近英格兰惯有的样子。

"这地方是谁的呀?"安妮刚离开客厅杰克就问。显然,陌生的环境让他没能第一时间认出我来,但我感觉玛丽恩正直勾勾地盯着我,带着些许疑惑和某种模糊的记忆。

"它属于——"我答道,"刚才邀请你们来喝茶的那位女士。"

"噢!"他应道。

"我们是不是在哪儿见过?"玛丽恩问。

"是的,我们见过。"我也不掩饰,直接做了自我介绍。

"你怎么会来这里?"杰克问得很干脆。

"和你们来这里的原因一样——受邀而来。"

安妮端着茶水回来了,托盘上有一整套银质茶具和漂亮的陶瓷茶杯。她手里端着托盘,身后跟着一个帮佣的年轻女孩,端着热水和一碟饼干。

"您的英语讲得非常好。"杰克说。

"噢,我们都是英国人,"安妮说,"只不过现居法国罢了。这座城堡酒庄是我丈夫从他母亲的马蒂诺斯家族那里继承的。"

"啊,原来如此。"杰克说。

这时,酒庄的葡萄酒代理人从种植园回到了城堡,见桌上有茶,便拿起一杯站着喝了。他称呼安妮为"夫人"。

好心的安妮此刻开始有些后悔自己刚才的一时冲动,自从把这对夫妇请回来喝茶到现在，他们几乎不怎么说话，只是坐着。她担心两人会错过最后一班去火车站的公车，于是看着我说："最后一班公交车是六点，对吧？"

我对玛丽恩说："可别错过了最后一班公交车啊。"

"我们可以参观一下庄园吗？"玛丽恩却开口道，"旅游书上说这座城堡是十四世纪修建的。"

"呃，也并非全部建于十四世纪，"安妮说，"今天可能不太方便参观。其实我们平常并不向公众开放的，你知道，因为这是我们住的地方。"

"我敢肯定我们之前一定在哪儿见过。"玛丽恩对安妮说，仿佛这样就可以解决掉末班车的问题——安妮也察觉到了这一点。她人虽然很热心，但我知道安妮很不喜欢充当司机送人去车站，或者做计划外的事。我几乎可以听见她心里的想法："我得想办法摆脱这两个人，否则他们肯定要留下来吃晚餐，然后整晚赖着不走——他们是典型的'城堡赖皮客'。"

安妮时常向我抱怨继承遗产后生活中出现的那些"城堡赖皮客"。以前身为公交车司机的妻子、默默无闻的时候，人们根本不想认识或了解她，现在却一个个上赶着要跟她交朋友；蒙迪对此倒并不十分在意，毕竟举办宴会、安排娱乐活动这些重担都压在安妮而不是他自己的肩上，大部分时间他都只和代理人待在葡萄园里，做些看守和除草的工作。

安妮看出来了，她请回来"喝茶"的这对英国夫妇正是一对妄图攀附权贵的典型麻烦精，所以当玛丽恩说"我敢肯定我们之前一定在哪儿见过"时，她绝望地朝我投来求助的目光。

"是吗？"安妮应付道，并站起身来，作出引路的姿势朝后门走去。"这是后院门，从这儿出去就可以离开，"她说，"从这儿走离你们要去的公交车站近一些。"玛丽恩附身拿起一块蛋糕，那样子仿佛这辈子再也吃不到蛋糕了一样。

那时候我正在创作的新小说正要收尾，安妮邀请我来美好的法国酒庄城堡做客，正好给了我创作所需的平静空间，她本人平易随和的生活方式也让这一切变得更加完美。她甚至好心地提出，要帮我把手写稿用打字机打出来，可今天傍晚，就在差十五分钟六点的时候，我已预见到，今晚的一切计划都要付诸东流了。

我很怀疑玛丽恩以前是否真的见过安妮，她之所以这么说无非是某种类似于移情的心理作用罢了，毕竟她真正见过的人是我。不过，她自己似乎并不太清楚。四十年的时光早已将关于我的记忆洗刷得所剩无几。

杰克·瑞杰-史密斯问是否可以用一下厕所。哦，你这无聊的人——我心想，赶紧走吧！外面的小路上有的是大树和厚厚的灌木丛，足够你解决问题了。可他偏不。他就是要去别人家的厕所看看。此刻距离末班车来只剩十分钟了，杰克把背包踢到妻子脚边说："帮我拿一下，行吧？"

"我真的很想参观一下这座酒庄，"玛丽恩仍不死心，"既然我们正巧在这里，还是大老远专程来的，不如……"

这种情形之前我也遇到过。世上就有这种人，为了一个他们想看的小布道坛，硬要又累又困的旅行团其他成员跟着一起去看，或者白白干等他们；他们会因为"必须看到"途中的某座艺术馆，晚餐迟到一个多小时。玛丽恩明摆着就是这种人。要是被反对，她就会毫不犹豫地争辩说，自己给足了机票钱，凭什么不行。我还记得玛丽恩以前穿着毫无设计感的奶黄色连衣裙和破破烂烂的拖鞋的样子，还有杰克那松垮肮脏、打满补丁的裤子，以及他们不顾一切想跟别墅女主人攀上关系，好被邀请一起吃晚餐的各种行为，并且毫无疑问——还企图在别人家里过夜。我真心为安妮感到抱歉，也能清楚感觉到她的内心为自己感到遗憾，并深深懊悔当初的一念之差，竟请了这两个人回家喝茶。

主城堡区外不远处还有一栋房子，是为穷人和流浪者设立的施粥处，就在菜园的另一边，平时是安妮管着。我知道她答应了别人，每天傍晚六点半但凡有空，务必尽量过去帮忙。费了好大一番力气，安妮才把这事给瑞杰-史密斯夫妇讲明白："……若非如此，我也很乐意带你们参观城堡，虽然其实也没什么值得看的。"

"施粥处！"杰克惊叹，"那我们可以一起过去喝一碗吗？之后若是您允许，我们可以找个拱门，用睡袋凑合一晚，明天白天再参观。"

故事进行到这里是不是感觉像一场噩梦？实际上这就是一场噩梦。没有任何力量能赶得走这些人。

那天晚上我在施粥处忙活，切面包、切黄油、分发西红柿浓汤的时候，看到瑞杰-史密斯夫妇俩也蹭了过来，真是一点儿也不惊讶。

"我们和其他领粥人一起就好，请不必在意我们，"说这话时，瑞杰脸上挂着一副刻意而谦逊的笑容，"我们并不是为了表现自己有多么伟大才这么说的——我们根本不在别人怎么看我们或和什么人打交道。我们就是'我们'。"

但其实，在一群饿得皮包骨头的流浪汉、须发蓬乱的穷苦人和拖着脏兮兮包裹露宿街头的妇女中间，他们看起来简直好整以暇、富足安稳得很。我把他们的那份粥送到他们面前，脸上没有一丝笑容。他们完美地错过了最后一班公交车。安妮和蒙迪没办法，最后还是给他们安排了一间卧室过夜。"我们到马蒂诺斯家族的城堡酒庄做客了，在法国第戎呢。"——我都能想到他们会如何跟自己的朋友吹嘘。

第二天早餐前，我提议安妮和蒙迪最好躲一躲。"否则，"我说，"你们将再也摆脱不掉他们。交给我来处理就好。"

"我敢肯定,我之前见过安妮,"玛丽恩说,"就是想不起来在哪儿。"

"她在很多人家里做过厨娘,"我说,"蒙迪也差不多,他是个屠夫。"

"厨娘和屠夫?!"杰克说。

"是啊,城堡的男女主人并不在家。"

"可她不是说,自己是这座城堡的主人吗?"玛丽恩问,冲餐厅的方向偏了偏头。

"噢,并不是,你们一定是弄错了。"

"可是她明明说——"

"不是那样的,"我打断她,"无法带你们参观酒庄真是太遗憾了,这里的风景确实很美,可伯爵夫人随时可能回来,到时候我可就没办法帮你们解释了。就我所知,她并没有邀请你们。"

"不,我们受到邀请了,"杰克说,"她的仆人求着我们留下——真不愧是仆人啊,竟然假扮庄园主和夫人!时间也不早了,我们还得赶车。"

结果不到四分钟两人便离开了,拖着鼓鼓囊囊的行李袋,风风火火地顺着车道往外走。

安妮和蒙迪听了我的转述都非常开心。安妮说,根据她过往的经验,这两人一定原本盘算着要在这里住一个星期。

"遇上这种人,除了这样还能怎么办?"安妮说。

"换了是我就把他们写成故事,"我说,"然后出书赚钱。"

"会被起诉吗?"

"让他们去告呗,"我说,"看他们敢不敢站出来大声说:没错,这故事写的就是'我们'。"

"真是一对奇怪的夫妇。他们把房间里的肥皂带走了。"安妮说。

蒙迪脸上挂着笑意出门工作，安妮也忙自己的去了，我也一样——至少我是这么打算的。

就在这番对话结束的两小时后，当天上午十一点半，我像往常一样写着小说，不经意朝房间窗户外望了一眼，却发现那对夫妇居然还在——他们躲在城堡绿地边树荫的屏障里，正仰头望着城堡。

那时我根本不知蒙迪和安妮在哪儿，也不知道怎么联系他们的代理商拉奥尔和他妻子玛丽·路易斯。对于每天早晨按部就班工作的我而言，这实在是一种打扰，但我还是决定下楼去看看究竟发生了何事。一见到我，玛丽恩便说："哦，你好啊。我们觉得，若不见见城堡的女主人，向她道谢问安，就这么走掉实在是太不礼貌了。"

"我们想要等伯爵夫人回来。"杰克也说。

"唉，那你们可太不走运了，"我说，"我记得听人说她要离开一个星期。"

"没关系的，"玛丽恩说，"我们可以等一个星期。"

"这是礼貌……"杰克说。

我想了个办法，趁安妮回来撞见他们之前先把此事知会她。再见到安妮，夫妇俩的态度十分冷淡。"要是我们不道个谢就离开，相信伯爵夫人一定会不开心的。"杰克说。

"她不会的，"安妮说，"相反，如果你们再不离开，她倒是会生气。"

"话可不是这么说的。"玛丽恩说。

代理商拉奥尔自告奋勇与夫妻俩交涉，很快蒙迪也加入了。那时，玛丽恩已经提出要求，要再住之前为她准备的客房。"反正床单早晚得换，"她说，"还不如让我们继续住着。我们不介意去粥棚那儿用餐。"她说的是施粥处。"我们不介意和无产阶级一起用餐。"杰克也说。

拉奥尔和我赶紧把城堡搜了个遍，一个抽屉也不放过，只为找到他们之前那间客房的钥匙。功夫不负有心人，钥匙最终被我们找到了，门也成功锁上。蒙迪抓起两人的行李，直接放到了城堡大门外。这一切都是趁着夫妻俩在施粥处吃东西时完成的。我们五个人（代理商的妻子玛丽·路易斯后来也加入）一起当着他们的面，把我们做的事一五一十说给他们听。

自那以后，没人再听到过有关那对夫妻的消息。我们只知道，那天他们跑到大门外去拿自己的行李，转身时发现大门已经被拉奥尔锁上了。后来安妮收到了一封信，上面端端正正地写着"伯爵夫人收"——信是杰克写的，义愤填膺地抱怨了他们所遭受的城堡"员工"的可怕对待。

"一开始我就有种预感，"杰克写道，"不应该接受他们的邀请。我本能的感觉，这些人和我们完全不是一类人。早知如此，当初我真该相信自己的直觉的。这些势利小人简直太可怕了。"

家庭成员

"请你务必来家里见见我母亲。"十一月的某天,理查德突然这么说。

这是特鲁蒂内心期待已久的邀约,但真的从他口中听到,还是十分惊喜。

"我希望你能见见我的母亲,"理查德接着说,"她一直很期待见到你。"

"噢?她知道我们的事吗?"

"当然。"理查德说。

"噢!"

"不必紧张,"理查德安慰道,"她是一个很好的人。"

"嗯,我相信她一定是的。好!我是说,当然,我非常乐意——"

"这个星期天就来吧。"他说。

他俩是去年的六月在南奥地利一座湖滨小镇认识的。当时,特鲁蒂正和自己的女邻居一起旅游,她俩都租住在伦敦肯辛顿区的一间公寓里。女邻居住在楼下一间客卧一体的房间里,会说德语,但特鲁蒂不会。

布莱拉赫是一座略微简陋的湖滨小镇。说它"略微简陋"算是客气的,实际上就是简陋。

"真没想到这里也会下雨啊,格温,"到那儿的第三天特鲁蒂这么说,"感觉像在威尔士一样。"彼时,她正站在当地民宿里那扇紧闭的窗户旁，外面大雨倾盆，远处的山峦被厚厚的雨幕遮蔽，只能全凭想象。

"这话你昨天也说过，"格温回答，"昨天天气挺好的，可你也说感觉像威尔士。"

"呃，昨天也下了一点儿雨。"

"可是昨天你那么说的时候，太阳好得很呐。"

"嗯，是啊。"

"或许从整体上来看是有些像吧，我想。"格温说。

"我没想到这里会如此多雨。"话音未落，特鲁蒂便知道格温会如何反击。

"做任何事都有风险，"格温说，"今年夏天比较不走运而已。"

窗外的雨声更大了，仿佛在印证她的话。

特鲁蒂心想：我还是闭嘴吧，然而下一秒却还是自取灭亡地说："我们搬去稍微贵一点儿的地方住会不会好些？"

"贵的地方也下雨。雨水会落在每个人头上，不分高低贵贱、正义邪恶。"

格温三十五岁，是一所中学的老师——无论发型、穿着、只在嘴唇中央涂抹一点口红的方式，还是此刻站在床边凝视着大雨的模样，似乎都在向特鲁蒂宣告：格温已经彻底放弃了步入婚姻的念头。"不分高低贵贱、正义邪恶"——格温说这话时，转头用那双沉静中仿佛带着一丝恼怒的眼睛看着特鲁蒂，仿佛在说：你就是那个邪恶的，我是正义的。

第二天天气不错，两人来到湖区游泳。她们坐在旅店露台上红黄相间的遮阳棚下，啜着苹果汁，眺望远处妩媚的青山，或沿着湖边漫步。格温穿着海军蓝的短裤，特鲁蒂则穿着蓬松的沙滩服——那里有不少从世界各地来露营的年轻人，一个个皮肤晒得棕黑；也有来游玩的德国家庭，通常是穿着印花连衣裙、有些发福的母亲和长着双下巴的父亲,身后跟着金发碧眼又端庄沉静的孩子;还有烫着卷发的英国女人。

"这里根本没什么男人。"特鲁蒂说。

"这不到处都是男人吗?"格温回答,那语气仿佛在说:不懂你在胡说些什么。

"看来我真有必要复习一下德语词汇表了。"特鲁蒂说,因为她觉得,要不是需要格温充当翻译,她一个人说不定更有机会遇见好男人。反正她是这么跟自己说的。

"那样也好,说不定有更多机会遇上有趣的男人。"格温说。看来这场大雨把两人锁在一起,倒让格温生出了某种心电感应,总能把特鲁蒂未出口的想法准确地说出来。

"哦,我来这里可不是为了那个。我跟你说过的,我只是想休息一下。我不是——"

"我的老天啊!理查德!"

格温忽然用英语向一个男人打招呼。那人身边显然没跟着妻子、婶婶或姐妹之类。

男人吻了吻格温的脸颊,后者微笑,他也笑了起来,叹道:"哎呀呀——"这个男人并不比格温高多少,一头深色的卷发,嘴唇上留着一抹浅棕色的胡子;他穿着游泳裤,宽阔的胸膛晒成了漂亮的古铜色。"什么风把你吹来的?"他问格温,眼睛却看着特鲁蒂。

他住在湖另一边的酒店里。此后的两个星期,每天早上他都会划船过来见她们,有时还会陪两人游玩一整天。特鲁蒂对他很是倾心。她不敢相信格温竟对理查德毫不动心——明明他俩在同一所学校教书,每天都能见面。

每次见面,理查德都会亲吻格温的脸颊。

"你和他似乎关系很好。"特鲁蒂说。

"哦，理查德和我是老朋友了。我们认识好几年了。"

第二周，格温独自一人去观光，留下他俩一起。

"这个小镇有很多值得欣赏的东西。"理查德告诉特鲁蒂，并说明了原因和看待的方式。特鲁蒂被他迷得神魂颠倒，再看一遍眼前这粉灰色的斑驳的小镇，鲜花簇拥却有些格格不入的阳台，球根状的斯洛文尼亚式建筑尖顶，竟都变得无比美好特别。她觉得，透过理查德的眼睛，似乎连看到那些身穿灰色短裙、衬衫被肥肉撑得满满的女人，身边跟着同样发福的丈夫和还算衣衫整洁的孩子，这画面看上去也是和谐温馨的。

"他们都是奥地利人吗？"特鲁蒂问。

"不，有的来自德国，有的来自法国。但这里总会吸引这类人。"

理查德欣赏的目光落在湖边野营的几个年轻人身上。他们手脚修长、生龙活虎，穿着色彩鲜艳又暴露的衣服；他们像浑身闪耀光芒的山羊一样矫捷地嬉戏，却并不令人感觉不雅或野蛮，真令人惊叹。

"他们在说什么？"其中一群年轻人从他们身边经过时，特鲁蒂问，因为他们正彼此笑闹着说着什么，阳光下，红唇白齿十分耀眼。

"他们在说，自己的 MG 赛车跑得有多快。"

"哇，他们有赛车？"

"没有。他们并不是在说真实存在的东西。有时候他们还会说，自己签了电影合同，但这也不是真的，所以才那样笑。"

"这幽默感可不怎么高级啊，是不是？"

"他们都来自不同的国家，想玩笑就只能讲彼此都知道的事，所以才会去聊实际并不存在的东西，比如赛车什么的。"

特鲁蒂咯咯娇笑几声，以示赞同。理查德说他已经三十五岁了，特鲁蒂觉得这年纪挺好，于是主动告诉对方，自己差一点儿满二十二岁。听闻此话，理查德转头看了她一眼，然后飞快地挪开了目光，但很快又再次转头看着她，并顺势牵起她的手。他后来告诉格温——特鲁蒂在当时当刻说出那样的话，不就是明摆着想和自己发展浪漫关系吗。

他们的恋爱始于那天下午湖面上飘飘荡荡的小船里。两人光着脚丫玩游戏，足心相抵，脚跟相接，拼命推着对方。特鲁蒂尖叫着使劲向后仰着身子，努力用脚去推理查德的脚。

后来回到旅店房间见到格温时，她依旧兴奋不减，大声地说："我和理查德度过了一段不可思议的美妙时光！我真是太喜欢年纪大的男人了！"

格温坐在她床上，一脸疑惑地看着特鲁蒂。过了一会儿她说："他也不比你大多少啊。"

"我少报了几岁年龄，"特鲁蒂说，"你不介意替我保密吧？"

"你少报了几岁？"

"七岁。"

"真是勇气可嘉。"格温说。

"什么意思？"

"说你很勇敢。"

"你不觉得自己说话有些刻薄吗？"

"不觉得。一次次地展开恋情确实需要勇气，我只是这个意思。有的女人会因此失去对男人的兴趣。"

"哦，我并没有多少恋爱经验，"特鲁蒂说，"你为什么会那么说？"

"说得也是，"格温回答，"你确实没有表现出吃一堑长一智的样子。你这'永葆二十二岁'的战术成功过吗？"

"我觉得你就是嫉妒我，"特鲁蒂说，"人们都知道，年纪大的女人喜欢说酸话，我只是没想到你也会如此。"

"人总会不断积累新知识。"格温回道。

特鲁蒂用手指绕着发丝——"是啊，我的人生还有好多需要学习的东西呢。"说这，她转头望向窗外。

"我的天，"格温叹道，"你该不会真的相信自己只有二十二岁吧？"

"还差一点儿才到二十二岁——我是这么告诉理查德的，"特鲁蒂说，"而且没错，我确实这么觉得。我的意思是，我一点儿也感觉不到时光的流逝。"

休假旅行的最后一天，理查德带着特鲁蒂去湖上划船。灰蒙蒙的天空低垂，倒映在湖面上。

"今天这里的景色看起来有点儿像英国的湖区——那个叫温德米尔的地方，对吧？"他说。

特鲁蒂没去过温德米尔，但仍回答说：是的，很像呢。然后睁着二十二岁的水灵灵的大眼睛，多情地望着理查德。

"这地方有时候还有点儿像约克郡，"他接着说，"不过只有天气好时才像。其他某些时候更像威尔士山区。"

"我就是这么跟格温说的！"特鲁蒂说，"我也说这里感觉像威尔士。我说：这里很像威尔士……"

"哈！当然了，它们之间还是有很大差别的。这里——"

"……可是格温一口就否决了这个想法。你看，她年纪比较大，又是中学老师——男人当老师感觉就很不一样——女老师给人的感觉，就是总拿我当小孩。我想我应该早就预料到的。"

"噢，这个嘛——"

"你和格温认识多久了？"

"好几年，"他回答，"格温人不坏，亲爱的。她是我母亲很要好的朋友，就像我们的家人一样。"

回到伦敦，特鲁蒂想搬到别的地方去，但一想到现在住的地方就在格温楼上，而她天天都能在学校见到理查德，和他的母亲也熟识，又舍不得搬走。格温嘴里说出的有关理查德的事，填补了特鲁蒂对这个男人的认知空白，也让她充满了好奇。

她会见缝插针地找机会溜到格温的房间去——"格温，这事你怎么看？我走出办公室就看见他了，他正坐在外面等我，还开车送我回家；他每天七点会给我打电话；下周末我们……"

格温则时常回答："你怎么气喘吁吁的，是不是心脏有问题？"——毕竟她就住在楼下。特鲁蒂总为这样的回应而怒不可遏：格温怎么就不明白，她的气喘吁吁正是二十二岁女孩说起男朋友时的正常表现！

"理查德真是太令人心动了，"特鲁蒂说，"真不敢相信我和他才认识一个月。"

"他邀请过你去见他母亲吗？"格温问。

"不，还没有。嗯，你觉得他会吗？"

"我觉得会的。迟早有一天会。"

"哦，你是认真的吗？"特鲁蒂像个小姑娘一样，开心地抬起胳膊搂住格温无动于衷的肩膀。

"你父亲什么时候来看你？"格温问。

"早得很呢，如果他真打算来的话。他现在在莱斯特脱不开身，再说，他特别讨厌伦敦。"

"你一定要让他来一趟，去问问理查德到底怎么想的。像你这样的年轻女孩应该得到更多保护。"

"格温啊，你快别冒傻气了。"

特鲁蒂经常向格温打听理查德和他的母亲。

"他们家有钱吗?他母亲是不是出身名门?他们家什么样?你跟理查德认识多久了?为什么他一直没结婚啊?他的母亲是不是——"

"某种程度上,露西是一个不可多得的好人。"格温说。

"哦,原来你直接称呼她的名字'露西'啊?那你跟他们一定很熟了。"

"挺熟的,"格温回答,"某种程度上,我算是他们的家人。"

"理查德也常这么跟我说。你真的每周都去他家吗?"

"大部分时候是的,"格温说,"我时常感觉这很有趣,因为每隔一段时间就能看见新面孔。"

"那他为什么还不邀请我去见他母亲呢?"特鲁蒂问。夏季已经过去,她也已经和理查德一起度过了好几个周末——"要是我母亲还在世并且住在伦敦,我一定会带他回去见我母亲的。"

特鲁蒂开始向理查德释放信号:"我真希望你能见见我父亲。圣诞节的时候,你一定要跟我一起去莱斯特见见他,住上几天。他在莱斯特工作很忙,几乎脱不开身。我父亲是做保险的,很成功的那种。"

"圣诞节我得留下来陪母亲,"理查德说,"不过,我很乐意换个时间去见你的父亲。"被太阳晒出的古铜色已经褪去,特鲁蒂觉得现在的理查德更加与众不同,却也似乎更高不可攀了。

"我觉得,"特鲁蒂用她特有的、青春小姑娘的方式说,"一个人如果真心爱男朋友,就应该带他回去见父母。"——毕竟他们两人早已默认彼此相爱。

然而直到十月底,理查德仍旧没有要带她回去见母亲的意思。

"有那么重要吗?"格温问。

"嗯。至少,那是我们关系更进一步的必要条件,"特鲁蒂说,"我们总不能一直这样下去。我想知道自己在他心目中的位置。毕竟我俩真心相爱，又都没有婚嫁。你知道吗，我甚至已经开始怀疑他对我到底是不是认真的了。如果他能邀请我回家见他母亲，那至少是一种信号，对吧？"

"绝对是的。"格温回答。

"现在还没见过他母亲，我怎么好意思直接打电话去他家。如果素未谋面却要通过电话和他母亲对话，我会很害羞的。我一定要见她，这几乎要成为我的执念了。"

"可不是吗，"格温说，"你何不直接告诉他'我想见见你的母亲'呢？"

"唉，格温，有些事情女孩子是不能主动开口的。"

"是，但女人可以。"

"你又要拿我的年龄说事了吗？我告诉你，格温，我就觉得自己还是二十二岁——我的所思、所想都和二十二岁的女孩一样。而且在理查德心中，我就是二十二岁。我不觉得你真能帮到我，毕竟，你自己都没找到好男人，不是吗？"

"是啊，"格温说，"我并不成功。我属于比较老派的那种。"

"就是啊。认为自己年纪大、思维方式也变得老派也没帮上你什么忙。你要是真想找到合适的男人，就必须抓住青春不放。"

"比起要付出的代价，我并不觉得那很值得，"格温说，"看看你现在的状态就知道了。"

特鲁蒂气得哭着跑回房间，但过不了多久又会回到格温那儿，继续打听关于理查德母亲的事。理查德不来找她的时候，她几乎天天围在格温身边。

"他的母亲究竟是个怎样的人？你觉得我能和她相处愉快吗？"

"你要是想，这个星期天我可以带你去见她。"

"不，不要，"特鲁蒂说，"一定要他亲自邀请我去才有意义。拜访家人必须由他提出来。"

特鲁蒂几乎快要失去信心了，甚至感觉理查德开始逐渐厌倦她，因为他们腻在一起的时间越来越少了。可就在这时，十一月的时候，他忽然说："请你务必来家里见见我的母亲。"

"噢！"特鲁蒂惊讶地说。

"我希望你能见见我的母亲。她一直很期待见到你。"

"噢，她知道我们的事吗？"

"当然。"

"噢！"

"他终于开口了，现在一切都好了。"特鲁蒂激动地喘着气说。

"他终于邀请你回家去见母亲了？"格温正在批改学生作业，头也不抬地说。

"这对我来说很重要，格温。"

"是的，是的。"格温应道。

"这个星期天下午我就去，"特鲁蒂兴奋地说，"到时候你也会在吗？"

"我晚餐的时候才去，"格温回答，"你放心。"

"他说：'我希望你能见见我的母亲。我跟她讲了所有关于你的事。'"

"所有关于你的事？"

"他是这么说的，而这对我来说可太重要了，格温。真的非常重要。"

格温说："这只是个开始。"

"哦，这是一切的开始。我知道。"

星期天，理查德开着他的辛格汽车来接特鲁蒂。他看起来有些心不在焉，也没像往常那样替她开车门，而是径直坐进了驾驶室，等她自己上车。特鲁蒂觉得他应该是为了第一次带自己去见母亲的事而紧张。

位于伦敦坎皮恩山的别墅看上去很漂亮。他们家一定很富有，特鲁蒂想。西顿夫人是一位身材高挑却有些驼背的女人，衣着光鲜，保养得当，有着灰黑色的头发和炯炯有神的大眼睛。"我希望你能叫我露西，"她说，"你抽烟吗？"

"不抽。"特鲁蒂回答。

"抽烟可以缓解压力，"西顿夫人说，"人生啊，不如意事常八九，不过你倒是暂时还不必抽。"

"是啊，"特鲁蒂应道，"这个房间很温馨，西顿夫人。"

"是'露西'。"西顿夫人强调。

"露西。"特鲁蒂乖乖地说，十分羞赧地瞄了一眼理查德，希望得到肯定。可他只是默默喝着杯里的茶，然后望着窗外出神，仿佛在检查外面的天气是否晴朗。

"理查德今晚要出去用餐，"西顿夫人说着，优雅地挥了挥手里的香烟匣，"别忘了时间哦，理查德——不过特鲁蒂会留下来陪我吃晚餐的，对吧？我想特鲁蒂和我有好多事情要聊呢。"她看着特鲁蒂，然后，像只轻轻扇动翅膀的蝴蝶一样，朝她微微眨了一下眼。

特鲁蒂接受了她的邀请，仿佛心照不宣地点了点头，有些兴奋又有些羞涩地轻微扭动了一下身体。她看着理查德，希望他能告诉自己要去哪里用晚餐，可他只是盯着窗户顶一言不发，手指无意识地敲击着老式温莎椅铮亮的扶手。

理查德在六点半时离开了，走的时候看上去比来的时候轻松雀跃得多。

"一到星期天理查德就坐立不安。"他母亲说。

"是啊，我也发现了。"特鲁蒂说，心知这段时间的星期天他都和自己待在一起。

"我想你现在一定有很多关于理查德的问题想问我吧？"他的母亲压低声音，神秘兮兮地说，尽管旁边并没有别人。西顿夫人从鼻腔里发出一阵闷笑，高高地耸起肩膀，几乎快要触碰到耳垂。

特鲁蒂也学着她略微耸了耸肩。"哦，是的，"她说，"西顿夫人。"

"叫我露西。我说，请一定叫我露西，你懂的。我希望能和你成为朋友。我希望你能把自己当成这个家的一分子。你想不想参观一下这栋别墅？"

她带着特鲁蒂走上楼，展示自己的豪华卧房，其中有一整面墙全是镜子，这样梳妆台上理查德和他已故父亲的照片就都是两张了。

"这是理查德小时候骑马的照片，马的名字叫罗布。他很爱罗布，我们都很爱罗布。当然了，那时候我们还住在乡下。这是理查德和他的祖母。这张是理查德的父亲，'二战'前拍的。那时候你在做什么呢，亲爱的？"

"我还在上学。"特鲁蒂说，非常真诚的样子。

"哦，那你现在也在学校当老师了？"

"不，我的工作是秘书。战争结束后我才从学校毕业。"

西顿夫人偏着头左右上下打量了一下特鲁蒂，说："我的天，真看不出来。我还以为你和理查德差不多大呢，就像格温一样。格温真是个好姑娘。这是理查德毕业时的照片。我也不明白他为什么会去学校当老师，但他是个非常好的老师。格温总是这么夸他：非常好。格温可真是个人见人爱的孩子。"

"格温比我要大多了。"特鲁蒂说，还在为年龄的事情生气。

"说起来她也差不多快到了，她经常来用晚餐。现在让我带你去看看其他的房间吧，还有理查德的房间。"

当她们来理查德的房间门口，母亲莫名地竖起食指放在嘴边，然后轻轻推开门。相比于别墅里的其他房间，这里简直一团糟，仿佛中学男生的卧室。理查德的绿色睡裤就扔在地板上，显然是起床时直接脱下来就不管了。特鲁蒂对这样的景象很熟悉，毕竟在一起这么长时间，好多个周末都是和理查德一起，在泰晤士峡谷的不同酒店度过的。

"真是乱糟糟的，"理查德的母亲十分责备地摇了摇头，"真是太不爱干净了。特鲁蒂啊，我们可得好好说说他。"

格温不久便到了，径直走进厨房开始准备沙拉，一点儿不拿自己当外人。西顿夫人也到厨房帮忙，把冷肉切成薄片，特鲁蒂在一旁看着她俩忙碌，听着两人亲密无间的对话。理查德的母亲似乎很想讨好格温的样子。

"今晚格蕾丝会来吗？"格温问。

"她不来，亲爱的，我觉得今晚就算了吧。你说我说得对吗？"

"哦，当然，没错。乔安娜呢？"

"嗯，今天是特鲁蒂第一次来，我想或许先别——"

"你介不介意——"格温忽然转头对特鲁蒂说，"帮忙摆一下餐桌，亲爱的？餐刀和叉子在这里。"

特鲁蒂拿着餐具来到餐厅，感觉自己是被她俩支开了。

晚餐时，西顿夫人说："今天的晚餐只有我们三个人，感觉好不适应。我们星期天的晚餐通常都很热闹。下个星期，特鲁蒂，也请你务必来见见其他人——你说是不是，格温？"

"哦，是的，"格温回说，"特鲁蒂很应该来。"

将近晚上十点半的时候理查德的母亲说："我想理查德今晚应该赶不回来送你回家了。他可真是个不让人省心的孩子，谁知道在干吗呢。"

赶公交车回程的路上，格温说："现在你见到露西了，开心吗？"

"开心啊，我觉得挺不错。只是我还以为理查德也会留下来呢，要是那样就更好了。我知道他这样做是为了让我和他母亲有单独相处的机会，好彼此增进了解，但我还是很希望他陪在身边。"

"你和露西聊了很多吗？"

"嗯……聊得还可以，不过并没说太多东西。理查德可能不知道今晚你也会来，或许他原本希望母亲能和我单独谈谈心——"

"我通常都会在星期天去拜访露西。"格温回答。

"为什么？"

"因为她是我的朋友啊。我对她处理事情的方式很了解，觉得她很有趣。"

这周特鲁蒂只和理查德见了一面，简单地喝了杯酒就分别了。

"最近学校考试，"他说，"我忙得很，亲爱的。"

"十一月就开始考试了？我还以为都是十二月才考。"

"得准备考试材料给学生们复习啊。"他说，"考前测验什么的。很多事要做。"他把特鲁蒂送回家，亲吻她的脸颊，然后开车离开。

特鲁蒂目送着他的汽车，有那么一瞬忽然觉得他的小胡子很讨人厌；可很快她又振作了起来，想起自己内心还只不过是一个二十二岁的小姑娘，哪里能够明白理查德这种成熟男人的喜怒哀乐呢？

星期天下午四点，理查德来接特鲁蒂。

"我母亲很期待见到你，"他说，"她希望能请你留下来吃晚餐。"

"你这次不会又要走吧，理查德？"

"今晚不会的。"

然而刚喝完茶，母亲便提醒理查德，今天不是跟人约了要见面么。他微笑着对母亲说："谢谢。"

西顿夫人给特鲁蒂看了家庭相册，绘声绘色地讲起自己在瑞士与理查德父亲相识的经历，那时她穿着什么样的衣服，等等。

傍晚六点半，来用晚餐的客人陆续抵达。加上格温在内一共有三个女人：那个叫格蕾丝的很漂亮，神情烂漫懵懂；叫艾瑞斯的显然已经四十多岁了，说话声音很吵，行事也大大咧咧的。

"理查德这个家伙今晚又去哪儿了？"艾瑞斯问。

"我怎么知道？"理查德的母亲回答，"我也不敢问。"

"咳，至少工作日他都勤勤恳恳的，是个好老师就行。"格蕾丝忽闪着大眼睛，一派天真地说。

"作为中学老师也就中等水平吧。"格温说。

"哦，格温！这份工作他已经坚持干很长时间了好吧。"理查德的母亲说。

"我得说，"格温接着道，"他对付那些男孩子的确很有一套。"

"夏季期末的莎士比亚戏剧汇演真是太精彩了！"艾瑞斯赞叹，"这老坏蛋的确有一套。"

"确实精彩，"西顿夫人说，"这你必须承认吧，格温——"

"也就中等水平吧。"格温说。

"或许你是对的，不过，表演者毕竟还是中学生，又不是专业演员，不要苛求嘛，格温。"西顿夫人难过地说。

"理查德可真讨人喜欢，"艾瑞斯说，"尤其是当他忙工作、看起来心事重重的时候，简直——"

"哦，可不是吗！"格蕾丝接过话茬，"理查德有心事的时候简直太迷人了。"

"谁说不是呢，"西顿夫人说，"之前他刚开始教书的时候，有一次啊——我必须跟你们讲讲这个故事——他啊……"

离开前，西顿夫人对特鲁蒂说："下周你还会和格温一起来的，对吧？我希望你能把自己当成这家里的一分子。理查德还有两个朋友你还没见过呢，大家都是老朋友了。"

去搭公交车的路上，特鲁蒂问格温："你不觉得，像这样每周日去西顿夫人家很无聊吗？"

"呵呵。怎么说呢——是，却也不是，我亲爱的小姑娘。每过一段时间总会出现一张新面孔，那时候最有趣。"

"星期天晚上理查德从不在家吗？"

"是的，我从没见过他在家。实际上他通常整个周末都不在——这一点你应该很清楚吧。"

"那些女人都是谁？"特鲁蒂忽然停住脚步问。

"哦，都是理查德的老朋友罢了。"

"她们常和他见面吗？"

"现在不常见到了。现在她们都已经成了家里的一分子。"

预言家

那座城堡酒庄坐落在法国南部一片宽阔的峡谷中，周围有一个以游吟诗人闻名的村落。那是十年前的一个夏末。

我叫露西——当时我正和雷蒙德还有他的妻子希尔维娅一起游玩。那时雷蒙德和希尔维娅的婚姻出了一些问题，这也间接让我感觉很不舒服。旅行的第三天我便决定，以后再也不要和夫妻一同旅行了，后来也确实这么做了。

我开始忍不住分析，他俩究竟为什么要拉我一起来旅行？我的想法是：他们需要一个单身的人来衬托或证明他们的婚姻还存在。在法国旅行一周后，我们三人来到了这座城堡酒庄，那时我几乎已经想好，只要一有机会就要立刻跳上火车，赶去最近的机场直接回伦敦。

不过，这座城堡却让我改变了主意。希尔维娅向一位女士询问是否有房间可供住宿。那位女士正是德赛恩夫人，身材瘦高、举止优雅，面容因辛勤工作而看起来有些疲惫；当时，她手里提着一个泔水桶，正从城堡的一个角落转出来。德赛恩夫人和我们打了招呼，却没有回应希尔维娅的问题；相反，她看着我，非常客气地说，她可以为我和我的丈夫安排一间双人房，给另外那位小姐安排顶层女佣区的一间小卧室。雷蒙德出声打断她，纠正了我们三人的关系；德赛恩夫人面带微笑地听着——很明显，她其实都明白。我想希尔维娅大概没机会从夫人那里得到她认为应得的尊重了，尽管她的法语其实说得比我好——她把德赛恩夫人当成了城堡的工作人员之一，语气也因此有所不同。这是希尔维娅的习惯，我总十分感叹，不知这样看人下菜碟需要耗费多少精力，明明一视同仁就好了。不过她是列宁的信徒，而后者最讲究的正是阶级区别。雷蒙德对这段小插曲没什么太大反应。他体型宽大，留着络腮胡子，是一名电视节目制片人，头脑十分聪明；不过，他也是个虚荣的人，或许因为彼时正为这段婚姻感到恼火，所以对城堡女主人故意的错误反而有些偷着乐。德赛恩夫人并未致歉，只简单地向我们介绍了不同房间的住宿价格，并询问是否需要提供早餐和午餐。希尔维娅斜睨着大家。她生气的时候就会这样。她的牙齿有些突出，头发不知何故染成了亮眼的红色。除去这些，她其实长得还挺好看的，可惜此时她斜睨着我的样子看起来相当不体面，甚至很愚蠢，实在让人想象不到，她其实是个蛮优秀的啮齿类动物学家。

德赛恩夫人放下泔水桶，依旧对着我说话，问我是否想要先参观一下不同的房间。看得出来，她虽并不至于太过刻薄，却确实有些故意针对希尔维娅。

"我们已经决定要住这儿了吗？"希尔维娅忽然问雷蒙德说，"你喜欢这地方？""看着挺不错的，"雷蒙德回答，"我想先看看房间，因为我想住在这里。"

德赛恩夫人领着我们上楼。我跟在她身后，我的两位智力超群的朋友跟在我后面。每个房间的条件都很好，于是我们决定住下。奇怪的是，分给我的并不是楼上女佣的小房间，而是和我两个朋友同一层的大床房。德赛恩夫人——我们后来才发现她原来是侯爵夫人——分好房间后便三步并作两步地下楼继续先前未完的工作，留下我们自己处理大包小包的行李。从面貌上看，我本以为她少说也有五十来岁了，然而从她刚才下楼的矫捷身姿来看，实际年龄应该更轻，或许最多四十出头。很明显，她不喜欢希尔维娅，但我一点儿也不在意。经过刚才那么一出，我已经觉得自己从这对要命的夫妻之间得到了救赎；德赛恩侯爵夫人以一种奇妙的方式解救了我，就好比她拿着一支秸秆向溺水的我伸了过来，而我抓住了那根秸秆并且奇迹般地被拉了上来。我觉察出她是一个直觉极敏锐的人，许多酒店经营者都这样。

我对自己分到的房间十分满意。两侧的墙上都有窗户，家具是典型的法国乡村风格，很符合十八世纪酒庄城堡的气质，一看就知，这里并非一开始就为开门迎客准备的。整座城堡的装饰风格都很相似，一共有两个起居室，其中一间的墙面漆成黄色，另一间是绿色；整体风格上完全看不出乡村的质朴，都维持着良好的十八世纪法国贵族气质；除此之外，还有一个东方风情的房间，其中一半是古典中国装饰，另一半则是浓浓的埃及风，里面的大小家具摆设都是十九世纪的先辈们漂洋过海，从远东地区亲自带回来的。以普通游客租住的客房而言，实在相当精致特别，以日常家居生活而言却又不显突兀。那感觉就像是我们得到了侯爵夫人的认可，成为客人，受邀入住城堡一样，很是令人满足，毕竟德赛恩夫人对自己不喜欢的人会明显区别对待。

极少有客人会被安排到东方风情的房间，或者其他几个放着玻璃橱柜、摆满贵重法国珍品和精致瓷碟的房间居住；倒是一间大书房较常使用，里面有一台电视，几张桌子，有些磨损的布艺沙发和椅子。

几天后的一个傍晚，我就是在这间书房里，用扑克牌为德赛恩夫人算命。吃过晚餐，城堡的其他住客纷纷来到书房，有的聚在一起聊天，有的玩牌；一对夫妻坐在角落玩国际象棋。城堡外大雨倾盆，已经下了一整天。德赛恩夫人的丈夫是个老头子，个子矮小，体形肥硕，颇令我意外，算命时他就坐在德赛恩夫人身边。希尔维娅和雷蒙德早就看腻了我的把戏，早早便离开了。

我需要先解释一下：每次旅行途中，凡在乡村或海边小镇旅居时，看见孤孤单单或对周围环境感到不适、明显不太愉快的人，我总会提议用卡牌为他们算命。而这种提议从不曾遭到拒绝；相反，对于周围的其他客人来说，这种行为似乎还有种催眠般的吸引力。我的客人们从不贪婪，甚至会主动问我收多少钱，当我解释说自己不收钱时，他们还会感到十分不好意思，尽管依旧期待得到我的帮助；有时排队的人太多，或者我那天不太想帮人算命，因此拒绝他们时也不会生气。

我有自己独特的算命方式，并不遵从传统神秘学的规矩。这并不是说我算命没有规矩，而是有一套自己的规矩；根据每个来算命的人的情况，算命的规则差别也很大。那些虽是我藏在心中的秘密原则，却源于内心深处的笃信。它们无法用公式计算，却像三原色一样，无比真切又难以用语言形容。那不是科学，而是艺术。有时我也会算错，但只有我自己知道，这种时候我便会想办法糊弄过去，说些让人摸不着头脑的神秘话，然后再瞅准时机，凭直觉说些有的没的，最后总有那么几件事会引起客人的共鸣，不管事情最终是否会像我预测的那样发生。有时候以当时的情况来看，我的预测会显得十分不着边际，但却会在很久以后发现，事情竟真的按照我当初的预测发生了，尽管发生的地点和预测的完全不同。于是我推测，那些曾找我算过命却失去联系的人中，或许不少人的人生真的按我预测的那样实现了罢。

至于如何筛选代表命运的卡牌，我则有非常严格的规定。具体细节我不能透露，只能告诉你们是基于"七五原则"——先抽七张，再抽五张。要是还有人不死心地追问，我就只能编个谎话来回答了，因为那个过程对我而言实在弥足珍贵，要是全都告诉给别人，这种能力就会消失，这些话尽可以用爱尔兰诗人叶芝的诗来概括：

我把我的梦铺开在你的脚下，

> 轻些踩啊，别踩痛我的梦。

用卡牌算命之前，我会先让客人自己洗牌，然后由我按照"七五原则"开始抽牌，先抽出一部分牌放在一边，然后再让客人洗牌；然后再按照先前的方法，再抽一些牌放到一边，接着再重复第三遍——总共就三遍。之后客人要把刚才放到一边的牌再洗一遍，这些就是他们的命运之牌。在那之前，我会请他们在内心默默许下一个愿望，并在整个洗牌、抽牌的过程中全神贯注地想着这个愿望。

做完这一切，我会从客人手中接过洗好的牌，一张张放在桌上。你可千万不要以为，既然我如此重视自己的天赋，做这件事的时候就一定面无表情、十分严肃。算命一事就像我的一场梦，轻盈而飘逸，它不会沉没，因为并不沉重。我从不扮演故弄玄虚的巫婆，算命时也不会添加任何表演，只做真实的自己就好。

好，当我拿到客人洗好的命运卡牌后，便会按以下主题一一放好：（1）内心真实的自己；（2）别人眼中的自己（即，别人眼中所看到的那部分有限的自己）；（3）客人希望发生的事；（4）客人忽略的有关自我的事；（5）以目前状态而言，事情未来的结果（我不用"宿命"这种词，因为此时此刻的预测有可能并不是命运最终发展的结果，要是我说那是他们的"命"，就很可能抹杀掉客人原本可以拥有的、与预言有偏差的可能性。毕竟时移势易，人心善变，从长远来看人性本就难测，虽然"未来的结果"这个词在很多时候是和最终宿命相呼应的——相信我，没有任何先知能给你解释得比这更清楚了）；（6）真实心意，也就是心中未曾明言的爱意，可以是对任何事物的爱，就比如钱；（7）心之所求——客人许下的心愿是否能够成真？

我的眼前仿佛再次出现了德赛恩夫人的身影——多年以前，在属于她的那座城堡中那间气氛友好的大书房里，她正靠着一张小桌子，向前倾着身体，和她的丈夫一起认真听我解读她的命运。

我发现，德赛恩夫人洗牌的时候，对每个动作都特别认真。当我接过她手里的牌，按照我的秘密准则开始抽牌、摆牌时，她眼睛一眨不眨地望着我，那专注的神情仿佛在说，她对我的天赋有着完全的信任。看来她心中所求之事一定相当重要，因为她对那些代表着命运的卡牌似乎相当在意，于是我用轻松的语调告诉她：请不要自行过度解读，只要集中精神想着心里的愿望就好，解牌的事请交给我来做。

"黑桃很多，"德赛恩夫人观察道，"而且还有一张黑桃A，夫人。"我很疑惑，不知她为何坚持称呼我为"夫人"，明明我还未婚，应该用"小姐"这个称谓。我开始抽第三轮牌。我解牌的方式与传统不同，黑桃牌的确让人不悦，但它们并非总代表着生命的消逝，还有可能代表希望的破灭或某种恐惧的终结，解牌的最终结果要根据卡牌的全部组合来看。总之，我正在抽第三轮的牌，我对她说："包在我身上。"然后结束了动作。

此刻，代表德赛恩夫人命运的所有卡牌都已就绪。

"这雨怎么总下个不停？"德赛恩夫人抱怨着，眼神飘忽，落在一旁巨大的法式窗户上。这副神情是故意装出来的，看似漫不经心，好像对预言的结果没有半分在意。

"夫人，请您集中注意力想着您所求之事。"我说。

"哦，我在想着。只是这里的雨景也是一大热门，要是人们对变身泽国的田野感兴趣，此刻当不失为一番美景。"话音刚落她自己先大笑起来，一点儿不提预言的事，可我却能看出，她其实有多么迫切地想要知道结果，甚至于有些焦躁。她的丈夫也一样，仔仔细细地观察着一切。我很想提醒他们这只是个游戏，但忍住了——

我不想把夫妇俩的紧张暴露给在场的所有人。

我按照七个主题把牌放好——当然,这些主题只有我自己知道。抽取十三张卡牌时,我注意到其中有不少J、Q、K这样的人像牌。

第一张,关于德赛恩夫人的真实自我,卡牌是黑桃八;别人眼中的自己则是一张黑桃六。

"我的命里全是黑桃!"一看这两张牌,德赛恩夫人立刻叫了起来。

"请少安毋躁。"我说着,一边继续发牌。看样子,她是铁了心要越俎代庖替我解牌了,因为当我翻到红桃K时她又开口道:"一个优质、英俊的情人。"我面无表情,不流露出一丁点儿情绪,尽管她不停地插嘴已令我感到不悦。

牌终于发好了,牌面如下:

真实自我:黑桃八和梅花六

别人眼中的自己:黑桃六和方块九

希望发生的事:红桃K和黑桃A

自己忽略的事:红桃五和梅花K

以目前状态而言未来的结果:红桃Q和红桃三

真实心意:梅花Q和方块三

心之所求:红桃J

德赛恩夫人看上去一脸困惑。眼前的十三张卡牌被分成七组——陈列开来,可她却完全不了解每一组究竟代表着什么。她目光炯炯地盯着这些牌,仿佛是她在替我算命,而不是我在预言她的命运。

"您的愿望会实现的。"看完牌面我立刻说,因为她所有的精力只集中在一张牌上,也就是代表心之所求的那张红桃J。她没有反驳。"不过,您并不该许下这个心愿。"

"哪张牌代表着我的心愿?"她问,语气近乎急切。对于一个生活优渥的女士来说,这显得颇为奇怪。

我没有回答,只微笑着对她说:"只是一个游戏而已,别太当真。"

她又恢复了镇定自若的神情,但我很清楚,她的内心正在翻江倒海。

基本上从这一刻开始,我说的预言就和这些卡牌实际代表的内容几乎两不相干了。我必须警惕自己口中说出的话,因为这七组十三张牌在我眼中,已从一开始五颜六色毫无章法的样子逐渐变成了一组脉络清晰的静态图画,而其中的某张卡牌最终压倒性地盖过了其他卡牌的重要性,占据主导地位。在我看来,德赛恩夫人自己本身就是一个天生的预言家,洞察我内心想法的能力说不定比我解读她命运的能力更强。对我来说仅供消遣的一场游戏,此刻却似乎变得对我十分不利。我察觉到,她内心所求的事物此刻在某种程度上已然与我关联。我说"与我关联"并不是指"直接冲着我来",因为这种关联是隐晦而迂回的,却带着明显的恶意。

我稳了稳心神,鼓起勇气继续着自己的表演,跟她说了一大堆似是而非的话。可她脸上的表情明显在说,她很清楚我没有完全说实话。如今我已无比明了那组代表真实自我的卡牌含义,德赛恩夫人确是一位预言大师。

简而言之,现在解读那张代表"别人眼中的自己"的卡牌时,我的角度也发生了一定的变化。我觉得,她在城堡内忙上忙下、在宽敞的石砌厨房里做饭时的样子,其实远非表面上看起来那样毫无魅力,正好相反,它们赋予了她一种极具魅力且略带憔悴的贵族气质。此刻她正仰头望着旁边精美的落地大窗有些发黑的窗角,表情轻松,而她丈夫却一直紧紧注视着她的一举一动。在我看来他内心是充满妒意的，反复琢磨着妻子的心愿究竟是什么，细细琢磨着她对我每句话的反应。

我继续口若悬河地捡些好听且夹杂着一定真实性的话来说。"你希望能有一个——"我说，"身材高大、长着络腮胡子的男人来家里。我认为这应该是一个对园艺有兴趣的英国人——"我确实从德赛恩夫人的牌面上看到了与园艺、园林有紧密相关的信息。

"你说的是卡米洛，家里的勤杂工，"紧张兮兮的丈夫打断我，"他已经有五天没来了，假期早就该结束了。不过他毕竟是个意大利人。"

"阿莱恩！"德赛恩夫人责备道，"你让露西夫人说完啊。"

于是我继续。德赛恩夫人显然正心心念念地等着某人造访。此人应该和她一般年纪，很可能来自美国或英国（也有可能是德国人，但对于德赛恩夫人这个年纪和思想的女人来说，找德国情人的可能性实在不大）。遗憾的是，德赛恩夫人的心已经完全陷入和这个人的情感之中了。我能肯定他一定曾来这座酒庄城堡借宿过，是一位已婚男士，至少当时是，并且十分富有。这场邂逅对于侯爵夫妻俩和他们的整个家庭而言，都是一场灾难。

从牌面上能看到的就是这些，德赛恩夫人也知道我看出来了。但她不知道的是，或者说因情迷其中而故意视而不见的是——这样一段感情将会为她带来怎样的麻烦和痛苦。她的丈夫，虽然完全谈不上忠诚，却是绝不可能让此事轻易了结的。

"您可能并不清楚，这个访客的到来将会为您的家庭带来一定的好处。"我说，并说她的访客将会是一个贫穷的人，警告她可能会有一笔意外支出。听我这么说，她丈夫露出了欣慰的表情，而我也准备结束这场预言："明天您将收到一封非常重要的家书。"——这是我按照德赛恩夫人的牌面真实信息所说的个别信息之一，因为这件事我认为说出来也无妨，而她丈夫的回应证明了这点："那应该是我们的儿子查尔斯的信。"德赛恩夫人则再次出声责备："阿莱恩！你又插嘴。"

我说："我说完了。"

德赛恩夫人的目光越过我看着后方，喃喃地说："夫人的丈夫回来了。"我毫不在意地回头看去，只见雷蒙德正缓缓走来。我猜他应该又和希尔维娅吵架了，因为后者脸上正挂着那十分不体面的招牌斜眼式冷笑，那样子实在让她的容貌大打折扣。

第二天我便离开了。我才不要继续承受这对夫妇之间的紧张气氛。支付住宿费时，德赛恩夫人遣了一名女佣代为收取，并捎口信说她正在忙，暂时脱不开身。

刚把行李装进出租车，却见雷蒙德气喘吁吁地跑来，神情激动。那一刻我忽然想，他要是刮掉胡子也许看起来会相当英俊呢。

"露西——"他说，"露西。"

"我很抱歉，雷蒙德。但我必须离开。"

他一时间不知该说些什么才好，但我知道他也知道我被迫陷在他俩糟糕的婚姻氛围中，并为此感到抱歉。我很感激他的教养。

"露西。"

"请代我向希尔维娅致歉，"我说，"她会理解我的。"

这就是我和雷蒙德最后的对话。他站在那里，一直目送着我乘出租车消失在路的尽头。

除了那座华美的酒庄城堡建筑本身以外，我把之前发生的一切都抛诸脑后，毕竟临时改变行程意味着有好多计划要做。第二周我便回到伦敦，重新投入日常生活的怀抱。德赛恩夫人和给她的那番预言也在年复一年中渐渐沉入我的记忆深处。不过，我会定期把它翻出来整理一遍，以备将来需要，所谓记忆便是如此。

第二年，我听说希尔维娅和雷蒙德终于还是分开了；后来，我听说希尔维娅再婚了，找了一个比她年纪小的社工，而离婚后雷蒙德放弃了自己优渥的工作去了国外。"国外"是一个广泛的指代，就像流言一样似是而非又不着边际，我根本没太在意，毕竟我的人生已经够忙了。偶尔回想起那年和他们一起的旅行，记忆中鲜明的总是那座华美的城堡，可很快我便会想起那时夹在他们夫妻间的尴尬，心中瞬间阴云密布。后来我才知道，当年在我离开后，他俩又在城堡多住了一个星期。

前不久我在德国偶遇了德赛恩侯爵。一开始我并未认出他来，只是看见一个瘦小枯槁的男人从那个叫"巴登巴登"的小镇边那座著名的黑森林中走出来。说实话，不管什么人或动物从黑森林中出来都不奇怪，因此刚开始我并未留意；何况那时他还穿着淡棕色的外套——几乎每一个来巴登巴登旅游的人都穿着那种颜色的衣服，无论男女，从衣服到鞋子甚至连面色都是淡棕色的。某种程度上，那样还挺悦目。

可那天晚些时候我又看见他了，就在我住的酒店餐厅里，孤伶伶一个人坐在餐桌边。即便如此，当时我还是没认出他来，只是发现他时不时地转头看我一眼，一脸克制却若有所思的神色。

那天傍晚，我坐在酒店公共休息室里独自玩牌，等着第二天即将抵达的朋友。洗牌、抽牌——我熟练地按照自己特有的方式操作着，看起来十分随意。我从不预言自己的命运，但又总忍不住想算些什么。我抽好了牌，准备看看它们昭示着怎样的结果。每当此时我便感觉自己似乎在进行某种神圣的仪式——按照传统的解牌方式，此刻的牌面传达出这样的信息："某种内在灵性的恩典正以一种外在可见的方式显现出来。"

那个从黑森林出来的枯槁瘦小的男人走到我桌旁，坐在沙发的一角望着我。我能感觉到他的悲伤，并正打算问问要不要帮他算个命。

"露西小姐。"他开口道。

那一刻我才认出来,那个曾经胖乎乎的德赛恩侯爵,竟被岁月无情地抽走了活力。十多年前的回忆忽然在我眼前鲜活地展开,甚至包括每一个细节:酒庄城堡的那间大书房里,我正为德赛恩夫人预言着命运;夫人看起来既紧张又忧郁,却以极高的预言天赋看穿了我所未曾言明的一切。我还记得角落里安静下棋的两位客人,高挑的希尔维娅和雷蒙德因不感兴趣而转身离开的背影,还有座椅布面上有些褪色的绣花。我很好奇,德赛恩夫人的情人最后到底有没有出现,并模糊地想起我曾轻描淡写对她胡诌的那些预言,以及她一个字都不相信的神情——"你希望能有一个身材高大、长着络腮胡子的英国男人来家里,他对园艺有兴趣。"还有那个真实的预言:"你会收到一封家书。"

我看着德赛恩侯爵说:"真是好久不见,您这是来度假的吗?"

"我是来疗养的。"

"德赛恩夫人还好吗?"我问。

"她很好。正如您所预言的,第二天我们就收到了一封家书。"

"哦,天啊!希望是好消息。"

"是的。信是她的表弟克劳德写的,宣布自己订婚的事。我很高兴,因为克劳德曾是我夫人的情人。"

"哦,"我回道,"呃……那这对您来说算是解决了一个大麻烦,德赛恩侯爵。"

"对克劳德来说是件好事,"他回答,"对您来说也是,露西小姐。"

"对我来说?"

"我的夫人改变了您的命数,"这个枯槁的男人悲伤地说,并重复道,"是您的命数,露西小姐。她预见到您将和您的朋友雷蒙德结婚,却决定横刀夺爱。"

"我和雷蒙德结婚？我可从来没有过这种想法。我和他之间根本什么也没有。当时他和妻子的关系是不好，但和我没有半点儿关系。"

"不管怎样，我夫人预见到你会嫁给雷蒙德。可当你离开后，还不到周末，她就把雷蒙德变成了自己的新情人。直到现在他还住在城堡里。她阻止了本该发生在你生命中的事。"

"既然如此，那便不是我的宿命，"我说，"只是按照当时的情况，原本可能出现的结果。"看着他憔悴的淡棕色面容，我忍不住问："您希望我帮您算算命吗，德赛恩侯爵？"

他没有回答，只说了一句："雷蒙德很擅长园艺和田地里的工作。"

两位名人父亲的女儿

她把年老的男人安置在海滩折叠躺椅上，亲手调整好遮阳伞的角度，又为他整了整巴拿马草帽的帽檐，好让他戴得更舒服些。海滩上的服务生闷闷不乐地看着这一切。她并不乐意为了请他们帮忙挪一挪遮阳伞、整一整遮阳帽就给小费。自从新法郎币发行以来，几乎就再也没有人给一法郎以下的小费了。有传言说这是海滨产业的阴谋，故意把低于一法郎的小费藏起来不让客人们看见，这么一来，人们就会被迫掏出一法郎或更多的钱。她得小心别让"父亲"觉得丢脸，还有……

沿着帕拉迪丝度假酒店外的街道快步向前，她小心翼翼地躲在屋檐的阴影中，尽管还是一样闷热。周遭的空气充斥着法国尼斯那令人无比熟悉的味道，不只是街角咖啡店里的蒜香味和空气本身无形的热浪气息，还有那萦绕在她记忆中挥之不去的气味，是过去三十五年的夏季里、尼斯的旧公寓楼的味道——父亲的夏季沙龙、父亲朋友的孩子们、父亲的朋友们，还有许多作家和年轻的艺术家——那是五年、六年或者九年前的尼斯。还有战前那段时间，距今大约二十年前，那时我们也在尼斯——您还记得吗，父亲？您还记得我们很穷的时候住过的、维克多·雨果大道上的私人小旅店吗？您还记得一九三七年，在内格雷斯科酒店遇见的那些美国人吗？——她们现在变了好多，都端庄文雅得很呢！您还记得吗，父亲，以前我们有多不喜欢厚厚的地毯？——至少您不喜欢，而您不喜欢的东西，我也不喜欢，对不对啊，父亲？

是的，朵拉，我们对奢侈的生活不感兴趣。只要舒适即可，奢俭就不必了。

我担心今年可能付不起海滨酒店的钱了，父亲。

什么？你刚说什么？

我是说，我在犹豫今年还要不要住在海滨酒店里，父亲——昂格鲁大道酒店现在住满了游客。我记得您说过，不喜欢那里的厚地毯……

是的，是的，没错。

是啊，所以我建议咱们不如换个小点儿的地方。我在甘贝塔林荫大道那找了一家宾馆，要是您看了不喜欢，我知道维克多·雨果大道上还有一家也很不错，价格也是我们能负担得起的，父亲，低调又……

你刚说什么？

我是说，那里并非那种不入流的地方，父亲。

啊。行吧。

那我这就去跟他们说一声：订两间房。房间可能比较小，但那儿的菜品……

要面朝大海的，朵拉。

面朝大海的那种酒店可都乱着呐，父亲，吵闹得很，一丝清净也没有。今时不同往日了，您知道的。

哦。行吧，就交给你去办吧，亲爱的。告诉他们我想要一个大房间，可以宴请宾客的那种。别心疼钱，朵拉。

哦，没问题，父亲。

"上帝要是能让我们中一次乐透彩票就好了。"她心想，匆匆忙忙地往狭窄小街上的乐透票亭走去——整个法国总会有个人中奖的吧。彩票亭工作的金发女人有着漂亮的古铜色皮肤。她记得朵拉，因为她每天清晨都会来一趟，不买报纸，只看兑奖号码。女人靠着票亭，拿着兑奖号码牌，仔细地替朵拉对照着上面的号码，脸上满是同情。

"还是不走运啊。"朵拉说。

"明天再来试试,"女人说,"这种事说不准的。人生就是一场乐透……"

朵拉微笑。这种情景下只能微笑或流泪吧。回海边的途中她想,明天我要买它个五百法郎的彩票;但很快又想,不了,不了,还是算了,这样一来万一钱用完了就得提前带父亲回去——

朵拉啊,这里的餐食很差劲。

我知道,父亲,但现在法国菜到处都是这样的,时代不同了。

我觉得我们应该换一个酒店,朵拉。

别的酒店都太贵了,父亲。

什么?你刚说什么?

其他酒店都客满了,父亲。如今这年头,酒店都被游客占满了。

往海边走去,周围来来往往皆是年轻帅气的男人和青春靓丽的女孩们,以及他们古铜色的大腿。我要好好享受这里的每分每秒,她想,或许没有下次了。这明媚如碧玺的大海;漂亮的古铜色肌肤;洁白的牙齿和天真烂漫的笑言,还有茂盛的棕榈树——它们正是我们付钱来这里的理由。

"您还好吗,父亲?"

"你去哪儿了,亲爱的?"

"就上后面的街区走了走,感受一下海风的咸腥味。"

"朵拉啊,可真是有其父必有其女。你都看到了些什么?"

"古铜色的身体,洁白的牙齿;咖啡厅里穿着衬衫的男人们在玩牌,桌上放着绿色的瓶子。"

"很好——你看事物的眼光和我一样,朵拉。"

"热浪,各种气味,古铜色的腿脚——我们花钱不就是来看这些么,父亲。"

"朵拉,请恕我直言,你的品位怎么越来越差了。在真正的艺术家眼中,生活可不是能花钱交易的商品。这个世界属于我们,这是上天赋予我们的权利。我们接受生活、享受生活,不需要付钱。"

"我可不是您这样的艺术家,父亲。我帮您调整一下遮阳伞吧——您不能晒太久太阳。"

"时代变了啊,"父亲说,眼睛瞅着鹅卵石的海滩,"现在的年轻人对生活已经失去兴趣了。"

她明白父亲的意思。整片海滩上,年轻男人们尽情享受着海边的空气、女孩们的嬉戏和明媚的阳光。他们要么从海中走上沙滩,摇晃着脑袋,甩掉头发上的水珠;要么从遍布鹅卵石的海滩上走过,一头扎进海中;他们正用每一寸肌肤甚至毛孔在感受、探索着周围的环境——正如父亲早年在自己的书里描述的那样。他刚才那番话的意思——"现在的年轻人对生活已经失去兴趣了",其实是指那些原本追随他、崇拜他的年轻人全都离开了。他们都长大了,有自己的事要忙,却没有新的追随者补上。最后一个特地登门拜访父亲、寻求教诲的,是一个面无血色的年轻男子——这么说并没有以貌取人的意思——大约七年前,他专程来到位于英国艾塞克斯的家中拜访。父亲相当重视这难得的学生,牺牲了好几个早上的时间和他在书房里畅谈:关于书、关于人生和过去的好时光。可是这个人,这个父亲最后的学生,却在两周后离开。离开前保证说,会把自己关于父亲和他的作品的文章寄过来。后来他确实寄了一封信:"亲爱的亨利·卡瑟梅恩,言语难以表达我对您的敬仰……"可自那之后就再也没有他的消息了。朵拉倒是不觉得难过,因为和过去登门拜访的人相比,那个年轻人实在乏善可陈。朵拉二十岁左右的时候,本有机会在父亲亨利·卡瑟梅恩家族三四个朝气蓬勃的男性后代中选一个结婚的，但为了照顾鳏寡的父亲和维护他的公众形象，她放弃了。如今她有时也会想，要是当初结了婚说不定对父亲更好——或许还可以用丈夫的收入来接济一下父亲的晚年生活。

朵拉说："我们回宾馆吃午餐吧。"

"去别的地方吃吧。宾馆的食物实在是……"

她搀扶着父亲从折叠椅上起身，然后转过头，贪婪地深吸了一口海风，那温暖的蓝色气息。这时，一个刚从海里游完泳上岸的年轻男人从身边走过，不经意地摇晃着脑袋，甩了她一身水。男人注意到了自己的行为，转过身拉住朵拉的手臂说："哦，我很抱歉。"他说的是英语，原来是个英国男人，而朵拉知道，自己一看是典型的英国女人。"没事。"她轻笑了一声，父亲则在一旁笨手笨脚地摩挲着拐杖。这件小事很快就过去了，等她扶着父亲来到热气蒸腾的宽阔林荫大道时，身穿白色制服的交警帮忙叫停了川流不息的车辆让父女俩过街，而刚才的小插曲已完全被她抛诸脑后。"被这样的小伙儿俘获芳心如何啊，朵拉？"父亲闷声笑了笑，低头看着她。"我觉得不错，父亲。"她说，心里却想：或许这样能让父亲忘了去别的地方吃午餐这事。只要坚持到宾馆就好了，因为那时父亲肯定会累得不想动弹。然而父亲却在此时开了口："我们找个地方吃午餐吧。"

"可是，我们已经付了宾馆餐食的钱了，父亲。"

"别这么小家子气，我的宝贝女儿。"

接下来的三月，当朵拉和本·多纳迪厄见面时，她总觉得自己在哪儿见过他，却又想不起来是哪儿。后来她把这种感觉说给他听，对方却并不记得曾见过朵拉。然而这种似曾相识的感觉一直伴随着她，以至于让她开始相信他们大概是有什么前世渊源。但实际上，他们只是在尼斯的海滩上有过一面之缘。那时他刚游完泳，从鹅卵石的海滩经过，甩着头发，溅了她一身水，然后抓着她的胳膊道歉。

"别这么小气,我的宝贝女儿。那间宾馆的食物太倒胃口了,根本不正宗。"

"现在法国到处都是这样的,父亲,现如今这年头。"

"我知道有家餐厅。叫什么来着?——就在赌场后面的一条小巷子里。我们去那吃吧。所有的作家都去那儿。"

"那是以前,父亲。"

"唉,那也比宾馆的好。我们就去那里吧。那地方叫什么来着?——总之,我们走吧,我就算闭着眼也能找得到。以前的作家们都会去那儿……"

她忍不住笑了起来,毕竟,这样的父亲还是很可爱的。挽着父亲往赌场方向走时,她在心里默默想了许多,却没有告诉父亲——父亲,那些作家们现在已经不去那里了;作家们不会选择来尼斯度假:囊中羞涩的作家们不会。不过今年倒是有一个作家来过,父亲,他叫肯尼思·霍普,你没听过他的名字。他也去过我们常去的海滩,我还见过他一次呢——是一个羞涩、纤瘦的中年男人,不过他不跟别人搭话。他很会写书,父亲,我读过他的小说,那些文字仿佛能敲开人们心中尘封多年的窗户。我读过他的成名作《发明家》这本书,是讲那些发明各种工具并申请专利的发明家的故事:关于他们的生活、他们如何产生那些奇妙的点子、他们的爱情以及看待爱情的方式。看了《发明家》你会想:人的生活可真是完全被发明家主宰了。他的文字就是有这种魔力,父亲——他写的任何东西感觉都很真实……但这些话朵拉一个字都没对父亲说。她的父亲也曾创作过了不起的作品,值得再次被公众知晓;他的名字依旧为人崇敬,但作品却不再被人津津乐道,时至今日已鲜有人读。他大概是无法理解为何肯尼思·霍普会获得盛极一时的声望——父亲的小说都是关于这世上痴男怨女的心事,在这一点上,没人能比他描摹得更加细腻传神。"我们到了,父亲——是这里吧?"

"不对,朵拉,还在前头。"

"哦,前面可是唐伯丽尔餐厅啊,那的价格可贵得离谱。"

"说什么呢,亲爱的!"

朵拉决定以天气太热为推脱,只点一小瓣哈密瓜吃,再给父亲点一杯他喜欢的红酒。高高瘦瘦的父女俩相携走进了餐厅。她的头发向后挽起,露出优美的面部轮廓;眼睛虽然小小的,却总是充满戏谑的光彩。既然决定要单身到底,那就得好好过。她看着虽是四十六岁的样子,感觉上却并不像;她皮肤有些干燥,嘴唇很薄,此刻因为对钱的忧虑更是薄薄地抿成了一条线。父亲已经八十岁了,从外表也能看出来。三十年前,当人们经过他们身边还会转头惊叹:"瞧!那是亨利·卡瑟梅恩。"

海滩边有围起来给人休息的地方,叫作"本"的男人悠闲地趴在松软的垫子上,卡梅丽塔则仰面躺在旁边的垫子上。两人吃着海滩服务生从旁边咖啡厅端来的法式肉卷和奶酪,喝着白葡萄酒。卡梅丽塔的古铜肤色就像一件设计精湛的贴身长袍,完美地贴合着身体曲线。毕业后,她尝试过无数电影电视制作的幕后工作,可现在又失业了。她想,实在不行自己可以嫁给本,他和她认识的其他男人都不一样,那么朝气蓬勃却又一丝不苟;不仅如此,他还很英俊,有一半法国血统,在英格兰长大,正值人生最重要的年龄阶段——三十一岁,是一名中学教师。父亲说不定可以为他在广告业或出版业找到一份更好的工作。父亲可以为他俩做到很多事,只要本肯努力——或许等他们结婚,本就会努力了。

"你昨天和父亲见面了吗,卡梅丽塔?"

"没有,他已经沿着海岸开车往上游去了。我想他应该是去位于意大利边境的度假别墅了。"

"我真想多见见他,"本说,"和他天南地北地畅谈。我还从来没机会跟你父亲好好聊聊呢。"

偶尔,本在她面前提起父亲的时候,卡梅丽塔心中会生出一种尖锐的不满。本把父亲的作品翻来覆去读了好几遍,在卡梅丽塔看来这简直疯狂,否则除了记忆力有问题的人,谁会翻来覆去地读同一本书。她怀疑,本之所以爱她,或许仅仅因为她是肯尼思·霍普的女儿,但转念一想又觉得这大不可能,因为本并不是贪恋金钱和名利的人。卡梅丽塔知道,很多知名人士的女儿身边都常围着一些贪图她们父亲钱财和名望的追求者——可是,本爱的是她父亲的书。

"他从不干涉我的生活,"她说,"这样挺好的。"

"我很想有机会能和他促膝长谈。"本说。

"有什么好谈的呢?——他不喜欢和别人聊自己的作品。"

"或许吧,但有人喜欢。我希望更多地了解他的思想。"

"那我的思想呢?"

"你的思想很可爱,全是令人愉快的想法,一派天真。"他用食指轻轻点着她的膝盖,然后缓缓滑到脚踝。卡梅丽塔穿着粉红色的比基尼,是个非常美丽的姑娘。她曾希望能在十八岁之前在演艺圈博得一席之地,如今快满二十一岁了,她的愿望已经变成了嫁给本,并暗自庆幸自己不再渴望成为女演员。本和她在一起的时间比过往的其他男友都长。她很容易为某个男人倾倒,但又很快失去兴趣。本是个知识分子,而无论世人怎么想,知识分子似乎总能让她的兴趣持续久一些,因为他们身上有更多耐人寻味的东西。她总是不断寻找着新事物——大概是因为继承了父亲的血脉吧,所以才更容易被有才学的人吸引,比如本。

本住在旧码头附近一条背街的小旅馆里。旅馆入口黑漆漆的,但他住的房间在顶楼,还带个小阳台。卡梅丽塔和朋友们一起住度假别墅，但大部分时间都在小旅店里和本腻在一起，有时还会在那儿过夜。那个夏天因此显得美妙无比。

"就算我们结了婚，"她说，"你也不会经常见到我父亲。他总是在工作，不见任何人。不写东西的时候他通常不在家。或许他将来有一天会再婚——"

"那倒无所谓，"本说，"我又不是想和你父亲结婚。"

朵拉·卡瑟梅恩有好几张专业文凭，都是关于朗读发音法的，但从前并无用武之地。那年圣诞节后，她找了一份兼职，在伦敦罗勒街文法学校给孩子们纠正发音，让那些操着一口浓浓考克尼口音[①]的男孩能够说出近乎标准的英语。她父亲对此感到不可思议。

"钱，钱，钱——你一天到晚谈钱。负债就负债吧，有点本事的人谁没点儿负债的。"

"负债会让人信用受限，父亲，别当个老顽固。"

"你问过维特了吗？"——维特是出版社派来管理卡瑟梅恩作品版税的年轻人，虽然版税收入每年都在减少。

"我们的预支已经超出限额了。"

"唉，教书可得多无聊啊。"

"对您而言可能是无聊，"朵拉终于反驳道，"但对我而言不是。"

"朵拉，你真的打算接受这份伦敦的工作吗？"

"是的，我想去。我很期待这份工作。"

父亲不相信她的话，但还是说："看来我已经变成你的负担啦，朵拉，这年头……或许我应该找个地方自己一个人老死算了。"

---

① 伦敦东区方言，多为工人阶级使用。

"就像欧茨在南极那样①?"朵拉回了一句。

父亲看着朵拉,朵拉也回望着他。他们对彼此的爱是理智的。

朵拉是学校里唯一的女老师。说是老师,其实并算不上。在教职员工休息室里,她的办公桌被安排在一个小角落,很卖力地想证明给其他男老师看,她并没有要侵犯他们领地的意思。于是她会在课间把那一周的周报摊开在自己桌上,埋头一字一句地认真研读;只有当其他班的负责老师抱着厚厚一摞练习册走过时,才抬起头跟他们道一句"早安"或"午安"。朵拉没有厚厚的练习册要改,她的工作和别人不属于同一个范畴,她只负责纠正孩子们的英文发音。某天早上课间休息,朵拉像平常一样为喝茶的男老师们递白糖时,其中一个老师率先跟她打了招呼,还聊了聊,接着其他老师也纷纷效仿。这些男人中有的刚刚三十出头,那个留着姜红色络腮胡的科学老师才刚从剑桥大学毕业。但是,再不会有人像十五年前那样对她说:"卡瑟梅恩小姐,请问您和作家亨利·卡瑟梅恩先生有什么关系吗?"

那年的某个春日,本和卡梅丽塔并肩走在林肯律师学院广场的树荫下。时值放学,孩子们在广场上打闹,他俩远远地望着。两人的外貌很是般配。卡梅丽塔在伦敦金融城一家公司当秘书;她的父亲去了摩洛哥,离开之前请两人吃了晚餐,以示对他们订婚的庆祝。

本说:"学校里有个女老师,教朗读发音的。"

"哦?"卡梅丽塔应道。她很敏感,自从父亲启程前往摩洛哥后,本对她的态度就变了。他不愿再让她去自己在贝斯沃特的公寓

---

① 劳伦斯·欧茨是一名英国军官,后来又成为南极探险家。他在1912年陪同罗伯特·斯科特前往南极探险。回程中,欧茨受到坏疽和冻伤的折磨,最终决定离开帐篷走进暴风雪,希望能以自己的牺牲提高同伴的生存机会。

过夜，连周末也不可以。他说这样很好，或许可以锻炼他们的自我约束力，为夏季的婚礼而彼此珍重，还能让他们到时候对彼此充满期待。"而且我也很想看看——"本说，"除了性，我们之间还剩下什么。"

这一变化让卡梅丽塔清楚认识到，自己对本的依赖已变得多么深。她觉得本说不定是故意对她这么残酷，好让她更离不开他。但实际上，本是真的想看看，他们两人之间除了性，还有没有别的东西足够彼此吸引或有价值。

卡梅丽塔故意不事先知会就登门拜访，却发现本在认真读书。他的桌上摆着厚厚一摞书籍，似乎打算全部看一遍。

她指责本——你就是为了看这些书才故意要摆脱我吗？

"四年级的学生在读特罗洛普的书。"他解释道，指着书堆中一本特罗洛普的小说。

"可你刚才并不是在看特罗洛普的书。"

他在看的是詹姆斯·乔伊斯的生平传记。本"砰"的一声把书扣在桌上："我一生酷爱阅读，就算是你也改变不了我，卡梅丽塔。"

她坐了下来，说："我没想要改变你。"

"我知道。"他答。

"没有性，我们之间的关系变得很不好。"她说，当晚便留宿在他家。

本正在写一篇关于她父亲的文章。她真希望父亲能对此多留点心。父亲请他们吃晚餐时总是一脸的喜气洋洋，像个顽皮的孩子一样微笑着。但卡梅丽塔见过他别的样子——极度沮丧时的模样，似乎白昼的阳光也沉重刺眼到令他无法承受。

"您怎么了，父亲？"

"我觉得哪儿哪儿都不对劲，卡梅丽塔。"当那种情绪袭来时，父亲几乎整个白天都坐在书桌前，却什么也做不了。然而到了夜里，他却可能忽然奋笔疾书直至天明，然后第二天整个早上都蒙头大睡。如此这般在接下来的几天里，那种沉重的沮丧感便会逐渐消失。

"有个男人打电话来找您，父亲——关于采访。"

"跟他说我这会儿在中东。"

"您觉得本怎么样，父亲？"

"是个相当不错的人，卡梅丽塔。你的选择是正确的，我想。"

"他是个知识分子——我确实很喜欢这类人，您也知道。"

"依我说他更像个学生，永远追随老师的学生。"

"他想写一篇关于您的文章，父亲。他对您的作品无比痴迷。"

"我知道。"

"我的意思是，您能不能帮帮他呢，父亲？我是说，您能不能跟他谈谈您的作品？"

"哦，上帝啊，卡梅丽塔。那还不如干脆我自己写呢。"

"好吧、好吧。我就只是问问。"

"我不需要信徒，卡梅丽塔。这些人只会让我起鸡皮疙瘩。"

"好，好，我知道了。我知道您是艺术家，父亲，不必总是强调您的品格追求。我只是希望您能帮助本。我只是……"

——我只是，想让他帮帮我而已。和本在林肯律师学院广场散步时她想，当时应该跟父亲说："我希望您能多和本交流，算是帮帮我。"但父亲一定会问："这是何意？"而我会回答："我也说不太明白。"那他就会说："唉，既然连你自己都不明白，我又如何明白？"

就是在那时候，本说："学校里有个女老师，教朗读发音的。"

"哦？"卡梅丽塔立刻有些敏感和警觉。

"是一位姓卡瑟梅恩的女士，已经来工作四个月了。而我竟然直到今天才发现,她是亨利·卡瑟梅恩的女儿。"

"可他不是已经死了吗!"卡梅丽塔说。

"哦,我本来也这么以为,可现在才知道他原来并没有去世,而是住在艾塞克斯,活得好好的。"

"卡瑟梅恩小姐多大年纪?"卡梅丽塔问。

"中年,四十五六岁吧,或许再大些。她是个很好的女人,典型的英国独身女性,在学校教孩子们怎么标准地发'how、now、brown、cow'的音。她会让人联想到那些在风景优美的科茨沃滋古镇,认真雕刻木版画的女人。我今天才发现——"

"你有机会让她请你去见他父亲,要是走运的话。"卡梅丽塔替他把话说完。

"是的,她让我有空务必去家里见见她的父亲,或许再过个周末什么的。卡瑟梅恩小姐会安排好一切。她发现我是作家卡瑟梅恩的忠实读者后,对我可真是别提多好了!肯定不少人都以为他已经死了。诚然,他的作品属于已经过去的时代,但依旧伟大而珍贵。你知道《鹅卵石沙滩》这本书吗?——那是他早期的作品。"

"不知道,但我读过《实质之罪》……我想应该读过。那本书——"

"你是说《罪人与实质》这本吧。哦,这本里面也有很多精彩的地方。卡瑟梅恩的作品值得再次为人追捧。"

卡梅丽塔心中忽然像被刀扎了一样,对父亲生出一种尖锐的愤怒;但很快这种感觉又被一种令她陌生的绝望感代替。她想,这会不会就是父亲每次极度沮丧时的感受呢——能那样一动不动地坐一整天,眼神空洞、极力忍耐,然后,灵感忽然如泉涌般迸发,他便会一整晚奋不顾身地狂写疾书,仿佛要把那种痛苦化作笔下每一篇辛辣风趣的散文发泄出来。

感觉十分无助的她问:"卡瑟梅恩的小说没有父亲的好,对不对？"

"哦，怎么能这么比。卡瑟梅恩的写作风格和类型都跟你父亲很不一样，怎么能说一种类型要比另一种更'好'或'坏'呢——我的天呐！"他仰起侧脸，如学者般优雅地望着林肯律师学院高耸的烟囱。就是这个模样最令卡梅丽塔沉醉。或许，她想，卡瑟梅恩父女俩的出现，会让我和他的关系变得明朗起来。

"父亲，这真是太荒谬了。足足十六岁的年龄差距啊……别人会说——"

"别这么小家子气，我亲爱的朵拉。别人说什么有什么要紧？年龄的差距和两情相悦相比根本不算什么，只要彼此心意相通就好。"

"本和我确实有许多相似的地方……"

"我知道。"父亲回答，在座椅上直了直身子。

"结婚之后我就可以辞职了，父亲，然后重新回来照顾您。我本来就不喜欢那份工作，而且您现在身体也好多了……"

"我知道。"

"本每天晚上和周末都会来家里。您和他相处得还不错，是吗？"

"他是个相当不错又讨人喜欢的小伙子，很有洞察力，将来必然前途无量。"

"他对复兴您的作品十分热忱。"

"我知道。他也应该辞了那份工作，就像我跟他说的，全心投入到文学研究上去。他是天生的作家。"

"哦，父亲，他现在还不能辞职，我们需要这份收入来源，这对我们都有帮助。我们——"

"什么？你刚说什么？"

"我说他觉得文法学校的这份工作对他很有启发,父亲。"

"你爱这个男人吗?"

"我这年纪了,这点很难说,父亲。"

"在我眼里,你俩都还是小孩。你爱他吗?"

"我感觉……"她回答,"自己似乎早就和他认识了。有时我甚至觉得像是认识了一辈子那么长。我敢肯定我们在哪儿见过,或许是前世吧。这是决定性因素——某种宿命的纠葛让我想嫁给本。您能明白我的意思吗?"

"是的,我想我明白。"

"他原是订了婚的,就在去年,但只持续了很短的时间;他原本要娶一位很年轻的姑娘,"她说,"小说家肯尼思·霍普的女儿。您听说过这个人吗,父亲?"

"隐约听说过,"父亲回答,又说,"本是一名天生的信徒。"

朵拉看着父亲,父亲也回望着朵拉,他们对彼此的爱是理智的。

开放参观[①]

她小心翼翼地在一个个古老的房间中穿梭，时不时俯身，仔细观赏着充满年代感的艺术家具复制品，真品早已不在这里了。这里是让-雅克·卢梭年轻时居住的别墅"夏尔梅特"，位于法国萨瓦省尚贝里市的郊区，是他和年长十三岁的亲密友人兼公开承认的情人华伦夫人在一七三六年到一七四二年间的住所，卢梭对她一直冠以"夫人"的尊称。这是他们的避暑别墅。

正值早春时节，刚才在楼下入口处购买门票和参观导览的小册子时，别墅管理人告诉她今天没什么游客。和所有远离城市喧嚣的历史名人故居一样，这里的看守者总是很乐意邀请来访者到自己的休息室小坐，伴着火炉将历史娓娓道来；对于举止良好、安静守矩的访客，他们更是放心地允许他们在别墅里自由参观。

她在楼上发现了另外一名参观者。她也不知自己为何会感到惊讶，或许是因为此前一直很安静，现在却突然在摆放着卢梭卧榻或者说卧榻复制品的狭小凹室前撞见了他。

男人高高瘦瘦的，大约三十多岁的样子，穿着一件休闲的黑色短外套和一条绿棕色的裤子。当他转身望过来时，她看见男人外套下的黑色针织衫，只在脖颈处露出里面白色衬衫的领口。要不是那条裤子，简直要让人以为他是牧师了。他脸型较长，金色的头发，灰色的眼睛，穿衣打扮略显过时，但看上去却依旧显得潇洒且尊贵。她之前见过他。男人看她一眼后撇开了目光，很快又望了回

---

① 这篇故事写于 1989 年，是作者 1959 年创作的短篇小说《两位名人父亲的女儿》的续篇。——原注

来。这是何故？

自然是因为，他之前见过她。

她继续一间间房地参观，仔细留意一路上的各种细微处，认认真真地研究着。华伦夫人房间里的墙纸还保留着十八世纪的真品，据说上面的花朵都是画师手绘的。这是整栋别墅中最大的一个房间，两扇宽敞的大窗户正对着外面春寒料峭的花园，以及远处的峡谷与群山。就是在窗外的这座花园里，年纪尚轻却痴迷着华伦夫人的卢梭每天清晨都来，等待着头顶百叶窗打开的那一瞬间，能对她说"早上好，亲爱的夫人……"

再次回到楼下，她把所有能参观的地方又看了一遍。以前门房所在的小厅里，她又遇见了那个男人，正背对着她买明信片。结束参观后，她离开这座别墅博物馆，打算继续自己的旅途，却见大门外停着一辆小巧的奶白色法国标致轿车。

***

你们一定听说过本·多纳迪厄吧。他是一位传记作家，也是著名小说家亨利·卡瑟梅恩的女婿。出于对这位曾红极一时却又逐渐名声凋零的老作家的无限崇敬，他和作家的女儿朵拉·卡瑟梅恩于一九六〇年结婚。他对朵拉并无半点激情，但妻子却对这点十分感谢。她比本年长十六岁，结婚时四十六岁，此前一直单身，心中真正所爱的是她那曾经名噪一时的父亲；那时本才三十岁左右，之所以和他结婚主要是因为本是一名中学老师，有稳定的收入，可以给父亲日渐微薄的收入做点贡献，也可以让她辞去学校的工作，全心全意照顾父亲。

亨利·卡瑟梅恩也深爱着女儿，但更爱的还是他自己。他明白且接纳这段婚姻的实质，就像过去接受读者的奉承和年轻评论家们的尊崇一样。婚后，本搬进了卡瑟梅恩家，每逢夜晚和学校放假时便会整理和撰写有关卡瑟梅恩的文章，与年迈的卡瑟梅恩对话时总会记下海量的笔记。当时卡瑟梅恩已经八十五岁了。

大约三年后，关于这位大作家的传记终于出版了，随之而来的是卡瑟梅恩这个名字及其作品的复兴。他的小说纷纷再版，又陆续被翻拍成电影和电视剧。等到亨利·卡瑟梅恩逝世时，他的名望和声誉都已再创辉煌。

卡瑟梅恩把房产留给了女儿朵拉，还有自己的所有文章、文学作品和其他一切；本则得以保留亨利·卡瑟梅恩传记的版权和版税，也是一笔不菲的收入。

卡瑟梅恩生命的最后几年时光里，家中的财务问题一扫而空，日子过得颇为富裕，这主要得益于女婿为复兴岳父大人名望而自愿作出的积极努力。他们有足够的钱聘请厨师和女佣，将朵拉从生活琐事中解放出来，得以完全地陪伴父亲，经常开着新买的大众轿车带他出门兜风。

两人的婚姻在卡瑟梅恩过世后便立刻结束，可并没有人对这件事感到惊讶。这场婚姻的基础便是两人对朵拉父亲的无限热爱。如今本三十五岁，恰值壮年，依旧年轻且精力充沛；朵拉五十一岁，算是步入了老年，两人间除了对父亲的回忆，毫无共通之处。本独断专行又沉闷无聊，不过这点朵拉并不在意，倒是前者因岳父的再次出名而不得不背负盛名所带来的负累。为了那些备受推崇的作品和自己为复兴所作的努力，他一直忍耐着，日复一日地待在书房，要么整理着档案，要么和电视电影制片人通话。

婚姻刚开始的时候，他也曾尝试和朵拉做爱。由于对岳父的无比热爱，这种尝试屡屡成功；然而朵拉却觉得很勉强，她的心中早已被父亲占满，这份感情连人的原始本能也无法取代。如今本拥有传记的收入，他的任务已经完成，朵拉的钱更是多得花不完。

亨利·卡瑟梅恩的葬礼十分隆重，观礼人数众多，还围满了记者，电视台也纷纷转播；悼念活动一直持续到第二周方才结束。就算去世，亨利·卡瑟梅恩的名望依旧显耀，但朵拉和本却已不再是夫妻。

当时，人们对两人离婚的事还知之甚少。据说朵拉想要离婚是因为不愿离开从小居住的家和对父亲的回忆；本则在伦敦找了间公寓，经常向朋友们抱怨朵拉有多么吝啬小气。她表示要给他赡养费，毕竟传记的收益不可能吃一辈子。于是他又写了不少关于卡瑟梅恩的散文，据说还开始考虑别的创作题材。

那之后不到几个月的时间，朵拉便提出了离婚：

亲爱的本：

　　我打算去见我的律师巴塞特，他很快就会联系你。我知道父亲一定希望我们能够彼此相爱、长长久久，这一直是他的心愿，希望我能一生衣食无忧。过去的一段时日里，他的作品逐渐被人淡忘，那时他很讨厌谈论生活财务的问题，直到我遇见你。我知道父亲一定希望我向你表示感谢，承认并感恩你在我们生命中所扮演的重要角色（尽管我很肯定，即便没有你，父亲的名望也终将会有复兴的一天）。因此我才让巴塞特提出每月向你支付一笔费用的方案，是否接受将由你根据自己的心意自由抉择。我们离婚的事应该尽可能低调、顺利地解决。父亲也一定会这么希望。最重要的是，我想，我的父亲希望我们的结合是建立在双方自主自愿基础上的，是名义上的婚姻，尽管这点连家里的帮佣都能看得出来（正如父亲所说，什么事情都逃不过他们的眼睛）。因此，就算我不征求你的意见，以其他方式提出离婚，事情也可以顺利解决的，还能节省我提出的这笔和解费。相信你在过去的几年中,也从这段婚姻里获得了充分的好处。

　　父亲一定希望我能享受他辛勤工作结出的丰盛果实。我很快便要出国旅行,专程去探访父亲生前所钟爱的那些地方。

充分信任你的

朵拉·卡瑟梅恩

　　相比朵拉的签名,反而是"充分信任你的"这几个字让本不寒而栗。他忽然想起亨利·卡瑟梅恩书中的一句话——"小心正直人的恶行"。

　　圣女贞德的出生地位于法国孚日省的栋雷米拉皮塞勒村,可这庄严肃穆的地方有什么可看的?不过是被四面灰黑色的墙壁围起来的一片空白而已。但毫无疑问的是,有什么人刚刚来过这里,待了一会儿又离开了。这片圣地就在离公路不远的地方,躲在一片大树的荫翳下;旁边的默兹河上有座桥,一个男人正越过栏杆俯身望着下方汩汩的流水,不远处停着一辆奶白色的法国标致小轿车,驾驶室一方的门敞开着,等着他回去。男人坐进车里复又下车,偏过头去看向一个女人。先前参观圣女出生地时,那个女人也在看他;他开车离开卢梭故居时也是,可他的车速很快,一路绝尘而去,以至于连别墅的看守者也跑出来,和女人一块儿望着他远去。

　　本和朵拉一直没能离婚。他把她的信到处拿给朋友看。虽然这对夫妻一直对外宣称没有什么朋友,但世事就是如此——只要有那么"几个朋友"知道某件事,很快便会有一大帮人知道。知道此事的大多数人都很替本感到愤慨。

"她这样对你简直太不厚道了，本。首先，这些财富是你一手为她赚来的，结果她现在却……"

"本啊，你得去找个律师。你有权利……"

"多么冷酷的一封信啊，简直毫无感情！可是——这话就咱俩之间说，她一直深爱着自己的父亲对不对？这简直就是乱伦。"

"我不会去找律师，"本说，"我直接去找朵拉。"

他说到做到，没有事先通知便直接上门去见朵拉。开门的是一个高高胖胖的年轻人，听到本自报姓名并要求和妻子见面后，年轻人脸上绽放了一个大大的笑容。

"朵拉在厨房。"

如今这栋房子已没有了朵拉父亲的气息。往厨房去的路上，本透过餐厅门往里瞄了一眼：房间的壁纸和地毯都换成了新的；朵拉在厨房里，一脸不开心，为了制作煎蛋饼正在打蛋；厨房桌上摆放的餐具根本看不出是哪一餐的，看起来像是早餐或午餐，可现在已经是下午四点十五分了。总之，朵拉一脸的不开心，她总是紧拽着自己的不悦不愿放下，这一点本比谁都了解——这是她唯一拥有的东西。

那个看起来浑身闲肉的年轻人随手从厨房一侧拽了张椅子给本。"请随意，把这里当成自己家就好。"他说。

本转身就走。

"留下，别走，"朵拉说，"我们三个应该像文明人一样，坐下来好好谈谈。"

"我受够了'三个文明人'的状况！"本说，"以前是你的父亲和你，那真是文明得很，我也够文明，才让自己被狠狠利用了一遭，现在没用了就被扫地出门。"

胖胖的年轻人插嘴："就我所知，朵拉从未把您当成丈夫。是她允许你利用她作为和她父亲建立关系的桥梁。"

"这人谁啊？"本的声音变得有些严厉，直指那个年轻人。

朵拉把刚摊好的一份鸡蛋煎饼盛上桌，放在她年轻的朋友面前："趁热吃吧。不必等我。"然后又往碗里打入新的鸡蛋。年轻人则乖乖听话，开始吃鸡蛋煎饼。

"这家里连个酒水都没有吗？"本说，"真是糟透了。"他起身往起居室走去，那儿的桌子上总有一个盛放酒水的托盘。他倒了一杯威士忌，加上苏打水，然后回到厨房，那个年轻人已经不见了，吃剩一半的鸡蛋煎饼还留在座位上。本的余光瞟到厨房窗外闪过那名年轻人的裤脚和鞋子，走上通向花园的半段台阶，然后消失在小路尽头的一扇门后。朵拉手里还拿着锅铲，走到半开的厨房门前，伸手关门。

"这块鸡蛋煎饼可以给你吃，"她说，"我再给自己做一个。"

"这个时间我可吃不下，谢了。你朋友怎么了？"

"我想他见到你大概是有些尴尬。"朵拉回答。

"尴尬什么？"

"尴尬他即将搬过来，帮忙把别墅变成向公众开放参观的地方。这是我欠父亲的。我会先去国外旅行一趟，然后，相信我，我会找个伙伴或助手，反正找个人来帮我把这间别墅改造成博物馆，让人参观父亲的房间和手稿。"

"呵呵，这可是我的主意，"本说，"这是亨利去世后我俩一直在筹划的事。"

"这世上热爱卡瑟梅恩的人可不止你一个，"朵拉说，"我年龄也不算太大，还能再结婚，总能把别墅改成博物馆，开放给大众参观。不过，我只打算开放个别重要的房间。我已经找人把房子重新粉刷了一遍，地板也整修过了。我可以找个新伙伴来做这些事。"

"你干吗还要结婚呢？"

"还能为什么，"朵拉说，"为了爱情、性和陪伴呗。毕竟光凭对卡瑟梅恩的一腔热血可过不了一辈子，人又不可能跟理想上床。"

"你以前不就可以么，"本说，"亨利还活着的时候。"

"呵，现在不了。"

"你介意我走之前再看看这栋别墅吗？"本问。

朵拉看看手表，叹了口气，然后把碗碟放进洗碗池。

"我跟你一起去吧，"她说，"你到底想要什么？"

"我想亲眼看看这里究竟变成了什么样。"

两人一间间屋子地看过。所有的椅子都换上了新的软垫；墙面和木梁柱都重新粉刷过了；亨利·卡瑟梅恩的书房地板上铺着一张塑料布，上面堆放着一摞摞手稿，原来的书桌被换成了一个支架台，上面也有成堆的文章和稿件。"我正在整理他的文章，"朵拉说，"需要一点儿时间。他的很多书都重新装订过了，剩下的还在装订厂。"

本看着那个书架，上面放着亨利最常翻看的书，早已被翻得有些破烂的他的诗集，还有边角已经卷翘翻毛的参考书等等，如今全都用半小牛皮装订了起来，上面熨烫着金闪闪的字样。

"你自己一个人肯定整理不完，"本说，"工作量太庞大了。光是那些往来书信就——"

"我会把它们放在展示柜里，"朵拉打断他，语调小心谨慎，"我可以找人帮忙，多找些人。"

"我说，"本接着道，"我知道你可以请人帮忙，但这份工作只有专业人士才能胜任。你需要找的是学者，有品位的人。"

"好吧，那我就去找学者，找有品位的人。"

"你是打算和刚才那个年轻人结婚吗？他叫什么来着？"

"我可以和他结婚，但还没决定。"她回答。

"你的意思是，他是整理手稿方面的专家？"

"哦，不，"她回答，"我才不会让他碰我父亲的文章。不过，等别墅开放参观的时候，他倒是很适合站在前厅迎来送往、卖卖票什么的。你不觉得他很适合这份工作吗？"

"是的，我同意。"本说。

"离婚的事应该通过——"

"听我说，朵拉，我必须告诉你，我会提出索赔。我有权利分享过去七年间由我一手为你们赢得的财富。"

"我就知道你会这么说。我的律师也想到了。我们愿意协商和解。"

"我和你结婚的时候，卡瑟梅恩的名字根本无人问津。"

"我说了，我们愿意协商和解。"

"咱俩的雄心壮志就这样结束实在令人伤感，"本接着说，"是我俩一直商量说要把别墅开放给公众参观的。这事亨利也知道，可你现在却要毁了这个计划，你正在摧毁这个计划。你根本不可能把那些档案资料整理好的。"

"你这是在暗示我，你想回来继续整理父亲的手稿吗？"

"我或许会考虑这样做，为了亨利。"

"为了我呢？"

"我愿意这么做是为了亨利——你嫁给我也不是为了我这个人，而是为了你父亲，一切都是为了'父亲''父亲'！"

"是啊，"她说，"现在父亲已经不在了，我们之间已经没有任何共通点了。"

"我们还有一个共同目标，就是将别墅改造成卡瑟梅恩博物馆，这是我们共同的梦想。"

"你该走了。我想休息了。"朵拉说，眼睛盯着手表。

关上书房门时，门角带起的风把地上堆放的纸张卷起来，噗啦啦地带落了一小摞散落在地板上。紧接着，又是一阵扑簌簌的声响,更厚的一摞纸被刚才落下的纸张带着也倒了下来。可是朵拉根本没有注意。

刚换好班在前台工作的学生打工妹觉得,眼前这对访客之间的气氛看起来似乎有些尴尬,尽管他们并非同乘一辆车,而是各自分开抵达的。这两个人身上散发着某种老旧过时的气息,那并不是服装剪裁风格造成的,也没有什么具体确凿的原因,就是一种模糊的、难以捉摸的感觉。他俩应该是英国或美国人;女孩的听力还没好到能够准确分辨这两种口音,再说他们买票时也没怎么说话——只问了"博物馆什么时候开?"和"那真的是弗洛伊德的帽子吗?"这两个问题。"弗洛伊德的帽子"是一顶典型的中产阶级式的浅棕色毡毛帽,和"弗洛伊德的手杖"一起挂在衣帽架子上。女孩陪着两位访客一起参观——那个男人个子高挑,容貌俊美,年纪在三十岁左右;女人看起来有些古板,头发整齐地向后梳成一个髻,看起来比男人大些。他俩十分好学,对博物馆的一切都充满了好奇;不过大部分来维也纳柏格巷十九号弗洛伊德故居博物馆参观的人都这样。只是,这两人时不时互相对视一下,又立刻撇开目光,那紧张兮兮的样子却让守护这座精神神庙的年轻人越来越紧张——这里到处都是贵重物品:工作室的桌子上摆着一整套古老工艺品;罩着玻璃罩的展示柜台中放着珍贵的手稿和信件。这两名访客该不会是来打劫的吧?

"那个就是那张有名的沙发,"打工的女学生说,"是的,它是真品。"那张沙发很大、很松软,看起来非常舒适,只要一坐上必定能倒头就一直睡到天明。

"这间是候客室。"

"啊,候客室。"年轻些的男人重复道。

"会闹腾吗?"女人问,一只手抚着靠墙的一张红色丝绒椅,那里有一整排，看起来仿佛在等待客人的到来。

"闹腾？"女孩困惑地问。

"是的，闹鬼的闹——幽灵。"

"不会。"年轻的女孩回答。她忽然惊讶地看着身后，因为那个男人刚才突然转身，径直走出了房间；再回转身去看那个女人时，她又愣了一下，因为那里已空无一人。

多雨的法国汝拉区阿尔布瓦，她和他一同造访微生物学家路易·巴斯德的故居。"这张是餐桌，这张是他用来做雕刻的板子——这雨下得！什么时候才能停啊？夫人，先生，两位想参观一下实验室吗？"介绍人理所当然地把他们当作夫妻。实验室有人清洁过，可不知为何看起来还是灰扑扑的，几本古旧的书籍随意摆放着，仿佛才刚被人翻看过。"……那些是他研究微生物和发酵反应的笔记。"

"很少有人知道，"年轻些的男人说，他的法语发音很清晰但带着明显的外国口音，"巴氏杀菌奶就是巴斯德发明的。"

"没错。"向导同意。

两人一起离开故居博物馆，走进屋外的雨里。她说："别再跟着我了。"

"我可不是跟着你，"男人回答，"而是跟随我们共同的目标。倒是你应该回到原本的位置，是你先打破规则离开的。"

"我们又没签合同，"她说，"也没有过任何承诺。还不都是你挑的事。我们之间的婚姻根本就不正常。我跟你说过，我一直就有在父亲去世后把他的旧居向公众开放参观的想法。"

"你一个人是做不到的，"男人说，"除非我帮你。我也是这个目标的一部分，必须完成它。"

"你这是做了所谓目标的奴隶。"她说。

"你也一样,是所谓梦想和计划的奴隶。"

男人上车绝尘而去,留下女人独自站在被雨浸湿的古老街道上。

朵拉打开门,走进父亲的书房,把门在身后关上。距离父亲去世已经两年了,她的小男友也换了第三个,但是和前两任一样,新男友对整理父亲书稿和把别墅打造成博物馆的热情也已开始枯萎,又或许那种热情从来就不曾存在过。不过,和其他男友不同的是,这个新男友对朵拉产生了良好影响。这个年轻人是做服装批发生意的,总能给朵拉一些不错的穿衣打扮的建议;年过四十的朵拉这辈子头一遭看起来健康、精神了许多。用朵拉自己的话来说,他的付出,或者说对她古怪的热情,对她的精神面貌起到了不可思议的积极效果。

"除了是亨利·卡瑟梅恩的女儿,你到底看上了我什么?"有一次,朵拉这么问那个年轻人。

"你本人也很有魅力。"

某种意义上,这就是朵拉想要听到的全部答案。这番对话结束的第二天,她给本打了个电话。听筒里传来一个女人的声音,听起来傻里傻气的:"你是?"——"他的妻子。"朵拉说。"你说是他妻子?"——"是的,妻子。"(闻言女人转头对着远处说:"本,是找你的。她说是你的妻子。")——短暂的停顿后,本接起了电话。"喂,朵拉,什么事?"——"莱奥诺和我打算尽快决定如何处理父亲的书稿。我想你应该可以帮忙。"——"莱奥诺是谁?"——"我朋友。"——"你朋友不是叫提姆吗?"——"不是,提姆是去年那个。总之……"——"我会抽时间过来的。"——"最好尽快。"——"接下来两周之内吧,没办法再快了。"

再次见到他是在英国约克郡的霍沃思，那栋象征厄运与恐惧的勃朗特姐妹故居里，朵拉忍不住一脸嫌弃。

"这里是她们用过晚餐后上下楼的阶梯，这里是餐厅，她们常常聚在这里制定未来的计划——"

别墅外的墓园中，站在艾米丽·勃朗特的墓碑前，她转身对男人说：

"别再跟着我了。"

一小队美国游客站在不远处望着他们。在他们眼中，一个四十五岁左右、看起来略显神经质的女人正试图甩掉一个三十岁上下、有些不知所措的男子；两人的穿着都显得有些过时。

"大家都在看我们。"他说。

"我唯一的愿望，"她说，"就是能和你一起把父亲的故居改成博物馆开放参观。我已经参观过许多名人故居，但它们看起来都好苍白。这些博物馆都没有灵魂。"

"别再到处寻找名人故居了，"男人说，"我来就是想跟你说这个。"

"这样你就可以解脱了，是不是？"

"你可别告诉我——"男人回道，"像这样无止境地四处乱转，对你来说是一种解脱。"

言罢两人各自掉头离开。他坐进自己的车，而她不知该往何处去。那队美国游客此时已经来到勃朗特姐妹的墓前，认真打量着碑文。

两人对各自目标的执着追求，终于在东萨塞克斯郡莱伊镇的莱姆宅邸博物馆达成和解。

"两位可以在这本名录簿上签个字吗？"策展员说，"这里是作家亨利·詹姆斯的会客室——是的，房间是很小，看上去也不怎么起眼——是的，以他的体型，肯定觉得这里很狭窄。不过楼上的……"

出了宅邸，来到花园中亨利·詹姆斯的爱犬的墓碑前，本说：

"真不明白你怎么能忍受把旧居开放给公众参观。它本来的模样就已经很美好了。"

"要不是为了完成父亲的心愿，我也不想啊，"朵拉说，"可父亲的愿望从不曾改变，他希望自己的名气能一直延续下去，永不衰竭，直至名垂千古。"

"这个未来已经来了，"他说，"而你却什么也没做，整天就知道喝酒、泡年轻男人、追忆你的父亲。"

"那你又做了什么呢？"

"也就没事喝喝闲酒、泡泡年轻姑娘、追忆你的父亲。"

"去他娘的父亲！"她说。

开门的是朵拉。

"莱奥诺很伤心，"她说，"我也有些不舍，毕竟他是这帮人中最好的一个。可他知道自己不能再留下了。"

"你换发型了。"他说。

"你来是为了父亲吗，他的书稿？"

"不，我是为你而来。"

她在前头引路，带着本上楼，新款的裤子看起来很是潇洒。打开书房门，里面成堆的书稿信件依旧摆满一地，毫无变化，有些手稿甚至可以追溯到一八九〇年甚至更远的时代。

"我想应该把这些捐给某所大学。"她说。

"那我们将永无宁日，"他说，"往事的幽灵、执念的奴隶将永远绑缚着我们。学生会写信来，学者们也会写——一切还会和以前无异。"

那天晚上，他俩在花园点燃了一堆篝火。名作家卡瑟梅恩的书稿文件花了好几个小时才全部烧掉，而他们则坐在别墅后的洗衣房里，悠闲地喝着酒，望着火舌卷曲盘绕地舔舐着一层层纸稿，并时不时再往里添上一摞新的文件，直到火焰把所有的一切都化为灰烬。

恶 龙

我正在参加一场鸡尾酒会,和客人们聊着天,却难过地发现,宾客们变成了一座森林。这让我感到十分挫败——这座森林被那条恶龙掌管着。

不过,几乎就在这种感受产生的同一时刻,我又认定这种挫败只是暂时的——这就是我的性格:尽管当时并不清楚该怎么办,但我确信自己能阻止那条恶龙。这么想着,酒会的宾客们便又从森林变回了人。回过神来时,我已加入了其中一位客人的话题——说话的是一位年近六十、面容俊雅的男人。"我的联系簿——"他说,"几乎快要变成一本生死簿了。每个月都有人过世,左一个朋友,右一个朋友,都离开了,每次都不得不在他们的名字上画一条线。真令人难过。""我一般都用铅笔写,"一位女士说,她看起来比他年轻,"这样如果有人过世,我就可以用橡皮把名字擦掉。"

我们站在花园的一片树荫下,天气炎热,时间是傍晚六点,地点是意大利北部我家的花园,我举办的鸡尾酒会上。恶龙在参差的枝叶间游走,手里握着一杯饮料——"飘仙1号",她身后跟着一个身材高大、面容俊朗的卡车司机,那是她临时起意带到酒会来的。她看起来有些沮丧,这点只有我能看出,因为那个卡车司机是个性格和善、平易近人的家伙,此刻正对这意外的邀请和能够暂停工作半小时的事感到十分惊喜。他的卡车就停在大门外。我心里跟明镜似的——我知道她从街对面的酒吧邀请这个男人过来,就是想让他出丑。她以为他会惹人讨厌。

噢,真是条恶龙!成为恶龙正是她的工作职责。我的某位客户是知名戏剧家的遗孀,她在我面前对这姑娘大加赞赏,并极力推荐我招她来工作。当时我并未意识到,推荐信里满满的赞誉之辞其实十分夸张,本该有所怀疑才对。或许当初在听到客户电话里的各种赞美,后来又收到她专程从瑞士古斯塔德写来的信,再次对这条恶龙及其美德大加赞赏时,我心里其实都曾隐隐感到过不安,或许我真的有过怀疑;然而,由于确实需要人手,我心里又很希望那些话都是真的,因此并没有听从内心微小的声音,即便它不停地告诉我:有点儿不对劲,或者:要小心。我真是一个乐观又热忱的人。

缝纫是我人生的第一份工作,也是最主要的工作,人们称我为"女装裁缝""制衣师"或者"服装设计师"。但真正让我名声大噪的,是我对针线的热爱与执着。我本可毫不费力地开创自己的产业,或加盟世界顶级高档时装品牌,可我不愿走那条路。我更喜欢为自己的专属客户服务,即便这表示客户群体相对较小——并不是什么人我都愿意亲手为她量体裁衣的。

六十年代初从学校毕业时,我擅长的只有两件事:一是写得一手好字,另一个便是缝纫——用自己的双手,一针一线缝制出细密精美的针脚。我曾在伦敦一家商店的服装修改部做过缝衣女工,这份经历教会了我许多东西,却不能令我满足。于是我开始在家里制作自己的服装。我去上夜校,学会了如何为每位客人量身定制最贴合她们身材的服装样板模特假人。我很谨慎,一开始先拿和我住一起的祖母来练手。首先,要把硬麻布按照大致的身体轮廓裁剪出来,然后把它围在只穿内衣的客人身上,根据实际身形缝合定样。我最初的"客人"就是我的祖母,我贴着她的身体用粗针脚把硬麻布缝起来,只留出恰好一英寸的空间,吓得祖母以为自己永远脱不掉这身样板衣了。然后,我会用剪刀把样板从正面剪开,脱下后再用针线细细缝合,重现之前只留了一英寸空间的模样。用均匀细密的回针法把硬麻布样板重新缝合起来后,便要往里填充精细的生羊毛,这样便能得到一个完全复刻祖母身形的模特假人。有些制衣师会往里填充合成纤维——如果他们还在使用这种传统的办法,但那样的材料我连碰都不愿碰。

我给祖母做了一条裙子,直到去世那天她依旧念念不忘。裙子是天鹅绒质地的,内衬是丝绸;无论是裙子还是内衬,每条内缝都镶着狭窄的蕾丝花边。除了客户本人,没人能看见衣服里面的细致裁剪和精美针脚,但我还是坚持用蕾丝镶嵌衣服的内缝。我的客户都是追求精美手工服饰的女性,就算看不见——即便衣裙的内侧被丝绸内衬覆盖,她们也知道里面有狭窄的蕾丝镶边和细密的针脚包缝工艺,这令她们十分满足。花饰线迹、回针、十字针、缭针、扣眼绣针——每一样我都能做到极致。我的工作室从不需要缝纫机,这或许是我对纯手工制衣的执念吧。客户们常问:"你是说连那种很长的内缝都是你亲手缝的吗?""每一针每一线都是我手工缝制的。"我会如此回答。这点正是我成功的秘诀。你或许想不到,其实喜欢纯手工连衣裙、衬衫、短裙和内衣的客人还真不少——在给予充分时间和价格的前提下,我曾为客人亲手制作过一整套婚礼嫁衣。

如今距离我给祖母缝制连衣裙以及成立自己的裁缝店已经过去了很长时间,但我作为匠人的名望却随着时间不断增长,以至于我已不再需要亲自用硬纸板剪裁服装样式了,而是雇佣男剪裁师和服装设计师来完成这些任务。在服装剪裁、设计一事上,男人始终更胜一筹,我的客户们也更喜欢让他们来做这些。这么多年来,店里的剪裁师和设计师来来去去,我虽与其中不少人有过感情,甚至到了谈婚论嫁的地步,却从未真正结婚。我心里总有个声音不断提醒:不要找剪裁师或服装设计师过一辈子。时装风尚瞬息万变,每一季、每一年都在变化;剪裁师和设计师们往往容易卡在某一种风格上,并因此驻足不前,那便意味着他们职业巅峰时期的终结。可缝纫技法却不一样，它从不过时，且我还有与众不同的独家技艺。天鹅绒面料和雪纺的缝制针法及工艺都大相径庭，我却有本事做出一整条蕾丝连衣裙，并让人看不出一条接缝。近来，我用的缝衣针都是从法兰克福买的，缝衣线则来自伦敦。我最大的特点便是拥有精选自世界各地的不同面料。

为了寻找满意的丝绸，我专门到意大利北部的科摩市来，而那时的我已经拥有了一批忠实的专属客户。就像我所使用的面料一样，我的客户们也都来自世界各地，包括东欧大使的夫人们。后来我在科摩湖边看中了一栋美丽的别墅，便决定干脆就在这里住下，开一家新的制衣店。

由于我纯手工制衣的名头早已为人熟知，工作时我不得不采取一些保护措施。手工制作一条晚礼服或结婚礼服耗时良久，根本没时间接听那么多百万富翁和他们秘书的委托电话。这种事普通女佣或兼职女工根本应付不来，她们也很容易被收买，轻易便允许客人登门，或者在我集中精力缝合圆形衣饰或做包边角这种精细活的时候，叫我去接电话。以我的脾气根本忍不了。同时，多年的经验也让我明白，有时候你越是拒绝，潜在客户反而越想找你，就算付再高的价格也情愿。

于是我决定录用恶龙来帮我挡住一部分客人，告诉他们要找我必须先书面预约，而恶龙恰好能给人一种态度非常坚定的印象。她的另一个职责是帮我整理和维护过往所有客户的档案，让一切井井有条；在客人好不容易预约上后，要有人能记得他们各自的细微特点，这样店里的生意才能稳步向前。这时候我的店里雇佣着一名颇有才能的剪裁师，名叫丹尼艾勒，他不擅长原创设计，但这不重要，因为他很善于学习和改良。有时我会给他一些小建议——比如什么材料斜裁比较好，什么材料不要顺着纹样剪裁，应该在缝线的地方故意错开，这样才能形成有趣的纹样，等等。通常客人试穿和裁改的工作都是我亲自动手，因为我对什么客人合适怎样的剪裁有独到的眼光。丹尼艾勒的薪资待遇很不错，是个有些傲慢的人，认为时装设计师雇佣剪裁师和缝衣师的传统才是高级时装制作的正道，而我这种反其道而行的方式是旁门左道。不过我很快就让他学到了教训，明白只要埋头干好自己的活儿就行，而丰厚的薪资也让他发不出怨言。

终于，我开始面试合适做恶龙的人选。我跟候选者们解释，说我要找的不是裁缝师助理，我最需要的是一个隔离保护层和时间——长长的、不受打扰的时间。每一针每一线都必须达到完美，我继续解释，即便是最微小的细节也绝不能掉以轻心；即便是最后要抽出来扔掉的疏缝或绷缝线迹，也必须由我亲手缝制，否则我会整晚睡不着觉。有时候做一条华丽的长裙，我足足需要两个月不受丝毫打扰，一心一意只做那一条裙子；至于刺绣，我则需要三到四个月。我对所有面试者都做了如上这番解释和说明。来面试的总共有八个人，我特地把她们从英格兰接来意大利，打算一旦有满意的便当场录用。所有人在听完我的陈述后都一脸震惊，只有一个人除外。其他人对于落选并无抱怨，反而有些兴奋，因为可以顺道在意大利旅行、看风景，度过一段愉快的时光。第八个候选者在听我解释时，脸上的疑惑多过震惊，并时不时皱着眉头。她是艾米丽·巴特勒，个子高挑，身形苗条，上排牙齿略有些外凸，一头茂密的红发。她懂得少许意大利语，能说流利的法语，这些本事其他来面试的女孩子们也都差不多会，否则我也不会千里迢迢把她们招来了。可是我认为，艾米丽这个人能够完美胜任恶龙的角色。她的职责就是把多余的人全部挡在门外，只留下一小撮经过特别许可的客人或者老客户倾力推荐的人才能直接与我沟通；即便如此，她也绝不能叫我去接电话。客人们必须通过写信或者留电话号码的方式，等待我闲暇时主动联络。艾米丽还带了一份于她十分有利的推荐信，那是一位曾经雇佣过她的歌剧演员亲笔写的——她似乎很清楚我想要怎样的员工。我记得曾听谁说过，上排牙齿外凸的女人特别受男人欢迎，但当时认为这和我的招聘没有任何关系，因此并不在意。实际上，后来发生的事情也确实和艾米丽的牙齿没有半点关系。

　　雇佣恶龙后的春季和初夏，一切都进行得有条不紊，令我十分惊叹。我没日没夜地工作着，一周七天都不休息，有时甚至一天工作十二个小时。如果天气不是太热，我通常会在家中花园的凉亭里工作，否则便回有冷气的工作室去。我想有必要跟大家介绍一下我的花园和别墅。

　　这栋别墅位于远离主街的小路尽头，坐落在悬崖边上，俯瞰着一片美丽的湖泊。它建于新旧世纪交汇之时，因此吸收了许多新的艺术风格，比如彩绘玻璃窗、曲折有致的栏杆和雕花以及门楣上的花卉蔬果雕饰。从外观来看，这座别墅的实际规模似乎并不足以撑起那么多柱廊、拱门、露台、弓形窗和塔楼。换句话说，原本不需要塔楼也无碍的地方却非要建上两座。花园的面积和别墅相比实在大得有些不相称，但这对我来说却是刚好。我喜欢坐在花园里缝纫，尤其是在那刻参天的雪松树下，它几乎已经成为我的一个标志——无论是从湖对面眺望还是站在悬崖上俯瞰，都能清楚看见这棵树；无论在哪儿，只要方向对了，视线没有被阻挡，都绝不会错过它。就是在花园里的这棵树下，我心无旁骛地细细缝着每一个扣眼——无论如何，我都不会给连衣裙缝拉链——每缝一针我都会用线精心地绕一个圈；要是女士衬衫上的刺绣，我则会一丝不苟地用缎纹绣或劈针绣法绘上精美的纹样。

　　花园里矗立着好几尊当时颇受欢迎的白色石雕，分别代表着一年四季和人类的四大艺术（绘画、雕塑、音乐和文学）。四季雕像皆为女性，而人类艺术则是男性，不过雕像都刻画了衣饰，因此也看不出太大分别。代表绘画艺术的石像一只手里握着调色盘，另一只手握着画笔；雕塑家的石像正在雕刻一头石狮；音乐家左手向前伸出、握着一把短笛，另一只手则握着笔，做出正在修改乐谱的样子，他身前的石头被巧妙地雕刻出乐谱的模样；作家则斜躺着在一本摊开的书上写写画画。代表四季的女神像头戴象征四季的花卉蔬果，秀发飘逸：冬季女神的花环是冬青和冰柱；春季女神的是各种田野鲜花；夏季女神是玫瑰和樱桃；秋季女神则戴着葡萄做的项链，斜倚着一捆玉米和谷物。花园的景致美不胜收，贵客登门时往往忍不住惊叹，或呆呆地打量，一言不发，气氛一度奇妙地安静。说到这些石像，有时当我不经意回头注视时，会生出一种奇异的古怪感：它们看起来似乎还是和之前一样的姿势，但我的意思是——看起来像是在那一瞬间陡然回复了先前的姿势那样。不知在我背过身去时，它们又是何种模样？

闲暇时，恶龙和剪裁师丹尼艾勒打得火热。干柴烈火的两人，吃过午饭便在阴凉的厨房后恶龙的卧房里做爱。她的红发长了些，却只是松松地披散着，说那是前拉斐尔派的风格，和这座别墅的气质很搭。

八月暴雨连绵，潮湿的空气氤氲着昏昏欲睡的氛围。恶龙对我说："你为什么这么不辞辛劳地工作？到底是为了什么？"以前从没有人问过我这样的问题，听起来仿佛是一种亵渎。我察觉到，客户们来我的工作间试衣服时总会迟到。虽说住在郊外需要预计到可能迟到的情况，但其实她们到达别墅的时间并不迟，只是被恶龙拉着在办公室闲话八卦去了，根本不管我还在工作室里等她们试穿衣服、调整版型。到后来，恶龙更是连客人们跟她聊些什么都不再告诉我。我开始注意到一件奇怪的事：客人们如果先跟她说过话，再跟我说话时都不约而同地压低声音，一副小心翼翼的样子。有时候恶龙会和丹尼艾勒一起去湖上泛舟，红发被风吹得贴在脸上，回来时往往被雨淋得透湿。有一天，我发现她神情阴郁，连呼吸都仿佛冒着火焰。

"艾米丽,"我说,"我看你好像身体不大舒服的样子。"

"你能想象吗?"她说,鼻孔里似乎冒着烟,隐隐还能看见火星闪烁,红红的就像她的头发。"你能想象吗?每天对着电话不停地说不行、不行、不行,永远拒人于千里之外——不行,您不能来,夫人很忙;您预约了吗?——这真的很折磨人。"她说,"总是要扮演那个不近人情的恶人。"说完这些,她鼻孔里的烈焰似乎冷却了下来,已经看不到火星和烟雾了。

我同意让她邀请一些当地人来家里办一场夜间派对。恶龙请了湖对面高级酒店的一帮人——也不知他们什么时候熟络起来的;还有来游湖的一群西班牙人——这是为了讨好丹尼艾勒,还有丹尼艾勒从米兰来找他的妹妹;我发现我最重要的三个老客户也在宾客之中;最后还有那名临时被找来的英俊卡车司机。恶龙预定了最好的餐饮服务,订购了稀有的派对小吃和酒水。确实效率够高。

我的地盘被恶龙占领了——当我发现身边的人逐渐变成森林将我环绕其中时,便意识到了这一点。她穿过人群向我走来,仿佛穿过密林,还喷着火焰。紧接着,我发现花园里那些雕塑——四季女神和四大艺术家——竟不知何时都穿上了我工作室里的衣服,上面还像模像样地钉着大头针,仿佛穿在假人模特身上一样,而我的客户们则望着它们赞叹不已;而冬季女神雕像身上的裙装是我尚未完成的作品。我四下张望,寻找丹尼艾勒,发现他正往两只鼻孔里塞香烟,做出吞云吐雾的样子,逗湖边码头管船的人开心;而恶龙此刻正啜饮着杯里的"飘仙1号",瞪着绿油油的双眼望着我。我朝那个英俊的卡车司机走去,他正无所适从地站着。我说:"你的卡车是要开去哪里?"他回答说要去杜塞尔多夫卸货,然后穿过欧洲大陆再回来。他的名字是西蒙·K. 克雷格,"K"是"库尔特"这个中间名的缩写。就这样,我俩对欧洲共同体的重型运输产业展开了一番讨论。最后，我对他说："咱们走吧。"

我离开派对，和他一起爬上高大的卡车，发动引擎绝尘而去。那时我忽然想起自己的雨衣和护照还在家里，这可是旅行必不可少的两样东西，但西蒙说雨衣和护照的事包在他身上，让我不用担心。恶龙追了出来，跟着卡车跑了好一会儿，唇齿间仿佛喷薄着绿色的火焰——搞不好她的体内有硫酸铜或氯化铜的元素呢。我曾听人说，有技艺的人如果口里含着绿色的荨麻酒，对着一只点燃的蜡烛小心地喷过去，就能燃起绿色的火焰。她的后面跟着丹尼艾勒。我们打开车窗冲他们招手，一刻不停地向前驶去，把恶龙、丹尼艾勒、派对的客人和我的家全部抛诸脑后，让他们自己去收拾剩下的烂摊子吧，收拾那些穿针引线、缝缝补补的活计——永永远远！

可什么是"永远"呢？在抵达科摩镇之前，在离开我家大约二十五英里之后，我和西蒙·K.克雷格聊天的话题转落到了有关"永远"的定义上。我们停下车，走路到镇上找了一间酒吧，点了咖啡和冰激凌。西蒙说他很确定自己并不明白"永远"是什么，并怀疑这世上是否真有所谓的"一成不变"——如果那就是"永远"的意思的话。我告诉他，目前为止我所了解的"永远"就是缭针、劈针绣、十字针、回针，还有扣眼绣针和平针。

"这你可真难住我了，"西蒙说，"你说的这些我都不懂。要不你就搭我的顺风车得了？抛开那场派对还有那些烦人的人和事？"

我解释说恶龙还在我家，正对我的一切表示质疑，包括衣料、缝纫、硬麻布、柔软细腻的丝绸、包口接缝、精致的蕾丝镶边、扣眼、缎纹绣，等等。我还跟他讲了关于恶龙和剪裁师丹尼艾勒的风流韵事。

"她的什么事？"

"男女情事。"

"他俩应该一起去度个假。"西蒙听完后这样评论。

"工作太多了走不开。"

"嗨！她既是管事的人，工作时间还不是自己说了算。服装产业现在可兴旺得很。"

"我才是管事的人。"我说。

西蒙愣住了，仿佛我在骗他。

"我以为，"他说，"你是她的员工。"

说真的，要不是看在他长得是真好看……西蒙把冰激凌杯推到一边，似乎想到了什么新的话题。

他说："我姐姐在里昂的一家服装面料厂工作。那的薪资待遇不错，工作时长又短。她是个缝纫工。"

"是缝纫女工。"我纠正道。

"她就把那叫作缝纫工。"

"我缝纫都是纯手工的。"我说。

"纯手工？那要怎么弄？"

"用针和线缝。"

"怎么缝？"他问。这个问题让我不得不面对一个事实：他恐怕连针线都没见过。

于是我开始为他详细解释缝纫技术——如何用右手的两根手指捻住针、左手握住衣料飞针走线，类比缝纫机的针线穿梭。他听得很认真，态度几乎可以说是恭敬。"这样一定能为你省很多电。"他感叹。

"你最起码——"我说，"总见过别人缝纽扣吧？"

"这我还真是外行，我的衣服都是没有纽扣的。"

他嘴上回答着我的问题，心里却在想别的事。

"你介不介意待会儿过海关时，躺在卡车的箱子里躲一下？"他问，"货箱里其实挺舒服，海关的人也不会细看，他们只要看到我的通关文件就好了。我运送的货物只递送了一半，还有一半需要穿过圣哥达送去瑞士布伦嫩的一家酒店，然后再去杜塞尔多夫，送里昂寄的健康饼干。"

我心里也在想着别的事，所以没有立刻作答。

"我还以为你是员工呢，"他又说，"要是早知你是雇主，我就会想个更好的办法了。"

他语气里有一丝紧张，这让我很难过。我说："可惜我确实才是我家生意的掌柜。"我的脑海里浮现出一直排到明年冬天的订单，想起下周二还有一位横跨大西洋、穿过阿尔卑斯山、专程从波士顿赶来赴约的客人，要来我家挑选衣料，定做冬季裙装。我从世界各地搜罗来的冬季衣料中，有一匹上好的羊绒布料，像薄纱一样柔软，染成了淡雅的浅粉色；还有一匹深蓝色的天鹅丝绒，没有午夜蓝那么深，是介于午夜蓝和皇室蓝之间的美丽色彩，我已经想好要用同色的丝绸来搭配，制作一件晚礼服——每条接缝中都要镶嵌二十五毫米宽的蕾丝。我记得还有一位从米兰来的客人，指明要那匹灰色的羊毛雪纺布料，上面有着十分浅淡的橙色条纹，要我做成样式飘逸柔美的三件套礼服，就像冬日云朵那样。衣服已经设计完成交给剪裁师了，所有的配线也都找齐了。

当我的思绪正要继续飘荡到其他皮料、配线和客户订单上去时，西蒙忽然打断我说："我说，你的呼吸听起来好沉重，像是要喷火一样。是不是想到什么令人紧张或激动的事了？"他说，然后起身拿起付款单，看起来有些颤抖，"我能看得出，你在某种程度上也是一条恶龙。"

趁他去前台付款时，我悄悄溜出了酒吧，一直等到天色全暗才雇了一辆车把我送回别墅。客人们早已散去，花园雕塑身上的衣物也已尽数去除。艾米丽·巴特勒正和丹尼艾勒在起居室里商量着什么。告别那名帅气的卡车司机我还挺遗憾的，他看起来对我似乎有好感，不过也可能是对我的性格和当时的神情感到同情吧。我知道自己看起来不苟言笑，是那种不讨喜的缝纫女工的样子，不过有的人就喜欢那样的性格。可当我一想到西蒙说，我才是这整件事中的那条恶龙时，我便知道自己没办法再跟他跨越边境了，那或许永远也不会发生了——无论我的心情还是体温都不允许。

我站在起居室门口看着艾米丽和丹尼艾勒。艾米丽倒抽了一口凉气，丹尼艾勒则猛地弹起身来，眼中充满惊恐。

"她气坏了，都快喷火了。"艾米丽说，转身从法式落地窗逃走了，丹尼艾勒紧跟其后，途中还撞到了一把椅子。其间他回了一次头，然后立刻转头追随艾米丽的脚步，逃也似的离开了。

我来到厨房，给自己热了一杯牛奶，静静等待着。我听见楼上的地板吱吱呀呀地响，然后丹尼艾勒房间里有行李箱在地板上摊开的声音，还有厨房后方艾米丽的房间里传出的行李打包的声音。

终于，他俩大包小包地走出了房间，来到大厅，又飞快地离开了别墅。艾米丽坐上丹尼艾勒的车，后者发动引擎，飞速驶离，连应得的薪资都没要。

我的手工制衣生意依旧蓬勃，我也不再需要雇佣恶龙来帮忙，自己便将一切打理得井井有条。我也没再聘请剪裁师，因为我发现自己就有剪裁的天赋。我还发明了一种新的针法，给它取名为"恶龙针"，用它为目前流行的不规则衣摆镶边十分好看，会有种十九世纪三十年代的复古感——适合作晚礼服的点缀，不会太过夸张。恶龙针的精华在于，你能一眼看见那些缝线，因为用的都是粗大且颜色鲜艳的线，并且和裙子本身的颜色形成鲜明对比：一条线、两道叉；一条线、两道叉；针线一进一出，再接着往下缝，沿着高低起伏的裙摆一直缝过去，仿佛永不停歇。

清扫落叶的人

市政府大楼的后面有一片绿树成荫的公园,每到十一月末,公园里总会氤氲起淡淡的灰蓝色薄雾。按照惯例,这片公园将一直笼罩在这阴霾中直到来年二月中旬。每天经过那里都能看见约翰尼·盖迪斯,站在那片薄雾的正中心清扫着落叶。他有时会停下手里的动作,猛地扬起细长的脑袋,愤怒地盯着身边堆积的落叶,仿佛它们本不应该存在似的,然后又回头继续清扫。这份工作是他住在疯人院的那几年学会的,里面的人总让他去扫落叶;等到终于从疯人院放出来后,市政府便安排他来公园里接着扫。不过,那个猛然抬头的神经质动作是他一直以来的习惯,很早以前便是如此,那时候他才刚从学校毕业,是个很有前途也很活泼光鲜的小伙子。现在的他看起来比实际年龄老了很多,离当初创立"取缔圣诞节协会"也只过了不到二十年。

约翰尼一直和自己的姐姐住在一起。想当年我还在上学,每年圣诞盖迪斯阿姨都会送我一本小册子:《圣诞节致富法》,是她侄子写的,内容很有煽动力。然而事实上,真正能让你在圣诞节致富的方法,就是不要过节,因此后来我对约翰尼的小册子便不再感兴趣。

然而那只是约翰尼的第一个尝试罢了。接下来的三年,他一手建立了"取缔行动协会"。他的新书《若不取缔圣诞节,我们终将死去》成了公共图书馆里炙手可热的读物,我等了好久才借到。这一次,内容不仅有煽动力还很有说服力,绝大多数人看的时候都被他的观点和论辩打动甚至说服,可一旦合上书,一切便被抛诸脑后。有一天我花了六便士买到了这本书的旧版，尽管时过境迁，书里犀利且逻辑清晰的观点依旧有力地证明了"圣诞节就是一场国民浩劫"的结论。约翰尼阐述道：英国每单位人口因吃不起饭而挨饿的时间，和每六分之一个工业生产单位停止制造塞进学生袜子的圣诞礼物的时间成反比——不知道你能不能看懂这句话；他引用了令人不安的数据，试图证明：人们每次浪费在圣诞庆祝上的时间——无论是毫无节制的消费，还是随大流的教堂礼拜活动——当中有百分之一点零二四会加速英国走向衰落和破败，并且以五年为单位。有少数读者对他的观点提出异议，但约翰尼总能毫无破绽地击溃他们混乱的逻辑和论点，"取缔圣诞节协会"的会员人数更是不断增长。然而约翰尼却很困惑，因为圣诞节的狂欢和促销活动不仅没有因此消减，反倒是协会里的不少成员又重新加入了庆祝的人潮，背叛了当初入会的"反圣诞誓言"。

于是他决定要从根源上击破圣诞节的传统。约翰尼放弃了排水供应局的稳定工作，放弃了自己的大好前途，在几个拥护者的资助下，花了整整两年来研究圣诞节的起源。然后，他兴高采烈地出版了自己的第三部、也是最后一部作品。书中，他对圣诞节的起源进行了阐述，我记得好像是说这个节日是基督教的早期信徒们用来抚慰和讨好异教徒的手段，也可能他说那是异教徒们用来讨好基督教早期领袖的方法——我记不太清了，反正是这两者之一。约翰尼不听朋友们的建议，固执地给这本书起名《圣诞节与基督教》，结果一共只卖出了十八本。时至今日他仍然无法从这个打击中走出来。那段时间还发生了另一件事——原本和他订婚的姑娘，也是个热忱的圣诞废除主义者，趁着圣诞节给他寄了一件自己亲手织的套衫。然而约翰尼却把衣服原样寄了回去，还在里面附上了一份协会守则，于是姑娘把订婚戒指寄了回来。总之，约翰尼不在的这段时间，他的协会被一群持相对温和观点的人把持并分化了。随着时间的推移，这些温和派逐渐变得更加温和，直到最终整个协会土崩瓦解。

那之后不久我就搬离了小镇，再见到约翰尼已时隔多年。那是夏季的一个星期天下午，我漫无目的地在伦敦的海德公园散步，无意间遇见了一大群人。他们围成好几个圈子，每个圈子中间都有一个人正在激情演讲。其中一小群人围着的人拉着一条横幅，上面写着"反圣诞节的十字军东征"，正激情澎湃、声嘶力竭地宣讲着什么，声音异常有穿透力——那就是约翰尼。人群中一个男人告诉我，约翰尼每周日都来这里，对圣诞节大肆批判，但过不了多久他就会开始骂脏话，然后因侮辱性言语被抓起来。不久后，我果然看见报纸上刊登了约翰尼因公开使用侮辱性言语被抓的新闻。几个月后，我听说可怜的约翰尼被关进了精神病院，因为他的脑袋里无时无刻不想着圣诞节，而每次一想到便会大喊大叫、高声批判，根本停不下来。

再后来我逐渐遗忘了关于他的一切，直到三年前的十二月，我搬回了童年居住的镇子，就在约翰尼家附近。圣诞节前一天的下午，我正和朋友散步，边走边观察我离开那几年小镇的变化。我们走过一座占地广阔的宏伟建筑，那里原是个兵器库并曾因此红极一时。我看见兵器库的大铁门敞开着。

"这门以前一直是关着的。"我说。

"后来这里改成疯人院了，"朋友说，"病情轻的可以在庭院里干些活。他们故意把大门敞开，好给病人一种自由的错觉。"

"可是，"朋友继续道，"建筑里面的所有东西都是上锁的——每一扇门、每一架电梯……全都上了锁。"

朋友还在絮絮叨叨，我站在大门前往里张望。离疯人院大门不远的地方有一棵光秃秃的大榆树，我看见树下站着一个男人，他穿着棕色的灯芯绒裤子，正在清扫地上的落叶。可怜的人啊——他还在高声地批判着圣诞节。

"那不是约翰尼·盖迪斯么,"我说,"这么多年他一直被关在这里?"

"可不是!"我们一边继续散步,朋友一边说,"我感觉他的病每年一到这时节就会加重。"

"他姐姐来看他吗?"

"来的。他除了她谁也不见。"

我们散步的地方其实离盖迪斯阿姨的家已经很近了,于是我提议去拜访她。毕竟之前我跟她还蛮亲近的。

"我可不去。"朋友坚决地说。

于是我决定自己去,反正也没什么差别,朋友便独自一人回镇上了。

盖迪斯阿姨变了很多,比镇上的风景变化还大。过去的她曾经孑然独立、冷静自持,如今却变得风风火火,做什么事都很着急,还不时向我投来一抹瞬间即逝的紧张笑容。她把我领进客厅,开门时冲屋内叫了某人的名字:

"约翰尼,猜猜谁来看我们了!"

一个穿深色西装的男人正站在客厅的一把椅子上,对着墙壁,整理挂在一幅画上的冬青藤,那是圣诞的象征。听到呼唤他从椅子上跳了下来。

"圣诞快乐,"他说,"衷心祝愿你度过一个欢乐美好的圣诞节。我真心希望——"他接着说,"你能留下来喝杯茶,因为我们刚买了一个特别棒的圣诞蛋糕。在这充满祝福的美好时节,要是你能留下来欣赏这么美丽精致的蛋糕,我会特别开心。上面用红色的糖霜写着'圣诞快乐',还画着一只知更鸟,还有——"

"约翰尼,"盖迪斯阿姨打断他,"你忘记播放圣歌了。"

"哦,圣歌!"他说着从一叠留声机唱片中挑了一张,上面写着

《冬青树与常春藤》。

"又是《冬青树与常春藤》,"盖迪斯阿姨说,"就不能换首别的吗?都听一个早上了。"

"这首歌既庄严肃穆又悦耳动听。"约翰尼站在椅子边喜气洋洋地说,并举起一只手示意我们安静。

盖迪斯阿姨去倒茶时,约翰尼坐在椅子上静静地、极其享受地倾听着这首圣歌,而我则在一旁观察他。他和真正的约翰尼长得好像,要不是刚刚才在疯人院看到他清扫落叶,我一定会把这个约翰尼当成正主的。盖迪斯阿姨端着托盘回来了,约翰尼起身去换唱片,就在此时,他说了一句话,让我非常震惊。

"那个周日我在海德公园演讲的时候,在人群中见过你。"

"你记性可真好!"盖迪斯阿姨感叹。

"那得是十年前的事了吧。"他说。

"我侄子对圣诞节的看法已经变了,"阿姨解释,"如今每年圣诞节都会回来,陪我一起庆祝,度过一段愉快的节日时光——是不是啊,约翰尼?"

"没错!"约翰尼回答,"哦,让我来帮大家切蛋糕吧!"

他握着刀,兴奋地看着蛋糕,一抬手那刀便深深没入蛋糕的一侧。我看见刀滑了一下,利刃深深扎进他的手指,然而盖迪斯阿姨却丝毫不为所动。约翰尼迅速挪开受伤的手指,继续若无其事地切着蛋糕。

"你的手指流血了吧?"我说。

他举起手。我能看见那道深深的伤口,但里面一滴血也没有。

于是我故意——或许应该说迫切地,转头去看盖迪斯阿姨。

"这条路再往前一点儿有一栋很大的建筑,"我说,"我知道它现在被改成疯人院了,今天下午我还经过那里来着。"

"约翰尼,"盖迪斯阿姨说,仿佛知晓一切已无法挽回,她的神情有些萧瑟,"去厨房拿些肉沫派过来。"

约翰尼听话照做,一路上还吹着口哨,是那首圣歌的曲调。

"你经过那间疯人院了。"盖迪斯阿姨小心翼翼地确认。

"是的。"我说。

"并且看见约翰尼在里面清扫落叶。"

"是的。"

我们还能清晰地听见口哨版圣诞歌曲从厨房传来。

"厨房里那个到底是谁?"我问。

"那是约翰尼的鬼魂,或者应该叫'生灵',"盖迪斯阿姨说,"每年圣诞都会到家里来。可是——"她续道,"我不喜欢他。我再也受不了了,已经计划好明天就离开这里。我不要约翰尼的鬼魂,我要的是有血有肉的他!"

我浑身发抖,想起刚才他手指上那道深深的伤口,伤口处一滴血也没有。我在约翰尼的幽灵端着肉沫派回来前便匆匆离开了。

第二天,我应邀去镇上的一户人家里做客,中午时分便出了门。四周薄雾弥漫,一开始看不清靠近的是谁,只知道是个男人,还对我挥舞着手臂。脚步越走越近,最后我终于看清了——那是约翰尼的生灵。

"圣诞快乐呀!我跟你说个事,"约翰尼的生灵对我说,"我姊姊自己一个人去伦敦了,这事你怎么想?真奢侈啊,圣诞节当天去伦敦。我还以为她去教堂了呢,结果现在就剩我一个人了,这么美好的圣诞节却没人陪我过。不过别担心,我一点儿也不怪她,毕竟这是个充满祝福的日子。不过能再见到你我很高兴,因为我现在可以跟着你了,不管去哪儿,我们都能一起过个愉快的……"

"走开。"我对它说,然后继续向前走。

我说得很狠心,但你不明白,看见一个活人的鬼魂是件多么让人恶心和厌恶的事。它要是死者的幽灵或许还好,但一想到这是发疯的约翰尼的生灵，我就浑身起鸡皮疙瘩。

"别跟着我。"我又说。

可它继续跟在我身边。"因为这是个充满祝福的好日子，所以我不会介意你的不礼貌。"他说，"但是我就要跟着你。"

不一会儿我们便到了疯人院门口，我看见约翰尼还在庭院里打扫地上的落叶。我想这大概是他表示抗议的方式吧，故意在圣诞节当天劳作。他的口里还在咒骂着圣诞节。

一时间，一个念头忽然冒了出来，我对约翰尼的生灵说："你想要人陪，是吗？"

"当然，"他回答，"这是个充满……"

"那就是你的伙伴。"我说。

站在疯人院的大门边，我喊道："约翰尼。"

里面的约翰尼抬头看过来。

"我把你的生灵带来见你了，约翰尼。"

"哎哟哟，"里面的约翰尼说着，朝他的生灵走来，"真是意外！"

"圣诞节快乐。"约翰尼的生灵对他说。

"哈？开什么玩笑！"约翰尼回答。

我转身离开，让他俩自己聊，途中还是回了一次头，因为担心他们会吵起来，却意外发现约翰尼的生灵竟也学着他，开始清扫地上的落叶。他俩似乎正争执着什么，但四下里萦绕着淡淡的雾气，就算我再次回头也依旧看不清——在那里扫落叶的究竟是一个人还是两个？

到了新年，约翰尼的状况忽然开始好转，最起码他不再整天咒骂圣诞节了，后来甚至连这个词也不再提起。几个月后，他变得几乎连话也不怎么说了，于是疯人院决定让他出院。

市政府给了他一份在公园清扫落叶的工作。自那以后约翰尼便很少开口,也不认得身边的人。那一年的年末我几乎每天都能看见他,独自一人在迷雾里劳作。如果偶尔吹来一阵风,他会猛然抬头,望着身后纷然而下的几片落叶,表情惊讶,仿佛第一次发现树叶竟会落下来——毕竟按理来说,树叶是不应该落下来的。

哈普尔与威尔顿

　　时值下午，这栋别墅里基本上一个人也没有，那个年轻的斗鸡眼园丁除外。他的斗鸡眼实在有些明显，以至于你要是和朋友一起站在他面前，谁也无法分辨他究竟是在看着你们当中的哪一个；要是你单独跟他讲话，感觉他更像是在盯着旁边最近的那棵树，而不是你。我想要鼓起勇气问问他，有没有纠正或改善眼睛状况的治疗方法，或者某种特殊的眼镜，但一直不敢。这栋别墅不是我的，我只是来这里住一个月，帮朋友罗瑟斯夫妇看家而已。这个安排正合我意，因为手头恰好有本书正待完稿，而这栋别墅深藏在汉普郡的远郊，躲在这里写书再合适不过了。每天早上家里的兼职钟点工哈里艾特都会来打扫房间，并为我做好一天的餐食，差不多中午便会离开。

　　我日日奋笔疾书，每晚都睡得很好，夜里也没有任何人或事会打搅我。然而每天下午两点钟我却总感到有些不安，因为别墅里有种怪异的氛围。这种情况已经持续了几周。春季的天气很是变化无常。

　　不过，让我产生怪异感的并非环绕着别墅或贴着檐角呼啸而过的风；相反，这样的天气和风声倒和这栋古老宏伟的建筑十分匹配。实际上，我的不安感总是出现在天气晴朗、阳光明媚的日子里，虽然偶尔会有几滴迷蒙的春雨敲打窗棂。为了工作不受干扰，我选择性地忽略了这种奇怪的感觉。我通常会在花园里或者能看见花园的房间里专心致志地写作。但很快我便注意到，那个叫乔伊的园丁总站在花园里那棵高大的雪松树下，仰头望着别墅正门左上方二楼的两间客房窗户。那两扇窗户之间有一条排水管，在我看来它们简直是对别墅整体设计的破坏。由于他眼睛的状况，我很难判断他望着的究竟是哪一扇窗户。

"有什么不对劲吗，乔伊？"在连续观察了好几天后我终于开口。

他回答"没有"，但还是继续仰头望着窗户。算了，反正乔伊也不归我管，雇用他的并不是我，而且这栋别墅安装了先进的防盗警报系统。我还有一大堆工作要做，因此决定先不管乔伊，并继续选择性地忽视着每天下午出现的那种令人脊背发凉的诡异感。

住在别墅的第四周，我开始听见声音了——年轻女人的声音。我打开花园景观房的门大声道："乔伊，是谁来了？"但乔伊没有回答，不知道去了哪里。于是我说服自己：担心那所谓的"声音"和乔伊的去向只是浪费时间罢了，而我真的有一腔热忱和实际的经济原因要赶紧写完我的书。到目前为止一切都很顺利，我才不要为了无关的事扰乱了来此的目的和决心。

可是，就在我重新回到书桌前坐下时，那声音又响了起来，就在别墅外离我很近的地方。我并没邀请过或被告知会有任何客人登门，因此有些好奇地向窗外望去。别墅的周围有一大片树林，那声音就是从树林间传来的。两个女人从树林中走出来，身穿十九世纪五六十年代的连衣长裙，围着那时的披肩，长长的头发紧紧地向上梳成一个髻。刚看到这一幕时我并没有过分惊讶，这身衣服很有可能是从伦敦比彻姆广场或者曼哈顿村路上的"塞尔弗里奇小姐"百货商场买的。在当今这个一切自由的幸福社会，穿什么都不必感到太过惊奇。

我感觉自己似乎认识她们，却想不起来在哪里见过。我绝对肯定自己曾见过这两个女人，她们的面容年轻而憔悴，一个身材高挑，另一个稍矮一些。

当两人靠近别墅时,我看见乔伊从树林边探着身子,从背后望着她们,一脸好奇。

别墅的门铃响了起来。我很不确定自己该不该开门。毕竟我完全没想过会有客人来,而罗瑟斯夫妇也向我保证过绝不会有人来打扰。但我还是打开了花园房的窗户,带着一丝紧张和不安对她们说:

"你们找谁?我恐怕罗瑟斯夫妇不在家。我只是暂时住在这里而已。"

"我们是来找你的。"看上去较年轻的女人说。

看着眼前的两个人,我几乎可以肯定之前在哪里见过。她们让我有种浑身起鸡皮疙瘩的感觉。年纪稍长一些的女人又按了一下门铃说:"让我们进去。"

"你们是谁?"我问。

"哈普尔和威尔顿,"年轻一些的女人说,"别紧张,我们并不是来找麻烦的。"

哈普尔和威尔顿——我在哪里听过这两个名字来着?

"我认识你们吗?"我又问。

"你认识我们吗——"个子高一些的女人重复了一遍我的问题,"是你创造了我们。我的名字是玛瑞恩·哈普尔,简称哈普尔;这是我朋友玛瑞恩·威尔顿,简称威尔顿。我们为妇女投票权而战。"

噢,神啊,我记起来了!很多年前,真的是很久很久以前,大约一九五〇年代时我曾写过一篇关于两名爱德华时代女权主义者的故事。让我试着回忆一下故事的内容——这篇故事从未发表过——故事写完了吗?我并不觉得故事的两名主角——哈普尔和威尔顿——特别值得同情,但我记得创作这两个角色,那体验还是很有意思的。

"你们为什么找我?"我站在窗户内侧问,并不打算放她们进来。

"你把这篇故事扔掉了,"个子娇小些的女人说,"我们找了你好久了。现在你必须让我们变成实体,否则我们就一直缠着你。"

我记得把哈普尔和威尔顿的故事放在了某个写字台的抽屉里,和其他未完成的小说及诗作放在一起,已经是很久很久以前的事了,那时我才刚刚开始创作小说和散文。

于是我立刻收拾行李放进车里,绝尘而去。哈普尔、威尔顿和乔伊则在身后远远地望着。回到家,我四处翻找这篇小说;功夫不负有心人,我终于在某个抽屉的角落里找到了皱巴巴的手稿。我翻开它重新读了一遍:

> 某天,窗外忽然出现了一个大约二十岁的年轻人。遗憾的是,他长着一双斗鸡眼。
>
> 对面还有一栋住宿楼,正对着的房屋第三层住着威尔顿小姐和哈普尔小姐,她俩都是女权运动的参与者,乡下的父母给了她们一笔钱来维持生活。
>
> 三周后,威尔顿小姐终于受不了了,她来到哈普尔小姐的房间。"哈普尔,"她说,"我实在忍不了了。"
>
> "怎么了,威尔顿?"哈普尔答道,"别灰心,我们上个月招募了三百零四个人呢。别忘了潘克赫斯特①说过的话——"
>
> "哈普尔,"威尔顿厉声打断她说,"我说的是私事。"
>
> "不会吧?"哈普尔回应,顿时对威尔顿的话失去了兴趣,转而开始紧紧地认真裹着胸衣,"我啊,才没有时间讨论谁的私事。我忙着写报告呢。"
>
> "那我就捡要紧的说,"威尔顿说,"每天下午对面楼里都

---

① 埃米琳·潘克赫斯特(Emmeline Pankhurst, 1858—1928),英国政治活动家,女权运动代表人物,英国妇女参政权运动的奠基者之一。

有个年轻男人站在窗户边——"

"我猜你也是想说这个。"哈普尔道。

"我可不是在监视谁,"她的朋友抗议道,"但那人就杵在那儿,想不看都难。而且他一直在打手势。"

"我也看见了,"哈普尔说,"我的建议是,你要是抵挡不了诱惑,就搬到别的地方去住,不然我也帮不了你,威尔顿。我有更伟大、更重要的事情要做。"

"的确。你认为引诱一个陌生男人过来更重要。我不认为委员会会认同你的做法。"威尔顿说。

"啊哈!"哈普尔叹道,"哎呦嚯!"

"啊哈!"威尔顿也不甘示弱,"是的,我打算向贝斯沃特委员会举报此事。"

"那你太迟了,"哈普尔说,"你的诡计用不上了。我已经把这件事写成了报告,可以拷贝一份给你看看。"

威尔顿拿着那份报告凑近煤油灯,读道——

"我怀着沉痛的心情向委员会举报,我们的同志 M.威尔顿小姐最近的行为实在有损组织形象。她主动引诱住在公寓对面楼里的一名年轻男子——初步估计是一名学生——站在窗前向他示好。我恐怕委员会应该尽快派人联系威尔顿小姐,着令她退出运动。"

威尔顿把报告递了回去。"真是计划周密啊,"她语带讥讽,"把脏水泼在我身上就可以掩盖你自己做的丑事了。不过我会证明自己清白的。你骗不了人。"

"你给我记住,"她又补充道,"委员会秘书早就已经怀疑你对女权运动的忠心了。你看你还总穿着这些为了凸显胸围和身材的胸衣就知道——"

"请你出去。"哈普尔说。

"还有，我不认为他是个学生。"威尔顿说。

第二天，对面楼的那个年轻人似乎认为自己得到了其中一个女孩的同意，于是信心满满地穿过马路走了过来，充满期待地抬头望着威尔顿的窗户。在威尔顿看来，这个白痴望着的似乎是哈普尔的窗户——别担心，哈普尔出门了。威尔顿扔了一只信封下去，里面装着一张没有落款的便签，是用哈普尔的打字机打出来的，还有一把钥匙。

那是住宿楼大门的钥匙，便签上则写明了房间的位置，以及晚上十点不见不散的话。只不过，她实际上写的是哈普尔房间的位置。

夜里，威尔顿听见哈普尔回来的声响，于是严阵以待，等着晚上十点正义降临的时刻。到时候她会把女房东找来——哈普尔的房里有个男人；等打开门看见现场一片狼藉，再通知委员会。

随着时间一分一秒地过去，那个年轻人不得不开始寻找别的方法赴约。由于太过兴奋，他把钥匙弄丢了。最终，他勇敢但毫无新意地选择了爬水管这个方法，顺着威尔顿和哈普尔窗户之间的那条排水管爬了上去。威尔顿在灯光的映照下把这一切看得明明白白，心里充满了鄙夷。哈普尔也看到了，还没等年轻人站稳双脚，一盆冷水就从哈普尔的窗口泼了下来。威尔顿赶紧采取补救行动：她的壶里没有水，于是直接把壶扔了下去。哈普尔飞快地冲下楼，威尔顿紧随其后。

年轻的男人浑身湿透，一脸震惊和无措。

"别动！"哈普尔喝到，"我要把你交给警察。"

"哈普尔，"威尔顿出声纠正，"应该是我把他交给警察。他是来找你的。真可耻，你的狐狸尾巴终于露出来了。"

这时女房东忽然出现在大门口。"警官！"她喊道，一名警察出现在街道尽头转弯的地方，听见喊声径直朝他们走来。

尽管哈普尔穿着紧身胸衣，言辞举止却更豪放。她瞪着威尔顿说："这人是我的。你别想插手。"

"怎么回事？"警官问。

"注意措辞！"女房东道，"这些女权主义者可真是！"

"原来是女权主义者啊？"警察说。

"警官，"威尔顿有些兴奋地说，"这个男人想要爬墙去找这位女士私会。这条排水管似乎给了他勇气。"

"你是故意的！"年轻男人惊呼，瞪着威尔顿。但是由于斗鸡眼的问题，警官无法分辨他指的是谁，但这并不重要。

"唉，又是女权主义者！"警官叹道。

"是的，我被袭击了。"年轻人说。

警官询问了所有细节，然后抓着哈普尔和威尔顿的衣袖说："这边请吧。安静些，别搅得鸡犬不宁的，女权主义者。"

"我希望把她们关一个月。"女房东斥道。

"我看得关三个月，"警察回应，然后问男子，"您没事吧，先生？"

"还行吧，"年轻人开心地说，"晚安，警官先生。晚安，可爱的姑娘们。"

两个女人被关了一个月。可是你们看到了吗？可爱的姑娘们，她们为了给我们争取妇女平权都作出了怎样的牺牲。

我把这份手稿装在提包里，飞快地赶回郊外别墅。这是我打算有时间再好好修改的许多小说中的一篇，只是一直没找到合适的时间。不过，重读这个故事，我并不认为它没有写完——哈普尔和威尔顿完美地演绎了十九世纪末二十世纪初那段短暂历史时期的女性命运。

抵达郊外别墅时，哈普尔和威尔顿正坐在大门口等我。

"如何？"威尔顿问。

我注意到园丁乔伊站在平常工作的园林里看着我们。那片园林很神秘，我很感兴趣，因为我喜欢神秘的花园。我觉得乔伊应该加入我们，一边想着一边在手指上转着钥匙圈。无论如何我也不会允许他们越界。当乔伊向我们走来时，那双十分明显的斗鸡眼让我很是分心。我再次思考，他为什么不肯佩戴矫正眼镜；而我又是如何在多年前，尚未认识他时，就想到要在关于哈普尔和威尔顿的小说里创造这么一个角色的？

乔伊显然被两个女孩不走寻常路的穿衣风格惊到了。但还是那句话，我无法分辨他到底是在看着谁。

"他一直缠着我们，"威尔顿说，"我们走到哪儿他就跟到哪儿。你不知道这是犯罪吗？尤其是在当今社会更是如此。"

"性骚扰。"哈普尔也说。

"噢，他对你们做了什么？"我问。

"他跟着我们，骚扰我们。该被关进监狱的是他，不是我们。"

我终于看到了一线曙光，于是赶紧在门口坐下，在当今社会正确之光的照耀下，展开手稿开始修改：叫作哈普尔和威尔顿的两个姑娘最终证明了自己的清白，那个斗鸡眼的男人被警察带走了。写完后我把稿子递给哈普尔和威尔顿看。

她俩对修改结果的反应不温不火，于是我打开门走进别墅，留下三人等在门口惴惴不安地等待。我拿起电话打给了警察，说我家园丁多余的关注骚扰到了两位年轻姑娘；警察懒洋洋地答复说，会派人来看看是怎么回事。

警察上门把乔伊带走了，哈普尔和威尔顿也随之消失了，显然她们对结果终于心满意足了。乔伊很快就被放了回来，甚至连个警告的处分都没有，然后继续照常在花园撒种。

遗稿保管人

我的叔叔去世后,他的所有遗稿和文件都被送去一家大学的基金会,只一本除外。他生前所有的通信往来和藏书也都送了过去。基金会派了人来(一位白发苍苍的老者和一位年轻的姑娘)对叔叔的书房做了详细评估。所有的东西我们都想要——他们说。如果我愿意让出整间书房的东西,一定可以卖个好价钱——包括他的椅子、写字台、地毯甚至用过的烟灰缸。所以我同意了。我把叔叔死前房子写字台抽屉里的所有东西都原封不动地保留着,包括那瓶"立眠宁"安神药和一把生了锈的剃刀。

叔叔死时的情景是这样的:他独自一人坐在河岸边,津津有味地逗着刚上钩的鱼。时间逐渐流失,下午的明朗即将被暮色取代,一个男人经过河边,紧接着一对做陶器的夫妇也从他身边走过。后来据他们说,叔叔当时的样子看上去很是安详,仿佛正自得其乐地等着鱼儿咬钩,因此他们便没去打扰。夜色降临,一位陆军上校和他的妻子也经过了河岸,那是他们每天散步回家的必经之路。他们察觉到,这么晚了叔叔还坐在河岸上似乎不大对劲,因此上前查看。医生说,那时叔叔已经死了大概两到两个半小时了,那条咬钩的鱼还在水里扑腾。叔叔的死因是轻度心肌梗塞——就像他一生所做的每件事一样,没什么大的起伏。然而他笔下的故事却完全不是这样;当然,也可能其实并没有那么大差别。他大概就是人们说的"遗世独立"的那种人,这样人们就无法了解他到底在想什么、做什么了——哦对了,他最近才去了一趟伦敦——就像老话说的:静水深流,神龙见首不见尾。

叔叔确实认为自己是遗世独立的。他曾说，要是把现代文学比作一幅画，那么老彼得·勃鲁盖尔的作品最合适，画中的人群和他们的活动是前景，或觥筹交错、高谈阔论，或声色犬马、吃喝拉撒，或偷盗奸淫、背后伤人，或沿街叫卖、爬树过河、斗鸡走狗……这部分好比绚丽的色彩，十分生动；但在这画面的远处，一片遥远而模糊的旷野尽头的天际线上，有一个小小的黑点，那就是他，永远遥遥地待在后方，却是这幅画必不可少又神秘无比的构成之一，永远存在，谁也带不走，谁也抹不掉——是画面上不可或缺的一个小黑点。要是放大了来看，那黑点会是一团模糊的人影，蹒跚地向着另一个方向前进。

我不傻，这一点他很清楚，不过一开始他并不知道；一起生活了七个月后，他才终于发现。我放弃了爱丁堡政府办公室的优渥工作，放弃了政府提供的养老金计划，辗转千里来到这里，和他一起住在这栋位于彭特兰丘地区、前不着村后不着店的别墅里，照顾他的起居，整理他的文稿。我猜他当初提出这个建议的时候，大概以为我会是另一个艾琳，但他不知道的是，我可比艾琳优秀太多了。艾琳是他的情人，这点无须赘述。"她是我'普通法系'意义上的妻子。"叔叔这么定义艾琳，并解释说，在苏格兰传统中，人们认为和你一起生活居住的女人就是你的妻子。这话说得，活像我没听说过那些十九世纪的民间传说似的，可它们早已被历史的尘埃深深掩埋了。当今社会想要娶妻，可不是一直说"我要娶你、我要娶你"就能行的。当然了，我叔叔是个天才，也很有个性，所以就随他吧。总之，艾琳去世后一个月，我便搬了过来。又用了一个月，我把家里最乱的地方也整理得井井有条。叔叔说我是个一丝不苟的苏格兰清教徒女孩——以我四十一岁的高龄还能被称作"女孩"倒也不失为一件乐事，何况作为一名土生土长的苏格兰人，我并不反对苏格兰清教徒精神，反倒生出一种民族自豪感来。他说那些话的时候，脸上总挂着淡淡的笑容，让我搞不清楚他究竟什么意思。人们说在河边找到他时，他的脸上也带着这种笑容，等着鱼儿咬钩。

"我委任我的侄女苏珊·凯尔作为我唯一的遗稿保管人。"我一点儿也不奇怪他会在仅仅相处三个月后就做出这个决定，或许是因为他这辈子第一次看到有人能把自己所有的手稿都整整齐齐地收纳好吧。我特地回了一趟爱丁堡，买来不少文件箱和文件夹，把堆成小山一样的书稿分门别类地放在里面，每个类别都标记了独立的名称，并且对什么文稿放在哪里了如指掌。不过我对叔叔文件的分类方式和普通情况不大一样：我不会把讽刺小说家安格斯·威尔逊和大作家索尔·贝娄写给叔叔的信简单地归类在标注"W"和"B"的文件夹里，否则他们不就和"玛丽·怀特罗小姐"和"乔纳森·布朗夫人"这样平凡的名字别无二致了吗——我知道这些书信的价值，因此把它们专门收纳进"名人文档"这个类别中，厚厚的一大摞，价值连城。一小段时间下来，叔叔对我说："我现在没什么必须做的事了，苏珊，就剩下等死了。"这话听着有种戏剧夸张的效果，于是我把这个想法如实地告诉了他。看得出来，叔叔虽不怎么甘愿，却不得不承认我的感觉精准。他说："你让我想起我的母亲，亲手一针一线地缝制自己的寿衣。"他的母亲也就是我的祖母珍妮特·凯尔。早早给自己做寿衣有什么奇怪？那时候的人每天要做的事少得可怜，有大把时间可以消磨，不像我，每天忙得脚不沾地地打理整栋别墅，还要整理叔叔的书稿文件，唯一的帮手只有每周三天早上来帮佣的唐纳森太太。我的祖母当年光屋里就有四个用人，屋外还有三个干活的。祖母去世后，家族里的其他人从不肯靠近这栋别墅，主要原因是叔叔一直和艾琳一直住在一起。

叔叔的财产都均分给了家族里的人，我却是唯一的遗稿保管人，这些稿件该何去何从全部由我一人说了算。这么看来，当初费那番功夫把堆积如山的书稿整理好真是一件明智的事，现在就可以直接打包卖掉了，省了多少事。那些人来家里把所有档案文件都通通搬走了，所有的书信和草稿也一样，只有一份除外。这一份是我特地留下来给自己的，是叔叔生前正在创作的最后一本小说，尚未完稿。我心想，何不让我把它留下呢？说不定还能帮叔叔把它写完甚至发表呢。我又不傻，叔叔肯定已经想好要怎么结尾了。很遗憾，他的著作我一本也没读过，毕竟有那么多稿件需要整理，过去的几个月都忙这些去了。不过我有认真想过要好好看看他最后的这份草稿，或许可以帮他写完结局。这本书已经写了十章；叔叔之前告诉过我，再写一章这本小说就完成了，因此这部手稿的事我对基金会一字未提。看着他们来来回回搬空所有的东西后离开，我很开心。我叫来了油漆工帮忙打扫书房。唐纳森太太说这是她看过的这栋别墅最像家的一次。

根据叔叔的遗嘱，我继承了房产，并计划将来打理成民宿，夏天时租给旅客们住，提供早午餐。至于现在嘛，我准备先好好读一遍这份手稿；毕竟现在才四月，而我办事从不拖拖拉拉。对于叔叔花哨的传统手写字体，现在我已经能看懂了，这样的字体书面上倒是很美观，但读起来并不容易。在人生最后的几个月里，叔叔似乎在我身上发现了什么宝藏；过去他曾评价说，我像一本没有索引的书——承载着满满的信息，却没办法按图索骥地找到它们。我问他从艾琳身上看出了什么信息，毕竟她一辈子考试都没及过格。

叔叔死前的最后一部小说和他过去的作品相比有些不太寻常。故事的时间和地点设定在十七世纪的彭特兰丘。他曾简要地跟我说过，自己正在写一个犀利而残酷的故事，而这个故事要放在过去的历史背景下才好完成。故事的主线是一场女巫狩猎之旅，并且最终捉住了女巫。读着它，我终于明白了叔叔所说的"犀利而残酷"并非开玩笑；平时他总喜欢故意说些言过其实的事情来唬我，也不知道为什么。故事进行到第十章时，人们已经抓住了女巫，并把她送到爱丁堡接受审判，可这场审判只写了一半；她的最终命运将在第十一章完全揭晓，包括故事里幕后反派们的阴谋诡计。关于这本小说，叔叔留下了大量的笔记，这些我也一并悄悄保留了下来。可即便如此，笔记里也没有提到过他打算怎么写女巫的结局——顺带说一下，女巫的名字是爱蒂丝。我把手稿和笔记的事暂时放到一边，因为名人叔叔过世后还有一大摊子事要处理。这部小说的手稿是叔叔亲笔写在十二册笔记本里的；第十二册笔记只有前两页写了字，其余都是空白——这一点我已经确认过了。写了字的那两页是第十章的结尾，而下一页只在第一行写了"第十一章"这几个字。我把这本笔记翻来覆去看了好几遍，想找找里面到底有没有叔叔留下的关于大结局的只言片语——然而并没有，一片空白。这点我也确定。于是我把这十二册笔记本和厚厚一叠单张的笔记收到一起，放进餐厅那张实心桃花心木造的小立柜抽屉里。

几周后，我重新取出笔记，打算慢慢琢磨如何撰写结局才不会影响小说的整体价值。我从第十章重新读起；然而，当我翻到原本只写了"第十一章"这几个字的那一页时，标题的下方出现了一段叔叔的手迹：

  嘿，苏珊，打算替我完成这部小说是吗？你可真是个贪心的小家伙，偷偷把我未完成的作品留下，你明知那个大学基金会付的钱是买我的所有作品吧？你那严苛的清教徒底线呢？艾琳和我都在等着看你如何撰写最后一章呢。艾琳还让我告诉你，她很高兴终于见到你了，也很感谢你帮忙打扫别墅之前照顾不到的边边角角。但你恐怕还不知道吧？杰米一直在欺骗你——吃完午餐他去哪儿了？

——关心你的叔叔

我简直不敢相信自己的眼睛。首先震惊我的，是这段信息提到了杰米，隔了好一会儿我才想到，这段文字原本是并不存在的，而这个意识再次让我震惊。此刻是凌晨十二点半，杰米早已回家——杰米·唐纳森是唐纳森太太的儿子，目前无业，但丢掉前一份工作并不是他的错。我们之前交往过一段时间，这事应该没人知道才对，唐纳森太太让他来家里只是单纯要他帮忙清洁窗户、疏通锅炉罢了。那这段话是怎么回事？会是谁写的呢？

这栋别墅孤零零地矗立在彭特兰丘上，四面环绕着树林，最近的农舍少说也在五英里之外，而唐纳森太太家更是离这有六英里远；地方公交系统每天晚上十点就收车了。我坐在餐厅里，一股强烈的恐惧瞬间席卷全身。那十二册笔记还摊在餐桌上，旁边还有一叠厚厚的零散笔记……我浑身发冷，心里无比恐慌。我三步并作两步地冲进前厅，抓起电话就要拨打，却不知该如何解释这一切，也不知该打给谁。无论说给谁听别人都一定会觉得我疯了。要打给唐纳森太太么？还是警察？我不知道这个时间打给他们该怎么说——"我叔叔的手稿里出现了一些之前没有的信息，而且是他亲手写的。"——这简直没法解释。然后我想到，这或许是谁的恶作剧，可是——不，这不可能。我知道这不可能。今天在餐厅里逗留过的人只有唐纳森太太，她只是来清扫灰尘的，而且全程我都在旁边帮忙；杰米根本没机会进来，完全没有。这段时间我几乎不会去餐厅，都是直接在厨房用餐，但即使如此我也清楚这不是他们母子干的，只可能是叔叔本人。我真希望自己是个坚强的女人，就像我平时认为的那样，既坚强又理智。我站在前厅的电话机旁，浑身颤抖。"哦，上帝啊，永恒且全知全能的神，"我祷告道，"求您让我坚强，指引我、教导我，告诉我如果撒切尔夫人遇到这种情况会怎么做，并帮助我也能做到。"

长夜漫漫，我一整晚都无法入眠，只能坐在偌大的厨房里，在火炉边不时拨弄着柴火。一晚上我只起来走动过一次，就是回餐厅去确认刚才那段话还在不在——它们的的确确还在，白纸黑字十分清晰，正是叔叔的字体——除了最有经验的笔记模仿大师，没人能将那种字体模仿得如此惟妙惟肖。我把手稿重新放回抽屉，锁上餐厅的门，带走了钥匙。叔叔的书房就在厨房正上方，如今已是空空如也。要是他真的在这别墅里作祟，书房里怎么半点动静也没有，别的房间也没有。这一晚我简直如临大敌，惊恐万分地蜷缩在火炉边挨了过去。

早晨，唐纳森太太终于来了，一进门就抱怨着杰米太懒，死活不肯起床，大概是连续几晚都工作到太晚的缘故。

"昨天午餐后他去了哪里？"我问。

"哦，吃完晚餐他去打了一轮高尔夫球，"唐纳森太太回答，"他总是这样，不管有没有别的事，都要去打高尔夫球。高尔夫球真是苏格兰的诅咒。"

我很清楚杰米去打高尔夫球是为了见谁，并因此对叔叔产生了一丝感激之情，感谢他用那么可恶的方式告诉我，杰米在吃完午餐后的几个小时里——或者他们家所谓的晚餐——都去干了些什么。每天傍晚五点左右，杰米会来别墅帮忙干些取煤、生火的杂事，在那之前的整个下午，他都会待在高尔夫球场，和在球场中心工作的那个叫格蕾塔的女人厮混。她是艾琳的妹妹，就是那个堂而皇之搬来这里，把整栋别墅搞得乌烟瘴气，毫不在意会损害我叔叔名声的女人。我对这两姐妹从来都抱着怀疑的态度。艾琳死后我才发现，叔叔竟然介绍她给自己所有的朋友认识；从她死后人们寄来的悼念信里便能看出，比如他们会写"他（叔叔）对艾琳的死从不曾有一日释怀"或者"没有了她，他可怎么活啊"之类的话。有时候叔叔还会把我错认成艾琳，这让我很愤怒。比如有一次我说："叔叔，别在楼下走来走去了，快回书房继续写文章吧，我会给你泡一杯热可可端上来的。"而他却圆瞪着双眼，目光炯炯地看着我问——这是他被人打断思绪时的惯有表情："你这是怎么了，艾琳？"我立刻回答："我不是艾琳。谢谢。""噢，我说呢，"他说，"你不是艾琳。你怎么可能是她呢。"我常常想，要是那些对叔叔的作品视若珍宝的人，知晓了这些幕后的故事会作何感想。我把这想法跟叔叔说了好多次，可他只是摆出那狡黠的微笑沉默不语，和人们在河岸边发现他时脸上的笑容一样。

  唐纳森太太清扫完毕离开别墅已是中午时分，我回到了楼上自己的卧房。由于一晚上没休息，此刻早已昏昏欲睡。唐纳森太太什么也没察觉——我看就算我立刻倒地死了，他们娘俩也不会注意到。我一觉睡了四个小时，醒来时天还亮着，于是起身锁好别墅前后所有的门，又紧紧拉上窗帘。等杰米五点钟来摁门铃的时候，我默不作声，没给他开门，任由他不停地摁。最终他放弃了，转身离开。我猜他心里肯定充满了疑惑，可我不会再请他进门了，更不会允许他舒舒服服地坐在火炉旁，给他做晚餐，为他脱衣服，和他在别墅后方小房间里的简易沙发上做爱。不会了。我随手打开电视——上面正在播放BBC苏格兰分台的新闻，是关于叔叔的报道——难以置信。我拿起遥控器换到TV1台，是一档电视竞答节目，忽然觉得肚子饿，毕竟从昨晚起就没吃过任何东西。

  可我还要再次确认手稿的情况，在此之前我可没心思吃东西——现在我很肯定这就是一场梦。"或许是我太操劳了？"这么想着，我从口袋里掏出钥匙打开了餐厅的门，然后拉上窗帘，走到抽屉前拿出笔记本。

  然而昨晚看到的文字还在，不仅如此，在它下面甚至又添了一整段新的文字：

    去看看《圣经·使徒行传》的第五章第1—10节。看看亚拿尼亚和他妻子撒非拉的故事。你写小说的速度可不怎么快啊，苏珊？艾琳和我都感觉你打算要写第十一章。要不你也给自己兑杯热可可，赶紧开始写吧？不过，还是首先去看看《使徒行传》第五章第1—10节吧。

——关心你的叔叔

真行！我一把将笔记本扔回抽屉，四下打量着餐厅，连餐桌底下和窗帘后面都检查过了，完全不似有人来过的样子。我走出餐厅、锁上房门，心里一片茫然，想不通这是怎么一回事。我拿出《圣经》开始祷告："全知全能的神啊，虽然您或许会感到惊讶，但求您指导我、引领我走出现在的困境吧！"然后打开经书，翻到叔叔指出的那一章：

有一个人，名叫亚拿尼亚，同他的妻子撒非拉卖了田产。

他把价银私自留下几分，这事他的妻子也知道，其余的几分则拿来放在使徒脚前。

彼得说："亚拿尼亚！为什么撒旦占据了你的心，叫你欺哄圣灵，把田地的价银私自留下几分呢？"

我没有再往下读，因为后面的故事我很清楚。亚拿尼亚和他的妻子撒非拉都因为私自留下价银，被神当场夺去了性命。叔叔是因为我私自留下本该卖给基金会的手稿，故意借这个故事敲打我呢。这也太夸张了吧，我心想，居然拿《圣经》故事来隐喻我，明明他自己才是个毫无廉耻的罪人。

我又仔仔细细把这事从头到尾想了一遍，然后回到餐厅，拿出那册笔记本。从刚才把它放进抽屉到现在不过半个小时，上面已经又出现了一条新的句子：

你何不赶紧开始写第十一章呢？我们都在等着呢。

我把那一页撕了下来，合上笔记，放回抽屉，锁上餐厅门，拿着那页纸来到火炉旁，扔进去烧掉。然后回房睡觉。

这样的事持续了一个月。叔叔总会在新的一页上重新写下"第十一章"，然后在下面留下新的一段话。他甚至连我私藏别墅管理费和清洁费用的事都知道，还说我拿的薪资已经够高了。要说薪资，这事就看从什么角度去想了吧——真要计较起来，他也不想想，得有本事省下这部分成本我才有钱拿走吧？每一次看过叔叔颇为不客气的留言后，我都会把那一页撕下来烧掉。终于，这本笔记快要撕没了。他会故意写些话来提醒我：他一直跟着我，盯我的一举一动，甚至连我做什么梦都知道；就算我去爱丁堡买东西，他也知道我究竟去了哪里、买了什么；每次给朋友打电话，他会和艾琳一起，把对话内容听个仔细。除了唐纳森太太，我再也不让任何人进入这间别墅，包括杰米。他甚至连我吃了一剂泻药、在厕所里待了多久都知道，这可恶的老头子。

一天早上，唐纳森太太告诉我她要走了，然后说："你怎么不去看看医生呢？"我问："看什么医生？"可她没有回答。

那之后不久的一天下午，一个男人从基金会打来电话，说他们并无意打搅我，只是对某些事感到困惑。他说他们在叔叔的信件中发现了关于某本小说的许多信息——《彭特兰丘的女巫》，他死前似乎一直在创作这部小说；说他们在一堆稿件中找到了这部小说的最后一章，是在火车上用零散的纸张写的，并且这一点已经从和他有书信往来的朋友那里得到了证实，白纸黑字的写在信里。只是，他们不清楚这份手稿的其他章节在哪里。他们说小说的最后，女巫爱蒂丝被判有罪，将处以火刑，但她在处决之前决定自行了断——男人说，前面应该还有另外十章的故事手稿才对；他说这是叔叔所有作品中最抽象、最具有超自然元素的一部，并且是以某个真实历史事件为原型改编的，并再三强调这有多么重要。

我说我再找找看。当天下午我便回了电话,说在餐厅柜子的抽屉里找到了前面的所有章节。

男人约定上门来取。电话里他听起来很是疑心,似乎不确定是否还有别的漏网之稿。"您确定这是最后一部分文稿了嘛?请理解,基金会付的钱是用来买下全部手稿、文书和资料的。不,不,别用邮寄,我明天下午两点会亲自来取。"

第二天男人上门之前,我给自己兑了一杯威士忌加苏打水,喝了一大口,就像过去这一个月来,每天为了强打精神而做的那样。我把笔记本全部取出——最后一本的空白页上写着:

再见了,苏珊。能成为远处背景中的一个小黑点真是件妙事。

——关心你的叔叔

帮　手

我的父母生我的时候，年纪几乎都可以当爷爷奶奶了。我是他们唯一的儿子。这对我而言既有好处也有坏处，因为尽管少了同龄人的交往圈子——在我出生时，我母亲的朋友们起码都已经四十岁了，而父亲的圈子更是几乎全都六十岁以上——但我却发展出一种超越真实年龄的老成，似乎经历的人生比绝大多数人更长久。平日里长辈们聊天时经常提起属于他们的那个年代，本世纪之初的生活点滴，因此我从小便很熟悉那各年代的人们的生活日常和想法。

母亲在九十六岁高龄时去世，那时我才刚过完五十岁生日不久。她比我父亲长寿，比他多活了将近三十年。直到去世前母亲依旧十分活跃，唯一衰退的是她的视力，或许行动能力也多少受了些影响，但正如其他人所说，以她的年龄而言，状态已经相当不错了。去世原因是中风，没受多少罪便走了。直到生命的最后她依旧不明白，我为什么到现在还没找到一个满意的女人结婚。搞不好已经变成灵魂的她，此刻也还在疑惑呢。她本就是个好奇的人。

我的母亲年轻时家世显赫，住着豪华的庄园别墅，手下用人无数。然而和当时的所有人一样，随着历史的变迁，她的生活条件和环境都在不断缩水，变得越来越简朴。每次搬进比先前更小的房子，并且用人数量也在减少，对她来说都不啻一场巨大的精神打击。在她口中，每次搬的新房子都狭窄得令人难堪；每次对生活方式作出的调整都只是暂时的权宜之计。直到第一次世界大战结束后，她才第一次真正接受并习惯了只有四个贴身仆从和三个花园仆役服侍的生活，并且贴身仆从中还有一位是男性。到了大约五十年代末,她的住所已经缩小为萨塞克斯郡的一间乔治时期的别墅,有十二个卧室的,周围绿林环绕。随着时间的推移,这栋别墅对于独居的母亲而言慢慢显得有些过于空旷了。虽然不用担心经济来源,但总找不到称心的用人。最终她不得不把几个房间锁起来不再使用。去世的前几年,她终于找到了一个满意的园丁,可以帮她打理好那一小块草坪以及专供厨房使用的一小片菜园;还找到一个会做饭的管家,斯皮格特女士;以及一个叫作维妮的女佣。但是去世的前两年,这些用人也相继离开,只剩下了女佣维妮。

斯皮格特女士死后,维妮一个人管家简直举步维艰,家里经常一团糟,食物也经常烧煳,购物和清扫别墅的工作也马马虎虎。我的母亲除了采摘花园里新开的花朵,平时是十指不沾阳春水的。她总坐在椅子上,岁月静好地做着女红,指挥用人做事,她说这就是她的"工作"。当年家里有不止一个帮佣时,我总按照母亲的要求,每周日到周一带上三两好友回去陪她住两天,哄她开心,母亲也总是十分期待我们的到来。她的亲姐妹和好友们都已相继辞世,孤单的母亲需要陪伴。我的工作是定期为剧院写专栏文章,这份工作让我无法经常陪在她身边。我虽不在意家务活的质量,但食物的好坏还是注意得到的;不得不说,当初已年近八十的斯皮格特女士的厨艺还是相当不错的。她在世的时候,每次来探望母亲,我们的房间和床铺总是打理得干干净净。可这一切如今都已不再。维妮总是手忙脚乱,我估计母亲恐怕很快又得搬家了。我求她同意让我帮她在伦敦找一间小公寓;可是,母亲虽然年事已高,却依旧十分固执,心意十分坚定。"维妮一个人可以做好的。我会跟她谈谈。"妈妈说完便继续低头拈针挑线。我不是不能严词拒绝逼她就范,但我妈是那种很难让人忍心对她严厉的人。

于是我决定周末不再带朋友回母亲家了,毕竟连我自己回去都感觉糟透了。别墅里总是弥漫着一股食物烧焦的味道,房间里是长时间不透风的沉闷气味,到处都脏兮兮的,看起来缺乏打扫。我母亲对食物口味的要求不高,我敢肯定维妮也一样,可惜我对美食有着坚定的追求。餐厅的地面上散落着各种干巴巴的面包屑甚至蛋壳;餐桌上积攒了好几个星期的污渍,餐垫也油腻腻的。每次回家,我都尽我所能地帮忙打扫,但如此一来,我周日和周一的日子就过得分外辛苦。就我个人而言,在伦敦独立生活很舒服——说实话,从小在仆佣的簇拥下长大的我,反倒并不喜欢那样的生活:身边总围着仆人,一点儿个人空间也没有。而伦敦,我只要请一个每天早晨来帮忙收拾屋子的钟点女工就能过得很好。

　　对于管理像母亲的大别墅我并无兴趣,但同时,也没有什么能够动摇母亲安于现状的决心,维妮又忠心得令人头疼,她努力地替母亲管理着这栋别墅。这种状态持续了足足一个月。这一个月中,我一有时间便去各种职业介绍所和别的招工渠道打听,想尽一切办法寻找一个足以替代斯皮格特女士的人,然而一切都是徒劳;帮忙寻找的朋友们也一无所获。"我会跟维妮谈谈的。"——母亲每次总是这样回答。

　　第五个星期天,我很晚才驱车前往萨塞克斯郡,打算狠下心干脆了当地结束这种混乱。可令人惊讶的是,打开门我看到的并不是往日那混乱不堪的局面——维妮似乎在短短一周之内,摇身一变成了一名无比称职的管家兼厨娘。经过餐厅时,我看见干净的餐桌上整齐地摆放着擦拭得锃亮的银餐具和玻璃杯;桌布也清洗干净了,还熨烫整齐,完全达到了母亲的最高标准;客厅窗明几净,窗玻璃也一扇扇擦得光亮通透,再不像往日一样满是灰尘。

　　妈妈仍像平常一样坐在椅子上坐女红。快到晚餐时间了。

　　"您找到新帮手了吗?"我问母亲。

　　"没有。"她答。

　　"嚯——维妮一个人是怎么做到这些的?"

"我跟她谈了谈。"母亲说。

维妮烹调的晚餐大致算得上可口,虽然或许和已故的厨娘相比依旧差点儿火候,但至少已经能够做出蛋奶酥这样的甜品了,尽管味道一般。

"这是她第一次尝试做蛋奶酥,"妈妈趁维妮去厨房端肉菜时说,"要是之后没有进步,我会跟她谈谈的。"

维妮一定是发生了什么事才会变成这样,这很明显。如今的她看起来相当开心,几乎称得上是兴高采烈,在房子里来来回回地四处忙碌,还总是奇怪地自言自语;她态度恭谨地为我们上了素菜,却全程低声自言自语。

"你在说什么呢,维妮?"我问。

"蛋奶酥味道一般。"维妮回答。

"把电视打开,调到BBC频道。"母亲说。

第二天周一,维妮依旧自顾自碎碎念了一整天,但丰盛的早餐却一样不少地准时摆上了桌。不到早晨八点半,家里的一切便已打理得井井有条,火炉里的木柴也换过了,正在噼里啪啦地燃烧,而维妮不时开心地跟自己对话。我猜这或许是长年独自在厨房忙碌的后遗症,不过如此一来,原本即将变成我的个人负担的家政问题总算是解决了。我根本无暇思考维妮这样子是否有些奇怪。

***

我开开心心地回了伦敦,继续惬意的单身生活,并把维妮的惊喜转变和出色工作告诉了朋友们。大家都很期待再次和我去萨塞克斯拜访,并保证到时候一定自己动手整理床铺、帮忙购物,尽可能不给维妮添麻烦。但我打算多观察几个星期,再决定是否重新举办之前那样的周末派对。期待再去母亲别墅拜访的朋友们,要么是工作单位的女同事，年轻未婚，和我一样周六还不得不在报社加班；要么是中年寡妇，整周无所事事，哪天都可以有空。她们都等不及想来家里玩，可我依旧选择再观察一段时间。

到了第二周，维妮的本事只增不减，我几乎怀疑她其实原本就很擅长厨房的工作——她的烹饪手艺变得很好。母亲却像是压根没注意到这些变化似的，还和以前一样，不褒不贬，只发号施令。维妮的年纪很难猜，大约在五十五到七十岁之间吧，脸盘很大，皱纹密布，身材瘦骨嶙峋，头发是淡巧克力色。以前母亲挑选用人的标准一直是"要长得好看"，如今竟妥协并选择了外表并不美好的维妮；正因如此，她现在一点儿多余的心思也不想花在维妮身上，只要她的工作表现没有低于一般水平就好。

说到自言自语的问题，维妮现在就正在厨房气冲冲地争辩着什么。某天晚上，这种争吵声甚至大到整间别墅都能听见，并且持续了足足十来分钟。可我的床单也确实被铺得平平整整，还像高级酒店一样向外折起一角；楼梯上的地毯像过去很多用人在时那样，被打扫得一尘不染；家具、扶手、栏杆无一不被擦得亮堂堂的。维妮在厨房里和自己吵完架便安安静静地待着，直到母亲临睡前为她准备茶水，再然后自己也回房休息了。一夜好眠。第二天一早，维妮又开始和自己吵架——反正看起来像是那样。通过细心观察，我发现她和自己争吵时脸上竟挂着笑容。母亲的早餐都已准备好，放在托盘上了，她正准备端上楼。"你怎么了，维妮？"我忍不住问。

"哦，黄油忘了放进餐盘里。太老了，记性不好了。"

"你想退休吗，维妮？"我问，心里有些忐忑。我认为维妮刚才的话是在暗示这一点。

"我怎么可能丢下你母亲不管？"维妮回答，然后端着托盘上楼去了。

就在第二周，我九十六岁高龄的母亲忽然去世了。维妮态度平静地从萨塞克斯郡给我打来电话，我一听便立刻动身赶往别墅。葬礼规模很小，但气氛祥和；别墅即将挂牌售卖；维妮还是会不时同自己争执，比如她会说"报刊亭没有按我说的取消订阅《泰晤士报》"等等，从她身边经过时，常常能听见这样的自言自语。尽管如此，我在别墅的最后一夜还是睡得很好；第二天清早起来，准备支付维妮的薪资并商谈养老金的事，我认为她一定很高兴自己终于能够退休了。维妮在约克郡有亲属，我想她大概会去投靠他们。

"我不会离开这个家的。"维妮却出乎意料地回答。

她指的不是这个别墅，而是我。

"呃，维妮，别墅会被卖掉的，这里已经没有家了，不是吗？"

"那我跟你一起走，"维妮说，"我知道你家不大而且肯定乱糟糟的，但我可以住在地下室。"

金窝银窝不如自己的狗窝——我住的房子很小，在伦敦一条叫"汉普斯特德路"的小街上，是我十二年前买下的。我一直没时间好好整理房子，因为我常常要在剧院待到深夜，然后和剧院里的三五好友出去吃夜宵；早上睁眼起来，首先要把剧院专栏的灵感或者点子写下来，穿着睡袍、光着脚丫在家里四处转悠；然后简单地吃点午饭，再一头扎进书房闷头写作；没有写作任务的时候便会出门看场电影或者艺术展，再不然去参加一场官方活动等等；还有的时候，我会在家弹钢琴。周五、周六是工作最辛苦的日子，因为每周的最后一场表演安排在周五，而周六下午三点前专栏文章就必须刊登出来。母亲去世前，每周日和周一还要带朋友去萨塞克斯看望母亲，根本没有时间整理房间。虽然偶尔有朋友来我家暂住时，会好心帮忙收拾屋子，可我还是宁愿他们别这么做，因为有次别人贴心地收拾完后，家里的东西基本上都挪了位置，我完全不知道要去哪里找。此外，任何情况下我都决不允许别人进入我二楼的小书房。每周三天，一位叫作伊达的家政钟点工早上会来家里打扫清洁、整理房间，一共工作两个小时。她是个气质忧郁、扭扭捏捏的人，让这两小时变得很难捱——不仅对她而言，对我和我的猫弗兰西斯而言也是。伊达会帮忙把洗好的碗碟从洗碗机里拿出来，整整齐齐地放回橱柜；更换浴巾、床单和被褥，再把旧的扔进洗衣机；清扫厨房的地面、用扫帚快速地为弗兰西斯扫一下身上掉落的毛发。有时也会弹弹客厅的灰尘，用吸尘器清洁地毯。这三天里，弗兰西斯都会跑到地下室里躲着，直到她离开。

对伊达的不满并不是说服我留下维妮的全部原因。最初我是铁了心拒绝的，因为家里的财产在母亲身前便已告罄；我倒是有一份不愁吃穿的工作，但手头也并不宽裕，和身边的许多朋友一样，并没有余裕聘请全职管家。还有一个原因就是，我家没有足够的房间。虽然有一间地下室，但里面十分潮湿，并且堆满了发霉的旧箱子，里面装着同样发霉的旧东西。我总想着要找一天好好清理，却一直未能如愿。这堆箱子里有些物品属于母亲，是她某次搬家时留下的，之后就再也没有回来拿。有次我把箱子打开，发现里面有两把鸵鸟毛的羽扇长了蛾子，已经快碎掉了；几个木制的象棋棋子，因为潮湿也已经烂得不成样子了；除此之外，还有一些吸满湿气的书籍和红酒。我把它们重新扔回箱子，只留下了那几瓶红酒，尝了一口，味道还算不错，自那以后便再也没有碰过这些箱子。地下室有两个房间，一间很小，阴冷潮湿，是厕所；另一间是阴森森的厨房。显然，在我买下这栋房子前，有人住在那里。

"我不能让你去住地下室，维妮。"我采用了这个说辞，而不是——"我请不起全职管家兼厨娘，维妮。"

"地下室有什么问题吗？"

"太潮湿了。"

"我不需要很多钱，"维妮说，"您母亲给的本来也比市面上少，她对薪水的观念还是过去那种。你的一日三餐需要有人照顾；我可以住在阁楼上，我会自己整理的。"

我不清楚她怎么知道我有个阁楼。以前我也考虑过把阁楼改成可以住人的房间租出去，但它就在我房子唯一的两间卧室正上方，现在其中一间卧室改成了书房，而我不喜欢有人在我头上走来走去，于是阁楼便一直空到了现在。除了卧室和书房，家里的其他房间都在一楼，分别是起居室和餐厅，有一张沙发床，方便朋友来时晚上休息用。这么看来，维妮也只能住阁楼了，那里既温暖又没有堆放任何杂物。对于维妮的提议，让我产生决定性动摇的理由是她的这句话："你的一日三餐需要有人照顾。"这对我确实很有诱惑力。我已经开始想象自己结束剧院的工作后，可以自由邀请朋友和同事回家用晚餐、开派对的场景，以及每天能享用的精心烹制的午餐——维妮本就善于算账，知道如何用最省钱的方式买来最好的食材。

"这样可以为您节约外出就餐的费用，可以省不少钱，"维妮自信地说，看来事情似乎已经没有转圜的余地了，"再加上您卖掉母亲别墅的钱，您将来的日子可好着呐。"

我没告诉她，母亲的财产基本上都被遗产税吞掉了。母亲太固执，给自己安排的后事简直糟糕透顶。不过维妮说的也对，要想在伦敦找一家不错的餐厅已经越来越困难了，不仅食物越来越差，服务质量也日益下降。于是我答应了："好吧，维妮，不过你得尽量自己整理阁楼，我还有工作要忙，只能帮你把行李搬上去。"

"我行李不多。"维妮回答，算是答应了。

看到我的房子时她评价道："真是个令人忧郁绝望的泥沼——要是您还记得，这句话是班扬①书里写的。"话虽如此，她还是开心

---

① 约翰·班扬（John Bunyan，1628—1688），英国作家，他创作的《天路历程》是著名的基督教寓言小说。

地住进了阁楼。我把伊达剩下的工资付了,家里的一切正式全权交给维妮打理。

自从维妮来了家里,我的生活质量确实产生了翻天覆地的变化。真难以置信,她居然能把那么多家事都料理得井井有条。除了书房我每天出门前会上锁以外,维妮把家里所有的角角落落都仔细清理过了。她唯一咬牙多花了点儿钱的,是为我购置了一台新的厨灶。我对维妮进进出出并不在意,却对她连地下室和阁楼的所有角落都打扫得一干二净感到无比惊叹;我第一次能够透过起居室的玻璃窗清楚看到外面的景致;卧室的床铺也都天天打扫,被子也铺得整整齐齐。所有这些都是维妮搬来后,短短几天内完成的。不到一个星期,我真的可以邀请朋友们来家里聚餐了,她烹饪的食物也很可口,而且样式新颖,恰到好处。

"你可真有福气啊!"朋友们时常交口称赞,大家都想趁我不注意把维妮挖走。母亲留下的银器和水晶玻璃餐具也被拿出来擦得锃亮、摆上餐桌。即便是深夜,维妮也不介意帮忙做饭、招待客人,菜肴的味道依旧令人称绝。"天呐,真是太精致了!她是怎么做的?"

"她在和谁吵架呢,在厨房里?"

"和她自己。"

等维妮清理了桌上的餐盘,准备给我们倒咖啡时,朋友们在起居室里听见维妮自言自语,她在厨房里又和自己争执了起来。

由于工作需要,我天天泡在剧院里,耳濡目染,倒觉得维妮这种奇怪之处颇有些戏剧的意趣;朋友们也并未对此表示任何不满,反而觉得很有趣。每次维妮离开房间,他们便会纷纷称赞,说她很讨人喜欢、是我的宝藏。其中一位朋友是一名年轻的女演员,以前很爱去乡下拜访我母亲;她很有洞察力,常常能发现一些我注意不到的细节。有一次她指着两张椅子说，最近它们换了新的软垫，缝制垫子的针法是手工点绣。

"你找人把母亲的点绣垫子做完了？"她问，"我记得去年一整个夏天她都在绣这个。最后一次见你母亲时，我看见她就坐在别墅外的露台上绣这两个垫子。"

"你怎么知道这是母亲绣的？"我问。

"我认得上面的花样。你瞧，是威尼斯风格的，是她的特别设计——你瞧那红色。"

"哦，想必是母亲自己绣完的。"

"噢，那不可能。这种绣工可费时间了，以您母亲当时的进度，这绝不可能。"

"呃……那一定是维妮绣完的吧。"

"维妮？她已经有那么多事要做了，哪来时间弄这个？"

"谁知道呢，说不定她真有这本事。"

我很是疑惑，但再想想又觉得，其实我并不想知道维妮是如何办到这一切的。这种心态大概就像不愿相信这世上没有圣诞老人一样：一旦问出口，所有的惊喜或许就会转瞬消失。

维妮和我的朋友们很快打成了一片，也从他们身上学到了不少新东西，开始渐渐展露出演艺方面的才能。每次上菜或倒咖啡时，她的嘴里愈发念念有词。某天晚上，我正同几位客人聊着天，她忽然毫无征兆地走进客厅，一只手里握着母亲留下的那把已经被蛾子咬得七七八八的鸵鸟毛羽扇，学着"二战"前初入社交场合的妙龄女子那样，在众人面前把扇子在身前轻轻一挥，俯下身子行了一个标准的屈膝礼。扇子上羽毛飞扬，纷纷掉落在地毯上。之后，她以庄重的姿态后退，走到门口又再次向我们行了一次屈膝礼才离开。直到她完全离开，人们屏住的呼吸才放松下来。但那天晚上剩下的时间，客人们全都愉快又兴奋地讨论着维妮刚才的行为，一点儿也不介意那看起来有多奇怪。不过，虽不曾明言，我心里却感到有点尴尬。还有一次，我正和一个朋友安静地下着象棋，维妮忽然不请自来，开始整理火炉里的柴火。象棋是她从母亲的旧箱子里找出来的，做了紧急维护，能正常使用了。不得不说这清理、修复的工作做得很好。经过我们身边时，她斜起眼睛瞄了一眼棋盘，忽然说："真不民主。"我猜她指的是棋盘上国王、城堡之类的棋子。这些多数都是无伤大雅的行为，但只有一种情况除外，那就是当我在书房里，准备撰写戏剧专栏文章的时候。

每天我准备写作的时候，维妮通常都在阁楼上疯狂地自我批判，吵得我一刻不得清净。终于有一天，我实在忍不下去，于是犹豫着跟她摊了牌。

"维妮，"我说，十分注意自己的措辞和语气，"不知道你有没有发现，最近你越来越喜欢自言自语了？虽然这没什么值得太担心的，很多人都有这个习惯，甚至不少伟大的天才都喜欢自言自语——但是这样一来，我很难集中注意力工作，因为总能听到阁楼上你和自己争吵的声音。"

"唉，我是挺容易激动的。"维妮说。

"我明白。而且我也知道你为我付出了很多。你有没有想过去看看医生，看看这种情况是不是可以得到缓解？"

"你是说去精神病院看吗？"维妮询问。

"哦，维妮，当然不是了——只是找人私下看看，就问问。或许医生可以给你开点儿药，否则，恐怕我只能请你离开了。但我真的建议你去——"

我力荐维妮去找一位在私人诊所工作的年轻心理分析师，据说能力不错。我不知道她是如何介绍自己和描述病情的，但毫无疑问她肯定给医生讲了个在我看来逻辑不通的故事。维妮似乎并不认为自己有问题，而医生竟然也同意。她拒绝住院观察，又看了几次医生后,被建议无需复查,只开了些药便完事。我向医生打听情况,可他不愿多说。"她是偶尔有些幻觉,但没什么太严重的问题,会好起来的。当然,如果她不配合,我也没办法进行深入诊断。"我支付了高昂的看诊费用,维妮则继续一如往常地喃喃自语了一个星期左右,她说有遵医嘱好好吃药。

一个星期后她真的安静了很多;不到两个星期,自我争吵和大呼小叫也停止了。我终于又能全神贯注地工作了。

然而家里的状态却每况愈下,就像回到了她之前的样子,甚至更糟。虽然我又开始在外面吃饭,维妮给自己做饭的时候也能把菜烧糊。房子里一团乱,烧焦的气味四处弥漫,几日不扔的垃圾到处都是。她依旧勤勤恳恳地努力工作着,却根本无法胜任。

"你或许应该休个假,维妮。"

"那些药我不吃了,"她说,"萝丝不喜欢那些药,会有不好的作用。"

"萝丝?"

"萝丝·斯皮格特。"

我想起了斯皮格特女士,已故的厨娘兼管家,也想起了斯皮格特女士特别清晰的咬字发音,一看就受过良好教育的行为举止,以及她曾服侍过公爵一家并随他们游历了整个东方的传言。"你说的是我家已故的厨娘兼管家的亲戚吗?"我问。

"我说的就是那位已故的厨娘兼管家本人,"维妮答道,"她现在已经不在了,自从我开始吃药,那些药就把她赶走了。"

"既然你认为那些药不好,"我情绪十分激动,"那就别吃了罢,维妮!"

"不是我觉得不好,而是萝丝不喜欢。她特别容易激怒别人,假扮女主人私自做你母亲留下的针线活,还不准我在你的朋友们面前炫耀。可她确实是个不错的厨娘兼管家,很会管事,没有她,我可做不来这么多事。她是我的好帮手。"

"可不是，那些药你不能再吃了，"我说，"你介意我再去跟医生谈谈吗？"

"当然不介意，"维妮说，"这又不是医生的错。"

我得离家去北方一个星期，参加一场剧院的庆祝活动。我很高兴能够离开，就算行李箱中塞满了皱巴巴的衬衫和没洗的袜子也不错。我觉得出门休个假、透透气再回来面对维妮的问题会好很多。

等我终于回到家，钥匙插进锁孔的那一瞬，便觉察到家里发生了一些变化。毕竟门口老旧的门牌此时已被擦拭一新，熠熠生辉，门后还传来维妮同人大声争执的声音。

我打开门，探出个脑袋去看，厨房里却只有维妮一人。"萝丝回来了。"她说。

我明白她的意思。我的房子再次窗明几净，一尘不染，晚餐也十分丰盛美味。

可惜这一切对于我脆弱的神经来说实在难以承受。思前想后了一段时间，我最终还是决定说服维妮退休。她离开伦敦回到了约克郡。至于斯皮格特女士有没有陪她一同离开，我不清楚。我的家又恢复成原来的狗窝，朋友们对我一如既往地好，于是我经常和他们一起出去用餐；过去扔在地下室发霉的东西，现在放进了阁楼；没有人再为家猫弗兰西斯梳毛了，但它一点儿也不介意；独自在家时，我可以随性地坐在灰尘飞扬、满地垃圾的房间里，静静地弹琴。

留在我身后的那位女孩

离开办公室时,时间刚到傍晚六点十五分。

"嘀嘟——哒——噔噔——",又是这个旋律,不停地在我脑海中循环。除了高声讲电话和发呆之外,莱特先生整天都在哼着这首歌。有时候他也会哼唱《轻轻转动锁孔里的钥匙》①那首歌,但我更常听见的还是那首有着轻快号笛舞②曲风的《留在我身后的那位女孩》。

我站在队伍中等待着公交车,感觉疲惫万分,思考着自己究竟还能在马克·莱特(螺丝&钉子)有限公司坚持多久。当然,在经历一场重病又花了好长时间养病后,我明白辞职是早晚的事。可是莱特先生此人和他口里的曲调,以及忽然雀跃又忽然倦怠的极端情绪转换,还有焦黄的头发和满口烂牙,都不断地加剧着我的厌恶之情,尤其像现在这样——即便已经离开了办公室,他的哼唱还在脑海中萦绕不去,简直就像带着莱特先生一起回家似的。

公交车站的人们压根没有注意到我。当然他们也没必要特别注意我,我与他们素不相识,可那天晚上,我站在一群等待归家的人中却感觉尤为透明。大家的眼神不仅完全透过我看向别处,甚至连走路都仿佛看不见我一般,笔直地就撞了过来。晚秋时节总是容易让人多愁善感,椋鸟们扑簌着翅膀,纷纷栖息在周围摩天大楼的高檐上。渐渐地,我从心中纠结模糊的不安感中捋出了一丝清明,那是一种强烈的感受,似乎我落了什么重要的东西在公司,或者还有

---

① 英文原名"Softly, Softly, Turn the Key"。
② 号笛舞是英国水手喜爱的一种乐曲。

什么未完成的工作——是不是我忘了锁保险箱的门？还是太在意一些琐碎的小事了？我有点想转身回去，尽管疲惫，但至少再看一眼才好放心，可就在此时公车来了，于是我随着人群一起上了车。

和往常一样，我没抢到座位。抓着扶手环，我和其他乘客们挤在一起，随着车子的行驶前后摇晃着。一个不小心，我踩到了一位男士的脚，赶紧说："啊，真对不起。"可他直接把脸转开了，根本没有回答，这让我很难过。我的心里越来越肯定，自己一定是把什么特别重要的东西遗落在办公室了。"嘀嘟——哒——嗒嗒——"，这个旋律一直伴随着我一路回到家。我在心里把今天的工作从头到尾默默梳理了一遍，觉得或许有封什么工作邮件应该在下班之前写完寄出去，结果被我忘了。

今天早上到办公室时，马克·莱特正激情澎湃地工作着。有时心血来潮，他会早上八点就跑来公司拆邮件什么的，等我上班时，他已经发了七八份毫无必要的电报信息；趁我挂外套的当口，他更是已经喋喋不休地把一整天的工作安排布置了下来，长满雀斑的双手快速地挥动着，和他迅速张合的嘴频率一致。他的这种性格曾让我很不爽，唯一好笑的地方是，每当他对啰啰嗦嗦教训我每件事情该怎么处理时，总会告诉我"标注为急件"——我觉得这很好笑是因为，他的名字无论发音还是单词都恰好和英文"标注急件"[①]一模一样，因此每当他处在这种高昂的情绪中，我便会在心里叫他"标注急件先生"。

身体跟着公交车继续摇摆，我回忆起当天早上"标注急件先生"异常兴奋和高昂的情绪。今天的他似乎比平时更亢奋些，搞得我直到现在都还有些紧张。作为一个二十二岁的人，我忽然感觉自己似乎老了，竟怎么都想不起来究竟还有什么未完成的事。有什么

[①] 马克·莱特的名字原文是 Mark Letter，可直译为"标注信件"。这里是作者玩的文字游戏。

地方很不对劲。随着公交车离办公室越来越远,心中的这种感觉就越来越强烈。倒不是说我对这份工作有多么上心,而是莱特先生突然爆发的情绪太有感染力,每次出现这种情况,我那一整天都会特别紧张不安;尽管不停地安慰自己:等到家了就好了,但实际上这种焦虑感并不会消失。

今天中午,莱特先生终于冷静了一些,在我去吃午餐前的一个小时,他双手插在裤兜里在办公室里闲逛,咧着一口米粒大的棕色牙齿,哼唱着那首水手的歌谣《留在我身后的那位女孩》。这旋律随着公车的摇摇晃晃再次在我耳边响起:"嘀嘟——哒——噔噔——嘀嘟——哒——"。吃过午餐回来,我发现办公室里一片沉寂,还以为莱特先生出去了,却忽然听见从他狭小的私人办公室里再次传出这个曲调,这次是低声的哼鸣,一直哼完了整首歌。于是我知道他又进入午后发呆的状态了。

有时候,我会不小心在他陷入恍惚时,推开小隔间的办公室门找他。每次都看见他坐在写字台后的旋转椅上,椅背上披着脱下来的外套,而他右手肘支在桌上,手腕托着下巴,左手甩着脱下来的领带——他总盯着领带发呆,这是帮助他沉思的道具。那天下午当我推开门交文件时,又看见他盯着领带发呆,双唇微张,露出一排小而稀疏的棕色牙齿,那比小孩儿的牙齿大不了多少,嘴里又吹着那首曲子。昨天哼的是《轻轻转动锁孔里的钥匙》,今天哼着另外那首。

公车到站了,我像往常一样下车,手里还攥着车票钱,我差点就心不在焉地把钱当作车票扔了。等注意到的时候我想:原来大家根本没注意到我这个人呐,连售票员都只是匆匆地从我身边经过,并未停留。

马克·莱特在自己的白日梦里沉浸了大约两个半小时——可我到底是忘记了什么却一点儿也想不起来,也想不起当他终于从办公室出来后对我说了些什么。或许那时我去泡茶了吧,因为莱特先生不疯癫也不恍惚的时候,说话和正常人没两样,并且总会要求我给他泡杯茶。他会跟我聊自己的业余爱好:做浮雕细工。我想莱特先生并未成家,四十六岁的年纪依旧单身,独自一人住在罗汉普顿的一栋房子里。当我沿着回家的小路往出租屋走时忽然想起来,莱特先生走出办公室让我倒茶时,手里还握着那条领带,发白的脖子在敞开的衬衫领口下若隐若现,嘴里还哼着那首曲子——"嘀嘟——哒——噔噔——"。

终于到家了。我把耶鲁牌的钥匙插进锁孔。轻些,我对自己说,轻轻地转动锁孔里的钥匙——感谢上帝我终于回家了。女房东从厨房出来走到前厅,从我身边经过去了餐厅,布满皱纹的手里拿着盐和胡椒瓶。她又有新的房客了。"我的客人们"——她总是如此称呼我们。在我的女房东眼中,房客似乎是旧不如新的。我被忽视了,如此想着,心中感到些许凄凉。我无法忍受自己在这种忽视下先上楼盥洗,再下楼和新房客们一起喝温莎浓汤,眼睁睁看着房东热情备至地招呼他们却惟独无视我。在门厅的椅子上静静地坐了一会儿,我尝试着默默鼓起勇气。缠绵一年的病情会夺走一个人的精力,无论她多么年轻。心中对浓汤的厌恶和对办公室的焦虑忽然间迫使我做出了决定:我不要上楼回房,我要立刻赶回办公室,亲眼看看究竟忘掉了什么。

"嘀嘟——哒——噔噔——"——旋律依旧,我告诉自己这只是神经过敏。以前我总嘲笑妹妹疑神疑鬼,她每晚上床后还一定要让丈夫下楼去,把煤气开关和全部门窗再检查一遍,看它们是不是都关好、锁好了。好吧,现在我和妹妹一样蠢了,不过也终于理解了她的执念。于是我打开大门,悄悄溜出房子,拖着疲惫不堪的身体步履蹒跚地走回了公交车站,搭上车回到了办公室。

"干吗为了马克·莱特费这番功夫?"一路上我默默问自己。说实话，我回去并不是为了他，而是为了我自己，为了摆脱心中似乎总忘了什么的忧虑。他哼的那首歌就像鱼缸里的金鱼一样，来来回回、反反复复地萦绕在我脑海。

公交车驶上了熟悉的道路，我心想，要是待会儿马克·莱特还在办公室我该说些什么。他经常加班到很晚，或者应该说他喜欢在办公室待到很晚，也不知道在干吗，毕竟螺丝和钉子的生意并不常有繁重的工作需要处理。在我看来他就是对这种脏兮兮的厂房有种莫名的喜爱。我很是担忧，生怕在办公室撞见马克·莱特，怕看见他像早前那样手里甩着领带站在我桌旁。我决定要是真的遇见他，就直截了当地说明，是忘了东西回来取。

下车时，时钟刚好指向七点十五分，我发现售票员又没收我的车费。我傻傻地盯着手里的钱看了一会儿，忽然信心倍增。"嘀嘟——哒——噔噔——"——不知怎的，我也开始哼起了这首曲子，快步沿着办公楼旁那条阴郁的街道向前走去。心在胸腔里怦怦直跳，我怀着满腔的好奇与期盼来到办公楼大门外。"轻一点儿，轻一点儿。"我站在门外对自己说，然后转动钥匙，三步并作两步地跑上楼。来到办公室门口，我停了下来，一边在钥匙串上找着钥匙，心里一边想：不知道妹妹会怎么看待我现在的行为。

门开了，我忧伤焦虑的心情也瞬间消失了。我的心中充满了喜悦，因为我终于知道自己究竟忘记了什么——我就躺在地板上，是被人勒死的。我冲过去，俯身抱住它，像温柔的爱人一样紧紧拥抱我的尸体。

平克顿小姐启示录

二月的一天傍晚，空气潮湿。一道影子朝着一扇窗户飞去。萝拉·平克顿小姐正拨弄着炉火，忽然听见头顶传来一阵模糊的"嗡嗡"声。她抬起头，随即惊呼道："乔治——快来！快过来！"

尽管前一刻还因为吵架被赶去厨房啃三明治，乔治·雷克依旧闻声赶来。他抬头看向声音的来源，顿时一屁股瘫坐在椅子上。

故事从这一刻开始便分成了两个版本：他的和她的——不过两人在主要事实上还是达成了一致：他们都看见一个小小的、又圆又平的东西在房间里飞行。

"是有东西在飞。"愣了半晌后乔治终于低声说。

"是一个碟子，"平克顿小姐很激动，"还是个古董。看形状就知道。"

"这怎么可能是古董？真是胡说八道。"乔治说。

他本可以把话说得再委婉些的，真的，但当时实在太紧张了。那话自然惹怒了平克顿小姐——她总要争个对错。

"我对自己的专业判断很有信心，"她像往常一样反驳道，"至少我自认如此。到今年秋天我就在古董瓷器行工作二十三年了。"这倒是没错，乔治知道。

那只会飞的小碟子正绕着台灯灵活翻飞。

"看来它很喜欢灯光。"乔治说，就像在形容一只蛾子。

话音刚落，飞碟径直朝乔治的脑袋俯冲过来。他本能地闪躲，平克顿小姐则早已退到墙边，身体紧贴着墙壁。飞碟向一边倾斜，从乔治肩膀上方缓缓飞过，从平克顿小姐的角度刚好能看见飞碟的底部。

"这东西搞不好有辐射,说不定很危险。"乔治的呼吸有些急促。碟子向上飞去,绕着他的头顶打转,然后再次俯冲下来,但依旧没有击中他。

"它才没有辐射,"平克顿小姐说,"它是斯波德陶瓷公司①的碟子。"

"别傻了!"乔治回答,对当前的状况感到无比紧张。

"好,好,好——"平克顿小姐说,"不是斯波德陶瓷,看来你是这方面的专家呢,乔治,你什么都懂。我不过是从上面的花纹判断罢了,毕竟我在瓷器行业工作了一辈子,我——"

"肯定是伪造的。"乔治不悦地说。平克顿小姐的语气听起来那么熟悉又那么令人讨厌,他的心已经开始不受控制地烦躁起来;同时,他也很怕那个飞碟。

飞碟缓缓转了方向,沿着墙上的画稳稳当当地在房间里四处游荡。

"你说它是伪造的,哈!"平克顿小姐笑了一声,然后一个箭步冲出房间,很快又拿着一把小梯子回来。

"我要好好看看它底下的商标,"她说,伸手定定地指着碟子,"我的眼镜呢?"

仿佛为了配合她,飞碟悬浮在房间的一个角落不动了,像只蜘蛛一样悬挂在离屋顶几英寸的地方。平克顿小姐调整着梯子的高度。一戴上眼镜她便恢复了平时生机勃勃的样子,庄重且专业。

"别碰它!别靠太近!"乔治一把将她推开,又把梯子挪开,这个动作乒铃乓啷地撞倒了一只蓝色玻璃碗、一个德累斯顿陶瓷雕塑、一个插满鲜花的花瓶和一个装着雪利酒的玻璃瓶——仿佛一头

---

① 英国四大陶瓷公司之一。

牛闯进了陶瓷店。平克顿小姐惊呼连连,却丝毫没有动摇心意,拼命和乔治抢梯子,坚持要上前查看那飞碟。

"萝拉!"乔治绝望地喊,"我相信它是斯波德牌的碟子了,我相信你的话。"

就在此时,飞碟从窗口飞了出去,不见了。

两人迅速致电地方报馆,对方说会立刻派记者过来。与此同时,平克顿小姐又给自己两位懂科学的朋友打了电话——所谓懂科学,不过是其中一人对通灵学十分着迷,另一位是个电工,但他俩都没接电话。乔治靠着窗户向外探出身体,在房顶和天空上搜寻着飞碟的踪影;随后,他又跑到房子后方的窗户,探出身子——检查了所有的电灯和无线电设备。好在它们都运作如常。

报社的人很快便到了,随行的还有一位摄影师。

"拍不到了,"平克顿小姐依然很兴奋,"早飞走了。"

"我们还是可以拍一下事发现场。"记者解释。

平克顿小姐紧张地看着刚才被乔治搞得一片狼藉的房间。

"家里简直一团糟。"

橱柜上的玻璃瓶还在不停淌着雪利酒。

"我们还是先打扫一下吧。乔治,帮忙!"她飞快地转身马不停蹄地行动起来,往火炉里加小煤炭。

"别,就这样别动,"记者说,"这些都是那个幽灵造成的吗?"

乔治和平克顿小姐同时开口回答——

"呃,间接造成的。"乔治说。

"那不是幽灵。"平克顿小姐说。

记者就近挑了一把椅子坐下,拿出铅笔问道:"两位介意我做个记录吗?"

"您介意坐在那边吗?"平克顿小姐没有回答他的问题,"我平常一般不会坐那张安妮女王风格的椅子,主要是它们都比较脆弱。"

记者闻言像被蜇了一样立刻起身，顺势靠在了餐桌上，平克顿小姐还是一脸不太放心的样子。

"您有所不知，我在古董行业工作。"她继续道——看来这场风波的后遗症已经开始显现了，乔治默默地想。说实话，他觉得她已经没治了。乔治心里的烦躁感逐渐消退，平时的自信如潮涌般回归。

"我说萝拉，你快坐下，放松点。"他热切地扶着她找了张舒服的椅子坐下。

"她就是太紧张了。"他对记者说，带着一丝暗示。

"您说那东西是从这扇窗户飞进来的？"记者提问。

"没错。"乔治回答。

摄像师立刻对着窗户调整焦距。

"当时两位都在这房间里？"

"不是的，"平克顿小姐说，"雷克先生当时在厨房，听见我大声叫他才过来的。他只看到了那只碟子的外面，没看到里面——我是说底部，原本应该印着制造商标识的地方。我瞧见了，所以打算爬上梯子再确认一下。就是那时，雷克先生把这些东西全都撞翻了——但我看见了碟子底部的样子。"

"我有句话想说。"乔治打断她。

记者充满希冀地看向他，乔治略顿了顿说："不如我们从头开始讲吧。"

"行啊。"记者说，神情专注起来。

"事情是这样的，"乔治说，"我听见平克顿小姐尖叫便立刻赶了过来，就看见一只凸面白色碟子在空中飘浮，差不多就在那边。"

记者顺着他的手指望了过去。

"那碟子一直在发出某种声音，就像猫的咕噜声。"乔治告诉他。

"您能判断那究竟是个什么东西吗?"记者问。

乔治略想了片刻才回答:"呃,知道,却也不知道。"

"那是一个斯波德瓷器。"平克顿小姐说。

乔治没理她,继续道:"我对瓷器不怎么了解,并且对一切都保持怀疑。今天之前还从没遇过这种事呢。"

"你说得没错,"平克顿小姐插嘴道,"但我已经和瓷器打交道二十三年了,能立刻辨认出品牌。"

记者一边在笔记本上写着一边问:"这些会飞的碟子在中国① 很常见吗?"

"那就是一个小碟子,但我以前从没见过会飞的。"平克顿小姐说。

"我想问个问题。"乔治说。

平克顿小姐不理他,继续说道:"雷克先生是做画框工艺的,对旧画布倒是很精通,对古董却是一窍不通。"

"我就想问问,现在到底是你讲还是我讲?"乔治说。

"要不我们让雷克先生先说完,再请女士讲。"记者提议。

平克顿小姐不悦地闭上嘴。记者转头用期待的眼神示意乔治继续讲下去。

"那东西上面有连着什么吗?比如线绳之类的?我的意思是,会不会是有人故意跟你们开玩笑之类的?"

乔治很是认真地思考了一下。

"没有,"过了一会儿他回答,"说真的,我觉得那东西就像有自己的想法一样,感觉被外太空的什么力量控制着,它还袭击我来着。"

---

① 这里是记者误会了。英文的"瓷器"和"中国"是同一个词"china",唯一的区别是表示国家时首字母大写,所以记者把平克顿小姐说的"瓷器"听成了"中国"。

"真的吗？那是怎么回事？"

"雷克先生不是被袭击了，"平克顿小姐打断他们，"根本就没有什么危险。我看到开飞碟的宇航员的脸了，他只是在逗雷克先生玩罢了，咧着嘴笑呢。"

"宇航员？"乔治不可思议地说，"你在胡说什么呀——什么宇航员！"

平克顿小姐叹了口气。"我看见一个只有我一根手指大小的男人，"她解释道，"坐在一张小凳子上，一只手握着一个小小的方向盘，用另一只手冲我们招手。碟子下方的边缘处有一个看起来很像缝纫机的东西，那人就坐在那，用脚一直踩着踏板——他没有袭击雷克先生。"

"别说蠢话！"乔治斥道。

"您不是认真的吧？"记者审慎地问。

"我当然是认真的。"

"我有个问题——"乔治强势打断她。

"你只看到了碟子的外缘，乔治。"

"你刚才可没提到什么宇航员！"乔治说，"我也没看见什么宇航员。"

"飞碟接近的时候雷克先生很害怕，他当时要是没闪躲肯定也能看见。"

"你刚才没说过宇航员的事，"乔治坚持道，"麻烦你理智一点儿。"

"我那是没机会说，"女人反驳，然后转头向摄像师寻求支持，"您看，我很清楚自己在说什么，但雷克先生总以为他比我懂得多。他跟我说：'那是个伪造品。'——别的我不一定清楚，但能肯定那绝对是个货真价实的瓷器。"

"这绝不可能！"乔治对记者说，"连方向盘和踏板机都出来了，您能信吗?"

"真要是那样,那个男人不会掉下来吗?"摄像师说。

"不得不说,"记者终于开口了,"我更喜欢雷克先生的远程操控理论。这位女士可能是当时产生了某种幻觉,被飞碟惊吓所致。"

"很可能。"乔治附和道,又低声对摄像师耳语了些什么——"女人啊!"平克顿小姐听见他压低声音叹息。

记者也听见了,冲他友好地笑了笑说:"要不我们接着听雷克先生讲吧,最后再把两个版本做个对比,看看能得出什么结论?"

然而此时平克顿小姐已经想好了,她忽然露出一副至今为止乔治从未见过的神情,把身体向后一靠,发出一阵傻乎乎的轻笑,一边抬手在空中轻晃,一边用十分开心的语气说:"哎哟喂,看看这一团乱!今晚可真离谱!咱俩的酒量可真不行,你看看,看看现在搞成什么样了?天呐,天呐!"

"你有事吗,萝拉?"乔治问,语气凌厉。

"没事,没事,一点儿事没有。"平克顿小姐说,一副糊涂又开心的表情。

"我们真不该这么做的,乔治,还害这两位先生专程跑一趟。我可演不下去了,乔治。哦,我的天呐!不过倒是挺好玩的。"

说完这些她又傻呵呵地笑了起来。乔治一脸困惑,但很快便似乎明白了什么,怀疑地审视着她。

"她这样子绝对是受了这件诡异的事的影响。"乔治坚定地对记者说。

"是我的错,都是我的错。"平克顿小姐口齿不清地咕哝着。

记者看了一眼手表。"您可以保证看到了一个会飞的东西吗?"他问,"而且两位都被它吓到了?"

"您就这么写,它是一个小小的、圆圆的、平平的东西。这一点我俩意见一致。"乔治说。

平克顿小姐再次语调轻快地打断他：

"女人嘛，你们懂的！什么事到最后都是女人的错，"她对众人说，"我们俩就是喝了几杯酒——雷克先生比我喝得还多呢。"她一副兴奋的样子补充道。

"我向您保证，事情绝不是她说的那样。"乔治对记者说。

"我说乔治，我们这样耽误人家报社的人说不定会被罚款呢——这搞不好是犯法的呢。"她说。

"我向您保证，"乔治又对着摄像师说，"我们真的看见了一个会飞的碟子——就在不到一个小时前，就在这个房间。"

平克顿小姐再次"咯咯"笑了起来。

记者以全新的思路再次环视了房间一圈，然后露出一副"原来如此，我完全理解并且可以原谅"的表情，合上了笔记本。摄像师盯着地上那摊雪利酒，撒满一地的鲜花、玻璃碴和碎瓷片，也默默收起了相机。两人很快便离开了。

接下来的日子里，乔治把这个故事对熟客们讲了一遍又一遍，两个版本都讲，让他们自己选择愿意相信哪个；同一条街不远处的街角店里，每当平克顿小姐被问到此事时，都会微笑着大度地回应："飞碟？乔治真是，说话总像个艺术家！"她会说："我们应该对这种充满想象力的家伙多点包容。"有时她还会补充说，那天晚上真是令人难忘："好一场派对！"

一来二去，小区里便开始有人在背后窃笑。乔治自然也察觉到了，但这件事对两人原本的关系并没有造成任何改变。就我个人而言，这个故事我是相信的，并且更倾向于平克顿小姐的原始版本。她是我的邻居，而我有相信她的理由。因为没过多久，我也被一个会飞的碟子拜访了，而在我的遭遇里，那个小宇航员的性格羞怯却十分好奇，还拼命地踩着踏板。不过我看见的碟子是皇家伍斯特牌的，是不是伪造的我也说不好。

散发珍珠光泽的影子

"我一定会逮住他的,"纳维斯先生说,"到时候我绝不会手下留情!"

芙琳希迪·葛雷德医生给他递了一颗焦糖味的糖果。她的桌上有一大碗(可能原本是用来哄小孩子的?)。

"谢了。我一定会干掉他的,"纳维斯先生说,"一旦让我捉住他。"

"好的,纳维斯先生,"芙琳希迪说,她是疗养院的常驻心理分析师,"到时候咱俩一起干掉他,正是为了这件事我们才会坐在这儿两天呢。我看您的签名是'O.纳维斯'先生,这个'O'代表的是什么呢?"

"我再也想不出还能有谁比他更讨厌的了!"纳维斯先生却继续说,"我一定要折断他的——"

"纳维斯先生,"芙琳希迪打断他,"放松,慢慢放松。"

"……'O'代表的是'欧洛夫'。要想放松可没那么容易,"患者说,"他现在就站在那儿。"说着他抬手指向医生背后的一个地方。

芙琳希迪向后仰去,把背靠在椅子上。"请您形容一下这个散发珍珠光泽的影子吧,欧洛夫,"她说,"只要简单形容一下你看见了什么,描述一下细节就好。叫我芙琳希迪吧——请务必如此。"

"唉,"病人说,"你可以自己看啊,他就站在你身后。"

"那他现在在做什么呢?"芙琳希迪接着问。

"就那么站着,"纳维斯先生回答,"他总是那么站着,可每当我想捉住他时，他就——"

"请您试着放松一些，"芙琳希迪说，"您说的'珍珠光泽'的影子是什么意思？"

"我的天呐——你这女人真是！"病人叫起来，"你转头自己看看不就知道了嘛！"

带着一抹不易察觉的微笑，她毫无顾忌地转过头去，然后飞快地回过头来盯着眼前的病人。"……对了，就是这样——继续放松。"她说着，给自己剥了一颗糖，"现在，请告诉我，您说是从什么时候开始能看见这个珍珠光泽的影子的？"

芙琳希迪给欧洛夫的看诊时间是一小时，诊疗结束后把他送到了门口的护士站，再由护士把他交给陪护人员带回病房。芙琳希迪在诊疗室外逗留了一会儿，她踌躇着，最后终于下定决心，一把拉开房门走了进去——是的，那个散发着珍珠光泽的影子还站在那儿。

她把这事默默想了一回，决定去找院长聊聊自己的问题——肯定是过劳产生的幻觉。正当她伸手去拿电话时，护士带着预约簿走了进来。"今天只剩最后一名患者了，医生。"护士开心地说。

"哦？"芙琳希迪回道，"我还以为纳维斯先生就是最后一位。"她看了看预约簿——"P.影兹①，"她念着上面的名字，"这位是新患者吧——你有他之前的诊疗记录吗？"

"已经放在您桌上了，"护士说，"要我把病人带进来吗？"

"我已经进来了。"那个散发着珍珠光泽的影子说。

护士惊得一跳。"噢，影兹先生，"她说，"您应该在外面休息室等我叫您再进来的。"

"请坐，影兹先生。"芙琳希迪说。护士退出房间，关上了门。

---

① 此处原文为"Shadow"，即"影子"，在此用作姓氏，故译为"影兹"。

医生拉开抽屉，拿出一包香烟问："抽吗？"

"谢谢你。"病人用嘶哑的声音回答。芙琳希迪扫了一眼他的病例。

"看来我不应该请您抽烟的，"她微笑着说，"病历上说您的肺不好，还有贫血症。"

"我真的非常缺血，"珍珠光泽的影子说，"嗓子也快哑得说不出话了。"

"可是，"趁着芙琳希迪努力辨认他的外貌时，影子又说，"我来这是为了跟您咨询神经衰弱的事，我是说，我有心事。"

这话总算让芙琳希迪放松了下来。她回复冷静，再次拿出专业的态度来处理眼前这个病例。患者闪着微光的面容有些模糊，但这已经不重要了："我看您的签名是'P. 影兹'，这个'P'代表什么呢？"

"代表'珠光①'。您可以直接叫我'珠光'。"

"请放松，"芙琳希迪说，"珠光，请放松。"

"要想放松可不容易，"珍珠光泽的影子说，"尤其是所有人都针对你的时候。"

"大家都在针对我。你也针对我，"影兹继续说着，"你想干掉我，你打算消除我的存在。"

"放松些，影兹先生。"芙琳希迪叫他的姓氏；行医守则上说，直呼患者的名字可以拉近关系，但她对此并不以为然。"好了，请告诉我，您为什么会有这样的想法？"

"不是你亲口对纳维斯说的吗，说你俩要一起干掉我。我听见了，你说这就是你俩坐在这里聊天的目的，"珍珠光泽的影子说，"你给他开了镇静剂，是吧？你打算用药把我除掉，对吧？"

---

① 这里的英文是"Pearly"，字面意思是"像珍珠般的"，因此首字母缩写是"P"。

芙琳希迪一直盯着患者胸口处别着的一个像是珍珠领带夹的东西。"我不能和您讨论其他患者的情况，"她解释道，"那样有违职业道德。两个不同患者的看诊和治疗是不相干的。"

"昨晚他们给他吃了药，"珍珠光泽的影子说，"我差点儿就没命了。你要是再给他开个药效更强的，我多半就会消失了——"

"你想杀掉我，"患者坚持道，"你，还有其他所有的人都是——我知道。"

芙琳希迪给了他一个小时的看诊时间，然后打开门把他送了出去。她认认真真地写完了关于 P. 影兹先生的诊疗报告，然后交给护士。每次看完最后一个病人，她总会习惯性地和护士寒暄几句。芙琳希迪靠在门边说："又一天结束了呢，护士小姐，今天可真够无聊的。"她又说："最近都没什么有意思的案例，尽是些千篇一律的东西。就比如今天最后这两位吧：纳维斯——有被鬼缠的幻觉，病征很明显；影兹——一听就是个有被害妄想症的。我说，你要是去年就在这工作，就会知道我们遇上过好几个相当复杂的病……护士小姐！你这是怎么了？"

"他刚才径直从我的身体穿过去了！"护士说着，身体前后晃动了一下，"直通通地穿过去了！"

"你一定是工作太辛苦了，护士小姐，"芙琳希迪说，"吃颗糖，抽根烟……再喝口水。放松点儿……慢慢放松。他不可能穿过你的身体，但我想我能理解你的意思——他确实是个没什么存在感的人。"芙琳希迪看着护士凹凸有致的身材问道："他穿过你身体离开的时候，你有什么特别的感觉吗？"

"呃……他散发着微光，不是吗？他去哪儿了？"

"回家了吧，我估计，他是门诊病人。你感觉好些了吗，护士小姐？我恐怕得锁上办公室的门了，今天实在有点儿累。"

***

芙琳希迪还是决定要找院长咨询一下自己的情况,说说她这令人困扰的幻觉,但今天太晚了,大家都回家了。

离开办公室,芙琳希迪·葛雷德医生开始后悔,自己怎么没记住那个护士的名字呢?不然,下次寒暄的时候就能显得更亲密些。她很少能记得身边的人或者生活中遇到的人的名字;要是不看名片,很多时候她连自己病人的名字都记不住。她开车回了家,不知为何,一路上一直在努力回忆今天最后一个患者的名字,可惜怎么想也想不起来。待到停车入库时,她已经决定放弃回忆了。

晚餐吃的是混合绿叶沙拉、罗克福干奶酪和水果,主食是粗粮面包抹黄油。所有食物都整齐地摆在餐桌上。芙琳希迪一边津津有味地用餐,一边读着今天的晨报。除了夜里,她根本没时间看新闻。这时她忽然想起来,自己刚才决定要找院长咨询产生幻觉的事。

去找院长咨询自己的问题吗?她需要咨询吗?为什么?——肯定是哪里搞错了。她走进客厅,打开电视,调到一个益智问答节目,那是她最喜欢的节目。今天的竞答主题是"西班牙无敌舰队"。问:西班牙费利佩二世登基时的具体年龄是?参赛的女学生有一头乌黑亮丽的长发,戴着圆圆的眼镜,已经赢了好几千镑了,此刻再次自信地开抢答题目。可就在那时,电视忽然自动关闭了,明明屋里的灯都还亮着。"我讨厌益智竞答类的节目,"一个细弱的声音说,"他们赢的钱太多了。"

芙琳希迪回头,看见那个病人站在身后——叫啥名来着?

"你是怎么进来的?"她问。

"从大门进来的。"

可大门是锁上的。她想他大概想说,反正自己像个幽灵一样,可以穿墙而入。

"如果你是想找我做咨询，"芙琳希迪说，"请在工作时间到诊所的办公室找我。这里是我家——呃……该怎么称呼您？"

"P. 影兹，"对方说，"P 代表的是'珠光'。我不太想去诊所。我害怕看到那些护士。"

芙琳希迪早已习惯了奇奇怪怪的病人，此刻却很生气，因为她的隐私被侵犯了。好在理智占了上风，她知道和影兹争论是没有用的，于是她打算给一位同事打电话，请他过来帮忙把这个不受欢迎的病人赶出去。趁着 P. 影兹自顾自地找了把扶手椅坐下，并开始悠闲地读报纸的功夫，她拿起电话拨了出去。

没有人接。芙琳希迪顿了顿，翻开通讯录开始寻找别的号码。

终于发现了熟悉的名字：玛格丽特·阿尔坎斯，一位妇科医生；她的丈夫是詹姆斯·阿尔坎斯，也是一名妇科医生。可一想到那夫妇俩晒成古铜色的肌肤、年轻蓬勃的面庞和一笑便露出的闪闪发光的洁白牙齿，她又觉得自己像个傻子。

影兹继续一言不发地坐着，但已经放下了报纸看着芙琳希迪。从他依稀可辨的模糊轮廓可以看出，他此刻似乎比之前还要紧张。

"影兹先生，您在烦恼什么？"她问。

"你应该正想找自己的医生朋友寻求帮助吧，"珍珠光泽的影子回答，"他们或许会建议你吃点安眠药之类的。"

"很可能，"芙琳希迪回答，似乎看到了解除眼前困境的一线曙光，"就算他们不说我也打算吃点安眠药。"

"你要是这么做，很可能会杀死我的。"

"放松点儿，慢慢放松。我只吃药效轻的。说真的，我需要吃点儿安神镇定的东西来帮助睡眠。"

芙琳希迪来到浴室，从橱柜里取出一枚白色的药片吞下。她刷了牙，转头透过浴室门向客厅张望：那个珍珠光泽的影子已经不见了。为了确认,她把整个房子都搜了一遍,才安心上床。是的,那药片起作用了。这一夜她睡得很好。

"护士,放松点儿。慢慢放松。"

"他就在等候室里。"护士很紧张。时间是早上九点半,精神分析科门诊室才刚刚开门。

"还有别的病人吗?"芙琳希迪问。

"还有三个,可他们似乎都看不见他。"

芙琳希迪相信护士的话。绝大多数来精神科的病人看起来都奇奇怪怪的,尤其是在等待咨询的时候。

"他说不定又会从我身体穿过去,"护士大声哀号,"那感觉可太难受了。"

"安静,"医生出言阻止她,"你这样别人会听到的。"

办公室的门开着,外面已经有人听见了。玛格丽特·阿尔坎斯医生从门口弹了个脑袋进来问:"你们还好吗?"

"西蒙斯护士觉得不太舒服。"芙琳希迪的声音透着坚定,那是一种特殊的情绪,昭示着她已经做出了决定——从现在开始的完整行动计划。

"我经历了一件十分可怕的事,"西蒙斯护士说,"就在昨天晚上,而且现在很可能会再次发生。"

玛格丽特和芙琳希迪都露出十分关切的模样。接着,芙琳希迪拿出一支针管给护士打了镇定剂,把她扶到员工休息室躺下。

"工作太辛苦了。"两名医生彼此交换了一下眼神,心照不宣地摇了摇头。她们都早已认定,自己部门的所有员工都过于辛苦了,也包括她们自己。

回办公室的路上,芙琳希迪朝等候室瞥了一眼,发现那个珍珠色的影子还坐在那里。

芙琳希迪建议西蒙斯护士休一个月的假,外加口服一个疗程的镇定剂。护士有一大家子人要养，她每次忘记吃药并说自己能感觉到"某种存在"的时候，一家人都非常紧张；她还时常惊声尖叫。"她的幻觉还没有消失。"她的一个妹妹打电话来说。

一天晚上，珠光·影兹再次造访芙琳希迪的家。

"你是打算用给她开的镇定剂杀掉我吗？"

"是的。"芙琳希迪回答。

"说不定会用药过量，伤害到她本人哦。"

"这是几乎可以预见的结果。"芙琳希迪说。

"但那样就一定能杀掉我。"

"我知道，"她说，"要是你再不离开，很快就会被干掉。"

"可我也是你的病人。"

"你不会有任何不适感，"医生回答，"什么也感觉不到。"

珍珠光泽的影子看起来非常恐惧。

"你唯一的选择——"芙琳希迪接着说，同时不停地摁着遥控器更换电视频道，"就是马上离开我们，去别的地方找别的医生。"

西蒙斯护士的情况终于有所好转，她和芙琳希迪·葛雷德医生后来都再也没有见过珠光·影兹。但几年后，她们听说北边的一个精神分析诊所里，有人因过量服用巴比妥类镇定剂死掉了，而且皮肤还变成了奇怪的透明色，闪着珍珠般的光泽。

上上下下

一架电梯（不管世界其他地方把它称作"箱梯"还是"升降机"）能成为多少男女的邂逅场所？又有多少人最后能真正结为夫妻？

我们的男女主人公乘坐的这架电梯里通常会有一个电梯员服务，不过他有时并不在岗位上。

每周一至五，她都会乘电梯上下楼——一点零五分下楼，两点三十五分回来，上楼继续工作。回来时她经常能在挤作一团的人群中看见他，而他要么抬头望着显示层数的屏幕，要么低头盯着电梯地板；有时候电梯里也可能只有他俩。她观察发现，男人总是从二十一层下来。

那是他工作的地方吗？二十一层的公告板上列着六家公司的名字：一家法律事务所、一家房地产公司、一个眼科诊所、一家瑞士化学制品协会、一家巴勒斯坦钾金属（是的，你没看错）代理公司和一个风湿病诊所。他会是哪家公司的员工呢？她不想直勾勾地盯着他看，所以总装作不经意地瞄一眼，然后迅速在心里把男人的样貌和她对这六家公司的感受和想象做对比。

男人是彬彬有礼的，电梯外人群涌入时，他总是自动往后退去。电梯里的人就像被扔进钱包的硬币一样。

一天，他们的眼神在电梯里偶然交汇，女人则飞快地转开眼看向一边。

他其实早就注意到她了，总背着一个公文包，抬头望着电梯楼层显示板。被叽叽喳喳的人群裹挟着走出电梯后,她会向左转(大厅有两个入口)然后消失在一扇门后。十六楼——那是她工作的楼层,那一层的公告板上列着四家公司的名字:两家法律事务所、一家文学中介和一家挂牌为"W. H. 吉尔伯特"的公司,除此之外没有任何公司介绍。她是为吉尔伯特先生工作的吗?他想着,那家公司会不会是私家侦探事务所?也可能这个 W. H. 吉尔伯特公司是做那种非常态的神秘生意的。

日复一日,她总盯着他灰棕色的皮制公文包,猜测着他的职业。电梯在九层停下,一个灰色头发、体型微胖的男人侧着身子挤了进来,脸上一如既往地挂着开心的笑容。电梯启动,然后继续下降……不停地下降。她在心里猜测着年轻男人的日常生活,比如住在哪里,去哪里吃饭,喜欢吃什么,有没有读过《圣经》等等。她对他一无所知,只一件事除外:当她把头转开或者下电梯的那一瞬间,他的眼神总会飞快地望向她。

底楼到了——不过几秒钟的时间,他就不见人影了。那感觉就像坐在疾驰的火车上看风景,一切转瞬即逝。她想或许男人在二十一楼的房地产公司或者风湿病诊所工作,拿着微薄的薪水吧。他看起来不到二十五岁,或许选择这份工作只是为了未来更好的发展积攒经验——可惜现实残酷,每个月付完房租、食物、衣服和杀虫剂的钱,工资就所剩无几了。

男人也细细观察着她:她有一头长发,披散在肩上,遮住了深绿色外套的领子。或许她每天的工作就是为吉尔伯特先生发送有关"神秘学"的会员注册更新表之类的事情吧——表格上有诸如"是的,我确定更新会员身份,以表对'宇宙超自然使徒行动组织'坚定不移的支持"之类的选项,后面还有各种不同的会员费类型,等等:个人会员、夫妻会员、老年公民/无收入人群/学生。

要是突然停电该怎么办?

她盯着他的公文包还有领带，想象着一场梦幻般的邂逅。在这场白日梦里，她为他们设计了一场命中注定的相遇——必须是在某个只能容纳两个人的地方，远离人群，比如在突如其来的暴风雨或者大雪天，两人同时躲进一个仓库什么的——有些电影就是这么演的。

他看起来不像结了婚的样子，在他身上找不到那种已婚男人的感觉，虽说这种感觉很难用语言形容，唯一能够实质化的凭证就是婚戒，而他手上并没有戴。可即便如此，他还是有可能已经结了婚，每逢周末便挽起袖子帮妻子削土豆。他会是什么星座呢？他上辈子会不会和她一样，曾拥有过一座果园？他平时爱看什么电视节目？

她的长发披散在肩上——他忖度着那是被染成金色的还是自然色；她在青春期之前的发色很可能是深棕色的吧。她是不是那种不怎么吃东西的女生，每次请她吃饭都只动一两口，结果男方得付一大笔钱的那种？

一天晚上，电梯员没来执勤，电梯里只剩他俩。心中的那股异样的情绪是杀人冲动吗？果真如此吗？——要是仅凭双手不够致死，他只要再用上领带就好了，但他知道，自己仅凭双手就能掐死她。底楼到了，他们走出电梯，他主动说："晚安。"然后消失在人群中。

一对男女单独待在电梯这样一个狭小的密闭空间，简直和古时候"求偶预演"[①]的情形一样；这要是发生在边远地区的晚上，适婚年龄的男人根本不可能回家，他想。老一辈的人是如何安排"求偶预演"呢？是不是和衣同榻而眠？一对陌生男女紧挨着彼此，耳

[①] 古时候欧洲某些国家会让适婚年龄的男女同睡在一张床上，中间用隔板隔开，作为择偶环节之一，看两人是否合适。这种传统被称为"求偶预演"(bundling)。

鬓厮磨,却都无法逾越那道红线,就像是为将来可能的亲密行为做一场纯洁的彩排。或许——他挣扎着想着,她是那种定期去教堂做礼拜的女人,我配不上她。而对于女人道德上远胜于自己的想象,那天晚上一直在他脑海中盘旋,直到第二天早上走进电梯时也依旧没有散去。

今天女人不在。她肯定是染上流感了,只能在家养病。她住的地方是不是有一张大床和一扇可以俯瞰河流的窗户?还是说,她其实在和吉尔伯特先生同居?

隔天女人进入电梯时,他忍不住想跟踪她回家。可这样一来就暴露了,他想,她肯定会察觉到或者猜到是他在跟踪自己。肯定会的,搞不好还会把他当成变态,或者罪犯。也许她会在回头的一瞬间,瞥见他穿过公园独自离去的身影:

> 像一个独自行路的人,
> 心中充满恐惧,
> 匆匆回望后继续向前,
> 再不敢回首;
> 因为他知道,一个可怕的魔鬼
> 就跟在身后。①

她平时会不会健身?她刚才肯定发现我在看她了,男人想着。他知道女人手上没戴结婚戒指,也没戴订婚戒指,不过这些并不是很重要。

她看着他的公文包和领带,又看了看电梯地板,接着抬头望着电梯显示屏——他会不会是个钻石商人?就是那种会在衣服内侧口袋里装一把钻石,五个一克拉重的那种?那几个公司中说不定有一

---

① 出自柯勒律治长诗《古舟子咏》。

个是假名，用来掩盖真实的生意。

每停一层都有人进入电梯，也都是些熟面孔。一个牙齿白得发光的女人进来后，一直往男人身边靠，男人则一直后退——她那牙齿恐怕连牙医也洗不出那么白。

***

一天午餐时，男人望着女人，对她微微一笑；晚上他们再次相遇，电梯里除了电梯员还有另外四个人。他终于鼓起勇气迈出了那一步——"哪天有空一起吃个晚餐吧？"他问，"星期四怎么样？星期五呢？"

他们定下了约会日期。两人如期而至，选了一间波兰餐厅，那里的女服务员都留着长长的金发，颜色似乎比朵莉的更自然。

缥缈的神话和揣测要经过多久才能变成一个个泾渭分明的数字和现实？——有时快有时慢吧，全凭运气；就好比修理故障的电视机，可能这次拍几下，那些雪花点和横竖条纹就立刻恢复正常了，又能继续播放电视节目。

男人在二十一楼的律师事务所工作，专长是海事保险理赔；女人的名字是"朵莉"，她说他的工作听起来责任重大。早在朵莉·布里奇（她的全名）告诉他，她在为独立文学经纪人 W. H. 吉尔伯特（她叫他"比尔"）工作之前，他就已经意识到，这姑娘很聪明。她说自己最近发掘了一名很有前途的新人作家，名叫达克·扬，并且他的处女作即将出版。她对此很有信心。男人的名字是"迈克尔·皮威特"，住在单身公寓里，而朵莉住在城市的另一边，和另外一个女孩一起租的房子。

有趣的是，如今的两人恐怕早已把过去五个星期以来，各自脑内小剧场里胡思乱想的所有事情忘了个精光——在简单且充分的事实面前,他们曾经对彼此的猜想都早已烟消云散,并且在此后相伴多年的人生中也再没被记起过。

别提有多脏了

虽然当时很失望，但现在想来，我真是太庆幸自己五年前没有考进文法学校了。我的英文一直很好，但其他科目也就普通而已！！

如今，我很庆幸自己当时去了普通现代高中念书，因为那所中学是前一年新建的，比起文法学校那所重点高中而言要干净得多。"普现高"的教室又干净又敞亮，墙壁上涂着一层可水洗的防水反光涂层。有一天，我被派去给当地文法学校的老师送一份通知，到了那一看：嚯，别提有多脏了！走廊上到处都灰扑扑的，连窗框也是残破的，上面还集满了灰尘；我朝一间教室看了看，里面也是乱七八糟的。

我真是太庆幸当年没读文法学校了，因为环境会对人的行为和习惯产生影响——这句话乍看之下你或许会觉得奇怪，但我认为一个人接受良好的教育是件好事，无知并不是福。然而自打我进入社会以来，也遇到过一些受过良好教育却并不怎么样的人。

我现在十七岁，两年零一个月前从学校毕业，持有打字A级证书，很快便找到了人生的第一份工作——在一家律师事务所当初级文员。听到这个消息妈妈很开心，爸爸也说这是最好的起点，因为那家律师事务所历史悠久且名声在外。不得不说，去参加面试的时候，律师事务所的窗户真令我吃惊，还有楼梯也是，全都脏兮兮的。事务所有一间小小的等候室，里面有一个燃气火炉，上面有些零件已经不见了，地毯看起来也很破旧；不过海格特先生的办公室就好多了，我就是在他的办公室里面试的。办公室里的家具虽然也是旧的,但打理得足够干净、光洁,地毯很不错,这点值得夸奖,书柜门上的玻璃也干干净净的。

他们通知我周一开始上班,我遵命照办。他们带我去了事务所的大办公室,那有两名高级速记打字员和一位叫"葛雷山先生"的会计,就外表而言,他看起来似乎不太聪明的样子。这间办公室可别提有多脏了!! 水泥地板上光秃秃的,什么覆盖也没有,到处都灰扑扑的;房间周围全是架子,上面摆满了老旧的文件箱,似乎轻轻一推就会垮掉;里面的文件看起来也旧旧的,皱皱巴巴。最令我震惊的是茶杯——我的工作任务之一就是泡茶,早上、下午各一次;布莱小姐为我介绍了所有物品摆放在哪里,其实就是一个陈旧的橘红色箱子,里面的杯子基本上都有裂纹或缺口,垫杯子的小碟子也不够。我就不详细介绍公司的卫生设备了,总之根本谈不上卫生。就这样过了三天,我把这些情况告诉了妈妈,她很不开心,特别是对那些有缺口和裂痕的杯子。我们家裂了口子的杯子从不会留着,通通扔掉,因为裂缝里最会藏污纳垢、滋生细菌。妈妈给了我一个杯子,让我带去公司自己用。

第一周的周末,我收到了第一笔工资。海格特先生说:"我说,萝娜,你打算用第一笔工资干什么啊?"我不喜欢他这样说话,差点忍不住反驳,可最终还是忍住了。我回答:"我也不知道呢。"他又问:"你晚上一般都干吗呢,萝娜?看不看电视片儿?"他的用词对我而言实在是一种侮辱,因为我们家都是规规矩矩地说"看电视","电视片儿"这种说法瞬间让我觉得他很没有文化。于是我一言不发,就那么站着,他看上去很惊讶。第二天周六,我跟爸妈说了公司设施的事,大家商量后一致觉得我应该辞职。对了,大办公室里的桌子也都摇摇晃晃、一副快散架的样子。爸爸很愤怒,他认为海格特先生的公司业务明明蒸蒸日上,本人的名字后面还有头衔呢,怎么可以这样做事。

所有人都对我们家赞不绝口,因为妈妈总把家里打扫得一尘不染,而爸爸则时常自己修修补补,做些新家具。他几乎把家里全部重新粉刷和装修了一遍,还向地方议会申请对厨房进行现代化改造。我还清楚记得,当健康检察官来家里查看过后,跟妈妈说:"莫里菲尔德太太,您家的地板干净得都可以当餐桌了。"这话可没错,我家的地板确实可以用来当餐桌——无论白天黑夜,每个角落都被妈妈打扫得干干净净。

辞职后,职业中介给我推荐了一家出版社的面试,说是因为我英文水平高。可那出版社我真是看一眼就够了!!中介推荐的第二家公司面试很成功,我至今也依然在那儿工作,单位名叫"罗氏化学药剂公司",办公室设在一个十分现代化的大楼里,每天上午和下午各有十五分钟的休息时间。从外表上看,马尔伍德先生很是聪明得体,尽管没有大学文凭,人们对他的评价却很高。办公桌上有特殊的照明灯,打字机也是最新型号的。

因为以上这些原因,我对罗氏的工作很满意。然而在过去的一年里,我着实遇见了形形色色受过更高教育的人,可谓大开眼界。事情的起因是这样的:由于流感季的到来,我不得不去一位医生家给弟弟崔佛取药。我按响门铃,达比太太来开门,她个子娇小,头发很长,是浅金色的,身上穿着一条绿色的孕妇裙;虽然她对我很亲切,让我在客厅里稍等一会儿,可是——房间里可别提有多乱了!地毯上散落着坏掉的玩具;烟灰缸塞得满满当当;墙上挂着当代装饰画,家具却有些古旧,罩家具的罩子一看就是洗过很多次的——要我说,再洗一次肯定得破掉。总之长话短说,达比医生和太太人都很好,每次办事都尽心尽力。达比医生个子不高,头发也是浅金色的,夫妻俩共有三个孩子,一男一女,还有个在妈妈肚子里,是个男宝宝。

那天去取药时,达比医生跟我说:"你看起来脸色不大好,萝娜，都是伦敦的脏空气给闹的。周六和我们一起去郊外野餐吧，我们开车。"自那以后我便开始频繁造访达比医生家。我不太喜欢他家的脏乱，却很喜欢他们，这倒是让人惊讶；我和他们保持关系还有一个原因，就是能结识更多的人。爸爸妈妈为我能交到不错的朋友感到开心，所以我没有告诉他们，这夫妻俩家里有脱线的桌布和斑驳的墙漆。对于一位医生而言，他们给孩子穿的衣服实在不怎么光鲜。每天放学回家，达比太太就会让孩子们脱掉校服，换上那些一看就已经穿了很久的旧衣服；在我家，每次妈妈都会把我和弟弟打扮得干净整洁才准出门。虽然很不想这么说，但达比医生的孩子的穿着打扮经常让我想起我家社区里原来那户叫"里瑞"的家庭，由于太过邋遢，被地方政府从小区里赶走了。

有一天在医生家做客时，玛维斯（那时我已经这样称呼达比太太了）把头伸出窗外，冲着儿子喊道："约翰，不准对着白菜撒尿！去草地上撒！"当时我真是尴尬得眼睛都不知该往哪里看——我妈妈绝不可能开着窗户说出那样的话来，而我弟弟崔佛也绝不可能在外面撒尿，就算在海里游泳也不会。

我通常会在周末去医生家玩，但有时工作日吃过晚餐也去。他们想把我和药剂师的助手凑成一对，于是也经常把他请来。那个男生是个孤儿，我并不是说这有什么不好，但在一些生活细节上还是差那么点意思；说起来他长得倒是挺帅，所以我答应和他去跳一次舞，后来又去看了一场电影。从外表上看，他倒是挺爱干净的，然而他住的地方只有周末才有热水，而他竟然说一周洗一次澡就足够了。吉姆（那时我已经可以这样称呼达比医生了）竟然也同意，说一周洗一次澡就够了，这让我震惊。这男生没什么钱，我倒不是因此嫌弃他，只是我并不着急找男朋友，希望能够遇见一个条件更好的，这样我就不必在生活细节上妥协。于是他开始和咖啡馆的女招待约会，也不怎么来达比医生家了。

公司里也有不少男职员，但不得不说，达比夫妇俩真是朋友遍天下，尽管大多来来去去不长久，但常能听到一些有意思的对话，虽然有时候他们的谈话内容会令我不知所措，尴尬得不知眼睛该往哪看。还有些时候，他们会请些看起来十分潦倒的人来家里做客——在我看来这完全是没有必要的——但绝大多数客人都不是那样。达比先生的男性朋友和公司里的年轻男人们形成了鲜明对比，让我觉得单位上那些小男生说话都不怎么有学问的样子。

时间逐渐流逝，玛维斯即将临盆，他们请我在家里帮佣请假的周末过来帮忙看孩子。玛维斯生产的时候没去医院，而是在家里她和丈夫的双人床上生。虽然是医生，可他们家只有一张大床。我家所在的小区里有一个姑娘，本来订了婚，可后来被抛弃了，即便是那样的人也是在医院产房里生的孩子——我敢肯定达比医生家的卧室绝对达不到生孩子的卫生标准，但我什么也没说。

孩子出生后，有一天夫妻俩开车带我去乡下玩，顺便探望吉姆的母亲，小婴儿被放在摇篮里搁在车后座。过了一会儿他开始啼哭，然而吉姆——我一点儿也没夸张——却直接转头冲他大喊："哦，闭上你的嘴，你这小混蛋！"这让我简直不知所措，只好看了看玛维斯，而她正抽着烟什么也不管——我的父亲就算在梦里也绝不会像这样对我和崔佛说话。抵达吉姆母亲的住所时，他说："这座农舍是十四世纪建的，萝娜。"这话我倒是相信，因为房子看起来十分破旧，真不明白吉姆为什么会让自己年迈的母亲住在这样一所颤巍巍的老房子里，他明明对别人都挺好的。玛维斯敲了敲门，一位老太太开了门——房子的内部看上去几乎可以说是没救了。玛维斯问我："这房子是不是很迷人，萝娜？"这如果是句玩笑话那可真是太过头了。我问年迈的达比太太："您会得到新的住房安置吗？"可她不明白我的意思，于是我解释说，她可以向地方政府申请重新安置并追踪申请进度。话说政府的人一天到晚到处突击检查、找人麻烦，对她的居住条件却不闻不问，真是奇怪。结果年迈的达比太太却说："亲爱的，我重新安置的地方就是坟墓了。"一时间我真不知该看哪里才好。

房子的墙上挂着一张地毯，我估计是用来遮挡墙壁上因年久失修氤出来的水渍。要我说，客厅里那一整套电视设备看着倒是不错，可惜有的墙面是裸露的砖石；厕所不在房子里，得穿过花园去一个专门的卫生间小屋；家具都很古旧。

一个周六的下午，我去达比医生家做客，却发现他们正要出门看电影，于是夫妻俩把我也一起捎上了。我们去的是伦敦市中心最大的独立电影院"寇松影院"，看完电影又去拜访朋友，他们住在和影院同名的一条街上的公寓楼里。要我说，这栋公寓楼倒是很整洁，入口处的玄关铺着地毯，质量很不错。在那间公寓里居住的夫妻俩用的都是现代家具，谈论的话题也多和音乐有关。这地方挺好，只是可惜没有公共福利中心，就是那种一整栋公寓楼里的居民都可以去的，供人社交聊天、寻求帮助、咨询意见的地方。不过这对夫妻的口碑不错，我在他们家遇见了维利·莫雷，一名画家。维利坐在我身边，和我喝了杯酒；他很年轻，深色皮肤，又穿着深色衬衫，因此很难一眼看出身上是不是干净。这次会面后不久，吉姆就告诉我："维利想为你画像，萝娜。不过我认为你应该先征求你母亲的意见。"我母亲说，既然是达比夫妻俩的朋友，应该没有问题。

老实说，维利住的地方是我这辈子见过最邋遢的地方。他说我的美与众不同，他一定要画下来。说这话时，我俩刚从餐厅回到他家，房间里灯光十分昏暗，可我还是能看见乱糟糟的床、尚未整理的被子和脏兮兮的床单。他说他一定要把我画下来，可我告诉玛维斯，我再也不想去他住的地方了。"你不喜欢维利吗？"她问。不可否认我确实喜欢维利——某种程度上吧，因为我感觉他身上有种与众不同的气质。玛维斯问:"他没占你便宜吧,萝娜?"我回答他并没有那么做——这话基本上不假,因为他没有进行到最后那一步。每次去维利住的地方,里面都一样很邋遢,我忍不住跟他抱怨过一回,可他的回答却是:"萝娜,你真是太可爱了。"他为人很有礼貌,还带我开车兜风;他的车很不错,但里面很脏,就跟他住的地方一样。有一天吉姆说:"他很有钱呢,萝娜。"玛维斯也说:"你说不定能改造他,毕竟他真的很喜欢你。"他们总说维利的家庭背景很不错。

可在我看来,没有人能够改变他哪怕一丁点儿。他不愿经常换洗衬衫,也不爱换洗衣服,整天跟流浪汉似的出门转悠,到处借钱给别人——这些都是我亲眼所见;他住的地方乱得像狗窝,到处是空酒瓶,角落里堆着脏衣服。约会的这段时间他送了我不少礼物,我都收下了,反正就算不收他也会拿去送别人,不过他从来不曾尝试和我进行最后一步,也从未真正为我画过相,他总是只画桌上的水果。别人都说他的画非常棒,都以为我和维利要结婚了。

某晚我又像往常一样,怀着难受的心情从维利家回到自己家。爸爸妈妈都已经休息了,我走进厨房看了一圈:干净清爽的白色调和报春花的装饰,又走进客厅:爸爸已经贴好了新的墙纸,其中一面是烟熏玫瑰色和白色交错的花纹,其他三面是浅莫兰迪玫瑰色配白色木梁结构,整间公寓看起来焕然一新,母亲也总是把各处打扫得干干净净。就在那一瞬间,一个念头忽然击中了我——我可真蠢啊,竟然跟维利这种人约会!我认同人是不分高低贵贱的,可正如我跟玛维斯说的那样,每次去他的住处,原本上好的地毯都会变得比之前更油腻邋遢,更别提颜料管里挤出一大截又搁着不用的颜料了——真要是嫁给他,我想我大概会为自己竟能堕落至此而伤心至死。

关于"奢靡的鬼"的研究报告

"奢靡的鬼啊!"——这句俚语多年来一直令我头疼不已。刚来伦敦的时候,我供职的那家公司老板经常弄丢自己的文件,而我则需要花好几个小时来帮他寻找,直到他忽然惊呼"奢靡的鬼啊!"为止。经过一段时间的适应,我终于习惯了这个男人的口头禅。作为一个英国北方人,在只有短短几个字且没有上下文的状况下,我费了九牛二虎之力才弄懂,原来他口里"奢靡的鬼"的意思是"终于找到了!"——还不止于此,尽管老板说话语速飞快且老喜欢吞掉辅音,我还是成功学会把他口里那些与事实毫无关联的话进行解码,再重组为能够理解的意思,比如"脑子有结"的意思是"又搞丢了"。

除了这位老板,我还遇到过许多别的人也喜欢这么说话,而我总根据经验为他们的话填填补补来猜测实际意思。尽管如此,"奢靡的鬼"这句话依旧令我困惑。说来也怪,人多的地方听见"奢靡的鬼"这话的次数也多,就像在郊外听见金翼啄木鸟和布谷鸟啼鸣一样频繁:一个像在说"一小片面包不要起司",一个总叫唤"布谷、布谷"。

刚开始调查这个说法时,我其实很没有信心,因为这个短语每次都代表不同的意思,但总的来说又有某种共通的神秘含义。"奢靡"的字面意思是"奢侈、挥霍",而"鬼"代表着"幽灵;转瞬即逝的东西"——它俩的组合可谓是相当有讽刺意味。有时你甚至会怀疑,他们说的会不会其实是"买得贵"或者"什么鬼"?有一次,我在火车上遇见一个正在躲避军警的士兵,他咬牙切齿地说:"他们会让我'奢靡的鬼'的,可我'奢靡的鬼'呀,我绝对做不到!"而我不动声色地问:"为什么做不到?"这个问题刺激了他,于是他认真地解释起来:"我根本没有通关文书啊,怎么交得出来?"还有一次,我认识的一个姑娘对我说:"我'奢靡的鬼'要嫁给他。"我不厚道地把这句话理解为:她并没有得到男方的求婚;可后来却发现,原来她的意思是:她对男方根本没那个意思。还记得有一次去乡下做客,有人忽然说了一句"草丛里的兔子"什么的,于是我回答那个人说:"是啊,他看起来对自己的工作很满意",因为他说话时指着远处的一个农夫。

还有早前一件更令人崩溃的事。我去一位朋友的母亲家过夜,第二天早餐时看见她正在读儿子写来的一封信;过了一会儿她忽然把信放下,伤感地看着一束鲜花喃喃道:"'奢靡的鬼啊',你不觉得吗?"——哦,我当然觉得,我想,我也认为安东尼跑得很快,真要说起来,我还可以告诉她很多关于安东尼的事。可毕竟她是安东尼的母亲,于是我只谦虚地说:"哦,其实还好吧!"听到这话,朋友的母亲顿了顿,然后——尽管她的眼睛还望着那盆花,语气却变得很强硬:"是么,亲爱的?可我认为这些花非常美丽动人。"

我开始执迷于研究这个说法。这个短语对我而言开始变得有意义,甚至令人无法忽视。我开始恍惚地把它想象成一个人,一个我并不希望见到的"鬼夫人"——是的,我认定它必是个女人,并且是一个寡妇,已故的丈夫姓"鬼",但人们只见过他一次。那是一座荒凉的悬崖,或许是在奥克尼群岛,但也有可能是康沃尔的兰兹角,他陪在鬼夫人身边,之后便再没人见过他。鬼夫人一开始定是十分奢靡并且好客的。有时候我也会怀疑,这个"鬼"会不会其实是某种实质的东西,比如一种有强大磁场的矿物质,全世界只有我一个人对它过敏,可每当夜深人静我再仔细一想,又觉得它应该还是一个人。

这种状态甚至逐渐蒙上了一层哥特式的灵异感，我决定把它当成一个需要征服的怪兽——我要披荆斩棘，在被吃掉之前把它捉住，而我也真的这么做了。我开始频繁出入那些我原本并不怎么喜欢的场所：伦敦汉普斯特德区、肯辛顿区，甚至伊林区的那些气氛温馨的茶室，茶室的名字差不多就叫"阿拉明塔的热水壶"或者"姜黄小茶壶"之类的。"奢靡的鬼"在这些地方最是常见，尤其每天下午四点到五点半之间。我的计划很简单：只需要在那里坐着，竖起耳朵，把听见的每一句带有"奢靡的鬼"的话都记下来，再翻译成听得懂的英文；等积累到一定数量，再从中提取出它们最核心的共通含义，这样一来我就能找到"奢靡的鬼"的前世今生、本质、父母国籍和现居地了。

第一天下午一切似乎都很容易。我一眼便相中了一对喝茶的母女。"他们这儿可真奢靡。"母亲说着对面前碟子上的蛋糕露出微笑；女儿则回答："可茶挺'鬼'的。"我认为这是个好兆头。可没过几日，这个短语各种更加复杂难懂的变体便相继出现，比如"奢靡的鬼奢靡"之类的……"奢靡的鬼"开始逐渐变成一个我完全无法理解的生物，它的身上不仅有"艾利克斯的轿车""艺术的各个方面""无政府主义者吟游诗人""多情的人""摸着良心说话"，等等，甚至还有"巴特西公园""大量的恒星"和"啊哈！激情"。

我去的最后一家茶铺名叫"非洲棕榈树"，它的窗口栽种着一株硕大且坚韧的蕨类植物。我心中忽然生出一种不祥的预感，挑了一对情侣旁边的桌子坐下，因为他们说话的声音挺大。

"那个'奢靡的鬼'上的'奢靡的鬼'怎么样？"女孩儿叽叽喳喳地说。

"不用了，谢谢，"年轻男人回答，"我点个面包就好。"

女孩看起来有些生气。很显然，这个可爱的男人误解了她的意思。女孩又重复了一遍自己的问题。长久的练习让我很快完成了对这句话的分析解码:"上周六的慈善舞会怎么样?"

"鬼啊!"他回答,"奢靡啊!"

"我是为了取悦母亲才去的。"男人顺从地补充。从他的语气推测,那场舞会一定很糟糕,而我忽然非常期待下文。女孩再次开口了……她肯定地说:"哈里艾特那特别有教养的老妈终于洗上澡了。"——毫无疑问,这表示"哈里艾特"的老妈住在一间很少有热水的疗养院里,她很有教养,总是把洗澡的机会让给疗养院的其他人。

可那年轻男人的耳朵显然不大好使,女孩不得不反复重复自己说的话:"那个警卫的傲慢把自己越推越远……那个快乐的小马克竟然非要追求艺术,真遗憾……就算把这间茶铺换成大烟铺,那个像噩梦般糟糕的下午也不会因此而有所改善……'奢靡奢靡的鬼啊,奢靡的鬼的鬼'!"女孩态度强硬地说。我当时非常肯定自己对最后那句话的理解完全正确——"真遗憾,像爸爸那样的人那么早就离开了。"这句话肯定和那场慈善舞会有关:或许有人丢了一条祖母绿宝石的手链,当时"爸爸"在舞会上,但后来也失踪了。我几乎可以想象那个"爸爸"的形象:个子矮小,圆圆墩墩,迈着小步子跳上一架飞机——哦不,应该是跳上维多利亚火车站的"黄金箭矢"列车;爸爸伸手摸了摸鼓鼓囊囊的上衣口袋;他身着精致的西装,像个成功的商人,可浑身上下却散发着一种耀眼的气质,曾让老妈无比倾倒;他公司的生意蒸蒸日上……真遗憾啊,像爸爸那么好的人……

可这个"奢靡的鬼"究竟是谁?难不成是"爸爸"……

正想着,有人忽然推门走进了茶铺,旁边的女孩抬起头来——"帕米拉!"她叫道。"你好,帕米拉,"年轻的男人也打起了招呼,"我们刚刚还说起你呢。"哦,原来刚刚他们说的是帕米拉和她棱角分明的魅力啊——他们昵称她为"帕帕",并不是"爸爸"。好巧不巧,这个帕米拉我也认识。她转过头来跟我打了招呼,又把我介绍给两位朋友,那天晚上我们四个一直待在一起。

我们去了一间又一间酒吧,最后那家卖的食物都是汤汤水水的,还多加了两份蔬菜,看来厨房认为我们都饿坏了。离我们不远的一张桌子旁坐着两个男人,个子高大的那个点了一杯朗姆酒配晚餐。我注意到他的声音很大,竟能盖过吧台处的喧嚣,但听起来有些油腻,还带着一种咕噜咕噜的杂音,就像一只劳斯莱斯公司的机械猫。他的手指上戴着一只镶玛瑙的粗戒指,尽管穿着黑乎乎的西装,看起来却精神奕奕,他的脸就像一颗在白色衣领间绽放的果实,容光焕发。他没跟同桌的男人说话,那人看起来一副忧愁的样子,神情紧张、面容枯槁,喉结不断地上下移动着,仿佛在努力吞咽着难耐的苦楚。

酒吧老板朝两人走去。"生意如何啊?"他用一种有些夸张的真诚语气问道。大个子的男人听到这个问题似乎很开心——"奢靡的鬼啊!"他大笑着感叹道,声音仿佛一个"嘎嘎"旋转的大铁轮;他的朋友则闭上双眼,轻声点了一杯啤酒。

女服务员端着餐食朝我们走来,盘里食物的汁水随着她的步伐相互飞溅。放下盘子,她朝旁边那桌偏了偏头说:"听到了吗?要我说根本不好笑,那玩笑开得太没品了。"她随即解释,那个大个子的男人在街角那家殡仪馆工作,而酒吧老板总是不懂说话要分场合,遇到谁都别问人生意如何,而那个男人也有个习惯,就是总会回答——"好得不得了。"

那一瞬间,我顿时宛如醍醐灌顶般明白了所有的一切,长久以来压在心头的重负也消失了:那个吵闹的男人是"奢靡先生",而那个安静的男人就是可怜的"鬼先生"。同桌的朋友纷纷因酒吧老板的玩笑而翘起嘴角,而我也因这秘而不宣的领悟微笑起来,并在心中继续补充着剩下的细节:这两个男人是合伙人,合伙建立了

"奢靡和鬼及合伙人公司",现被人简称为"奢靡的鬼殡仪公司";奢靡先生更喜欢应付遗属,把打理尸体的辛苦工作交给鬼先生。

"奢靡的鬼"——我愿意相信,奢靡先生和鬼先生正以自己的独特方式,为所有人做出有益且无私的奉献。我觉得这是件很让人感动的事,应当在每一次聚会时,让所有人起立,为他俩的合体献上极其热烈的掌声——他们以自己的方式被铭刻在了英国人心中,与英国的家庭主妇和御林军冷溪卫队一样,成为了一种不可或缺的国家精神。那天晚上他们在酒吧吃夜宵的一幕值得被永远纪念:他们正心照不宣地默默用餐,忽然,瘦弱的鬼先生抬起头,用颤巍巍的声音说出了那句有自己一半贡献的国民短语,然后大大地咽下一口蔬菜,又长舒了一口气:"哎呀嘞!"

参悟了人生奥秘的年轻人

　　他被鬼缠上了。一只大约一米五高的鬼，在他面前舒展开来，笔直地站着。这鬼是从这个年轻人卧室的一只柜子里飘出来的，准确地说是柜子最高层的抽屉里。它每天晚上都会出现，就算没有，那也会在第二天清晨出现。年轻人是一名水泥工学徒，反正他是这么介绍自己的。

　　据可靠消息来源，年轻人根本不是水泥工学徒，因为水泥工根本不收学徒。他的名字叫"本"——当我在信里指出有关他学徒身份的疑惑时，本很忧虑。于是他决定把自己的职业改成"砌砖工"或者"铺路工学徒"或许更好，虽然这么一来别人可能会认为他处于无业状态，只是为了维持生计才在每周闲暇时做点水泥工的活。

　　我对本的了解仅限于书信往来。我们的关系始于他给我所属的出版公司寄来的一封信，这封不同寻常的信被转交给了我。这位"水泥工学徒"在信中详细讲述了自己撞鬼的经历。通常情况下，这种信我看完便直接撕掉，可这一次我却破天荒地回复了他，因为里面有一句颇为值得商榷的话：他说自己因为这只鬼而领悟到了"人生的奥秘"。我在回信里尽量避免过多地提及所谓的"灵异现象"，也就是他说的鬼，但较为坦率地指出，他所谓的"人生奥秘"绝大程度上应该仅指他个人的人生，并不具备普遍性。我写道：每个人的人生奥秘都不尽相同，恐怕并没有一个放之天下皆准的版本。但不管怎样，我还是在信的最后祝他好运。我寄出了信，认为一切到此为止。

　　然而事情于他而言并未结束——我早该预料到的。虽然有很长一段时间我都没再给他回过信，可他却坚持不停地给我写。不管本的诡异经历是不是真的，他都似乎不吐不快。

根据信的内容，现在最令他困扰的是这只鬼对他的恐吓和嫉妒——据本说，那鬼相当嫉妒他的女朋友。

"我可是想去哪儿都行，想缠谁都可以，"那鬼对本说，"我不费吹灰之力就能让所有认识你的人知道，你只是一个抹水泥的，根本没有正式工作；至于什么铺路工学徒啊砌砖工之类的，全是你胡扯。"

"你爱缠谁缠谁去，"本回答，"我根本无所谓。在我心里我就是一个铺路工人，不管是不是出于经济需求，不管是不是需要做些抹水泥的临时工还是别的什么活儿。"

"你所谓'别的什么活儿'是指什么呢？"那只鬼刻薄地追问，"你介意解释一下吗？"

"缩回你的抽屉里去！"本说，"别弄皱了我的睡衣。"

"你的睡衣——"鬼说，"根本就没资格放在那个抽屉里。那是我的地盘。再说了，它们都不是丝绸的，是你从玛莎百货买的便宜货。"

本的心里其实很紧张，怕别人真的知道自己并不是铺路工，但他是个勇敢的人，还是对鬼斥道："赶紧打哪儿来的回哪儿去吧你！"

鬼闻言听话地缩成一团，回到了抽屉，走的时候口里还喃喃道："至少你承认这是我的地盘。顺带说一句，我知道明天赛马'三三零'会输给谁——是那匹叫'最佳调酒师'的。"

第二天的赛马结果确如它所言，这让本相当生气，他恨自己没听鬼的话。本手上一有点儿闲钱就喜欢赌马。

"你还知道什么？"当晚他问那只鬼。

"我就知道你会这么问，"鬼说，"可你也知道，你女朋友不喜欢赌博。要是你跟她分手,我就为你保守秘密,并且告诉你赛马的结果。"

"知道吗?你真让我讨厌,"本回答,"你就是一团混浊的空气,仅此而已。一团浑浊的空气久了慢慢产生辐射,然后开始发光,仅此而已,只要我现在打开窗户,你就会慢慢消失的。"

"我不会,"鬼说,"我才不会。"

"我可真想不出,还有什么能比死后做鬼更无聊的事。就像你这样,卷来卷去的,可真是太没意思了!我只要去做几次心理分析治疗,就能把你消除掉。"

现在我们来说说本的女朋友吧。她叫吉纳维芙,是一个年轻漂亮的姑娘,工作是设计稻草人。本十分笃定,女朋友的工作——这是他对她唯一的了解——比自己的工作要低级,尤其现在这份工作已经升级为他的"专业"了:"专业:铺路工学徒"。本有多么热烈地爱慕着吉纳维芙,那只鬼就有多讨厌她。那段时间鬼还是天天出现,总跟他说些尖酸刻薄的话,比如"你还是去给碎石混凝土的路面做心理分析吧"之类的。

"那鬼真是个势利小人,"本在信里写道,"它让我一会儿自我感觉良好,一会儿又沮丧得要死——"

不过,在吉纳维芙借走本的一顶遮阳帽、一条牛仔裤和一件衬衫去做稻草人后,他对她居高临下的态度忽然有了转变。女朋友照着本的模样给稻草人画了一张脸,做好后放进田里,看到的人都会心一笑,因为那一看便知是照着本画的。那只势利小鬼把这事告诉给本,还添油加醋地说,人们为了看那稻草人连牛奶都不挤了。

本昨天刚赢了一场赌马,赚了二十四镑,是全凭自己直觉下的注,于是他决定今天不去求职中心了。本乘公车出了城,来到吉纳维芙展示作品的田里一探究竟。到的时候,路边已经停了两辆车,车主正在欣赏吉纳维芙的稻草人艺术品,其中一个对另一个说:

"它是照着一位年轻建筑工人的模样做的,那小伙子之前还帮忙修缮过我的家呢。"

于是,原本要为这奇奇怪怪的稻草人生气的本,瞬间对吉纳维芙充满了敬意。他立刻给她打电话,要她定个日期和他结婚,完全忘了自己目前连份像样的工作都没有。

那天晚上,鬼又从抽屉里飘了出来。当它听说本已经向吉纳维芙求婚后,立刻缩回抽屉消失不见了。"人生的奥秘——"本在信中写道,"对我而言,就是为这只鬼解渴。"他用了"解渴"这个词,因为他觉得那只鬼一直渴求他的灵魂,而如今它已经吃饱喝足了。

此后,本赌马再也不曾赢过,但他却真的成为了一个专业的砌砖匠,过上了富裕的生活,并且最擅长的,就是铺设碎石混凝土的硬路面。

黛西·奥弗伦

我几乎不怎么想起她。但有时候，比如某个阳光明媚的午后，路过伦敦克拉奇斯大街或者雅宝街时，我会忽然记起她来。还有种情况也会令我想起她，就是过马路时，如果我身后有一小群人正叽叽喳喳地聊天，忽然两个女人认出了彼此，其中一个惊呼："亲爱的！"（当然此人也可能叫的是"芭比！"或者"天呐！"）而另一个则回应："天呐！"（或者"比莉！""芭比！"或"亲爱的！"）——每当我听见这样的对话，尤其是当说话人用一九二〇年到一九二九年间那种特别的口音兴奋地说出来时，我便会恍若隔世般回忆起伦敦西一区的布鲁顿大街——黛西·奥弗伦的世界。

理想情况中，"芭比"和被称为"亲爱的"姑娘们应该都穿着及膝连衣裙，裙摆像海草一样垂下，宽松的腰线下摆包裹着臀部，十分飘逸，搭配上下垂的肩膀和嘴角，可谓相得益彰。理想情况下，这些人都应该穿着亮眼的长筒袜，通常是像桃粉色的，尽管那颜色并不会让人联想到桃子。

然而现实中，我却只能通过她们的声音来想象。她们的声音仿佛能唤醒过去那明媚的青春岁月，和那些无法重现的美好时光，而这样的回忆总伴随着类似的呼唤，如回声般自动涌现——"比莉！……天呐！……棒极了！……极好的！"仿佛没落贵族刻印在信签纸上的家族徽纹——即便家中的银器早已被典当一空，这徽纹却依旧熠熠生辉。

黛西·奥弗伦个子娇小，头脑聪慧，性格跋扈，在我看来即便在同类人中，她也算得上是佼佼者，甚至可以说是完美代表——这并不是在贬低和"黛西·奥弗伦"同属一个物种的"黛西·奥弗伦先生",尽管他面容小巧,又生得一双蓝色眼眸,牙齿和脾气都不是很好。我只是说,只要见过奥弗伦夫人,你就相当于已经见过了奥弗伦先生,他们并不相像,却又如此相似。

我亲眼见过她,在一九四七年那个辉煌又迷人的夏天。她是个相当迷人的女性,贴身的直筒裙紧贴着臀部的曲线,头上戴着一个小巧的束发冠,铜棕色的头发紧贴着头部整齐地梳起,头部轮廓看起来如同儿童玩具鸡蛋一样圆润——发冠和头发是底座,她的脸是椭圆的鸡蛋。她的面部线条流畅,眼如秋波,但那一汪秋水上闪烁的却并非脉脉情愫,而是贪婪的光芒;又大又圆的双眼里总带着一抹警惕与观察。奥弗伦夫人请我帮她三个星期的忙,处理各种委员会的事务,但之后你就会知道,我实际只去了三天。

我发现黛西的时间大多都花在谈论文学和政治这两件事上。她定期为一份小型政治类报纸撰写专栏文章,同时也是各种文学社的成员——但凡有点儿名头的都没落下。于是,黛西每天忙忙碌碌,研究的不是政治文学就是文学中的政治,还因此糊弄了一大批政客,他们都以为她是作家;也骗过了一帮作家,他们都以为她是研究政治理论的。可是,这些积极的活动家们都无法打动黛西,或者说,无法令她着迷。

这里需要说明一点:黛西并不喝酒。我亲眼见证过,她为客人们斟上私藏的上好杜松子酒,自己却默默喝大麦茶。不过,黛西年轻时曾和一位王子跳过舞——查尔斯顿舞,这件事她跟我反复说过好几遍了,每次都一脸迷醉,仿佛喝多了酒。

"那段时光真是美好,"她恍惚地总结,"难以言表的美好。"那时我便确定,她一直沉醉在这段往事中。通常,黛西总像只误入房间的小鸟,莽撞地伸手去拿香烟,结果碰倒一堆东西——看来文学和政治素养并不曾让她在行为举止上变得更加谨慎从容,即便身居好几个委员会要职。而她挑选了两位情人——至少她是这么定义的：照她所说，其中一位是个政治专家，而另一位是个诗人。

政治专家罗缇是个金发碧眼的中欧人，被流放来英国。他的上嘴唇又细又薄，仿佛上颚被人紧紧拉扯着一般，加上高耸的颧骨，他面容看上去仿佛做过拉皮手术那样，然而事实并非如此。罗缇的这副面容是天生的，算是某种天然的缺陷，因此每次笑起来都是一副咬牙切齿的模样。他可以算是我在黛西家见过的男人中相对来说最不错的一个了。

罗缇对《凡尔赛和约》签署以来的历届西方内阁成员的姓名了如指掌，黛西认为这对于她每月撰写的专栏来说相当有价值。每次谈到这些政治人物，罗缇总是充满鄙夷——他曾是三届内阁班子的成员。

某个周日——后来变成了我为黛西工作的最后一天——黛西忽然放下从图书馆借来的书，对罗缇说：

"我厌倦了克罗宁写的小说。"

罗缇轻弹了一下烟灰，仿佛弹走那些令他不齿的政客，一脸震惊地看着黛西。

"黛西，我的宝贝，你莫不是疯了？"他说。

"那可是克罗宁啊！"他继续道，语气和神情中满是嘲笑的意味，"她居然说他厌倦了克罗宁的小说。"

那一刻，黛西脸上浮现出因被误解而恼怒的表情，这让我想起前两天她的另一位情人：诗人汤姆·佩佛，因为后者也同样令她产生了这种反应。当时黛西和往常一样，风风火火地跑回公寓，气喘吁吁地对汤姆说："家里出事了！"——那时汤姆正在读大诗人里尔克的《布里格手记》，他抬了抬眼，肯定地告诉她："家里没出任何事。"

可如今，汤姆·佩佛已经死了。奥弗伦夫人跟我讲述了他的故事，说自己是如何把汤姆从精神错乱的深渊里拯救出来的；我认为汤姆本人也是那么想的——她的确阻止了汤姆被送进精神病院接受治疗。

最终，在某个秋日清晨，汤姆说想买一张去特伦特河畔的伯顿的火车票，要去拜访朋友，并表示就算因此失去奥弗伦夫人公寓舒适的房间和一日三餐也在所不惜。可黛西拒绝了，说是为了他好，还当着他的面给了罗缇六英镑现金，彻底掐灭了汤姆的最后一丝反抗之心。

汤姆对罗缇的嫉妒之情犹如滔天海水，但罗缇对汤姆却根本不屑一顾！在我最后为黛西工作的那天，这位诗人表现得相当平静，但面部神经却不时病理性地抽动着——这也是他去世前面部彻底扭曲毁容的原因。

当天黛西在筹备一场派对，因此叫我周日去她家帮忙，并准备迎接下午五点要来的秘书"里尔克小姐"。她是一位流离失所的欧洲人，黛西廉价雇来的。每当有人问黛西："里尔克小姐和诗人里尔克是不是有什么亲属关系？"她总会带着一种近乎愤怒的情绪回答："哦，我想大概是吧！"但态度却充满了怀疑。

"请你帮个忙，"里尔克小姐刚到一会儿黛西便对她说，"去楼下那间咖啡馆帮我买两包香烟——外面还在下雨吗？这天气可真是！拿上我的雨棚。"

"雨棚？"

"雨伞，雨伞，雨伞。"黛西说着，一边粗暴地用手指戳着秘书小姐。

里尔克小姐看一眼罗缇，后者也看她一眼，仿佛一场眼神的乒乓球赛。之后，秘书小姐便拿上伞下楼了。

"你在看什么?"黛西语速极快地问了罗缇一句。

"没看什么。"埋头看书的汤姆·佩佛抬头回答,以为是在跟他说话。

"不是问你。"黛西说。

"您是问我吗?"我问。

"不是。"她答道,然后不再追问了。

不一会儿,里尔克小姐回来说,咖啡店不愿再给奥弗伦夫人赊账了。

"真不像话!"黛西从钱包里抖落出几张钞票,"你告诉他们,我很生气。"

"是。"里尔克小姐说着看一眼罗缇。

"你在看什么?"黛西厉声质问。

"什么看什么?"

"钱够了吗?"

"够了。"

"行,那就快去。"

"我觉得她脑子有点儿毛病,"等秘书小姐走了以后黛西说,"可能之前遭遇过很多不好的事。"

没有人回应她。

"你不觉得吗?"她问罗缇。

"有可能。"罗缇应到。

汤姆忽然抬起头来。"她是有病,"他飞快地说,"那个蠢娘们有病。"

里尔克小姐一回来黛西便立刻招手让她过去,说要她帮忙准备晚上的派对。黛西有一大堆文件,原本散放在房间的各个台面上,现在都被整理好,垒成几摞挪去了卧室。

客厅的家具和陈设都按现代艺术学院的风格装点好了。奥弗伦夫人最近刚把原来的黑橘色条纹的长沙发、靠枕和小沙发扔了，取而代之的是各种平板形、多边形和三只脚的艺术家具，并选择了抽象派画家格列柯式的迷幻色彩，充分展现了黛西·奥弗伦夫人的个性。黛西总说，这房间里没有任何东西是重样的，每一件都是对传统设计的现代演绎。

黛西想把家里的客厅塑造成现当代室内艺术馆的野心，我认为是成功实现了的，甚至还很为这种现代魅力而折服。"一项罕见的、具有历史感的当代艺术杰作。"——说不定将来哪天也会有古董商如此评价黛西的黄水晶沉积装饰物，或者蓝色玻璃电话桌，并同样激动地指着别的物品说："黄铜支架和密封圈——多么天才的设计！真是十九世纪的杰作……"但这都是我的白日梦，现实中，黛西还在忙碌着，一会儿便拿起某个东西，吹吹上面的灰尘，再重新放下。她在犹如拼图碎片般的家具之间来回穿梭，把所有代表过去或未来的信件、账单、广告传单等文件全部搜罗到一起，只有一件东西除外——黛西·奥弗伦的个人相片，就悬挂在那台极具当代气质的浅灰色钢琴后面的墙上。照片中的她穿着十分有设计感的华丽裙子，神色傲慢，睥睨一切。

黛西自顾自地把玻璃杯或餐盘左放、右放捣鼓了半天，然后停下来、退一步，默默打量整体陈设效果。每当此时，我们也都会停下手中的活计陪她一起打量。随后便意识到，黛西十分擅长用她独有的方式，潜移默化地诱导人们去迎合和取悦她。我发现这间公寓好像随时笼罩着一种压迫感，一种对戏剧化情景的追求。

"我把文件都放在您床上了。"里尔克小姐从卧室出来说。

"她刚说话了？"黛西问，仿佛那句话是一颗火星，点燃了她积蓄已久的情绪。

"是的。"里尔克小姐大声回答。

"不要把那些东西放我床上！"黛西说，看来她刚才明明听见了。

"她脑子不太清楚,"诗人对他的情人说,"居然把你的文件放床上。"

"去看看她在干吗。"黛西对我说。

我去了,发现里尔克小姐正把文件从床上挪到地上。黛西的卧室从上到下全是粉红颜色,我十分惊叹——她到底从哪儿学来如此粉嫩的品位?这间屋子连半点现当代艺术的痕迹也没有,甚至连黛西最活跃、辉煌的一九二〇年代的影子都没有:椭圆形的梳妆台上蒙着一层薄纱,遮挡着很早以前撒上的奶油污渍、烟头烧焦的痕迹和锯齿状的磨损痕迹。在这一片狼藉中,我依旧能左一块、右一块地看见梳妆台原本的颜色,那是一种浓烈的粉红色,我之前见过,在南非开普敦的马来人社区,那是女人们最爱的颜色。

这可不是活在二十年代的女性的卧室。毫无疑问,它的风格绝对属于十九世纪的头十年——一间爱德华时代的卧房。可即便如此,或者说就算如此,这品位也不大可能是黛西从她家族那继承来的,因为在奢侈享乐一事上,她的母亲和祖母都无法与她匹敌。不,这间屋子的一切——无论是镶着繁复花边的床和窗帘,还是壁炉上的丝绸和枯萎的玫瑰花,或者残缺不全的粉扑……这一切都是黛西本人未曾表露过的、纯粹本性的完美体现。一切都是粉色的、所有的一切。无论是当时或如今,我都不能理解她的卧室装饰品位,因为无论对照哪个年代或国家的风格,似乎都不能准确定位——一株二十年代风格的盆栽,也为这间卧室增添了怀旧的气息,这种曾经有闲阶级喜欢的树枝,为这个粉嘟嘟的房间贡献了一抹细节。

后来,那天剩下的时间和努力,全被我用在毁掉黛西精心筹备的派对上了,还不止如此,令人遗憾的是,这也同时毁掉了策划这场派对的目的。

她的目的其实并不新鲜——黛西加入了一个新成立的国际工会组织，她想成为该组织的委员会成员。这次邀请的客人很重要，包括好几位议员，一家矿泉水厂的总裁，一位拥有伯爵头衔的陆军准将，一名退休的海军上将，几位身份贵重的太太和几名女性记者。除此之外，她还邀请了一些老朋友，属于每逢黛西举行派对都会到场的那种，她把这些人称作"基本配置"——他们是黛西社交表演的陪衬和背景板。还有一位杰米森先生也这场戏剧中隐形的重要角色，他是工会委员会的主席，但并没有受到邀请，因为他反对让奥弗伦夫人加入委员会。于是我们被召集起来，拉开了这场旨在将杰米森先生赶下台的秘密行动；杰米森先生的不少同僚和熟人都将出席今晚的派对，只是几乎没人知道自己受邀来此的真正目的。

客厅一侧有扇折叠门，与之相隔的是一个前厅，连接着大门。我就被安排到这里，为客人打理自助餐车上的食物。派对开始前，黛西把这里当作临时更衣室，换了一双长筒袜。她喜欢在家里的各个房间穿梭，神情紧张，边走边换衣服。里尔克小姐被她召唤跟在身后，满屋子地帮忙收捡换下的衣物、梳子和口红；然而这位新来的秘书忽略了一个地方，就在这个前厅正中央的桌子，那上面还扔着一双大约二十五年前风格的黑色缎带吊袜带，每一只上都有一朵硕大且解开的灰粉色玫瑰花结。

在第一位客人抵达前，黛西·奥弗伦发现了这双吊袜带。

"快把带子收起来！"她命令里尔克小姐。

海军上将第一个来。一见我开门，黛西立刻热络地和罗缇聊起天来，行动、神色一气呵成，轻车熟路。她的计划是，要看似不经意地发现客人来了。海军上将身后跟着一位议员，两人先前从未来过黛西家，不是她的"基本配置"。

"快请进。"里尔克小姐说着收起了折叠门。

"这边请。"汤姆·佩佛站在客厅里说,语气十分客气。

然而两位客人的目光却落到了前厅正中央的桌子上——黛西的吊袜带还在那里。我能看出,海军上将的脸上露出了困惑的神情。由于对黛西不了解,此刻他大概在想:这女人怕是有点古怪,并努力想挤出一丝微笑;他身后的政客则迟疑了很久,不知该作何想法。最后,他大概判断认为那双吊袜带并不属于黛西,于是抬起头来,神色怪异地看着我。

"那不是我的,"我立刻说,"那双吊袜带不是我的。"

"那是谁的?"海军上将问,靠近了一些。

"是奥弗伦夫人的,"我回答,"她刚才在这里换过长筒袜。"

其实这双吊袜带黛西并不怎么用,因为一旦兴奋起来,就算有安全扣的帮助,带子也无法稳稳地拉住她的长筒袜,可她就是喜欢得很。这对吊袜带很有历史感,我猜它们最初是设计来增加情趣的,但问世五年后,才真正开始吸引人们的兴趣,并成为旧式色情巅峰时期的象征。用不了多久,上面鲜红的玫瑰花结便开始褪色,正如这种时尚的衰落。时过境迁,如今黛西并不认为这东西是垃圾,反而觉得它们是自己的一部分,因为若某个东西或者人被看作是污秽的,便会映衬得所有与之相关的人和事都十分纯洁——这是后来她自己告诉我的。

海军上将颤巍巍地走进客厅,那位议员却在前厅逗留了好一会儿,说是要欣赏墙上的画,眼睛却总瞄着那对吊袜带。说真的,我当时真的想过要把它们藏起来。可是客人陆续抵达,每个人看见那对吊袜带都沉默起来。若这便是这对带子唯一的功效,那么留在桌上这么显眼的位置或许的确不合适。

可我忍住了把它们藏起来的冲动。这时里尔克小姐突然兴奋起来，她飞奔过去为每位宾客开门，然后学着我的语气大声说：

"请别介意那对吊袜带！那是奥弗伦夫人的，她之前在这里换过长筒袜。"

黛西……黛西·奥弗伦啊——我真心盼望你把我忘得一干二净！从那一刻起，这场派对便彻底失控了：罗缇不喜欢和"基本配置"们一起待在小房间里，此时正好走到客厅，相比于之下，客厅里的氛围还算诱人；客人们三三两两地来了，他们昔日也曾追逐过年轻前卫的想法，此时正怀着巨大的喜悦和亢奋，听里尔克小姐演说：

"待会儿如果看到桌上的吊袜带请不要介意，那是奥弗伦夫人的……"

这当中最高兴的莫过于罗缇。

前厅的骚动过了好几分钟才传到客厅里的黛西耳中。那时，她正聚精会神地跟一位女记者讲吉米森先生的坏话；与此同时，前厅里的众人纷纷牵起了手，举杯相庆，并开始绕着罗缇跳舞；罗缇站在众人中央，用夹方糖的钳子高高抓起黛西的吊袜带示众；汤姆·佩佛则在沙发上忘我地大笑。

我还记得当时黛西身穿黑色宴会裙，站在折叠门边的样子，仿佛一朵因缺少养分而即将凋零的郁金香。她的身后聚集着刚结识的朋友们，看起来面色略有不虞，但看见众人高昂的兴致又有些跃跃欲试——管它是在庆祝什么！一帮老人们在罗缇的带领下，在黛西面前，跳起了原始的山地吉格舞；罗缇一只手高高举起用方糖钳夹着的吊袜带，另一只手扯着膝盖处的裤腿跳着，仿佛那是一条裙子。

"唉——唉——唉！"罗缇带着节奏唱着，"黛西的吊袜带——又脏又旧的吊袜带！唉！"

"唉！唉！唉！"人群和着他的节奏也唱，里尔克小姐在一旁看得十分开心。她的一只手拿着罗缇的饮料,另一只手拿着自己的。

　　我至今还记得黛西站在门边的样子。尽管依旧有魅力,她的情绪却早已失控——从她口中忽然爆发出一串犹如马达般的笑声,眼睛却直直地盯着我,冒火的双眼瞄准了我,射出烈怒的导弹。黛西整整笑了三分钟,一刻也没停过。

　　我很少去伦敦西区,但有时不得不从皮阿卡迪里街和雅宝街的十字路口穿过。疾驰的公交车从身边经过,像一只巨大又桀骜的长尾鹦鹉,发出隆隆巨响,比皇家骑兵经过还要震人心魄;左手边是一排排的商店,右边是炎炎夏日中慵懒的翠绿公园。每逢这样的时刻,我的脑海中便会再次浮现出黛西·奥弗伦的样子:娇小、迷人、恶毒,总是打扮得十分美丽。

　　那次派对结束的第二天早上,区邮递员送来了一封信,是她写的,让我不用再去工作了,并随信附上一张支票。她说那对吊袜带是她的一部分,而我早晚会明白她的心情。

　　那是张空头支票,但我没有追究。实际上我连黛西·奥弗伦的真实姓名都早已经忘了;虽然不记得名字,但我知道,在死后面对最终审判的那一天,我会再想起来的。

著名诗人的家

　　一九四四年夏天，我从爱丁堡搭乘夜班火车前往伦敦。在那个年代，本应没有任何理由让外省去伦敦的火车延误五六个小时以上，可是我乘坐的那一班，在行至约克时却已整整晚点三个小时了。我所在的火车厢一共有十名乘客，然而只有其中两位令我印象深刻。当然，这是有原因的。

　　如今回想起来，我隐约记得当时面前坐了一排人，都歪着脑袋在打瞌睡。他们的面容看起来似乎比平常更深邃，也更有个性——端详沉睡之人的面容时，这或许是人们会产生的普遍感受，有时甚至还会令人感觉有些不安。他们垂着头，不发一语，仿佛舍弃了清醒时隐藏内心的天赋，以此换取对自己的精神抹杀。如此，这样一众乘客在我眼中，便与十二世纪的壁画人像一样，散发出一种中世纪特有的、缺乏自我意识的气息——只有一人除外。

　　那是一名列兵。即便众人尚未昏昏欲睡时，他也看起来比旁人清醒。他一言不发，态度沉稳，一根接一根地抽烟，每次都吐出长长的白色烟雾。在我眼中，他有种原始而粗犷的邪恶——一看就不像好人：他额头看上去不足两英寸长，下面紧接着两道又黑又粗的眉毛，中间还连在一起；下颚并不宽大，和猩猩的很类似，鼻子也像猩猩一样小，连眼窝也和它们一样深深地凹进面颊中，并且眼距很近。我在心里胡乱揣测，他的双亲说不定有什么血缘关系，才会生下这样有返祖特征的孩子。

　　可实际上他却相当温柔和善，发现我的香烟抽完了，便在自己的背包里摸索一阵儿，掏出一整包新的送我，也送了一包给坐我旁边的一位姑娘。我俩都努力翻出衣兜里的所有零钱，想凑起来给他，但他却客气地拒绝了，并表示没有什么能比我们开心地收下香烟更令他开心。说完他又恢复了默默吞云吐雾的状态，安静得仿如沉思。

那时我忽然对他生出一种同情之心，就像人们面对那些于人类无害的动物时产生的感情，比如猴子。可我很快便意识到，我对他的这种感情是完全没有必要的，就像猴子也不需要人类自以为是的同情一样。

陌生士兵赠送的香烟让我和旁边的女孩忽然有了共同话题，于是接下来的整段旅途上我俩一直在轻声聊天。她说自己在伦敦有份工作，是做家政工和保姆的。从外表判断，她应该来自乡下——她的发色是近乎白色的浅金色，脸颊红红的，骨架宽大，给人一种强壮有力的印象，很容易想象她过去常做粗活累活的样子，比如搬运巨大的煤块或者一次抱着两个孩子哄之类的。但真正令我感到惊奇的是她的声音——听起来那么温文有礼，悦耳而克制。

火车即将到站，人们纷纷起身舒展筋骨，车厢过道上匆匆来回的人也多起来。这时，那个叫埃利丝的女孩忽然问我，愿不愿意跟她一起回去，就是她工作的那家人的屋子。她说那家的主人在大学工作，目前和妻儿出了远门，不在家。

我接受了她的邀约。因为那时我觉得，能遇到一个受过良好教育却当用人的姑娘，简直是挖到了宝贝，很值得深入挖掘，因为它包含着某种现实，或许应该叫"真实"——而我相信，在那个时代，真实比虚构更加难得。除此之外，我也的确想在伦敦过周日；明天我就得回去工作，回到那个隶属于公共服务部门的分支机构。那个机构原先在城里，后来被驱逐到了乡下，不过这又是另外一个故事了。无论如何，我真的不想这么快就回去，等到了住的地方，我得先打几通电话，还要好好洗个澡，换身干净衣服——同时我也想多了解这个姑娘一些。于是,出于种种考虑,我接受了埃利丝的邀请并感谢了她。

然而刚下火车、站上国王十字车站的站台我就后悔了。当时是早上十点刚过几分钟,埃利丝鹤立鸡群地伫立在站台上,看起来有种不堪重负的疲惫感,仿佛她的肩上同时背负着一整夜颠簸的憔悴,和我所不了解的全部人生重担,而之前火车上给人的强壮感与力量早已不复存在。当她用优美柔和的嗓音呼唤行李搬运工时,我注意到了她鬓边的头发,那是之前在火车上不曾见过的——和大部分浅金色的头发不同,她的鬓发是深色的,看着像是海军蓝;刚见着时我想,她可能漂染过头发,但现在再看,这漂染师傅的手艺真是太差了,一束海军蓝的头发就像只箭头,直指向她疲惫虚弱的面容,看得我也莫名地感到疲乏——不只是因为乘坐了夜班火车,更因为我忽然意识到,这次匆忙接受的邀请很可能导致一场无趣的新旅程,而这种无趣甚至慈悲地打消了我们彼此的好奇心。

接下来的相处证实了我的想法——这名叫作埃利丝的女孩其实并没有太多故事值得挖掘。之前因一时冲动而对她的人生故事感到好奇,我答应与她同去,并在国王十字和瑞士别墅区之间叫了辆计程车。埃利丝出生良好却与父母不睦,他们相互看不顺眼;由于未曾受过任何专业技能培训,为了赶紧离开家,她只好接受了去别人家做帮佣的工作。她和一名澳大利亚军人订了婚,那人就住在瑞士别墅区。

或许是认定了今天会很无聊,或许是因为整整一夜未曾合眼,又或许是因为伦敦上空不停呼啸的警铃声——总之,当我终于抵达埃利丝工作的那所房子时,只觉得头昏脑胀,浑身酸痛。房子的花园疏于打理,早已野草疯长。埃利丝打开大门,我跟着她走进一间黑洞洞的房间,依稀能看见里面一张又长又宽的实木工作台,几乎占据了整个空间;桌上有一瓶吃了一半的橘子酱、一堆纸张和一个早已干涸的墨水瓶；房间的一隅放着一张很特别的床，床身上下皆为钢板，四周围着铁网，这是曾被称为"屋内钢壁防空室"的床；壁炉上方凸出的台子上放着几张照片，其中一张是一个戴眼镜的初中男孩。被埃利丝的疲惫影响，再加上我发自内心的厌恶之情，这屋里的一切都看着十分脏乱破败。埃利丝似乎并未意识到自己脸上清晰可见的疲态，连外套都懒得脱下——那外套看起来很小，让我不由得惊叹，她究竟是怎样才能在如此疲惫之时，还能穿着这样紧绷的衣服行动自如？不过埃利丝毫不在意，连外套的衣扣也没有解开便跟男朋友打起了电话，甚至还做了早餐；我在二楼找到一间灯光昏暗、四处裂缝的破旧蓝色浴室，冲了个澡。

收拾停当后，我发现埃利丝已将我的行李箱打开，并把里面的东西拿了出来。尽管她擅自作主，我心中倒有些开心，因为这个行为应当是出于好意，也比较实际，于是心情好了一些。可惜这栋房子还是令我心情烦躁：各种物件四处散落着，似乎根本没人在意这个家是否整洁或有必要打扫。我没有向埃利丝打听那位在大学工作的屋主的事，因为害怕听到的答案会和我的预测一样无趣——他带家人回乡下看孙儿或孙女去了。对我来说，这个屋主并没有任何存在感，于是干脆把这想象成埃利丝的家，一切都属于她。

她带我去了附近的一间酒吧，在那里我见到了她的男朋友，还有另外两位澳大利亚士兵，以及他们带来的一个身材瘦削的姑娘，操着一口伦敦考克尼口音，还有一口烂牙。埃利丝非常开心，她用好听的声音极力央求大家晚上来家里开派对，并用那犹如贵族般动听的口音，要求所有人各买一罐啤酒带去。

到了下午埃利丝说要泡个澡，于是把我带到一个有电话的房间，让我暂且在这里休息。这个房间宽敞又明亮，有好几扇窗户，陈设也比其他房间整洁得多，并且堆满了各种书籍；这里只有一件事很不寻常：某扇窗户的下方放着一张床——说是床，其实不过就是在地板上放了一张床垫，上面平整地铺着床单和被褥。这显然是有人特意设置在那里的，而我再一次感到有些不悦，腹诽着那个老教授竟能想出这种馊主意，不知是怎样一个莫名其妙的家伙。

打完电话我决定小憩片刻，但在此之前，还是先找本书看看吧。房间里的藏书令我困惑，因为它们一点儿也不像是学者会感兴趣的著作。其中一本书的版权页上有作者的亲笔签名，是一位有名的小说家；我拿起另一本，它是一份礼物，版权页上写着被赠予者的名字。看到这里，我脑海中忽然闪出一个念头，它驱使着我走回书桌旁——刚才打电话时，我发现桌上放着一摞未拆开的信件，我拿起信封，第一次看清了这座房子主人的姓名。

在看见姓名的那一刻，我立马冲到浴室外，对里面的埃利丝大叫道："这里是那位著名诗人的家吗？"

"是的！"她也喊着说，"我不是跟你说过吗！"

不，她才没有跟我说过任何与此有关的事！一时间我只觉得，自己根本没有资格出现在这里，因为这房子并不属于埃利丝，而我也无法再骗自己，想象她是一对素不相识的夫妇的房产代理人——这里可是那位赫赫有名的当代诗人的居所啊！一想到他和他的家人随时都有可能回来，然后发现我这个陌生人竟堂而皇之地住在家里，就让我浑身难受。我坚持让埃利丝打开浴室门，当面向我保证，屋主一家已经离开好几天了，并且绝不会这么快回来。

接着，我开始重新审视这栋房子，心里早已不再把它当作埃利丝的家。一切都有了全新的视角——这是我所熟知的现代大诗人的家；他的作品我不仅熟记于心，其中更有不少正是我心中的挚爱，带着这样的感慨再看这栋房子，一切都不一样了。

为了确认这点，我跑到屋外，站在刚才从出租车上下来时同样的位置，再一次看向那片花园——我想重新建立对这所房子的第一印象。

这一次，那片看似无人修剪的花园瞬间有了意义；也是在那一刻我认定了，那些疯长的野草其实都是房主的刻意安排——同样，我们最初进入的那个房间，那个让我心生怒气的房间一切也突然变得合理起来，并且无论理由为何都一定是正确的：那个干涸结块的墨水瓶被埃利丝转移到了壁炉台上，于是我亲自把它挪回到桌上，以确保房间里的一切和最初看到的一样。我还发现了一张之前没注意到的照片，并从里面认出了那位大诗人。

对于埃利丝给我安排的那个二楼的房间也一样，我把每本书都小心翼翼又仔仔细细地拿起来端详了一遍，这并不完全因为它们是著名诗人的藏书，也有我对这些书本身的好奇。我的心里不断冒出各种问题：书里的纸张是从哪里来的？上面的黑色墨汁是用什么植物制作的？——我以前从不曾思考过这些问题。

晚上七点左右，那两个澳大利亚士兵和考克尼姑娘一起来了。我原本计划搭乘八点半的火车去乡下，可当我拿起电话打给火车站确认时间时，却被告知周日晚上不发车。埃利丝用友好却疲惫的语气请我留下过夜，她神情自然，没有刻意的热情。窗外再次响起了刺耳的警报声；我再次向埃利丝确认，大诗人和他的家人绝不会今晚突然回来，可这一次的询问相比之前显得有些心不在焉，因为警报的巨大声响占据了我绝大部分的注意力。我心里抱怨着，不知是内政部哪个要命的天才发明出这么不祥的哀号，又为什么要这样做？我又联想到，"警报"这个词在英语中还有一个意思，便是"海妖"。这么一想，那哀嚎忽然变得生动起来，我想象着一只疯狂的海妖从几个世纪前呼啸的风云中冒出头来，朝一九四四年的英国爬了过来。说实在的，那警报声真令我心惊胆战。

然而我想得最多的还是埃利丝的派对。他们在屋里旁若无人地出入，高声喧闹，仿佛这是栋废弃的别墅，而埃利丝成了众人中最彬彬有礼的人——那个考克尼姑娘一屁股坐在那张长木桌上，每次炸弹落下时，她都会在那轰鸣的爆炸声中，向着天空摆出最撩人的姿势并大声欢呼。我有种错觉，今晚这房子仿佛被军队征用了，里面人声喧哗，吵闹无休，和我初次到来时的感受已完全不同，也不再有著名诗人居所的感觉。它变成了另一所房子——和我刚下火车，百无聊赖地站在国王十字站台上时，所作的预测变得一致。我在这些人脸上看见了如高山压顶般的沉重和疲惫，听见他们在喧闹中各纷纷抱怨自己如何缺乏睡眠……等啤酒喝完、众人散去，有的要回到军营，有的要再去找间酒吧，而那个考克尼的姑娘则要回地铁站下的防空洞，她已经在那里住了好几个星期了。我问埃利丝说："你都不会累吗？"

"不会，"她回答，声音却虚弱的近乎带着一丝痛苦，"我从不觉得累。"

而我刚回到楼上的房间，便躺在地板的床垫上沉沉睡去，直到第二天清早。要不是埃利丝八点来叫我，指定会睡过头。我计划要早起去赶九点的火车，这么一来几乎没时间跟她好好说几句话，但我注意到她脸上的疲惫已经消退了不少。

我把所有行李匆忙地塞进行李箱，埃利丝则去街上帮我拦出租车。就在此时，我忽然听见有人上楼。以为是埃利丝回来的我，朝卧室门外瞥去，却发现一个身穿军装的男人走上来，双手环抱着一个硕大的包裹。他低垂着眼睛爬楼梯，嘴里还叼着一根烟。

"你是来找埃利丝的吗？"我大声问，以为是她的哪位朋友。

闻言他抬起头，我一眼认出他来——竟是那名士兵，那个样子像猩猩、在火车上送我们香烟的士兵。

"唉，找谁都行，"他回答我说，"关键是，我得按时回营地，可手里的钱不够——还差八先令六便士。"

我告诉他这钱我可以出。正找钱时，忽听他把包裹放在地上说："我不是想借你的钱——我不想借钱，但可以拿东西跟你换。"

"拿什么东西换？"我问。

"一场葬礼，"士兵说，"就在这个包裹里。"

这话吓了我一跳，立刻走到窗前向外张望。可外面既没有灵车，也没有棺材，我只看见一排排树木。

士兵微笑起来。"这是一场抽象的葬礼。"他解释着，一边用手拆开了包裹。

他把里面的东西拿出来让我仔细地检查，看过之后，我的心终于放下了。那正是我一直想要的东西，虽然某些部分比我喜欢的紫色要深些——我不喜欢用紫色来代表哀痛，不过——我想，之后我可以把这颜色改浅一点儿。

我对士兵提出的交换价格十分满意，便把钱包里的八先令六便士递给了他。这场抽象的葬礼十分重要，我将其中的一部分草草装进行李箱，又抓了一些放在衣服口袋里，可还剩下不少。这时埃利丝回来了，说已经帮我打到了计程车，就停在门口。我没时间细细收拾剩下的葬礼了；我一路小跑着离开卧室、下楼、出门，终于离开了这位著名诗人的家，身后散落了一路的葬礼碎片。

你可能会批评我，说我无法提供确有其事的证据。是啊，你可能觉得这一切根本无法证明。"既然是一场抽象的葬礼——"你大概会说，"怎么会留下碎片？抽象的东西只是一个概念，怎么可能被装进口袋？概念也不可能有颜色！"

你会委婉地驳斥说，这一切不过是我的胡编乱造。

即便如此，也请你听我说完吧。

我紧赶慢赶终于赶上了火车。而当我发现坐在对面的竟是那个士兵，那个送我香烟、用葬礼跟我换钱的老伙计时，你应该可以想象我有多惊讶——毕竟你连他是否真的存在都会质疑。

"我就好奇问一下，"我对他说，"你会怎么描述卖给我的这场葬礼？"

"描述它？"他重复着我的话，然后回答，"没有人能描述一场抽象的葬礼，只能设想。"

"你说得很有道理，"我说，"可还是请您务必描述一下，因为这可不是谁能天天遇见的事。"

"我很高兴你这么想。"士兵说。

"等战争结束，"我接着说，"等我不再做公务员的那一天，我希望能用生动的言语，把自己误打误撞住进那位著名诗人家里的一切都写下来，而故事的高潮就是这场抽象的葬礼，"我补充道，"所以，我需要知道该如何描述它。"

士兵没有回答。

"打个比方吧，如果要描写非洲霍加狓或者海牛，"我接着说，"我总得形容它们长什么样子，要是不这么写，别人也不会相信我。"

"你是不是想找我要回那笔钱？"士兵问，"要是这样，我可没有。钱已经用来买车票了。"

"别误会，我没那意思，"我匆忙解释，"这场抽象的葬礼是个令人欣喜的概念，我只是希望能用笔把它记录下来。"

士兵的脸上露出担忧的神色，看得我心生怜悯。那张猩猩般的脸看起来，竟像是这世上最令人悲伤的面容。

"是我亲手制作的，"过了半晌他终于说，"我是说，这些抽象的葬礼。"

远方又传来了刺耳的警笛声。

"埃利丝上个月跟我买了一场，她很满意——我下一站就要下了。"他说着，起身从头上的行李架取出自己的包裹。"还有——"他又说，"你说的那位著名诗人也跟我买了一场。"

"噢，是吗？"我很惊讶。

"是的，"他回答，"他也没有任何不满，因为那正是他需要的——我是说，'葬礼'这个概念。"

火车缓缓到站停靠,士兵跳下车向我挥了挥手。再次启程时,我打开了之前买的抽象葬礼,认真地看了好一会儿。

"去它的概念!"过了好一会儿我说,"我想要的是一场真正的葬礼。"

"快了,别急。"一个声音在过道上响起。

"怎么又是你!"我惊呼——那个士兵就站在过道里。

"不,"他回答,"我在上一站下了车,现在在你面前的只是一个概念而已。"

"要是我把这些都扔了,"我说,"你会生气吗?"

"当然不会,"他说,"概念怎么会生气呢?"

"我想要一场真正的葬礼,"我解释,"属于我自己的。"

"是啊。"士兵应道。

"这样我就能把它活灵活现地写下来了,不会漏掉任何细节。"我说。

"你自己的葬礼吗?"他问,"你想把自己的葬礼写下来?"

"是的。"我说。

"可你只是一介凡人,"他又问,"要如何记录自己的葬礼呢?只能写一个抽象的概念啊。"

"所以啊,现在你能理解我有多两难了吗?"我说。

"我理解了,"他回答,"我要在这一站下了。"

士兵的概念下了车,火车再次缓缓启动,逐渐加速。我把用八先令六便士买来的抽象葬礼一股脑扔出了窗外,看着它化成无数碎片,随风散落在广袤的田野上,在反射着刺眼阳光、涂满迷彩的工厂房顶上翻飞,直到再也瞧不见为止。

一九四四年的夏天,无数人迎来了突如其来的死亡[①]。等硝烟散

[①] 从1940年到1945年,纳粹德国对英国本土实施了一系列连续不断的空袭,造成大量伤亡。

去，新闻报纸只公布了那些知名人士的死亡名单，其中的一个就是那位著名的诗人。当时他临时决定回家一趟，就是位于瑞士别墅区的那个家，然而几分钟后，那里便被空中落下的炸弹击中。幸运的是，他的妻子和孩子们当时都留在乡下没回来，因而躲过一劫。

好容易回到工作单位，离假期结束和重新上岗还有一段时间，于是我决定给埃利丝打个电话，好好感谢她的招待和帮助——当时离开得那么匆忙，都没来得及说声谢谢。可惜她给的电话号码一直打不通，接线员被我搞得不胜其烦；他说这个号码不存在，透过他明显疲惫又不耐烦的解释声，我听见了一道长而尖锐的"嘟——"声，它说明拨打的电话已经不再使用了。这令我极其忧郁，那声音听起来竟比那尖利的警笛还要难以忍受，于是我换了一个接线员。然而事实是，埃利丝早已和著名诗人的房子一起，消失在轰炸的瓦砾废墟之下。

那间蓝色的充满裂纹的浴室；那张直接放在地板上的床垫；那个结块的墨水瓶；那座无人照看的花园，还有那一排排整齐排列的书籍——每次一想到埃利丝和大诗人在炮弹落下时当场死亡，我的心终究忍不住怒火中烧，却只能一遍遍地回想和细数这些唯一记得的细节。救赎的天使可以唤醒死去的男女，但除了我，谁又能重建这位著名诗人的家？谁还能讲述关于它的故事？

当我反思埃利丝和大诗人被欺骗的缘由——想象着他们平静地接受那名并无恶意的士兵售卖的葬礼概念时，便会提醒自己——终有一日，我和正在阅读这篇故事的各位，也会毫无怨怼地接受这样一场抽象的葬礼。

"卓越"大剧院

那天，我跟朋友月伦·毕格罗说，我要去伦敦北二区的汉普斯特德①和一群搞文学的人见面。

"噢——搞文学的人。"月伦应道——他说话就是喜欢这样拿腔拿调。

"噢——汉普斯特德！"月伦说。

"是的，"我回答，"我要给他们读一篇故事，关于'我的堕落之崛起'。"

听完这话，月伦的态度忽然变得有些古怪；这本身就挺奇怪的——当你以为已经足够了解某人时，他却会在不经意间做出令你费解的行为，让你不得不重新认识他。

"你怎么了，月伦？"我问。当时我俩坐在一家奶品店里喝咖啡——或者某种有咖啡味的饮料。

"要不你再喝杯咖啡？"我提议。

"你的堕落……之崛起'？"月伦却说，"你刚是这么说的吗……？"

"啊……"我匆忙应道，"我不是要讲'人的堕落'之类的话题，你知道，这只是一种修辞，讲的是我越过边界、踏入深渊的故事。我的意思是……"

"这么说，你已经知道那个奥秘了！"月伦惊呼。

"奥秘？"我不解，"这哪里称得上奥秘。这种事在我看来很

---

① 英国伦敦的传统富人区。

平常。"

"那就只能说是天赋了。"月伦谦逊地说。

这番对话让我忍不住想赶紧离开。我一点儿也不喜欢他现在的表情,不知为何,他看起来似乎对我感到惧怕。

月伦的意志突然消沉下去,于是我说我得赶紧走了。

"别走。先告诉我你是如何知道的,好吗?"此刻,月伦姿态很是谦卑和茫然。

"知道什么?"我不耐烦地问,"你到底喝了什么?"

"茶或者咖啡吧。"月伦回答,眼睛瞅着面前的杯子,他可真是个实诚的人。月伦最值得一提的特质,就是对"真实"有着无比的热爱。

"你的坠落之崛起……"月伦一字一顿地说,"说真的,刚才你说这句话的时候,我简直震惊得不知所以,但是没关系,过两天我的心情就会平复的——请你告诉我,你是怎么……"

"那个词,"我打断他,"是说我坠落深渊的速度越来越快,直至令人瞠目结舌的程度——这不过是一种语言的艺术罢了。"

"这我知道,"月伦说,但紧接着又想到了什么,于是补充道,"我是说——我认为我知道。"

我对他说:"你到底在说什么啊?而且干吗故意这么抑扬顿挫?"

"还是你先说吧,"月伦一脸迷惑,"你到底想说什么?"

"没什么。"我故意回答得神秘兮兮——因为我忽然对月伦的想法感到好奇,想激他自己说出些什么来。

"呃……"月伦迟疑道,"你说的是月亮①,对吗?"

"正是。"我回答,对于听起来很有艺术性的谎言我从不觉得

---

① 这里是一个同音字的文字游戏:"月亮"的英文是 moon,和月伦(Moon)的名字一样。

愧疚。

月伦深吸了一口气，仿佛在汲取空气中看不见的养分，随后又长长地叹了口气。

"还有别的吗？"他又问。

"汉普斯特德。"我想起刚才似乎就是这个词刺激了他，于是试着说出这个地名。

"啊……"月伦说，"好吧。既然如此，我就把真正的故事讲给你听吧。不管你之前是从谁那里得知了这个奥秘，他讲的十有八九都是错的，而你可以从我这了解到事情的真相。"

在我把月伦·毕格罗的故事告诉各位之前，有必要先跟你们讲讲他这个人。月伦是那种能很快和你成为朋友、而你却对他的家世背景一无所知的人。我一直认为他是爱尔兰或美国芝加哥人，不然就是来自其他有着类似风土人情的地方，毕竟他的名字就很奇怪——月伦·毕格罗。月伦看上去差不多四十岁左右，自称是自由职业者，我估计就是那种每月给报社写篇文章之类的工作，但奇怪的是，我完全想不起来是在哪里认识他的，很可能是在某个派对上吧。到如今我和他已经差不多有十年交情了，我经常能在中午时分的伦敦肯辛顿商业街看见他：个子矮矮的，皮肤白皙，穿着棕色衣服。他的脸很小，但五官深邃，有着令人见之忘俗的俊美容颜。我想以后恐怕有很长一段时间都见不到月伦了，因为他已经离开伦敦。

好了，现在让我们言归正传，来说说月伦·毕格罗在听说我正为自己的加速堕落而感到悲伤时所讲的那个故事。

"我曾经住在汉普斯特德，"月伦说，"在那场大洪水之后。"

"那里曾发过洪水吗？"我惊讶地问，"什么时候的事？"

"大洪水，"月伦说，"我说的是诺亚经历的那场大洪水——滔天灭世的那一场。你好好听我说吧，我说的都是实话。"

"大洪水结束后,我就在汉普斯特德住下了。当然,那时候的汉普斯特德和现在全然不同。当时那里有个不错的小型聚居区,那的人都挺好——那都是在石器时代的野蛮人出现之前很久的事了。诺亚的其中一个儿子叫'含',那里的居民都是含的后代——所以那地方才叫'汉(含)普斯特德'。当时和我一起去定居的总共有六个人——"月伦说,"最开始是六个,后来变成了七个。当然了,我们不是当地人,可当地人们还是热情地迎接了我们。"

"你们是从哪里来的呢?"我问。

"从月亮上来,"月伦说,"这一点你很清楚,就不要再拿这些不走心的问题来打断我了。我们是自愿过来的——那时我们的起义遭遇了滑铁卢,又见汉普斯特德是大洪水过后全球最文明发达的地方,便住了下来。那里几乎和月亮上一样——当然,那时的月亮和现在已经很不一样了,可我一直记得它最美好的样子,那是一个非常美丽、非常适合居住的地方。尽管如此,我们还是离开了月亮,来到汉普斯特德定居。"

"当地人最棒的地方,"月伦接着说,"就是拥有自主决定权。他们从不过问我们来自何方,只是单纯地接纳了我们。

"一晃十八个月过去了,覆盖陆地的冰层逐渐破碎融化,我们终于把来地球的原因告诉了当地居民。我们请汉普斯特德市长及夫人在市政厅召开了一次全民集会,就是现在济慈故居所在的位置。我亲笔写了一份演讲稿,并熟记于心。当然,那时我的口才比现在要好得多,但我至今还清楚记得演讲的每一个字——

"'朋友们,兄弟姐妹们,'我对他们说,'来自月亮的六兄弟向各位献上诚挚的问候,并请求大家给我们一个机会,让我们能有荣幸向真挚而纯洁的各位诉说以下这番话:兄弟姐妹们,未来会有这么一天,这些话将无法再在人们心中激起任何涟漪或热情——这是为什么呢?你们的后代、你们子子孙孙会对来自兄弟的真心祈求无动于衷吗？不会的。那么，他们为何会对我今晚向各位传达的心声嗤之以鼻、肆意嘲笑呢？我以先知的荣耀向各位保证，将来他们确实会这样做——我的朋友们，将来他们会把这些话当作浮夸的空谈；他们会说这是"胡说八道""乏味""拙劣"甚至"可怕得要命".'

"'但事情本不该如此，我的兄弟姐妹们，地球——你们的家园最本真的模样不该如此。关于生、老、病、死，我无需多言，因为你们伟大的哲学家早已有最精辟的总结：世事无常——我亲爱的孩子们，这也是一切生命形式的共通点。我希望我要说的话不会冒犯你们柔软且无比富足的精神，那是我从各位灵魂中所窥见的，可惜你们的语言水平实在令人不敢苟同，至于艺术，则更是无稽之谈.'

"'姐妹们，我们自月亮而来，肩负教授各位诗歌艺术的语言；兄弟们，我们来到这里，是为了履行使命，完成一场或可称为"艺术使命"的任务.'"

说到这里，月伦忽然停了下来，狠狠咬了一大口切尔西果干面包。各位或许可以想象，他讲的故事很令我迷惑。要是你们见过月伦·毕格罗，就绝不会怀疑他的真诚，就连他吃面包的样子，也带着十二分的诚恳，包括他讲的故事，乃至讲述的态度也一样令人无法反驳。当然，我有很多问题想问，可又担心这会令他不悦，于是，为了暂且安抚心中的疑惑，我只能默想：这只有两种可能，要么是他疯了，要么他说的是真话。

"后来呢？"我问。

"后来嘛，"月伦说，"我发表完演讲，和在场的绅士们一一握手，并亲吻了女士们的面颊，然后就回家睡觉了。"

我能看出，我的疑惑似乎令月伦有些受伤。

"请告诉我后来究竟发生了什么。"我急切地问。

"我可没有疯。"月伦看着我说，然后继续讲了下去。

"跟你说实话吧，"他说，"那时住在汉普斯特德的人类族群，因为日子太过单调，整日无所事事，差不多快要灭族了。他们的娱乐活动只有一个，就是晚上聚在地方福利中心，坐在地上反复吟唱一首曲子。那首曲子差不多是这样：当当呀——当当呀——就这样唱了一遍又一遍，除此之外再无别的事可做，一整晚一直'当当呀'地唱，直到所有人都累趴下为止。每晚皆如此。要是一直这样，就算整个族群都灭绝了也不稀奇。

"所以我们跟他们说，我们要带给他们的都是好东西。我们建议在汉普斯特德建一所剧院，每天晚上演一部剧，人们只要付一点点钱就可以观看。我们建议给大家表演《月之变幻传》。我对他们说，"月伦模仿着当时的场景，"'只要你们看过、听过《月之变幻传》的故事，我的朋友们，就再也不会只满足于你们仅有的经典表演——永恒不变的《当当呀》了。但这并不是说我们月亮上的人对各位的传统缺乏敬重之心，'我紧接着跟他们解释，'而是想告诉各位，并且其实你们应该也已经发现了——那首经典传唱的《当当呀》已经不能再激发人们心中对生活的渴望。你们当中的许多年轻人都患上了一种叫作"百无聊赖"的疾病而死去，过去两年里也没有新生儿的降生。'

"'朋友们，'我总结道，'只唱《当当呀》已经不够了。'

"当时只有一个人站出来反对我们：年轻的约翰尼·希思，《当当时报》的副编辑。为了反对我们，约翰尼还专门想出了一个口号——'汉普斯特德：为舍的子孙后代而生！'并在全镇到处张贴海报、分发传单，上面用硕大的字体写着诸如'打倒月亮！'和'保护我们的女性不受花言巧语的蛊惑！'等标语。可人们根本不听约翰尼·希思的，大家对我们提出的新计划都感到兴奋不已。于是我们成了福利中心的新管事，并把它改建成一座大型剧院。最初我们打算给它起名为'月亮剧场'，但约翰尼·希思却对这个名字大做文章,为了让他闭嘴,我们去掉了'月亮'这个词,只叫作'剧场'。

"剧场开张的那天晚上简直可以用'辉煌的庆功宴'来形容。关于《月之变幻传》这部剧,有些事我必须告诉你——

"月亮上的艺术家的创作主题只有一个,而我们的戏剧也是以它为基础创作的,并且是基于真实的故事:月亮上有一座高山,山顶上曾有人歌唱。这首歌没有词,只有悠扬的曲调。月亮上的人们对这首歌一直有许多争论,有的说唱歌的是男人,有的说是女人,真的很难判断。每隔一段时间就会有人组成考察队,打算登上山顶寻找歌声的来源。可是上山的路遍布大大小小的深坑,考察队从没有人活着回来过。不过,曾经有一位小姑娘通过模仿学会了那首歌,她是一名杂技演员兼歌者,并决定要为这曲子填词。所以她也出发往大山里去了,说想了解究竟是什么启发那位神秘的歌者创作出这样的曲调。她觉得,要是了解了曲调的来源,就能知道该填上怎样的词。

"凭借高超的杂技功底,月亮上的这位小姑娘顺利抵达了山脚。她攀上岩石,爬上大树,又借助树枝和藤蔓荡到了更高的岩石上……到了夜里,万籁俱寂,生活在大山周围的人们都能听见她鼓励自己攀登大山的歌声。她歌唱着自己的旅程,歌唱着温暖的森林以及山中硫磺湖水奇妙的味道……终于登上山顶的那一刻,她的歌声和山顶的歌声彼此呼应,仿佛一场绝美的二重唱。黎明时分,姑娘终于来到了大山的最高处,可她却突然陷入了沉默,只剩下山顶原本的歌声依旧悠扬回荡。那一整天,所有人都在焦急地等待着女孩的消息,却什么也没等到,连一点儿声音也没有。快要天黑时,人们纷纷放弃,他们认为女孩一定失踪了,一定是被杀了。人们纷纷认定,山顶歌声的主人一定是出于嫉妒把她杀害了。

"可就在太阳刚刚落山时,山顶上突然传来一声清啸,月亮女孩的歌声再次响起。她的声音循着节拍、合着山顶的歌声悠悠响起，似询问又似诉说，一唱一和，仿佛一场急切的对话，却又奇异地和谐。月亮女孩用歌声诉说自己被山顶歌声困住的事：那歌声——她唱道：并非从有形的躯体里发出，却紧紧围绕着她、将她包裹在大山顶峰，仿佛一场咏叹的龙卷风；她左右无路、进退两难，只能随着那仿佛大山之灵的歌声不停旋转。直到今天，我们的月亮女孩还在那山顶上，被困在盘旋的歌声中，每晚踮着脚尖不停旋转，高唱着自己的歌谣与之对抗，两种歌声却莫名地和谐。每天清晨太阳升起时，女孩的歌声便会停止，旋转的身体也会停下；万里无云的日子里，月亮上的人们可以勉强看清山顶上那抹娇小的身影，屹立不倒，山顶那无词的歌声在她身边回荡，拉长了音调仿佛在嘲笑她。终于有一天，月亮女孩用歌声告诉了人们自己白天无法动弹也无法歌唱的原因——她说每天清晨都会有一抹阳光刺穿她的喉咙，它比精钢打造的刀刃还要锋利，把她牢牢钉在天幕上，既不能出声也无法动弹，唯有当夜幕降临，那道利刃才会消退；月亮女孩说，正是这道阳光赋予了大山歌唱的灵感。除此之外她也用歌声讲述别的事情，她在夜晚把在山顶看见的、关于月亮上的一切告诉我们——也正是这位月亮女孩，嘱咐我们把她的故事带到地球上来。"

月伦·毕格罗说着，神情渐渐凄凉起来。他的思绪显然被这位月亮女孩占去了大半，要是不打断他，我很可能整个早上都要听他讲述这位月亮姑娘的神奇故事了。

"你的'剧场'后来怎么样了？"我问，"就是汉普斯特德的那个剧院，你知道的。"

"明白，"月伦回过神来说，"我正在整理思绪，打算要讲回地球上的事。"

"说到剧场，"他接着讲，"我们上演了《月之变幻传》这个剧目，主要改编自月亮女孩的故事——故事的主线这部分主要靠演员表演；代表变化的那部分则用台词、歌词和乐曲来体现，你也知道，月亮女孩每晚唱的歌都不一样。她把白天在山顶看见的一切变成歌词记下来，晚上再用歌声唱出来，对抗山顶的吟唱。

"于是我们把她的故事改编成戏剧，用唱歌跳舞的形式向人们讲述月亮女孩前往大山的故事。我们想用这样的方式，重现她和大山那不断变换的对话，把无形的声音化成阳光下有形的一切来呈现——我们用人类的语言来描绘月亮上的湖泊，描绘湖泊周围闪着细碎光芒的蓝色盐湖岸；我们用讽刺的修辞形容地球的潮汐，以及汉普斯特德地区四季轮转的地标风景；我们甚至还把敌人约翰尼·希思写进了歌里，赞美他的智慧，尝试用这种方式来安抚他，可他根本不在乎。剧院的装潢富丽堂皇，因为我们采用了月亮上的艺术风格和色彩，地球上还从来没人见识过呢。

"说实在的，此前从未有过能和我们相媲美的表演。剧场的演出获得了巨大成功，我们不得不扩建剧院，因为那里已经成为了整个地区的公共活动中心。

"'真是精彩卓绝的表演！太了不起了！'每个人都如此赞叹——

"以至于最后连剧场的名字也被改成了'卓越'。人们会约在'卓越剧场'见面，而我们来自月亮的六兄弟更被称赞是'卓越的年轻人'。汉普斯特德的人们终于一改往日的颓废，焕发了新生。他们不仅疯狂地爱上了那个月亮女孩，也爱上了每晚演绎的变幻之歌，对彼此也更加关爱；年轻人不再早早夭亡；医院的产房也重新开门营业。每天晚上卓越剧院的门口都大排长龙。

"至于我，我爱上了朵洛瑞斯，她是汉普斯特德市长的女儿。我们没有从月亮上带来任何女性，因为地球人对月亮上的女人不感兴趣，于是我们找来朵洛瑞斯饰演月亮女孩，而她也不负所望，表演得惟妙惟肖。当然了，我们六兄弟都很喜欢朵洛瑞斯，但她最后爱上的是我。

"那是卓越剧场开张后大约第五年的事。后来朵洛瑞斯的父亲，也就是市长先生，去世了，接替他担任市长的是约翰尼·希思，对此我们都很生气。尽管《当当时报》早已停刊，约翰尼上任后却汲汲营营地开展起新的市民福利工作，宣称是为了重振社会生活的良好面貌，而他的势力逐渐强大起来。

"我们决定另辟蹊径，建立一所艺术学院。我们的努力或许并无太大的意义，但当时却有充分的理由那么做——尽管'卓越剧场'的演出仍然很受欢迎，我们却无法让当地人学会任何来自月亮的艺术。汉普斯特德既没有诗人，也没有画家，更没有音乐家。大家的普遍想法是：所谓艺术乃月亮独有的智慧，也只有那几个'卓越的年轻人'能够掌握。当我们试着向人们说明，朵洛瑞斯把月亮女孩演得有多好时，他们却说那是因为她天生就有月亮女孩的气质。或许他们说得对，总之我们的学术教育计划并没能发展起来。在约翰尼·希思成为市长的短短几个月后，'卓越剧场'的经营也遭遇了困难。约翰尼不知使了什么手段，在汉普斯特德市人民的思想中撒下了一把有毒的种子。（顺便一提，创建伦敦经济学院的正是约翰尼的后人。）

"他在市民中挑起了一场针对我们的民意调查活动。为此，我们不得不填写一份官方表格，详细说明几兄弟的身份和出生地，以及数不清的问卷，只有这样才能继续申请剧场营业的执照文件等。

"由于我们并非出生于地球，并且没有任何证据足以证明月亮上真的有生命，约翰尼便想借此做文章，证明我们几兄弟其实根本不存在。他给我们发了一份官方声明，驳斥了我们对经营剧场的目的和行为的描述；他无法接受——'该剧场名为"卓越"'这个说法，'因为——'他在文件中恳切地写道，'"剧场"是一个名词，而"卓越"却是一个形容词，这两个词怎么能结合在一起，用来表

述同一个东西呢！'

"时光流逝，约翰尼对我们的骚扰和抹黑逐渐生效，且愈演愈烈，他的语气和态度也愈加蛮横。他不断督促警方严正执法，导致我们总因一些极小的事情被罚款。

"结果，最终还是约翰尼赢了。某年的二月，剧场进行了最后一次公演。这次公演距离首次表演已经过去了足足七年时光。人们非常伤心，但约翰尼的强权统治搞得人心惶惶，没有人敢说真话。

"我们决定带上朵洛瑞斯一起回月球——通过普通途径，你知道的。"

"什么途径？"我充满好奇。

"别打岔，"月伦说，"再说了，你又不是不知道去月亮的法子——当你的坠落开始崛起时，便能回去了，你不是自己说过了吗！"

"月伦，"我实在没办法再保持缄默了，"我对怎样去月亮一无所知。现在大家虽然都知道有太空飞船，但这和'坠落的崛起'有什么关系……？"

"关系大了，"月伦说，"关系大了。"

我必须承认，就去月球这一话题，以上是我目前能从月伦·毕格罗那里问出的全部信息——听起来和什么东西的崛起以及坠落有关，唯独这点我可以大致确认，可他的故事还没有讲到结局。

"那天，我以为是我留在地球的最后一天，"月伦继续讲述，"于是去汉普斯特德散步。我们几兄弟一起关上了卓越剧场的大门，做好准备迎接最后一次坠落的崛起。朵洛瑞斯会和我们一道离开。对于离开地球，我们既遗憾又开心，不得不离开汉普斯特德是令人难过的，可惜这里的人民在强尼的统治下早已不复当年；当然，过去的七年里，我们也对他们产生了诸多影响。

"我在心里默默思考着这些令人难过的事，正准备回头往家去和朵洛瑞斯见面时，忽听右侧传来一阵奇怪的声音。

"我循声而去，逐渐意识到原来是一群人聚集在一大块岩石的后边，那块石头恰好挡住了我刚才的视野。越往前走那个声音越清晰——这些人竟然正在齐声吟唱过去那首歌谣：'当当呀——当当呀——'。我蹑手蹑脚地探头往岩石后看去，却又飞快地把头缩了回来——眼前的一幕令我无比震惊，甚至感到极为恶心和恐怖。

"在我描述那天究竟看到了什么之前，有必要先告诉你，约翰尼·希思已经恢复了《当当时报》的出版运营。报纸上专门开辟了一个专栏，定期发表批判性文章，极尽雄辩和修辞之能事，强调并宣导人们回归'纯粹的传统习俗'或者'纯洁的本地族民风范'又或者'我们本地的精粹文化和传统'，等等。我对此颇不以为然，毕竟约翰尼的思想一直都不怎么样高级，直到某天因为一次偶然的机会，我从那报纸上读到一则广告，说某个组织可以为人们提供一个渠道——'用经久流传的表达方式，抒发古老且纯正的感情'。看到这句话我只觉得尴尬到发抖，但并未多想，很快便将之抛诸脑后。

"然而当汉普斯特德希思发生那件事后，我忽然又想起它来。"

"好了，"月伦·毕格罗说，"现在我要告诉你，我那天在岩石后都看到了什么。

"——我看到一群年轻男女，他们都是我所熟识的，还有很多曾是我的亲密友人，他们跷着二郎腿围坐在一块圆形石板周围。透过月光，我看见他们在约翰尼·希思的带领下，一边哼唱着'当当呀——'一边拍手。人群中央的那块石板上，朵洛瑞斯冰冷的尸体静静地躺着，喉咙正中插着一把利刃，鲜血凝结在她脖子周围，那是血液喷发又凝固的证据。

"我抬眼，望见人群后向我默默走来的两个月亮兄弟。我和他们手牵着手，逃也似的飞奔回了家。

"当天晚上,我的其余五个月亮兄弟便偷偷离开了地球,但我无法和他们一起离开,因为我难以想象如何面对一个没有朵洛瑞斯的月亮。我觉得自己应该留在地球上,死在她曾死去的土地。

"当然,那之后我也彻底地离开了汉普斯特德市。

"然而有趣的是,我们之前的使命并非全然失败——'当当呀'邪教的复兴并未持续太久;虽然依旧有人时不时重提这些糟粕,毕竟糟粕总是比较容易传播,但人们却终于察觉到失去《月之变幻传》对生活造成的影响。这种缺失最终在人类群体中掀起了一场庞大的精神运动,这场运动后,地球上许多真正的艺术家如雨后春笋般诞生了,他们遍布各地,不遗余力地尝试着想要重新演绎那段失传已久的关于月亮的传说。随着岁月推移,卓越剧场的常客们纷纷离开人世并逐渐被世人淡忘,但月之传说却流传了下来;尽管这个传说也逐渐湮灭在历史的洪流中,因为它带来的巨大丧失感却保留了下来。"

"一切就这样发生了,"月伦·毕格罗说,"每次出现'当当呀运动'时,人们的内心会逐渐被枯燥、乏味和恐惧所占领,但此时总有艺术家站出来,提醒并宣传地球上本应有的美好事物。"

"也因此——"月伦·毕格罗继续道,"人类之所以能拥有文学、交响乐,以及古往今来的各位名家大师,属实应归功于月亮六兄弟和死去的朵洛瑞斯。我们的离去其实是件好事,因为除此之外,再也没有别的方法可以教导人类如何照顾好自己了。"

"你和你的笔墨之交们,"月伦·毕格罗冲我说,"应该了解自己存在的真正意义,也就是我刚才一五一十告诉你的一切。并且,若是将来写出任何优秀诗作或故事,你也应该知道,那绝非源自这个世界,而是得益于你们所没有的、来自别处的卓越宝藏。不论什么年代,人们总会渴望重见卓越剧场的辉煌,这一切只因我们被迫亲手关闭了那座名为'卓越'的剧院,因为那些卓越的年轻人离开了你们回了自己的家乡,因为这世界除了曾来造访的月亮,再也没有任何值得称赞的、所谓'卓越'的事物。"

午夜钟鸣

今晚是一宗谋杀案的周年纪念,它是我所调查过的最令人费解的谋杀案之一。案件是在一九五四年秋天发生的,那时的生活节奏比现在要悠闲得多。准确地说,案件发生在一个周六,那年的十月二日。

作为一名警探,我照例是没有出众记忆力的,但你很快便会了解我为什么能把这个日子记得如此清楚。那是一宗差点儿无法破解的杀人案——老马修斯是英国西南部一个叫作"梅洛"的小村庄的一位农场主;那年十月三日的清晨,他被发现陈尸于自家农场的附属建筑中。被发现时他就躺在通往干草棚的梯子脚下,时年八十二岁。

据当地医生的验尸结果显示,马修斯的死因是颅骨破损。人们推测他是夜里不慎跌落甘草棚的梯子摔死的,于是最终以"意外致死"结了案。

你大概会想:老马修斯那么晚了在甘草棚里干什么?

那是因为他就睡在甘草棚里。他的确是农场主没错,并且还拥有一栋宽敞的大别墅,他的太太就住在别墅里面。可你一定要明白,老马修斯是个性格十分古怪的人,他的妻子也一样,他俩关系并不是很好,所以马修斯宁愿自己去农场的附属建筑里睡。这种事在偏远乡村并不罕见。

地方尸检调查很快便结束了,马修斯在十月六日下葬。葬礼两周后,当地警方收到了一封匿名信,指控哈罗德·马修斯——也就是老马修斯的儿子,谋杀了自己的父亲。当时大多数人并不知道,哈罗德其实并非老马修斯的婚生子。

当地警方经常收到匿名信,因此最初并未特别留心。他们依照惯例追查了写信之人的线索,并推测是当地村庄的某位妇女,可惜并未找出是谁。然而不久后,村里流言四起,人们纷纷传说是哈罗德杀害了自己的父亲。警方询问了哈罗德,却并不能从他口里得到什么有用的线索,不过那不能怪他,毕竟他的脑子不大灵光。

三个月内,这流言愈演愈烈,甚至吸引了一家覆盖全国的大报社的注意。他们派了一名记者前来采访。当地警方坐不住了,他们把老马修斯的遗体重新挖出来再次检查。内政部派来的病理学家经研究表示,破损的颅骨是打击伤,这一结论立刻坐实了老马修斯是在十月二日至三日凌晨被人谋杀的事实。

可怜的哈罗德费尽全力向警方解释,说他不可能杀害自己的父亲,因为老马修斯并不是他的父亲。那时候警方才知道他是私生子。不过他们并没有浪费太多时间来盘问哈罗德,因为这小子有完美的不在场证明。

谋杀案发生当晚,哈罗德一直在农场别墅的厨房,旁观别人玩扑克,之后便回房休息了,他和一名农场帮工共用一间卧室。

我们就是在当地警方调查到这个阶段时,从伦敦被请来协助查案的。他们首先向我们汇报了所有已得到证实的事实,其中包括:十月二日那天下午,老马修斯去了距离梅洛村两英里的另一个农场,帮忙给一头难产的母牛接生;他于晚上九点离开该农场,被人看见独自一人穿过一片空地,由于年纪大了,他行走得十分缓慢。按照那个速度,走上大马路的时间应该是当晚十点二十左右。村里的医生开车经过看见了他,于是停下来打算送马修斯一程;马修斯上了车,坐在副驾与医生聊天。一对约会的情侣当晚十点半路过时,看见两人似乎正在激烈争吵。没人看见车子是何时开走的。

你大概会想,这些目击者如何能够清晰记得三个月前的某天发生的事？这个嘛，主要因为那正是老马修斯被杀的那个晚上，人们听说老马修斯死了，都惊讶地说："怎么会?！我那天晚上还见过他呢！"之类的话。人们记得什么，又忘记了什么，有时真令人惊讶，尤其是在这件案子里——您之后便会明白我的意思。

农场里的每一个人都对案发当晚的情形记忆犹新，除了哈罗德。只有他糊里糊涂的。当晚他们在厨房里玩扑克，参加的人有农场的帮工，也有在农场寄宿的，还有马修斯太太——哈罗德则在一旁看他们玩。到了午夜时分，他们听见一辆车从马路开上了农场小路，然后停在附属建筑外。他们推测是有人送老马修斯回来，说听见了老马修斯（他们认为是他）走进附属农舍，因为那里的门每次开关都会发出很大的"吱呀"声。几秒钟后，那辆车开走了。

以上是午夜时发生的事。农场里的所有人都发誓说，当那辆汽车驶来时，他们听见了教堂午夜十二点的钟声。按照我们的推理，推门进入附属农舍的并不是老马修斯，而是凶手，他是来抛尸的。凶手是有汽车的人。根据当时掌握的信息，有人在当天晚上十点半看见老马修斯和医生在车里争吵，那地方距离农场不过几分钟车程，然而农场里的人听见声响是午夜十二点。

我们当然传唤了那名医生前来质询。他的名字是费尔，住在另一座名叫奥特灵的村庄里，从大马路开车大概三英里能到梅洛村。他对那天晚上的描述是，他和老马修斯坐在车里聊了半个多小时，后者是他的病人，结果因为政治立场问题发生了一些小争执。之后他开车送老马修斯回了农场，抵达时大约是晚上十一点。随后他开车回家，到家时是十一点过十分。

刚回到家，费尔便收到一位患者的紧急求助，于是立刻出门赶到对方家。那是一名孕妇，那天晚上突然要生产，需要医生帮忙接生。再回到家时，教堂的午夜钟声刚刚响过。

费尔医生十分配合，甚至还亲手为我们写下了一份详细的陈述书，里面清晰罗列了案发当晚他的所有行动和目击证人。我们一一调查后发现，他的不在场证明根本找不出一丝瑕疵：他的确是当晚十一点二十去了那名临时生产的孕妇家，因为婴儿的出生时间登记是十一点五十分；医生的妻子和家里管家的侄女都作证说，他当晚回到家是午夜十二点刚过一点；管家的侄女当时刚参加完舞会回来。这么一来，医生不可能在教堂钟鸣时，同时出现在老马修斯的农场和奥特灵村。

我很确定，教堂的钟鸣是准时的。

你或许会怀疑，是不是农场的人撒谎了？他们真的在午夜时分听见了附属农舍那边的动静吗？

你知道吗，这真是一件奇怪的事——作为警探，我们对于谁是否撒了谎有相当的经验和直觉——然而这一次却无法从那些目击证人身上看出任何破绽，不管是奥特灵还是梅洛村的人，都一点儿破绽没有。我们没证据怀疑费尔医生。案子进入了僵局，令警方十分费解。事件发生已足足三个月了，这么长的时间，物证和案件相关的痕迹也消失得差不多了——比如指纹。

但我们还是觉得费尔医生很可疑，因为我们在详细调查后，发现了另一个隐藏的重要事实：费尔医生三十多年来一直每月定期往老马修斯的账户里转钱。

我们自然首先怀疑他可能被勒索了，于是向马修斯太太询问有关这笔钱的事。一开始她坚决否认，说自己对此毫不知情，却在我们的坚持质询下最终承认了，并告诉我们费尔医生其实是哈罗德的亲生父亲。所以在我们看来，这笔每月支付的费用是医生付给老马修斯的封口费——作为一名乡村医生，他可承担不起名誉损失的后果。

我们还发现，从案发的几个月前起，这笔按月支付的费用忽然变多了。这个变化产生的时间恰巧和费尔医生与一名年轻姑娘结婚的时间重合。如果我们的推理正确，那么老马修斯一定是利用医生结婚的事狮子大张口，毕竟在当时（或许如今依旧如此），一名受人尊敬的医生绝不希望让新婚妻子知道自己有私生子，并且这孩子就住在附近。这一发现完全可以称得上是明确的作案动机。然而费尔医生有不在场证明，我们却没有确凿证据。

我再次对医生进行了质询。整个过程中，他的双眼一直紧紧地注视着我，让我感觉几乎就要被催眠。不得不说，他让我感觉相当不舒服，但专业素养让我懂得如何尽可能在与嫌犯接触时屏蔽个人情绪。尽管如此，当我开车从他家离开时，脑海中还是止不住地响起那首古老的童谣：

> 我真不喜欢你，费尔医生。
> 原因呐，说不清道不明。
> 但有一件事我万分肯定：
> 那就是我真不喜欢你，费尔医生。[1]

这次家访之后不久，当地的一名警员对案件有了重大发现并因此喜获升迁。他在检查费尔医生亲笔写下的陈述文件时发现，这份文件的笔迹和举报哈罗德杀人的那封匿名信有些难以描述的相似之处。匿名信是用非惯用手写的，目的就是为了隐藏写信人的笔迹，但笔迹专家还是通过研究排查，确认了那位警员的怀疑。这让我们终于有了确实的证据来指控费尔医生——而正式指控总能为谋杀案的侦破带来突破性进展。

医生一开始当然对我们的指控表示抗议，但最终他还是没熬住，承认信是自己写的，但他说之所以写这封信，是因为他真心怀疑哈罗德是凶手，只是碍于父子情分，当初做尸检时说不出口罢

---

[1] 这是1680年的一首英文童谣，就只有这四句，里面的医生名字也是"费尔"（Dr Fell）。

了。我们向他提出质疑，问他写这封匿名信的真实原因是否为了反抗对方以哈罗德为筹码对他进行敲诈勒索，但医生否认了这一点。

尽管如此，我还是再次对哈罗德进行了质询，希望能听他亲口说出对费尔医生的看法。对于头脑简单的人，最好的沟通办法就是单刀直入，绝不拐弯抹角，于是我问："哈罗德，你为什么要敲诈费尔医生的钱？"

他回答："啥？"

我又说："你认为老马修斯是他杀的，对不对？"

他回答："是这样，警官，我是这么想的。"

可惜，哈罗德和我们一样，都没有直接证据证明医生的罪行。他有犯案的可能，但没人能解释清楚，他要如何在案发时间同时出现在奥特灵和梅洛村。

对哈罗德的质询令我心中充满了难以言表的失望。以当时的情况来看，我和其他伦敦派来的人再在梅洛村继续待着也没意义，于是我们决定第二天一早返回伦敦——明知凶手就在眼皮子底下，却苦于没有证据而无法将他绳之以法。

在这种深刻的失望的驱使下，我半自言自语地对哈罗德说："要是我们能从医生案发当晚的不在场证明中发现漏洞就好了！"哈罗德看上去并没怎么听进去我的话，我只好转身离开。

可是，片刻之后他忽然从后面急匆匆地赶来叫住了我。"你永远也抓不住他的，警官。"他说。

"是啊，我也这么想。"我说。

他接着又说："因为，警官，有两个午夜。就是说，那天晚上有两个午夜，所以你们永远也抓不到他。你们怎么可能抓得到夹在两个午夜之间的凶手呢？"

"两个午夜？"我惊讶道。

"是的，警官，"哈罗德说，"那时夏令时刚结束，对不对？人们会把时钟往回拨一个小时。老费尔就是在这两个午夜之间杀的人,你们肯定抓不了他的。"

"哈罗德,"我难以置信地说,"你真是个天才。"

"你们永远抓不到他的。"他还在说着。

我立刻动身去找当地教堂的司事——可不是嘛!现在回头想想,教堂的时钟是在官方宣布冬令时开始的两天后,才往回拨了一个小时。小镇的牧师在听闻我的来意后骄傲地表示,正是他安排的人手,在案发前一天把镇政府塔楼的时钟回拨了一个小时——也就是十月一日。"我们可从不偷懒!"牧师说。

"可不是!"我答道。

没费多少工夫,我们便通知了费尔医生调查结果,而他也不得不承认,是自己杀害了老马修斯。作案地点就是那片无人的野地,凶器是一只木质假腿,他用假腿狠狠击打老马修斯的头部,然后把假腿藏在了车里;车是案发那周的前几日,他从村里一位领养老金的老人那里拿回家帮忙修理的。某种意义上,费尔医生其实挺善良的。总之,杀死老马修斯后,他开车来到农场的附属农舍抛尸,当时如果按照冬令时算,是晚上十一点,按夏令时算则刚好午夜十二点,也就是教堂午夜钟鸣的时候。那个年代尚保留着死刑,然而费尔医生只被判了终身监禁——毕竟法律对敲诈勒索的宽容度也很低。

女士们，先生们

作者的话：这篇故事是基于真实事件创作的。然而真实事件或许才更让人汗毛倒竖，因为事件的主人公害怕的，不是被妻子撞见他的婚外情，而是母亲。当然，在真实事件中，男人的婚外情最后并没有被发现，作者只是发现他在公共厕所附近鬼鬼祟祟地转悠，感觉十分滑稽而已。

经过大教堂，走过尚未开门迎客的斗鸡场，路过冰激凌站，看过能驱动水车的汩汩小溪，抛下曾是修道院鱼塘的一片湖泊，一对人影缓缓走来。时间是一九五○年。女人名叫朱恩·费林德斯，男人叫比尔·多布森，故事发生的地点是英国赫特福德郡圣奥尔本斯镇上的古罗马城镇遗址维鲁拉米恩。他们手挽着手向我们走来。

费林德斯小姐在英格兰北部的一所大学读书，多布森先生则是英国中部地区一所技术职业学校的老师，主讲家政学。两人是在一次假日培训课上相识的。多布森先生有妻子，但此刻他们哪有工夫想这些。

他们在小溪边流连，倚在桥栏杆上向下望。一头奶牛从溪边空地上慢悠悠地踱步，姿态优雅地淌进远处略微平静的溪水中；它沉默又耐心地站着，静静享受着没过蹄部的凉爽溪水，仿佛一棵大树无声地投下荫翳。溪水某处传来一阵喧闹和水花飞溅的声音，几个光着脚丫的小男孩正在玩耍。朱恩和比尔都不怎么喜欢孩子，却对这几个小家伙心生怜爱，因为此刻他们正彼此依偎，携手相伴。尽管违背法律，尽管见不得人，但甜蜜的情愫依旧在两人心中绽放，教人沉溺，甚至让他们自愿花钱从街边的冰激凌站买来五个甜筒，分发给那几个小孩。

男孩儿们接过冰激凌后立刻离开小溪跑掉了，仿佛担心这从天而降的好事会被人收回似的。

"别走啊，孩子们！"比尔喊道。他这么一喊，孩子们跑得更快了。他的声音和态度让男孩们觉察出学校老师的气质，于是一溜烟跑没影了。

"这感觉一定很不可思议吧？"朱恩开口道，"突然继承了一笔巨大的财产。"

比尔很高兴她能提起这个话题，因为他有些事想告诉她。

"完全不敢置信，"他回答，"当时。"

"可以想象。"朱恩回应。

"我把信拿给梅茜看，她也不敢相信，"他接着说，又补充道，"当时。"

朱恩的脸上浮起一抹悲伤之色。梅茜是比尔的妻子，每次一提她的名字，朱恩都会难过自责，但这并非全部理由，会露出这样的神色也是朱恩天性使然。她浅色的头发从正中间分开，向后梳成一个髻；她的鼻子很长、皮肤颜色白皙，只要稍微想象一下就会明白，这样的容貌原本就很适合凄楚的神情。

尽管有些难过，她还是决定继续这个话题。

"如果把咱们的事挑明，其实一切都会变得简单很多。"朱恩说。

"是的，"男人迫切地回应道，"所以这笔钱才如此重要。这么一来，梅茜就不需要在经济上依赖我了，无论现在还是将来——"

"事实上，朱恩，"他说，"我已经在遗嘱里写了要把那笔钱全都留给她。我相信你一定会同意我的做法吧？这是对目前状况最好的解决办法了。不过，当然了，我会保证留下足够我俩生活的钱，朱恩。我只是认为——真的，朱恩，把这笔钱留给她是我们能做的唯一正确公平的事了。这样一来，等我宣布咱们的事时，一切就容易解决了。"

"全部的钱？"朱恩愣住。

"是的，"比尔答道，"这样会让咱俩的事解决起来更容易些——你说是吧？"

"那可是一大笔钱。"朱恩没有接话。

"扣掉税就没多少了。遗产税。"比尔平静地回答，"但我们还有无限的未来和美好人生在前头呢，谁知道谁会先一步上天堂呢？"

"你可别说'让我们谈谈吧'这种话呀。"他又补充——

"就让我们活在当下，尽情享受人生吧。"

比尔已经四十二岁了，对于十八岁的朱恩来说，他的未来和人生似乎并不无限。不过谁让她爱着比尔呢，爱才是最重要的不是吗？他的行事作风和性格简直和当初那个植物学教授一模一样，唯一不同的是，比尔愿意和她私奔，而那个植物学教授不愿也绝不会那么做。

朱恩担心比尔不能和妻子断干净。梅茜对于丈夫的出轨一无所知，还以为他是出差去做系列讲座去了。

"我希望你能和梅茜断干净，"朱恩说，"我最讨厌男人在这种事情上撒谎。"

"怎么这么说呢？"比尔问，"难道你以前也做过同样的事？"

"哦，不是的，"朱恩赶紧否认，"我只是说我最讨厌别人撒谎。"

朱恩从来没有和人私奔过，因此确实对现状感到有些忧虑。他们把行李留在酒店房间里，比尔在登记簿上写下"威廉和多布森夫人"——万一将来哪天他不愿意再和自己长相厮守了怎么办？万一他和她私奔只不过是为了那件事……如果他只是为了那个目的才和她在一起，那么就能解释为什么比尔还没把他俩的事向梅茜挑明了。等一切都发生了就太迟了——我可真糊涂！

"我最讨厌别人撒谎。"朱恩又重复了一次。

"我觉得咱俩应该先相处看看，最后再做决定。"比尔未经深思脱口而出。

"你说过你和她之间已经结束了，已经没有感情了。"朱恩说。

"是的，"比尔答道，"是的。"

"比尔，"女孩说，"你能答应我一件事吗？"

"当然。"他回答。

"今晚，"她说，"我希望我们还是不要——我希望最好——我的意思是，我们别——"

朱恩拼命在脑海中搜索合适的词。她很紧张，不知道该怎么说才能正确表达自己的想法，又不让对方感觉过于直白或失礼。好不容易她终于找到了那个词，暗自松了一口气。

"我希望今晚我们还是不要太过亲密了。"她说。

比尔看起来有些受打击。他从未想过朱恩会说出这种话。

"你不想在那间酒店过夜吗？"他问。

"不，我想，"朱恩有些急躁地说，"但我希望我和你之间能再等等。你明白吗？这件事对我来说很重要，是一个重大的决定。"

"不过，等到明晚……"她补充道，并用探寻的眼光看向比尔。

"也行。"比尔有些不知所措，但还是爽快地答应了。

"要是你不想那么做，我是说——"他说，"要是你希望我们再等等，亲爱的，我当然会尊重你的意愿。"

"我希望……"他说道，逐渐从刚才的震惊中回过神来，"我希望我能做个有担当的男人，说到做到——我很爱惜你，我亲爱的朱恩。"

朱恩松了一口气。虽然很想接着聊如何向梅茜摊牌，可她觉得再等等才是聪明的做法。

"我们去看罗马古城墙吧。"她提议。

虽然真心觉得应该等一个更好的时机再提到梅茜,可她毕竟才十八岁,哪能那么沉得住气。

"我才十八岁,最是沉不住气的年纪,无所谓啦。"她在心里默默跟自己说。

于是过了没几秒,她便又把话题拉回到梅茜身上。

"你想好了分开后给梅茜的赡养费了吗?"她单刀直入地问,"因为我希望你给她一点儿赡养费。你想好了吗?"

"想好了。"比尔说。

"能够负担得起她的日常生活开支吧?"朱恩又问,"这钱也不需要太多,毕竟你们没有孩子。"

"是的。"比尔答。

朱恩很想接着再问"你打算给多少钱?",但正在她努力寻找最合适的表达方式时,比尔先开口了:

"差点儿忘了给那位叫作莱奥纳德的老表哥寄五英镑。他就住在这附近一个叫布里克伍德的地方。"

"他是谁?"朱恩问,"哦,我不希望你带我去见他。"

"别担心,"比尔笑道,"他根本认不出我。莱奥纳德从小就有些智力障碍,现在也独自居住,可怜的家伙,我敢说他肯定在领残疾人补助。"比尔语带笑意地继续说,"不过这钱还是得让梅茜去寄,好在现在我给得起这钱了。"

"为什么让梅茜去寄?"朱恩问,"你自己不能寄吗?"

"我不知道他的地址啊,"比尔回答,"但梅茜知道。之前一直都是她和我表哥联络的。时常好心周济一下,你知道——"比尔说着停下了脚步。

"梅茜也有好的一面,"他强调,"我也得为她说句公道话,亲爱的。"

"噢，谁都有好的一面，"朱恩应道，有些紧张地看着比尔，"但除此之外，她在你的描述里听来还蛮可怕的。"

"是的，"比尔说，"很遗憾，她在其他方面的确挺可怕的。但现在我终于可以赎回自由了。"

"走吧！"他提议，"我们去看看古罗马城墙。"

比尔往前走了几步，却突然停了下来。"站住！"他说。

前方大约五十码开外的地方，小道左侧面向湖泊的方向有一张长椅。长椅所在的地方是一小块向上凸起的河岸，旁边有一棵山楂树，树枝低垂，一男一女并排坐在长椅上。低垂的山楂树枝挡住了他们的脸，看不真切。

"那人看着像是梅茜。"比尔紧张地说。

"但我也说不准，"他又说，"站在这儿别动，亲爱的。我们先等等。"

"噢，这可怎么办！"朱恩很是惊恐，"噢，比尔！我想回镇上去。"

"先别激动，"比尔说，"都还没确定那到底是不是她。说不定只是有点儿像而已。从这里看不清她的脸。我敢肯定她之前从没来过这里。"

"或许她是来看望你表哥的，"朱恩说，"噢，我们快回去吧，快走。"

"是有这个可能，"比尔想了想，"说不定那真是莱奥纳德和梅茜。可她要是过来，一定会提前告诉我的。"

"我想马上离开。"朱恩哀求。

"别，就在这等我。别慌，"比尔安慰道，"先让我看看再说。"

"搞不好这事会上报纸的，"朱恩慌道，"我的名字，还有我们的事，都会曝光的！"

"不会上报纸的。"比尔说。

哎呀呀,可惜最后他们的确成了新闻,被刊登在报纸上。

但是当下比尔还是尽量保持着冷静。

"你在这儿等着,"他重复道,"我从那个小木屋绕过去,试试能不能看清他们的脸。我很快就能确定到底是不是梅茜了。"

我敢保证,就算你去过那里也不会记得那间小木屋。那是一座很不起眼的建筑,在靠近湖边的小道上,刚好在长椅和水车小溪的中间。小屋本身并不残破,但看起来很粗糙,由长长短短的木板随意叠搭而成,或许是故意追求这种破旧感吧。小屋的内墙是砖砌的,周围用弯曲的藤条扎出一道狭窄的篱笆;篱笆的左右两边都有入口,入口的门上清晰印着大大的"男""女"字样,从哪边进取决于你的性别。那个年代还没发明那种穿裙子和穿裤子的小人图标来区分男女厕;男女厕的中间也用一道藤蔓编织的板墙隔开,看起来不怎么稳固的样子。

不知道比尔现在是否还有心思看看自己究竟在什么地方,总之,他毫不犹豫地从右侧的门走了进去,那是标注着"男"的公厕木门,并蹑手蹑脚地绕着小屋走,双眼始终紧盯着不远处的长椅。

尽管如此,他却还是看不清坐在长椅上的那对男女。于是比尔紧贴着木墙板,经过男厕的窗户往前挪……可惜还是看不清——枝桠低垂的山楂树挡住了视线。就算一开始比尔还稍微花了点儿心思看看这座小屋是干吗用的,那么此刻他显然已经把此事忘得一干二净,一门心思只想看清长椅上那对男女的长相。

现在,他终于挪动到分隔男女公厕的那道隔在中间的藤墙处,于是手脚并用地往上爬了几步,很快他的脸便出现在女厕窗户的下方。

快了,就快看到了——他紧张地想着,从藤蔓的缝隙间看去:

是的，那真的是梅茜！可是，等等，真的是吗？不、不，那个女人没有戴帽子，梅茜出门总会戴着帽子……看来她应该不是梅茜。可是，再仔细看看——女人的手里拿着一顶帽子！是了，坐在他旁边那个张着嘴的、傻乎乎的男人，不是莱奥纳德是谁？

为了确认清楚，比尔决定再往上爬一点儿。他伸出一只手握住女厕窗户的窗框，又伸出另一只手握住窗框的另一边，扯着脖子看过去——真的是梅茜啊！那一刻他忽然发现，梅茜和朱恩的容貌竟是如此相似，只是后者年纪轻些罢了……没错，那个坐在她身边的傻乎乎的家伙也确实是莱奥纳德。

他保持着那样的姿势，仔细打量着二人，心里盘算着如何带着朱恩神不知鬼不觉地撤退。最好赶紧离开这座小镇，这样就不会被发现了。于是，他就保持着这样的姿势，朝朱恩比画了一个手势。正是这个动作，让他引起了旁人的注意。

公厕小屋里发出愤怒的尖叫，预示着骚乱即将来临。下一秒，女厕里传来水花四溅的声响，还有一个小女孩的惊呼。

"抓住他！"一个精瘦结实的女人大叫着从女厕冲了出来，"抓住那个肮脏的偷窥狂！变态的蠢猪！"

她一把抓住比尔的脚，另外两个骑自行车经过的女孩也闻声赶来，几人一拥而上把比尔从墙板上扯下来摁在地上。

朱恩见势不妙转身就跑。

"你给我站住！"那个结实的女人见状又叫了起来，"快来人，抓住她！她刚才就在那儿看着，他们是一伙的！"

一对中年夫妇赶来捉住了朱恩，她没有反抗，乖乖地束手就擒。

"我什么也不知道。"她辩解。

"我什么也没看到。"她说。

"是吗？"精瘦的女人质问，"我可看得很清楚。"

"我也看到了，"其中一个骑自行车的女孩也说，"这男人偷窥女厕所，还是光天化日之下！"

"卑劣！"中年男人怒斥，"简直太卑劣了。你们按住他，我去叫警察。"

另外三个女人从女厕所里赶来，一脸惊怒交加。其中一个女人一手抱着个小女孩，另一只手抡起提包照着比尔的脸挥了过去。

"放我起来！"比尔喊道，"请听我解释！"

"你是得好好解释，你这偷鸡摸狗的变态！"那人抱着哭泣的小女孩狠狠地说，"随便你怎么解释，等我丈夫来了，看他怎么收拾你！"

"你们不信可以问我的朋友。"比尔惊惶地说着，伸手指向朱恩。

"你的朋友！"刚从厕所出来的一个长相美丽的红发女子惊讶地说，"如果她是你的朋友，那你们就是一伙的。依我看，你俩该不是在玩什么下流的游戏吧！"

"看她那张脸就该知道。"红发女又不合时宜地补了一句。

"我什么也没有看见。"朱恩无力地申辩。

比尔挣扎着用手肘支起上半身，那个精瘦的女人还一动不动地坐在他的腿上，他的双脚则被那个带小孩的母亲抓着。

比尔动弹不得，只能眼睁睁看着警察从远处走来，也看着梅茜从长椅上站了起来，好奇地朝这边张望。为了看清这喧闹究竟是为了什么，她施施然地向比尔走了过来，莱奥纳德跟在她身后，轻轻摇着头。

突然，梅茜闲适的步伐猛地停了下来。"比尔！"她惊呼。

"这人——"她一脸惊恐地对众人说，"是我的丈夫。他怎么了？病了吗？请让我过去。"

"噢？他是你丈夫？"精瘦的女人说，"呵！他可没干什么好事，躲在门后鬼鬼祟祟的下流坯子。"

朱恩再一次本能地想逃跑。

"你可别想跑！"红发女冲她说。

警察终于来了。"站起来。"他对比尔说。

这案子简直令人既尴尬又沮丧。带着小女孩的女人成了主要控诉人。

"我带着女儿出来散步，"她站在证人席上说，"她说想上厕所，结果我正抱着她上厕所的时候，突然从窗户外看见了被告的脸。"

"我实在太震惊了，"她补充道，"结果手一松，把可怜的贝蒂摔了下去，直接摔进了马桶里。"

"孩子受伤了吗？"地方法官问。

"唉，虽然他其实根本看不见什么，"女人说，"但对一个小孩子来说，发生这种事肯定不好。"

要不是因为这番话，检察官搞不好会输掉这个案子。

红发女在庭审上说，发现比尔时她正在整理衣冠。这证词很令人失望。

除了那位母亲，没有人愿意说明发现比尔时她们在做什么，毕竟当时是一九五〇年——无论厕所里的人在做什么，偷窥就是偷窥，这是无法改变的事实。当贝蒂的母亲把案发当时的情况和造成的伤害说明清楚时，大家都很高兴。

地方法官对梅茜的问询十分严厉且不留情面，他错把她当成了朱恩。这其实并不奇怪，因为两个女人都是浅色头发，并且都从中间分开向后梳成一个髻——梅茜和抢夺自己丈夫的女人长得惊人的相似，而这种情况许多老公出轨的女人都一样。男人永远无法真正离开自己的妻子，他们总是寻找和妻子相似的、别的女人。

当地方法官意识到自己认错人时，立刻把严厉的态度转移到朱恩头上。

"你和一个有妇之夫私自约会,还纵容他的过犯,"法官说,"甚至还企图模仿她——"他补充道,"模仿这个善良诚实的女人。"

比尔被判罚十英镑,令其三周内付清。

朱恩则被判流放澳大利亚,终身不得回国。梅茜默默一人去了理发店,请理发师把自己的中分改成了别的发型。比尔默默一人去找了律师,把遗嘱的受益人改成了自己的傻表哥莱奥纳德。

跟我来，珍珠！

刚到华特林修道院没几天我就发现，原来这里的大部分人都是来治疗神经衰弱的。这家修道院坐落在伍斯特郡内一座远古密特拉教①的神庙旧址上，地基建于十二世纪。在战争刚结束不久时——其实也就是最近，它被密特拉教的教会买回并进行修缮，而我便是此时来到这里。小住几日后我发现，住在这里的大部分人都有神经问题。

我说的"大部分人"是指住在修道院左右侧翼的朝圣者居所中的人，因此被简称为"朝圣者"。除了我们这种暂住者，还有一部分在修道院长期疗养的人，他们被称为"住回廊的"，因为他们居住的房间在二楼，修道院的回廊上方。

罹患神经症的病人对他人的精神状态总能敏锐觉察，每个人都有自己钻不出的牛角尖。我把修道院里的人分成四大类：第一类是像我这样，因神经问题前来暂时疗养的"朝圣者"；第二类是"住回廊的"，他们基本属于真正脑子有问题的怪人；第三类是修道院里的僧侣，他们看起来别说神经症了，似乎连神经都没有，我只觉得他们千人一面，都神情肃穆，无悲无喜，在那年金色的十月里穿着白色衫袍，节庆日里摇摇晃晃地走在回廊上；第四类只有一个人，那便是珍珠·佩蒂格鲁小姐。

珍珠·佩蒂格鲁小姐看起来精神非常清醒。第一次见到她我便觉得，在所有朝圣者和住回廊的人当中，她是唯一一个了解这个地

---

① 密特拉教〔Mithraism〕，一个古代神秘宗教，在公元前一世纪到公元五世纪盛行。

方真正目的的人,这是我对她的真实印象。

我是和另外两人一起来华特林修道院的。下火车时天已经黑了,车站唯一的一盏燃气灯下站着两个女人,正不安地四下打量,样子看起来傻傻的,和其他刚下到陌生火车站的女人一样。她们听到我问售票员去修道院的路怎么走,于是立刻上前与我搭讪,于是我们一行三人提着行李箱往修道院走去。我很快便意识到,除了都是天主教徒以外,我和她们之间几乎没有任何共通点;并且,即便同是天主教徒,我们也只是在广义的神话层面上共通,因为她们对宗教的信仰和理解与我并不一样——"和别人不一样"正是困扰我的神经症或者说心病的症结所在。我不是不喜欢事物的差异性,但它们很容易让人追求一些令人紧张不安的事,而同时,由差异性主导的人生亦不啻一场冒险。

那两位女性都是挺好的人。其中一个叫作"咋咋呼"——这是我给她取的名字,因为她说话的时候总是咋咋呼呼的,这是她的神经症病症,总滔滔不绝地聊她的工作:她是伦敦一家医院的护士,虽然考试从来没有及过格但并不觉得遗憾,等等……咋咋呼呼……就当个小护士一辈子听人指挥也没什么不好……今年十二月就满三十三了……认识不到四分钟,她便已经把自己的一大半人生告诉了我们;另一个女人看起来年近四十,相比于"咋咋呼"来说稍微安静些,但也没好到哪里去。走到修道院大门口,她对我说:"我叫杰妮芙,你呢?"

"格丽亚·怜悯你[1]。"我回答——"格丽亚"的确是我的基督教教名。

---

[1] 原文此处所的名字是"Gloria Deplores-you",这是一个文字游戏。"Gloria"(格丽亚)在作为名字的同时,也有"荣耀颂歌"的宗教意味,而"Deplores-you"不是真正的姓氏,而是"怜悯你"的意思,根据原文内涵,此处对姓氏采用意译。

"格丽亚……什么来着？"

"是一个来自法国的姓氏。"我说，并在心里默默编了一个发音类似于"利—亚—闪—尼"的法文拼写，以防她追问。

"那我们就叫你格丽亚吧。"她说。我在修道院大门前驻足，思考着是否应该到此为止，及时打道回府。"一起来吧，格丽亚。"她说。

几天后我才知道，杰妮芙的症结是"和别人一样"。"我们都一样"——她总这么说，让我很生气，因为我相信上帝创造的每个人都是独一无二的。当她说"我们都一样"时，其实是想表达"我们在上帝眼里是平等的"这个意思，但尽管如此，这种逻辑不严密的表述还是令我烦躁。不过，她和"咋咋呼"一样，也是个有趣的人，而我只有在心情特别好的时候才会对她们心生怜悯。

噢，这些日常琐事和这些人呐！总在你心烦意乱的时候出现，扰乱你的心神！

还有一个人令我分外难忘！那是一个身材矮小、披深绿色斗篷的红发男人——他住在"回廊上"，已经在华特林修道院三年多了，每天都笔耕不辍地写着一本叫《僧侣酿酒录》的书，每两个星期离开修道院一次，去大英博物馆或者（我估计）其他档案馆查资料，回来时总抱着厚厚的笔记本，上面密密麻麻地写满了各种古代僧侣的名字和他们的酿酒秘法——噢，我怎么可能忘记他！除了对华特林修道院管理方式的强烈不满，他其实是个挺好的人，一旦发现修道院有什么问题，他总会把罪责归到僧侣的头上，而不像那些爱尔兰人，归罪给恶魔。因为这种想法，红发男子和爱尔兰人时常会产生冲突，而僧侣们则把双方的行为都归罪给恶魔。

来修道院疗养的女士们有些来自爱尔兰南部的科克市或其周边地区，有些来自北爱尔兰的泰隆和伦敦德里，她们都是来此休养生息或短暂避世的，其中绝大多数人神经衰弱的症结都和南北爱尔兰问题相关。有时当日常祷告会结束，人们聚在一起，会因南北关系引发短暂且刻薄的互相攻击——尽管都是天主教徒。"这是天性使然"——我经常如此告诫自己。我常像这样自言自语，好安抚自己的神经。

每天早晨我都会和"咋咋呼"以及杰妮芙一起背诵《十五件神迹》，然后步行去镇上喝咖啡。由于总爱在午后小憩，杰妮芙便猜测这是安抚我神经症的疗法之一，于是她会直白地询问："你的神经症又犯了吗？"而我也直白地回答："是的。"

"咋咋呼"经常会因为精神耗竭被送去休息，对此她也从不隐瞒，十分坦白。

杰妮芙很开心："我也有同样的问题。真好啊，我们三个——这病让我们都一样了。"

"这病让我们——"我说，"变得和别人更不一样了。"

"那还不是一样，"她说，"我们都是一样的。"

但珍珠·佩蒂格鲁小姐却和所有人都不一样。她的外貌、举止都很吸引我，对我有种奇妙的安抚力量。我听说她已经在华特林修道院住了六个月，从种种微妙迹象和人们突然的沉默中，我逐渐明白了，他们要么怕她，要么讨厌她。我把造成这一切的原因归结于：她并非神经症患者。通常，有神经问题的人会对那些心情不受他们影响的人产生敌意——我在心里这么为她辩驳。我蛮喜欢佩蒂格鲁小姐的，在我看来，这也是我和这里的其他神经症患者不一样的地方。

佩蒂格鲁小姐身材高挑，有些干瘦，肩膀略高，长着一张方脸，看上去瘦骨嶙峋。她有一双深褐色的眼眸，发色乌黑，分成左右两边梳成辫子，低低地盘在左右耳边——这番装扮却并不会让人觉得不时髦。

一开始我认为她是来此寻求精神庇护的，因为她用餐时从不和人说话，帮助别人传递食物或调味料时，脸上却总挂着淡淡的笑容。除了用餐和祷告，她从不参与修道院的其他社交活动，大多数的时间都在小教堂里祈祷。我很羡慕她的勇气，因为我也很希望能独自一人待着，但总是缺乏拒绝别人的勇气，因为我害怕会像佩蒂格鲁小姐一样被人讨厌。我非常希望，她在结束自闭状态后，可以主动和我说话。

住在修道院的第一个星期，某天用餐时，一个来自北方的身材魁梧的女人跟我说——并偏了偏头示意她说的是默默坐在旁边的佩蒂格鲁小姐：

"她根本没有任何问题。"

"没有任何问题？"

"都是装的。她很聪明，真的。"

她所谓的"聪明"其实指的是工于心计，这一点我能听明白。

"您说她是装的，这话什么意思？"我问。

"就是她不说话这事。她不跟任何人说话。"

"可那是因为她在寻求精神庇护，不是吗？"

"她才不是呢，"这个聪明的女人说，"她在这儿住了六个月，最初四个月一句话都没说过——这不是精神问题，根本不是。"

"会不会是她发过某种宗教誓言——不能说话的那种？"

"不可能。她很聪明的，就是不愿意开口说话罢了。他们专门找过一个医生来，但她甚至不愿意对医生开口。"

"话虽如此，我很高兴她这么安静，"我说，"她的房间就在我隔壁，我喜欢安静。"

并非所有朝圣者都认为佩蒂格鲁小姐"聪明"，也有人觉得她天生脑子不太正常。更奇怪的是，连"住回廊的"都不怎么喜欢她——明明他们对像我这样深受神经衰弱所苦的人都很好，甚至有时过分热情了。他们对佩蒂格鲁小姐的不认可几乎可以证明一件事——他们根本不认为她有精神问题。我觉得她但凡邋遢一点儿，或者偶尔作些怪诞的表情，又或是时不时抽搐一下、结巴一下，不让那些人感觉似乎必须对她报以尊重，恐怕能得到更多认可。

我开始更加仔细地观察她，期望着能对她的精神问题有更多了解——这种事情对于一个本身患有神经症的人来说，就像磁铁一样具有巨大的吸引力。有时我会见着她独自穿过庭院，或跪在女祷告堂中祈祷。每次遇见，她都会用盘着两簇发辫的脑袋朝我庄严地轻轻点个头，仿佛女修道院的院长对修女致意；每次在走廊相遇，她那沉着冷静又充满自信的模样，都让我不自觉地靠边站，让她先过。我无法相信她真的有病。

我也同样无法相信，她这样日复一日的沉默和无休止的祷告是在耍什么邪恶的阴谋诡计。有传言说她很富有。她身上或许真有无数谜团吧——我很好奇，她能像这样坚持隐士般与世隔绝的生活多久。僧侣们夹在她和众人当中很是头疼，又不能赶她出去，因为这有违他们的善良天性或是教规，总之，如果赶她走一定会在当地造成对修道院十分不好的舆论影响，毕竟并非人人都是圣人。僧侣们一个个地去找她谈，有的善于言辞，有的心怀同情，也有的心意坚定或是出于好奇。

"呃，佩蒂格鲁小姐，您在修道院住的这段日子可还舒心？想必今年冬天您会有别的安排吧？"一个僧侣问。

可他的问题并没有得到任何回答，除了佩蒂格鲁小姐轻柔而优雅的一个点头。

同样，另一位前去搭话的僧侣也没能得到任何回应："好了，佩蒂格鲁小姐，我亲爱的孩子，您不能再这样下去了。并不是我们不想留您——赞美荣耀我主——我们也绝不是想把您赶出去，无论对您还是对任何人都不会，只是，我们急需房间给另一位有需要的朝圣者,所以您看这事⋯⋯"

还有一次也是同样的结果——"请您告诉我,究竟是什么事困扰着您,请向我们打开心扉吧,佩蒂格鲁小姐。您现在这样可真不是天主教徒的习惯,您应该多和教友们沟通啊。"

"您是不是私自发下了什么宗教誓言?如果那样可真是太不明智了⋯⋯"

"佩蒂格鲁小姐,您看,我们在镇上为您找了一间可以下榻的旅店⋯⋯"

无论如何,她还是一言不发。佩蒂格鲁小姐每周都去忏悔室祷告,所以她显然是会说话的,只是不愿意开口罢了,就连差人去买东西这种小事也不开口。几乎每个星期她都会写一张小纸条:"请帮我买一瓶雪花牌洗发液,内附六便士。"或别的什么需要跑腿的小事,然后交给洗衣房的女工。后者对她很是亲近,并曾十分自豪地拿出这种小纸条给我看,仿佛那是来自古圣先贤的遗物。

"格丽亚,要和我们一起去散步吗?"

不了,我不打算出门。住进修道院的第三个星期,"咋咋呼"已经变得不那么有趣了。

我依偎在房间的窗户边想,要是不用等那通不知会不会打来的电话该有多好,我此刻一定会开心得多。我至今还记得那年十月的那个下午,那一天的记忆交织着蓝、绿、金这三种颜色,对于当时的我来说,那些颜色实在算不得令人开心:那个披着深绿色斗篷的小个子红发男人穿过修道院庭院的草坪走来,斗篷从肩上滑落一半;两兄弟穿着蓝色的工人制服,在修道院做杂役,当时正在远处操作一台拖拉机;女祷告堂内僧侣们吟唱着颂歌——没有什么能比歌声更能铭刻一段记忆的,它如同封印般将那时的一切留存下来。可惜那时的我,正因等待一通电话而心急如焚,无法好好欣赏这一切，此事至今引以为憾。

我期待那个穿过庭院的红发男人是来叫我去接电话的，可惜他消失在窗户下方，脚步声朝着修道院后方远去。一切都是那么美好，我对自己说，而我却无法好好体会——棕色、白色、紫色……我数着草地上鸽子的颜色。

修道院的其他人似乎都不在房里。我的房间在阁楼上，正对着落满灰尘的屋梁。这一层的房间之间只用薄薄的挡板隔开，任何声音都能听得一清二楚，就算安静如佩蒂格鲁小姐。由于她就住我隔壁，平日里生活起居的声音都能听见。那天下午她不在房里，或许又去祷告堂了吧。

我等的是约翰逊的电话，他是我最好的朋友。那天上午我从镇上喝完咖啡回来，在一堆邮件中发现了他的信，可邮差送迟了。"我十一点半打给你。"他在信里写道，说的是当天上午，可我看到信时已经过了中午十二点。十一点半的时候我还在镇上和"咋咋呼"以及杰妮芙喝咖啡呢。

"有人打电话找过我吗？"我问。

"就我所知没有，"秘书模棱两可地回答，"今天早上我并不在电话机旁边，所以就算有人打来，我也不会知道。"

约翰逊并不是要打这通电话来和我商量什么重要的事情，不过是想聊聊天罢了，可那时的我却难以抑制地想听见他的声音。我叫住了经过的每一个人——无论僧侣、杂役还是其他的朝圣者，急切地问："你有没有接到过一通电话，是打来找我的？我在等一通紧急电话。本来应该早上十一点半接的。"

可他们要么回答："抱歉，上午我出门了。"要么说："对不起，我没在电话机旁边。"

"难道这里都没有人接电话的吗？"我质问道。

"几乎没有，亲爱的，我们都太忙了。"

"我有一通重要的电话没有接到，特别重要的——"

"你不能直接用这里的电话打给你朋友吗？"

"不能，"我说，"那是不可能的，真是太糟糕了。"

因为约翰逊住的小单间没有电话。我思索着是否应该给他发一封电报，连草稿都写好了——"抱歉亲爱的信来晚了因故出门请速再来电格丽亚"[①]，可最终我还是将草稿撕碎扔在地上，因为没有发电报的钱。不过，此事造成的痛苦和不安却很令我着迷，那可比百无聊赖的感觉好太多了。我决定等待，因为我认为下午约翰逊一定会再打来的，甚至准备要去那间有电话的小办公室里等——在这充满悬念的氛围和紧张情绪中等一整个下午。可是——"我会在这里待到五点。"秘书说，"会的，会的，一旦有你的电话打来，我一定派人去叫你。"

于是我此刻才坐在房间的窗户边，等待召唤。下午三点，我洗了把脸，重新化了妆，又换了一身连衣裙，仿佛这么做就能挽回错过的时间，清除约翰逊和我之间联络的障碍。我决定沿着庭院的绿色草坪，踏着金色落叶散步，这样就不会错过任何一名前来传话的人。走了一圈，还是没有人叫我，却看到佩蒂格鲁小姐走出回廊，穿过庭院，向我走来。

那时的我内心充满了和约翰逊通话的渴望，甚至连她走来时也心想："她会不会是被派来叫我听电话的？"但这念头刚一出现就被否定了——多么荒谬啊！她何曾为别人传递过任何信息？可她径直朝我走来，以至于让我怀疑"她这是要跟我说话了吗！"，佩蒂格鲁小姐深色的双眸定定地望着我。

我假装无意地从她身边经过，并不希望让她感觉我是刻意迎上去的，并因此感到不悦。然而她却破天荒地拦住了我，开口道：

[①] 旧时的电报因字数限制通常没有标点。

"不好意思，有件事我得告诉你。"

这话可把我高兴坏了，甚至没有意识到，那是我第一次听见她开口说话。

"是有人打电话找我吗？"我问，身体不由自主地做好准备，只待一声"令"下就往办公室跑。

"不，我有件事要告诉你。"她说。

"什么事？"

"上帝我主已经觉醒。"她说。

深深的失望顿时裹挟住我，以至于过了很久，直到这感觉慢慢消退我才震惊地意识到：刚才佩蒂格鲁小姐跟我说话了！还有她那奇怪的眼神——那是我从没见过的。"搞了半天，"我想，"原来她的病是宗教狂热啊。这么看来确实和其他神经症病人不同，但她也并非没病。"

"格丽亚！"——在仓库工作的女孩从门后探出头来冲我招手。还处于震惊和茫然中的我，浑浑噩噩地朝她走去。

"我说，我刚才看见佩蒂格鲁小姐跟您说话了，是真的吗，我不是在做梦吧？"

"你是在做梦。"要是不这么说，恐怕这件事很快就会传遍整个修道院——佩蒂格鲁小姐破天荒地为了我打破沉默，如果传出去，不啻对她的背叛。朝圣者们要是知道了大概会对她多一些同情，因为他们对她的敬畏感会因此事而减少，而我无法忍受看见他们对佩蒂格鲁小姐那句郑重其事的宣言——"上帝我主已经觉醒"——露出悲悯之色并叹息摇头。

"可是刚才——"那姑娘坚持道，"我的确看见她在你身边停下了。"

"你就是整天老想着佩蒂格鲁小姐才会看错，"我说，"别打扰她，也是个可怜人。"

"可怜人！"姑娘说，"我可不这么觉得。那个人根本什么问题也没有。她只是整天琢磨一些傻里傻气的中世纪思想罢了。"

"她不需要谁的干涉。"我回答。

然而没过多久佩蒂格鲁小姐就出事了。我住进修道院第四周的星期日起，吃饭的时候看不见她的身影了，可直到周一晚餐时，来食堂用餐的人们才发现这一点。

"有人知道佩蒂格鲁小姐在哪儿吗？"

"不知道呢，她已经两天没下楼了。"

"或许她自己去镇上吃了？"

"没有，她从来没有离开过修道院。"

人们派了一个代表端着餐盘和食物上楼去找她，可是没有人应门。房间门被从里面锁上了，但我确定那天傍晚清晰听见了她在房间内从容走动的声音。

第二天一早，她又跟着人群来食堂用早餐了，态度依旧漠然，虽然形容憔悴，但衣着如往常一样整洁。她要了一杯牛奶，又拿了面包条最末尾的一片，带着食物颤巍巍地回了房间。午餐时分她又没来，厨师再次端着食物来到她房外敲门，可她还是没有开门。门从里面锁上了，怎么敲也不回应。

第二天清晨，我再次从人群中看见了佩蒂格鲁小姐，她就跪坐在我前面一点儿的位置。做弥撒时，她的脑袋虚弱地倚在手上，仿佛细弱的脖颈已无法承受那重量。祷告结束离开祷告堂时她走得十分缓慢，脚步却一刻也没停下，姿态也依然优雅。"咋咋呼"见状跑过去想要搀扶她下楼梯，佩蒂格鲁小姐这才停下脚步，转头看了看她，礼貌地点了点头表示感谢，却明确地拒绝了她的帮助。

回到房间，医生早就等在佩蒂格鲁小姐的门外。我后来听说，医生问了她许多问题，又跟她讲了很多道理，可佩蒂格鲁小姐却只呆呆地盯着他，眼神仿佛穿过医生凝视着远方。修道院院长和好几名修士一同去看她，可等他们来时，佩蒂格鲁小姐又已经把门从里面锁上了。尽管他们带了香喷喷的浓汤和牛肉汤极力劝说，可她始终也不开门。

有传言说，修道院派人去找她的家人来看她；不久后又有传言说，她家根本已经没有人了。人们说她被确诊为精神失常，即将被送走。

第二天早晨，佩蒂格鲁小姐没有像往常一样准时七点起床，直到中午十二点过后我才听见她的房间传出动静。我听见她缓缓起身、穿衣，忽然隔壁传来"吧嗒"一声轻响，应该是鞋子从她孱弱的手中滑落了吧，我能想象她此刻弯腰去捡鞋子并再次尝试穿上的样子。听着隔壁那仿佛电影慢动作的声响，我的心跳飞快加速，因此不得不吞下比平常更多的镇定剂来安抚。窗外忽然下起了大雨，豆大的雨点重重击打着窗户。

"神经衰弱是不会变成疯子的。"我的朋友们总是这样说，可如今我才算真的意识到神经症和精神病之间的巨大区别。我在焦躁不安的情绪中，竟对一墙之隔的那个女人产生了某种羡慕之情，羡慕她竟能在世人无法理解的疯狂与错乱中，继续保持这样冷静优雅的行为举止。只有疯得不轻的人，我想，才能不分时间、不分场合，一本正经地说出"上帝我主已经觉醒"这种话，仿佛只是在说"有人打电话找你"一样。

这时，有人轻轻敲了敲我的门。我打开门，身体还在因焦虑而微微颤抖。来人是杰妮芙，她拿眼打量着我和佩蒂格鲁小姐之间的那堵隔墙，悄声说：

"跟我走，格丽亚，他们叫你离开房间半个小时——护士们要来抓她了。"

"什么护士？"

"精神病院的。还有男人抬着担架来呢。他们让咱们别看,免得影响心情。"

看得出来,杰妮芙很兴奋——她的想法可比我容易读懂。我能看出她很想留下来,最好能扒着窗口或贴着墙壁,围观接下来发生的事。这令我感觉十分厌恶且愤怒:杰妮芙凭什么这么好奇?她不是认为所有人"都一样"吗?不是宣称万事万物都没有区别吗?——那她凭什么还要好奇?我可跟她不一样。

"我就留在这儿,哪儿也不去。"我回答,没有故意压低嗓音,用这种方式宣告,自己不愿配合她鬼鬼祟祟打探别人的私事。杰妮芙一脸不高兴地离开了。

精神错乱是我当时最害怕的事,可就住在我隔壁的佩蒂格鲁小姐——穿戴整齐、一脸无辜、神色淡然、镇定自若的她却被诊断为我最恐惧的病症,就要被救护车带走了。我绝不能错过这一幕。后来我才知道,其实杰妮芙也没走,救护车来的时候她就躲在附近偷看,和其他大多数来此疗养的神经衰弱病人一样。

救护车是从后门进来的。我房间的窗户对着修道院正面,于是只能竖起耳朵仔细听。我听见一个女人说了些什么,紧接着修道院的神父回答了些什么,再然后便有不少沉重的脚步声,以及什么东西撞击楼梯的声音,伴着几名陌生男人的声音从楼下往上逐渐靠近。

"你刚说她叫什么来着?"

"珍珠·佩蒂格鲁。"

随着这说话声,脚步声和撞击声继续往上。

"没有钥匙,门从里面反锁了。"

每次在这些嘈杂声的间隙里,我都能听见佩蒂格鲁小姐在房间里窸窸窣窣移动的声音——她还在按部就班地做着每日都会做的事。

敲门声响起。我像疯了一样拼命撕扯着玫瑰花瓣,想要预测佩蒂格鲁小姐的未来。一个男人的声音响起,礼貌而洪亮:

"亲爱的,请把门打开,否则我们只能破门而入了。"

佩蒂格鲁小姐打开了门。

"这就对了,好姑娘,"那个男人说,"她叫什么名来着?"

另一个男人回答:"珍珠·佩蒂格鲁。"

"哦,对!来吧,亲爱的珍珠,跟我走,不用怕。跟我来,珍珠。"

我知道佩蒂格鲁小姐一定乖乖跟着他们走了,尽管没听见她的脚步声。我听见男人们穿着靴子的沉重脚步渐行渐远了,他们带来的各种设备摩擦着楼道。

"这就对了,珍珠,真是个好姑娘……"

楼下的护士又说了些什么,然后我便什么也听不到了。最后,救护车呼啸而去。

"哦,我看见她了!"洗衣房的那个小姑娘说。之前她一直很喜欢佩蒂格鲁小姐。"走之前她肯定在梳头,"她说,"因为他们把她带走的时候,我看见她长长的头发披散着。这可不像佩蒂格鲁小姐,她平时总是梳起来的。当时还在下雨呢,但愿她不会感冒。他们一定会好好照顾她的。"

人们也都纷纷表示"他们会对她好的""他们会照顾她的""他们会治好她的"……

之前可不见她们这么善良友好。

吃过晚餐,有人忽然说:"我一直很尊敬佩蒂格鲁小姐呢。"

"我也是。"另一个也说。

"是啊,我也是。"

"他们一定会对她好的——那些男人,他们听上去人不错。"

"他们也都是好心人。"

突然，那个红发的小个子男人开了口，仿佛点出了这番合唱般议论的核心：

"你们听见他们叫她——"他说，"'珍珠'了吗？"

"我的神啊，听到了！"

"是的，好搞笑！"

"我也听见了，居然叫她珍珠！"

在那之后，精神病院来抓人这事便鲜少再有人提起，但佩蒂格鲁小姐被称为"珍珠"一事却让修道院的病人们感到恐惧与同情，并因此度过了一阵短暂却清醒而和谐的时光。

龙凤胎

我和杰妮一起上学时，她一直是那种彬彬有礼又头脑聪明的女生，以前在苏格兰的学校里就很受欢迎，现在说不定也一样。在英格兰校园里受欢迎的男女生们——就我目前以来的观察而言，通常需要具备一些略微不同的特质，比如擅长运动或玩游戏。但我们苏格兰不一样。尽管杰妮并不擅长打曲棍球，但她听话、安静又聪明，大家很喜欢；不仅如此，她长得也很漂亮，身材丰满，发色乌黑，总是干净整洁。

后来她嫁给了一个伦敦人，名叫西门·里弗斯。杰妮时不时仍会和我联系。婚后她和丈夫住在伦敦附近的艾塞克斯，偶尔那么一两次来伦敦，我们便相约见面。直到多年后我才找到机会去她家拜访，那时她的一对子女：玛杰和杰夫，都已经五岁了。

两个孩子长相十分俊美，继承了杰妮的健康肤色和那种独特又优雅的扬头姿态。杰妮一直是个理智的姑娘，尽管旁人赞叹，她对儿女的美貌却从不在意。"重要的是行为举止。"杰妮总这么说。而我忍不住想：她本已貌美如花，却对外貌毫不在意，更多的是对他人的关心。我还发现，杰妮认为每个人都像她一样，内在平和，不易为俗事烦扰，这让我很欣慰，并对她心生感激。在这一点上她丈夫也一样，只不过西门的性格要比杰妮更积极阳光些，是一个充满生气与活力的男人，当然杰妮也不差；唯一的区别在于，即便最忙碌的时候，你也不会看见杰妮忙得团团转，而西门却总给人一种忙忙碌碌的印象。他俩实在很般配。我猜想，六年的婚姻生活一定让西门学到了一点儿杰妮的温柔谦和，因为他也十分关心旁人。西门会在修剪花园草坪时忽然停下手里的活,跑去照顾隔壁坐在椅子上睡着的老人,即便草坪急需打理;杰妮也从西门身上学会了如何落落大方地与其他男人交谈——这种事,当年十八岁、还羞涩无比的她可是无论如何都办不到的。杰妮跟西门学会了如何理解和接纳各种不同类型的人,包括他们的思维方式与生活习惯,因为西门的朋友无论从社会地位还是智力水平来看,都可谓是汇聚了三教九流,品类丰富;某种程度上,西门本身甚至可以说是所有这些曾登门拜访过的人的综合体——他能很好地融入几乎任何类型的人,但同时又不会失去真实的自己。因此,杰妮算是足不出户地从西门那了解到了世上形形色色的各式人等。多幸福的夫妻俩啊!更别说,还有那么可爱的一对龙凤胎。

抵达杰妮家是一个周六的下午,我计划住一个星期。两个可爱的孩子六点就被母亲哄上床睡觉了,第二天周日也没怎么见着他们,因为邻居夫妇接他们和自己的孩子一块去野餐了。周一我和杰妮聊了大半日,从过去的美好时光一直聊到现在,小玛杰和小杰夫就在花园里自己玩耍。他们很活泼,和那个年纪所有健康阳光的小孩一样,叽叽喳喳地笑闹着。不仅如此,他俩比同龄小孩更聪敏,尚未读书却都已识得不少英文读写,这自然要归功于杰妮教得好。九月孩子们便要上小学,他们的英文咬字发音相当标准清晰,尽管偶尔会冒出一两个苏格兰方言单词,但也都是用的标准英语发音,这让我很是忍俊不禁。

那天傍晚六点,孩子们像往常一样准时上床休息。不久后西门下班回家,我们三人在愉悦祥和的静谧中享用了晚餐。

直到周二的早晨,我才有机会和孩子们说上话。杰妮开车去镇上买菜,于是我陪孩子们在花园里玩了一个小时。他们的聪慧可爱再次令我感叹,尤其是女儿——她是那种从小具备敏锐洞察力的孩子,喜欢观察事物;男孩则言辞敏捷,小小年纪竟已认识且能熟练运用大量词汇。

杰妮回来后我们一起喝了茶,之后我回房间写信,听见杰妮告诉孩子们"去花园那头自己玩。记住,别太吵闹了",然后便进厨房忙碌。过不多时,后门的门铃忽然响了,孩子们忙不迭地从花园跑回屋内,杰妮前去应门。

"送面包的。"门口一个男人的声音说。

"哦,对,对,"杰妮回道,"请稍等,我去拿钱包。"

我一边写信,一边有一搭没一搭地听着外面杰妮数硬币的声音,想必是在给送面包的男人钱。

不一会儿,玛杰跑了进来,站在我身边。

"你好呀。"我跟她打招呼。

玛杰没有说话。

"你好,玛杰,"我又说,"你是来陪我的吗?"

"听着,"小玛杰悄声说,然后回头望了望,"你听我说。"

"好的。"我回答。

她又回头看了看,仿佛担心母亲会忽然出现一般。

"你能给我半克朗①吗?"玛杰悄声问着,伸出手来。

"嗯……"我有些疑惑,"你要这钱来做什么呢?"

"我想要。"玛杰回答,然后再次偷偷摸摸地看了看身后。

"这事你的妈妈知道吗?"我问。

"给我半克朗。"玛杰说。

"我看还是算了吧,"我说,"不过,要不这样,我可以给你买一个——"

话还没说完玛杰就跑开了。她跑出房间,进入厨房——"她说她看还是算了吧。"我听见她跟谁这么说道。

---

① 英国旧货币单位,一克朗等于五先令,半克朗就是二点五先令。

紧接着杰妮走了进来，看起来有些难过。

"唉，"她说，"希望你不要生气，我只是需要一些零钱付给那个送面包的人。我身上零钱不够，他也没带，想问你能不能暂时借半克朗，所以才让玛杰来问问，今晚就还的。不过这事也是我欠考虑，不应该问你借的，本来不找别人借东西一直是我的原则。"

"嗨，你说什么呢！"我立刻回答，"我当然愿意借了，我身上正好有不少零钱。刚才我没太搞清楚状况，误解了玛杰的意思，以为她是要自己偷偷借钱而你并不知情。"

杰妮看起来有些疑惑，但我决定不再多说，毕竟一个成年人去说一个五岁的孩子如何如何本就是件不怎么取信于人的事。

"哦，他们从不会问人要钱，"杰妮说，"我从不允许他们跟别人要东西。这种事他们不会做的。"

"我想也是。"我应道，忽然感觉如芒在背。

杰妮人太好了，没有步步紧逼地指出，我那番解释其实就是在说他家孩子跟我要钱了，此后也没再提起过此事或者流露出任何不开心。当晚六点过不久，西门回来了，还带回来两顶弹簧驱动、会转圈的帽子给孩子们当礼物，就是那种需要上发条，然后戴在头上会一边转动一边播放音乐的帽子。

"你这样会把孩子们宠坏的。"杰妮嗔道。

那天晚上西门自己拿着两顶帽子玩得很是起劲。

"像你这样，等不到孩子们醒来就会把帽子玩坏的。"杰妮又说。

西门听话地把帽子放在一边。可没过多久，他在附近机场工作的飞行员朋友登门做客，西门又把帽子拿了出来，两个大男人玩得不亦乐乎，还研究起帽子旋转的原理，我和杰妮则在一边嘲笑他们。

第二天一早，收到帽子的玛杰和杰夫非常开心，可惜这股新鲜劲到下午就过了，他们开始玩别的玩具。吃过晚餐，西门拿出两个小机械装置，说是平常放在八音盒里的，他可以安装在旋转帽子里，这样孩子们就能更换音乐了。

"等他们厌烦了《砰！黄鼠狼跑掉了》这首曲子，"西门说，"就可以换成《进进出出小窗户》。"

他拿出其中一顶帽子拆开，把能播放新曲子的零件放进去。然而当他把所有零件重新拼回去，帽子却完全播放不出音乐。杰妮试着帮忙修理，却始终无法播放《进进出出小窗户》。于是西门又耐心地把帽子再次拆开，把新零件拿出来，说还可以用来干别的。

"那是杰夫的帽子，"杰妮看着地毯上的零件说，一贯的精确，"杰夫的帽子是红色的，玛杰的是蓝色。"

西门再次尝试把帽子拼回去，这次保留了原来的音乐盒，杰妮和我去泡茶。

"我敢打赌那帽子现在没法动了。"杰妮咯咯笑着说。

泡好茶回到客厅，西门正在看书，帽子已经不见了。

"修好了吗？"杰妮问。

"嗯，"西门心不在焉地说，"我收起来了。"

第二天早晨下雨，一对龙凤胎只能乖乖待在家里。

"你们去玩自己的音乐帽子吧。"杰妮说。

"你们的爸爸昨晚把其中一顶拆开……"她告知两个孩子，"又拼了回去。"

杰妮天性坚强隐忍，对孩子也从不溺爱，不会刻意粉饰太平，不让孩子了解失望为何物。

"他原本希望给帽子换个新曲子，"她又补充，"结果新曲子放不出来……不过爸爸会再试试的。"

两个孩子对此满怀希望。可惜那天我并没有多少机会和他们玩耍，雨停后便出了门，当时正好看见小男孩在车库玩那顶红帽子：

他把它放在地上，看着它旋转。大约中午时分，小杰夫忽然冲进厨房，那时杰妮正在做烘焙——他放声大哭，小小的脸蛋上满是悲伤，双臂紧紧搂着已经变成碎片的红帽子。

"我的帽子！"他抽泣着说，"我的帽子！"

"我的天！"杰妮惊呼，"你把帽子怎么了？别哭，别哭……我可怜的小家伙。"

"我看见我的帽子……"杰夫说，"我看见我的帽子被拆碎了放在爸爸的车后面，那个箱子里。"

"我的帽子！"他哭着说，"爸爸把我的帽子弄坏了！"这时玛杰走进房间，无动于衷地看着这一切，怀里紧紧抱着她的蓝色帽子。

"可我今早还见你玩这顶帽子来着！"我说，"红帽子是你的，对吧？你早上不是还转着它玩吗？"

"我玩的是蓝色的那顶，"他哭着说，"后来才发现我的红帽子全碎了，是爸爸弄坏的！"

杰妮把一双儿女叫到桌前坐下，准备吃午餐。杰夫一坐下便停止了哭泣。

杰妮看起来倒是依旧乐呵呵的。后来她跟我说："我想西门应该跟我说过，帽子修不好了。其实这也没什么，男人不就是如此吗——对自己无比自信。男人啊！"

正如我之前所说，一个成年人要证明孩子撒了谎是很困难的，尤其是向他们的母亲证明。

杰妮非常小心地把坏掉的帽子放回了车库的箱子里，直到七年之后它还在那儿，落满了灰尘，和一大堆被淘汰的旧物品放在一起，再也没人动过。我会知道是因为我后来亲眼看见了。杰妮当天就给孩子们买了新跳绳，等他们上床睡觉后，她悄悄把玛杰的帽子从玩具架上拿走了。"要是杰夫看见一定会哭的，"她对我说，"以后帽子的事就别提了。"

"而且我也不希望西门知道我发现他撒谎了。"她又笑道。

从那以后，我就再也没听他们提过任何有关那两顶帽子的事，就算有谁不小心提起，我敢肯定杰妮也会立刻转移话题。多有爱心的一对夫妇啊！任何人想到他们都会忍不住心生喜爱——不过，对那两个孩子就不一定了。

之后我出了国，在国外工作了七年。最初杰妮还会偶尔给我写信，后来书信往来逐渐减少，最后断了联系。再次见到她是在伦敦贝克街，那时我已经回英国大约一年了。提到两个孩子她很激动，说十二岁的双胞胎兄妹都获得了奖学金，今年秋天就要去上寄宿制的重点学校了。

"来我家住几天吧，趁着孩子们还在放假，正好见见他们，"她说，"我和西门，我们时常谈起你呢。"再次听见杰妮那温和的嗓音真叫人开心。

那年八月，我应邀再次去杰妮家做客。我估计两个孩子如今已经成熟些了，不会再像过去那样不懂事。见到他们时，我便知道自己的猜测是正确的。杰妮带着孩子们来火车站接我，他们变得安静了许多，面容依旧姣好，有着这个年龄段的孩子们少见的镇定自若。和当年的杰妮一样，他们也变得彬彬有礼，还少了母亲当年的害羞。

到家时，西门正在花园里修剪花枝。

"天呐，你真是一点儿也没变！"他说，"或许比以前清瘦了些。知道你过得不错我很开心。"

杰妮进屋去泡茶。熟悉的环境和陈设——她看起来也一点儿没变，无论言行举止都与七年前一模一样。

两个孩子聊着学校的见闻，西门对我嘘寒问暖，但有些问题我实在不知该如何回答，比如我在国外生活的城市有多少人口。杰妮泡好茶回来，西门立刻起身去洗碗。

"真对不起，刚才西门那么说话，"等西门离开后杰妮对我说，"我认为他不该那么说的，但你也知道，男人有时候就是这么不善言辞。"

"什么话？"我很茫然。

"说你瘦了，病恹恹的样子。"杰妮说。

"嗨，我根本就没往那想！"我说。

"是吗？"杰妮说，嘴角挂起一抹理解的微笑，"你人真好。"

"的确是又瘦又憔悴！"杰妮一边忙着倒茶一边笑着说，双胞胎则懂事地把三明治递给我。

那天晚上我和夫妻俩促膝长谈直至深夜。杰妮还保留着之前的习惯，晚上九点一定要喝茶，于是我陪着她去了厨房。我们一边聊天，她一边拿出几块饼干，整齐地放进一个绿色小盒子里。

"水烧开了，"杰妮说，拿着小盒子往外走，"你知道茶壶在哪儿，我马上就回来。"

不一会儿她便回到厨房，我俩各自端着茶水回到客厅。

回房休息时已是凌晨一点。杰妮对我甚为关照，把客房的一切打点得温馨又舒适。梳妆台上的花瓶里插着鲜花，床头柜上就摆着刚才的绿色小盒子，原来那是她贴心为我准备的饼干。我拿起一块塞进嘴里，拉开窗帘遥望外面恬静的乡村夜空，回味着杰妮的细心周到。许多人都缺乏对他人感受的关注，这很让我感叹，身边多的是聪明绝顶却反复无常的人，而杰妮——我定定地想，恰恰和我们这类人相反，仿佛一个谜，是我们看不懂的。

第二天，杰妮开车去接上游泳课的孩子们，西门正好下班回家。

"杰妮不在真是太好了，"他说，"我正找机会想跟你单独聊聊呢。"

"希望你不要介意，"他说，"但杰妮真的很怕老鼠。"

"老鼠？"我不解。

"是的，"西门说，"所以，如果不介意的话，还要请你别在房间里吃饼干。杰妮在你房里发现了饼干屑，她真的很担心，但你别让她知道我把这事告诉你了，否则她一定会很生气的。她宁可死也不愿意跟你说，但我觉得还是告诉你比较好——我知道你会理解的。"

"可那些饼干不是杰妮放在我房间的么？"我解释道，"昨晚是她把饼干放在一个小盒子里，拿到楼上客房里的。"

西门神情犹豫。"家里以前闹过老鼠，"他说，"她根本不敢把饼干拿上楼。"

"可那些饼干的确是杰妮放在那里的。"我坚持，心里忽然觉得十分别扭。

"而且，"我继续说道，"是我亲眼看着杰妮把饼干放进盒子里的。待会儿我问问她吧。"

"拜托你，"西门说，"千万不要去问她。她要是知道我跟你说了这事，一定会非常伤心的，"他续道，"你可以继续在房间里吃饼干，是我不该跟你说这事的。"

话既然已经说到这份上，我自然要斩钉截铁地保证，绝不会再在房间里吃东西了。西门脸上挂着了然的微笑，说晚上会给我盛一大份晚餐，保证我不会饿。

回到房间时，那个装饼干的小盒子已经不见了。第二天一整天杰妮都忙着准备晚上的鸡尾酒会，夫妻俩邀请了不少客人。双胞胎主动请缨帮忙切三明治，还用小鱼干在切成小方块的烤吐司上摆成各种有趣的样式。

杰妮发现少了些东西，要去镇上商店买，我说我可以帮忙。坐上他们的私家车，我发现仪表盘上显示汽油不多了，于是顺路去加了点。回到家时，两个懂事的孩子正站在厨房里吃晚餐，然后一声不吭地乖乖清理了桌台，趁客人来前回房睡觉了。

西门回到家时和我在走廊遇个正着。他很担心杜松子酒不够，打算立刻去附近的商店里再买点回来。

"还有，"他说，"我刚想起来，车子快没油了。我答应派对结束后送罗林一家回去——幸亏想起来，我也顺路加了吧。"

"哦，我今天已经加过了。"我说。

派对来了十位客人，其中有四对夫妻，还有两位单身女士。杰妮和我负责端小点心给客人，西门负责酒水饮料。他的拿手好戏是刚学会的一款鸡尾酒，名叫"路帕普"。为了给宾客们调制这款鸡尾酒，西门不得不在厨房和客厅之间来回奔波，备置新的西梅汁和冰块。西门认为这款鸡尾酒大受好评，于是不断调制，我们则顺从地一杯接一杯地喝。第四次拿着调酒杯去厨房时，他转头叫住了站在客厅门边的一位姑娘，那是两位单身女士的其中一个："茉莉，帮我把柠檬汁的罐子一起拿过来，好吗？"

茉莉拿起柠檬汁的罐子，跟在后面去了厨房。

"……奖学金很可观，"那时杰妮正跟一位年长的男士说，"杰夫是男生中的第四名，玛杰在女孩中是第十一名。一共只有十四个奖学金的名额，所以说她能拿到真是很幸运了——要不是因为地理成绩拖后腿，她能拿到前几名的，这是玛杰的英语老师亲口说的。"

"是嘛！"男人赞叹道。

"真的，"杰妮说，"就是茉莉·托马斯，你也认识的。她是玛杰的英文课老师，今天也来了。茉莉呢？"杰妮说着，四下环顾。

"她去厨房了。"我说。

"看来是去帮忙做鸡尾酒了，"杰妮说，"这酒的名字可真是——居然叫'路帕普'！"

第二天早上，西门和杰妮面色不虞。我猜是因为昨晚的"路帕普"后劲太大。他俩都没怎么说话，等西门去伦敦上班后，我关心地询问杰妮的感受。

"不太好,"她回答,"不太好。我真的很抱歉,亲爱的,关于汽油的事。你应该跟我说的,我好把钱还给你。来,这是汽油钱,收下吧,别推辞。西门真是太敏感了。"

"敏感?"

"唉,"杰妮叹道,"你也知道男人什么样——你该早点儿跟我说的,你知道我对欠别人钱的事有多小心,西门也一样。他不知道你帮忙加了油,所以自然也不明白你为什么会不开心。"

当天早上我就给自己发了一封电报,装作有人催我赶紧回伦敦的样子。本来傍晚六点半之前是没有火车回伦敦的,但我跟他们说票已经买到了。西门回家时我正准备上出租车,于是他和杰妮以及孩子们一起,站在门口对我挥手告别。

"记得下次再来啊。"杰妮招呼道。

我也挥手道别,却注意到两个孩子的神情:他们冲着我挥手,眼神却看着别处——他们的父母。那表情我之前只在一种人脸上见过——在皇家艺术学院,一位著名的肖像画家带着困惑的神情,久久地凝视、打量着自己画作时的神情——那对双胞胎也是这样,带着一脸的惊讶、骄傲和茫然,愣愣地盯着杰妮和西门。

回到伦敦,我给夫妻俩写了一封感谢信,文中极力避免提及任何将来再见的话题。不久后我收到一封回信,是西门写的。"我很遗憾,"他写道,"你认为派对那天晚上我和茉莉在厨房里的行为不恰当。杰妮非常难过。当然了,她毫不怀疑我的忠诚,她难过的是你竟然会那么想,而且还当着她朋友们的面说,这让她感觉相当尴尬和丢脸。我希望,就算是为了杰妮好,也请不要告诉她我写信跟你说了这件事。杰妮宁可死也不希望让你伤心。你永远的朋友,西门·里弗斯。"

"悲剧最爱是冬季"①

墓园旁住着一个男人。他名叫塞尔文·麦格雷格,人特别好,一辈子唯一的缺点就是嗜酒如命,就爱威士忌。

"塞尔文,你这住的是什么地方啊!"

"喝一小杯再上路吧,亲爱的。"

"唉,我说塞尔文啊!"

"我明天就能收到信,明天我就能收到信。"

"我说麦格雷格啊!"

"这信总是在每月的头一日寄到,头一日定能收到。"

"麦格雷格,你可真不让人省心!少倒点儿吧。"

"喝完好上路嘛,你说是不是?"

"麦格,我要走了。你住的这地方可真是——旁边就是墓地,还有一座泥泞肮脏的老教堂,周围还有铁丝网,我看就算坏人都不敢来你家闯空门吧?"

"再见啦,保重啦!干杯!"

"我敬您一杯,麦格雷格先生。您这家啊,等我变成可怜的老流浪汉恐怕才敢住呢,尤其是那一圈铁丝网,我真不能理解,真不能!"

"每个月的头一日我就有钱了。"

"我走了啊,塞尔文,马上就要天黑了。"

这样的日子持续了十三年,塞尔文年岁渐长,从二十五岁的小

---

① 这篇小说的标题出自莎士比亚《冬天的故事》第二幕第一场。

伙子变成了三十八岁的中年人。从他二十五岁军队退役直到三十八岁，一直住在这座破败棚屋里，它属于一所荒废崩塌的旧庄园，旁边有一块墓园。从那时起直到现在，他每月一日都会收到一封从爱丁堡寄来的信，里面是一张支票，他会拿去银行兑现。

"晚上好，麦格雷格先生。"

"咱们喝一杯吧！你们俩一起来，满上。"

"麦格雷格先生，我们想求您一件事——您能在音乐会上演奏一支钢琴曲吗？"

"唉？音乐会不是月中举行么。"

"麦格，请你务必为我们演奏一曲。"

"月中那几天我要闭关冥想。"

"我不能再喝了——呃，那就一点点……够了、够了，麦格先生！"

"多保重啊！"

"那我们把您的名字写在节目单上啦，塞尔文。"

"唉，别啊，我说了不行。"

"塞尔文先生，再这样下去您会抑郁成疾的。看看您这地方，哪能住人啊！"

"祝二位好运亨通唷！"

到了每月中旬，塞尔文口袋里的钱总是所剩无几，可肚里的酒虫却总在这时候闹将起来。然而这时候，他却拒绝任何人来家里做客，即便客人双手端着菜肴站在门口也不开门。这段时间的塞尔文基本是得过且过，有什么吃什么，比如地里的萝卜，或者被拒之门外的客人留在门口的面包和餐食等。到了该月的二十五日，他又会再次开门迎客，慷慨地拿出酒水招待，要是钱不够就先跟人借点，撑到下个月一日。

从每月中旬直到月末的那十来天里，塞尔文·麦格雷格总会独自一人静静坐在窗前，默默为墓园里的逝者们冥想。

塞尔文的婶婶住在爱丁堡沃伦德区的一套公寓里。那个区域曾经住的都是有钱人，如今时移势易，富人们离开了，公寓楼却都留存了下来。那里的富庶很是低调。

"那个区现在真是越来越不行了。"二十年来，塞尔文的婶婶经常这么说。可要是从别人口里听说"这片区域已经辉煌不再了"，婶婶便会第一时间反驳：

"我可不这么认为。并没有。"

给塞尔文每月寄支票的人就是麦格雷格婶婶，这是看在塞尔文的母亲是威尔士人的分上。毕竟有一个脑子又不怎么好使的威尔士人母亲，或者说懒到骨子里的母亲这件事，并非塞尔文的错——有其母必有其子嘛。

关于麦格雷格婶婶，值得一提的事并不多，只知道她平常爱穿海军蓝色的衣服，苍老却精致的脸颊上覆盖着几乎已经半透明的皮肤，看起来脆弱易碎，老化的血管在皮肤下若隐若现，眼、鼻、口都仿佛陷入其中——正如塞尔文所说：无论她长什么样、有什么性格，如今一切都已埋入地下，行将腐朽。那件海军蓝色的衣服后来被送给了护士。

是的——她已经死了。但需要说明的是，在去世的几个月前，她曾到墓园旁的棚屋里探望过塞尔文。那天婶婶穿着棕色的衣服，因为她很宝贝那件海军蓝，舍不得穿着它来这破败的地方。她就这样独自来看塞尔文·麦格雷格。那时候塞尔文还没开始冥想，因此没有把她拒之门外。

"麦格雷格婶婶！喝一小口呗？婶婶，来吧，就一小口。唉，这就对了。"

"塞尔文啊，"婶婶说，"你如今可真是有过之而无不及。"

"什么东西有过之？"其实塞尔文很清楚姐姐指的是酗酒这件事，却还是故意问道。

"什么东西有过之？又比谁而无不及？您说这是比谁，啊？"塞尔文故意拿着强调说，直到姐姐忍不住大笑起来。对于这个侄子她总是很容易心软。

总之，她去世了，给侄子留下了一个包裹。塞尔文在一个阴冷天去参加葬礼。因为天气阴冷，他的兜里自然少不得带上一小扁瓶威士忌——这主要是因为塞尔文对于"人会在基督荣恩下复活"一事有着强烈信仰，因此，为了抵御寒冷而提前做好准备，并非对麦格雷格姐姐的不敬——就算他在墓园里，在葬礼致辞期间喝了几口。

"尘归尘……"

"麦格雷格女士的侄子怎么会是那个样子？简直难以置信！"

"他可是主祭人啊，是她哥哥的孩子。神啊，他到底在干什么？"

致辞结束，塞尔文从地上抓起一把泥土。就在此时，他竟看着手中的泥土露出了笑容。姐姐的棺材还在脚下的墓坑里等待埋葬，周围吊唁的人们也在静静等待葬礼流程继续，可是当牧师点头示意"好了，把土撒在棺木上"的时候，塞尔文却习惯性地把手里的泥土从左肩向后扬了出去，就像在家里撒盐时那样，之后还冲着周围来吊唁的人露出一个大大的微笑，说起"祝你健康！"或者"多保重！"之类的话。

"可怜的麦格雷格女士啊！唯一的亲人竟是这副模样，真可怜……"

葬礼后不久，塞尔文收到一封信。那是一份遗嘱，是姐姐生前的遗嘱委托人寄来的。遗嘱的内容很复杂，于是塞尔文回信道：

"请于二十五日以后来家里面谈。"接着便去进行他一贯的冥想了,直到二十五日才"重回人世"。二十六日那天,委托人如约来找塞尔文,他穿着黑色外套,面容康健。塞尔文心想:这遗嘱委托人可真不赖,但愿他办事利落。

"请把这儿当成自己家一样。"塞尔文说着拿出一个新酒杯。

"不用了。"委托人拒绝。

"敬美好的希望!"塞尔文说。

塞尔文一直劝酒,最后委托人终于忍不住说:"您知道麦格雷格女士的遗嘱需要您满足什么条件才可继承吗?"

"这我读到过,"塞尔文煞有介事地回答,"信我也看了,但当时太忙了就……"

于是男人从头开始念遗嘱。当他念到"……将由我的侄儿塞尔文·麦格雷格继承……"时停下来看着塞尔文,然后一字一句地说:"……条件是,他能好好照顾自己,生活健康。"

"我婶婶可真是——"塞尔文一边把自己的酒杯满上一边说,"一个好女人!是不是啊,那个……"

"我姓布朗,"委托人说,"遗嘱的另一位委托人,也就是我的合伙人姓哈普,你会喜欢他的。请问您打算什么时候搬家?"

"嘿!等我死的时候吧。"塞尔文说。

"听我说,麦格雷格先生,这个地方并不利于居住和您的健康,遗嘱里说——"

"去它的遗嘱!"塞尔文打断他,还顺势拍了拍布朗先生的肩膀。在威士忌酒精的作用下,或许还有塞尔文不时流露的威尔士口音,这一拍竟让后者忍不住对其生出些亲近之意来。

"我在这里工作呢,走不开。"塞尔文补充道。

"您的工作是什么呢,麦格雷格先生?"

"对腐朽的冥想。"

"我说，麦格雷格先生，这份职业听起来可不太健康。不是我强人所难，可合伙人哈普先生对遗嘱委托人的工作可是相当认真——麦格雷格女士是我们的老客户了，而她一直很担心您的身体。"

"嗨，您别停，接着喝呀！"塞尔文叹道。

"您也是，麦格先生。也敬您。"

"你可以这么跟哈普说——"塞尔文直截了当地回答，"就说你已经看过了，我的身体健康得很，每天忙着工作呢。"

"可您看起来有些消瘦啊，麦格雷格先生。在我看来，您住的地方可不算健康。"

塞尔文走到钢琴前为他弹奏了一曲，又唱了一首歌："哦，母亲啊，母亲，您为我铺床。哦，把我的床啊，铺得又软又暖和……"

"真好听，"委托人赞叹道，"真是没想到！"

"我是一位音乐家——"塞尔文说，"你就这么跟哈普说，至于另外那份工作，你就别提了。"

"您看您，这是想贿赂我呢？那可不行。您刚才不是还说您的职业是'腐朽'？"

"不，不，不——我说的是'对腐朽的冥想'，"塞尔文解释，"这可是两件截然不同的事，我做事是高尚的。把酒干了！"

"祝您心想事成！"布朗先生听话地举起酒杯，"但您可别想贿赂我！"

"这世上的事嘛，就是要么我贿赂你，要么你贿赂我。"塞尔文说，然后继续解释起自己的"职业"。两人为此来回争论，乃至忘记了时间，也忘记一共喝了几杯，最后都已是口齿不清，把"腐朽"说成了"腐蚀"，又最终说成了"服侍"。

"谁服侍谁？"布朗先生问，"谁是谁的侍从？"

塞尔文笑得喘不过气来,又因为喘不过气来而没法儿再继续开怀大笑。当他好不容易缓过气来,便顺手把酒瓶递给了布朗先生,开始高深莫测地讨论"服侍"其实就是"腐朽"的一种形式。

然后他忽然唱了起来:"哈哈哈——嘿嘿嘿——我服侍你来你服侍我。"

"敬我们短暂而美好的人生!"布朗先生说。

最后的结果是,塞尔文成功"腐蚀"了委托人,每月寄来的支票上金额比以前多了不少。整个冬天他都保持着一贯的作息:二十五日开门迎客,十五日闭门谢客,中间的十来天坐在窗边对着逝者的坟墓冥想。

第二年春天,塞尔文死了。其实两年前他就在医院拍过 X 光照片,可他说:"嗨,去他的肺部问题,我还要工作呢。敬健康!"

布朗先生对合伙人说:"他从不曾跟我提过自己肺上有病——我要是知道,绝不会允许他继续在那个破屋子住的!我一定会看着他搬进温暖的新家;不仅如此,还会给他找个管家,再送他就医。"

"这些搞音乐的,"哈普先生说,"身子骨都娇贵得很,却很值得我们尊敬。"

"噢,是吗?值得吗?"布朗先生烦躁地说。他可没办法对塞尔文感到尊敬,这个人简直不可救药,明明说好只是冥想的,居然死了。

"真是个悲伤的故事,"哈普先生如梦呓般感叹,"某种意义上,麦格雷格也算得上是个英雄。"

"噢,是吗?他是吗?"那一刻,布朗先生忽然觉得合伙人很愚蠢,并生出鄙视之情,比对塞尔文的更强烈。然而最近,一次偶然的机会让布朗先生再次来到塞尔文曾经居住的地方,他却忍不住感叹："唉，塞尔文·麦格雷格啊，你真是个不可思议的人！"当他看见曾经的破旧墓园被推平，改建成了供孩子们玩耍的操场时，更在很长一段时间里都对塞尔文的"腐朽"念念不忘。

圣诞赋格曲

茁壮成长的小女生辛西娅十分热爱大自然,至少当时还在上学的她是这么想的。她喜欢独自一人沿着河边散步,感受雨点洒落面颊,或者依靠在古老的屋墙边,盯着黑漆漆的水塘发呆。她每天迷迷糊糊的,得空便写一些关于大自然的诗歌,这也是一九七〇年代伦敦周围富庶郡县的传统。离开英格兰去投靠表姐莫伊拉时,她什么都没有带走,除了回忆。莫伊拉只比辛西娅大几岁,住在悉尼,经营一家不知名的青年服饰精品店。店里除了服饰,还卖手提包、手工拖鞋、陶器、靠枕、精美的信签纸和许多其他工艺品类的东西。后来莫伊拉嫁给了一名事业有成的律师,搬去阿德莱德居住,这让美丽的悉尼对辛西娅而言忽然变得空空荡荡。她给自己找了个男朋友,但很快他也无法填补她的空虚。二十四岁时,辛西娅决定开始一段新的人生,虽然过去的人生于她而言并没有多少波澜。

她收到许多朋友的邀请,数量多到根本记不过来。他们请她去自己家过圣诞,那一张张和善的脸庞带着微笑说:"莫伊拉不在你会感到孤单的……圣诞节有什么安排吗?"乔治(她那所谓的男朋友)说:"我说,你应该来我家。我们都很愿意请你来家里一起过圣诞。我的哥哥和姐姐人都特别好……"

辛西娅却感觉无比空虚,她回答:"其实,我打算回英格兰去。""这么快?不等过圣诞吗?"

她收拾好行囊,把不需要的东西统统送人,买了张单程机票:从悉尼到伦敦,日期就在圣诞当天。看来她要在飞机上过圣诞了。她不停地回想着这几年美好且充实的生活,还有大海、沙滩、商店和群山……而她就要离开它们了，此刻，这些回忆仿佛模糊成了古老屋墙上蜿蜒的梦境。她的目的地是英格兰，那才是她的归属。乔治送她上了飞机。他也要展开新的人生了，去往布里斯班，投入那如黛远山的怀抱，帮唯一的舅舅照看昆士兰州的绵羊农场。对于别的姑娘来说，辛西娅想，和他在一起或许不会感到空虚，可惜对我而言会。

回到英格兰以后她就不会孤单了。她有父母，虽然离了婚，也都不过五十出头；还有个哥哥，尚未结婚，在伦敦金融城当会计。她的一位婶婶最近去世了，辛西娅是她的遗嘱执行人。回到英格兰她就不会孤单了，至少不会不知道自己该何去何从。

她搭乘的那架飞机几乎是空的。

"没有人会在圣诞节当天远行，"空乘小姐来倒饮料时说，"就算有也很少。圣诞节前是最忙碌的，从圣诞节次日的'节礼日'起一直到新年的这段时间，一切又慢慢恢复正常。"这话是对另一位同乘这趟航班的年轻男士说的，后者对空空如也的机舱表示感叹："我之所以选择圣诞节当天飞，是因为原本也不知该去哪儿过节。我想着，这时候坐飞机出行或许很有趣。"

"会很有趣的，"漂亮的空乘小姐说，"我们会想办法让您的旅途感到愉快。"

这话让年轻男士很开心。他的位置与辛西娅隔着好几个座位。男人四下打量了一番，看见不远处的辛西娅，友好地致以微笑。接下来的一个小时内，机舱这个狭小的空间内都是男人有一搭没一搭的说话声。很快，仅有的几名乘客便知晓，他是一名教师，刚结束一个教育交流项目回来。

飞机于圣诞节当天下午三点离开悉尼，过九个小时到曼谷，在那里加油。

飞机前排的座位很宽敞，一对中年夫妇坐在那里，十分投入地看书——男人手里是《泰晤士报》，女人则聚精会神地阅读阿加莎·克里斯蒂的《斯代尔斯的怪事》。

一个瘦高的男人起身去上厕所，经过中年夫妇身边时突然停了下来，指着女人手中的书说："阿加莎·克里斯蒂！你竟然看她的书。她可是个连环杀手，这说明你的内心也有阴暗面，和连环杀手一样。"说完，男人仿佛得胜般露出一个大大的笑容，然后欣欣然走到夫妇俩背后一排的座位坐了下来。

中年夫妇不约而同地按下召唤键，一位男空乘走了过来。"那个男人是谁？"——"你听见他刚才说的话了吗？他竟然说我是个连环杀手。"

"对不起，先生，请问您有什么事吗？"男空乘严肃地问那个戴眼镜的男人。

"我只是在观察周围的环境罢了。"男人回答。

男空乘离开他往飞机驾驶舱走去，不一会儿带着一位身穿制服的男人回来了。那是副机长，他手里拿着一张纸，上面是登机乘客的信息。副机长看了一眼眼镜男的座位号，然后盯着他说："您是西格蒙德·沙特教授？""是名字里有'y'字母的那个西格蒙德，"教授精确地指出，"我没什么事，只是对周围的环境做出专业观察和判断而已。"

"观察可以，但您的结论还请不要说出来分享。"

"我不会保持沉默的，"西格蒙德·沙特说，"有什么阴谋诡计你们尽管招呼。"

副机长走到中年夫妇身旁，俯下身来低声耳语，安抚着他们。

"看看！"沙特说。

副机长沿着过道向辛西娅走来，并在她身旁坐下。

"那人是个不折不扣的疯子，这种人最容易制造焦虑了，不过他应该没什么实质的危害性,至少希望如此,否则我们也不会坐视不理。您一个人会觉得孤单吗?"

辛西娅端详着副机长,他很英俊,也非常年轻——足够年轻。"有一点点。"她回答。

"头等舱没有人,"副机长说,"您愿意去那儿吗?"

"我不想——"

"跟我来吧,"他说,"您的名字是?"

"辛西娅。你呢?"

"汤姆。我是这架飞机的飞行员之一。今天机上总共有三名飞行员,到了曼谷还会再上来一位。"

"那样我就放心了。"

一切是在飞机抵达曼谷时发生的。其他人趁着那一个半小时加油的时间,纷纷下飞机舒展筋骨、逛免税商店,买些印着"曼谷制造"的娃娃或者丝绸领带等没用的东西当礼物,有的则去机场咖啡店点杯咖啡或者别的饮料,吃些点心和面包。汤姆和辛西娅却留在了飞机上。他们在头等舱美丽的小隔间里做爱,窗户上挂着真正的窗帘——那是印着手绘黄色花朵的白色窗帘;激情之后,他俩聊人生、聊彼此,情之所至又纠缠在一起。

"今年圣诞节,"他说,"我将终生铭记。"

"我也是。"辛西娅说。

还剩半个小时,机组成员和其他乘客就快回来了。透过飞机上狭小的窗户可以看见外面,加油车已经为飞机的其中一个油箱加满油,正缓缓离开。

辛西娅在头等舱的厕所里用水好好擦洗了一番,还用牙刷漱了口。洗漱后的她只觉得整个人焕然一新,又用梳子细细地梳理那一头乌黑的秀发。回到小隔间时,正看见汤姆从别处回来,看上去精神奕奕，脸上也挂着迷人的微笑。他递给辛西娅一个小盒子说："圣诞节礼物。"

盒子里是一组石膏做的耶稣诞生小人像——"中国制造"。里面有跪坐着的圣母马利亚和圣约瑟夫，刚出生的小婴儿耶稣，一个背着工具箱的鞋匠，一个樵夫，一位看不清面容的僧侣，两个牧羊人和两只天使。

辛西娅把人像一一拿出来，摆在面前的小桌子上。

"你相信这个吗？"她问。

"我相信圣诞节。"

"是的，我也一样，它意味着新的人生。但我从来没见过哪对父母跪在婴儿床边敬拜的，你呢？"

"没有，那只是一种象征而已。"

"这份礼物太可爱了，"辛西娅抚摸着桌上的小人，"材料厚实，不是塑料做的。"

"我们一起庆祝节日吧。"汤姆说完起身走了出去，不久拿着一瓶香槟回来。

"这太贵了……"

"没关系。这东西在头等舱跟水似的。"

"你是不是很快要回去工作了？"

"不用，"男人回答，"我的班已经结束，明天再打卡。"

在头等舱的精致小隔间内，两个人再次翻云覆雨，直上云霄。

一切结束后，辛西娅回到商务舱，恰好看见西格蒙德·沙特教授跟女空乘争执，说自己的飞机餐明明是提前预订了的，怎么完全没有达到预期水准。辛西娅坐回自己原本的座位，从前面的飞机座位口袋里抽出一张明信片，开始给表姐莫伊拉写信。"我在三万五千米的高空度过了一段愉快的时光。新生活已经开始了。爱你的辛西娅。"写完明信片她忽然想到，原本的座位或许也是过去人生的一部分，于是起身回了头等舱。

晚上，汤姆也来到头等舱，在她身边坐下。

"你没怎么吃东西。"他说。

"你怎么知道的？"

"我注意到了。"

"我对圣诞晚餐没什么胃口。"她回答。

"那你这会儿想吃点儿什么吗？"

"火鸡肉三明治。我去问问空乘小姐。"

"让我来吧。"

汤姆告诉辛西娅自己正在打离婚官司，并且很快就会有结果了。他不否认妻子在这段婚姻中过得不太开心，毕竟他因为工作关系常常不在家；可她明明可以利用这些时间学习一些有用的东西，奈何妻子就是不愿意，因为她厌恶学习。

汤姆说他很孤独，并向辛西娅求婚。听见这话辛西娅一点儿也不惊讶，但她回复说："噢，汤姆，可你并不了解我。"

"我认为我了解。"

"我们彼此之间并不了解对方。"

"可我认为我们对彼此已经有所了解。"

辛西娅回复说自己会考虑的，说她愿意取消原定计划，去他在伦敦卡姆登镇的公寓住几天，陪陪他。

"再过三天我就可以休假了——就从这周末起。"他说。

"神啊，他是好人吗，真的可靠吗？"她在心里默默问自己，"跟他在一起我安全吗？他究竟是个什么样的人？"然而她的心早已沦陷，顾不了那么多了。

凌晨四点左右辛西娅醒来，转头看见身旁的汤姆。他说："现在已经是节礼日了。你真可爱。"

她希望自己是可爱的，但每次一遇上男人她就变得胆怯。在澳大利亚时她经历过两段短暂的恋情，都不值一提；如今在飞机的头等舱里，万里高空的云端，她和汤姆紧紧相依——这是事实，也值得纪念，是新生活的开始。

"我会把公寓的钥匙给你，"汤姆说，"下了飞机直接过去吧，没有人会来打搅你。那公寓我和弟弟一起住，但他现在不在，大概离开六个星期左右——实话说，其实他在蹲监狱，原因是他在足球场上言语攻击他人，并对他人造成了严重的身体伤害。其实身体伤害也并不是特别严重，他只是在错误的时间出现在了错误的地点。总之，这六个星期，我的公寓里除了我们不会有别人。"

到了机场，尽管是清晨五点十分，出口处仍然围了一大堆接机的人。辛西娅拿上行李放在推车上，向出口走去。她并不曾期待有人会来接她。

然而到了接机口，她却一眼望见了父亲和他的再婚妻子伊莲，还有母亲和她的再婚丈夫比尔。站在机场栅栏边她父母亲身后的，竟还有她的哥哥和女朋友、莫伊拉的亲家表姐，以及几位不认识的、带着孩子的男女，孩子们大约十岁到十四岁不等。看这架势几乎是全家出动，认识不认识的亲戚都来了，就为迎接辛西娅回家。他们是如何知晓飞机抵达时间的？她明明只说过会在回到英格兰之后再打电话通知家人。"是你的表姐莫伊拉，"父亲仿佛知道她在想什么，"她把你的航班号告诉了我们。我们很盼望你回家，你知道的。"

于是她先跟母亲回了家。尽管已是节礼日，家里的布置还是圣诞节的样子，看来是专门为她保留的。所有圣诞节该有的摆设、氛围一样不差。装点精致的圣诞树下还堆着礼物——光是给辛西娅的就有十几个。当晚她哥哥便带着女朋友和几个表兄妹一起来母亲家陪她吃迟到的圣诞晚餐。

家人们围坐在圣诞树下拆礼物时，辛西娅从行李箱里取出几个包好的盒子，那是她为了这种场合特地在澳大利亚买的礼物。其中一个贴着哥哥的名字，盒子里是一套石膏做的耶稣诞生故事人物套装，中国制造。

"真漂亮，"哥哥说，"是我见过最棒的圣诞故事组合玩偶了，不是塑料的。"

"是我在莫伊拉的精品商店里挑的，"辛西娅说，"她的店里总有不少稀奇的玩意。"

一家人其乐融融地聊天。辛西娅讲了很多关于澳大利亚的事，还有那里令人惊叹的美景。到了晚茶时分，大家终于谈到了姊姊的遗嘱，辛西娅是遗嘱的指定执行人。被指定为遗嘱执行人她很开心，毕竟辛西娅平时总迷迷糊糊的，一点儿法律头脑也没有，而姊姊竟然将如此重要的任务交给她，着实令她受宠若惊，这份责任让她忽然在家里具备了某种权威感。不过，她已经计划好要去父亲家，和另一帮亲戚们过新年。

哥哥把耶稣诞生故事的人像在桌上摆放好。"我不明白，"辛西娅说，"为什么里面的父母亲要给孩子下跪？看起来好不现实。"关于这话她并没有听见其他人是如何回应的，甚至连他们是否回应过都不曾注意到，因为她的心中正因不久前那段回忆激荡不已——伦敦的卡姆登镇有一间重要的公寓，可她却不知道地址。

"飞机在曼谷经停。"她告诉众人。

"你下飞机去看过吗？"

"下了，但你也知道，我是出不了机场的。不过机场里有一间咖啡店和一个可爱的小商店。"

直到后来众人散去，她回到自己房间独自整理行李时，才有机会给航空公司打电话。

"不,"接电话的姑娘说,"我不认为我们公司头等舱的小隔间窗户上挂着白底黄花的窗帘,这我得问问……不过,您这么问是有什么特殊的原因吗……?"

"那班飞机上有一名副机长,叫汤姆的,可以请你把他的全名告诉我吗?我有急事要找他。"

"您说的是哪次航班?"

辛西娅把航班号、自己的姓名以及原本商务舱的座位号都告诉了她。

等了好一会儿,电话那头的人才回复:"我确认过了,您的确是乘坐这个航班抵达伦敦的。"

"这我知道。"辛西娅说。

"我恐怕不能向您透露飞行员的个人信息,但我可以告诉您,当天的航班上并没有一个叫作汤姆的副机长或机长……也没有叫托马斯的①。商务舱的空乘人员有鲍勃、安德鲁、希拉和莉莉安。"

"没有叫汤姆的机长?这个人年纪大概三十五岁上下,个子很高,棕色头发,我明明见过的——他住在伦敦卡姆登镇。"辛西娅握着听筒的手不由自主攥紧了,她缓缓转头,四下张望,确认着房间里的现实。

"两位机长都是澳大利亚人。我只能告诉您这么多,很抱歉,而且他们都是我们航空公司的员工。"

"这次飞行经历很值得纪念——圣诞节当天。我会永远铭记。"辛西娅说。

"非常感谢您的评价。"接线员说,那声音听上去仿佛远在万里之外。

---

① "汤姆"(Tom)是"托马斯"(Thomas)的昵称。

我人生的头一年

我出生在第一次世界大战结束那年的二月一日，星期五。大家都说，我在满一岁之前从来不会笑，无论什么事、无论什么人都无法把我逗笑——从我小时候就认识我的人都这么说。他们尝试过很多方法来逗我笑，比如唱着歌，用双手轻轻上下抛举逗我，在我面前跳来跳去、做鬼脸，等等，但都没有用。我的家人、朋友们后来曾不止一次跟我讲过这些故事，不过，这一切那时幼小我其实都知道。

各位很快就会听到一个能够解释这种现象的新心理学派的理论，甚至你们说不定已经听说过了。总之，经过长久且大胆的理论研究及实验，心理学家认为，所有人类在降生之初都有着类似千里眼、顺风耳的天赋。初生的婴儿只要醒着，就能知晓世上任何角落发生的事，可以听见任何想听的话，甚至看见任何想看的场景。这种超能力每个人类在刚出生时都曾体会过，直到满一岁时为止，那时世俗的一切逐渐侵占我们的大脑，洗去了我们的这种能力。这是因为，人类生存的环境要求我们成长为有实际用处的人，于是慢慢地，我们负责全知全能的脑细胞逐渐进入休眠，只在某些个体中尚有些微残存，并被世人称作"超感能力"，或者在某些原始部落中被称为"灵力"。

实际上，这个道理并不新颖。正如许多别的事物一样，它最早的记录能追溯到古代诗人和哲学家的著作之中，只是如今又有了科学佐证而已。足以盖棺论定的研究和证据，或许此刻正在哈佛大学某位天才研究员的实验室里运转着吧，或许不出许久就能被写成论文公之于众。到那时，全世界所有的人终将了解并相信这一点。

所以，请让我先分享我的故事，因为此刻的我对于往事的记忆真实无比。我的人生故事始于人类世界最糟糕的那一年，至少当时的我看来的确如此。那时的我生活完全无法自理，被毯子包裹着躺在床上，嘴里没有一颗牙，连头都不能自己抬起来，更不会说话，只能像动物一样发出些咿咿呀呀或是警笛般的尖叫，膀胱和肠道也完全不受控制，更令我郁闷的是周围那些双足行走的哺乳动物的奇怪行为：他们中有一些身穿黑衣，是人类物种中的雌性，看起来应该和我同属一个族群。她们总说自己失去了儿子。那时我十分嗜睡——请她们自己去找儿子吧，那大概就像我母亲总搞丢我的尿布夹或者别的什么育婴工具一样吧，总在不停地寻找；这些穿着黑色衣裙、粗心大意的女人也像那样弄丢了自己的丈夫或兄弟，然后来看望我的母亲，围在我的摇篮边叽叽喳喳地说个不停。我一点儿也不开心。

"小婴儿都要三个月以后才会笑的，"我母亲说，"三个月之前本来就不会笑。"

我哥哥那时只有六岁，肩膀上总背着一把玩具来复枪跑上跑下，嘴里一边唱着：

> 老约克公爵啊，他有一万兵。他赶着士兵们上山顶啊，又赶着他们下。他命令上山，他们就上；他命令下山，他们就下。如果他没有命令上或下，士兵们就不在山上也不在山下。

"听听！唱得多好！"

"看看他手里的玩具枪！"

沙俄休战时我刚满十天。我把听觉调整到沙皇的频率，那时他已被自己的子民拉下王位，和家人一起关在牢里。在我出生前不久，俄国国内掀起了一场轰轰烈烈的革命，每个人都在谈论这件事。我调整听觉,听见沙皇对皇后说:"任谁也不能逼迫我签署《布列斯特-立托夫斯克条约》[1]。"然而根本没有任何人来找他签订条约。

那时候我每天要睡二十个小时来增加体力。醒着的那四小时里我的所见所闻让我明白,这二十个小时的睡眠很重要:西方战线在我的眼中总是充斥着鲜血和泥泞,到处是残肢断臂和暴戾的冲突,夜空中有刺眼的火光和震耳欲聋的爆炸声⋯⋯一片地狱景象。既已别无选择地出生在世界史上最黑暗的年代,我开始对未来感到忧虑,毕竟此时的我连把头从枕头上抬起来都做不到,身长也只有二十英寸。"真希望自己是一只狐狸、一只鸟。"——我看见D.H. 劳伦斯给友人写信这样说。我的老天爷啊,我一边想着一边陷入沉睡。

一道烈焰般赤红的火光划过天际,时间来到了那一年的三月二十一日,我出生后的第五十天。早晨吃奶前,德军的春季攻势[2]正式拉开帷幕。那是一场无止境的残酷杀戮,我皱着眉头看着那惨烈的场景,奋力地蹬了蹬腿,可惜力气太小,没什么作用。极度的愤怒和对弱小体力的焦虑令我放声大哭,要大人赶紧给我喂奶,吃饱喝足后我停止了哭泣,却依旧皱着眉头。

老约克公爵啊,他有一万兵⋯⋯

人们摇着摇篮唱歌哄我,我没听过比这更蠢的歌了。远在柏林和维也纳的人民正在水深火热之中,天寒地冻,大街上满是饿殍、罢工、暴乱,哀嚎遍野;然而在伦敦,大家却只知道忙工作,或偶尔骂骂咧咧地抱怨:这该死的行业早晚要完蛋。

---

[1] 指1918年3月俄国苏维埃政权与同盟国在布列斯特-立托夫斯克签订的和约,宣布俄国退出"一战"。
[2] 法西斯德国于1918年3月21日对位于其西线的英军展开连续进攻,力图打破自1914年开始的阵地战僵局,史称"春季攻势"。

我周围的大人总扯起嘴角，露出牙齿，据说那是一种叫作"微笑"的表情，表示开心愉悦。他们愉悦地讨论着可以用来换肉、糖、黄油的配给卡。

"这一切究竟何时能到头啊？"

我又睡着了。醒来后听见萧伯纳正生气地嚷着，要某人闭嘴。我把听觉频率调整到约瑟夫·康拉德那里，奇怪的是，他也说着一模一样的话。但我依旧不认为这些值得我笑，尽管那时我"应该"会笑了。我继续调整频率，往土耳其看去，那里的女人穿着黑色长裙，在后宫挤作一团，喋喋不休，叽叽喳喳……真无聊，我想，于是把视线收回家里。

穿着英式黑色长裙的女人们进进出出；我母亲的哥哥身穿军装，不停地咳嗽，那是他在前线战壕遭受敌军毒气袭击后留下的后遗症。"每个人都要参加战斗！"法国陆军统帅费迪南·福煦宣告。这只老蠢猪现在是盟军总司令了呢。我舅舅猛烈地咳嗽，那声音从肺的深处传出；这病症一直没好，他却必须回前线。壁炉的火光映照着他军装上黄铜纽扣的光泽。这时我已经十二磅重了，有空便伸伸手脚、踢踢腿、锻炼一下身体，毕竟前面还有一辈子的时光要跟着这群人周旋。到"惩罚号"巡洋舰①在奥斯坦德港被击沉时，我一天已经能吃六次奶了，且基本上都能好好咽下去。听闻噩耗的那一天，我在洗澡时狠狠踢着脚。

在法国，被征召的士兵们冲锋陷阵；前进的道路上，他们从死者身上越过，田野上、泥泞中到处是残破的肢体和手掌。最强壮的男人在我出生前已纷纷战死，如今哨兵们甚至用尸体来设置路障，而战士们参战时身体都不够强健。我细心查看自己的手指脚趾，因为将来还要用到它们。我看见《西部痞子英雄》的戏正在伦敦宫廷

---

① "一战"时的英国皇家海军舰艇。1918年5月，英军将其击沉在比利时奥斯坦德港，以阻止德国潜艇进入北海海域。

剧院上演；而英国下议院的讨论倒偶尔能让我微微勾起嘴角，伴着他们的声音，我总能不知不觉陷入沉睡。总的来说，我更喜欢西线，因为那里的人们至少是为了真实的东西真刀真枪地战斗。对最坏的状况有所准备是重要的，比如鲜血和爆炸，就像童子军的宣言一样：我们要"时刻准备着"。弗吉尼亚·伍尔芙打着哈欠，伸手去拿自己的日记本。真的，我更喜欢西线。

　　出生的第五个月，我终于能自己从枕头上把头抬起来并保持不动了，也能抓住手边的小物件，其中一些小东西会发出吱吱嘎嘎的声音。我把它们送到嘴里啃咬，练习牙齿的力量。"她还没有笑过吗？"讨厌的老姨妈问。我的母亲维护说，我应该属于比较晚熟的那种孩子。通过调整视觉频率，我看到巴勃罗·毕加索正在举行婚礼，而那年的七月初，国王乔治五世和玛丽王后的银婚庆典在圣保罗大教堂的欢乐气氛中举行。他们开着车，载着孩子们穿过伦敦大街小巷——整整二十五年的幸福婚姻生活。市政厅内煞有介事地举行着仪式，国王和王后接过一张价值五万三千英镑的支票。捐赠人表示，他们可以按照自己的心愿用来帮助任何一家慈善机构。"每个人都要参加战斗！"……英格兰的个人所得税已达到每英镑征收六先令之高，但大家却都在讨论那场银婚庆典，叽叽喳喳……十天后，已迁居至西伯利亚的俄国沙皇及其家人被要求挪到地下室的一个小房间里——"啪、啪、啪！"枪声响起，瘆人的惨叫和飞溅的鲜血中，罗曼诺夫王朝彻底灭亡。我活动了一下筋骨。"她是个健康的好宝宝。"医生说，这话让我很是满意。

　　"每个人都要参加战斗！"——这些人里也包括我那遭受毒气戕害的舅舅。我的身体在茁壮成长，已经能在游戏围栏里自己爬动了。哲学家罗素仍兴高采烈地待在监狱里，被捕的原因是写了反战主义的煽动性文章。我把视觉调整到前线：德军看上去似乎节节胜利，但最终会输掉整个战争，最后事实也证明如此。高收入的人们开始对每英镑收取六先令的个人所得税表示不满,而年满三十及以上的女性获得了投票权。"看起来还要等很长一段时间。"我其中一个老姨妈说,当时她二十二岁,却令人觉得毫无意趣。下议院的演讲总让我恹恹欲睡,我也因此错过了当年十一月十一日宣布停战后政治家赫伯特·阿斯奎斯先生的演讲。阿斯奎斯先生曾是广受爱戴的英国前首相,却被劳合·乔治赶下了台,后被册封为伯爵。我曾亲耳听见阿斯奎斯先生私下说起劳合·乔治时,称呼他为"那个该死的威尔士蠢货"。

停战协议终于签署,而我为此彻夜未眠。借助婴儿床护栏的帮助,我成功用手扶着它站了起来;我认为我的牙齿也生长得十分良好,不枉我费那么多工夫让它们快快长出来。我已经二十磅重了。这场席卷世界的大战中,共有八百五十三万八千三百一十五名士兵在因战斗或伤病死亡,受伤及致残的士兵人数高达两千一百二十一万九千四百五十二人。想着这些数字,坐在婴儿餐椅上的我拿饭勺用力敲击面前的桌板。母亲的一位友人身着黑衣念诵道:

> 我与死神有个约会,
> 地点在双方争夺的街垒。
> 当树叶沙沙,大地春回,
> 空中充满了苹果花香——
> 我与死神有个约会①

人们说,大多数诗人都已在战争中死去,而这首诗让他们不时举起白色手绢抹着眼角。

第二年二月一岁生日那天,我收获了一块生日蛋糕,上面点着

---

① 这是《我和死神有个约会》一诗的开头。该诗是美国诗人阿兰·西格(Alan Seeger, 1888—1916)最有名的一首战时诗作。他在第一次世界大战期间参与法国外籍军团,于索姆河战役丧生。

一支蜡烛。家里来了许多小孩和家长。此时离战争结束已经两个月零二十一天了。"她为什么从来不笑啊?"人们询问。我的哥哥被安排帮我吹生日蜡烛;大人们谈论着战争和目前的政治局势:劳合·乔治和阿斯奎斯、阿斯奎斯和劳合·乔治……喋喋不休。我想起最近一次运用超感力观察阿斯奎斯先生的事,当时他正在参加一场私人派对,不停地喝酒,结果和别人玩扑克时轮到他切牌,阿斯奎斯先生竟把一个大号火柴盒当成扑克牌堆,切了半天;另一个场合里,我看见他坐在一辆戴姆勒跑车中,一只手臂环着一位女士肩膀,举止十分亲昵,可奇怪的是,女人却说:"要是您再不停止这种无礼行为,我就要叫私人司机过来,说我要下车了。"阿斯奎斯先生答道:"你叫啊,可到时候你要如何解释呢?"可惜那时我的喂食时间到了,不能再看下去。

前来参加生日派对的客人陆续抵达。其中一位身着黑衣的寡妇说:太令人难过了,威尔弗雷德·欧文[①]竟在战争结束前夕牺牲了,并引述了一小段欧文的诗文:

> 对那些像牲口一样死去的人啊,哪来什么丧钟?
> 唯有隆隆枪炮的滔天烈怒而已。

小孩子们在房里叽叽喳喳、蹒跚而行。其中一个生了病,另一个尿在了地板上,完事还岔开小脚,低头望着那一摊水渍。很快一切就被大人们打扫干净,我握着饭勺使劲儿敲打着婴儿餐椅前的小桌板。

> 但是我却与死神有个约会,
> 夜半相聚在燃烧的小城,

---

① 威尔弗雷德·欧文(Wilfred Owen, 1893—1918),英国诗人,被视为"一战"期间最著名的战争诗人,1918年11月阵亡于法国前线。

当春天又轻快地移向北方；
我发誓一定要遵守诺言，
这约会绝不让对方失望。①

带小孩来参加派对的家长越来越多。一个肥硕的男人走到壁炉边一边暖着手一边说："我一直觉得，战争结束后阿斯奎斯先生说的那番话太对了……"

终于，人们端着蛋糕靠近我的婴儿餐椅，让我仔细看看它：粉色的糖衣上，一支蜡烛正闪耀着火光。"她从来不笑也太可惜了。"

"到了该笑的时候就会笑的。"我母亲说，显然有些不悦。

"战争刚结束时阿斯奎斯在下议院说的那番话……"那个肥硕的男人背靠着壁炉还在说，"真是太准确了。他说这场战争是神对世界的清洗和净化！我还记得他的原话：'万事万物将从此迎来新生。我的国家很有幸，能够参与这场伟大的清洗和净化……'"

就是它了！听到这话，我终于露出了筹谋已久的笑容，所有人都看见了，可他们都以为我是因为哥哥吹灭了蛋糕上的蜡烛，被逗笑了。"她笑了！"我母亲惊呼，大家也都兴奋地奔走相告。为了稳妥，我又从口中发出像乌鸦一样"嘎嘎"的叫声。"我的宝贝会笑了！"母亲激动地说。

"多亏了蛋糕上的蜡烛！"人们说。

去他的蛋糕！从那以后我又学会了更加自然的微笑，就像所有其他健康驯服的人一样。然而说到底，只有且唯有那一次——在听到尊贵的、衣冠楚楚的、如今已故的阿斯奎斯先生在"一战"结束时下议院的那番话时的微笑，才是我最真心、最发自肺腑的笑容。

---

① 《我和死神有个约会》一诗的结尾。

一个异教徒犹太女人

一天,一个疯子走进我小祖母开设在伦敦西北边陲沃特福德区的小店。我说她是"小"祖母主要因为她个子娇小,生活的空间也很小——就那家售卖杂货的几平方英尺见方的小店,以及店面后方的客厅,客厅后方的石砌厨房和二楼的两间卧室而已。

"我要杀了你。"那个疯男人说,双腿横跨在店门槛上,又大又黑的双手高高举起,仿佛下一秒就会猛扑过来掐住你的脖子。他双目圆睁,浓密粗壮的眉毛交缠在一起,满脸覆盖着脏兮兮的络腮胡子。

店外的街道上空无一人,我的祖母独自守在店里。由于这个故事我已经反复听过许多次,以至于有好几年我都觉得,事件发生时我就站在一旁亲眼看着,但祖母否定了我的想法,说那是在我出生前很多年发生的事。不过,故事的画面却如记忆般清晰且生动地留在我脑海:那个疯子是从附近一片广阔园林中的疯人院里跑出来的,是个真疯子——他举起汗毛虬结的大手虚握在一起,做出要掐死祖母的样子;而他身后的街道空空荡荡,只有阳光静默地洒落。

他说:"我要杀了你。"

祖母两手交叉横在胸前。她穿着两层围裙,外面是白色,里面是黑色,就那样抄着手回瞪那个疯子。

"那你就会被吊起来。"她淡定地说。

疯子听了没说话,下一秒便转身出了店门,深一脚浅一脚地跑了。

她应该说"被吊死"的——我记得有一次又听祖母讲这个故事时，自己这么跟她说过。而她的回答是：跟那个疯子说要把他"吊起来"就足够吓到他了。我的意见并不能左右祖母讲故事的用词，但她讲的故事却深深地烙印在我心中，以至于后来我也经常说"被吊起来"而不是"被吊死"了。

那个场景如此栩栩如生，一直留在我的记忆里，让我很难相信那仅仅只是听说而非亲历。然而那些事确实是在我出生之前发生的。那时我的祖父还很年轻，他比祖母小十五岁，因为坚持要和祖母结婚，被家人断绝了亲子关系。疯子来的时候祖父不在，他去处理安排花园幼苗的事了，没和祖母一起守店。

祖母嫁给祖父纯粹是出于真爱。是她坚持不懈地追求祖父，最终感动并嫁给了他。祖父那时容貌十分俊美，却没什么大本事，但这些祖母都不在乎。她完全不在意自己勤恳工作来养家，一辈子照顾祖父。祖母的长相十分丑陋，几乎让人不忍直视。在我真实的记忆里，即便结婚多年后，祖父仍然会时不时从花园采摘一朵新鲜的玫瑰，送给祖母，还会在下午两点到三点之间，祖母躺在客厅沙发上休息的时候，把靠枕放在她的脖子和双脚下垫上；他并不帮忙擦洗店面或做清洁，因为不会，却对猫猫狗狗以及鸟类十分了解，也擅长打理花园，业余兴趣是摄影。

他常对祖母说："去站在那朵大丽花旁边，我给你拍张照吧。"

真希望祖母也懂得如何拍照，这样就能留下祖父的影像了。即便后来有了我，祖父年事渐长，也仍是风度翩翩，容颜精致，胡须打理得干净整洁；反观祖母，她的鼻子又宽又扁，肤色蜡黄，一对黑黝黝的眼珠总毫不掩饰、直白地盯着眼前的一切，毫无生气的黑发向后梳起，紧紧盘成一个髻。那副面容看起来简直像个白皮肤的黑人女子；她连日常保养护肤都懒得做，雨水落在脸上就当洗脸了。

祖母出生于伦敦东边的斯特普尼区,她母亲是一名异教徒[①],父亲是犹太人。她说她父亲是一名江湖郎中,并很为此自豪,因为她相信,医生为病人开药拿药的美好举动才是真正治愈人们的东西,而非药物本身。我总喜欢哄着家里的老人讲故事,并要他们把故事场景演出来,于是我对祖母说:"您比画比画,让我看看他当时是怎么做的。"

祖母很乐意为我表演,于是从椅子上向前俯过身去,假装拿起一瓶药说:"给,亲爱的,这是你的药。吃了就不会难受了。还要记得保持排便通畅哦。"她说:"我父亲的那些药其实就是熬的甜菜根汁,但他非常注意自己的态度举止和言辞口吻,对于药瓶上的标签设计也煞费苦心。药瓶本身是三便士就能买一大堆的便宜货。即便如此,父亲却医好了很多人身上的病痛,这都是因为他那美好而优雅的举止和谈吐。"

这个故事也深深地印入我的脑海,让我相信自己曾亲眼见过那位举止优雅、温和的江湖医生,尽管他在我出生前很早就去世了。每次看见祖父,我便会不由自主地想起祖母的父亲——他一定也像那样不慌不忙地拿起一个蓝色小药瓶,优雅地打开,取出一小滴药水,用手指轻柔地掰开一只毛色鲜艳的小鸟的鸟喙,小心翼翼地把药水滴进去吧……祖父的小花园里摆满了狗屋、玻璃器皿、大鸟笼和大大小小的花盆。他拍的照片看起来都不太真实,比如,某天他叫我"金丝雀",并让我靠着砖墙站好,说要为我拍照。照片里的花园看起来比现实中宽敞多了,或许他是故意那么拍的,为了重现记忆里童年家中的大花园吧——那个因为执意要和祖母结婚而被家人离弃的、再也回不去的地方。

祖父过世后,祖母搬来和我同住。有一天我对她说:

---

① 犹太人把非犹太人统称为"异教徒"。

"祖母,您是异教徒还是犹太人?"之所以这么问,是因为我需要知道,如果将来有一天祖母去世,我应该为她安排怎样的葬礼,遵循哪一个宗教的习俗。

"我是一个异教徒犹太人。"祖母回答。

经营了沃特福德那家小店一辈子,祖母从不愿意让人知道自己有一半犹太血统,因为她认为会影响生意。如果有人把这种行为斥为软弱或者一种错误,祖母一定会感到不可思议。对她而言,只要是对生意有好处的事,就是全能上帝眼中的好事。她坚定不移地相信着上帝,但是除了在说"愿上帝保佑你"这句话之外,我从不曾听她提及过神。祖母是英国国教会"母亲联盟"的成员,也参加过卫理公会、浸信会和贵格会①组织的各种大大小小的社会公益活动,因为这些活动看起来正面又积极,对家里的生意也会有好处。她从不参加周日礼拜,除非那天恰好是什么特殊日子,比如国殇纪念日等等。唯一一次祖母违背本心去参加的宗教活动是一场降神会,她完全是出于好奇才去的,不是为了生意。结果在那场活动中,有人不小心踢倒了一张木凳,重重砸在祖母的一只脚上。她不得不瘸着腿过了一个月。这算是全能上帝对她的惩罚吧。

我细致地询问了祖母关于降神会的事。"他们把死者从长眠之所召唤回来,"祖母说,"这会触怒全能上帝,因为还没到最终审判的日子,而他们打扰了死者安息。"

接着,她又跟我讲起几年后再见到当初参加降神会的通灵者们的模样。"他们顺着花园小路跑过去,忽然回头看了看,顿时一副惊恐的样子瑟瑟发抖,然后又沿原路跑了回来。我敢肯定他们一定是见鬼了。"

我握着祖母的手,带她起身走到花园里,让她现场表演一下那

---

① 均为基督教的各种分支教派。

些通灵者的样子。于是她手提着裙摆,沿着花园小路夸张地跑了起来;不一会儿,她停下来四下环顾,然后忽然瞪大双眼,疯狂地颤抖起来,然后攥紧了裙摆,喘着粗气,状似惊恐地朝我跑了回来,以至于里面白色衬裙的褶边都露了出来,在黑色长筒袜上若隐若现。

祖父也从屋里出来凑热闹,浅沙色的眉毛高高耸起,脸上的斑点也仿佛鲜活了起来。"被耍宝了,阿德莱德。"他冲祖母说。

结果祖母反而更来劲了,又演了一遍,嘴里还颤巍巍地尖叫着:"啊——啊——"

我在祖母的小店里东翻西找,爬上两层泡泡糖箱,终于在货架上层发现了几捆用旧刊物包起来的旧蜡烛。我把包裹蜡烛的纸张摊开,上面的内容似乎很有意思,其中一张写着:"为女性投票!人们为何压迫女性?"另一张是个旧账单,上面印着一个穿旧式军装的年轻女人,手里挥着一面英国国旗,旁边有一个对话框,里面是女人说的话:"我要加入女权运动!"我问祖母这些东西是哪儿来的。家里的东西她从不会扔掉,而是为它们找到新用途,最后实在没用了才会拿来包蜡烛,而且这些都是我出生前便做好的。没等祖母说话,祖父便替她回答了,并且罕见地没有用一贯的文雅措辞:"那些是'打屁股太太'的东西。"

"他是想说'苔别古'夫人——你真让我吃惊,汤姆,竟然在孩子面前开这种玩笑。"

祖父自得其乐地笑着,我也因此在那个下午学会了一个新词,并听了祖母年轻时参加女权运动游行的故事——游行就发生在沃特福德的商业街上,她穿着最好的裙子去参加。我也听到了祖父对这些事的看法……那一切似乎就发生在我眼前:我的祖母手里拿着游行横幅,和朋友们沿着阳光灿烂的大街向前走;每走一步,她白色的衬裙都会在脚踝处轻轻翻飞。几年后,我已经很难相信我当时没在现场，亲眼看着沃特福德大街上的女权运动者们浩浩荡荡的游行，而我的祖母昂首挺胸，走在队伍的最前面。这一切都发生在我出生之前，可我却记得她黑色的草帽在阳光下闪着微光的样子。

几个犹太人搬来沃特福德，在离祖母家不远的街上开了家自行车店，可祖母不愿与他们有太多交集。那些人是波兰移民，祖母称他们为"Pollack"，我问她是什么意思，她回答："外国佬。"有一天，那家外国佬的母亲走出店门，我正好经过，于是她拿出一串葡萄对我说："吃吧。"我吃惊地跑开了，等见到祖母，她说："早就告诉过你，外国佬都很奇怪。"

不过，我们一家人关起门来聊天时，祖母却总吹嘘她的犹太血统，说就是因为这个她才如此聪明。我知道她很聪明，聪明到根本不需要美貌。她吹嘘自己父亲的祖先和摩西一起跨过了红海，全能的上帝用手为他们分开波涛汹涌的大海，让他们安全渡过，离开埃及去往另一片富饶的土地。摩西的姐姐米里亚姆一路敲着鼓，带领着所有犹太女人，唱着颂赞上帝的歌谣一同穿过了红海。这让我想起了最近同样敲着鼓、唱着歌，在沃特福德洒满阳光的大街上游行的救世军[①]，想起了队伍中的女孩子们。当时我被祖母叫到店门口去观看游行，等女孩们的鼓声和歌声逐渐消失在路的尽头，祖母忽然转过身，双手举过头顶热情地鼓起掌来，一半是因为游行带来的震撼与激动，一半是模仿。她拍着手，高声颂赞："哈利路亚！哈利路亚！"

"别犯傻了，我亲爱的阿德莱德。"祖父说。

犹太人出埃及过红海的时候我在现场吗？不，我不在。那是我出生前很久很久的事了。我的脑海中充斥着各种各样的故事，有关于希腊人和特洛伊战争的，有关于皮克特人和罗马人的，还有雅各

[①] 基督教的一种传教组织。

布派和红衣军团……但它们都离我的人生太过久远，而祖母的故事却不然。我感觉自己能够看见她站在游行先锋队中，带领无数女性一起高唱胜利的歌曲、敲击着喜悦的鼓点、大声欢呼"哈利路亚"的模样；我看到的画面里，那人群中还有苔别古夫人和摩西的姐姐米里亚姆；全能上帝的手紧紧挡住浩瀚的红海，而我祖母的白色镶边衬裙在靴子的上方、黑色的长裙下隐约翻飞，就像她在花园里跑着为我表演的那些神经质的通灵者一样。理智上我能分清哪些场景是亲眼所见，哪些只是对出生前故事的想象，但理智并不能抹杀那些曾真实存在的故事，更无法湮灭它们。

姑婆萨丽和南希是祖父的亲姐妹。在我出生前的某天，她们终于和祖父恢复了联络，但态度始终颇为冷淡。后来每年夏天，我都会被送去与她们同住一段时日。她们过着简单平凡的日子，是两位精打细算的单身老太太，每日都忙着照看供应教堂祭坛的鲜花和牧师的起居。我和祖母一样，是一名异教徒犹太人，因为我的父亲是犹太人，但两位姑婆却总窃窃私语，讨论着我是否和祖母一样都长得不像犹太人。即便明知我在场她们也不避讳，仿佛不知道我能听见她们讨论似的。我跟她们说，我的容貌是有犹太人特征的，并不遗余力地指着自己小巧的双脚说："所有的犹太人都有这样的小脚。"对犹太人并不熟知的她们把这话当了真，彼此确认说，这的确是犹太人的特征。

南希长着一张又长又瘦的脸，而萨丽的脸圆圆的。她们家似乎各种小桌子上都摆着缝纫用的针垫。每年夏天，姑婆们总喜欢用加了茴香的蛋糕和茶水来招待我，但除此之外，陪伴我们的只有寂静和时光和时钟恰到好处的"滴答"声。两位姑婆的静默中，我一直盯着套着黄绿色毛绒饰面的座椅家具出神，窗外的阳光静静洒落其上，直到那些颜色和材质深深刻进我的脑海。等回到祖母家，我看着镜子里的自己，只觉得两只眼球似乎都已经从蓝色变成了黄绿色，还毛茸茸的。

有那么一个下午，两位姑婆提到了我的父亲，说他曾是一名工程师。我说所有的犹太男人都是工程师。对于这个信息，她们很是吃惊，而那时的我认为自己说的是真的：所有犹太男人都是工程师——只有一个当江湖郎中的例外。然后萨丽抬起头来对我说："可是朗福德一家并不是工程师啊。"

朗福德一家也并不是犹太人——他们的祖上是德国人，属于异教徒，可对我的姑婆们来说根本没分别。我的祖母不认为朗福德一家属于外国人，因为他们的英语说得很好，是在伦敦出生长大的一代。

朗福德家的姑娘们曾是我母亲年少时的好朋友。其中叫洛蒂的女孩很会唱歌，芙罗拉会弹钢琴，而苏珊娜性格古怪。我还记得在她们家度过了一个漫长的夜晚，芙罗拉弹钢琴，洛蒂和我母亲和着曲子表演二重唱，苏珊娜则像个幽灵般，神情阴郁地站在客厅门口，脸上挂着一种我从未见过的古怪笑容。我忍不住一直盯着苏珊娜看，还因此被教训了一顿。

在母亲和洛蒂十七岁的某天，她俩租了一辆马车，跑到离家好几英里远的乡下的一间小旅馆喝杜松子酒，还让马车夫也一起喝。后来，兴致高昂的两人完全忘了，这本是一场不能让人知道的秘密之旅，两小时后当她们乘着马车醉醺醺地回到镇上时，还站在车上高唱"可怕的沃特福德啊，肮脏的沃特福德，我们很快就要告别你呀，离开这小破地方"。她俩从不把自己当乡下姑娘看，一直向往着去住在大城市的亲戚家生活。这个愿望很快就实现了。洛蒂被送去了伦敦，而我母亲则去了爱丁堡。母亲曾跟我讲过当年乘着马车、声势浩大地从商业街上回家的情景，祖母也确认了这个故事的真实性，还补充说，搞出那么大的动静对生意不好。我感觉自己似乎能听见马蹄哒哒敲击路面的声音，还看见两个身穿斑点纹薄纱连衣裙的女孩，摇摇晃晃地站在马车上的样子……尽管我这辈子其实从没见过真正的马车，只看过牛奶车、汽车和公交车以及穿着短裙走在商业街上的姑娘。唯一能让我联想到古老年代的，只有经营本斯克啤酒厂的胖乎乎的老本斯克。每天早上他都会披着明媚的阳光沿着马路散步，经过祖母时会向她鞠躬致意。

"我是一名异教徒犹太人。"

母亲的葬礼是按犹太人传统举行的，因为她是在我父亲的家里去世的，讣告也发布在犹太人的报纸上；同一时间，我的两位姑婆也在沃特福德的报纸上登载了她的讣闻，称她已在耶稣的臂弯里长眠。

***

每逢新月，只要我母亲看到，无论当时身处何时何地，她总会朝那一弯细细的月牙三鞠躬。我曾见过她在人来人往的道路上，迎着周围无数冰冷又严厉的目光，捐出自己的钱财，然后对天上的新月鞠躬，嘴里念念有词："新月啊新月，请你庇佑我。"这个画面和我记忆中她在周五晚上[①]点亮安息日蜡烛的画面高度重合，而她的嘴里念的是希伯来文的颂祷词。而那时就有人曾对我说过，母亲念的希伯来语听起来很奇怪。但总而言之，那是她的敬拜方式和礼仪。她曾说，因为自己身上的犹太人血统，她和《圣经》里的以色列人是一体的，不分彼此，而我对这个令人激动的事实从无怀疑。在我心中，母亲是继祖母之后的第二个异教徒犹太女人，而我是第三个。

无论去哪儿，母亲的手提包里总装着一个小盒子，里面放着一

[①] 大部分基督徒的安息日是星期日，犹太教徒的安息日是星期六。

张戴着荆棘王冠的耶稣受难图；家里的桌子上放着一尊十分精致的莲花座佛像，旁边还有一尊做工相当粗糙的小型仿米罗的维纳斯的雕像。总之，母亲几乎在家里供奉了世上所有宗教的神祇，但她所信仰的神却始终如一，便是那"全知全能的神"。我的父亲在被人问起他的信仰时会说："我相信那位创造了天地的、神圣的、全知全能的神。"之后便不再多言，转头继续去看赛马新闻，那个内容才是无辜的人类每天最切实关心的事。于他们而言，我后来决定皈依天主教并不值得大惊小怪，毕竟罗马天主教所信仰的，也是一位全知全能的神。

爱丽丝·朗的腊肠犬

  枪柄磕碰着石墙发出清脆的声响，一杆接一杆的长枪靠着小祷告堂的外墙放了下来，男人们陆续走进教堂，等待射击活动前的弥撒。八岁零两个月大的梅米跪坐在祷告堂右边倒数第二排的座位上，身旁不远就是圣母马利亚的塑像，那里点着一支蜡烛，散发着微弱的温暖光芒，除此以外她周围没有任何暖源。爱丽丝·朗跪在前排的垫子上，她有两个住在伦敦的兄弟，此刻正从门外进来——他们个子都很高，穿着灯笼裤和绿色羊毛袜，从跪坐着的梅米眼前经过。

  等身材魁梧的男人们都把枪放好并进入教堂后，侧室里的天主教徒们也鱼贯而入。除了外乡人，教堂里的所有人都虔诚地祈祷雪下得再大些，最好封住通往镇上的路，这样就能猎到野生的狍子，让可怜的爱丽丝·朗用它做各种可口的食物，招待从伦敦远道而来的客人。周围的树林里不时地能听见野狍子踩踏枯枝的声音，但人们仍得花钱从镇上买肉。

  爱丽丝·朗佝偻着肩膀，看上去神色忧虑。她是老马汀爵士唯一的女儿，人们当面总称呼她为朗小姐。她虽然有自己的财产，但基本上都用来维持家计了。

  此刻，爱丽丝·朗的两个兄弟的妻子也相继进入了祷告堂。她们最后才到，主要是为了在家里照顾睡醒后哭闹的小宝宝。在梅米出生前，爱丽丝家的每个小宝宝都有专属的侍女看护。这两个女人从头到脚都很不相同，即便成为了爱丽丝的嫂嫂也依旧没变，唯一有些相似的大概只有身上的粗花呢大衣罢了。她们一个被称作"卡洛琳夫人",另一个则是"马汀·朗太太",不过,等老马汀爵士去世、他的儿子小马汀·朗承袭父亲的头衔后,她便会被尊称为"朗夫人"了。

梅米透过指尖的缝隙观察着卡洛琳夫人。她是一个腰圆膀粗的女人,一头乌黑的短发被黑色蕾丝面纱罩着;她不喜欢爱丽丝·朗养的狗,可那些小狗却是爱丽丝所拥有的唯一独属于她的东西了。为了维持一大家子的生活和房屋维护,爱丽丝·朗几乎没有任何属于自己的时间和财富。

楼上的大钟响了七次,神父走进教堂,石板地面上脚步声轻响。众人纷纷起身,挡住了梅米的视线和前面的圣坛,于是她只能盯着蜡烛。弥撒开始了。从温暖的伦敦来到这个寒冷的地方,那些异乡人会不会被冻感冒继而染上重病啊?

梅米在雪地里停了下来。狗绳缠绕在她带着羊毛手套的双手上:右边三条,左边两条。她松了松手上的绳索,让手臂稍微活动一点,小狗们立刻向前跑了几步,欢快地摇晃着小尾巴,直到再次把绳子绷得笔直。它们享受着多出来的几英寸自由,四处嗅闻着,但梅米紧了紧绳子,把它们唤了回来,然后抬起胳膊肘,把双手捧到嘴边形成小喇叭的样子。

"出来吧,我都看见你了。"

没有人回应。

她又喊了一声,放下酸疼的双臂:牵制五只兴奋的小狗太累了。

树林间有一声轻微的响动,是积雪落下的沙沙声。周围一片寂静,只有小狗发出的轻嗅声,这让落雪的声音变得明显。

这些小狗是爱丽丝·朗的,梅米帮忙带它们出来散步。

"她会很乐意的，朗小姐，"她的母亲这么回答，"等明天她放学就去，明天她只上半天学。"

今天早上，母亲对她说："两点钟一放学就回来，帮爱丽丝·朗遛狗。"

为了这件事，梅米错过了修道院的舞蹈课。她正在学习剑舞，还是爱丽丝·朗帮她跟修道院要到折扣报的名；即便打了折，学费也是爱丽丝帮忙付的。她喜欢让住在家里的天主教徒们维持传统习俗。

见无人回应，梅米放了心继续往前走：原来并没有讨厌的男孩子躲在树后，真是太好了。她怕被男孩子们发现，因为他们会围上来戏弄、嘲笑小狗和她，极尽欺负之能事，最后才放她回家。

树林里的积雪太深了，这种矮个子的小狗不能去。梅米沿着树林的边缘走着，踏过地上的枯枝落叶，发出清脆的响声；小狗们兴奋地在周围蹦跶，她偶尔拽不住便不得不跟着小家伙们往前跑几步。

"这是我的腊肠犬。"爱丽丝态度和蔼地说。

等她离开后，村里的人们彼此交头接耳："爱丽丝·朗只剩下这几条狗了。还有那么一个大宅子要养。"

"卡洛琳夫人讨厌狗。"

"并不是，她只是讨厌腊肠犬而已，德国腊肠。她喜欢在乡下养大狗。"

爱丽丝·朗此刻正在梅米家喝茶，这栋屋子有五个房间外加一个厨房、一个茶水间和一间浴室——屋子是半独立的，隔壁住的是爱丽丝·朗的兄弟两家。梅米的父亲如今已不在爱丽丝家工作，而是去了镇上的赫普尔福德和斯泰尔斯油毡厂当工头。

"卡洛琳夫人不喜欢它们,从周五起就一直把狗关在北厢房那边。而我要负责给家里生火……"

"北厢房那边肯定没有暖气吧。"

"是啊。它们又冷又孤单。我不停地加柴火,半夜也会起来看火是不是还烧着。"

"它们不会有事的,朗小姐。"

"让它们跑跑、活动一下筋骨就行了。可惜今天我没时间照顾它们,不过,好在我的兄弟两家明天或者周三就要回伦敦了……"

梅米以前也带小狗们散过步。她被告知绝不能接近树林,一定要沿着那条通往商店、周围有一排排房屋的小路走。村里的孩子们通常会在商店门口玩耍,冬天扔雪球,夏天骑自行车。遛狗的酬劳足以让梅米买一盒太妃糖和一杯橙汁,于是她也乐意常沿着树林边缘散步。

最近工人们在罢工,梅米的父亲已经连续三天待在家里没去上班了。爱丽丝·朗在她家楼下客厅里坐着,于是父亲上了楼,打算等她离开再下来。他打开储物柜的门,里面有一台电视机,放在储物柜中央的龛箱里;龛箱是抽掉储物柜的其中一层木架做出来的。爱丽丝·朗并不知道父亲有这么一台电视机。隔壁的邻居,也就是爱丽丝的两对兄弟夫妇倒是多年前买了一台电视机,一直放在客厅里。

米兹、弗里兹、布里茨、雷茨和奇兹——

"那几条狗是爱丽丝·朗唯一剩下的属于自己的东西了。"

几只小狗总形影不离,爱丽丝呼唤其中一个时,别的小家伙也经常一起回应,梅米从没见它们分开过,只在体型、胖瘦和棕色皮毛上的黑色花纹方面有些微的区别。

散步的小路被冻成了中间高两边低的脊状，硬邦邦的，路周围直到树林边上都是空地，已经犁过了。梅米努力拉着绳索控制欢腾的小狗，日光逐渐暗淡，变成了灰蓝色，冬夜的寒意开始升腾。她的一只脚深陷在路的凹陷处，另一只用力踩在高处想要保持平衡。几只狗彼此嗅闻着，呼出白色的水蒸气，接着突然朝着树林里跑去。就在此时，爱丽丝·朗家的猎人——汉密尔顿突然从林子里出现。他身材高大魁梧，一脸灰色的络腮胡子，皮肤被刺骨的寒风冻得红彤彤的。他看着梅米，眼神仿佛在说："过来。"小狗们围着他兴奋地喘着气，狗绳深深勒进了梅米的手套。

梅米说："我要往那边走。"然后指了指空地对面自己家的房子。

"回头大宅子里见。"汉密尔顿说，转身又回了林子，并仔细查看着堆满枯枝的地面。

当家里的女人无法从体力上更好地照顾老马汀爵士时，这项重任便交给了汉密尔顿。

"我恐怕父亲的身体大不如前了。"

"真不知道您一个人怎么扛得下这样的重担，朗小姐。"

梅米的母亲常说，除了爱丽丝·朗，换成其他任何人都一定会把老爵士送去看护机构的。

汉密尔顿要照管宅子里用来取暖的锅炉，检查有暖气的厢房是否能正常供暖。他太忙了，没时间定期遛小狗。

"要是没有汉密尔顿，我可真不知该如何是好。要是您丈夫还在家里帮工，日子就会好过多了。"

梅米从树林边离开，沿着那条通往住宅区的小路走去，时不时回头瞅瞅汉密尔顿是否在盯着她。因为汉密尔顿每次看见梅米总会瞪着她，圆睁的双眼像两个陈年的水煮蛋。

她走到主路上，小狗们一路小跑。一辆车驶过，后面跟着给镇上杂货店运送货物的卡车。梅米紧了紧手里的狗绳。

"千万别让狗被车撞了，否则爱丽丝·朗会伤心死的。"

梅米拽紧狗绳，贴着马路边转过一个急转弯，想要走上落满白雪的高堤回到树林边缘。就在此时，一辆载满煤炭的巨大货车呼啸而来，贴着路的转角疾驰而过，惊险地避开了小狗。

"啪"的一声，一团雪球落在梅米肩上，又是"啪"的一声，另一只雪球落在她的帽子上。高堤上站着几个男孩子。梅米转身飞快地看了一眼，瞥见几个小孩"咯咯"笑着躲起来的身影。一群男孩们中有两个女孩子，梅米看见她们的头发了，其中一个女孩戴着深蓝色的大檐帽。

"柯妮，你下来！"

"我不是柯妮。"回答的是格温的声音。这个时间格温不是应该在上舞蹈课吗？她和梅米一起在学习剑舞。

又一只雪球落在路面上，碎裂开来。还好里面没藏着石头。眼见被扔了雪球，几只小狗顿时吠叫起来！它们从未见过这样的场面，十分紧张。

梅米拉着它们转过街角开始奔跑，但孩子们哪能放过她。他们纷纷爬下高堤，跟在后面追。那些孩子她都认得。她试图从地上抓起雪、团成球，然而被狗绳占据的双手哪有那么灵活。

"你带着这些狗去哪里？"一个男孩问。

"先去商店，再回宅子。"

"它们好脏。"

格温问："你喜欢这些狗吗？"

"全聚在一起的时候不怎么喜欢。"

"那就把绳子放了吧,"另一个女孩说,"它们也会开心的。"

"不行。"

"来和我们一块玩吧。"

梅米沿着高堤往上爬,其他人则拽着狗绳或者推着狗屁股想把它们也弄上去。

"把它们抱起来啊,这样它们会被勒死的!"

"放开绳子,让我们一人带一只。"

"不行。"

好不容易爬上高堤,梅米说:"我会把它们拴在树上。"她始终倔强地不肯松开手里的狗绳,只允许两个男孩帮忙把绳子系在树干上,因为他俩在童子军训练中学过如何系不会松开的绳结。

终于,男孩女孩们分成两个战队开始打雪仗。高堤上传来雪球投掷、击打、破碎的声音,再加上孩子们的笑闹声,小狗们的喘气和呜咽声很快便被盖住了。打完雪仗梅米清点了小狗的数量,然后去解绳索,可绳结打得太紧,解不开。于是她叫着其中一个男孩的名字,让他回来帮忙,但那个男孩头也不回地走了。格温倒是回来了,却只站在旁边看着。梅米跪在雪泥地上,拼命解着绳索。

"这些绳结要怎么才能解开啊?"所有的狗绳都绕在一起,打了一个大大的、脏兮兮的绳结。

"不知道。它们叫什么名字?"

"米兹、弗里兹、布里茨、雷茨和奇兹。"

"你能分清谁是谁吗?"

"不能。"

梅米低下头,拿自己最坚硬的牙齿撕咬着皮绳。终于,第一个绳结松动了;紧接着,其他绳结也一一打开。她重新带上羊毛手套,开始把狗绳往手上绕。突然间,一条狗绳从手中被扯落,一只小狗兴奋地朝树林深处跑去，它的身躯很快便淹没在厚厚的落叶间。它身后的绳索在地上拖拽，只留下一道蠕动的痕迹，仿佛一只蜿蜒向前的蛇。

"米兹！奇兹！布里茨！"

无论怎么叫，那只小狗还是一溜烟跑没影了，剩下的四只也跃跃欲试，兴奋地原地踏步，只等梅米放开绳索。

"快抓住它，格温！你能看见它去哪儿了吗？它去哪儿了？米兹——米兹——米兹！布里茨、布里茨！"

"我要回家了，"格温说，"你就不该中途和我们玩的。"

格温是莫妮卡修女的模范学生，因为准时、整洁和诚实而备受赞誉。梅米知道自己和格温理论不占优势，何况后者已经在从高堤往下爬了。

树林里漆黑一片，根本听不见那只跑丢的小狗在哪里。梅米只能带着剩下四只小狗在落满枯叶和积雪的树林里蹒跚前行。"弗里兹、弗里兹、弗里兹——米兹！"她大声呼唤着。忽然，从背后传来一声狗吠，紧接着又"汪汪"叫了两声。梅米转过头，发现走丢的小狗竟不知被何人拴在了一棵树干上。莫非是汉密尔顿？她环顾四周，却没看见任何人的踪迹。

好容易找齐了小狗，这时本应赶紧往主路跑的，可梅米已经累得跑不动了。天色已晚，附近农舍的大门还敞开着，里面亮着灯火，是从利物浦来过周末的人。他们将在这里度过悠长的周末时光。一位年轻女士恰巧从农舍出来，打算开车离开，正看见梅米拖着五只小狗走进农舍大门。

"我的老天爷啊，你都湿透了！"

"我不小心摔进了一个雪堆。"

"那还不赶紧回家，亲爱的，然后换身干爽的衣服。"

可梅米没办法赶紧，她觉得不太舒服，像病恹恹的老马汀爵士一样,眼前的一切似乎都变得模糊了起来。下午的景色看起来很是奇怪,飘落的雪花遮蔽了天空。梅米在小狗的带领下偶尔不得不跑上两步,即便如此,她也死死地攥着手里的绳索,坚持朝着大宅子的方向前进。那宽敞的阶梯和雄伟的大门就在眼前了,梅米往右走过转角进入庭院,汉密尔顿的小屋就在前方。她尝试着开门,但门锁着。要拉动门前的铃铛就得抬起手来,可她实在太累了,于是打算敲门。几只小狗发出焦躁的声音,不安地挠着门想要进去。梅米看着它们,艰难地将右手的绳索慢慢转移到左手,并缠绕在手腕上,毕竟左手心里已经攥着好几条绳索了。正当她举起右手准备敲门时,忽然发现一件可怕的事:她的脚边只有四只小狗。她不敢置信地又数了一遍——一只、两只、三只、四只;她低下头,数了数手里的狗绳——一条、两条、三条、四条。她抬起头,咬了咬嘴唇,举起手敲响了门:这不是真的。什么也没有发生。这一切都不是真的。她又敲了敲门。终于,汉姆尔顿来开门了。

"我准备了食物。"他说,根本没有仔细检查梅米身边的小狗,只打开门让他们进去。从门口可以看见屋内还有另一个陈设杂乱的房间。哈密尔顿数也没数便放开小狗,让它们往摆好的食盆跑,连狗绳都懒得取下来。小家伙们拖着绳索窸窸窣窣地跑开了。等所有小狗都进入放了食物的房间,汉密尔顿关上了那道房门,坐回椅子上看着梅米,仿佛在说:"过来。"

"我该回家了。"

"你简直湿透了。过来烤烤火,把衣服烘一烘。待会儿我送你回去。"

"不用了,已经很晚了。"

汉密尔顿拍了拍膝盖:"坐到这儿来,亲爱的小姑娘。"他的手边放着一个玻璃杯和一个瓶子。"我给你倒杯酒,好让你暖和暖和。过来。我可没想把你怎么样。"

没办法，梅米只能不情愿地挪过去坐在他膝盖上。汉密尔顿依旧没想到要点一点狗的数量。等爱丽丝·朗发现少了一只，肯定会惊慌失措，但到那时就是汉密尔顿的责任了，因为还回来的时候，是他接手的。

"喝吧。"

梅米喝了一口，知道那是威士忌。

"吞下去。"

喝完酒，汉密尔顿给了她一小口柠檬汁漱口，这样就没人能闻出来了。趁着梅米还在回味嘴里的酸甜味，他冷不防在她嘴上亲了一口。

"我要走了。希望小狗们都好好的。"梅米立刻起身。

"哦，狗啊，它们不会有事的。"

汉密尔顿牵着梅米的手去找修缮大宅的工人。爱丽丝·朗还在外面开会，暂时不需要所有工人都去工作。

梅米爬上工人的汽车副驾，看见上面布满了白色灰尘，但她没有清扫直接坐了上去，丝毫不在意会弄脏衣裙。坐在司机旁边令她觉得安全，刚喝下的威士忌现在开始起作用了，仿佛自己失去的整个下午忽然间回来了。

"请问现在几点？"她问司机。

"大概四点二十。"

工人开始倒车、转弯，汉密尔顿已经回了屋里。汽车沿着大宅的边缘行驶，转过一块新开辟的空地，那是准备夏天用来停靠观光客大巴的地方。

"诺森伯兰很难吸引大批游客前来观光，他们都去参观南边的老宅子了。咱们这边太偏远了……"

"话虽如此,朗小姐,对那些最终选择来咱们这的人而言,也不失为一次很好的体验,尤其是天主教徒。"

这栋别墅曾在十六世纪的弗洛登战役①中被充作临时医院,用来照料受伤的英格兰士兵,这场战役最终以英格兰的胜利告终。

在天主教遭到迫害的那段时期,这里也曾是个弥撒中心,是天主教徒的庇护所。大宅的兵器库外有一个玻璃箱,里面陈列着一只圣杯,年代十分久远,可追溯至伊丽莎白时代。原本它已被卖给了博物馆,可博物馆却表示,只要老马汀爵士还在世,这只圣杯便可留在宅子里,由他的家人照管。宅子里还有隐秘的"神父洞穴",梅米曾爬进去玩过,是以前搜捕天主教神父时给他们藏身用的地方,有时需要在里面躲上好几天。洞穴的入口在阁楼的墙上,从外面看只不过是墙体结构上突起的一块板子,里面却十分宽敞,别有洞天。站在洞穴里抬头便能看见房梁,而古时候的房梁上总储藏着许多应急食物,以备不时之需。

这段时间工人们正在修葺屋顶。

"你见过'神父洞穴'了吗?"梅米忽然很想聊天。

"那是什么?"

"就是以前天主教神父们为了躲避抓捕用来藏身的地方,就在房顶上。可有历史了。你们还不知道吗?"

"没听说过呀,不过我倒是在屋顶的房梁上看到不少已经干掉、烂掉的垃圾。"

宅子的大门已经关闭,司机跳下车去开门,然后回到车里继续驾驶。

不会真的弄丢了一只小狗吧?梅米不敢确定。之前绝对是有五

---

① 1513年9月9日发生在英格兰北部诺森伯兰郡的一场战斗,参战双方为苏格兰国王詹姆斯四世率领的苏格兰军队和英格兰军队。结果英格兰方面获胜,苏格兰国王詹姆斯四世战死。

只的，后来有一只跑进了树林，可我把它找回来拴在树上了，可再然后……梅米回忆着自己站在汉密尔顿家门口数数的样子：一只、两只、三只、四只。只有四只。不，不，不，不可能，不会的！狗已经交给汉密尔顿了，他应该负责清点数量。

工人问她："你喜欢披头士吗？"

"哦，喜欢，他们超棒的！你呢？"

"一般吧。我要是能得到披头士一天的工资就满足了。一天就好。那样我就能提前退休了。"

莫妮卡修女曾说过，听披头士的歌没什么害处，这让梅米感到愤怒，因为这么说就表示她根本没有理解披头士的精髓。正确的态度应该是把他们和威士忌、抽烟、性这类事物联系在一起，他们很值得被修女禁止。

"我喜欢跳舞。"梅米说。

"摇滚舞那种吗？"

"是的。可是学校只给我们放民间舞的音乐。我正在学习剑舞，这是边境村镇的传统舞蹈，有很长的历史。"

那个星期剩下的几天，梅米一放学就急匆匆地赶回家，看看爱丽丝·朗有没有来找母亲问丢失小狗的事。

我数过了。一只、两只、三只、四只。可是从树林里出来的时候明明有五只的。我带着五只小狗离开树林、走上山丘……走到汉密尔顿的小屋时也有五只……一定是这样……

爱丽丝·朗会伤心死的。她早晚会来家里找她们，说：

"汉密尔顿说梅米只带回来四只小狗……"

"汉密尔顿说他没有数，他说他只是从梅米手里接过狗绳而已……"

"肯定是汉密尔顿喝多了酒，让其中一只从门缝跑掉了……"

"我刚刚才来得及数,那只肯定星期一就不见了,那时候梅米……"

可是直到星期五爱丽丝·朗也没来。梅米的母亲说:"爱丽丝·朗小姐没来过。下个星期一我得烤个馅饼去别墅一趟,看看是什么情况。"

到了星期日下午,爱丽丝·朗的车停在了梅米家门口——"快请进,朗小姐,快请进。这周末您的家人不过来吗?"

梅米的父亲关掉电视,穿上外套,道了声"下午好"便上楼去了。

爱丽丝·朗浑身颤抖着坐在沙发上,靠近梅米,梅米的母亲正忙着泡茶。

爱丽丝·朗开口道:"是汉密尔顿。"

"又是同样的事?"

"不,这次更糟。太残酷了。"爱丽丝·朗紧紧地闭上双唇,轻抚着梅米的头发。她的手还在颤抖。

"梅米,去外面玩一会儿。"母亲说。

等爱丽丝·朗开车离开时,梅米回来了,戴着手套的手上缠着跳绳。父亲下了楼,脱掉外套,打开电视。"哦,快关上!"母亲悲痛地说。

梅米吃着桌上剩下的蛋糕和三明治,一边听着。

"全部被吊死在'神父洞穴'里了——所有的狗。她整整找了一晚上。汉密尔顿不见了,东西都收拾走了。都是因为酒。警察已经申请了搜查令。狗是今天早上做完弥撒后被发现的,挂在房梁上。之前我不是就说嘛,早上做弥撒的时候爱丽丝·朗的脸色看起来很差?我还以为她是为父亲的身体担心,谁能想到她竟然一整晚没睡,到处找那几只狗,直到做弥撒的时候也没找着。狗是做完弥撒后才发现的,还是她和哈德斯顿太太一块儿发现的。想想当时那场面,得有多伤心啊!五只小狗齐整整地挂在房梁上。真是可怜啊。汉密尔顿昨天就不见了,但警察一定会抓到他的,等着瞧吧。"

"他脑子是有点儿不正常。"梅米的父亲说。

"他就是个疯子!简直恶毒。他才应该被吊死。爱丽丝·朗就剩下那几只小狗了。他一定会被抓住的!"

父亲说:"这我可不敢确定。汉密尔顿可不好抓,就算谨慎矫捷的狍子在他面前也自愧不如。"说完他大笑起来,对自己的比喻感到很满意。母亲听了只把头转开,不为所动。

梅米问:"一共几只狗挂在'神父洞穴'里?"

"全部的狗,一字排开。"

"几只?"

"五只。你不是知道吗,她一共有五只小狗。你不是还带它们出去玩过吗?"

梅米说:"我只是好奇'神父洞穴'也没那么大,是否能挂得下五只狗。她真的是那么说的吗,说是五只?不是四只?"

"她确实说全部五只都在那儿。你在说什么呢,'神父洞穴'不够大?那地方可够宽敞着呢。要不是爱丽丝·朗只有五只狗,汉密尔顿保不齐还能再杀几只。可叹她还对他那么好。"

"真是了不得的新闻。"父亲说。

梅米只觉得身体轻盈得像窗外的日光,她挥动着双臂,仿佛上面曾有千斤重担,此刻已全部卸下。

"一共五只。"——看来是我数错了,我没有弄丢小狗,五只都在。

她起身,蹦跳着从壁炉围栏边上拿起闪亮的铜拨子,把它们交错着放在油毡上,开始练习剑舞,但很快剑舞就变成了舞蹈——一哒哒，二哒哒，踮起脚尖，左右交换，再来一遍……母亲在一旁惊讶不已，正准备出声阻止：这可不是练习跳舞的时候，小孩子可真不懂事，没个轻重——你的学费可都是爱丽丝·朗出的呢，我还以为你很喜欢小动物！可父亲却恰到好处地开始拍手，为梅米打节拍——一哒哒，二哒哒，踮起脚，手叉腰，右手，左手，转个圈，往回走……接着父亲竟还唱了起来，声音洪亮：哒啦——隆咚咚，哒啦——隆咚咚……父女俩一个拍手欢唱，一个开心舞蹈，根本停不下来，也无人能够阻止。

墨　镜

　　走到湖边时我们停下了脚步，欣赏湖面上自己的倒影。那一刻，我终于认出了她，没想到竟是故人，而她正抬起头望着别处。她一直在讲话，丝毫没有停下的意思。
　　我取出一副墨镜戴上，挡住耀眼的阳光，也遮住自己的神色，免得被她发现。
　　"是不是我的话太无聊了？"她问。
　　"没有，并不无聊，格雷医生。"
　　"确定？"
　　在别人兴致勃勃讲自己的私密往事时，你却取出墨镜来戴上，确实很扫兴，但这很有必要——因为我认出了她，内心无法抑制地激动起来，并对能够隐藏身份听她讲述很是庆幸。
　　"你一定要戴着墨镜吗？"
　　"呃，是的，阳光太刺眼了。"
　　"戴墨镜——"她说，"是现代社会的一个现象，标识着一种非人格化倾向，是现代审判者的武器。它——"
　　"你的话很深刻。"可我还是戴着墨镜，反正又不是我主动邀请她闲聊，而且，一个人在听人说话时始终和对方四目相对并保持坦诚，本就不是件容易的事。
　　我们沿着这片旧湖周围新筑的混凝土湖岸走着，她继续讲着自己是如何放弃了普通医疗行业的工作，转而学习心理学的故事。她说话时我一直透过墨镜看她，大概因为深色镜片把一切都染上了复古的暗淡色调吧，我又看见了湖面倒影中的那张面孔，和童年时见到的一模一样。

　　三十年代末的里斯登恩德是一个"L"形的小镇，我家的房子就坐落在"L"的最顶端，而另一端则是小镇集市所在。西门兹先生是一名眼科医师，在"L"的那条小横线上开了一家小店，和母亲还有姐姐一起住在小店楼上的房间里。那条街上所有的其他店铺都紧挨在一起，唯独西门兹先生的店是独立的，就像独栋别墅般，房屋两侧都有一条小径。

　　我被家里人要求去他的店里测视力。西门兹先生把我领进昏暗的内室说："坐下，亲爱的。"他用手臂环着我的肩膀，食指贴着我的脖颈上下滑动。那时我才十三岁，不想表现得太粗鲁，却又不知该如何应对。正在为难之时，他的姐姐多罗茜·西门兹下楼来了；她朝我们走来，没有说话，身上穿着一件白色的连衣裤装。姐姐穿过内室去开墙上那盏昏黄的小灯，西门兹先生见状猛地抽回环在我肩上的手，这动作如此突兀，令我确认了他刚刚的行为果然并不单纯。

　　我之前见过西门兹小姐一面，那是在一场游园会上，她戴着一顶宽大的帽子，身穿蓝色连衣裙，站在一个台子上唱歌——"有时候——草地上倒映着——那些顾长的影子中间——"，而我则在一边忙着捡地上被风吹落的苹果。然而此刻，穿着白色连衣裤的她转过头，朝我抛来冷冷地一瞥，仿佛是我引诱了她的弟弟。这让我浑身不自在，仿佛自己真的做了什么见不得人的事，于是我睁大眼睛，尽量露出一副懵懂天真的神色，在黑暗中四处打量。

　　"你会认字吗？"西门兹先生问。

　　我停下四处张望的动作，回答说："什么字？"——这么问是因为，来之前我听说测视力的时候要读一行又一行的字母，可是昏黄灯光下，挂在墙上的那张板子上却画满了小火车和小动物。

"你要是不会，我们也为不识字的家伙们准备了图片。"

这是西门兹先生的玩笑话，于是我"咯咯"笑了起来，他姐姐也露出了微笑，然后用手巾轻轻擦了擦右眼。听说她刚去伦敦给右眼做了手术。

我记得那天把视力卡上的字母从上到下完完整整地正确念了一遍，最后一行字实在太小了；我记得离开小店时，西门兹先生用手捏了捏我的胳膊，那张长满雀斑的脸飞快地回头看了看，好确认他姐姐是否在看着。

我的祖母问："你有没有见着——"

"——西门兹先生的姐姐？"不等她说完，婶婶便接过话茬，把问题补充完整。

"见着了，她一直在旁边。"我回答，语气十分笃定。

祖母说："他们说她——"

"——有只眼睛要瞎了。"婶婶说。

"而且他们的母亲一直瘫痪在床，住在楼上——"祖母又说。

"——他姐姐可真是个圣人。"婶婶说。

不久，我定制的阅读眼镜到了——大概等了几天还是几周，记不太清了。总之从那以后，只要我能记得，读书的时候总会戴上眼镜。

两年后一次学校放假期间，我不小心坐在那副眼镜上，把它弄坏了。

祖母叹了口气，说："是时候去测测——"

"——你的视力了。"婶婶也叹了口气。

去测视力的前一天晚上我洗了头，用发卷卷起来，这样第二天头发就会变成波浪卷。第二天早上十一点，我来到西门兹先生的店里，外套口袋里装着一支祖母的长发簪。店的大门重新装修过了，玻璃门上印着烫金的大字——"验光师：巴塞尔·西门兹"。名字后面还印着一行字母，如果记得没错的话应该是"FBOA""AIC"等等，表明他是英国光学协会的会员，有相关资质之类的吧。

"可真是长成亭亭玉立的大姑娘了呐，乔安。"他盯着我新发育的胸脯说。

我微笑着，不动声色地把手伸进外套口袋。

和两年前相比，他看上去似乎变得矮小了些。当时我觉得他看上去有三四十岁的样子，脸上的雀斑比以前更多了；他的双眼是纯蓝色，就像美术课上的颜料一样。西门兹小姐穿着软拖鞋静悄悄地走进店里。"你可真是长成大姑娘了啊，乔安。"她感叹道。她戴着一副绿色的眼镜，右眼已经看不见了，据说左眼也开始出现问题。

我们一起走进验光室，她从我身边经过，径直走到墙边打开那盏昏黄的小灯，照亮了墙上的验光卡。我开始读验光卡上的字母，西门兹先生抄着手站在一旁看着。这时，店门被人推开了，西门兹小姐转身去接待客人。她前脚刚走，她的弟弟就开始用手指摩挲我的脖子，还拉住我的胳膊想把我搂在怀里。我把手伸进外套口袋，紧接着他便"哎哟！"叫了一声，手一松猛地向后跳去，那根长长的发簪尾刚刚穿透口袋狠狠扎在他腿上。

西门兹小姐闻声立刻出现在内室门口，身上的白色连体裤很是显眼。他弟弟正苦着脸揉搓着大腿，一脸茫然的样子，假装是在揉搓裤子上的污渍。

"发生了什么事？你叫什么？"她问。

"没什么，我没叫。"

姐姐看了我一会儿，然后转头回到门口的店面继续接待客人，却没有关上通往内室的门。不过，她很快便打发走客人回了验光室。视力检查很快结束了，西门兹先生送我出了店门，脸上挂着一副恳求又难过的表情。这让我感觉自己仿佛是个叛徒，又觉得他真是个糟糕又可怕的人。

那个假期剩余的日子里,每每想起他,我都在心里轻蔑地叫他"巴塞尔",并一反常态地开始对周围人的八卦闲话感兴趣。通过提问和别人的描述,巴塞尔的个人生活状况在我心中逐渐成形。"多罗茜……"我若有所思地念着他俩的名字,"和巴塞尔。"我一直想着他俩的事,直到某天无意间看见一张照片:验光店楼上的房间。家里有客人的时候,我总趁大家喝茶时磨磨蹭蹭赖着不走,想方设法把话题往多罗茜和巴塞尔身上引,我说我前不久才去他们店里测过视力。

"他们的母亲这些年一直卧床不起,就算身家不菲,对她而言又有什么用呢?"

"西门兹小姐的眼睛现在那个样子,今后的人生可怎么是好啊?"

"她母亲的遗产是留给她的,弟弟只能分到法定的最低额度。"

"不是吧,大家都说是弟弟继承全部遗产,他是受托人。"

"我认为西门兹老太太把遗产都留给女儿了。"

祖母开口道:"她应该把遗产——"

"——平分给两个孩子,"姊姊接口,"一碗水得端平啊。"

我开始在脑海中反复想象同一个场景:一对兄妹从母亲的房间出来;狭窄的过道上,他们四目相接,空气中仿佛燃起无声的火花,一场遗产争夺大战即将拉开帷幕。巴塞尔的蓝色眼眸看不出任何情绪,可向前倾斜的发红的脖子却暴露了他此刻的心情;而多罗茜的情绪则显而易见,她扭动脖子——先转一圈再仰起头——绿色的镜片后,剩下的那只好眼睛里火光闪耀。

家里人叫我去店里试戴新配的眼镜。我再次拿出祖母的发簪随身带着。在店里试戴新眼镜时,我对巴塞尔表现得很友好;他似乎又想伸手搂我肩膀,却只伸到半空中,不敢更进一步。多罗茜下楼来到我俩身边时，巴塞尔悬在半空的手正蠢蠢欲动，看到姐姐过来，立刻转成了帮我调整镜架的样子。

"姐姐让我好好试试新眼镜，"我说，"趁着还在店里。"这么一来我就能名正言顺地打量这家店了。

"这副眼镜你只需要读书的时候戴就好。"巴塞尔说。

"哦，我就算不读书，有时也要戴。"我说着，发现店内一扇门后有间小小的私人办公室，窗外的树荫遮住了阳光，里面有些昏暗。那间小办公室里有一个矮胖的绿色保险箱，一张桌上放着一台老式打字机，靠窗的地方有张书桌，上面放着一个账本，其他的账本则放在——

"胡说，"多罗茜听了我的回答说，"你这么个身体健康的小姑娘，基本上不需要戴眼镜。如果是为了看书的时候保护眼睛，可以戴，但不看书的时候你……"

我打断她说："祖母让我代问你母亲身体可好？"

"她越来越虚弱了。"多罗茜说。

从那时起，每次去验光店时，若在路上遇见巴塞尔，我总会对他露出迷人的微笑，而我也经常去；要是他在店门口等我，我则会冷淡地无视他。我很好奇，对于这种十分钟之内心情从巅峰跌至谷底的转换，他有多大承受力，又能承受多久。

吃过晚饭，我经常沿着屋后的小路散步，路线的核心总是西门兹家的房子，一边走一边想象里面会发生些什么。一天傍晚天空忽然下起大雨，我觉得这是靠近他家的好机会，可以借口躲雨站在那间小办公室窗外的大树下。那里离灰蒙蒙的窗口很近，近到我可以透过窗户看见书桌上的账本和桌前的人影。不消太久，我心想，这人就要起身去开灯了。

等了整整五分钟，那个人影终于起身，走到门边打开了电灯——是巴塞尔。灯光下他的头发看起来竟泛出粉红色。他回到书桌前，弯腰从保险箱里拿出一叠用纸夹夹住的文件。我知道他一定会从中抽出一份，并且这份文件一定事关重大。那感觉就像在读一本已经知晓情节的小说，你知道接下来会发生什么，却依旧忍不住一字一句认真地读下去。如我预测，巴塞尔从那叠文件中抽出了长长的一张，抬起手举到眼前——上面大部分是用打字机打出的文字，但文件下方正对着窗户外的一面，有一段手写的文字。他把这份文件放在桌上，旁边并排放着一张纸。我凑近窗户，打算万一被发现就顺势招招手跟他打个招呼，假装不经意地喊着说"我恰好路过，在这里躲雨"，反正此时大雨已呈倾盆之势。然而巴塞尔的双眼只紧紧盯着那两张纸，根本没注意到窗外有人。书桌上还有其他纸张，我看不清上面的字，但很确信都是他练字的草稿，我确定他在模仿母亲的笔迹，想要伪造遗嘱。

他拿起了笔。我能闻到雨水的味道，耳边是哗啦啦的雨声，感觉雨水顺着树枝落在头顶，继而顺着面颊流下来。这时他朝窗外望了一眼查看雨势，我感觉他的目光似乎落在了我所在的位置，就是窗户和大树之间的平台处。我静静地站着，小心翼翼地隐藏在树荫中，尽量削弱存在感，祈祷着自己能和周围的景色融为一体，变成树干，或者树枝和树叶。但是很快我便意识到，虽然我能透过窗户清楚看见他的一举一动，他却不一定能看见窗外的我，因为天已经越来越黑了。

他抽出一张吸墨纸，把笔尖伸进墨水瓶里蘸了蘸，开始在纸的底部书写着什么，边写边和保险箱里拿出的那份文件做对比。过了一会儿，办公室的门在他身后缓缓打开，看见这一幕我一点儿也不惊讶，却还是紧张起来。眼前的一切就像小说改编成了电影，所有情节徐徐展开。多罗茜蹑手蹑脚地走到巴塞尔身后，他却没有注意到，还在不停地写着。窗外的雨依旧哗哗地下着。因为只有一只眼睛看得见，多罗茜戴着绿色眼镜，歪着头，目光越过弟弟的肩膀，想看看他在写什么。

"你在干什么?"她忽然出声。

巴塞尔惊得一跳,拉起那张吸墨纸反扣在桌上。多罗茜用那只好眼睛盯着他,绿色镜片后的眸子闪着精光,尽管我并没有真的看见那光芒,却看到深绿色镜片死死对着巴塞尔的脸。

"我在做账。"男人强作镇定地回答,转过身背对着书桌挡住了桌上的文件。我看见他背在身后的手颤抖地压在纸堆间。

浑身淋湿的我在雨中打了个寒颤。多罗茜抬眼看了看窗户,我轻手轻脚地慢慢向旁边挪动。等离开窗户的视线范围后,我头也不回地跑回了家。

第二天早上,我对家人说:"我试着戴上这副眼镜看书,可是什么都看不清。估计得把它退回店里检查检查?"

"你当时拿到眼镜试戴的时候——"

"——没发现有问题吗?"

"没有。店里挺昏暗的,我是不是必须把它拿回去检查一下?"

于是那天午后不久,我便戴上眼镜去了西门兹先生的店里。

"今天早上我想戴上眼镜看书,结果什么都看不清,模模糊糊的。"这话倒不算假,毕竟我故意拿冷奶油涂在了镜片上。

多罗茜很快也来到我们身边。她用还能看见的那只眼睛瞅了瞅我的眼镜,又看了看我。

"你最近是不是便秘?"她问。

我没有说话,但心里却觉得,那只隐藏在绿色镜片后的眼睛似乎早已看穿了一切。

"把眼镜戴上。"多罗茜指示。

"戴上吧。"巴塞尔也说。

他俩竟然结为联盟了,一切都感觉有点儿不对劲,我来本是想看看昨天闹了那一出修改遗嘱的大戏后,两人的关系变成了什么样子。

巴塞尔让我戴着眼镜读些什么。"现在看得清了,"我说,"可是今天早上看书的时候,这眼镜确实模模糊糊的。"

"你最好是吃点儿药。"多罗茜说。

此刻我只想拿着眼镜尽快离开,可巴塞尔却开口说:"既然已经来了,不如让我再给你测测视力吧,以防万一。"

他说话的表情看起来很自然,于是我跟着他走进暗室,多罗茜照常打开电灯。他们俩看起来都很正常,正常得让我开始怀疑,昨晚在小办公室窗外看到的景象是否真实。我念着前方视力板上的字母,心中对巴塞尔的称呼已经变回了"西门兹先生",而多罗茜也变回了"西门兹小姐"。我开始畏惧他们的权威,并感觉自己才是那个做错事的人。

"看来没什么问题,"西门兹先生说,"但你再等等。"说着拿出一叠印着字母的彩色卡片。

西门兹小姐看着我,剩下的那只眼睛里露出一种得胜般的喜悦,又仿佛在宣告她终于可以不用管了。她转过身,沿着楼梯回了楼上。很显然,她知道我对她弟弟已不再有吸引力了。

可走到楼梯转角时,她又忽然停下,然后重新回到楼下。多罗茜走到一排架子前,挪开了上面的几只瓶子,而我还在尝试读出卡片上的字母。忽然,她打断我说:

"我的眼药水呢,巴塞尔?今天早上我刚配制的,去哪儿了?"

西门兹先生突然望着她,仿佛这是件不可思议的事。

"等一下,多罗茜,等我帮这姑娘检测完视力再说。"

可这时多罗茜已经从架子上拿下一只棕色的小瓶子。"我需要眼药水。下次你别再乱放了——是这支吧,对吗?"

我注意到她措辞的谨慎:"是这支吧,对吗?"——听起来不仅很正式,甚至有些过于谨慎了。或许——我心想,这姐弟俩到底还是怪人、邪恶、不正派的。

多罗茜举起手里的瓶子，用一只眼睛仔细辨认着上面的标签，然后说："没错，这是我的。上面写着我的名字。"

阴暗的巴塞尔，阴暗的多罗茜——结果他们还是和我想的一样，并没有什么不对劲。多罗茜拿着眼药水上楼去了；巴塞尔伸手握住我手肘，一把将我从座位上拉起来，连我还没念完彩色卡片都忘记了。

"你的眼睛一点儿问题都没有。你走吧。"他把我推出暗室，来到店面，纯蓝色的双眼大大地睁着。他顺手递过我的眼镜，指着大门，说："我很忙。"

就在此时，楼上突然传来一声长长的惨叫。巴塞尔猛地拉开大门，示意我离开，可我没有动，楼上的多罗茜还在不停尖叫着。巴塞尔举起双手捂住眼睛。惨叫的多罗茜跌跌撞撞地出现在楼梯拐角，她弓起身子，双手叠在一起捂着那只好眼睛。

一回到家我便开始尖叫，家人们不得不让我服下镇定剂。当天晚上大家便都知道了，西门兹小姐滴错了眼药水。

"那她另外那只眼睛是不是也要瞎了？"人们纷纷问。

"医生说还有希望抢救。"

"说是警察要来质询。"

"其实她那只眼睛早晚本来也是要瞎的。"人们说。

"唉，可是那得多疼啊……"

"这是谁的责任，姐姐还是弟弟？"

"当时乔安就在现场，亲耳听见了惨叫。我们不得不喂她吃镇定剂才能——"

"——才能安抚住她。"

"到底是谁的错？"

"她通常都是自己调配眼药水。她有配药员——"

"——配药员资格证,你们知道的吧。"

"乔安说瓶子上写着她的名字。"

"那名字不知是谁写的?这才是问题的关键。警察会查出字迹的,要是西门兹先生干的,他的执照一定会被吊销。"

"药瓶上的名字一直都是多罗茜自己写的。这么一来,她就会失去配药员的资格,真可怜。"

"他们俩都会被吊销专业执照的。"

"三个星期前我才在他家配了眼药水呢,当时要是知道会发生这样的事,我一定不会——"

"医生说他们找不到那个眼药水瓶了,说是不见了。"

"不对,调查的警员很肯定地说药瓶在他们手上。上面的字迹是多罗茜自己的。那一定是她自己调配的眼药水,真可怜。"

"剧毒的龙葵,没得救了。"

"据说那玩意叫作'颠茄碱'。颠茄,也叫龙葵,剧毒。"

"本来应该用毒扁豆碱的,通常她都用那个,这是医生说的。"

"格雷医生说的?"

"是的,格雷医生。"

"格雷医生说,要是把毒扁豆碱换成颠茄碱……"

最后事件的结论是"一场意外"。西门兹小姐的眼睛有很大希望被抢救回来。是她自己调配的药水,但她拒绝谈论这件事。

我说:"眼药水瓶可能被擅自更换过,你们想过这种可能吗?"

"乔安小说看太多了。"

假期的最后一周,西门兹老太太在验光店楼上的卧室里去世了,留下的所有遗产都给了女儿。与此同时,我突发扁桃体炎,没法回学校。

小镇上的女医生来家里看诊,她是不久前去世的小镇医生的妻子,那也是我第一次见到新的格雷医生。我曾见过她的丈夫,也就是原来的格雷医生,并且很想念他。新医生长着一张尖脸,看起来体格健康、精干,据说很年轻。那个星期她天天都会来家里为我看诊,经过仔细观察和认真思考,我认为她是个正常、正派的人,虽然很无趣。

病中发着烧的时候,恍惚间我似乎又看见了站在窗边书桌前的巴塞尔,也再次听见了多罗茜的惨叫。康复期间出门散步时,我总会从西门兹家别墅旁的小路走回去。大家都说,眼药水事件是一次不幸的意外,西门兹小姐因此不得不提前退休,据说连精神也有些不大正常了。

一天傍晚六点,我在散步的时候看见格雷医生从西门兹家出来。她一定是去探望可怜的西门兹小姐。我刚从小路走出来,她便看见了我。

"这么晚就别在外面溜达了,乔安。天气越来越凉了。"

第二天傍晚散步的时候,我看见那间小办公室的窗户透出了光亮,于是又躲在那棵大树下偷看。格雷医生背对着窗户坐在那张书桌上,离我很近;西门兹先生则向后靠在椅子上,跟她说着话。旁边的桌上放着一瓶雪莉酒,两人手里都拿着玻璃杯,里面分别倒了半杯酒。格雷医生轻摇着修长的双腿,看起来很是性感,一改往日的正派形象。她竟和早晨来我家帮工的女佣一样,也喜欢坐在厨房台子上,摇晃着双腿。

格雷医生忽然开口了。"会花一点儿时间的,"她说,"一定要有极大的耐心。"

巴塞尔点了点头。格雷医生摇晃着双腿,说话的神色和语气听起来却很专业。那一刻,她又忽然变回了那个正派的医生,就像我们学校负责体育竞赛的女老师,她也会坐在课桌上摇晃双脚。

返校前的一天早上,我在验光店门口遇见了巴塞尔。"你的眼镜没问题了吧?"他问。

"噢，没问题了。谢谢你。"

"你的视力一点儿问题也没有。别整天胡思乱想。"

我装作无事继续往前走，心里却很肯定他一定早就知道了我的怀疑和歉疚。

"世界大战爆发时我决定转修心理学，在那之前我一直都在普通医疗行业工作。"

我是来这个夏令营给孩子们上历史课的，而她来教心理学。精神科医生们总是很愿意跟陌生人分享自己的隐私，这或许是因为他们平常大部分时间都在听病人唠叨。一开始我并没有认出她就是格雷医生，只觉得她是个典型的精神科医生，那时我正旁听她的第一场演讲——"性的心理表现"。她谈到了爱捣蛋的小孩，我觉得很无聊，于是开始研究演讲中用到的各种稀奇古怪的心理学名词。我注意到一个词："性兴奋"。"处于性兴奋状态的青少年，"她说，"可能会因此获得近似于洞察心灵的能力。"

吃过午餐，英格兰精英阶层的人们都去打网球了，她却忽然拍了拍我，邀请我一起沿着湖边散步。我们一路穿过碧绿的草地和盛放的杜鹃花丛。据说一位为爱痴狂的公爵夫人曾在这里殉情。

"……世界大战爆发时我决定转修心理学，在那之前我一直都在普通医疗行业工作，"她说，"我也不明白自己为什么会转修心理学。我的第二任丈夫曾一度精神崩溃，需要心理分析师的治疗。当然了，他这病是治不好的，但我还是决定要学……这很奇怪，但这就是我选择学习心理学的原因，为了救赎我的理智。我丈夫现在还住在疗养院里。他的姐姐，说来惭愧，也得了治不好的病。我丈夫也有过清醒的时候，当然了，结婚的时候我并不知道他会有那种……就是现在我称作'俄狄浦斯情结移情'的问题，而且……"

这些专业术语可真是太乏味了！我们来到湖边，我探出身子看着暗沉的湖面上自己的倒影，也看见了格雷医生的倒影，并在那时认出了她。然后，我便取出墨镜戴上了。

"我的话是不是很无聊？"她问。

"没有的事，请继续。"

"你一定要戴着墨镜吗？……是现代社会的一个现象……一种非人格化倾向……现代审判者的武器。"

有那么一阵子，她一言不发地走着，只盯着自己的脚步，可最终她还是忍不住继续讲述起自己的故事："……一位验光师。他姐姐双目失明——我第一次给她看诊的时候她还没有完全失明，只有一只眼睛看不见。后来发生了一件意外，就是那种心理学意义上的'意外'。他姐姐原是一名受过专业培训的配药员，但她给自己配眼药水的时候出了错。其实，通常情况下要想犯那样的错并不容易，但她的潜意识想要犯错，她自己想要那样。她不太正常了，太不正常了。"

"她的确不怎么正常。"我说。

"你说什么？"

"我敢说她绝不是个正常人，"我说，"既然你如此肯定。"

"那些都能从心理学的角度得到解释，我们也曾尝试让我丈夫理解这一点。我们跟他说了一遍又一遍，还尝试了各种治疗的手段——电击、注射胰岛素……所有能用上的一切。说到底，那个眼药水并不能马上对他姐姐的眼睛造成伤害，后来会瞎是因为患了急性青光眼，而且就算没得青光眼，她的眼睛本来最后也会瞎的。总之，他姐姐因为这件事完全疯癫了，竟然说是他故意把眼药水换掉的。从心理学的角度来看，这事很有意思——她说这是因为她看见了我丈夫不想她看见的事情，某件非常不光彩的事；她说弟弟想要弄瞎见证了此事的眼睛；她说……"

我们已经沿着湖走第二圈了。再次走到刚才我从湖面倒影认出她的位置时，我停下脚步再次望向湖面。

"我的话让你觉得无聊了。"

"不，不，没有。"

"我希望你别戴着那副墨镜了。"

我短暂地摘了一下墨镜。我很喜欢她尚未认出我时的无辜感，尽管此刻她正认真地盯着我说："你会戴上它是受某种潜意识因素的驱使。"

"深色的眼镜可以隐藏阴暗的思想。"我说。

"这是一句俗语吗？"

"以前不是，不过现在算是了。"

她像不认识我似的打量着我，但依旧什么也没发现。这些惯于琢磨思想的人却看不见外在最直白的东西，相反，她在"分辨"我的思想——我敢说她已经在心里给我分好类型了。

我重新戴上了墨镜，继续往前走。

"你丈夫对他姐姐的指控有什么反应？"我问。

"他的反应出奇地宽容善良。"

"善良？"

"哦，就当时的情况而言是的。他姐姐的话在街坊邻里间引起了好一阵流言蜚语，那毕竟是个小镇子。我花了好长时间才说服他，把姐姐送到专门为盲人提供看护的疗养院。他们之间有种可怕的羁绊，无意识的乱伦。"

"你嫁给他之前没发现吗？我还以为那很明显呢。"

她再次定睛看着我，说："我那时候还没学心理学呢。"

我也没学啊，我心想。

绕着湖走第三圈时我俩都沉默着。过了一会儿她才说："总之，刚才说的就是我转修并从事心理学的过程。姐姐去世后，我丈夫的心理崩溃了，并开始产生幻觉，总觉得到处都有眼睛在盯着他。直到现在他还时不时会看见它们。可为什么会是'眼睛'呢——你想想，这很重要：他无意识地觉得真是自己弄瞎了姐姐的眼睛，因为他的潜意识想要这么做。这就是为什么他总跟我说，就是他干的。"

"并且还试图伪造遗嘱？"我冷不丁地问。

她停下了脚步："你说什么？"

"他有没有承认自己曾经试图伪造母亲的遗嘱？"

"我刚才可没说过什么遗嘱。"

"噢，我以为你说过呢。"

"但确实，那也是他姐姐的指控之一。你为什么会那么说？你是怎么知道的？"

"我想我一定会心灵感应吧。"我说。

她紧紧握住我的手臂。看来我成了她心目中最棒的证明案例。

"你一定是有洞察心灵的能力，"她说，"请你务必跟我讲讲你的故事。总之，以上就是我从事现在这份职业的缘由。自从丈夫开始出现幻觉，并不停地向我告白他的罪孽，我就觉得有必要搞清楚人的大脑究竟是如何运作的。就这样，我开始了学习，而且收获颇丰。是心理学拯救了我的理智。"

"你就没有想过，他姐姐的话有可能是真的吗？"我问，"尤其是后来他自己也承认了。"

她松开握住我的手说："是的，我考虑过这种可能。我不怕承认，确实想过这种可能。"

她知道我正看着她，脸上的表情仿佛在请求我的理解和宽宥。

"哦，拜托了，"她说，"请你摘下墨镜吧。"

"你为什么不相信他的自白？"

"我是精神科医生，我们很少相信别人的自白。"她看了看手表，仿佛这场对话是我挑起的，并且令她感到无聊。

我说："要是你选择相信他的话，说不定他的幻觉早就消失了。"

她大吼起来:"你说什么呢?你在想什么呢?你知不知道,他当时想去找警察自首……"

"你知道他是有罪的。"我说。

"作为他的妻子,"她回答,"我知道他有罪。但是作为精神科医生,我必须认为他是无辜的。这就是我选择学习心理学的原因,"她忽然变得十分愤怒并对我吼道,"你这该死的审判者,我以前也遇到过你这种人!"

对她的突然暴怒我感到很讶异,明明片刻之前她还那么淡定平和。"嗨,这又不关我的事。"我说,并摘下了墨镜以示真诚。

就在那一刻,我想,她终于认出了我。

锌青钢古董钟

　　史特罗酒店和卢伯尼奇家庭旅馆毗邻而立，中间只有一条狭窄的小路相隔，沿着这条小路一直往上走是一座高山，坐落在奥地利境内，翻过山再往前走便是南斯拉夫的边境。史特罗酒店历史久远，过去或许曾是上山狩猎之人休息饮酒的好去处，如今却早已没落，只剩零零散散的几个客人，他们看起来垂头丧气，就像暴风雨来临时抱团取暖的鸟儿，围坐在酒店背后阴郁的露台上几张脏兮兮的餐桌边。从露台望出去，能看见属于史特罗先生的一片土地，上面荒草丛生，久疏打理。通常，史特罗先生会坐在离客人较远的一张桌子前，懒散地靠着椅背，拿一瓶科涅克白兰地自斟自饮，下巴抵在泛红的脖子上，衬衫领口敞开着。只是前来观光、并不打算徒步登山的旅客们坐在酒店里赞叹着远处的雄伟青山，就着酒店懒散的服务等待每周一次的观光巴士，载上他们往山里去。有车的客人往往不会久留——仿佛某种心照不宣的规则，他们在酒店待不到两个小时便会离开，就像一幅动画图。这一切，从隔壁的卢伯尼奇家庭旅馆都能一览无余，看着颇为有趣。

　　我在卢伯尼奇家庭旅馆里暂住，等待要去威尼斯的友人们顺道来接我。卢伯尼奇夫人会亲自迎接每一位登门的客人。她的穿着打扮如此平凡、不修边幅，就像当地一名普通妇女，以至于我刚到时根本不知自己竟有如此殊荣，得到女主人的亲自接待——她从厨房出来，一边在棕色的围裙上擦着手，灰色的头发紧紧向后梳起来，袖子高高卷起，连衣裙看起来脏兮兮的，脚上穿着黑色长筒袜和一双黑靴子。得过一段时间，初来乍到的客人才会逐渐认识到她的重要地位。

卢伯尼奇先生也在酒店里,但并无什么用处,尽管丈夫的身份让人们对他客客气气。毫不起眼的他和酒友们坐在酒店门外的桌子旁,向来往宾客们致意,但女招待们倒也从不怠慢他。如果喝醉了,卢伯尼奇夫人会亲手把饭菜给他端上楼,放在专门为他醒酒用的房间里,但她俨然才是这里的主人。

酒店里帮佣的姑娘们每天要工作十四个小时,却总一副开心的模样,没有半点儿抱怨。人们也从未听见过卢伯尼奇夫人抱怨什么或发号施令,只要她在一切就会井井有条。有一次,一个姑娘不小心打翻了盛着五只汤碗的盘子,卢伯尼奇夫人二话没说便拿着抹布上前,蹲在地上亲自把汤水清理干净了,仿佛一个历经沧桑、早已习惯做粗活的农妇。女招待们都称呼她为"老板娘"。"如果她的丈夫胃不舒服,老板娘会专门为他准备特殊饭菜。"其中一位姑娘说。

家庭旅馆的旁边有一家肉店,也是卢伯尼奇家的产业;再隔壁还有一家杂货店,旁边的空地上正在修建一间纺织品店,就快完工了——这些都是卢伯尼奇家的,包括那块地。卢伯尼奇夫人有四个儿子,其中两个在肉店工作,第三个被安排管理杂货店,最小的儿子也已到了管事的年龄,按计划是要接手纺织品店。

酒店有个花园,一边种着用来装点客房和餐桌的鲜花,一边种着厨房用的蔬菜,还有一小片种类丰富的果园;一棵巨大的栗子树亭亭如盖,为坐在户外用餐的宾客们投下清凉的树荫。就在这片美丽和谐的花园中,十分不合时宜地长着一个毫无用处的东西——一棵矮小却被照顾得十分良好的棕榈树,独树一帜,气质迥然。尽管矮小,从我们用餐的酒店后方露台看去,棕榈树却恰好和远处的山顶一样高,默默吸引着众人的目光。

平日里我总是早上七点起床,但有一天清晨我五点就醒了,从二楼下来走到庭院里，想找人倒杯咖啡。沐浴在清晨的阳光下，我看见了背对着我站立的卢伯尼奇夫人。她正检视着宽阔花园里的菜地、不远处属她名下的田野、酒店周围的附属产业和她家的猪圈，两个上了年纪的女人正在喂猪；她的一个儿子端着好几条长长的香肠卷从旁边的店里走出来，另一个牵着一只小公牛往一棵树下走，公牛的脑袋上套着一只口袋，看来是打算拴在树上等待屠夫来领。卢伯尼奇夫人一动不动地站着，继续检视着她的产业、她的猪仔、她的养猪妇人、她的栗子树、她种的豆荚、她的香肠、她的儿子、她养的剑兰，还有——仿佛后脑勺也长了眼睛一样，她似乎还能看见背后生意兴隆的家庭旅馆、肉店、纺织品店和杂货店。

就在她终于转身，准备投入又一天的工作时，我看见她的目光落在小路对面那座衰败的史特罗酒店上。我看见她的嘴角往下撇了撇，仿佛带着某种先见之明般，露出一抹戏谑的神色，我从那双黑色的小眼睛里，看到了土地所有者眼中独有的精光。

就算当地人不说你也能看出来，卢伯尼奇夫人现在拥有的一切都是她凭自己的本事和家族产业的支持一手创立的，可即便如此，她依旧没日没夜地辛勤工作。旅馆里所有的餐食都是她做的，整个旅馆的管理工作也是她亲力亲为；她行动泰然自若，工作效率却犹如风驰电掣般惊人，就像外面大街上从维也纳而来并飞驰而过的疯狂跑车一样。厨房里厚重且巨大的平底锅也是她一遍又一遍挥舞着粗短的手臂亲自刷洗的，显然，她并不相信酒店里的姑娘们能做好这些工作；就连扫地、喂猪、接待肉店的客人这种事她都毫不介意亲自上阵，耐心地拿出一个又一个大香肠，举到客人鼻前给他们闻，展示香肠的优秀品质。除了在厨房吃晚餐以外，她从不坐下休息，从清晨一直忙到半夜一点。

她为什么要这样？究竟是为了什么？明明孩子们都已长大，家庭旅馆也欣欣向荣，有帮佣，有商店，有猪，有地，还有牲畜——

下午我去了河对岸的一家咖啡厅,听见人们都在讨论:"卢伯尼奇夫人的产业可远不止那些,从这里到山脚的一溜土地都是她的,还有三座农场。她的地产甚至还可能扩张到岸这边来,以及从这里往下一直到镇上的一整片土地。"

"她为什么要这么辛苦地工作?穿的衣服简直像个农妇,"人们说,"她还自己洗碗洗锅呢。"卢伯尼奇夫人是八卦舆论的热门话题。

她从不去教堂,因为不屑去。我还挺希望在教堂里见到她的:穿着和平时不一样的服装,和药剂师、牙医和他们的太太一起坐在正数第二排,坐在伯爵大人和他的家人后面;不过她也有可能会在做礼拜的人群中,选一个不太显眼的地方坐下。然而卢伯尼奇夫人自己就是一座教堂,甚至连体形都和洋葱形状的教堂尖顶一样。

我沿着平缓的山路往上攀登,专业登山者们则穿着登山靴,沿着悬崖峭壁在云雾间奋力前行。如果遇上下雨,他们便会回到旅馆并汇报说:"铁托把坏天气送来了。"① 酒店的女招待们早就听腻了这个笑话,却还是每次都敬业地报以微笑,不停为客人端上一盘又一盘的烤小牛肉。

我爬不上山顶,只能乘坐观光巴士,却对探索卢布尼奇夫人的性格巅峰摩拳擦掌、跃跃欲试。

某天早晨,耀眼的阳光一扫前晚暴风雨的阴霾,让一切闪闪发光,我早早下楼想喝咖啡。下楼时我听见院子里有人说话,但走进花园,那声音却又回到了旅馆里。我顺着声音的来源走到阴暗的石砌厨房前,朝门里望了望。越过叽叽喳喳聊天的女招待们,我瞥见

---

① 这里的"铁托"指的是前南斯拉夫领导人铁托,因其晚年的经济政策使南斯拉夫经济受到重创而引起争议。原文是英语的双关语玩笑话,"天气"在英文中也可指"处境",原句的意思是,铁托让大家的日子都不好过。

远处还有一扇门，那里平常都是锁住的，现在却开着。

那扇门后是一间卧室，深藏在旅馆别墅的后方。卧室装点得富丽堂皇，以金色和红色为主，富贵尤胜贵族寝宫。我看见一张四角有柱子的大床，床上垫着高高的席梦思，铺着猩红色的被子，床头垒着好几个蓬松的大枕头——大约有四个左右，洁白如雪；床头板是深色的原木，表面镀着一层薄薄的金粉；床顶上方挂着一盏金色大吊灯。这一切都让我忍不住想起十五世纪荷兰画家扬·范·艾克为阿诺菲尼和他妻子画的肖像画名作——《阿诺菲尼的婚礼》。卢伯尼奇家的所有其他房产里的家具都是擦拭干净、打磨一新的当地实木，而这张床却堪称艺术杰作。

卧室的地面也铺着红色地毯，大约本是深红色，但和床上鲜艳的红色一比，竟显得有些酱紫色；床两面的墙上都挂着土耳其壁毯，毯子的背景颜色是更为古老沧桑的旧红色——在大床的阴影中近乎于黑色。

我被眼前的一幕震撼了。叫作米吉的姑娘见我站在厨房门口呆呆地看着，便问："要喝咖啡吗？"

"这是谁的房间？"我问。

"老板娘的。她都在这儿休息。"

这时，一个高高瘦瘦、名叫格莎的姑娘快步走到卧室门边，她长着一张滑稽的脸，平时说话也常带着几分喜感。她站在门边说："她跟我们说，这扇门要一直关着。"话虽如此，关门前她把门又推开了几分，好让我看得更清楚些。我发现卧室里还有一个马赛克瓷砖装饰的小火炉，看起来不像本地货——瓷砖是赭色和绿色相间的，熠熠生辉，让人想起拜占庭帝国废墟地上的瓷砖；火炉的造型很像一座神庙。我还看见一张黑漆木的柜子，上面嵌着珍珠贝母。就在格莎关门的一瞬间，我瞥见柜子上放着一座精致的大时钟，时钟的外壳涂着粉色珐琅，还嵌有微缩粉彩画，而每条曲线和卷曲处都覆盖着镀金青铜合金，也被称为"锌青钢"。阳光透过窗饰斜斜洒落，为时钟镀上一层闪烁的光晕。

我离开厨房，走进打理得干干净净的餐厅，米吉为我泡好咖啡端了进来。透过餐厅的窗户，我看见穿着深色连衣裙、黑色靴子和羊毛长筒袜的卢伯尼奇夫人正在给鸡拔毛，身旁放着一只装满羽毛的桶。远处，闷闷不乐的史特罗先生正敞着领口站在一街之隔的自家酒店门口，身材肥胖，胡子拉碴。他看着卢伯尼奇夫人，仿佛陷入了沉思。

就在那一天麻烦找上了我。我住的房间有扇双开的窗户，正对着对面史特罗酒店的房间，相隔不过二十英尺——正是分隔两座酒店的那条小路的宽度。

那天天气很冷，我坐在房间的书桌前写信，偶然抬头望向窗外，只见正对面的酒店房间内，史特罗先生正站在窗前直勾勾地盯着我。我感到很不舒服，于是拉下百叶窗帘，打开电灯继续写信。我边写边思忖，不知史特罗先生有没有看到我做什么奇怪的举动，比如用钢笔的一端敲着脑袋，或者挠鼻子，又或者用手轻轻拉扯下巴，反正任何写信时容易出现的小动作。可是关闭的百叶窗和电灯光让我心情烦闷，我忽然不忿地想到，凭什么我写个信就得遮遮掩掩，不能享受阳光和无人打扰的悠闲？想到这，我关上灯，重新拉开了帘子。史特罗先生已经不在窗边了，我想他一定是看懂了我的不悦和拒绝，于是重新安坐继续写信。

过了一会儿，我无意间抬起头来，竟看见史特罗先生搬了把椅子坐在窗前，光明正大地举着一副双筒望远镜，正对着我看。

我立刻离开房间，下楼去找卢伯尼奇夫人投诉。

"她去集市了，"格莎说，"半个小时后就会回来。"

于是我把刚才发生的事一股脑地跟格莎抱怨了一遍。

"我会告诉老板娘的。"

从她的态度和语气上我觉察出一丝异样，便问："这种事之前也发生过吗？"

"今年发生过一两次，"她回答，"我会告诉老板娘的。"接着又用她舞台表演般的夸张风格补充道："估计他在数你有几根睫毛呢。"

我回到房间时，史特罗先生还坐在原地，手里的双筒望远镜枕在腿上。一看见我回到视野里，便又举起望远镜放在眼前。我决定以牙还牙，就这么回瞪他，直到卢伯尼奇夫人回来处理这件事。

我耐心地坐在窗前等了将近一个小时。史特罗先生看一会儿便会放下双臂歇息，但始终没有离开过座位。我能清楚地看见他的脸，尽管他脸上那窃笑的表情或许只是我的想象，但每隔一段时间他便会再次举起望远镜看我。我相信他一定能清楚看见我的愤怒，就像两个面对面坐着对视的人。僵持到如此地步，我俩谁都不可能投降，而我时不时便向下瞥一眼史特罗酒店的入口，希望能见到卢伯尼奇夫人或她的儿子，甚至花园里的某位帮工去史特罗酒店抗议。可惜无论正门或后门，我都没看见家庭旅馆里有任何人往对面去。于是我继续瞪着他，史特罗先生也继续用那副望远镜看我。

忽然，他举着望远镜的手猛然垂下，仿佛有个无形的力量把望远镜从他手里打掉似的。他站起来朝窗口走去，探出头望着什么地方——不是我这里，而是我房间上方偏左的某个位置。过了两分钟，他便转身离开了。

正疑惑间，格莎来敲门了。"老板娘已经跟他投诉过了，他不会再来打扰你了。"她说。

"她是给对面打过电话了吗？"

"不是，老板娘从来不用电话，说她用不来。"

"那是谁去投诉的？"

"老板娘啊。"

"可她根本没去对面找过史特罗先生啊,我一直看着呢。"

"对,老板娘没去找过他,但你不用担心,他已经知道不可以再骚扰我们的客人了。"

我回头望向窗外,发现史特罗先生房间的百叶窗已经关上了,并且在我住宿的剩下的日子里再也没有打开过。

那天写完信,我出门穿过那条小路去旅馆对面的邮筒寄信。阳光透过云层明晃晃地照耀着,比刚才更强烈了,我看见史特罗先生站在酒店门口眯着眼睛望着卢伯尼奇家庭旅馆的屋顶。他神情专注,根本没有注意到我。

我很好奇,想要知道他这么着迷是在看什么,却又怕顺着他的视线望过去会被他发现。不过,寄完信回程的路上,我终于知道是什么吸引了他的目光。

和当地绝大多数的屋顶一样,卢伯尼奇家庭旅馆的房顶也修了一圈带栏杆的窗台,就在屋檐上方几英寸的地方,这是为了防止大雪天房顶累积的厚雪层突然掉落。就在这窗台上,一扇阁楼窗户的正下方,放着那座锌青钢古董钟,就是我在卢伯尼奇夫人的华美卧室里看到的那个。

刚转过街角,史特罗先生也结束了眺望,转身回了酒店。他的背影阴郁又挫败。两车早上才刚搬进酒店的游客此刻正鱼贯而出,忙着把行李放上来接的车里,一脸巴不得离开的兴奋。我知道史特罗先生的酒店里已经没剩几个客人了。

晚餐前,我路过史特罗酒店,沿着大路走到河边,过了桥,来到那家咖啡厅。咖啡厅里除了我一个客人都还没有。老板倒了一杯当地特色的杜松子烈酒,送到我每次来都会坐的位置上,我抿了一口,等着别的客人进来。很快便来了两个当地女人,点了冰激凌。当地很多人都在村里的商店工作,下班回家路上总爱来这里吃冰激凌。她们用骨节粗大的粗糙手指握着长长的勺子边吃边聊，咖啡店老板也在旁边坐了下来，和她们交换一天的新闻。

"史特罗先生在反抗卢伯尼奇夫人呢。"其中一个女人说。

"又反抗了？"

"他总去骚扰旅馆的客人。"

"肮脏的老偷窥狂。"

"他这么做只是为了给卢伯尼奇夫人添堵。"

"我看见房顶上的古董钟了。我还看见——"

"史特罗完蛋了，他——"

"什么古董钟？"

"就是去年冬天史特罗缺钱的时候，卢伯尼奇夫人从他手上买来的。钟的外架是红色和金色的，像祭坛画的那种颜色，非常漂亮——以前他家家境不错的时候，是他祖母的东西。"

"史特罗没戏了。卢伯尼奇夫人最后肯定会收购他的酒店。她会——"

"她会把他榨得半点儿油都不剩。"

"他最后肯定会被迫放弃酒店，让卢伯尼奇夫人随口开价买下来。以后卢伯尼奇家的生意就会一直延伸到桥这边来，不信你等着瞧吧。明年冬天史特罗酒店就是她的了。去年冬天她已经把古董钟收入囊中，离她帮他付抵押贷款才不过两年呢。"

"现在那边已经全是她的产业了，就只剩史特罗的酒店插在中间。她肯定会把它弄走的。"

两个女人和咖啡店老板聊得入神，三人的脸都快凑在一起了，女人们手里的勺子在嘴和冰激凌之间来回，老板的手则紧握着靠在桌上。他们不歇气地聊着，像在诵经。

"她的生意会一直扩张到桥头那边。"

"说不定还会一直扩张到桥这边呢。"

"不不不，到桥那边就够了。她也不年轻了。"

"可怜的老史特罗！"

"她干吗不往另外那头扩张？"

"因为那边没什么生意可做。"

"有生意的地方都在这边呢，河的这一边。"

"老史特罗可难过死了。"

"她的产业会一直扩张到桥头。她一定会把史特罗的产业推倒重建的。"

"会一直扩张到桥这边。"

"老史特罗啊，他家的古董钟就那么搁在房顶上，所有人都看到了。"

"不然他以为呢？那只又老又懒的蠢猪！"

"他拿着望远镜想看什么？"

"看旅客呗。"

"我祝他看得愉快。"

三人"咕咕"窃笑着，忽然发现我就坐在不远处，什么都能听见，才止住了话头。

卢伯尼奇夫人可真是太聪明了，兵不血刃地为对方送上了致命一击！从咖啡店回旅馆时，那座锌青钢古董钟还搁在房顶上。她就是用这一招清楚地告诉了史特罗，时移势易，夏天就要结束了，而他的酒店很快也将和他的古董钟一样，成为她的东西。经过酒店门前时，史特罗刚好摇摇晃晃地走出大门，看来醉得不轻。他并没有看见我，因为他的眼睛一直盯着夕阳下挂在对面屋顶上的古董钟，那样子就像《圣经》故事里，与神为敌的军队望着自家将军荷罗孚尼[1]被挂在城墙上的人头一样。我真不知这个可怜的男人还能不能

---

[1] 荷罗孚尼是《圣经》故事里亚述国的大将军，因不听劝告，坚持攻打被神保护的犹太人，最后被斩首。

活到明年冬天，这次的事情显然是他在彻底溃败前，对卢伯尼奇夫人最后一次虚弱的反抗了。

而卢伯尼奇夫人大概会健健康康地活到九十岁以上吧。人们普遍猜测她现在的年龄在五十三四岁左右，也可能是五十五六岁；总之，是一个身体康健、精力旺盛的女人。

第二天，屋顶上的古董钟不见了——既然信息已经传达到边见好就收。钟已经回到了厨房后那间华丽的卧室；卢伯尼奇夫人每天凌晨会回到那里，不是像个败兵一样躺卧在床上，而是背靠着高高垒起的洁白枕头，在猩红的被子、深红的地毯和金粉色古董钟的簇拥下，继续琢磨未来的宏伟蓝图。它们仿佛某种宗教戒律，督促她打起精神来。那棵棕榈树就是在这里种下的，各种店铺也是从这里建起来的。

隔天早上，我看见她如往常一样在院子里擦洗锅碗、穿着黑靴子一步一个脚印地照看菜园时，心中却充满了不安。她明明穿得起华贵的红色衣裙，戴得起纯金的首饰，可以住在足以和村里药剂师的豪宅相媲美的城堡庄园里，却偏偏像个躲避邪恶的虔诚信徒或者追求纯洁无私的艺术创作般，每日穿着毫不起眼的棕色围裙和黑色靴子亲力亲为。可以肯定的是，她一定会得到回报——她会拿下史特罗酒店，将产业一直扩张到桥头甚至桥的另一边。咖啡店会是她的，游泳池和电影院也会是她的。在她死去之前，这里的整片商业区都会成为她的产业，而她躺在那张铺着红色被子的四柱大床上，头顶是金色的吊灯，身边摆着那座古董钟、契约文件保险箱和毫无效用的药瓶。

仿佛有先见之明般，史特罗酒店剩下的三名客人纷纷跑来询问卢伯尼奇夫人是否还有空房、房价多少。家庭旅馆的房价不高，她立刻为其中两位安排了剩下的两间客房，第三名客人当晚就骑上摩托车走了。

  人们都喜欢跟随成功人士。第二天一早，我便看见昨天刚入住史特罗酒店的两名新客人，正在卢伯尼奇家庭旅馆花园里的栗子树下吃早餐。史特罗先生站在酒店大门口，默默地望着这边的一切，看上去比平时清醒了很多。我心想：他为什么不往我们脸上吐口水呢，反正已经一无所有了？可下一刻，我的脑海中便出现了那座锌青钢古董钟：夕阳西下，它被高高地挂在屋顶上。不过，此时我心里对他拿着望远镜偷窥我的气还没消，这五味杂陈的心情细品起来，便是无比的满足中混杂着深深的怜悯，胜利的狂喜伴随着冰冷的恐惧。

波多贝罗路

一个阳光明媚的日子里,年幼的我正和几个好友在高高的干草堆上嬉笑打闹,我无意间在草堆里发现了一根针。其实在此之前好几年,我就已悄悄发觉自己大概和其他人有些不一样,但这件事则彻底让这点暴露在众人面前——乔治、凯瑟琳和斯金尼。我把拇指放进嘴里吮吸着,因为刚才就是这只手指无意间插进干草堆,正好落在里面嵌着的针头上。

大家从惊讶中平静下来后,乔治说:"放下去的时候是拇指,提起来就变成了红李子。"闻言大家再次没心没肺地嘻嘻哈哈笑作一团。

那根针深深地扎进我的指腹,一缕细细的红色沿着针孔流了下来。为了不让气氛冷却,乔治很快又说:

"小心了,别用你带血的手染指我上好的衬衫。"

此话一出,我们又是好一阵笑闹,快乐的童声在那个边境小镇炎热的午后回荡。那样的青春年少和纯粹的快乐我真的不介意再经历一次。每次翻阅旧时的资料,看见那张旧照片时我都会这么想。照片中,斯金尼、凯瑟琳和我站在高高的干草堆上,那时斯金尼刚把那根针上上下下仔细查看了一遍。

"这可不是能靠好脑瓜子办到的,再说了,你虽然没什么脑子,却是个幸运的小家伙。"

大家一致同意,那根针是决定好运的象征。注意到谈话正逐渐变得严肃,乔治提议说:

"我们照张相吧。"

我赶紧掏出手绢把手指包扎好,又整理了一下衣服。乔治举起照相机喊道:

"快看,那儿有只老鼠!"

凯瑟琳尖叫起来,我也尖叫起来,尽管心里明白根本就没有什么老鼠,但此举却让气氛再度活跃了起来。最后我们终于摆好了姿势,乔治摁下了快门。照片里的我们看起来都好可爱,那真是快乐的一天,可惜对我来说已不重要了。从那天起我的昵称就变成了"小针"。

最近的某个周六,我正在波多贝罗路上闲逛。那里商贩云集,我在狭窄的道路上看见了一个女人。她虽形容憔悴、身材瘦削,穿着打扮却很富有,高高挺起的胸脯就像一只灰鸽。我已经足足五年不曾见过她了,没想到变化竟如此巨大!可我还是认出了她:凯瑟琳,我的老朋友。尽管年岁尚不算老,她的外表却已开始显出老态,就像那些看起来总比实际年龄更老的人一样,嘴和鼻子尤为明显。上一次见她还是五年多前,那时凯瑟琳还不到三十岁,她说:

"我的容颜已经老去,这是家族遗传。我们家所有的女人都这样,小时候很美,但一长大很快就显老,变成人老珠黄还爱管闲事的老太太。"

我静静地站在人群中看着她。很快你就会明白,我为什么只能静静地望着,却没有办法和凯瑟琳搭话。我看着她兴致勃勃地在一个又一个摊位前流连,她一直很喜欢古董珠宝和讨价还价。我心中疑惑,怎么之前每周六在波多贝罗路上闲逛时不曾遇见过她。忽然,她伸出干枯修长的手指,从珠宝摊上的一堆胸针、吊坠、玛瑙、月光石和金饰中挑出一只玉戒指。

"这个你觉得怎么样?"她问。

我循声望去,看见了她的同伴。刚才就发现有个体型高大的男人跟在她身后几步路的位置,却不曾细看,如今才认真注意到他。

"看起来不错,"男人说,"多少钱?"

"这个多少钱?"凯瑟琳转头问摊贩。

我仔仔细细地打量着凯瑟琳的男同伴——那是她的丈夫。他的络腮胡看起来很陌生,可是隐藏在下面的那张大嘴、那对性感的嘴唇却很熟悉,还有脸上那双总是充满悲伤的棕色大眼睛。

我没办法跟凯瑟琳说话,却忽然感受到某种触动,促使我轻唤了一声:

"你好啊,乔治。"

那个体形魁梧的男人转头朝我所在的位置望过来。路上行人络绎不绝——他却一眼看见了站在远处的我。

"你好啊,乔治。"我又唤了一声。

凯瑟琳正为了那只玉戒指和摊主讨价还价,这是她一贯的作风。乔治呆呆地注视着我,大嘴微张,毛茸茸的胡须下红色的嘴唇和洁白的牙齿若隐若现。

"我的上帝啊!"他惊呼。

"你怎么了?"凯瑟琳立刻问。

"你好啊,乔治!"我再次开口,这一次声音愉快又响亮。

"快看!"乔治惊呼,"你看那是谁,就在那边,那个水果摊旁边!"

凯瑟琳顺着望了过来,却什么也没发现。

"是谁?"她有些急躁地问。

"是小针啊!"乔治回答,"她还跟我说:'你好啊,乔治'。"

"'小针'?"凯瑟琳说,"哪个小针?你不会是说我们的老朋友,那个——"

"是的!她就在那儿。我的上帝啊!"

乔治的神情看上去不太好,尽管我跟他打招呼的时候已经尽可能让语气显得友好。

"我连一个跟'小针'略微相似的人都没看见。"凯瑟琳看着他说，神色忧虑。

乔治伸手直指着我说："你往那边看啊。我跟你说，那就是'小针'。"

"你一定是身体不舒服，乔治。天呐，你肯定是产生幻觉了。来，我们回家。'小针'不在那里。你我都很清楚，'小针'已经死了。"

我想我有必要跟你们解释一下，虽然五年前我已告别此生，却并没有告别这个世界。遗嘱执行人总需要完成一些奇奇怪怪的手续，而他们往往并不能做好——无数的文件要看，就算被撕成碎片也没用；除了周日和法定休假日，还有数不清的繁琐程序要走。每逢周六，我总会早晨出来散心。如果下雨，我会在宽阔的伍尔沃斯街来回漫步，就像以前年轻的时候、还活着的时候一样。柜台上摆满了各种各样的商品，有种令人愉悦的琳琅满目，而我用超然的态度一一观览和试用——毕竟此身已是魂魄——面霜、牙膏、梳子、手帕、棉手套，薄如蝉翼的印花围巾、信签纸和蜡笔，冰激凌蛋卷和橙汁，螺丝刀、大头钉盒、油漆罐、胶水罐、橘子果酱罐……虽然生前我也很喜欢这些东西，但如今不再需要它们以后却更加热爱。如果周六是晴天，我便会去波多贝罗路逛逛，那是我成年后常和凯瑟琳一起消磨时光的地方。街上摊贩的手推车上的货品没什么变化，无非是苹果或者常见的蓝色和廉价的紫色人造丝背心，还有原主人已逝，早已不知转手过多少次的银碟子、银托盘、银茶壶。这里的许多货品最初都是从商店辗转来到美丽的新公寓，再从公寓到残破欲坠的贫苦之家，最后流落到街头叫卖的摊贩手里回到市场的：有乔治时期的勺子、戒指，镶嵌着绿松石和猫眼石的蝴蝶状

"真爱结"耳环，画着微缩美人图的象牙布头盒①，嵌有苏格兰鹅卵石的银制鼻烟盒，等等。

我的朋友凯瑟琳有时会在周六的早上去教堂为我办一场弥撒，为我祷告，她是个天主教徒，而我则会"出席"。但更多时候，我还是喜欢在周六早上快乐地挤在熙熙攘攘的人群中，看着人们漫无目的地东走西逛，从柜台和货摊间挤进挤出，有的买、有的卖、有的偷窃，还有的人或许只是摸一摸、看一看，或者为了满足欲望对着摊主抛媚眼……他们距离死亡的永恒已不远了。我能听见收款机开关的"咔嗒"声，零钱硬币的"叮咚"声，人们咂舌的声音，还有孩子们吵着要父母买东西的哭闹声。

遇见乔治和凯瑟琳的那个周六早晨也是这样一番景象，要不是因为感受到那丝触动，我也不会开口说话——这是如今我无法自由做到的事，除非受到触动。最神奇的是，那天早上出声呼唤乔治之后，我的形体也有了一丝显现。我猜对于可怜的乔治来说，看见我站在水果摊旁愉快地对他说"你好啊，乔治！"，他一定觉得自己见鬼了。

我们是注定要去往南方的。自从北方学校的课业结束后，我们四人先后前往伦敦，要么是被派去的，要么是被请去的。约翰·斯金纳，就是被我们昵称为"斯金尼"的朋友，去伦敦继续研修考古学，乔治则加入了他舅舅的烟草农场工作；凯瑟琳去投奔了有钱的亲戚们，一有时间就去梅菲尔富人区的帽子店帮忙，那是她其中一个亲戚的产业。没过多久，我也去了伦敦，打算开开眼界、体验生活——我的人生目标就是书写人生，因此必须首先体验一番。

---

① 布头盒，是一种小型的通常为矩形的盒子，也有时候是椭圆形的盒子，主要用作盛放漂亮布头的贮藏器，非常小巧精致，也可以用作装饰物佩戴在衣服上。

"我们四个一定要永不分离。"乔治经常情真意切地说，那是他特有的表达方式，他总是特别害怕被忽视、被抛弃。眼见着我们四人很快便要各自奔赴不同的人生，乔治很担心其他三人会把他忘了。日子一天天过去，他即将离开伦敦，前往舅舅在非洲的烟草农场工作了，那时他说：

"我们四个一定要保持联系。"

在即将启程前，他又忐忑地说：

"我会定期写信的，每个月写一次。为了从小的友谊，我们绝不能断了联系。"他把小时候大家在干草堆上的照片底片拿去加洗了三张，在每一张的背面写上："那天'小针'在干草堆里找到了一根针。乔治摄。"然后给了我们一人一张。我想大家都很希望他能变得坚强一些，别那么多愁善感。

我的一生都在漂泊流浪，从不做计划。朋友们都很难理解我的生活方式，他们普遍认为照这样下去我最后只能孤零零地在不知什么地方饿死，然而那并未发生。当然，我也没有实现书写人生的愿望，或许正因如此，我的魂魄才留了下来，以这样奇怪的方式完成生前的目标。

我在伦敦肯辛顿的一所私立学校工作了三个月，照看小孩子们。我对照顾小孩毫无经验，但每天都很忙碌，要带大小便不能自理的小男孩去上厕所，教导小女孩们如何使用手绢。那之后我靠着微薄的存款在伦敦度过了一个冬天，存款即将告罄时，我在一家电影院捡到了一条钻石手链，并得到了五十英镑的感谢费。等这笔钱也用完时，我在一位搞演讲的人那里找到了一份打下手的工作，帮他撰写为好学的实业家们准备的演讲稿，每天都要参考许多名人警句。这样的日子持续了一段时间，我和斯金尼订婚了，但不久后我收到了一小笔遗产，足够维持六个月的生活。这件事让我发觉自己并不爱斯金尼，于是退还了订婚戒指。

即便如此，我还是通过斯金尼的关系去了非洲。他加入了一个考古研究队，要去非洲调查所罗门王的宝藏。这一庞大的考古工程从古老的俄斐港起（现在叫"贝拉港"），跨越葡萄牙属东非殖民地和南罗得西亚，直到强大的热带丛林城市津巴布韦——远古神庙历经几千年的岁月冲刷，依旧背靠着古老的圣山屹立不倒，罗得西亚的遗址上散落着古老文明的废墟和碎片。我以秘书的名义跟着考古队登上了非洲大陆，斯金尼为我作保并支付了这趟旅途的一应费用。他用行动对我只管今朝不想来日的生活方式表达了同情，但嘴上还是多有批判。我的人生逻辑令大多数人感到不悦，他们每天按部就班的工作、开会、处理各种琐事或发号施令，对着打字机忙个不停，每年请两三个星期的假；当他们发现世上竟有我这样根本不按规矩生活，却依旧泰然自若且并未饿死的人，便很是不忿——你运气可真好，他们说。在我决定悔婚时，斯金尼也曾就此教训过我一番，但他还是带着我去了非洲，尽管他心里清楚，过不了几个月我就会离开考古队。

抵达非洲的几周后，我们便开始打听乔治的情况，他在离考古队四百英里的北方农场工作。不过，我们不曾告诉他此行的计划。

"要是跟乔治说我们也来了非洲，他一定会第一时间跑来缠着我们的。此行的目的毕竟还是工作呐。"斯金尼说。

临行前凯瑟琳曾说过："帮我给乔治问好，也告诉他，不要每次我没立刻回信就像疯了一样发电报。跟他说我忙着照顾帽子店的生意，参加社交活动。照这样子下去，别人会以为他除了我就没别的朋友了。"

抵达非洲的第一个星期，我们住在维多利亚堡，那是离津巴布韦古文明遗址最近的地方。就是在那里，我们开始打听乔治的事。很显然他并没有交到许多朋友，老殖民者对他找了个非洲人和白人混血的女人同居一事十分宽容，却对他种植烟草的方法怒不可遏，据说是相当的不专业,并被当作是对白人的背叛,理由我也不清楚。我们始终没能搞懂,乔治种植烟草的方式究竟怎么让当地黑人觉得自己了不起了,但老一辈殖民者们都这么说;新一辈殖民者则觉得乔治不合群,而且和黑女人同居的事也令他们不愿登门拜访。

不得不承认,当我听说他和黑人在一起时,心里也有些不舒服。我长大的小镇是一个大学城,有许多来自印度、非洲和亚洲的留学生,肤色深浅各异。我从小接受的教育就是要远离他们,理由是为了保护当地的名声和遵守上帝的旨意。人总是很难反抗从小所受的教育,除非天性叛逆。

不过,我们最终还是去拜访了乔治,正好有些人要去北方探险,愿意捎带我们一程。他早就听说了我们在罗得西亚的事,尽管对我们的到来感到十分开心甚至安心,却依旧在相见的第一个小时故意表现出闷闷不乐的样子。

"我们是想给你一个惊喜,乔治。"

"我们怎么知道你那么快就知道我们来非洲了呀,乔治?这消息传的,真是比光速还快,乔治。"

"我们真的是想给你一个惊喜来着,乔治。"

一番解释后他终于说:"好吧,我真的很高兴见到你们。现在大家都到齐了,就差凯瑟琳了。我们四个一辈子都不要分开。尤其当你来到这样的地方生活,才更能明白老朋友是多么珍贵。"

他带我们参观用来晾晒烟草的棚子和一个小牧场,那里养着一匹马和一匹斑马,他正尝试让它们交配。两只牲口开心地奔跑着,但对彼此并不感兴趣,经过对方时连看也不看一眼,不过也并无冲突,相安无事。

"之前有过成功杂交的先例,"乔治说,"生出来的后代非常强壮,比骡子聪明,比马还倔。可惜这两只还没成功,它们对彼此不感兴趣。"

过了一会儿他说:"咱们回家喝杯茶吧,顺便见见玛蒂尔达。"

玛蒂尔达是一个深棕色皮肤的女人,胸部有些低垂凹陷,溜肩膀,看起来有些笨拙,指挥家里的小男佣们却很是利落。晚餐前我们坐在门廊上喝茶,我和斯金尼尽拣些好听的话来说,却发觉很难和乔治好好聊天。不知为何他开始教训我对斯金尼悔婚的事,斥责我不该这样耍他,对不起我们从小一起长大的友谊。我岔开话题去跟玛蒂尔达聊天,问她是不是对当地了如指掌。

"不,"她回答,"我从小就被很好地看顾。我没要出去工作。我没要到处跑,不准的,不像那些邋遢姑娘。"她说话时,每个音节都一样重。

乔治解释道:"她父亲是个白人,在纳塔尔当法官。她从小就被养在家里,和其他黑人小孩不一样,你知道吧。"

"老兄,我可不是黑眼睛的苏珊,"玛蒂尔达说,"才不是。"

总的来说,乔治对待她的方式和对待仆人没什么区别。她已经怀孕四个月了,但还是被乔治招呼着干这干那,一会儿便得起身帮他拿个什么东西,比如香皂——那是乔治让她去拿的其中一样。乔治会自己做香皂,他自豪地向我们展示他的成果,并热情地分享了制作方法和材料,可我懒得去记。我一直很喜欢香皂,但乔治做的闻起来像润发油,看起来用了反而会把皮肤弄脏。

"你黑吗?"玛蒂尔达问我。

乔治说:"她是问你晒了太阳会不会变黑。"

"不会,但会长雀斑。"我回答。

"我有个亲家姐也会长雀斑。"

那是她那天跟我们说的最后一句话,此后我和斯金尼也再没见过她。

几个月后的一天,我对斯金尼说:

"我受够了跟着考古团东跑西跑还要睡帐篷。"

对于我打算离开考古队这件事他并不感到惊讶,却对我表达的方式十分不满,显出一副家族长老责备晚辈的神色。

"别那么说话。你是要回英国还是留在这儿?"

"留在这儿,再待一段时间。"

"好吧,但别跑太远了。"

我有幸找到了为当地周刊八卦专栏供稿的工作,有了一定的收入来源,当然这并非我所希望的书写人生的方式。离开斯金尼的特派考古小队后我交了不少朋友,多到应付不过来,毕竟刚从英国来到非洲,对当地的一切都颇感新鲜,这为我赢得了不少关注。数不清的年轻男人和开拓者家庭载着我,让我搭便车沿着罗得西亚的大路小径四处探索,走了好几百英里的路,看了数不清的沿途风光,最后当我回到英国,却只和其中一个家庭保持了联系。那是因为,我认为他们最有代表性,这一家人便能代表我在非洲认识的所有其他人:那里的人们就像一个模子里刻出来的,像荒野上围成一圈的史前巨石柱,每一组都很类似。

在布拉瓦约的一家酒店里,我又见到了乔治。我们一起饮酒,聊着可能爆发的战争。斯金尼的团队那时正在商量到底应该留在当地还是回英国。他们的研究正进行到最关键的时刻,每次去津巴布韦的古文明遗址看他,斯金尼总会带我在明月高悬的夜里去神庙废墟中漫步,跟我比画着说身边和周围的断墙残垣间有飞逝的腓尼基人的灵魂。我的心有一半愿意嫁给斯金尼。我想着,或许有一天当他结束学业时,我可以嫁给他。我们都直觉战争即将爆发。于是,在那个阳光明媚的七月冬日,当我和乔治坐在酒店门廊啜饮鸡尾酒时,我也将这感受如实告诉了他。

乔治对我和斯金尼的感情十分好奇,花了大约半个钟头不断劝说,直到最后我忍不住抗议"你的态度越来越强势了,乔治"时,他才停下。乔治的神情变得悲哀起来,"不管战争会否发生,我都要结束现在的生意了。"他说。

"主要是天气太热了吧。"我说。

"不管是什么原因,我都不打算继续了。种植烟草让我损失惨重,我舅舅对此十分不满。都怪其他的烟草商,一旦得罪了他们,你在这片土地的生意就算完了。"

"那玛蒂尔达怎么办?"我问。

他回答说:"她会没事的。她在这边有几百个亲戚呢。"

我听说玛蒂尔达已经为他生下了一个女婴。据传,那女孩皮肤黝黑,五官却很像乔治,还说玛蒂尔达即将诞下第二个孩子。

"你的孩子怎么办?"

乔治沉默了。他又点了几杯鸡尾酒,酒保呈上来后,他拿着酒杯里的小棍子搅动了良久才说:"你二十一岁成年礼的时候,怎么没有通知我?"

"我本来没举办任何特殊仪式,也没有举行派对,乔治。只是和几个熟人安静地喝了几杯而已,就只有斯金尼和几个老教授,还有他们的妻子而已。"

"可你根本没有通知过我,"他说,"凯瑟琳都经常给我写信呢。"

这话不是真的。凯瑟琳倒是经常给我写信,但每次都会嘱咐说:"千万别跟乔治说我给你写信了,否则他就会期待我也给他写信,可我真是懒得写。"

"可是你呢,"乔治接着说,"似乎对于咱们从小到大的情谊一点儿也不在乎,你和斯金尼都这样。"

"拜托,乔治!"我叹道。

"别忘了我们曾经共度的美好时光啊,"乔治说,"我们曾经那么亲密。"那双大大的棕色眼眸中霎时蓄满了泪水。

"我该走了。"我说。

"别走，至少请别现在离开我。我有话想对你说。"

"是有什么开心的事吗？"我露出一副期待的神色问。跟乔治谈话总是必须挑明了说才行。

"你不知道自己有多么幸运。"乔治感叹。

"怎么幸运了？"我问。我真受够了所有人都这么说。有时候，当我为了书写人生而悄悄练习写作时，也曾清楚体会过所谓"我的运气"那不好的一面——当我一次又一次因无法以最满意的方式描绘人生而感到挫败时，也曾深切体会到，即便这一辈子都逍遥度日，从不曾为来日筹谋，我对于能够完美地书写人生的追求却已成为囚禁我的最大牢笼。而当这样的感受产生时，我也曾对自己的无能感到沮丧，并出于情绪的需要而滋生出一种怨毒，一连好几天将之发泄在斯金尼或者任何恰好出现在我周围的人身上。

"你跟谁都不亲，"乔治说，"想去哪儿就去哪儿。哪怕看似山穷水尽时，也总会出现转机。你是如此自由自在，却从不知道自己有多幸运。"

"你这家伙才是那个一看就比我自由的人好吗！"我尖刻地反驳道，"你有一个有钱的舅舅。"

"他已经快要对我失去兴趣了，"乔治说，"他对我很失望。"

"即便如此，你也还年轻。你说有话跟我说，到底是什么事？"

"一个秘密，"乔治回答，"你还记得吗，我们以前经常交换秘密。"

"噢，是的。"

"你跟别人说过我的秘密吗？"

"从来没说过，乔治。"实际上，我根本不记得年少时他跟我分享过什么秘密了。

"好吧，我要说的事情是个秘密，你记住了。跟我保证你绝不会告诉别人。"

"我保证。"

"我结婚了。"

"你结婚了?！噢，乔治啊，和谁?"

"玛蒂尔达。"

"简直离谱！"我不假思索地说，可他并未反驳。

"是的，我知道，简直糟透了。但我能怎么办呢?"

"你怎么不先跟我商量！"我的语气听起来很是傲慢。

"我可比你大两岁呢，'小针'，你这只小妖怪，我才不会来找你商量。"

"那就别现在装可怜。"

"你可真是我的好朋友。"他说，"这么多年的感情。"

"可怜的乔治啊！"我哀叹。

"在这个国家，每三个白人男性才有一个白人女性可选，"乔治说，"像我这样与世隔绝的烟草种植商根本遇不到白人女性，就算遇到了，对方也不会对我感兴趣。我能怎么办呢?我需要一个女人。"

我差点儿吐出来。其一，我从小到大所接受的苏格兰传统教育令我无法接受他的说法；其二，我的尊严和教养让我对于"我需要一个女人"这种市井低俗的说辞十分不适，而乔治竟然短时间内已经说了两次。

"而且自从上次你和斯金尼来过之后，"乔治继续说，"玛蒂尔达的态度就变得强硬了起来。她有几个传教组织的朋友，一言不合就收拾行李离家出走找他们去了。"

"你就让她走呗。"我说。

"可我去找她了，"乔治说，"她坚持要跟我结婚，没办法，我只好答应了。"

"那这就不是秘密了呀,"我说,"白人和黑人结婚这种事很快就会传得尽人皆知。"

"这我想到了,所以早做了打算,"乔治说,"我被逼得没办法,所以带她去了刚果结婚,并让她保证不告诉别人。"

"唉,这么一来你就不能扔下她、结束这边的生意回国了吧。"我说。

"我一定会离开这里的。我一天也受不了那个女人,也不想在这个国家多待了。之前我从没想过会是这样,可在这里生活了两年,和这个所谓的妻子相处三个月后,我一刻也受不了了。"

"你会离婚吗?"

"不会,玛蒂尔达信天主教。她不会离婚的。"

乔治手边的鸡尾酒已经喝得差不多了,我也一样。他跟我讲述自己如何写信向舅舅阐明了自己的困境,双眼一直水汪汪地泛着泪光。他说:"当然了,我并没有告诉舅舅我和玛蒂尔达结婚了,要是说了他一定会受不了的。他是个充满偏见的老顽固殖民者。我只说我和一个黑女人生了一个孩子,并且又怀上了另一个,他表现得很理解。收到我的信,他立刻就从英国飞了过来,就在几周前。他给玛蒂尔达提了条件,只要她不对别人说和我的关系,就给她一大笔钱。"

"她会同意吗?"

"噢,当然了,不同意就拿不到钱。"

"可是作为你的合法妻子,她有权随时对你提出要求。"

"她要是坚持拿我妻子这件事来说事,能拿到的钱就会少很多。玛蒂尔达可不傻,她可贪心着呢。她会保守秘密的。"

"可是,你却不能再结婚了,对不对,乔治?"

"是啊,除非她死了,"乔治回答,"可她壮得跟牛一样。"

"唉,我真为你感到遗憾,乔治。"我说。

"谢谢你这么说，"他答道，"可我能从你的表情看出来，你对我的行为很不赞同。明明连我那顽固的老舅舅都能理解。"

"噢，乔治，我也很理解你。我想你是太孤独了。"

"你连二十一岁成人礼都没邀请我。要是你和斯金尼对我好点儿，我肯定不会失去理智跟那个女人结婚的。绝不会。"

"你也没请我参加你的结婚仪式啊。"我说。

"'小针'，你这刻薄的坏家伙，和小时候不一样了。以前你也经常跟我们讲自己的小秘密啊。"

"我该走了。"我说。

"记住帮我保守秘密。"乔治叮嘱。

"我能跟斯金尼说吗？他也会为你感到难过的，乔治。"

"千万不可以对任何人提起。保守这个秘密。答应我。"

"我保证。"我说。我能理解，他是想通过这样的方式和我建立某种羁绊，而我想："唉，算了，我想他大概是太孤单了。帮他保守秘密对我也没什么坏处。"

战争爆发前夕，我跟着斯金尼的考古队回到了英国。

自那以后，我再也没有见过乔治，直到五年前，我死之前。

战争结束后，斯金尼继续他的考古研习，十八个月内有两个重要的考试要参加，而我想，或许等考试结束我会考虑嫁给他。

"你可能过得还不如斯金尼呢。"有的周六早晨和凯瑟琳闲逛，穿梭于古董店和杂货摊时她会这么说。

她也老大不小了。我们在苏格兰的家人纷纷催促，说该考虑找个丈夫成家了。凯瑟琳年纪比我小几岁，看上去却比我老很多。她也知道自己的择偶机会越来越少，可那时的我以为她并不十分在意此事。于我而言，吸引我嫁给斯金尼的主要因素，是他未来有可能踏上前往美索不达米亚的考古之旅。我和他结婚的动力需要通过阅读有关古巴比伦和亚述历史的兴奋才能持续；斯金尼似乎知道这点，因此总是不断为我找来相关书籍，甚至开始教导我如何破译刻着楔形文字的石板。

凯瑟琳比我以为的更向往婚姻。她和我一样，战争期间曾和人订过婚——那是一名美国海军，可后来男方不幸牺牲。如今她在伦敦兰贝斯区经营一间古董店，即便如此她最渴望的一定还是嫁人生子，因为每次逛街但凡见到商店门口或某个大门外放着婴儿车，她都会驻足痴痴地望一会儿。

"大诗人斯温伯恩以前也这样。"有一次我这么跟她说。

"真的吗？他也想要自己的孩子？"

"这我倒不认为。他只是单纯喜欢小孩子罢了。"

大考前夕斯金尼病倒了，被送去瑞士一处疗养院接受治疗。

"幸好没有嫁给他，你真走运，"凯瑟琳说，"否则你说不定也会染上肺结核。"

我很走运、我很幸运……无论遭遇什么事，大家总这么说。虽然很不喜欢听这话，我却知道他们说得对，尽管他们想表达的和我理解的很不同。我不需大费周章便能生存：有时给报刊写评论；有时凯瑟琳会突然让我做些零工；我后来又为当初那个演讲大师工作了几个月，他还在为富裕的实业大亨们上有关文学、艺术和人生的伟大课程。我一直期待着能够亲自书写人生，在我看来，人生所有的财富都隐藏于此，等待我有朝一日的发掘。直到那时我一直坚信，我的人生是有福的，生存下去所必需的一切都会适时出现，而我也比旁人活得更轻松。在我成为天主教徒后，曾认真思考过自己的幸运来自何处，并在宗教中得到了确认。大主教轻抚信众的面颊，那是一种象征，提醒着人们基督当年为我们所受的苦难。我心想，多么幸运啊，那样惨无人道的折磨如今只需如此轻描淡写地一抚便能代表。

斯金尼在疗养院治病的两年中我曾去探望过两次。他的病基本快好了，有望在几个月后回归正常生活。最后一次去探望他结束后回到英国，我对凯瑟琳说：

"或许等斯金尼康复了，我会嫁给他。"

"别说'或许'，'小针'，下个决心吧。你又不知道自己几时才能发达。"她对我说。

那是五年前的事，我生命的最后一年。那时凯瑟琳和我已经成为挚友，每周要见好几次，周六早上去波多贝罗街闲逛一番后，我通常会陪着她去肯特郡的姐姐那里过一个长周末。

那年六月的一天，我和凯瑟琳约了见面吃午餐，因为她打电话说有重要的消息要和我分享。

"你猜今天我在店里遇见了谁。"她说。

"谁？"我问。

"乔治。"

之前我们都差点以为乔治已经死在非洲了，毕竟十年来谁都没曾收到半封他写的信。战争初期，有传闻说他去非洲德班市开了一家夜总会，后来便再无消息。其实只要他愿意，我们都很乐意和他保持联系的。

有一次，当我们聊起他时，凯瑟琳说：

"我应该主动联系可怜的乔治的，可一旦那样，他肯定会立刻回信，然后又像以前那样要求我定期回信。"

"我们四个一定要永不分离。"我学着乔治的口吻说。

"我都能想象他责备的眼神。"凯瑟琳说。

斯金尼说："说不定他已经完全融入了非洲的生活，和那个咖啡色的混血情人一起，生了一打红褐色的小孩。"

"说不定他已经死了。"凯瑟琳说。

我没有告诉他们乔治结婚的事，那天在布拉瓦约的酒店里聊的一切我都没说过。随着年岁的推移，我们也不再专门提起乔治了，即便偶尔提到，也当他已经不在了。

乔治的出现让凯瑟琳很是激动，她已经完全忘了之前对他的嫌弃。她说：

"再见到乔治可真是太棒了！他好像很孤单，觉得被抛弃了，和国内的一切都很脱节。他很需要朋友。"

"我想他需要的是母亲般的照顾。"我说。

凯瑟琳却没有听出我的讥讽，兴奋地宣布："没错，就是这样。他一直特别需要照顾，现在我终于明白了。"

看起来，凯瑟琳似乎已经完全对乔治改观并准备重新接纳他了。相遇的那天下午，乔治告诉凯瑟琳，战时自己在德班经营一间夜总会，并时常去野外狩猎和探险。很显然，他从未提起过玛蒂尔达。凯瑟琳说乔治长胖了，但还算过得去。

我很好奇，不知如今的乔治是怎样一番光景，听说他回来的第二天我便去了苏格兰，直到同年九月——也就是我死前，才见到他。

住在苏格兰的那几个月，凯瑟琳经常写信来，我从字里行间中了解到她和乔治常常见面。她说自己很享受他的陪伴，也享受照顾乔治的感觉。"你要是知道他现在变成什么样，一定会惊讶的。"她说。据说，乔治一有时间就会去凯瑟琳的店里待着——"他觉得这样会显得自己比较有用"，凯瑟琳充满慈爱地写道。乔治有个年老的女亲戚也住在肯特，距离凯瑟琳的姐姐家不过几英里，这让他们得以经常在周六一同前往肯特，在乡野田间长久漫步。

"你会发现乔治变了许多。"九月回到伦敦后，凯瑟琳这么对我说。那天晚上我们约好要和乔治见面。那是一个周六，凯瑟琳的姐姐出国度假了，家里的女佣也在休假，我和她说好当晚去肯特的姐婶家陪她过夜。

几天前乔治便离开伦敦先去了肯特。"他是去帮忙收割农作物的,亲自下地干农活呢!"凯瑟琳充满爱意地说。

凯瑟琳和我计划好一起去肯特,可周六那天她在伦敦的店铺忽然有事走不开,于是让我午后先走,顺便帮忙安排一下晚上的聚会——凯瑟琳邀请了乔治晚上来婶婶家用晚餐。

"晚上七点我就会到,"她说,"你不介意一个人在那栋宅子里待一会儿吧?反正我自己很讨厌一个人待在没人的房子里。"

我回答说不会,我很喜欢一个人待在没人的房子里。

我说的是实话,抵达肯特后我的确很享受独自一人待在凯瑟琳婶婶的房子里。应该说,此时这栋房子才最迷人。那是一栋乔治时期的教区牧师宅院,占地约八英亩,大多数房间都关着,里面的家具罩着白布,偌大的家里只有一名用人。到了宅子才发现,我根本不用出门买菜,凯瑟琳的婶婶已经为我们准备了许多餐点和小吃,还在上面贴了便签——"请尽情享用,冰箱里还有",或者"给三个饥饿的人准备的点心,还有两瓶派对用的伯恩葡萄酒,放在后面厨房的餐桌上"。跟着她的便签寻找准备好的食物和酒水简直就像在这栋阴凉豪宅里的一场寻宝游戏。一栋无人的别墅,却能在每个角落感受到有人生活的气息——这简直是世上最幽静、最美好的地方。在和自己体量不相称的大房子里,人本身也会成为空间里的一部分。比如上一次来这里,别墅的房间就似乎因凯瑟琳、她的婶婶和矮小肥胖的女佣的存在而显得窄小,她们总在各个房间之间辗转。我在别墅里开放使用的区域漫无目的地闲逛着,打开窗户让九月微黄的空气流淌进来;我感觉不到自己——感觉不到"小针"的存在,她并未占据屋里哪怕一寸的空间,像只没有存在感的鬼魂。

唯一需要我出门去拿的是牛奶。我耐心等到下午四点,估摸着农场的奶牛应该已经挤完了奶,便出门穿过屋后果园旁的两片田野往农场走去。牧牛人把牛奶瓶交给我时,乔治出现了。

"你好啊,乔治。"我打了声招呼。

"'小针'!你怎么在这里?"他说。

"我来买牛奶。"我回答。

"我也是。嗨,见到你可真好,真的。"

把钱交给牧牛人后,乔治说:"我可以陪你走一段,但没法多聊,我家的老亲戚等着牛奶泡茶呢。凯瑟琳还好吗?"

"她有事在伦敦耽搁了,要晚些才来,大概七点吧。"

我俩一路走着,来到第一片田野的尽头处。乔治的亲戚家应该往左,一直走到大路上。

"那咱们晚上见了?"我说。

"是啊,好好叙叙旧。"

"太棒了。"我说。

可乔治却跟着我一起越过了两片田野间的栅栏。

"听我说,"他开口道,"'小针',我想跟你谈谈。"

"我们可以今晚慢慢聊,乔治。你可别让你亲戚等太久。"我发现自己忍不住用哄小孩的方式跟乔治说话。

"不,我想跟你单独聊聊。现在刚好。"

于是我们一起穿过第二块田野往前走。我本来还希望能一个人在那栋房子里多待几个钟头呢,我知道自己很任性。

"你看,"乔治忽然说,"那有个干草堆。"

"看见了。"我心不在焉地回答。

"我们坐那上面聊吧。我想再看到你坐在干草堆上的样子。那张照片我一直留着,还记得吗,那天——"

"我从干草堆里找到了一根针。"我接过话头,赶紧帮他把话说完。

不过,能坐下休息一会儿我还是开心的。那个干草堆被人从中间破坏了，但我们找到了一块可以坐人的凹陷处。我把牛奶瓶放进草堆以保持低温，乔治则小心翼翼地把他的牛奶瓶放在干草堆脚下。

"我的老表亲已经十分糊涂了，可怜的人。她脑子总不大清醒，对时间毫无概念。如果我告诉她自己只离开了十分钟，她也会信的。"

我笑了笑，看着乔治。他的脸比以前大了许多，嘴唇也更饱满、宽厚，唇色赤红，这对男人来说挺少见的；他的棕色眼眸还和以前一样，隐含着某种祈求的神色。

"这么多年过去了，你终于还是打算嫁给斯金尼了吗？"

"这我真的说不好，乔治。"

"你可真把他耍得团团转啊。"

"这可不是你能评判的。我做什么自有我的理由。"

"别生气嘛，"他赶紧说，"我不过开个玩笑。"为了证明自己真的是开玩笑，他举起一小簇干草，用边缘蹭了蹭我的脸。

"你知道，"他接着又说，"我觉得你和斯金尼在罗得西亚的时候，对我的态度很不怎么样。"

"嗨，那时候我们很忙，乔治。再说了，大家年轻力盛的，有很多事要做、很多地方要去。何况以咱们的关系，乔治，想见你随时都能见嘛。"

"有那么点自私啊。"他说。

"我得走了，乔治。"我挪动身体想要从草堆上下来。

他一把将我拉了回去，说："等一下，我有话想对你说。"

"好，那你说吧。"

"首先，答应我你绝不会跟凯瑟琳讲。她要我保守秘密，因为她想亲口告诉你。"

"行，我保证。"

"我要和凯瑟琳结婚了。"

"可你已经结婚了。"

我偶尔还能听说玛蒂尔达的消息,是我唯一保持联系的那个罗得西亚家庭写信告诉我的。他们把她称作"乔治的黑情人",显然并不知道他俩结婚的事。他们说,玛蒂尔达绝对从乔治那得了不少好处,才能一天天穿戴齐整地到处闲晃,从来没见她干过一天活,搅得周围体面的黑人姑娘们不得安生。有人说她是乔治愚蠢行为的产物。

"我和玛蒂尔达是在刚果结的婚。"乔治说。

"即便如此,你这还是重婚罪。"

听见"重婚罪"这个词,乔治异常愤怒。他抓起一把干草,仿佛下一秒就要甩到我脸上却生生忍了下来,装作嬉闹的样子给我扇风。

"我不觉得在刚果结的那个婚具有法律效力,"他接着说,"总之,在我看来是无效的。"

"你不能做这样的事。"我说。

"我需要凯瑟琳。她对我很好。我觉得我们、我和凯瑟琳,早就命中注定要在一起的。"

"我该走了。"我说。

可他却用膝盖抵住我的脚踝,我动不了,只好坐了回去,转眼望着远方。

"笑一笑,'小针',"他说,"让我们像小时候那样无话不谈。"

"谈什么?"

"除了你和我,没有人知道我和玛蒂尔达结婚的事。"

"还有玛蒂尔达。"我说。

"可她会守口如瓶的,除非不想要那笔钱了。我舅舅为了封口,答应这笔钱会每年付给她,这件事是委托律师办的。"

"让我走，乔治。"

"你答应过我会帮我保守秘密的，"他说，"你答应过的。"

"是的，我答应过。"

"如今你也要嫁给斯金尼了，我们四个很快就要成双成对了，早该如此、本该如此的——可是青春啊！我们的青春却横插一脚，让我们分开了那么久，对不对？"

"横插一脚的是无常人生。"我说。

"可现在一切都好起来了，都没事了。你会帮我保守秘密的，对不对？你答应过我的。"他松开膝盖，我挪了挪身体，尽量离他远一些。

我说："如果凯瑟琳真的有意嫁给你，我就必须把你已经结婚的事告诉她。"

"你不会真的这么整我吧，'小针'？你明明可以和斯金尼一起幸福快乐地生活，不必来管我的——"

"我必须这么做，凯瑟琳是我最好的朋友。"我打断他，一口气说完。

他的表情变得狰狞，一副要杀人的样子，也确实那么做了。他用膝盖压住我的身体，让我不能动弹，又用宽大的左手紧抓住我的双手腕，另一只手把干草不停用力塞进我嘴里，直到再也塞不进去为止。宽厚的红嘴唇和唇间露出的一线洁白牙齿，是我在这世上看见的最后两样东西。周围没有一个行人，他把我的尸体塞进干草堆，用手把草堆中间的凹陷扒得更深，恰好能装得下我，然后再用剩下的温暖干草把我盖起来，做成圆拱形，让草堆看起来恢复了原样。做完这一切后，乔治爬下草堆，拿起牛奶瓶，头也不回地回了表亲家。我猜这或许就是为什么，当他在波多贝罗路的小摊旁见到我，听见我轻松地呼唤他"你好啊，乔治！"时，表情看起来会那么糟糕。

"干草堆杀人案"很快便成为当年最轰动一时的大案。

我的朋友们都说:"太可惜了,那样大好年华的姑娘。"

在我失踪后,人们搜索了二十个小时,终于找到了我的尸体。很快晚报出版了,上面印着硕大的标题——《干草堆捞"针":"小针"尸体被发现!》。

凯瑟琳从天主教的角度评价道:"被杀前一天她才去教堂忏悔过——真是太幸运了!"你得需要一点儿时间才能适应她的思维方式。

卖牛奶给我们的那个可怜的牧牛人先是被地方警察盘问了好几个小时,后又被带到伦敦警察厅苏格兰场继续盘问。乔治也一样。他承认自己曾和我一起走到干草堆附近,却不承认在那停留过。

"你已经十年没见过这位朋友了?"警察问他。

"是的。"乔治回答。

"而你却未曾停下和她聊聊天?"

"没有。因为我们本就约了当天晚上要聚餐,而我的表亲当时还在家里等着牛奶泡茶,我没时间聊天。"

那位年迈的表亲向警察发誓,说乔治只离开了十来分钟,并且直到几个月后去世时依旧对此坚信不疑。当然了,警方在乔治的外套上发现了干草成分这一显微证据,可因为那年丰收,当地所有男人的外套上几乎都能提取到这个成分。很不幸,那位牧牛人的手比乔治的还要宽大有力,而据法医实验室的尸检结果显示,我手腕上的淤痕就是一双孔武有力的大手造成的。然而仅有淤痕并不足以证明他俩谁是凶手。法医说,要是那天我没穿长袖针织衫,手腕的印子说不定能显出清晰的指痕,这样就能对照筛查出是谁的手了。

凯瑟琳为了证明乔治完全没有任何杀人动机,主动告诉警方她已经和乔治订婚了,乔治却认为她的行为很愚蠢。警方调查了他在非洲的生活，发现他曾和玛蒂尔达同居，却并没有查出他们结婚的事实——谁会想到专门跑去刚果调查呢？就算调查出来，也证明不了任何杀人动机。一切皆是枉然，当调查结束，乔治洗清了嫌疑，并发现他和玛蒂尔达结婚的事根本没被查出来，顿时大大地松了口气。凯瑟琳喜极而泣，他也适时地百感交集，两人继续保持情侣关系并最终结了婚，那时候警察早已将调查重点转移到距离凯瑟琳婶婶家五英里远的空军基地上了。可除了为人们提供更多茶余饭后的谈资外，一切毫无进展。"干草堆杀人案"最终成为了当年的一大悬案。

不久后，牧牛工人在斯金尼的帮助下移民去了加拿大，斯金尼觉得此事牵连到他很抱歉。

那个周六早晨，当我看见乔治被凯瑟琳拽着离开波多贝罗路时，我想，以后或许会经常在这里看见他了。第二个周六，我在街上到处寻找，终于又看见了乔治；凯瑟琳不在，他的表情看起来一半忧虑，一半希冀。

可惜我打破了他的希望。我说："你好啊，乔治！"

他转头朝我的方向看来，仿佛双脚生了根，一动不动地站在繁华街道川流不息的人群中。我心想："他的表情看起来就像被人塞了一嘴干草。"是他嘴周围毛茸茸的玉米穗般的胡须让我产生了这种想法，就像人生，轻松喜乐。

"你好啊，乔治！"我又唤道。

那个美好的早晨，我本受到触动打算再说些美好的话语，乔治却一秒也不再停留。他匆忙跑进一条小巷，来到另一条大街上，然后马不停蹄地再次穿过旁边的小巷去往另一条大街，一路狂奔，尽全力逃离波多贝罗路。

可是下个周六他又来了，是可怜的凯瑟琳开车载他来的。她把车停在波多贝罗路的路口,和乔治一起下了车,紧紧挽着他手臂。凯瑟琳一眼也没去看周围小摊上闪闪发光的各种珠宝首饰,这让我感到难过,我都发现了一个漂亮的古董描花小瓷盒和一堆镶珐琅银耳环,我知道她一定会喜欢的。可她丝毫未曾注意到这些,只紧靠着乔治——可怜的凯瑟琳啊,我真不知该如何形容她当时的神情。

乔治看上去十分憔悴,眼睛都似乎小了一圈,仿佛经受了什么痛苦。他被凯瑟琳紧挽着茫然地行走,任由拥挤的人流将他推得左摇右晃,连带着他的妻子也不得不跟跄而行。

"噢,乔治!"我唤道,"你看起来精神很不好,乔治。"

"你看!"乔治大叫起来,"就在那个铁器摊旁边。'小针'就在那里。"

凯瑟琳哭了起来。她说:"我们回家吧,亲爱的。"

"唉,你看起来真的很不好!"我说。

他被人送去了护理院。住院期间一直安安静静,任人摆布,只有周六早晨除外。每逢此时人们总要花费九牛二虎之力才能控制住他,不让他跑去波多贝罗路。

可是过了两个月,他到底还是逃出来了。那是个星期一。

人们立刻到波多贝罗路去寻他,可他却跑去了肯特"干草堆杀人案"发生的那个小村庄。他跑去那里的警署自首,可警察并不相信,因为他们都能看出这个男人脑子好像有些不正常。

"我已经连续三个周六在波多贝罗路看见'小针'了,"他解释说,"可他们却把我关进私人病房,不过我还是趁护士照顾新来的病人时跑了出来。你们还记得'小针'的谋杀案吧——凶、凶手就是我。这下真相总算大白了,终于可以堵上'小针'的嘴了!"

这世上总有那么些可怜的疯子,愿意把所有的杀人案都揽到自己头上。当地警方叫了一辆救护车,把乔治送回了护理所。可他并没有在那住很久。凯瑟琳关掉了店铺,把他接回家全心全意地照顾，却发现每逢周六早晨乔治总是特别折腾。他坚持要去波多贝罗路去见我，回家后便一直说是自己杀了"小针"。有一次他甚至想把玛蒂尔达的事告诉凯瑟琳，可凯瑟琳是那样温柔善良，对他照顾有加，我不认为他真的有勇气往下说。

自我被杀后，斯金尼一直和乔治保持着相当的距离，不过对凯瑟琳依旧一如既往地好。也是他最终说服两人移民去了加拿大，这样乔治就能彻底远离波多贝罗路了。

在加拿大的生活总算让乔治恢复了些许正常，可他也不再是当初的他了——凯瑟琳在给斯金尼的信中这么写。"干草堆的悲剧对乔治的刺激很大，"她写道，"我很为他难过，有时甚至比为可怜的'小针'还要感到难过。我经常会为'小针'办弥撒，为她的灵魂祈祷。"

我想乔治大概再也不会去波多贝罗路见我了。他总对着那张皱巴巴的褪色老照片沉思，就是童年他拍的那张。凯瑟琳不喜欢那张照片，这我一点儿也不奇怪。对我来说，那张照片挺不错，虽然照片里我们样子都说不上可爱——大家傻傻地望着远方丰收的玉米地，斯金尼的脸上挂着一如既往的搞笑表情，而我则一如既往地显得有些格格不入；凯瑟琳展开双手，笑颜如花地枕在上面。面对着乔治的相机，我们神情自若，毫无畏惧，仿佛面对着光明的世界，仿佛这样的荣光永不会逝去。

黑色圣母像

　　当黑色圣母像终于被安置在圣心教堂后，主教亲自前去瞻仰并祝祷，唱诗班头发最卷的两个男孩捧着他的紫色曳地长袍下摆，缓缓前行。当他穿过庭院从内殿走向教堂，后面跟随的队伍吟诵着《诸圣祷文》，十月稀薄的阳光从天空洒下，周围的一切都似乎陡然明亮了起来：队伍中有五位身着厚重白色丝绸织珠光纹祭服的神父，后面跟着四位身着笔挺红袍的平信徒圣职官长，再后面是由兄弟会和母亲联盟组成的队伍。

　　这座叫"惠特尼特莱"的新镇上有一大半居民都信奉罗马天主教，尤其是在那座新建成的医院工作的护士；造纸厂工作的人中也有不少天主教徒，他们是从利物浦内陆地区被这里的新建住房吸引来的；同样，罐头厂的员工也如此。

　　黑色圣母像是最近新入教的信徒捐赠的，由一整块沼泽橡木雕刻而成。

　　"有人在沼泽地里发现了这块橡木，已经在那儿有好几百年了。一经发现他便立刻打电话找了雕刻师，让他尽快赶赴爱尔兰现场雕刻。你想啊，得趁着木头还没干把它雕完。"

　　"看起来是当代艺术风格。"有人说。

　　"哪里会，那才不是当代艺术，是传统风格。你要是真见过当代艺术作品就会知道，这尊圣母像是传统风格的。"

　　"看起来像是当代——"

　　"是传统艺术风格。否则怎么会受命被放在教堂里？"

　　"没有卢尔德的圣母马利亚教堂里那尊好看，那样安抚人心。"

话虽如此，时间长了人们也渐渐习惯了黑色圣母像那双方块形状的手和直线形的袍子。人们曾发起一项运动，想为圣母像穿上祭服，或者至少披一条蕾丝头巾。

"她看起来有点儿忧郁的样子，神父，您不觉得吗？"

"怎么会？"神父说，"我觉得看起来挺好的。要是给她披上布帛反倒毁了雕像的线条感。"

有时人们会特地从伦敦赶来一睹黑色圣母像的风采，而这些人通常并不是天主教信徒。神父说，他们很可能根本没有宗教信仰——可怜的人啊，即便饱读诗书又如何。他们来教堂参观，就像参观一座博物馆，为了欣赏这尊圣母像的艺术线条，不能被布帛遮蔽的线条。

这里原本的古老村庄已经被惠特尼特莱新镇吞噬，只剩下一两栋保留着斜屋顶上有突出的双排窗的传统农舍，一间用古老法语拼写的叫作"老虎"的小旅店，一座循道宗卫理教的小教堂和三间旧商铺还能看出当地的昔日风貌。然而即便如此，那三间旧商店也已经快要被地方议会纳入拆除重建的考量了，而卫理教信徒们也正为了保住小教堂和政府据理力争。传统农舍和小旅店倒是被登记为国家保护古建筑，却因此不得不时常经受镇规划委员会的烦扰。

小镇的规划就像一盘几何积木，有方形、弧形（为了分流）、等边三角形，等等，这些图形并不完美，总在某处破开，好绕开原有的古老村庄。从上空俯瞰，这座镇子就像一块有趣的涂鸦。

曼德斯路位于一条双侧种满绿植的平行四边形街道一侧，路的名字是为了纪念那位奠定罐头食品畅销地位的创始人及其产品：曼德斯牌糖渍无花果；路上紧挨着一列商店和一栋高高的长条形公寓住宅楼，上书几个大字"克里普斯别墅"。这名字是为了纪念已故的斯塔福德·克里普斯爵士，正是他为公寓埋下了第一块基石。克里普斯别墅大楼十五层第二十二号公寓里住着雷蒙德·帕克和妻子萝·帕克。雷蒙德是摩托车场的工头，也是工厂管理委员会的成员，他和妻子结婚已有十五年了。当黑色圣母像的神奇魔力开始为人津津乐道时，萝年约三十七岁。

克里普斯别墅里住着二十五对夫妇，其中五对都是天主教徒，除了雷蒙德和萝以外都有小孩。原本还有一户天主教夫妻，最近刚得到地方政府分配的六房大别墅，已经搬离了公寓楼，原因是他们怀了第七个孩子，并且还有一个年迈的祖父需要照顾。

雷蒙德和萝没有孩子，却住着一套三室一厅的公寓，被认为十分幸运。有孩子的家庭总是能在许多事情上得到优先照顾，但这个名单很长，还是需要耐心等待，有时一等就是好几年。也有人说，雷蒙德家之所以能得到如此优待，是因为他和地方议员有关系，据说这个人是摩托车厂的董事之一。

帕克夫妻俩是克里普斯别墅里为数不多的几户拥有摩托车的人家。和大多数的邻居不同，夫妻俩没有电视信号接收器，由于没有孩子，他们有足够的闲情逸致来讲究生活品位，因此生活习惯和邻居们略有不同，娱乐项目更是大有区别。帕克夫妇只会去看《观察家报》推荐的电影，认为电视机和他们的品位不搭；他们坚守着自己的宗教信仰，政治上则支持工党；他们相信二十世纪是人类迄今为止最好的时代；他们认为人是有原罪的；遇到不喜欢的人事时，总喜欢用"维多利亚时代的"或者"维多利亚范儿"来形容——比如，当雷蒙德听说镇议会的一位议员辞职时，曾说："他不走谁走。那就是个维多利亚时代的人，而且太年轻了，不适合这份工作。"而萝则曾评价过简·奥斯汀的小说太过"维多利亚范儿"了。雷蒙德爱看《读者文摘》，一本叫作《摩托时代》的杂志和《天主教先驱报》；萝则喜欢《女王》《妇女界》和《生活》杂志；两人都爱看的报纸是《纪事报》。他们每周要看两本书，雷蒙德喜欢旅行见闻，而萝则钟爱小说。

结婚的头五年他们十分想要孩子，为此总往医院跑，检查身体、做测试，萝还因此注射了一个疗程的针剂。可惜这些努力都没能换来想要的结果。两人都分别来自儿女众多的天主教家庭，对他们来说，这实在令人万分失望。他们结了婚的兄弟姐妹最少也有三个孩子了。萝的一个孀居的姐姐一共生了八个孩子，他们每周会接济她一英镑[①]。

帕克夫妻俩在克里普斯别墅的公寓一共有三个房间和一个厨房，周围的邻居都在省吃俭用存钱，为了有朝一日买到属于自己的房子。像这样的政府福利房，充其量只是一个起点，就像发射火箭所需的平台。但这样的野心雷蒙德夫妇可没有，他们不仅仅对政府分配的这套公寓感到满意，更应该说是欣然接受，并因此产生了一种贵族般的优越感，尽管他们心里也清楚，如此一来自己就要和原本当属的中产阶级划清界限了。"总有一天，"萝说，"住政府福利房会成为一种时尚。"

对于朋友他俩都十分包容，虽然在具体态度上略有分别。雷蒙德希望介绍艾克雷一家和法洛尔一家认识。艾克雷先生是电力董事会的会计，而法洛尔夫妇俩分别是曼德斯牌糖渍无花果的拣货员和欧典电影院的引座员。

"说到底，"雷蒙德的意见是，"他们都是天主教徒。"

"你说是就是吧，"萝说，"可你想想，他们两家人的兴趣爱好都不相同，坐一块聊天的话，法洛尔夫妇大概根本就听不懂艾克雷家在说什么。艾克雷家喜欢聊政治，法洛尔家却喜欢说笑话。这可不是我势利，我只是理智评价罢了。"

"哦，那随你吧。"确实没有人敢说萝是个势利眼，大家都知道

[①] 20世纪早期1英镑的购买力大致相当于今天的90英镑。

她很理智。

夫妻俩交游广阔，这得益于他们教会成员的身份：也就是说，他们是各种工会和兄弟会的成员。雷蒙德是教会执事，同时兼职组织和安排每周一次的足球乐透活动，为教堂装修基金募集资金。每次母亲联盟聚会和组织特别弥撒时，萝都感觉无所适从，那么多联盟、组织里唯有这一个她没资格参加。好在结婚前她曾做过护士，因此可以堂堂正正地加入护士工会。

因为这些缘故，帕克夫妻俩通过天主教结识的友人可谓来自社会的各行各业，而其他一些则和雷蒙德供职的摩托车行业相关，来自不同的社会阶层。对于这部分人，萝的态度反倒比丈夫更热络。至于谁和谁能成为朋友，雷蒙德乐得让妻子来判断。

摩托车厂最近招收了十几个来自牙买加的员工，雷蒙德邀请其中两位晚上来家里喝咖啡。这两位员工都未婚，肤色黝黑，举止彬彬有礼，其中较为文静的名叫亨利·皮尔斯，而健谈的那个名叫奥克斯福德·圣约翰。让雷蒙德感到意外且欣喜的是，萝对这两人十分欢迎，并认为应该介绍给他们的其他朋友认识，无论身份高低。他自然知道妻子并非势利眼，只是很理智罢了，可原本还是担心萝会认为介绍新认识的黑人朋友给白人老朋友们认识属于不理智的行为。

"我很高兴你喜欢亨利和奥克斯福德，"雷蒙德说，"我很高兴能介绍他们给更多人认识。"不到一个月，这对黑人朋友便已被邀请到克里普斯公寓九次了，和他们见面的人当中有的是会计，有的是老师，还有工厂的打包员和拣货员。似乎只有电影院引座员蒂娜·法洛尔不太理解这件事的意义："了解之后发现他们人还挺不错的，那两个黑子。"

"你是想说那两位牙买加人吧，"萝纠正她，"这有什么好奇怪？他们和我们并没有不同。"

"是的，是的，我就是这个意思。"蒂娜赶紧说。

"大家都是平等的，"萝说，"别忘了主教也有黑人呢。"

"神啊，我可不敢和主教相提并论。"蒂娜说，看起来有些不知所措。

"总之，别叫他们'黑子'了。"

有时，雷蒙德和萝会在晴朗的周日午后带两个新朋友去兜风，去河边的餐厅休息。第一次带着亨利和奥克斯福德去的时候，餐厅里的气氛有些凝滞，但并无人明确反对，也没有人来找麻烦，但很快人们便习惯了这对黑人男子的存在。奥克斯福德·圣约翰开始和一位漂亮的红发图书管理员交往，而失去伙伴的亨利·皮尔斯在帕克夫妇家做客的时间更长了。萝和雷蒙德计划夏天去伦敦度假，在那里住两个星期。"可怜的亨利，"萝叹道，"他一定会舍不得我们的。"

一旦熟识便会发现，亨利也并非一直那么文静。他年方二十四岁，十分好学，对什么都想一探究竟；他的眼神明亮，皮肤和牙齿都闪耀着光芒，更显出他的热切。他的存在唤醒了萝的慈母之心，甚至连雷蒙德都变得更加慈祥。每次亨利摊开笔记本，念他抄写在上面的最爱的诗文，萝心里都满怀疼爱之情——

  快来吧，山林水泽女神啊，请你带来
  戏谑，和青春的欢快……①

这时萝会打断他说："你应该读'戏谑'和'欢快'——不是'戏谑'和'欢怪'。"

"'戏谑'，"亨利认真地纠正自己的发音，"'……以及双手捧腹的哈哈笑。'"他继续念，"'哈哈笑'——你听见了吗，萝？'哈

---

① 出自弥尔顿诗歌《欢乐颂与沉思颂》，此处采用赵瑞蕻译文。

哈笑'——人类就是为此而生的。那些整天愁云惨雾的人，萝，他们……"

萝爱死了这样的对话，雷蒙德则在一旁抽着烟斗，慈爱地吐出烟雾。等亨利走后，雷蒙德总会感叹，真可惜啊，这么聪慧的一个小伙子竟然退教了。这话说的是，从小在罗马天主教传道会长大的亨利，后来却选择了放弃信仰。他总这么说："今天的迷信曾是昨日的科学。"

"我不允许谁——"雷蒙德说，"说天主教信仰是一种迷信。我绝不允许。"

"总有一天他会回归教会的。"——这是萝的评价，不论亨利在不在场。要是当着亨利的面这么说，他会立刻露出愤怒的表情。唯有这种时候，亨利才会收起所有的活泼开朗，重新恢复初次见时的安静。

雷蒙德和萝常常为亨利祷告，祈祷他能回归信仰。每周三次，萝会跪在黑色圣母像前，为亨利诵念《玫瑰经》。

"要是我们都去度假了，他会想念我们的。"

雷蒙德给预定的伦敦酒店打了电话。"你们还有空的单间吗，给陪同帕克先生和夫人一起来的男士？"然后又补充，"他是一位深色皮肤的人。"令他喜悦的是，酒店还有房间，并且未曾对亨利的黑人身份提出异议，这令他松了一口气。

伦敦的夏日之旅很是愉快，唯一的缺憾是探望萝的孀居姐姐那次。萝每周会汇给她一英镑，作为八个孩子的生活费，她已经九年没有见过姐姐伊丽莎白了。

假期快要结束时，帕克一家去了姐姐家。亨利坐在车后座，旁边放着一个装满旧衣服的大行李箱，那些是要给伊丽莎白的。开车的是雷蒙德，他一直不停地说："可怜的伊丽莎白——八个孩子，可怎么养啊。"这让萝很是不悦，但她没有表现出来。

到了维多利亚公园地铁站口，雷蒙德停下车找人问路，这时萝忽然感到一阵奇怪的恐慌。伊丽莎白住在伦敦贝斯纳绿地区的一个相当寒酸的街区，自从九年前去过一次，随着岁月的推移，萝的大脑自动为那里残破的地板、斑驳的墙壁和空荡荡的储物柜加上了一层美化的滤镜。每周一次汇款给姐姐的习惯，也让贝斯纳绿地的那间公寓在她心中逐渐披上了一道遁世隐居的光芒——家里虽然清贫，但窗明几净、一尘不染，旧铜器焕发着光泽，如同他们谦逊低调的贫穷；干净的地板散发着微光；伊丽莎白头发灰白，脸上已长出些皱纹，但衣着整洁；孩子们教养良好，到了饭点会自觉排成两排，规规矩矩地坐在桌前安静地喝蔬菜肉汤；仔细擦拭过的餐桌几乎能映照出人影。然而当他们真的走到维多利亚公园时，萝才真正意识到，现实的一切和她的想象一定迥然不同。"情况说不定比我上次去还要糟糕。"她对雷蒙德说，后者从未去过伊丽莎白家。

"什么情况？"雷蒙德问。

"可怜的伊丽莎白的家。"

萝根本不怎么在意伊丽莎白每个月写来的信，因为这个姐姐基本约等于文盲，她自己也总说自己天生不是学习的料——

> 詹姆斯又找了一份新工作我希望这意味着麻烦终于结束了我量了血压有个健康人员登门来做的他人很好。他们也很帮忙总给我和孩子们送晚餐来孩子们都管这叫外卖。我跟上帝祷告希望詹姆斯的麻烦能够彻底结束他十六岁了啥也不说这些孩子都一个样从来不开口但上帝的眼睛一直看着。谢谢你的汇款你会得到神的嘉奖爱你的姐姐伊丽莎白。[1]

萝努力在脑海中拼凑着这九年来所有信件的中心思想：詹姆斯

---

[1] 由于缺乏文化，伊丽莎白写信很少加标点，语言也十分简单，甚至可能并不通顺。

是姐姐的大儿子,估计是惹了什么麻烦。

"我应该问问伊丽莎白关于小詹姆斯的事,表达关心,"萝说,"去年她写信给我,说詹姆斯有麻烦,还说他会被送走,可我当时没往心里去,太忙了。"

"你不可能把什么事都往自己肩上扛,"雷蒙德答道,"你对伊丽莎白已经很好了。"伊丽莎白住的公寓楼终于到了。她住在一楼,夫妻俩把车靠边停下。萝望着墙面上早已斑驳掉落的涂漆、肮脏的窗户和破破烂烂的灰白色窗帘,绝望的童年情景顿时无比清晰地涌入脑海。那时她住在利物浦,一切也是这样残破,可仿佛奇迹般,她的心中充满了对未来希望,而这种希望支撑着她一直努力向前,直到最后梦想成为现实——当时几个修女给了她那份宝贵的工作,让她能在洁白的病床前、涂着白漆的医院里接受护士培训。那里有干净得发亮的瓷砖、源源不绝的热水和消毒液。刚结婚时,她很想让家里的所有家具都是白色的,并且要那种可以反复擦洗杜绝所有细菌的材质,可雷蒙德却喜欢橡木家具,不明白追求极致的清洁的意义,也欣赏不来白色搪瓷的表面,因为他从小的生长环境安逸平稳,习惯了秋棕色家具装点的起居室和客厅。此刻,萝站在伊丽莎白的公寓外看着眼前的一切,心里直想立刻打道回府。

回酒店的路上萝一直和雷蒙德聊天,一副"总算结束了"的放松心情。"可怜的伊丽莎白,她这辈子从来没什么机会选择。我挺喜欢小弗朗西斯的——你喜欢他吗,雷?"

雷蒙德不喜欢别人叫自己"雷",但他没有抗议,因为他知道萝先前一直很紧张。伊丽莎白并不怎么友好,虽然一直称赞萝的海军蓝色帽子、提包、手套和鞋子,语气却近乎指责。她的公寓里臭烘烘、脏兮兮的。"我带你们参观。"伊丽莎白故意用特别正式的口吻说,带着一丝嘲笑的意味,让他们跟着她瘦削的背影,在幽暗狭窄的过道勉强前行。最终众人来到一个宽敞的大房间，那是孩子们的卧室，里面整齐地摆着一溜老旧的铁床，上面铺着皱巴巴的深色毛毯，没有床单。见状，雷蒙德很是愤怒，又担心萝会难过。他很清楚伊丽莎白其实收入不菲，好几个公共组织都会定期给她发救济金，她就是个荡妇，是那种烂泥扶不上墙的人。

"你就没想过找份工作吗，伊丽莎白？"他问，但话音未落就意识到自己有多愚蠢。可伊丽莎白不打算放过他："你什么意思？我才不会把我的孩子送去幼儿园。我才不会把他们送给别人看管。现在孩子们需要的就是良好的家庭生活，我会给他们提供这样的生活，"然后又补充道，"上帝的眼睛会一直看着。"那语气显然是冲着雷蒙德去的，是对他优渥生活的挑衅。

雷蒙德给在家的孩子们一人发了半克朗①当零花钱，又放了一些在桌上，那是给还在街上玩耍的孩子的。

"这就要走了？"伊丽莎白继续用她那带着责备的语气说，却颇有兴趣地拿眼打量着亨利，那种语气基本上已经成了她的习惯。

"你是从美国来的？"伊丽莎白问亨利。

亨利坐在黏糊糊的椅子边缘，回答说，不，我是从牙买加来的。雷蒙德冲他眨了眨眼作为宽慰。

"大战期间有很多像你这样的男人从美国来英国。"伊丽莎白说，斜眼瞥着他。

亨利对伊丽莎白倒数第二小的孩子伸出手来，那是个七岁的小姑娘，他说："来，跟我聊聊天。"

那孩子一言不发，只是默默地把手伸进萝带来的一盒子糖果中。

"咱们聊会儿。"亨利再次邀请。

---

① 半克朗相当于二先令六便士。

伊丽莎白笑出了声。"她要是真开了口，你指不定得多后悔。她可是个说话难听的主，满脑子想着反抗。你是没听见她上课时怎么呛老师的。"伊丽莎白因瘦削而突出的骨骼随着笑声不时击打着松垮的衣服。房间的角落里放着一张有些倾斜的双人床，床边有个堆满马克杯和罐头的小桌子，上面还有一把梳子和一把刷子、几个塑料发卷和一个相框，里面是圣心教堂的照片，可是除了这些，雷蒙德还看见了一个不该看见的东西：似乎是一盒避孕套。他决定不告诉萝，因为他很确定萝一定看见了其他更不合时宜的东西，只是没跟他说而已。

回程的路上萝的聊天方式显得有些许歇斯底里。"雷蒙德，我亲爱的，"她用伦敦西区典型的高级咬字说，声音无比清脆，"我必须要把下周全部的家用钱都送给我那可怜的姐姐。就算我们挨饿也在所不惜，亲爱的，我们一定得这么做。"

"好的。"雷蒙德回答。

"我问你，"萝带着哭腔叫道，"除了那样我还能做什么，还能做些什么？！"

"没有了，"雷蒙德回答，"能做的你已经做了。"

"那是我的亲姐姐啊，亲爱的，"萝继续，"还有，你看到她漂染过的头发了吗？——颜色一簇一簇的，她以前可有一头漂亮的秀发。"

"不知道她会不会振作起来，换个活法？"雷蒙德问，"有那么多孩子，应该很容易分配到更好的房子，只要她能——"

"那种人——"车后座上的亨利突然发话，身体前倾道，"是不会搬家的。他们无法摆脱贫民窟的思维方式，真的。就拿我家乡的一些人来举例吧——"

"这根本没有可比性，"萝打断他，语气尖锐，"完全是两码事。"

雷蒙德惊讶地瞥了妻子一眼。亨利感受到了冒犯，直起身子坐了回去。萝刻薄又愤怒地想着：他算什么玩意，居然也敢学势利眼说话。至少伊丽莎白是白人呢！

夫妻俩为了唤回亨利的信仰而作的祷告总算是得到了回应，亨利先是感染了肺结核，健康急转直下，接着便转变了对宗教的想法，重新皈依天主教。他被送去威尔士的一所疗养院治病，萝和雷蒙德向他保证，一定会在圣诞节之前去看他。同一时间，他俩继续向伟大圣母祷告，祈望她能帮助亨利重塑健康。

奥克斯福德·圣约翰和那位红发女孩的恋情最终以失败告终，于是又开始频繁造访帕克家，取代了先前亨利的位置。奥克斯福德比亨利年纪大些，也没那么有学问。他会站在厨房的反光玻璃前自言自语："伙计，你真是个黑色的讨厌鬼。"他总拿"黑人""黑色"自称，虽然这是事实，萝心想，可话不能这么说啊。他还会站在走廊上，张开双臂、脸上挂着一个大大的笑容说："我很黑但很乖巧，噢，耶路撒冷的女儿们。"还有一次，雷蒙德不在家，奥克斯福德竟然口无遮拦地说起"全身所有地方都黑"这种话来，让萝好不尴尬，只好不停确认时钟，连手里的针线少缝了两针都不知道。

每周三次，萝都会去黑色圣母像前为亨利的健康祈祷，也为奥克斯福德祷告，希望他能在别的城市找到新工作。她不喜欢反对别人，也不愿意把这份感受告诉雷蒙德，毕竟也没什么能白纸黑字指出来的问题让她反对，总不能抱怨说奥克斯福德太普通了吧，雷蒙德对于势利小人可是很不屑的，她也一样，所以说这个问题很微妙，很不好处理。结果不到三个星期，奥克斯福德竟然真的宣布说，自己在曼彻斯特找到了一份新工作，这让她无比惊讶。

萝对雷蒙德说："你知道吗，人们关于教堂里那尊沼泽橡木雕像的传言恐怕不是空穴来风。"

"说不定真有点儿什么,"雷蒙德回答,"如果大家都这么说的话。"

萝无法把自己祈祷让奥克斯福德离开的事告诉雷蒙德,可当她收到亨利的来信说自己正在康复时,便立刻告诉了雷蒙德:"你看是不是?我们为亨利的信仰祷告,他就回心转意了;然后我们又为他的健康祷告,现在他的病情也在好转。"

"那家疗养院的医疗条件很好,"雷蒙德说,但马上补充道,"当然我们也要继续坚持祷告。"尽管平时并非事事都付之以祷告,雷蒙德还是和萝一起,在每周六的礼拜结束后,跪在黑色圣母像前为亨利祈祷。

每次见到奥克斯福德,他总说自己马上要离开惠特尼特莱了。雷蒙德说:"去曼彻斯特这个决定实在是个错误。那么大的地方,肯定会感到孤独的。我真希望他能改变主意。"

"他不会改的。"萝答道,此刻已经打心眼里相信了黑色圣母像的威力。她早已对奥克斯福德感到厌烦,不喜欢他总把双脚放在她的沙发靠枕上并以"黑鬼"自称。

"我们会想念他的,"雷蒙德说,"他是个快乐的大个子。"

"我们会的。"萝附和。她正在读教区杂志,这很罕见,即便发送杂志的志愿者就有她,每个月要写好几百份信封地址。她在过去的几期杂志中瞥到过好几篇有关黑色圣母像的新闻,说她为祈祷者实现了这样那样的愿望,等等。她还听说常有人从隔壁教区专程前来,只为向圣心教堂的圣母像祷告;还有不少人从英格兰其他城市赶来,只是不清楚他们究竟是来瞻仰艺术作品,还是来祷告的。萝决定放弃胡思乱想,把注意力集中在杂志文章上:

> 虽无意过早下结论……许多虔诚之人的祷告和请求都以极好的方式得到了回应……两位病人得到了医治,虽然具体的医

学检查结果尚未公布，还需耐心等待一段时间才能确认医治效果是否完全。第一个案例是一位罹患白血病的十二岁小孩……第二个……我们不希望因此催生任何狂热或不理智的信念，但还是想要提醒大家，将荣耀和颂赞归于我们敬爱的圣母马利亚是每个信徒的职责，她是一切恩惠的来源，永远看顾和护佑着我们……

另外一件和本区教堂的"黑色圣母像"相关的事，是由雷克托神父讲述的，与三对常年无子的夫妇有关。这三对夫妻都表示自己一直向"黑色圣母像"虔诚地祷告，而其中两对还曾明确表达过想要孩子的愿望。他们的祷告全都得到了回应，如今都已为人父母……教区的每位教众都应为圣母马利亚献上特别的感谢祝祷……雷克托神父期待听说更多类似的美好新闻……

"你看这个，雷蒙德，"萝叫道，"你来读。"
于是两人决定也把孩子放进祷告的内容里。

第二周周六，两人驱车前往教堂做礼拜的路上，萝一直焦躁地念诵着《玫瑰经》。到了教堂，雷蒙德停下车对妻子说："萝，看着我。你是真的想要孩子吗？"——因为他心里有一半觉得，妻子此举只是想测试黑色圣母像是否真有力量——"已经过了这么多年，你还想要孩子吗？"

这倒是从来没想过——萝回忆着家里整洁的公寓，井井有条的日常作息，精美的咖啡杯，每周读报看书的时光……还有很多一旦有了孩子就无法再享受的高品位生活方式；她又想到自己人人夸羡的年轻容颜，和不受限制的身体。

"或许我们应该试一试，"她说，"如果我们命中无子，上帝也不会回应的。"

"我们应该为自己好好考虑一下,"雷蒙德说,"我跟你老实说吧,如果你不想要孩子,我也不想要。"

"祈祷神赐我们一个孩子又没什么坏处。"萝回答。

"你应该当心自己祷告的内容,"雷蒙德说,"不要试探天意。"

萝想到了自己的亲戚们,还有雷蒙德的,他们都有孩子;她又想到了姐姐伊丽莎白的八个孩子,想到那个会在上课时呛老师的女孩,她是么可爱却闷闷不乐、蓬头垢面;还想到了胖乎乎的小宝宝弗兰西斯,趴在伊丽莎白的肩头吮吸着手指。

"我没理由不要个孩子。"萝最后说。

月末,奥克斯福德·圣约翰终于启程去了曼彻斯特。他再三保证一定会写信,可当几个星期过去,夫妻俩一个字都没收到,但他们并不意外。"恐怕他今后再也不会和我们联系了。"萝说。雷蒙德觉得从妻子的语气中听出了放心满意的情绪,差点就要以为萝像别的女人一样,随着年纪增长就变得势利起来,忘记了以前的追求,好在萝又聊起了亨利·皮尔斯。亨利写信来说自己即将完全康复,但医生却建议他回西印度群岛生活。

"我们必须去看看他,"萝说,"我们答应过他的。下下周的周日怎么样?"

"行。"雷蒙德说。

可就在定好要去看亨利的那周六,萝忽然感觉身体不舒服并开始呕吐。她挣扎着起床参加教堂的礼拜,却在中途不得不离席,跑到教堂后面内殿的庭院里干呕。雷蒙德带她回了家,不管她如何抗议说自己还没在黑色圣母像前念完《玫瑰经》。

"仅仅六个星期!"萝惊叹,甚至分不清此刻的恶心感是因为过于激动还是怀孕。"仅仅六个星期前,"她继续说着——连口音带上一股利物浦方言味也没注意,"我们才向黑色圣母像祈祷想要个孩子，这么快祷告就得到回应了，你瞧！"

雷蒙德不敢置信地望着妻子，手里还握着帮她接呕吐物的碗。"你确定吗？"他问。

第二天萝便恢复了精神，夫妻俩按照计划去疗养院探望亨利。亨利长胖了，萝想着，略显得比以前粗糙了些，举止也似乎比以前粗鲁了。好不容易从病痛中恢复过来，他或许觉得应该变得强硬一些才能防止再次病倒。亨利很快就要离开英国了，他承诺会在走之前回来看望帕克夫妻俩。这封信萝飞快地扫了一眼就递给了雷蒙德。

如今家里的访客都是白人了。"没以前多彩了啊——"雷蒙德说，"同亨利和奥克斯福德还在的时候相比。"话音刚落他便露出尴尬的神色，生恐别人以为他在拿肤色开玩笑。

"你们想念那两个黑鬼？"蒂娜·法洛尔问，这一次萝并不记得纠正她的用词。

萝辞去了大部分的教会工作，在家专心为即将出世的宝宝缝衣服。雷蒙德不再阅读《读者文摘》，他向单位申请升职并得到了批准，如今已是部门经理了。两人的公寓也和别家一样，变成了一个临时住宅，等待来年夏天孩子出生后，夫妻俩便会拿出存款购买真正属于自己的家。他们希望能在小镇外围正在开发的住宅区买到一栋房子。

"我们需要一个花园，"萝跟朋友们解释。"到那时我就可以加入母亲联盟了。"她心想。同时，公寓里那间多余的卧室被改成了婴儿房。雷蒙德还自己动手做了一个婴儿床，尽管叮叮当当的敲击声引来了邻居的投诉。萝买了一台婴儿车，并在上面摆上了各种装饰。她开心地给亲朋好友们写信，也给伊丽莎白寄了一封，并汇去五英镑，告诉她今后不能再每周接济她了，因为现在有了孩子，每一分钱都很宝贵。

"反正她也没问你要，"雷蒙德安慰道，"国家福利机关就是用来照顾伊丽莎白这类人的。"他还把在伊丽莎白的床头桌上看见避孕套的事告诉了萝，这让妻子十分激动。"你怎么知道那些是避孕套？它们长什么样子？你怎么没早点儿告诉我？可真不像话啊，她还自称是天主教徒，那你说她是不是有男人了？"

雷蒙德很后悔自己提到了这件事。

"别担心，亲爱的，别让自己难过。"

"她还跟我说她每个礼拜日都会去教堂做弥撒呢，还说除了詹姆斯，其他孩子都会一起去。怪不得詹姆斯会惹麻烦，有那样的母亲怎么可能不变坏。看她那漂过的头发我就应该想到的。我还每周给她汇一英镑呢，相当于一年五十二英镑了。我要是早知道她一边自称天主教徒，一边又在床头放着避孕套，肯定不会给她的。"

"别让自己不开心，亲爱的。"

萝一周要向黑色圣母像祷告三次，祝愿生产顺利、孩子健康。她把自己的故事也告诉了雷克托神父，后者立刻告诉了教区杂志社。"我区的黑色圣母像再创奇迹，为一对多年无子的夫妇带来了福音……"萝坚持每周三次跪在圣母像前颂祷《玫瑰经》，直到肚子大得再也跪不下去，也看不见自己的脚尖为止。她手持念珠站在雕像前，看着这尊黑色沼泽橡木雕刻的圣母像那高高的颧骨线条和方正的双手，竟觉得比以往任何时候显得更加圣洁。

她对雷蒙德说："如果生的是女儿，我要在她的名字中加上'玛丽'，但不能是最主要的名字，毕竟太普通了。"

"你想取什么名字都行。"雷蒙德回答。医生叮嘱过他，说这次生产可能会不太顺利。

"如果是男孩的话，"萝接着说，"就用我舅舅的名字。女儿的话，我要起一个更精致的名字。"

雷蒙德心想，萝总算说漏嘴了，以前她可不会用"精致"这种词。

"你觉得'朵葱'怎么样？"妻子问，"我喜欢这个名字，发音好听又意指黎明，意思也好。然后用'玛丽'当中间名。'朵葱·玛丽·帕克'——多可爱！"

"'朵葱'！可这不是基督教教名呐，"雷蒙德答道，但很快又说，"你想取什么都随你，亲爱的。"

"男孩就叫'托马斯·帕克'。"她说。

萝想和其他女人一样去医院的产科待产，但当预产期临近，雷蒙德却说服她订了私人病房，因为丈夫总说："以你的年龄，亲爱的，生产的时候可能会比年轻女孩们困难，最好还是找个私立医院吧，钱我们花得起。"

实际上生产出奇的顺利。孩子出生了，是个女孩。生完孩子当天下午，医院允许雷蒙德进去探望妻子，萝看起来十分困倦。"护士会带你去看孩子的，在新生儿看护室，"她说，"她很可爱，就是皮肤有点红。"

"小孩子刚出生时都那样。"雷蒙德说。

他在走廊里见到了护士，对她说："可以让我见见孩子吗？我妻子说……"

护士看起来有些惊诧，说："我去叫护士长。"

"噢，我不想给你们添麻烦，只是我妻子刚刚说——"

"没关系。您在这等一下，帕克先生。"

护士长很快来了，是一个身材高挑、表情严肃的女人。雷蒙德怀疑她是近视眼，因为看到他时，护士长凑近了仔仔细细打量了半天，然后才叫他跟她走。

孩子圆滚滚、红彤彤的，长着少许黑色的卷发。

"我喜欢她长着头发的样子。我还以为初生婴儿都没有头发呢。"雷蒙德开心地说。

"有些孩子出生的时候就有头发。"护士长说。

"她的皮肤是挺红的,"雷蒙德看了看新生儿看护室内的其他小婴儿说,"比其他小宝宝红得多。"

"噢,红色慢慢就会褪掉了。"

第二天去看妻子时,萝的神情有些呆滞。因为早上她突发歇斯底里,大喊大叫了一阵子,所以护士给她注射了一针药效强劲的镇静剂。雷蒙德坐在妻子身边,有些不知所措,正犹豫间,一名护士站在病房门外向他招手:"高级护士长想跟你谈谈。"

"您妻子对孩子的事感到十分难过,"高级护士长说,"主要是因为肤色。您女儿非常漂亮,也很健康。就是肤色有点儿问题。"

"我是发现孩子的皮肤红彤彤的,"雷蒙德说,"可护士说——"

"哦,红色会褪掉的。都这样。但我指的是,您孩子的皮肤是棕色的,说是黑色也行,我们都认为再长大一点儿会变深。是一个漂亮健康的宝宝。"

"黑色?"雷蒙德不解。

"是的,我们的确是这么想的——不,应该说我们很确定是这样,"高级护士长说,"只是我们没想到您太太听到这个消息的时候,反应会那么大。我们医院接生过很多黑皮肤的宝宝,但绝大多数的母亲都并不觉得意外。"

"这肯定是弄错了。一定是你们把宝宝抱错了。"雷蒙德脱口而出。

"我们不可能弄错,"高级护士长有些尖锐地反驳道,"这点一查便知。您这种情况我们也不是没见过。"

"可我们夫妻俩都不是黑人,"雷蒙德还不死心,"您也见过我妻子,也见过我——"

"这是您和太太之间要解决的事。我要是您,会首先去咨询医生。但无论最后您得到什么结论,请不要在这时候说出或做出让您太太伤心的事。她已经拒绝给孩子喂奶了,说那不是她的孩子,真是太荒谬了。"

"是奥克斯福德·圣约翰吗?"雷蒙德问。

"雷蒙德,医生不是告诉过你,不要来打扰我吗?我已经很难受了。"

"是不是奥克斯福德·圣约翰?"

"滚出去,你这只蠢猪!竟敢跟我说这样的话!"

整整一个星期,雷蒙德天天都来医院,坚持要求护士带他去看孩子。新生儿看护室里,护士们围拢在可爱的黑皮肤小女婴旁边,完全无视其他婴儿床上呱呱待哺的孩子。那确实是个黑人小女孩,黑色的小卷发和黑色的小鼻孔。今天早晨宝宝已经接受过洗礼了,可惜父母均不在场,由其中一名护士充当她的教母。

看到雷蒙德进来,护士们纷纷从婴儿床前散开。他直勾勾地盯着孩子看了半响,黑色的皮肤、黑色的圆眼珠,他看见床上挂的名牌上写着:朵蒽·玛丽·帕克。

他回到走廊,抓住一名护士说:"听着,请你们把'帕克'这个姓从那名牌上划掉。她不姓帕克,那不是我的孩子。"

被抓住的护士说:"放开我,我们很忙。"

"有一种可能,"医生对雷蒙德说,"您或您太太的家族过去曾有部分黑人血统,而这部分特征在您女儿身上集中体现出来了。这种可能性很微小,我自己职业生涯里从未亲眼见过,但的确是有过类似案例的记录,我可以去找找。"

"我家没有那种血统。"雷蒙德反驳,但他想到了萝,想到了她在利物浦的先辈,他们世世代代都是什么人,是否有黑人,这些都不清楚。萝的父母在他们相遇前就去世了。

"有可能要追溯到之前好几代人。"医生说。

雷蒙德回到家，尽量避开邻居，不想听他们询问萝的情况。他很后悔那天听说孩子的肤色后怒急攻心，回家砸碎了婴儿床。这很没品，不是他应该做的，可当他一想到孩子黑色的小手和粉色的指甲盖，又不后悔了。

他成功找到了奥克斯福德·圣约翰的行踪，把他的血样拿去做了检测。可在收到检测结果之前，他便对妻子说："写信给你的亲戚们，问问他们你的家族中有没有黑人血统。"

"你怎么不给你家人写信问呢。"萝怒气冲冲地说。

她甚至都不愿看一眼自己的女儿。护士们围着孩子忙活了一整天，把她的最新情况汇报给萝。

"请您振作一点儿，帕克夫人，那是个很可爱的孩子。"

"你必须照顾自己的孩子。"神父也说。

"您不明白我有多痛苦。"萝悲伤地说。

"以上帝的名义，"神父说，"如果你真是天主教徒就该知道，痛苦是必修的功课。"

"可我无法违背自己的本能和真心，"萝说，"您不能要求我——"

接下来一周的某天，雷蒙德告诉萝："血液检查结果出来了，医生说孩子没问题。"

"你什么意思？什么叫没问题？"

"奥克斯福德和孩子的血液检查结果不匹配，还有——"

"噢，你闭嘴吧！"萝斥道，"孩子是个黑人，就算你做了血检也不能把她变白。"

"是不能。"雷蒙德说。为了搞清楚这件事，他专门向母亲询问家族里是否有黑人血统，母亲十分生气。"医生说，"他接着说，"这种家族上几辈中有黑人的情况，在港口城市比较常见。这可能是好几辈人之前的事了。"

"有一点我先声明，"萝说，"我是不会把那孩子接回家来的。"

"那是不可能的。"雷蒙德回答。

伊丽莎白给萝寄了封信来，却被雷蒙德半路截住：

> 亲爱的萝雷蒙德问我们家族中有没有黑人唉真有意思你居然生了个黑人小孩上帝可真是从不迷糊。我们家不是有叫福林的亲戚吗我们的表兄汤米住在利物浦的他的皮肤就很黑人们都说是过去有个黑鬼乘船从海外来和我们家的谁在一起了那是在母亲出生前的事了神啊愿她安息这会令她连死都不得安宁你不应该断掉每周一次的汇款一英镑对你来说算什么。黑人的血统是我们父亲那边的你还记得玛丽·福林吗就是奶制品店的那个女人她也是黑皮肤而且她的后代也跟黑鬼一样肯定是以前家里有祖先是黑人这也很自然。我感谢全能的神没有让那血统在我的孩子们身上显出来你丈夫肯定觉得那孩子是上次你带来的那个黑人的。我祝你一切顺利我是一个带着孩子的寡妇你应该像以前一样每周给我汇钱爱你的姐姐伊丽莎白。

"我从伊丽莎白那里了解到，"雷蒙德对萝说，"你的家族里曾经是有过黑人的。当然了，这事你原本不知道，可我认为，还是应该做个记录。"

"噢，闭上你的嘴！"萝说道，"那孩子是黑色的，什么都无法把她变白。"

出院前两天，有人来医院看望萝，尽管她早已吩咐过护士们，除了雷蒙德谁也不要放进来。可护士们还是放了那人进来，恐怕是为了满足她们旺盛的好奇心，因为来人是亨利·皮尔斯。他是来道别，即将离开英国。可惜这场会面不到五分钟就结束了。

"怎么了，帕克夫人，您的访客这么快就走了？"一名护士问。

"是啊，我很快就把他打发走了。我不是跟你们说过，不见任何人吗？你们不该把他放进来的。"

"噢，真对不起，帕克夫人。我们跟那位男士解释过了，可他看起来很伤心。他说他马上就要出国了，这是最后见面的机会，以后恐怕再也见不到了。他问我们：'孩子好吗？'我们说：'好得很。'"

"我知道你们在想什么。"萝说，"可那不是事实。我已经做过血液检查了。"

"噢，帕克夫人，我完全没有……"

"她肯定和常来家里的那两个黑人当中的一个搅和上了。"

回到克里普斯别墅公寓时，萝一边爬着楼梯，一边听着左邻右舍的窃窃私语，可又听不真切，以至于她根本无法确定他们是不是那样说的。

"那孩子我不能要。我尽力了，可我根本喜欢不起来。"

"我也一样，"雷蒙德说，"别误会，这要是别人家的孩子，我会觉得一点儿问题都没有。可一想到这明明是我的孩子，别人却都觉得不是，我就受不了。"

"正是如此。"萝表示同意。

一天，雷蒙德的一位同事问他奥克斯福德和亨利还好吗。雷蒙德反复打量了他两次才确定，这个问题真不是为了故意刺激他。可谁知道呢……很快，萝和雷蒙德便联系了领养机构，把孩子送走只是时间问题。

"这要是我的孩子，"蒂娜·法洛尔说，"我绝不会和她分开。真希望我家还有条件多养一个。她真是我见过的世上最可爱的小黑子。"

"她要真是你的孩子，"萝说，"你就不会这么想了。你就想象一下，每天醒来看着她，想到别人都以为她父亲是个黑鬼，你什么感觉。"

"那确实挺难接受的。"蒂娜说着嘻嘻笑了起来。

"我们做过血液检测了。"萝立刻补充道。

雷蒙德申请了调职,要去伦敦工作了。领养机构也很快回了话。

"我们的做法是对的,"萝说,"连神父也同意了,他也看到了我们俩有多不喜欢这个孩子。"

"噢,神父说这么做好吗?"

"不,不是'好'。其实他认为我们应该留下孩子,那才是件好事。可既然我们不愿意,至少做了一件'对的'事。这显然是不一样的。"

对警察局没好感

一开始男孩就不愿意去警察局,帮婶婶报告走失的斑点小狗。对于走失的小狗他感到很遗憾,但就是不喜欢警察局。

"我对警察局没好感。"他解释道。

"你们这代年轻人啊,对什么都没好感,"婶婶不以为然,"战胜对警察局的莫名恶感的唯一办法就是亲自走一遭。"

男孩很肯定这是个谬论。他十八岁,身边认识的一个女孩莫名不喜欢邮局,虽然尝试过摆脱这种感受却失败了。可是他的婶婶很担心走丢的小狗,所以他还是勉为其难地去了。

那是一月的一个阴郁的下午,万物枯槁,一片死寂。他花了很长时间才沿着冰封的曲折小路走到尽头,再穿过一片田野就到当地警察局了。这片田野在二十多年前是一个采石场,现已荒废,但上面的坑一直没被填平。夏天的时候,田野里疯长的野草和灰白色的女士蕾丝裙边盖住了那些石坑,让一切看起来没什么异样,但一到冬天,它们便成了大地上长满荆棘的黑色创口。男孩心里对此有种强烈而隐秘的恐惧,每次不得不经过时也总是蹑手蹑脚,小心翼翼,仿佛生怕被那些可怕的采石坑发现。

婶婶总是轻描淡写地说:"那条路最多五分钟就走完了。"

男孩不明白所谓的五分钟是如何界定的,总之,当他好不容易穿过田野抵达警察局时,天已经完全黑了,下午结束了。

他走进警察局,看见两名穿着制服的警员坐在高高的前台后,其中一位正在本子上写着什么。等了很久两人也不曾注意到他,男孩琢磨着是否应该咳嗽一声,或者说些什么,比如:"打扰了,我来报告有只小狗走丢了,白色,有黑色斑点。"或者"请问我可以找一下当班的警察吗?"可他忽然想到上学的时候,一位老师常教导他们说:"谨言慎行才是真正的勇敢。"于是他忍住了说话的冲动,继续静静等待。

没有写东西的警员双臂枕在桌子上,双手托着下巴,双眼出神地望着不知名的远方。他体形魁梧,表情阴郁,仿佛从画里走出来的维京人。

警员的背后有一扇门,上半部分镶着毛玻璃,隐约能看见门内人影晃动。

又过了很长一段时间,那扇门后忽然有人大声叫道:"二百九十二号这边来!二百九十二号到这边来!"

听见这话,维京人立刻直起身来,另一位警员也放下了手上的笔。他们抬起前台的一块桌板,齐齐朝男孩走来。

"二百九十二号到这边来。"维京人对他说。"二百九十二号到这边来。"另一位警员重复了一遍。

男孩很惊讶。看样子两名警员显然理所当然认为他应该跟着他们走,可正当他打算开口抗议时,脑中忽然响起那句谚语"谨言慎行才是真正的勇敢",以及"言语是银,沉默是金",于是作罢。可警员的语气令他觉得被冒犯了,因此沉默着一动不动。像维京人的警员一把抓住他的手腕,蛮横地把他拉到里面的一个房间里,另一名警员跟在后面。

房间里还有一名警察。他们三人分坐在一张桌子的三面,三把椅子都是最简单的样式,十分生硬;男孩则站在桌子剩下的那一面,承受着三道审视的目光。

感觉过了很长时间,刚才首次呼叫"二百九十二号这边来"的那名警察在一堆纸质材料上写了几笔,然后抬起头来用洪亮的声音问道:

"有人犯下了一场不可言说的罪行。你有罪还是无罪?"

男孩想起曾经学过"不敢冒险,何谈胜利",于是终于决定开口。

"什么罪行?"他问。

"拜托你用脑子好好想想,"警察说,"既然是不可言说的罪行,我们岂能告诉你。快回答:有罪还是无罪?"

"我要求进行公平审判。"男孩回答。这真是一句蠢话,因为他本该说:"我想您大概是误会了。"可当时现场的气氛太过紧张压抑,他一时没反应过来,甚至还觉得自己能想到要求公平审判挺了不起。

维京人闻言立刻站了起来大声说道:"二百九十二号接受审判!"房间远处一面墙上的门开了,从里面又走出三名警察来。他们给男孩戴上手铐,带着他穿过无数条长长的走廊,至少走了半个小时后终于来到一间牢房前。男孩被关了进去。

一整晚男孩都在想,姐姐第二天早上一定会来把事情解释清楚的。他安慰自己说,姐姐一定已经来过了,想要把误会澄清,把他领回去,只可惜到的时候发现警察局已经下班了。

第二天早上,一名警员打开了牢房门。

"二百九十二号,你的面包和水。"他说,然后把一个盛着干面包片和一盅清水的盘子塞进囚犯手里,不等男孩开口便转身离开了。

几个小时后,另一位警察来了,手里拿着一叠文件。这次的警察态度温文尔雅,男孩看准时机,不等对方开口便率先问道:"我想见我的姐姐。她有没有来找过我?"

警察鞠了一躬说:"是来过一位女士,报告走失的斑点小狗。"

"那就是我姐姐。她有没有问起过我?"

彬彬有礼的警察是这里的警察局长,他又鞠了一躬说:"我想她问过了,但我们跟她解释说,您希望接受审判。"

"这是一场误会。"

"审判的时候一切都会水落石出的。我来是通知您，审判将在三个月后举行。在那之前您必须留在这里。"

"这不合规，"年轻人灵机一动申辩道，"《人身保护法》规定——"

可警察局长轻轻鞠了一躬，打断他道："那条法律已经废止了。"

于是，整整三个月的时间里，十八岁的年轻人只能在高高的铁窗内望着铁栏杆外的天空，无助叹息。他所在的牢房是粉灰色的，老鼠成灾。当他后来把这些告诉婶婶时，婶婶却说那是不可能的——警察局是警察们生活的地方，怎么可能不干净。或许吧，可那里确实老鼠多得出奇。

庭审结果毫无意外，男孩被判有罪。他婶婶出庭作证——同一时间她的狗被找到了——她说侄子不可能犯下不可言说的罪行，说他根本什么事都干不成。可检察官指出：一、她的证词不值得采纳，因为她和被告有亲缘关系；二、对于一件根本难以言说的犯罪，根本不可能找到任何足以成立的证据。法官长着一张四方脸，戴着厚厚的眼镜；陪审团的所有成员都是警察，并且也都戴着厚厚的眼镜。年轻人事后回想起庭审的情景时，后悔自己当初没有勇敢地大声抗议："我是清白的，没有犯下不可言说的罪行。"但又觉得他们并不会相信他。

判决结果是，男孩被送去某个盐矿接受三个月的劳动改造。结束改造回到家后，婶婶一直责备说："本来这一切都可以避免的，只要你当时能沉着应对。"总之不管怎样，以上便是这件事的前因后果，而她的侄子至今仍对警察局没有好感。

没有私人司机的一百一十一年

别忘了——祖母、曾祖父和家里所有的其他祖先也曾走过一段和你我一样的平常人生，也曾有过痛苦，也曾辛勤工作、与人交谈、忙忙碌碌，也曾与人共享鱼水之欢——日升日落，直到生命的尽头。我不认为后世之人有必要艳羡他们，正如他们未曾艳羡过我们。如若有心或有时间，他们也曾畅想过未来和后世子孙，但显然只能根据事物的自然本质做出最笼统的想象。

我们知道他们写的回忆录和书信并不能代表他们人生的全部；就算留下照片和只言片语或印迹，我们所能得知的也不过多几个细节而已。和更古老的祖先们一样，他们最终剩下的和我们所拥有的，便是出生证、结婚证和郊外教堂墓园里的墓碑。

准备给为我写自传的作者乔伊提供照片素材时，我竟发现家里留存的照片少之又少。过去二十来年我从没想过把它们翻出来看，因此把它们都放在一个客卧的小抽屉里，那里面还有一个小巧的八音盒，上好发条仍能演奏轻灵的乐曲，除此之外还有几卷陈年的黑色棉线，以及装在一个小圆筒盒子里的维纳斯牌铅笔（全新的，能找到真好）。抽屉里还有一块从某个历史遗址挖掘出的古老的小石头——哪个遗址来着？总之，还有些别的小东西。

我从抽屉里取出照片摊开来放在桌上。只有这些了吗？我明明记得以前不只这一点儿的。应该说，我清楚地知道家里的照片绝不止这些，可它们都去哪儿了呢？到底谁会来我家带走这些积着灰尘的陈年旧照？拿来有何用？

我一张张检视着存留下来的照片，确认我不是在做梦。有的人,甚至你的朋友,确实有可能从你家顺走一些东西,可就算要拿通常也是拿书。客人们离开的时候可能会顺便带走房间里的书,却绝不会带走相片,更不会带走看上去本就平平无奇也不富裕的陌生人的旧照片。

在这些照片里我看见了格莱蒂,是我母亲那边的一位舅妈,嫁给了母亲的兄弟吉姆。吉姆坐着,一只手放在膝盖上,胸前挂着一条怀表链子;格莱蒂站在他身边,一只手搭在舅身的肩膀上;格莱蒂的旁边放着摄影师准备的道具:一根放着鲜花的柱子。照片底部显示日期:摄于约一八八〇年。

下一张照片上是玛丽安、南希、莫德和我的曾祖母莎拉·罗波顿。曾祖母一直活到了一百零五岁高龄,这张照片里的她已经六十五岁了,却能看出身体十分硬朗。大家都穿着自己最好的连衣裙,因为束着紧身胸衣而显得腰肢纤细、胸膛高挺,裙子镶着繁复的蕾丝花边,每位女士胸前都挂着一个吊坠盒,没人知道里面装着什么,无非是谁的照片或者头发,珍藏在这被体温焐热的小盒子里。玛丽安是照片里的女人中最先结婚的,戴着一只黑色胸针;大家都规规矩矩地盘着头发。这是那时典型的中低产阶级的形象,对未来充满抱负。那时家里做玉米经销生意,收入颇丰。

如今她们全都躺在沃特福德镇牧师路的教堂墓园里,用两块石砌墓碑为标记,上书几个大字:深切哀悼。

我指着照片——为乔伊介绍,并不时添加一些家族传说。

再下一张照片是我的母亲,她出生于一百一十一年前,已经去世二十七年了。照片里还有她的一个表姐,名字我已经记不清了,只记得她很有抱负——希望能拥有一辆劳斯莱斯私家车和一名私人司机,开着车带她一家家店逛街购物。唉,只可惜直到去世这个理想也没能实现。母亲的这位表亲——叫什么名字来着?——啊,算了,她后来嫁了人,成了亨德森太太,丈夫是一名会计,最辉煌的旅行经历便是乘坐"金箭"号火车去了巴黎。没有劳斯莱斯，也没有私人司机。不过亨德森太太活着的时候总说自己想要一辆。

唉，另外那张亨德森太太的照片哪儿去了？我记得很清楚是有那么一张的，因为那张照片拍得非常随意——亨德森太太站在自己的缝纫机旁，微微弯着腰，身材苗条，容颜清丽。当时的摄影师恰好捕捉到她俯身查看线轴的模样，那是她最喜欢的"胜家"牌踏板缝纫机。机器出了点问题，于是亨德森太太——她名字是什么来着？——正埋头认真检查。那真是一张充满魅力的照片，可惜现在不见了。不知被什么人拿走了。

还有几张我记得很清楚的照片也不见了，比如我奶奶的照片。奶奶来自立陶宛的一个犹太家庭，金发蓝眼、容颜十分精致。照片里的她头发编成辫子高高盘起，一点儿也不像犹太人，而我的爷爷则留着典型的犹太式大胡子，嘴角挂着甜甜的微笑。爷爷和父亲长得可真像啊，不过父亲总把胡子刮得干干净净。可惜我美丽的奶奶赫丽埃塔的照片也不见了。那张照片我记得很清楚，虽然从未见过活生生的她，却因为照片而对她的面容记忆犹新。我还记得奶奶双目间距挺宽的，和我一样，还有一双碧蓝色的眼眸。这张照片去哪儿了呢？

我努力回忆着所有曾住过这间卧室的人，以及其他有可能进得来的人。那么多年过去了，大概有好几十个人来过这里，可谁会对这些与他们毫不相干的照片感兴趣呢？由于我作家的身份，有些记者时常会趁我不注意偷拍几张照片，但这些失踪的照片全是维多利亚和爱德华时期的标准人像，甚至谈不上有多少艺术价值……

想不明白的我只好把注意力集中在仅剩的这堆照片上。说真的，剩下的这些也不错，足够说明我那遥远的家族由来和我的一部分回忆。我把刚才挑出的交给乔伊，又把剩下的重新收了起来。我还需要想想别的事情。

达米安·德·多赫蒂——你刚提到了达米安·德·多赫蒂——噢，我的上帝，我已经整整五年没想起他了。五年前他可总能让我每个月，甚至每一天都想起他，当时我还住在巴黎。

据他所说——应该是根据他的多个不同版本的家族起源中的一个——他的家族是爱尔兰的胡格诺派，逃到法国寻求庇护，后来家族有幸成为奥地利女皇玛利亚·特蕾莎的臣子，并由女王亲自分封了领地，可是谦恭的先辈们只愿接受"男爵"的封号。而他作为家族最后的成员，则继承了这一头衔，被尊称为"达米安·德·多赫蒂男爵"。我必须承认达米安是个很有趣的人，主要是用餐的时候，其他时候他的有趣却逐渐递减。每次去海边，他总是沙滩上最吸引人眼球的一道风景，不管身边的伴侣是谁（他是个双性恋），他都会抛下他们一头扎进海里，再像希腊神明般从波光粼粼的海浪中站起，亮出他那光滑且肌肉紧实的好身板。

达米安有许多令人费解的特点，其中之一便是会不分场合地突然陷入睡眠。我记得这种病应该叫作嗜睡症。比如当朋友们围坐在桌前小酌浅饮、安静地聊天时，又比如在图书馆看着书、记着笔记时（他很爱学习），再比如和你一起坐在沙发上时……他会突然毫无征兆地昏睡过去。他睡得很熟很香，时间长了朋友们便习惯了他的病，不再大惊小怪。我还依稀记得当时我对他这种行为的理解是：对现实的本能反应——我觉得那是因为在某个时刻，周围的某些事物令他突然意识到了某种难以接受的现实，于是他的大脑便自动关闭，令他沉睡。直到现在我依然相信这个理解是正确的，他的嗜睡症至少有一部分是心理作用。

刚认识达米安的时候，我对他的家族故事十分着迷，却并未深思，还会在写信时在信封上注明"德·多赫蒂男爵收"，虽然这样有些奇怪。有关欧洲古老家族的名录及头衔史料中并未找到过他的姓氏，但他总说一定有，只是人们没查到罢了。反正就我而言，一直未曾查到过关于他家族的姓氏和资料。我还有别的事情要做。根据之前和他认识的人所说，他曾和一位富有的秘鲁姑娘结婚，后来又离婚了。据说这位前妻是个颇有才华的摄影师，至今仍在巴黎执业。这件事我一直没放在心上，直到后来发生了一件事才让我重新想起来。

我曾试着了解达米安的真实性格，可观察了一段时间后才发现那根本不存在：他就是个彻头彻尾的假人。

我认为达米安编的故事在很大程度上说服了他自己。他曾想写一部自传，所以我估计他后来不停给我打电话并不断登门拜访，大概也是为了这件事。

"我刚讲到我的婶婶——克莱门蒂娜·德·沃韦伯爵夫人——到瑞士我就读的学校来看我的事。"

"我听说你是在盐湖城上的学。"我说，因为之前曾听他当年的校友介绍过。

"噢，我说的是在那之前。"

作为他的文学顾问，我最终建议他把这本自传改成小说。他欣然接纳了这个建议。

还有件奇怪的事：达米安还活着的时候，大家都很喜欢他，总有人邀请他一起度周末、参加晚宴、去郊外野餐。然而尽管他如此受欢迎，死后前来吊唁的人却寥寥无几，这和生前的荣光相比判若云泥。根本没有人为他的死悲伤。他曾活过，他的存在曾令人们发笑，可没有一个人真的相信他说的话，然后他死了，仿佛一阵拂过的风，不留一丝痕迹。

他死后不久，我在根特市一家书店闲逛时，在旧书堆里无意中发现了不少旧照片，每一张都镶在华丽的相框中。书店老板解释说，人们买这些照片全是为了相框。"但你要是问我怎么想，"他说，

"我倒觉得这些照片也很有意思，非常复古，非常怀旧。"

我低头翻看照片，忽然意识到眼前这一张张容颜不正是我那辛勤工作的祖母，还有姨婆南希和萨莉么？甚至还有玛丽安和坚毅奔放的莎拉·罗波顿，甚至还有格莱蒂，只是她的胸前披着一条华丽的皇室绶带。

人虽然都是我的亲人，可这些却不是原版褪色成棕黑色的相片，而是更为黑白分明的新相片刻意被人做旧的样子。

"这些照片是从哪里来的？"我问。

"是我在英国买的，"老板回答，"当时它们被放在一栋别墅里售卖。"

我又看了看那些照片，我的祖母哪里看起来怪怪的——我的神啊，她的头上竟然戴着一顶宝石王冠，脖子上戴着的那个不是金羊毛勋章是什么！那可是皇室授予的挂着公羊皮的华丽项链啊！我的姨婆南希身上也有类似的东西，那个乌木的吊坠盒不见了，取而代之的是一枚勋章，我后来查到那是黑鹰勋章——普鲁士皇室专用。我家出生平凡的先辈们，一个接一个地被赐予了各种皇室勋章和绶带，还有珍珠项链（比如我的奶奶赫丽埃塔脖子上就戴了七条）、钻石和珠宝打造的王冠，等等；我的舅公吉姆胸前甚至还戴着一枚满洲龙骑士团的徽章。

"这些人是谁？"我问老板。

"哦，他们是已故的德·多赫蒂男爵的亲人，"他答道，"这些照片就挂在他家书房的墙上。人们只对这些相框感兴趣，并不在乎照片里的人。不过男爵肯定交游广泛，说不定历史学家们会……"

我买下了所有的照片，但没要那些相框。老板收了我不少钱，但他说本来应该更贵的，这样已经算贱卖了——惯用伎俩。

我把照片送去给专业摄影师检查。和家里剩下的真照片一对比，专家便指出，这些照片明显是在原照片的基础上用些技巧加上了那些徽章、王冠之类翻拍的。这些小伎俩达米安最熟了，看来和那位秘鲁女摄影师的婚姻也给了他一些收获，不算完全失败。他加在照片里的一切可谓是他这一生全部寄托的缩影：皇室的亨利狮子勋章、罗马教会的星空十字勋章，甚至还有中国的红旗勋章……

我很喜欢这些假照片，全部都喜欢，但最喜欢的还是我母亲的表姐那张——苗条美丽的亨德森太太微微弯着腰，但她查看的并不是缝纫机，而是叠加在上面的一辆劳斯莱斯轿车；轿车的门边站着一个人，是后期叠加上去的私人司机——她一辈子的梦想终于成为了现实。

绞刑法官

"作出判决对这位年迈的法官而言，"众多报纸文章中的一份如此写道，"显然是有挑战的。实际上，他当时的表情简直就像看见了鬼魂。"诸如此类的评论还有很多，但每一个都将注意力指向沙利文·史丹利爵士宣布判决结果时的表情，当然还有应英国法律要求接受审判的那名可怕的黑人警察。那是一九四七年的秋天，阳光明媚的夏季刚刚结束，公园的街道上撒满了金黄的落叶。

法官史丹利的天职就是判人死刑，他在职业生涯中将不少人推上了死刑台——巧合的是，那其中并无女性，不过会犯下谋杀罪的女性本来就少之又少。当然了，如果真有女杀人犯被抓住，也没人会怀疑沙利文·史丹利的决绝，他一定会如往常一样毫不犹豫地说出那如丧钟般的判决："本法庭会着人将你带走……判你绞刑，送上绞刑架。"（最后再像突然想起还有话没说似的补充："愿上帝我主眷顾你的灵魂。"）

站在审判席上的男人大约三十岁，面容清俊，外表看起来十分体面，和平时伦敦老贝利街上匆忙而过的行人别无二致，但此刻他却正站在中央刑事法院的审判席上等候宣判。男人名叫乔治·福雷斯特，正是最近各种电台广播和新闻报纸上热议的"泥河谋杀案"的嫌疑犯。

整个庭审过程中，沙利文·史丹利爵士的表情都一成不变，和听审其他案件时一模一样，总显出对被告的不屑和厌恶——特别是曾经在某个案件中，嫌疑人在辩护律师提出进行认罪答辩时拒不认罪，并拒绝听从律师和所有其他人的建议，即便他们都尝试说服他

"有罪、无罪"某种程度上只是法律术语，而宣布认罪或多或少还可免去庭审。但那时的媒体并未关注过法官的表情。沙利文爵士的下巴有些松弛，像猎犬一样耷拉着，他的样子和年纪十分符合，也符合他令人讨厌的个性。可是——"法官似乎陷入了某种情绪，"另一份报纸这样描述，"看起来有些颤抖，似乎大为震撼。陪审团发言人宣布'有罪'结论的时候，他还是一如既往的镇定，但当他亲口对那名不断撒谎的黑人警察作出宣判时，表情却有了微妙的变化。这是否表示——"记者写道，"史丹利法官也开始对死刑的正当性产生了怀疑？"

沙利文·史丹利才没有对任何刑罚产生怀疑。一九四七年秋天的那个下午，他之所以在宣判时露出那样的表情，是因为在那一刻他忽然勃起——他在宣判结果时不由自主地产生了高潮，那种感觉很多年都不曾有过了。

据说被吊死的人在身体落下的一瞬间会不由自主地高潮。这件事史丹利法官琢磨了许久，不确定信息是否可靠。即便是真的，他也不认为这和自己那天宣判时的体验有任何关联。可在后来的漫长岁月里，无论身处何地，只要想起这件事，他心中都会产生一种莫名的兴奋。

众所周知，杀人犯乔治·福雷斯特曾在伦敦北部的罗斯玛丽草坪酒店住过。正是在那座酒店里，他遇见了最后一位受害者；警方也是在那附近发现了受害人的尸体，并通过他留下的蛛丝马迹找到了其他尸体。案件审判过程中，史丹利法官以工作需要为由亲自去酒店外看了看。那是一家规模不大的私人酒店，价格适中，精致整洁，让守在门外维持秩序的两名警员看起来有些格格不入，他们被派来阻止媒体和其他无关人员骚扰酒店里没来得及在新闻刊登的第一时间离开的住客。

法庭上，酒店经理作为证人出席。他是一位穿着得体的三十五岁男士，说话直率坦诚，给史丹利法官留下了良好的印象，也让他对候审席铁栏杆后的乔治·福雷斯特更加蔑视。虽然史丹利法官总因这样那样的原因对被告感到鄙夷，但这次的原因却与别的不同——因为嫌犯身上穿了一件颜色鲜艳、近乎橘色的棕色哈利斯牌斜纹软呢外套，还留着锈褐色的小胡子。

乔治·福雷斯特于一九四七年一年内谋杀了三名女性，而此前他从无任何犯罪记录。他是一名旅行商人，经常四处奔波推销渔具和钓鱼装备。根据他惊恐无助的妻子所言，乔治酷爱钓鱼，经常趁着全国各地出差的机会，在周末去当地的河边钓鱼。三名受害者全是后脑中枪，陈尸于长满芦苇的淤泥地里；有人曾见过他穿着防水靴、拿着钓鱼竿出现在那里。

三名被杀的女性都有一个共同特点：身材肥胖的中年寡妇。她们和乔治·福雷斯特相遇的地方都是价格适中的精致酒店，这种地方的客人通常是固定的。乔治的目的是劫财，他看中了这些女人身上的珠宝和手提包里的财物，三起案件受害人的个人财物都被抢走了。史丹利法官经手的是乔治犯下的最后一起案件，受害人是艾米丽·克莱希女士。这案子有个疑点：乔治宣称自己先和克莱希太太发生了关系，之后才把她带到芦苇荡里杀害的，可法医尸检证据显示受害人死前并未与人有过性行为。

乔治·福雷斯特承认自己曾邀请克莱希女士"出去钓一天鱼"。受害人在罗斯玛丽草坪酒店用餐时就坐在乔治旁边，这一点酒店经理及其夫人，还有几名常客都曾注意到。因此当他们发现克莱希女士已经几天不见踪影后，便立刻向当地警方报了案。受害人并无已知在世亲属。

在克莱希女士被害案中，凶手将她杀害后曾被迫转移尸体，偷走了她手上一枚镶着硕大钻石的戒指和其他值钱的随身物品，再将尸体从车上搬运到诺福克郡的一条偏僻河流处扔掉，因为那里的芦苇丛和河堤比受害者被枪杀的河段更高、更隐蔽。另外两名女性受害者也是被以同样手法杀害并抛尸的，然而英格兰警方却始终无法解释克莱希女士案中的另一个疑点：身材瘦小的乔治·福雷斯特究竟是如何把体型肥大的克莱希女士从被杀地点搬上车，又从车上搬到抛尸的芦苇丛里的？

就在三名女性失踪事件甚嚣尘上之时，乔治忽然拿着一个浸满泥水的四十二码女士胸罩走进了诺福克郡警察局，宣称那是他在郊外河边钓鱼时发现的，就缠在渔具上。警方对他进行了审讯，并根据心理学评估称：乔治·福雷斯自己"想要"被抓住，并且事实上也确实被抓住了。作为物证的胸罩经查是乔治自己在附近的女士服装店买的，并且神奇地恰好符合克莱希女士的胸围。

一九四七年的那场审判中，史丹利法官听取了所有证人证言，作出总结陈词，通过了有罪指控并宣布判决结果——绞刑。在宣判的那一刻他产生了莫名的性高潮。从此他便再也忘不了那天的感受。

审判乔治·福雷斯特一案时，沙利文·史丹利爵士（他因功勋卓著而受封骑士）年约五十五岁，此案之后英格兰便取缔了死刑。也就是说他再也没有机会体验那种高潮了。史丹利爵士夫人比丈夫大几岁，当时刚满六十。她常行善事，开粥铺周济穷人，还去监狱探望囚犯，是大家交口称赞的大好人。她有个独子，如今在私人法律事务所当律师。对她来说，性生活早已和青春岁月一起成为了过去，而反复发作的风湿病也让她无法和任何人同榻而眠。

那段时间沙利文爵士常和一个女人私会，这个女人司法界人士几乎都知道，她有时会为爵士专门空出一个下午的时间。史丹利夫人从未疑心过丈夫，也不需要知道这些。那个女人名叫玛丽·史派克，她和沙利文爵士之间的这段婚外情——如果算得上是婚外情的话，简直像一部卡通喜剧。她能激起老法官浅浅的肉欲，但也仅此而已。史丹利夫人从没想过丈夫会在外面有别的女人，因为在她看来丈夫自视甚高，根本不可能做出在外人面前脱裤子的举动，这种想法也不能说完全不对。

史丹利夫人去世时，沙利文爵士也快满七十岁了，却仍旧偶尔去找玛丽·史派克见面，但也只是见面而已。因此，那天宣判乔治·福雷斯特绞刑时意外的性体验实在太不寻常，令他十分惊讶。

他经常回味那天法庭上突如其来的高潮——怎么会毫无来由地出现高潮？这种体验为何无法再现？这些想法就像夏日晴空下振翅而飞的蝴蝶，一旦飞出便再也不受道德罗网的控制。他甚至想过，如果上吊，说不定能在死前再体验一次那种快感。可惜死前勃起所带来的性快感是否值得用折断的脖子来换，这是个问题，何况还有可能在快感来临前人便已经死了。再说——心烦意乱的法官思忖着："自杀"会让他在《泰晤士报》上的讣告看起来糟糕透顶。算了，还是别想了。

沙利文爵士退休后搬到汉普斯特德的儿子家住了一段时间，但两人相处并不愉快，于是他便决定去找个可以长期居住的酒店养老。当他发现罗斯玛丽草坪酒店竟然还在照常经营时别提有多兴奋了，它唤醒了法官关于乔治·福雷斯特那场审判的美妙体验，并比以往任何时候都更为清晰。

抵达罗斯玛丽草坪酒店时，酒店内部刚刚翻新过，到处散发着油漆的清香。老法官打算找人问问是否还有空房间。与酒店相邻的地方有一片网球场，符合酒店名里的"草坪"二字；网球场一侧有一条鹅卵石铺就的小路，小路另一侧还有一方同等大小的草坪，周围种满了鲜花。正值早秋时节，街道两旁成排的大树脚下已飘散着落叶，一群正值青春年华的高中女生正雀跃地打着网球。

沙利文爵士问前台是否可以和经理谈谈。稍后，一位身材矮小的男人从前台后的办公室里走了出来。他一头白发，外表已不如当年清秀，但老法官很快便认出他就是当年那位出庭作证的酒店经理。

"您是罗杰尔·库克先生吗？"法官问。

"是的，先生，我是。"

"下午好。我是沙利文·史丹利爵士。"

"大法官！沙利文爵士，竟然是您，真是好久不见！"

"是啊，我就是当时的法官。这酒店以前我也来过，你知道，就是审那件案子的时候——请恕我冒犯，我曾来'窥探'过现场。"

"沙利文爵士，"罗杰尔·库克说，"那段时间对酒店来说真是太难了。原本的长期住客全都搬走了，我们还考虑过要不要干脆换个名字，但最终还是决定保留原名。酒店上下都对您在发表结案陈词时，对罗斯玛丽草坪酒店的那番评论万分感激。"

"我说了什么？"沙利文爵士问。

"您说这是一家美好且用心经营的好酒店，又干净又舒适；您说被告和可怜的被害人只是恰巧选择住在这里，并不是因为酒店本身不安全。您说的每一个字我都记得，"罗杰尔·库克说，"最艰难的那几周，每次有记者来采访，我们都会把您的这段话说给他们听。"

"原来如此，我要恭喜你把酒店维护得这么好，也很高兴看到网球场被真的利用起来了。"

"我们把球场出租给一所私人学校了，他们会定期组织学生来练习。"罗杰尔·库克说。

"那我就长话短说了，"沙利文·史丹利爵士说，"我来是想找一个适合退休养老的地方。我需要一个宽敞的房间，有浴缸和电视机。对了,还要有餐厅,要是之前酒店的餐厅已经没有了,那恐怕就不太符合条件。对我来说,餐厅十分必要。"

"当然有,沙利文爵士,餐厅一直没变过。酒店里唯一变化的只有内部装潢而已。请跟我来,我们很荣幸能得到您的大驾光临。"

他带着法官一路来到餐厅,里面的桌椅都已整理妥当,餐桌上铺着粉红色的桌布,准备盛放晚餐。其中一张桌上放着一瓶氧化镁乳剂①,但仅此一物并不能证明晚餐不好。罗杰尔·库克给沙利文爵士看了菜单:前菜是咖喱肉汤,主菜是羊胸肉配豌豆和土豆,餐后点心有奶酪(供客人选择——需额外收费)、草莓味和香草味的冰激凌;最后还有咖啡,有无咖啡因的健康咖啡可供选择,还有茶。

沙利文爵士说:"当年乔治·福雷斯特坐在哪张餐桌?"

"要是没记错的话,是右边窗户下面第三张。可怜的克莱希女士就坐在旁边那桌,右边第二张。当然我们也举办各种招待会,在酒店的备用餐厅里。"

"窗边的桌子看起来不错,"沙利文爵士故作冷漠地说,"可以欣赏外面的风景。"

酒店经理看起来很困惑,不明白老法官为何要选杀人犯坐过的地方,但还是贴心地跟他解释说,目前并没有长期住客使用那张桌子,老法官要是喜欢尽可以选它。

沙利文·史丹利爵士和酒店谈了个不错的条件,第二周星期一便搬了进去。当天晚上七点四十五分下楼用晚餐时,他发现餐厅的四分之三都坐满了人,而其中一些客人已经快要吃完了。

他的隔壁桌坐着一位脖子纤长的中年女士,已经用完正餐,正在喝餐后咖啡。

"晚上好。"法官打了个招呼。

---

① 一种被用以治疗便秘的泻药。

女士的回应很是热情，仿佛对他十分中意，能遇上这样的邻桌简直像中了乐透彩一样。

侍应生端来沙利文爵士点的汤。

法官转头问邻桌的女士："请恕我冒昧，不知您可是克莱希夫人？"

"不是的，我姓莫尔顿。我是不是长得和您朋友很像？"

"不——不是朋友，是我知道的某个人。"

沙利文爵士很高兴晚餐能有她的陪伴。餐厅的尽头有一个小壁炉，火光渲染出一种宜人舒适的氛围。他想到了白天在球场上打网球的高中女生，真是十分养眼；接着他又想起了玛丽·史派克，多年前曾算是他的半个情妇，却永远忘不了那个下午，当他费尽力气也没法满足她时被她无情嘲笑的情景。"您的古董挂坠真精美。该不会是绞刑法官的吧！您是那位绞刑法官！"

史丹利法官坐在当年乔治·福雷斯特坐过的餐桌前，想着那个穿着近乎橘色的棕色哈利斯牌斜纹软呢大衣的男人也曾和他一样，看着并品尝着眼前的咖喱肉汤。忽然，他万分惊讶地抬头望向邻桌的莫尔顿太太——一种迷梦般的快乐裹挟全身，令他动弹不得，仿佛看见了一只友善的鬼魂。

莫尔顿太太啜饮了一口咖啡，无言地望着他。

说明

《离恨鸟》《别提有多脏了》《跟我来，珍珠！》和《黑色圣母像》均由麦克米伦出版社于 1958 年出版。

《被风吹起的窗帘》于 1954 年首次刊登于《伦敦杂志》。

《枪响命殒》《两位名人父亲的女儿》《墨镜》均由麦克米伦出版社于 1961 年出版，收录于《播放之声》一书。

《六翼天使与赞比西河》于 1951 年首次刊登于《观察家报》。

《典当铺的老板娘》于 1951 年刊登于《北欧人》杂志。

《势利小人》于 1998 年首次刊登于《哈珀斯与女王》杂志。

《家庭成员》于 1958 年首次刊登于《女士》杂志。

《预言家》于 1983 年首次刊登于《纽约客》杂志。

《开放参观》于 1989 年由托马斯·康斯特布尔出版社首次出版。

《恶龙》于 1985 年首次刊登于《纽约客》杂志。

《清扫落叶的人》于 1952 年首次刊登于《观察家报》。

《哈普尔与威尔顿》于 1953 年首次刊登于《今日短篇小说精选》。

《遗稿保管人》于 1983 年首次刊登于《纽约客》杂志。

《帮手》于 1985 年首次刊登于《纽约客》杂志。

《留在我身后的那位女孩》于 1957 年首次刊登于《埃勒里·奎因神秘杂志》。

《平克顿小姐启示录》于 1955 年首次刊登于《信使》杂志。

《散发珍珠光泽的影子》于 1955 年首次刊登于《北欧人》

杂志。

《上上下下》于1994年首次刊登于《每日电讯报》。

《关于"奢靡的鬼"的研究报告》于1964年首次刊登于《时尚先生》杂志。

《参悟了人生奥秘的年轻人》由旅行者出版社于2000年首次出版。

《黛西·奥弗伦》于1952年首次刊登于《世界评论》。

《著名诗人的家》于1952年首次刊登于《北欧人》杂志。

《"卓越"大剧院》于1967年由麦克米伦出版社首次出版。

《午夜钟鸣》于1995年首次刊登于《星期日邮报》。

《女士们,先生们》于1953年首次刊登于《Chance 3》杂志。

《龙凤胎》于1954年首次刊登于《北欧人》杂志。

《"悲剧最爱是冬季"》于1956年首次刊登于《格拉斯哥先驱报》。

《圣诞赋格曲》于2000年首次刊登于《乡村生活》杂志。

《我人生的头一年》于1975年首次刊登于《纽约客》杂志。

《一个异教徒犹太女人》于1963年首次刊登于《纽约客》杂志。

《爱丽丝·朗的腊肠犬》于1967年首次刊登于《纽约客》杂志。

《锌青钢古董钟》于1960年首次刊登于《纽约客》杂志。

《波多贝罗路》于1958年首次刊登于《博泰盖·奥斯古莱》杂志。

《对警察局没好感》于1963年首次刊登于《灯》期刊。

《没有私人司机的一百一十一年》于2000年首次刊登于《纽约客》杂志。

《绞刑法官》于1994年首次刊登于《纽约客》杂志。